JANE HELLER

Fahr zur Hölle ... ling

Willkommen ...

W0381501

Fahr zur Hölle, Liebling

Barbara Chessner, Immobilienmaklerin im todschicken Banyon Beach, hat allen Grund zur Depression: Erfolglos, übergewichtig, flachbrüstig und vorzeitig ergraut, wurde sie nun auch noch von ihrem Mann verlassen. In einer Sturmnacht verkauft sie ihre Seele für ein bißchen Glück. Tatsächlich nimmt ihr Leben eine überraschend erfolgreiche Wendung in Form eines attraktiven Liebhabers und guter Geschäfte. Aber alles hat seinen Preis, und die satanischen Machenschaften der Männer stellen Barbaras erstarktes Selbstbewußtsein auf eine harte Probe ...

Willkommen im Club

Als Judy Price ihren Job in einem New Yorker Verlag verliert, fällt sie aus allen Wolken. Was sie aber noch mehr auf die Palme bringt, ist die Reaktion ihres Mannes: Der kümmert sich kein bißchen um seine Frau, sondern verbringt jede freie Minute im feinen Countryclub »The Oaks«. Doch im Club der Reichen und Aufsteiger geht alles drunter und drüber. Claire Cox, eine bekannte Fernsehjournalistin, wird auf dem Golfplatz ermordet aufgefunden. Und Judy steht plötzlich im Mittelpunkt einer Affäre, die für sie zu einem riskanten Abenteuer wird.

Autorin

Jane Heller, 1950 in White Planes, New York, geboren, arbeitete viele Jahre im Verlagsgeschäft, bevor sie sich selbst dem Schreiben widmete. Sie lebt heute in Stuart, Florida.

Von Jane Heller außerdem bei Goldmann erschienen:

Liebe im Preis inbegriffen. Roman (44243)
Die Putzteufelin. Roman (43065)
Trau niemals einem Mann. Roman (43763)
Wie Feuer und Wasser. Roman (444039)

Die Originalausgabe von »Fahr zur Hölle, Liebling«
erschien 1996 unter dem Titel »Infernal Affairs«, die von
»Willkommen im Club« 1995 unter dem Titel »The Club«,
beide bei Kensington Publishing Corp., New York

Umwelthinweis:
Alle bedruckten Materialien dieses Taschenbuches
sind chlorfrei und umweltschonend.

Der Goldmann Verlag
ist ein Unternehmen der Verlagsgruppe Bertelsmann

Genehmigte Taschenbuchausgabe 2/2000
»Fahr zur Hölle, Liebling«
Copyright © der Originalausgabe 1996 by Jane Heller
Published by arrangement with Kensington Publishing Corp.
Copyright © der deutschsprachigen Ausgabe 1997 by
Wilhelm Goldmann Verlag, München,
in der Verlagsgruppe Bertelsmann GmbH
»Willkommen im Club«
Copyright © der Originalausgabe 1995 by Jane Heller
Published by arrangement with Kensington Publishing Corp.
Copyright © der deutschsprachigen Ausgabe 1996 by
Wilhelm Goldmann Verlag, München,
in der Verlagsgruppe Bertelsmann GmbH
Dieses Buch wurde über die Literarische Agentur Thomas
Schlück GmbH, 30827 Garbsen, lizensiert.
Umschlaggestaltung: Design Team München
Umschlagfoto: Zefa/Picture Book
Druck: Elsnerdruck, Berlin
Titelnummer: 13109
BH · Herstellung: Heidrun Nawrot
Made in Germany
ISBN 3-442-13109-X
www.goldmann-verlag.de

3 5 7 9 10 8 6 4 2

Jane Heller

Fahr zur Hölle, Liebling

Willkommen im Club

Zwei Romane in einem Band

Deutsch von Ariane Böckler

GOLDMANN

Fahr zur Hölle, Liebling

Für meine Mutter Jocelyn Reznick, die weiß,
was für eine Teufelin ich sein kann,
und sich dennoch nicht im geringsten daran stört.

Erster Teil

I

Am 13. Juli 1995 wurde mein einst so ereignisloses Leben filmreif – horrorfilmreif.

An diesem Dienstagabend, einem typischen, schwülheißen Sommerabend in Südflorida, erschien der Teufel höchst persönlich bei mir zu Hause und nahm meinen Körper in Besitz. Und da waren Sie immer der Meinung, nur *Sie* hätten Probleme. Denkste!

Warum gerade ich? zerbrach ich mir den Kopf. Ich war doch die Güte in Person, ein nettes jüdisches Mädchen, das Zahnseide benutzte, sämtliche Plastikbehälter recycelte und dem Briefträger zu Weihnachten ein Trinkgeld gab. Ich war alles andere als der Typ, der einer Sekte beitritt oder sich in satanische Rituale vertieft. Schon beim Gedanken, mir die Ohrläppchen durchstechen zu lassen, wurde mir komisch. Und trotzdem ist es passiert. Der Teufel erschien auf meiner…

Moment. Ich sollte Ihnen den Teufel nicht schon so früh in der Geschichte vorsetzen. Sonst denken Sie noch, ich sei auch so eine Spinnerin, die unbedingt ins Fernsehen kommen will. Sie kichern womöglich, rollen mit den Augen und sagen: »Na klar.« Aber ich bin keine Spinnerin. Ich bin Immobilienmaklerin und habe Ihnen eine bizarre, aber wahre Geschichte zu erzählen, eine Geschichte über dunkle Mächte und üble Machenschaften und…

Verzeihung. Jetzt habe ich schon wieder davon angefangen. Bevor Sie mir jetzt wirklich noch davonlaufen, lassen Sie mich die ganze Angelegenheit einfach so erzählen, wie sie sich zugetragen hat. Lassen Sie mich zurückblenden und noch einmal mit Mitchell anfangen, meinem Mann, der an jenem besagten Dienstagabend im Juli verkündete, daß er mich nach zehn Jahren Ehe wegen einer anderen verlassen würde…

»Fahr zur Hölle«, hätte ich ihm am liebsten an den Kopf geschmissen, als er es mir eröffnete. Statt dessen funkelte ich ihn an und schwieg.

»Was soll das, Barbara? Schmollst du jetzt? Benimm dich doch bitte wie eine Erwachsene, ja?« bat Mitchell, dessen Vorstellung vom Erwachsensein offenbar darin bestand, seine Frau zu betrügen.

Ich schüttelte nur den Kopf und dachte daran, wie sehr ich mir wünschte, ihn zur Schnecke zu machen. Aber damals war ich unfähig, jemanden zur Schnecke zu machen, war ein absoluter Feigling, was Auseinandersetzungen betraf. Wenn ich wütend wurde, dann nur auf Leute, die nicht wütend auf mich werden konnten – Figuren aus Büchern oder tote Verwandte. Ich war der Typ Mensch, der verzweifelt um Zuneigung ringt. Deshalb erhob ich nie die Stimme, unterließ jede schnippische Bemerkung oder verkniff mir alles, das auch nur im geringsten provokant hätte wirken können. Anders ausgedrückt: Ich hatte einen großen Teil meines Lebens damit verbracht, anderen nach dem Mund zu reden und meine wahren Gefühle zu verleugnen.

Ich ließ Mitchell im Wohnzimmer stehen, floh in die Küche und blieb dort. Ich versteckte mich wie ein kleines Kind, schenkte mir ein Glas Rotwein ein und trank es aus. Dann schenkte ich mir ein zweites Glas ein. Und noch ein drittes. Als ich schließlich betäubt genug war, kehrte ich ins Wohnzimmer zurück, nahm mein Glas und die Flasche mit dem Rest Rotwein gleich mit und setzte mich.

»Komm schon, Barbara. Sag doch was«, forderte Mitchell mich auf, während er auf und ab ging. »Schrei mich an. Schlag mich. Wirf etwas nach mir. Aber sitz nicht einfach mit diesem gequälten, jämmerlichen Gesichtsausdruck da.«

»Was soll ich denn sagen?« fragte ich nach einem großen Schluck Wein. »Offenbar bist du ja fest entschlossen, mich zu verlassen.«

Mitchell stieß einen tiefen, genervten Seufzer aus, so als könne er es einfach nicht fassen, daß er zehn Jahre mit einer derart hoffnungslos passiven Person verbracht hatte. Dann setzte er eine finstere Miene auf und meinte: »Ich war dir wohl immer scheißegal, was?«

Ich schwieg ein paar Sekunden lang, während ich versuchte, auf die richtige Antwort zu kommen. Tatsächlich waren nach zwei oder drei Jahren Ehe meine Gefühle für Mitchell Chessner eingeschlafen, als ich zu meiner großen Enttäuschung feststellte, daß er langweilig war. Total langweilig. Der Typ Mann, von dem man anfangs denkt, er sei dynamisch, charismatisch und anspruchsvoll, weil er zu allem seine Meinung beisteuert, nie »Ich weiß nicht« sagt und beim Sprechen wild mit den Händen fuchtelt, ganz zu schweigen davon, daß er nie länger als zehn Sekunden stillsitzen kann. Aber letztlich entpuppte sich Mitchell als Langweiler. Ein Langweiler mit einem schnellen Stoffwechsel. Natürlich ließ ich ihn das nicht merken. Ich tat so, als fände ich ihn faszinierend statt ermüdend. Ich bildete mir ein, wenn ich das glückliche Frauchen spielte, dann wäre ich es auch, dann müßte ich mich nie scheiden lassen und mit einem anderen Mann ganz von vorne anfangen. Der Teufel, den man kennt, ist besser als der, den man nicht kennt, dachte ich mir, da ich damals ja noch keine Ahnung vom Teufel hatte.

»Mitchell, ich glaube nicht, daß es Sinn macht, wenn wir...«

»Du hattest nie Lust auf Sex«, unterbrach er mich in vorwurfsvollem Ton, gerade als ich mich endlich zu einer Antwort durchgerungen hatte. »Nacht für Nacht habe ich deine Nähe gesucht, habe versucht, dich zu berühren. Aber nein. Immer warst du zu müde. Müde wovon eigentlich? Vom Häuser zeigen?«

Ich antwortete nicht. Was sollte ich darauf auch sagen? Ich hatte Mitchells sexuelle Avancen ja nicht deshalb abgewehrt, weil ich von meiner Arbeit als Immobilienmaklerin so erschöpft war, sondern weil er mich als Liebhaber genauso langweilte wie als Mensch. Man hätte eigentlich annehmen können, daß ein hyperaktiver Typ wie er auch im Bett eine heiße Nummer war – so die Marke dynamischer Rammler. Irrtum! Er war einfach zu egoistisch, lag nur so da, ohne einen Muskel zu rühren, und erwartete, daß ich ihn heiß machte.

»Du hast mich immer wieder abgewiesen«, fuhr er fort,

während ich mir nachschenkte. Erneut. »Obwohl ich mein Bestes gegeben habe, um dich zu befriedigen.«

Mich befriedigen? Du hast dich doch beim Sex jedesmal halb totgestellt, Mitchell, dachte ich. Wenn ich während des Vorspiels mit der Hand an deinem Hals entlangfuhr, geschah das nicht, um dich zu erregen. Ich habe lediglich versucht, deinen Puls zu ertasten.

»Warum wühlst du in unserer Vergangenheit herum?« wollte ich von ihm wissen. »Du hast mir doch gerade erklärt, in eine andere Frau verliebt zu sein – in Chrissy Hemplewhite.« Ich kämpfte gegen einen Brechreiz an, als mir der Name der Wetteransagerin aus den Sechsuhrnachrichten über die Lippen kam, der Frau also, derentwegen ich soeben verlassen wurde. Ich war keine Schönheit, aber Chrissy Hemplewhite hatte einen Überbiß wie ein Eichhörnchen, Haare wie ein blonder Troll und eine Stimme wie ein heliumgefüllter Ballon.

»Sehr verliebt«, verkündete er stolz. »Wir freuen uns schon auf eine wunderbare gemeinsame Zukunft.«

O ja, wie wunderbar die aussehen würde... Mitchell war sechsundvierzig, Chrissy erst vierundzwanzig. In Kürze hätte er eine chirurgische Zahnfleischbehandlung nötig, bekäme Prostataprobleme und bräuchte womöglich ein künstliches Hüftgelenk, und sie wäre von seinem Verfall dermaßen abgestoßen, daß sie ihn genauso sitzenließe wie er mich. Mit ein bißchen Glück jedenfalls würde es so kommen.

»Chrissy und ich haben die Welt im Griff«, tönte Mitchell weiter. »Bei mir läuft es beruflich blendend, genauso wie bei ihr. Fernsehmeteorologinnen sind momentan sehr gefragt.«

Meteorologin, meine Fresse. Chrissy konnte nicht mal ihre eigene dämliche Fernsehwetterkarte lesen. Einmal hatte sie prophezeit, in Milwaukee würde es regnen, während die Karte direkt hinter ihr zeigte, daß Milwaukee mitten in der schönsten Hochdruckzone lag. Sie war so beschränkt, daß sie vermutlich glaubte, eine tropische Depression sei die melancholische Stimmung, in die man verfällt, wenn man von einem Karibikurlaub nach Hause kommt.

»Offen gestanden hat mich an Chrissy unter anderem ihr Job

angezogen«, beichtete mir Mitchell. »Ich finde die Fernsehbranche unglaublich faszinierend.«

»Und was ist mit meinem Job?« fragte ich. »Früher fandest du Immobilien faszinierend.«

»Was für ein Job?« höhnte Mitchell. »Mir ist nicht aufgefallen, daß du in letzter Zeit irgendwelche Häuser verkauft hast.«

Mehr Wein. Ich brauchte mehr Wein. Ich nahm ein paar Schlucke und zwang mich dazu, nicht doppelt zu sehen.

»Ich habe eben momentan eine Pechsträhne, das ist alles«, erwiderte ich. »Jeder Immobilienmakler hat mal eine Pechsträhne. Selbst die Spitzenleute. Es ist nun mal eine zyklische Branche.«

Meine Zunge hatte Probleme mit der Bewältigung des Wortes »zyklisch«. Es klang wie »sücklisch«.

»Eine Pechsträhne?« spöttelte Mitchell und warf verächtlich den Kopf in den Nacken. »Dein letzter Abschluß liegt fast ein Jahr zurück.«

Unwillkürlich ballte ich die Faust, als Mitchell begann, darauf herumzureiten, wie wenig erfolgreich ich in meiner Arbeit gewesen sei und daß ich, sosehr ich mich auch abmühte, einfach nichts verkaufen konnte. Kein Haus, keine Eigentumswohnung, ja nicht einmal eine gottverdammte Hundehütte. Zuerst sagte ich mir, es läge an der schlechten Wirtschaftslage. Aber warum verkauften dann all die anderen Maklerinnen aus meinem Büro Immobilien wie verrückt? Dann sagte ich mir, es sei eine Pechsträhne. Aber warum ging sie dann nicht vorüber? Warum mußte jedesmal, wenn ich einen Kunden an der Angel hatte, irgend etwas passieren, was den Verkauf platzen ließ? Ich war verhext, und daran brauchte mich der manische Mitchell nicht erst zu erinnern. Ich ging selbst hart genug mit mir ins Gericht, und mein Gefühl, wertlos zu sein, war so übermächtig geworden, daß ich nicht einmal mehr jeden Tag im Büro erschien. Ich hatte angefangen, am hellichten Nachmittag Wein zu trinken und aufgehört, mir die Zähne zu putzen – ein sehr schlechtes Zeichen.

»Ich möchte lieber nicht über meinen Beruf sprechen«, entschied ich.

»Du hast doch damit angefangen«, erwiderte Mitchell. Er

kratzte sich den Kopf, den er während der letzten Monate intensiv mit Haarwuchsmittel befeuchtet hatte.

»Ich nehme an, ihr beiden wollt Kinder«, sagte ich und wechselte zu einem weiteren Lebensbereich, auf dem ich kläglich versagt hatte.

»So bald wie möglich. Chrissy liebt Kinder.«

Natürlich liebt sie Kinder, dachte ich. Intellektuell hat sie ja unglaublich viel mit ihnen gemein.

»Im Gegensatz zu anderen Frauen, die ich kenne, gefällt ihr sogar die Vorstellung, schwanger zu sein«, fügte er hinzu, womit er andeuten wollte, daß ich nicht zu ihnen gehörte. Dabei hatte ich ja gar nichts dagegen, schwanger zu werden. Das Problem war nur, daß es einfach nicht klappte, und zwar lag das an einer Sache, die der Facharzt für Fruchtbarkeitsprobleme »unspezifische Sterilität« nannte. Mitchell hatte natürlich nur verächtlich die Nase über diese Diagnose gerümpft. Er war nun einmal der Überzeugung, daß ich meine Unfruchtbarkeit bloß spielte; daß ich einfach verstockt war und simulierte. Aber jedesmal, wenn ich vorschlug, Kinder zu adoptieren, fegte er die Idee beiseite. Mitchell war sich seiner eigenen Durchschnittlichkeit so wenig bewußt, daß er sich einbildete, die einzigen Kinder, die es wert seien, in die Welt gesetzt zu werden, würden aus *seinen* Lenden entspringen.

»Ich persönlich hoffe ja auf einen Jungen«, fuhr er fort, als antwortete er auf eine Frage. Ich sah auf meine Hand hinunter, öffnete die Faust und sah, daß ich mir mit den Fingernägeln blutige Schrammen in die Handfläche gegraben hatte. »Es wäre phantastisch, wenn ich einen Sohn hätte, der die Restaurants übernehmen könnte, wenn ich mich zur Ruhe setze.«

Die Restaurants, dachte ich voller Verachtung. Als Mitchell und ich geheiratet hatten, war er Steuerberater gewesen, und seine einzige Erfahrung mit Restaurants hatte darin bestanden, daß er in ihnen aß. Vor ein paar Jahren hatte er mir dann anvertraut, daß er schon immer davon geträumt hätte, ein Restaurant zu besitzen, das sich zu einem Anziehungspunkt für Schauspielerinnen, Models und bekannte Sportler entwickeln würde, sowie für alle Leute, die Knoblauch als die Haferkleie der Zukunft betrachteten. Wenige Wochen später machte er Nägel mit Köpfen. Und zwar zusammen mit einem ehemaligen Kunden namens Stan, der eine Kette von Eiscafés besaß. Mitchell und Stan übernahmen Räumlichkeiten, in denen sich zuvor ein gescheitertes China-Restaurant befunden hatte, engagierten einen Architekten, einen Lieferanten, einen Koch und gaben ihrem Speisetempel einen Namen: »Risotto!« Das Lokal wurde auf der Stelle ein Erfolg.

Natürlich war »Risotto« deshalb so beliebt (glauben Sie mir, es lag nicht am Essen!), weil Banyan Beach, der Ort, in dem wir wohnen, in jüngster Zeit »entdeckt« worden ist. Einst ein verschlafenes Fischerdorf an Südfloridas Treasure Coast, etwa eine Stunde nördlich von Palm Beach gelegen, wurde Banyan Beach sozusagen über Nacht zu einem angesagten Ort. Plötzlich gab es ein Home Depot und eine Filiale von Blockbuster Video, ein Ritz-Carlton und ein Four Seasons, Läden von Gap und Loehmann's, ganz zu schweigen von einem leibhaftigen Bloomingdale's. Auf einmal entstanden dort, wo vorher nur muffige alte Dorftrottel herumlungerten, Wohnanlagen für Golfer, Hochhäuser mit Eigentumswohnungen und schicke Häuser »à la Boca«. Plötzlich war sogar die Rede von einem Spielcasino.

Und ebenso plötzlich gab es Dazugezogene, die unbedingt ein Restaurant wie »Risotto!« brauchten, weil sie dann das Heimweh nach New York nicht ganz so sehr plagte. Mitchell und Stan fühlten sich von dieser Entwicklung so ermutigt, daß sie ein zweites Restaurant aufmachten, ein Steakhaus im Stil von Manhattan. Sie tauften es »Muh!«.

Im »Muh!«, erklärte mir Mitchell, hatte er auch Chrissy kennengelernt und sich in sie verliebt. Chrissy fand sich dort jeden Abend nach ihrem anspruchsvollen Auftritt in den Sechsuhrnachrichten ein, um »wieder zur Ruhe zu kommen«.

»Paß auf, Barbara. Da du anscheinend nicht darüber sprechen willst, kann ich jetzt genausogut gehen«, stellte Mitchell fest, nachdem er auf seiner Rolex nach der Uhrzeit gesehen hatte. Es war kurz vor sieben Uhr, und wir – oder vielmehr *er* – hatten fast zwei Stunden lang geredet. Es drängte ihn augenscheinlich zum Gehen. »Risotto!« und »Muh!« waren vermutlich proppenvoll, und er konnte der Versuchung nicht widerstehen, sich dort sehen zu lassen und die Gäste abzuzählen. Einmal hat er mir erzählt, daß er immer eine Gänsehaut bekäme bei dem Anblick, wie die Leute in seinen Restaurants um einen Tisch bettelten. Ich erwiderte, das sei vermutlich nur seine Schuppenflechte, die wieder ausbräche, und riet ihm, einen Termin bei seinem Hautarzt zu vereinbaren.

»Wenn du gehen willst, dann geh nur«, sagte ich.

Er kam auf mich zu, musterte mich von Kopf bis Fuß und seufzte angewidert.

»Wann wirst du nur endlich wieder herausfinden?« fragte er.

»Aus was herausfinden?« entgegnete ich, obwohl ich ganz genau wußte, was er meinte.

»Aus deinem Nebel«, antwortete er. Er ging erneut auf und ab. »Du bist immer so... so emotionslos. Hältst alles unter Verschluß. Läßt dir alles gefallen, egal was passiert.« Noch ein angewiderter Seufzer. »Du verlangst nie etwas, greifst nie nach etwas. Du sitzt einfach nur da und nimmst, was das Leben dir beschert. Hast du denn keine... keine *Bedürfnisse*?«

Momentan hatte ich nur das Bedürfnis nach mehr Wein. Viel mehr Wein. Ich leerte mein Glas und wollte gerade den Rest aus der Flasche nachschenken, als Mitchell sie mir aus der Hand riß.

»Schau dich doch nur an«, sagte er. »Du bist betrunken. Gehst du mittlerweile so deine Probleme an?«

Er kam wieder auf mich zu, packte mich an den Schultern und schob mich vor den Spiegel im Flur.

»Sieh dich gut an, Barbara Chessner«, verlangte er. »Sieh dir gut an, was aus dir geworden ist.«

Ich zwang mich, in den Spiegel zu blicken. Ich war betrunken, so betrunken, daß ich, als ich mein Spiegelbild sah, nicht ganz sicher war, um wen es sich handelte. Ich kam mir vor, als stünde ich in einem Spiegelkabinett, da das Bild, das sich mir zeigte, verzerrt, unwirklich und beängstigend war. Ich schnappte nach Luft.

Ich wirkte wie eine Schlampe. Eine dicke, fette Schlampe. Mein T-Shirt war voller Rotweinspritzer. Mein Gesicht war aufgeschwemmt und fleckig, mir irgendwie völlig fremd. Meine

Augen, früher stets von einem kristallklaren Aquamarin, saßen jetzt als winzige Schlitze über den Wangen, milchig und stumpf, wie zwei Schwimmbecken, die lange nicht gereinigt worden waren. Und dann gab es da noch mein Kinn. Das *zweite* Kinn. Das Kinn, das mir gewachsen war, als ich festgestellt hatte, daß mich mit Essen vollzustopfen auch eine Methode war, um mein Unglück hinunterzuschlucken. Einstmals schlank und durchtrainiert, war mein Körper im vergangenen Jahr breiter, fülliger und weicher geworden. Ich war zwar keineswegs fett, aber aufgeschwemmt und aus der Form geraten. Freilich war ich trotz der zusätzlichen Pfunde immer noch so flachbrüstig wie eh und je. Der einzige Unterschied bestand darin, daß meine Flachbrüstigkeit nun, im Kontrast zu meinem neuerdings hervorstehenden Bauch, noch offensichtlicher geworden war. Was mein Haar betraf, tja, das war schon immer unzähmbar gewesen. Das war nichts Neues. Es war lang und kraus, und obwohl ich erst achtunddreißig Jahre zählte, schon fast völlig ergraut. Ich kann mich noch daran erinnern, wie Mitchells Mutter Helen ihn einmal fragte: »Macht sie das mit Absicht? Um einen bestimmten ›Look‹ zu erzielen?« Mitchell hatte entgegnet, daß krauses, vorzeitig ergrautes Haar bei mir in der Familie läge und er fände, daß es mir »Charakter« verleihen würde.

Doch in Wirklichkeit hatte ich keinen Charakter. Ich war eine Karikatur. Eine schwabbelige Masse aus Konflikten und Widersprüchen. Einerseits hielt ich mich für besser als alle anderen. Andererseits hielt ich mich für ein Nichts. Einerseits verabscheute ich die hinterwäldlerische Art der Leute von Banyan Beach, mit denen ich aufgewachsen war. Andererseits hatte ich eine Abneigung gegen die Bauunternehmer und Touristen, also genau gegen die Leute, die versuchten, ein bißchen »Fortschritt« in die Stadt zu bringen, die Leute, die auch der Immobilienbranche neuen Auftrieb gaben. Einerseits wollte ich die Ehefrau eines Erfolgsmannes wie Mitchell sein. Andererseits wollte ich die Ehefrau eines Mannes sein, dessen Erfolg nicht mit dem Appetit weiter Bevölkerungsteile auf Rucola zusammenhing. Ich wußte einfach nicht, wohin ich gehörte oder zu wem. Ich wußte nur, daß ich innerhalb von zwölf Monaten von Größe 36 auf 40 zugenommen hatte und entsprechend deprimiert war. Wer würde mich jetzt noch wollen?

Vermutlich keiner.

Diese Erkenntnis traf mich mit vernichtender Klarheit. Daß Mitchell sich in eine andere Frau verliebt hatte, spielte keine Rolle. Ich konnte Mitchell ohnehin nicht ausstehen. Er war ein Blödmann. Er sollte bleiben, wo der Pfeffer wuchs. Doch nun mußte ich mich der Tatsache stellen, daß ich allein sein würde. Ein Single. Eine geschiedene Frau. Genau das, worauf die ganze Welt gewartet hatte: noch ein bedürftiges Weibchen mit Doppelkinn und ohne Busen.

Ich starrte weiterhin mein Spiegelbild an. Ich fühlte mich von dem Anblick zwar abgestoßen, aber konnte dennoch nicht wegsehen. Mein Verfall hatte etwas schauerlich Faszinierendes. Ich hatte als Immobilienmaklerin und als Ehefrau versagt. Ich konnte kein Haus verkaufen, meine Ehe nicht retten und den Reißverschluß an meiner Jeans nicht mehr zuziehen. Wozu taugte ich eigentlich? Was für ein Mann würde Barbara Chessner in ihrem gegenwärtigen Zustand haben wollen?

»Leb wohl«, sagte Mitchell und unterbrach damit meine jüngste Selbsthaßorgie. »Ich rufe dich in ein paar Tagen an, und dann besprechen wir, wie wir diese Sache abwickeln.«

Diese Sache. Nett.

Ich wirbelte herum, um ihn anzusehen. Ich konnte ihn nicht gehen lassen, ohne ihm zum ersten Mal in all unseren gemeinsamen Jahren die Meinung zu sagen. Diesmal würde ich nicht kneifen.

Ich nahm jedes Quentchen Mut zusammen, das ich besaß, sah ihm in die Augen und öffnete den Mund.

»Ja?« fragte er erwartungsvoll.

Ich erstarrte. Mein Kopf steckte voller wütender Vorwürfe, doch aus meinem Mund kam nichts heraus.

»Was denn nun?« erkundigte er sich ungeduldig und klopfte mit dem Fuß auf den Fußboden aus mexikanischen Fliesen.

Ich versuchte es erneut, doch sein mißbilligender Blick lähmte mich.

Voller Überdruß wandte er sich ab.

»Geh ins Bett, Barbara«, empfahl er mir, öffnete die Haustür und ging den gepflasterten Weg zu seinem Auto hinab.

»Geh zum Teufel, Mitchell«, fluchte ich schließlich, als feststand, daß er zu weit entfernt war, um mich hören zu können.

2

Nachdem Mitchell gegangen war, weinte ich etwa eine Stunde lang. Nicht etwa, weil ich es bedauerte, ihn gehen zu sehen, sondern weil mir der Rotwein ausgegangen war. Es gibt nichts Schlimmeres, als kein Gift mehr zu haben, wenn man sich umbringen möchte.

Ich beschloß, auf Wodka umzusteigen, und mixte mir eine Bloody Mary. Dann verschlang ich eine ganze Tupperschüssel voller kalter Spaghetti ohne Soße und machte mir eine zweite Bloody Mary. Anschließend heulte ich noch ein bißchen, als mir klar wurde, daß Essen und Alkohol überhaupt nichts brachten; daß ich mich, ganz egal, wieviel ich auch aß und trank, immer noch wie eine hoffnungslose Versagerin fühlte, die null Chancen hatte, jemals ihr Glück zu finden.

Ich schleppte mein Glas ins Wohnzimmer, brach auf dem Sofa zusammen und lauschte dem Gewitter, das sich draußen zusammengebraut hatte. Es schüttete kübelweise. Das war für Banyan Beach im Juli nichts Ungewöhnliches, weil dieser Monat genau in der Mitte der gefürchteten Hurrikansaison liegt – wenn sämtliche Wintertouristen den Sommer über in den Norden gezogen und nur noch die Einheimischen da sind und über die Hitze, die Feuchtigkeit und die Moskitos jammern. Und selbst wenn die Stürme nicht Orkanstärke erreichten, brachten sie oft sintflutartige Regenfälle, tosendes Donnergrollen und gewaltige Wirbelwinde mit. Ein lauter Donnerschlag ließ mich im Zickzackkurs an die gläserne Schiebetür wanken, um die Außenbeleuchtung einzuschalten. Seit wir unser Vier-Schlafzimmer-Dreieinhalb-Bäder-Haus im Key-West-Stil bezogen hatten, das auf einem erstklassigen Grundstück direkt am Meer lag, genoß ich es, mir

Gewitter vom Wohnzimmer aus anzusehen. Sie waren so dramatisch, so intensiv. Genauso, wie mein Leben nicht war.

Während Wind und Regen gegen die Tür peitschten, preßte ich die Nase gegen die Scheibe und betrachtete das angeschwollene und aufgewühlte Meer. Es schien kurz davor, sich zu erheben und das Haus und mich auf einmal zu verschlingen.

Wäre das ein Drama gewesen? fragte ich mich und blickte auf das wogende Wasser unter mir. Wäre es wirklich so schlimm, vom Ozean verschlungen und in ein Meer der Finsternis davongetragen zu werden, an einen Ort, wo meine Probleme und Mißerfolge nicht mehr länger an mir nagen konnten?

Ich nahm noch einen Schluck von meiner Bloody Mary und merkte, wie meine Beine leicht nachgaben. Ich hielt mich am Türgriff fest, um mich zu stützen, und trank noch mehr.

Ich war inzwischen mehr als betrunken, aber das kümmerte mich nicht. Ich wollte keine Kontrolle mehr über meine Gedanken oder Handlungen haben. Ich hatte es satt, stets kontrolliert und von meinen Gefühlen in einer Zwangsjacke gehalten zu werden. Ich wollte nur noch laufen, flüchten, um von Mitchell und Chrissy und allen anderen Bewohnern von Banyan Beach wegzukommen, die sich einbildeten, Barbara Chessner zu kennen. Nichts wie weg von der Tatsache, daß ich zu einer in Selbstmitleid zerfließenden Frau mittleren Alters geworden war, die einmal Träume gehabt hatte.

Und dann begann ich, trotz des Donners, der Blitze und des heftigen Sturms, meinen unausgesprochenen Wunsch in die Tat umzusetzen. Als würde mich jemand zu sich rufen und winken, packte ich mein Glas, öffnete die Schiebetür und stolperte auf die Terrasse hinaus.

Binnen Sekunden waren meine Kleider völlig durchnäßt, und das Haar klebte mir am Kopf. Ich nahm es gar nicht wahr, ebensowenig wie die Gewalt der Elemente und die Tatsache, daß es dumm und gefährlich war, mitten in einem Gewitter im Freien zu stehen.

»Geh wieder ins Haus«, flüsterte mir eine andere Stimme von irgendwo aus meinem Inneren zu. »Geh wieder ins Haus, bevor es zu spät ist.«

»Zu spät wofür?« fragte ich laut, über das Tosen des Sturms, das Peitschen der Wellen und das Pochen meines Herzens hinweg.

Ich benahm mich wie verrückt, das war mir klar. Völlig überdreht. Aber es kümmerte mich einen Dreck, ob mich der Blitz traf. Ich forderte es ja heraus, wurde dazu förmlich getrieben. Von wem? Ich wußte es nicht. Woher auch? Es gab ja keine Warnung, keinen Hinweis darauf, daß ich gleich ein »Darksider« werden sollte, einer von denen, die ihren Körper dem Teufel überschreiben.

Der Teufel? Was in aller Welt wußte ich denn eigentlich über den Teufel? Meine verstorbenen Eltern, Ira und Estelle Greenberg, hatten mich in dem Glauben erzogen, daß es keinen Teufel gab, sondern nur Republikaner. Ihre Vorstellung vom »Bösen« erschöpfte sich in einer Tochter, die mit dreißig noch nicht verheiratet war. Deshalb waren sie ungemein erleichtert, als ich Mitchell eine Woche nach meinem achtundzwanzigsten Geburtstag heiratete. Aber es sollte sich herausstellen, daß ich dem Bösen damit nicht entkommen war. Im Gegenteil: Denn hier stand ich nun, draußen in diesem Gewitter und nur noch Sekunden davon entfernt, vom finstersten Bösen, das es gibt, vereinnahmt zu werden.

Während mir Wind und Regen ins Gesicht stürmten, trank ich den Rest meiner Bloody Mary aus, schleuderte das leere Glas auf den Strand unter mir und sah zu, wie das Meer es davonriß.

Doch durch diese Geste kam ich mir erst richtig albern vor. Mein Selbstmitleid nahm weiter zu, und ich begann zu schluchzen, wodurch ich mich nur noch schlechter fühlte. Es gibt nichts, was in seiner Überflüssigkeit deprimierender wäre, als im Regen zu heulen – abgesehen vielleicht davon, unter der Dusche zu weinen.

»Bitte hilf mir!« wimmerte ich unter Schluchzen und sah zum schwarzen, zornigen Himmel empor. »Ich bin so allein und so verklemmt und so... betrunken.« Ich fing an zu schlottern und klammerte mich am Terrassengeländer fest, um nicht umzufallen.

»Mein Mann hat mich gerade verlassen. Und beruflich geht

auch nichts mehr vorwärts, rein gar nichts.« Ich hickste. »Und ich bin dick und häßlich und kann meine Gefühle nicht ausdrücken, und kein Mann wird mich je wieder wollen.«

Plötzlich wurde mir schwindlig, und ich spürte ein seltsames Prickeln in Händen und Füßen, aber ich redete weiter. Es tat mir gut, zu reden, endlich alles herauszulassen.

»Bitte, willst du mir nicht helfen?« jammerte ich so laut, daß man mich bis Miami hätte hören können. »*Bitte!*«

Ich hatte natürlich keine Ahnung, an wen ich mich eigentlich wandte. Ich war davon ausgegangen, daß es Gott war. Wer auch sonst? Die meisten Menschen glauben, daß in großen Schwierigkeiten und aussichtslosen Situationen Gott derjenige ist, den man anrufen muß. Woher sollte ich wissen, daß noch jemand anders mithörte?

»Wenn du mir hilfst«, bettelte ich weiter und wischte mir mit dem Handrücken die Tränen aus dem Gesicht, »tue ich alles, was du verlangst. *Alles.* Du mußt nur meine Pechsträhne beim Immobilienverkauf beenden. Gib mir einen Abschluß – einen einzigen anständigen Abschluß –, sagen wir, ein Haus in der Preisklasse zwischen 500 000 und 750 000 Dollar.«

Ich hielt mir die Ohren zu, während ich darauf wartete, daß ein markerschütterndes Donnern verhallte.

»Und in privater Hinsicht«, fuhr ich fort, »habe ich mein ganzes Leben immer nur darauf gewartet, die wahre Liebe zu finden. Mir ist ja klar, daß ich kein blondes Glamourhäschen wie Chrissy Hemplewhite bin und die Männer nicht gerade Schlange stehen, um Mitchells Platz in meinem Bett einzunehmen. Na ja... was ich einfach nur sagen will, ist...« Ich verstummte. Meine altbekannte Lähmung kehrte zurück. Ich hatte etwas Verräterisches sagen wollen und erstarrte.

Ein heftiger Windstoß hätte mich fast von der Terrasse gefegt, und ich hatte Mühe, Luft zu holen.

»Okay, okay«, keuchte ich, da ich spürte, daß ich meine Rede bald zu Ende bringen mußte, wenn ich überhaupt je einen Abschluß finden wollte. »Ich sage dir, was ich will. Ich will keine graue Maus mehr sein. Ich habe es einfach bis obenhin satt, mein Leben als ewiges Mauerblümchen zu fristen, eine Frau wie aus den ›Vorher-Werbespots‹ zu sein, die nicht beachtet und nicht ernst genommen wird und nie den Mann ihrer Träume bekommt.« Da. Jetzt hatte ich es gesagt. »Ich will, daß sich etwas ändert. Ich will, daß ich mich ändere. Ich will…«

Ein weiterer Donnerschlag ertönte, diesmal von solcher Heftigkeit, daß die Terrasse meines Hauses bebte, was mich völlig aus dem Gleichgewicht brachte und mit einem dumpfen Schlag zu Boden warf. Ich lag mehrere Sekunden lang zitternd da, klammerte mich in Todesangst ans Geländer und beschirmte mein Gesicht vor dem Orkan.

Und dann, auf einmal, genau in dem Moment, als ich schon damit rechnete, in diesem Gewitter umzukommen, war es der Wind, der erstarb. Einfach so. Gerade noch war die Luft in turbulenter Raserei gewesen, und im nächsten Augenblick herrschte eine vollkommene Ruhe. Auch Donner und Blitz kamen praktisch zum Erliegen, und das Meer wurde so still wie ein See. Es war, als hätte jemand einen Schalter auf »Aus« gestellt.

Verblüfft von dem dramatischen Wandel in der Atmosphäre, stand ich ruckartig auf und sah in den Himmel. Er schimmerte nun nicht mehr schwarz, sondern erstrahlte in einem fast durchscheinenden Blau, was an sich schon deshalb ziemlich seltsam wirkte, weil es mittlerweile fast zehn Uhr nachts war. Noch merkwürdiger kam mir allerdings die Tatsache vor, daß Dutzende kleiner, silberner Gesichter den Himmel zierten. Ohne Witz. Zuerst hielt ich sie für Sterne, doch als ich noch einmal hinsah, stellte ich fest, daß sie Augen, Nasen und Münder hatten – *und eines von ihnen schien mir sogar zuzuzwinkern!*

Ich lachte zum ersten Mal seit Monaten wieder und nahm an, daß ich eine aberwitzige, alkoholbedingte Halluzination hatte.

Ich hatte ja keine Ahnung, daß ich nicht phantasierte, sondern daß dieses Szenario den ersten Akt in einem Tauziehen um meine Seele darstellte, und daß das, was mich erwartete, alles andere als eine Komödie werden würde.

3

Das erste, was mir beim Aufwachen am nächsten Morgen auffiel, war, daß ich keinen Kater hatte. Angesichts der Alkoholmenge, die ich konsumiert hatte, fühlte ich mich erstaunlich klar im Kopf.

Die zweite Merkwürdigkeit bestand darin, daß mir Mitchells Anwesenheit im Haus nicht im geringsten fehlte – obwohl wir mehr als zehn Jahre zusammengelebt hatten.

Und dann war da noch mein Gesang, der seltsamerweise tadellos klang. Ich hatte bisher nie richtig singen können und war in der Schule immer aufgefordert worden, den Text zur Nationalhymne nur mit lautlosen Mundbewegungen zu mimen. Doch an diesem Morgen, dem Morgen danach, stellte ich das Radio an, bevor ich aus dem Bett stieg, und bemerkte verwundert, wie ich mit Gloria Estefan im Gleichklang trällerte. Ich wußte nicht, was ich davon halten sollte, aber ich kann Ihnen versichern, daß ich verflucht toll klang.

Um Viertel vor sieben stand ich auf, schlüpfte in einen Bademantel und tappte in die Küche, den Kopf voller Bilder von verlorenen Eiern, englischen Muffins und knusprig gebratenem Speck. Ich wollte gerade die Kühlschranktür aufmachen, als das Bellen begann.

Es war laut, durchdringend und unglaublich lästig, und da weder ich noch einer meiner Nachbarn einen Hund besaß, fragte ich mich, woher das Gebell um alles in der Welt kam.

»Oh, halt die Klappe«, knurrte ich, als das Gekläffe nicht verstummte. Entnervt ging ich an die Haustür, machte sie auf und sah mich nach dcm Ruhestörer um. Ich mußte nicht weit schauen: Er saß direkt auf meiner Schwelle, genoß die warme Sonne, und wedelte dabei mit seinem Schwanz wie ein wildgewordener Scheibenwischer.

Es war ein großer schwarzer Hund mit kurzem glänzenden Fell, Schlappohren und einem weißen Fleck auf der Brust.

»Husch! Verschwinde!« rief ich und versuchte, ihn mit fuchtelnden Armen zu verscheuchen.

Ich konnte Hunde nicht ausstehen und hatte noch nie begriffen, warum andere Leute sie so nett und niedlich fanden. Meines Wissens konnten sie nichts als bellen, sabbern und einem im Schritt herumschnüffeln.

»Wuff! Wuff! Wuff!« bellte der Hund erneut und sah mich mit seinen ziemlich vielsagenden haselnußbraunen Augen eindringlich an.

Es ist bestimmt ein Labrador, stellte ich fest und mußte an Jethro denken, den Hund, den mein Bruder Benjamin einmal besessen hatte. Benjamin war ein Relikt aus der Hippie-Zeit der sechziger Jahre und benannte alle seine Hunde nach seinen Lieblings-Rockgruppen oder deren Songs. Infolgedessen gab es einen Labrador namens Jethro (in Gedenken an Jethro Tull), einen Boxer namens Floyd (als Verweis auf Pink Floyd) und einen Golden Retriever namens Vida, der an »In-a-Gadda-Da« erinnern sollte.

Da ich den Namen dieses Hundes nicht kannte, entschied ich mich für das neutrale »Fido«.

»Halt die Luft an, Fido«, befahl ich.

Zu meinem Erstaunen gehorchte er. Er sah mich mit schiefgelegtem Kopf an und machte dieses jammervolle, jaulende Geräusch, das Hunde von sich geben, wenn sie gestreichelt oder gefüttert werden oder ein Frisbee zugeworfen bekommen wollen.

»Hör mal, hast du dich verlaufen?« fragte ich ihn, da ich das Gefühl kannte. Mein Mann hatte mich sitzenlassen, ich war beruflich eine Niete, und auf einer Skala von eins bis zehn lag mein Selbstwertgefühl bei minus sieben.

Als der Hund immer noch nicht zu jaulen aufhörte, beugte ich mich runter und sah nach, ob er irgendwelche Marken trug. Er hatte sogar zwei.

Ich streckte die Hand aus, um sie mir anzusehen, aber Fido faßte diese Geste als Einladung dazu auf, mir die Schnauze unter den Bademantel zu stecken.

»He, laß das!« fauchte ich.

Fido entfernte seine Schnauze wieder aus meinem Intimbereich.

Ich packte ihn am Halsband und sah, daß auf einer der beiden

Marken seine Registriernummer von der Tierbehörde sowie das Datum seiner letzten Tollwutimpfung standen. Die andere Marke trug seinen Namen, der offenbar Pete war.

»Pete«, sagte ich nachdenklich. »Du bist also ein Männchen. Jetzt laß uns mal sehen, wo du wohnst.«

Ich blinzelte im Sonnenlicht und versuchte, die Adresse auf dem Anhänger zu lesen. Ruckartig schoß ich in die Höhe.

»Aber das kann nicht sein!« rief ich laut. Der Marke zufolge war Pete hier zu Hause. Auf der Marke stand meine Adresse!

Wollte sich da irgend jemand einen Scherz mit mir erlauben? fragte ich mich. Oder hatte Mitchell einen Hund gekauft und vergessen, es mir zu sagen? War die Adresse auf der Marke vielleicht ein Irrtum, ein Tippfehler oder eine Verwechslung von seiten der Tierbehörde?

Es gab eine Möglichkeit, das herauszufinden. Ich prägte mir Petes Registriernummer ein, ließ ihn weiter bellen und jaulen und ging ins Haus, um bei der Tierbehörde anzurufen.

»Hallo«, sagte ich freundlich. »Ich rufe an, um einen ausgerissenen Hund zu melden. Einen schwarzen Labrador namens Pete.«

»Wissen Sie, wer der Besitzer ist?« fragte mich der Mann am anderen Ende der Leitung.

»Nein, aber ich habe die Registriernummer des Hundes.« Ich nannte sie ihm.

»Einen Moment bitte«, sagte er. »Ich sehe mal nach.«

Ich wartete.

»Okay. Ich habe den Namen des Besitzers«, meldete er sich wieder. »Wir holen den Hund ab und erteilen dem Besitzer eine Verwarnung. Wir haben Leinenzwang in Banyan Beach, wissen Sie.«

»Ich weiß«, erwiderte ich. »Deshalb rufe ich ja an.«

»Viele Leute kümmern sich einfach nicht darum«, fuhr er fort. »Manche lassen ja ihre Haustiere überall herumrennen.«

»Wie wahr«, bestätigte ich. »Ach, da ist noch etwas.«

»Ja?«

»Auf der Hundemarke muß sich ein Fehler eingeschlichen haben«, sagte ich.

»Was denn für ein Fehler?« fragte er.

»Da steht, seine Adresse sei Seacrest Way 666«, erklärte ich.

»Genau. So ist es auch in meinen Unterlagen vermerkt«, antwortete er.

»Wie bitte?« erkundigte ich mich höflich.

»Ich sagte, daß diese Adresse auch in meinen Unterlagen vermerkt ist«, wiederholte er.

»Aber das kann nicht sein«, protestierte ich. »Seacrest Way 666 ist *meine* Adresse, und ich habe keinen Hund.«

»Sind Sie sicher?«

»Allerdings.«

»Wie heißen Sie denn, Lady?«

»Barbara Chessner.«

»Tja, meinen Unterlagen nach sind Sie Petes Besitzerin, Mrs. Chessner.«

Vielleicht habe ich ja doch einen Kater, dachte ich. Oder Alzheimer. Vielleicht habe ich einen Hund und kann mich nur nicht daran erinnern.

Doch das war absurd. Ich habe in meinem ganzen Leben noch kein Haustier besessen. Weder einen Hund noch eine Katze, nicht mal einen Wellensittich. Nein, das stimmte nicht ganz. Als ich sechs oder sieben war, hatte ich einmal eine Schildkröte namens Willie, aber Willie zählte nicht. Er rührte sich nie von der Stelle, nicht mal, wenn ich mit einem Stift unter seinen Panzer bohrte. Eine ganze Zeitlang dachte ich, er sei tot, und schließlich stellte sich heraus, daß genau das der Fall war.

»Es tut mir leid, aber das muß eine Verwechslung sein«, beschwerte ich mich beim Mann von der Tierbehörde. »Der Hund, der da draußen vor meiner Haustür bellt, gehört jemand anders.«

»Hören Sie, Lady«, erwiderte er. »Ich weiß nicht, was für Probleme Sie haben, aber ich würde Ihnen empfehlen, sich zusammenzureißen. Wenn Sie Barbara Chessner sind und im Seacrest Way 666 wohnen, dann gehört Pete einzig und allein Ihnen.«

Jetzt war ich aber wütend. Wie kam er dazu, mir zu raten mich zusammenzureißen?

Ich schluckte schwer und merkte, wie sich alle meine Muskeln verspannten. Ich vertrug es nicht, wenn man mich von oben herab behandelte, und am liebsten hätte ich den Kerl zur Schnecke gemacht. Aber das konnte ich natürlich nicht. Ich doch nicht, ich saft- und kraftlose Memme. Auf keinen Fall durfte ein Wildfremder wütend auf mich werden.

Ich wollte gerade den Hörer auflegen und mich mit eingezogenem Schwanz in die Ecke verziehen, als ich mich auf einmal mit lauter Stimme zu dem Angestellten der Tierbehörde sagen hörte: »Wie heißen Sie?«

»Wie ich heiße? Ted Benson. Warum?«

»Weil ich vorhabe, Ihrem Vorgesetzten zu berichten, wie unhöflich und gefühllos Sie sich verhalten haben«, fuhr ich ihn in einem zornigen Tonfall an, den ich noch gar nicht von mir kannte. »Ich bin nicht plemplem, und ich lasse mich von Ihnen nicht so behandeln.«

»Herrje, das tut mir leid, Mrs. Chessner.« Er klang mit einem Mal ganz zerknirscht. »Ich wollte nicht unhöflich sein.«

»Wer's glaubt, wird selig!« schrie ich und knallte den Hörer auf die Gabel.

Ich schrie? Ich knallte den Hörer auf die Gabel? Ich?

O mein Gott, fuhr es mir durch den Kopf, während ich dasaß und am ganzen Körper zitterte. Habe ich das wirklich getan? Bin ich wirklich wütend auf jemanden geworden? Auf einen lebenden Menschen?

Was war nur los mit mir?

Ich schüttelte den Kopf, ging wieder in die Küche und versuchte herauszufinden, weshalb ich auf einmal in der Lage gewesen war, meinem Ärger Luft zu machen. Das sah mir gar nicht ähnlich. Überhaupt nicht. Allerdings mußte ich zugeben, daß es gar kein schlechtes Gefühl gewesen war, zur Abwechslung einmal zu sagen, was ich dachte, es einfach loszuwerden. Es war befreiend – und so leicht! Und außerdem machte es auch noch Spaß. Warum hatte ich bloß so lange damit gewartet, es auszuprobieren?

Ich machte mir ein opulentes Frühstück und duschte heiß, weil ich hoffte, auf diese Art den Alkohol aus meinem Körper brühen und nach und nach alles begreifen zu können, was mir widerfuhr. Doch als ich aus dem Badezimmer kam, gab es schon wieder ein neues Rätsel zu lösen.

Ich musterte meinen nackten Körper und bemerkte dabei, daß meine Brüste größer geworden waren! Sie hatten zwar keineswegs Dolly-Parton-Format, waren aber auch nicht mehr so platt wie zuvor.

Eilig rannte ich zum Spiegel über meiner Kommode und beäugte sie. Ja, sie waren eindeutig gewachsen – um zwei oder drei Körbchengrößen! Außerdem waren sie runder, fester, ja geradezu üppig!

Ich drehte mich zur Seite und musterte sie im Profil. Es war unheimlich! Sie standen richtig hervor!

Als ich mich wieder dem Spiegel zuwandte und meine Brüste zusammendrückte, traute ich meinen Augen nicht: Zum ersten Mal in meinem Leben hatte ich ein richtiges Dekolleté! Damit war ein WonderBra überflüssig!

Bleib jetzt bloß auf dem Teppich, sagte ich mir. Geld wächst nicht auf Bäumen, und Brüste wachsen nicht an achtunddreißigjährigen Immobilienmaklerinnen. Es ist vermutlich nur ein Fall von Fettumverteilung. Apropos Fett: Anscheinend hatte ich abgenommen. Mein Doppelkinn war irgendwie verschwunden, und der Bauch stand nicht mehr so hervor wie sonst.

Was ging hier vor? Meine flachen Brüste waren prall geworden, und mein praller Bauch flach – und alles, nachdem ich soeben zwei verlorene Eier, zwei englische Muffins, sechs Scheiben Speck und eine halbe Packung tiefgekühlte Bratkartoffeln verdrückt hatte. Nicht gerade Diätnahrung. War ich von einem Außerirdischen besucht worden, der mir im Schlaf das Fett abgesaugt und Brustimplantate eingesetzt hatte? Oder hatte der viele Alkohol, den ich getrunken hatte, meine Fettzellen mitsamt den Gehirnzellen schmelzen lassen?

Während ich mich noch im Spiegel anstarrte, wanderte mein Blick nach oben, und ich entdeckte, daß sich auch meine Haare drastisch verwandelt hatten! Sie waren nicht mehr grau, sondern blond – ein goldenes, strahlendes Blond! Selbst ihre Struktur war glatter, gerader und viel »entspannter«. Kam das von dem neuen Shampoo, das ich benutzt hatte? Im Fernsehen hatte ich mehrere abgetakelte Schauspielerinnen für das Produkt Werbung machen sehen und mir gedacht, wenn es für die gut genug war, reichte das auch für mich. Aber konnte das mein vorzeitig ergrautes Haar wirklich wieder blond werden lassen?

Ich musterte mich rasch von Kopf bis Fuß und pfiff durch die Zähne. Ich sah so gut aus wie schon lange nicht mehr. Und das, obwohl ich eine höllische Nacht durchgemacht hatte. Wie war es nur möglich, daß ich im Schlaf verwandelt worden war? Wie konnte es sein, daß ich als unförmige Matrone zu Bett gegangen und als umwerfende Schönheit wieder aufgewacht war?

Vielleicht liegt es daran, daß mich Mitchell verlassen hat, sagte ich mir. Vielleicht ist mein Körper jetzt am Feiern.

Worin auch immer der Grund für meine Verwandlung bestand – damals hatte ich natürlich keinen blassen Schimmer von den teuflischen Hintergründen –, ich freute mich darüber und zog mich voller Genuß fürs Büro an, während ich im perfekten Gleichklang Bonnie Raitt, Elton John und Boyz II Men begleitete. Ich wählte ein blaues Baumwollkleid, das ich in die hinteren Tiefen meines Schranks verbannt hatte, weil es mir zu eng geworden war. Jetzt saß es wie angegossen und umschmeichelte die Konturen meines Körpers wie eine zweite Haut.

Als ich zu meinem Auto hinausging, saß Pete nicht nur weiterhin wie angewurzelt vor meiner Haustür, sondern begrüßte mich auch noch damit, daß er eine Speichelpfütze auf meinen Rocksaum plazierte.

»Mist. Schau bloß, was du angerichtet hast«, schimpfte ich und überlegte, was ich mit dem Hund machen sollte.

Rasch ging ich wieder hinein und rief meinen Bruder an, der momentan gerade mal hundelos war.

»Ben, hier ist Barbara«, begrüßte ich ihn, als er sich meldete.

»Ach, Barbara. Hallo... Ah, einen Moment bitte, ja?«

Seine Stimme klang gedämpft, als spräche er mit einem Laken über dem Kopf, und außerdem schien noch jemand mit ihm im Zimmer zu sein. Offenbar hatte ich bei irgend etwas gestört.

»Entschuldige«, sagte er, als er wieder an den Apparat kam. »Es ist noch ein bißchen früh für mich. Ich bin noch im Bett.«

»Das habe ich gemerkt.«

»Und wie geht's dir?«

»Ganz gut, abgesehen davon, daß mich Mitchell wegen einer Vierundzwanzigjährigen verlassen hat.«

»Mitchell ist abgehauen?«

»Mhm.«

»Du mußt überglücklich sein. Mitchell ist ein Arschloch. Ich konnte ihn noch nie ausstehen. Von Anfang an nicht.«

Ohne auch nur eine Sekunde zu überlegen, was ich da tat, platzte ich heraus: »Mitchell hat zwar seine Fehler, aber daß du ihn nicht ausstehen kannst, liegt nur daran, daß er erfolgreich ist, Benjamin. Du hast eine hartnäckige Abneigung gegen erfolgreiche Menschen.«

Meine Hand flog zum Mund, und ich schnappte nach Luft. Hatte ich das wirklich zu meinem Bruder gesagt? Zu meinem lieben, netten Bruder, dem gegenüber ich noch nie ein barsches oder unfreundliches Wort losgelassen hatte? Was in aller Welt war nur mit mir los?

»Barbara? Bist du mit dem falschen Fuß aufgestanden oder was?« fragte er.

»Nein. Ich sage nur zur Abwechslung mal, was ich denke: Du kannst Leute nicht ausstehen, die eine Menge Geld verdienen. Du tust so, als würdest du Kapitalisten für Agenten des Teufels halten.« Noch ein Ausbruch. Und ich hatte noch nicht einmal registriert, daß er sich anbahnte. Ich machte lediglich den Mund auf, und schon sprudelte es aus mir heraus – auch diese Bemerkung mit dem Teufel, die mir jetzt wenigstens im nachhinein die Augen hätte öffnen sollen.

»Das stimmt nicht, Barbara. Wirklich nicht.«

Doch es stimmte. Mein vierundvierzig Jahre alter Bruder war ein Nichtsnutz. Zwar ein netter Nichtsnutz, aber das änderte nichts an der Tatsache, daß er ein Müßiggänger war, wie es im Buche stand. Unsere Eltern waren vor sieben Jahren bei einem Autounfall ums Leben gekommen und hatten Ben und mir testamentarisch ein wenig Geld vermacht. Ich sah meine Erbschaft als Polster an, Geld, das ich mir für schlechte Zeiten aufsparte. Für Benjamin dagegen wurde der Erbteil die Grundlage dafür, bis ans Ende seiner Tage herumzugammeln. Er kaufte westlich der I-95 fünfzig Morgen Land, baute ein Blockhaus darauf, das an die Kommune erinnerte, in der er Ende der sechziger Jahre gelebt und gebumst hatte, und verbrachte seine Zeit damit, Rock 'n' Roll zu hören und mit der Hälfte aller Frauen Floridas zu schlafen, von denen er eine Menge schwängerte. Jedesmal, wenn ich ein Kind mit dem krausen, vorzeitig grau werdenden Haar sah, das für unsere Familie typisch ist, stand für mich fest, daß es ein Nachkomme von Ben war.

Wenn er nicht gerade seinen Samen in der weiblichen Umgebung verteilte, züchtete er verschiedene Dinge. Im einen Jahr waren es Tomaten, im nächsten Orchideen. Seine neueste Marotte war eine Emuzucht. Als ich ihn fragte, warum er gerade diese Viecher aufziehen wollte, entgegnete er: »Warum nicht?«

Er besaß ungefähr soviel Ehrgeiz wie ich Interesse an Emus, aber abgesehen von ein paar todlangweiligen Tanten, Onkeln und Cousinen war er mein einziger Verwandter. Wir liebten einander. Ich hoffte, diese Liebe ausnutzen zu können, indem ich ihm Pete aufschwatzte.

»Hör mal, Ben. Erinnerst du dich noch an den schwarzen Labrador, den du mal gehabt hast?« erkundigte ich mich.

»Du meinst Jethro? Klar.«

»Möchtest du wieder einen Labrador?«

»Wem gehört er?«

»Das ist eine lange Geschichte. Belassen wir es dabei, daß ich das Recht habe, ihn herzugeben. Würdest du ihn nehmen? Bitte.«

»Klar, warum nicht? Ich habe schon länger daran gedacht, mir wieder einen Hund anzuschaffen. Janice möchte auch einen.«

»Janice?«

»Ja. Meine neue Flamme. Sie ist letzte Woche hier eingezogen. Stimmt's, Süße?«

Ich hörte im Hintergrund eine Frau kichern, eine sehr junge Frau, und dann hörte ich, wie Benjamin sie küßte – laute, nasse Schmatzer. Es war ekelhaft. Als er wieder ans Telefon kam, fragte ich: »Was ist denn mit Denise passiert?«

»Nichts«, antwortete Benjamin. »Sie spielt immer noch eine

Rolle in meinem Leben. Als gute Freundin. Janice ist ihre jüngere Schwester.«

»Was macht Janice?«

»Machen?«

»Vergiß es. Mir entfällt immer wieder, daß das Wort machen in dem Sinn, etwas beruflich auf die Beine zu stellen, einfach über deinen Horizont geht.«

»Mensch, du mußt ja von Mitchells Verschwinden betroffener sein, als du zugibst«, meinte Benjamin. »Du bist ganz schön gehässig heute morgen.«

»Tut mir leid«, entschuldigte ich mich. »Vielleicht stehe ich wegen dieser Geschichte noch unter Schock.« Stimmte das? War das wirklich der Grund für meine unerklärliche Ehrlichkeit?

»Klar. Ich verstehe schon. Also, was soll ich jetzt in Sachen Hund unternehmen?«

»Könntest du herüberkommen und ihn abholen? Heute abend? Ich würde ihn dir ja bringen, aber ich möchte mir wirklich nicht das Auto versauen. Ein schmutziges Auto stößt die Kunden ab, weißt du?« Ich hatte seit Monaten kein Haus mehr akquiriert und ganz vergessen, wie es war, Kunden zu haben, aber ich hoffte darauf, daß sich das Blatt wenden würde, genau wie sich alles andere um mich herum änderte.

»Ich würde ja gern, Barbara, aber Janice, Denise und ich machen heute abend eine Séance.«

»Eine was?«

»Eine Séance. Du weißt schon. Wo man in einem dunklen Raum sitzt und zu Geistern Kontakt aufnimmt. Das haben in den Sechzigern doch alle gemacht.«

»Wir haben die Neunziger, Benjamin. Wann willst du endlich erwachsen werden und dir ein Leben aufbauen?«

Ich wollte die Bemerkung zurücknehmen, als ich sie ausgesprochen hatte, aber dazu war es zu spät.

»He, Barbara? Warum nimmst du nicht einfach deinen Hund und deine nette Art und machst dir einen schönen Tag?«

Er wollte gerade auflegen, als ich ihn davon abhielt.

»Warte! Ben! Leg nicht auf! Ich weiß gar nicht, was ich rede.«

»Ach, komm schon. Sei ruhig sauer auf mich, wenn du willst,

aber erzähl mir nicht diesen Stuß von wegen ›ich weiß nicht, was ich rede‹. Das hinkt ganz schön.«

»Aber es stimmt«, beteuerte ich. Wie sollte ich es ihm nur erklären? Ich begriff ja selbst nicht, was mit mir los war? Wie konnte ich erwarten, daß es jemand anders kapieren würde?

»Gut. Wie auch immer. Jedenfalls machen wir heute abend um sieben diese Séance«, fuhr Benjamin fort. »Janice und Denise möchten Kontakt zu ihrer Großmutter aufnehmen, die letztes Jahr gestorben ist, ohne irgend jemandem die Zutaten für ihren Hackbraten zu verraten. Beide sagen, Großmutter Patrice hätte einen umwerfenden Hackbraten gemacht, und vielleicht würde sie uns das Rezept verraten, wenn wir in Kontakt zu ihrem Geist treten. Einen Versuch ist es doch wert, oder was meinst du?«

»Ich sage dir lieber nicht, was ich dazu meine«, antwortete ich und fragte mich, welcher abwegigen Marotte sich Ben als nächstes zuwenden würde, während ich zu begreifen versuchte, wie Geschwister derart unterschiedlich sein konnten. Wir stammten von denselben streng konventionellen Eltern ab, Leuten, die lieber gestorben wären, als ihre Nachbarn zu schockieren, und dennoch führten wir zwei radikal verschiedene Leben. Ben verarbeitete die Scheinheiligkeit unserer Eltern, indem er rebellierte und sich weigerte, in ihrer engen Welt unterzukriechen. Er pflegte einen Lebensstil, von dem er wußte, daß sie ihn verabscheuten. Ich ging exakt in die andere Richtung: Ich tat genau das, was sie von mir erwarteten, hatte Angst, es ihnen nicht recht zu machen und verkam so zu einer grauen Maus. Während Ben zu einer eigenständigen Person wurde, wurde ich zu einer Null.

»Falls du bei deiner Geistersitzung zufällig mit Mom und Dad sprechen solltest, denk daran, ihnen nichts von Mitchell und mir zu erzählen«, fügte ich hinzu. »Es wäre ihnen wahnsinnig peinlich, wenn sie erfahren müßten, daß ihre Tochter wegen einer Wetteransagerin mit vorstehenden Zähnen sitzengelassen worden ist. Du weißt ja, wie sie waren.«

»Ich erzähle ihnen nur das Beste über dich«, versprach Ben.

»Da wäre ich dir sehr dankbar. Aber jetzt zurück zu diesem Hund. Wenn du nicht kommen und ihn abholen kannst, muß ich ihn wohl bis morgen behalten.«

»Das mußt du wohl, es sei denn, ich bitte Jeremy, bei dir vorbeizufahren und den Hund in seinem Transporter mitzubringen. Er kommt auch zu unserer Séance, und dein Haus liegt ja fast auf seinem Weg.«

Jeremy Cook war Bens bester Freund und der Mensch, den ich, abgesehen von Mitchell, am wenigsten mochte. Als Kapitän eines Fischerbootes, das man chartern konnte, sowie Sänger einer Rock-'n'-Roll-Band war Jeremy ein überzeugter Prolet – roh, ungehobelt und unglaublich kindisch. Einmal fuhr er mit Ted Kennedy zum Fischen hinaus, und als Kennedy ihm kein Trinkgeld gab, demonstrierte Jeremy seinen Groll, indem er die Hose herunterzog und dem Senator seinen nackten Hintern präsentierte. Mir gegenüber benahm er sich auch nicht respektvoller. Ja, er verabscheute mich ebenso wie ich ihn. Das hatte schon angefangen, als wir noch zur Schule gingen. Jeremy fragte mich, ob ich ihn zur Abschlußfeier begleiten würde, und da mich die Vorstellung, auch nur fünf Minuten mit so einem wilden Kerl (er fuhr Motorrad, trug eine schwarze Lederjacke und soll angeblich mit Miss Peterson, unserer Biologielehrerin, im Bett gewesen sein) allein zu sein, in Panik versetzte, tat ich so, als wäre ich krank und blieb zu Hause. Das hat er mir nie verziehen. Wann immer wir das Pech hatten, uns über den Weg zu laufen, sorgte er dafür, daß ich wußte, was er von mir hielt. Er zeigte mir zwar nicht seinen nackten Hintern, aber er behandelte mich so, als wäre ich Fischfutter.

»Glaubst du, Jeremy würde es etwas ausmachen, den Hund abzuholen?« fragte ich Ben.

»Nein, er liebt Hunde«, antwortete er.

»Schon, aber mich haßt er«, erklärte ich ihm.

»Aber nein. Er findet nur, daß du mal richtig... Na ja, sagen wir einfach, er findet, du müßtest ein bißchen lockerer werden.«

»Erspar's mir«, sagte ich. »Wenn Jeremy Cook sagt, eine Frau müßte ›ein bißchen lockerer werden‹, meint er damit, daß sie auf einen Billardtisch steigen und oben ohne vor zwanzig Kerlen tanzen soll, die mehr Tätowierungen als Zähne haben.«

»Barbara, was ist eigentlich heute morgen mit dir los?« wollte Ben wissen.

»Nichts. Frag ihn einfach, ob er gegen sechs vorbeikommen kann.« Ich seufzte und fand mich damit ab, daß ich entweder Jeremys Geschwätz oder Petes Gebell ertragen mußte. Schwer zu sagen, welches das kleinere von beiden Übeln war. Aber damals hatte ich ja noch keine Ahnung von den wirklichen Übeln. Noch nicht.

4

Neun Jahre war es nun her, seit ich Immobilienmaklerin geworden war. Ich hatte mich dafür entschieden, bei »Home Sweet Home« zu arbeiten, da diese Firma im Gegensatz zu den anderen kleineren Maklerbüros in Banyan Beach noch nicht von landesweiten Ketten wie »Coldwell Banker« und »Century 21« geschluckt worden war. Es war die letzte unabhängige Immobilienfirma am Ort, und das hatte mir zugesagt. Schließlich war ich hier aufgewachsen, und es gefiel mir, daß »Home Sweet Home« ein einheimischer Betrieb war, der nicht irgendeinem Stammhaus in Omaha oder Dallas verpflichtet war, das in erster Linie daran interessiert war, »Einheiten« zu erwerben und anschließend weiterzuverkaufen.

»Home Sweet Home« residierte in einem bonbonrosafarbenen viktorianischen Gebäude in der Main Street und gehörte der zweiundsiebzigjährigen Charlotte Reed – einer verblühten Südstaatenschönheit, die sich als die Grande Dame der Gesellschaft von Banyan Beach fühlte, obwohl es in Banyan Beach überhaupt keine Gesellschaft *gab*. Jedenfalls nicht in dem Sinne wie in Palm Beach. Es gab nur eine Handvoll alteingesessener, begüterter Familien, die ihren Hauptwohnsitz an Orten wie Locust Valley oder Grosse Pointe hatten, die sich aber, wenn sie einmal Abstand zu allem gewinnen wollten, auf den Familienbesitz in Banyan zurückzogen und sich königlich mit Trinken und Angeln amüsierten sowie damit, so zu tun, als wären sie Einheimische.

In Charlotte Reed, einer kleinen, gutmütig aussehenden Frau

mit wäßrigen blauen Augen und dünnem weißen Haar, das sich ständig aus ihrem Knoten löste, konnte man sich leicht täuschen. Sie wirkte wie ein geistesabwesendes, leicht verträumtes Überbleibsel aus einer anderen Zeit. Eine Frau, die scheinbar absolut keinen Geschäftssinn hatte, aber – nach dreißig Jahren – immer noch im Geschäft war. Einem einträglichen Geschäft. Und das war keine geringe Leistung angesichts dessen, daß viele einheimische Firmen hatten aufgeben müssen. In den letzten Jahren hatte sie die Büroleitung an Althea Dicks übergeben – eine langjährige Maklerin von »Home Sweet Home« – und selbst von zu Hause aus gearbeitet. Sie war nur hereingekommen, um ihre allwöchentlichen Besprechungen abzuhalten, bei denen sie Tee in zarten, kleinen Limoges-Tassen servierte, Zuckerstücke mit einem Zängchen aus massivem Silber verteilte und uns grobkörnige alte Fotos der Banyan Beach von einst zeigte. Charlotte Reed war ein wandelnder Anachronismus. Sie hatte nicht die leiseste Ahnung davon, wie Immobilienmakler in den Neunzigern ihr Geschäft betrieben. Ja, sie hinkte dermaßen hinter der Zeit her, daß sie mich fragte, worauf ich denn hinauswolle, als ich einmal vorschlug, wir sollten uns eine gebührenfreie Rufnummer besorgen, damit »Home Sweet Home« auch für Käufer aus anderen Bundesstaaten attraktiver würde.

»Na, eben eine 800er Nummer«, erklärte ich. »Wo der Anrufer nichts bezahlen muß.«

Sie warf mir einen befremdeten Blick zu und sagte dann, daß sie für Telefone nichts übrig hätte. Ihr sei schriftliche Kontaktpflege wesentlich lieber.

»Wie wäre es dann mit einem Faxgerät fürs Büro?« fragte ich. Wieder ein befremdeter Blick.

»Fax!« wiederholte ich, diesmal lauter, ohne es zu wissen, ob sie mich akustisch oder inhaltlich nicht verstand.

Sie blickte finster drein und richtete sich dann zu ihrer vollen Größe von einem Meter siebenundfünfzig auf.

»Ich finde solche Ausdrücke nicht gerade schicklich, meine Liebe«, entgegnete sie und schritt davon.

Ach, Charlotte. Wie gesagt, man konnte sich in ihr täuschen. Als George Bushs Vetter zweiten Grades ein Haus in Banyan

Beach suchte, war es Charlotte, die ihm ein 2-Millionen-Dollar-Anwesen verkaufte – und kein Verkaufsgenie von »Prudential«.

An diesem Julimorgen kam ich um zehn zur Arbeit, und der erste Mensch, den ich sah, war Althea Dicks, die nicht nur Büroleiterin von »Home Sweet Home«, sondern auch unsere firmeneigene Miesmacherin war. Wir waren gleichzeitig auf den Parkplatz gefahren und dann gemeinsam zum Haus gegangen.

»Was hast du denn mit deinem Aussehen angestellt?« fragte sie mich und schien von meinem veränderten Haar und meiner neuen Figur entsetzt zu sein. Althea waren Veränderungen fast genauso zuwider wie aller Welt Althea zuwider war.

Ich wußte nicht, wie ich ihre Frage beantworten sollte, und so improvisierte ich.

»Ich war ein paar Tage auf der Canyon Ranch«, erwiderte ich beiläufig, und der Name der teuren Schönheitsfarm in Arizona ging mir leicht über die Lippen. Althea war ja wohl kaum ein Fan von Schönheitsfarmen und konnte bestimmt die Canyon Ranch nicht vom Grand Canyon unterscheiden. Doch sie nickte mißbilligend, wie immer, wenn sie vermutete, daß sich jemand amüsiert hatte.

»Warst du heute morgen schon mit Kunden unterwegs?« erkundigte ich mich.

»Was sonst?« entgegnete sie.

»Und wie ist es gelaufen?« bohrte ich mit leisem Neid nach. Das ganze letzte Jahr lang hatte ich dabei zusehen müssen, wie sie ein Haus nach dem anderen verkaufte, obwohl sie ungefähr so einnehmend war wie die böse Hexe aus dem Märchen.

»Wie üblich«, sagte sie. Ihr Mund war verkniffen, als hätte sie Zitronen gelutscht statt Häuser gezeigt. Sie war siebenundvierzig, doch ihr griesgrämiges Wesen machte sie um zehn Jahre älter. Sie hatte kurzes, rotbraunes Haar, schmale, mißtrauische Augen, eine hochgewachsene, magere Statur und eine entsetzliche Haltung. Wenn irgend jemand osteoporosegefährdet war, dann sie. Eine spröde Persönlichkeit mit spröden Knochen.

»Unangenehme Kunden?« fragte ich.

»O weh. Die Kunden heutzutage haben einfach nicht mehr

die richtigen Prioritäten. Wenn ich vor Jahren jemandem ein Haus gezeigt habe, kam irgendwann die Frage: ›Liegen die Schulen in der Nähe?‹ Wenn ich heute ein Haus präsentiere, heißt es: ›Liegt ein Einkaufszentrum in der Nähe?‹ Nein, diese Stadt ist einfach nicht mehr das, was sie einmal war, genausowenig wie die Leute, die hier leben wollen.«

»Ich würde meine Kunden nicht so leichtfertig abwerten, Althea«, kritisierte ich. »Ohne sie würdest du vermutlich als Staubsaugervertreterin von Tür zu Tür ziehen.«

Ihre Augen traten hervor, und sie lief rot an – aus gutem Grund. Ich hatte Althea Dicks noch nie die Meinung gesagt. Ebensowenig wie allen anderen im Büro. Zumindest nicht direkt ins Gesicht.

Zu verblüfft, um etwas zu erwidern, warf sie mir einen langen, vernichtenden Blick zu, wandte sich ab und verschwand an ihren Schreibtisch.

Meine plötzliche Unfähigkeit, die Zunge im Zaum zu halten, lähmte auch zusehends meine Fähigkeit zu plaudern. Aber schließlich war ein Small talk mit Althea Dicks niederschmetternder, als die Todesanzeigen zu lesen. Ich fragte mich, wie ihr Mann mit ihren düsteren Stimmungen und ihrer mißmutigen Miene zurechtkam, bis mir wieder einfiel, daß er Bestattungsunternehmer war.

Als ich ins Büro kam, war von den anderen Maklerinnen nur Suzanne Munson anwesend. Sie hatte gerade in der kleinen Küche neben dem Besprechungsraum eine Kanne Kaffee gekocht, also ging ich hin und schenkte mir eine Tasse ein.

»Barbara! Mein Gott!« rief sie aus, als sie mich sah. »Du hast ja Wangenknochen! Und deine Figur! Und – du hast dich operieren lassen, ohne mir etwas zu sagen. Bei welchem Schönheitschirurgen warst du denn? Danford? Milenowski? Bei wem?«

»Na komm, Suzanne. Du weißt doch, daß ich mich nie unters Messer legen würde. Ich lasse mir ja nicht einmal von der Maniküre die Nagelhäutchen schneiden.«

»Tja, wie kommt es dann, daß du auf einmal so verändert aussiehst?«

»Ich… ich habe eine dieser Flüssigdiäten gemacht«, stotterte ich. »Und ich habe mit Gewichtheben angefangen, um meine Brustmuskulatur aufzubauen.«

»Und was ist mit den Haaren? Du hast nie erwähnt, daß du dich blondieren lassen wolltest.«

»Du kennst doch diesen Spruch«, sagte ich kichernd. »Blondinen haben mehr Spaß. Und da ich in letzter Zeit überhaupt keinen Spaß hatte, fand ich, daß ich etwas ändern mußte.«

»Das stimmt, du warst in letzter Zeit wirklich ziemlich schlecht drauf«, räumte sie ein und runzelte auf diese übertrieben betroffene Art die Stirn, die die Leute an den Tag legen, wenn sie sich fragen, ob man ein Alkoholproblem hat. Das letzte Mal, als ich Suzanne gesehen hatte, war sie morgens um zehn bei mir zu Hause aufgetaucht und hatte mich dabei erwischt, wie ich gerade eine Flasche Merlot leerte.

»Es ist mir schon besser gegangen«, gab ich zu.

»Du bist seit Tagen nicht mehr im Büro gewesen«, sagte sie. »Ich habe gestern abend versucht, dich zu erreichen, aber es war immer nur dein Anrufbeantworter dran.«

»Das tut mir leid«, entgegnete ich. »Aber du kannst froh sein, daß du mich nicht erreicht hast. Gestern abend war ich nämlich völlig daneben.«

»Mein Gott, ich weiß, was du meinst«, sagte sie. »Das ging mir gestern abend auch so. Ich glaube, meine erste Hitzewallung hatte ich bereits um Viertel nach neun.«

Ich machte mich auf eine weitere Debatte über die Wechseljahre sowie darüber gefaßt, daß sie praktisch an allem schuld waren, was im Leben einer Frau schiefging. Suzanne war besessen von den Wechseljahren. Sie hatte das Buch von Gail Sheehy so oft gelesen, daß sie jede Seite auswendig konnte, und wenn sie im Auto saß, hörte sie sich die Kassettenversion an, sogar wenn sie Kunden dabeihatte. Doch obwohl Suzanne auf diesem Gebiet so überaus belesen war, war sie immer noch unentschlossen in bezug auf die Östrogen/Progesteron-Frage und zerbrach sich den Kopf darüber – wenn es nicht gerade etwas Besseres gab, worüber sie sich ihr Hirn verrenken konnte. Was das Ganze besonders albern machte, war die Tatsache, daß Suzanne erst fünfunddreißig war. Einmal hatte ich zu ihr gesagt, daß ihr doch noch einige Jährchen blieben, bevor die Wechseljahre einsetzten, aber diese Bemerkung hatte nur einen langen Vortrag über die *Vor*-Wechseljahre ausgelöst, die – wie sie sagte – jederzeit ausbrechen konnten.

»Hör mal, Suzanne, am besten sage ich es dir gleich: Mitchell und ich trennen uns«, eröffnete ich ihr. Suzanne hatte zwar ihre Macken, aber von allen aus dem Büro war ich mit ihr am besten befreundet. Irgend jemandem mußte ich von Mitchell und Chrissy erzählen, und nun hatte es eben sie getroffen.

»Nicht zu fassen«, stammelte sie, und der Unterkiefer fiel ihr herunter. »Was ist denn passiert?«

»Gestern abend hat er mir erzählt, daß er sich in den Wetterfrosch von den Sechsuhrnachrichten verliebt hat.«

Suzanne schnappte nach Luft. »Nicht zu fassen«, wiederholte sie noch einmal und schüttelte dabei heftig den Kopf. »Ich kann es einfach nicht glauben. Mitchell hat auf mich nie auch nur im geringsten feminin gewirkt.«

»Feminin? Was redest du denn da?«

»Na gut. Man kann ja nicht immer gleich feststellen, wer der feminine Part ist und wer die männliche Rolle übernimmt.«

»Suzanne, ich kann dir nicht folgen.«

»Du hast gesagt, daß Mitchell schwul ist.«

»Das habe ich nicht gesagt. Ich habe gesagt, daß er in jemand anders verliebt ist.«

»Ja, in den Wetterfrosch von den Sechsuhrnachrichten: Ron Baines.«

»Ron Baines kommt doch auf Kanal acht. Mitchell ist in den Wetterfrosch von Kanal fünf verliebt: Chrissy Hemplewhite.«

»Oh.« Sie seufzte, legte erneut die Stirn in Falten und tätschelte mir die Schulter. »Ich weiß nicht, was ich sagen soll. Wie geht es dir damit?«

»Zwiespältig. Mitchell und ich waren nun nicht gerade das Liebespaar des Jahrhunderts. Wir hätten uns schon vor Jahren trennen sollen. Aber es macht mir schon ein bißchen angst, daß ich jetzt wieder zu haben bin. Gebrauchte Ware – du weißt schon.«

»Wem sagst du das. Ich bin schon so lange zu haben, daß mir die Lebensmittelaufsicht bald ein Verfallsdatum auf die Stirn stempeln wird.«

Ich lächelte, obwohl ich wußte, daß hinter Suzannes Witzchen echte Verzweiflung steckte. Suzanne war nie verheiratet gewesen und hatte keinen festen Freund mehr gehabt, seit sie vor drei Jahren aus New Haven nach Banyan Beach gezogen war. Sie wollte auf Biegen und Brechen einen Ehemann und war extra zu diesem Zweck nach Florida gekommen, nachdem sie in *USA Today* einen Artikel gelesen hatte, dem zu entnehmen war, daß es im sonnigen Süden dreimal so viele alleinstehende Männer gab wie in Connecticut.

Ich konnte nicht begreifen, weshalb Suzanne noch keinen Ehemann gefunden hatte. Abgesehen von ihrem Spleen mit den Wechseljahren und der Tatsache, daß sie sich ein bißchen zu übertrieben schminkte, sprach vieles für sie. Sie war von kleiner, zierlicher Statur, hatte große grüne Augen, perlweiße Zähne und glänzendes dunkles Haar, das sie kinnlang und ganz gerade geschnitten trug. Dazu war sie gutmütig und freundlich und hatte nichts dagegen, bei einer Verabredung ihre Zeche selbst zu bezahlen. Dennoch schaffte sie es irgendwie nicht, mit Männern warm zu werden.

Dabei legte Suzanne nicht die Hände in den Schoß. Eine Zeitlang verbrachte sie die Freitagabende auf einem Barhocker im »Conched Out«, einer Singles-Bar am Flußufer, zu deren Happy Hour Frauen in zu engen T-Shirts und Männer herbeiströmten, die die Bezeichnung »Prolet« für ein Kompliment hielten. Schließlich bekam Suzanne das »Conched Out« über und zog in einen neueren und weitaus schickeren Club namens »Banyan Beach Grille« um, von dem es hieß, daß er eine wesentlich gehobenere Klientel anzöge. Bei ihrem ersten Besuch stellte sie fest, daß die Männer, die hier verkehrten, tatsächlich Ärzte, Anwälte und Börsenmakler waren, und sie leckte sich schon die Lippen in freudiger Erwartung, unter ihnen ihren Zukünftigen zu finden. Das Problem war nur, daß sie allesamt schon Ehemänner *waren* – verheiratete Männer, die ihre Frauen betrogen und hinter jedem Rock her waren, während sie ihren Ehering in der

Jackentasche verbargen und sich einbildeten, niemand würde die blasse Linie um ihre gebräunten Ringfinger bemerken!

»Kann ich irgend etwas für dich tun?« erkundigte sich Suzanne.

»Sei einfach meine Freundin«, antwortete ich. »Ich werde eine brauchen.«

»Du kannst auf mich zählen«, beteuerte sie. »Wirklich.«

Ich berührte ihren Arm. »Danke, das freut mich.«

»Weißt du, irgendwie bin ich froh darüber, daß ihr beide euch getrennt habt. Jetzt habe ich wenigstens jemanden, mit dem ich auf Männerjagd gehen kann«, meinte sie.

Ich stöhnte auf. »Ich glaube kaum, daß ich dafür in Form bin«, sagte ich.

»Irrtum. Du bist sagenhaft in Form.«

»Ich meine in emotionaler Hinsicht. Ich muß unbedingt ein Haus verkaufen, Suzanne. Wenn meine Pechsträhne noch lange anhält, breche ich zusammen. Mein Streßlevel übersteigt schon jedes Maß.«

»Das sind deine Hormone«, erklärte Suzanne mit Bestimmtheit. »Wenn eine Frau auf die Vierzig zugeht, setzen langsam die Wechseljahre ein und...«

»Würdest du ausnahmsweise einmal mit deinen ewigen Wechseljahren aufhören?« unterbrach ich sie genervt.

Kaum war mir das rausgerutscht, da packte mich das Entsetzen wegen meiner barschen Äußerung. Suzanne schaute aus der Wäsche, als würde sie gleich losheulen.

»Verzeih mir«, entschuldigte ich mich. »Es war nicht so gemeint. Nach der Trennung von Mitchell und meiner Pechsträhne hier bei der Arbeit bin ich wirklich nicht mehr ganz bei Sinnen.«

Ihre Miene entspannte sich wieder. »Das verstehe ich schon. Wir können ja ein anderes Mal über deine Hormone sprechen.«

»Ich würde lieber über Häuser sprechen«, betonte ich. »Sind in der letzten Woche irgendwelche spannenden Angebote hereingekommen?«

»Nichts Aufregendes. Nur diese Bruchbude am Pelican Circle. Du weißt schon, das Nowak-Haus. Das mit den nackten Frauen im Vorgarten.«

Ich rollte mit den Augen. Das Nowak-Haus am Pelican Circle 46 war hier im Ort eine olle Kamelle. Es stand auf einem erstklassigen Grundstück am Strand, und die Häuser rechts und links davon gehörten beide in die Kategorie um eine Million Dollar, aber dieses Objekt war altmodisch, eng und unglaublich kitschig zurechtgemacht, abgesehen davon, daß es viel zu teuer war. Sein Besitzer, ein streitsüchtiger alter Knacker namens Victor Nowak, hatte es in den fünfziger Jahren gebaut und anschließend zu einem Schrein des unsäglich schlechten Geschmacks gemacht. Die Böden waren mit avocadogrünen Plüschteppichen und die Wände mit goldfarbener Vinyltapete bedeckt. Die Zimmer hatten niedrige Decken, winzige Fenster und waren mit drittklassigen Skulpturen von nackten Frauen vollgestopft. Auf dem Rasen vor dem Haus standen noch mehr nackte Frauen – insgesamt sechs Statuen. Mehrere Einwohner unseres Ortes hatten sich an die Baubehörde gewandt, die Mr. Nowak zwingen sollte, seine Kunst im Namen von Sitte und Anstand zu entfernen, aber dieser wandte ein, daß er verfassungsmäßig im Recht sei und seinen Vorgarten schmücken könne, womit er wolle. Als er schließlich sein Haus zum Verkauf anbot, waren seine Nachbarn in Hochstimmung. Nur leider hatte bisher noch kein Mensch ein Angebot für das Anwesen gemacht. Und das in drei Jahren.

»Hatte es nicht zuerst ›Century 21‹ im Angebot?« fragte ich Suzanne.

»Ja. Und davor ›Coldwell Banker‹. Niemand wurde das Ding los. Es ist ein Ladenhüter, und Nowak will 700 000 Dollar dafür.«

»Offenbar hat er den Verstand verloren«, lächelte ich. »Bei wem ist es denn jetzt gelandet?«

»Bei Frances«, erwiderte Suzanne, womit sie Frances Lutz meinte, eine der anderen Maklerinnen bei uns im Büro.

»Warum nimmt sie denn so etwas an?« wunderte ich mich.

»Das Haus ist ein Bungalow. Frances kann doch bei einem Bungalow nie nein sagen, hast du das vergessen?«

Ich lachte. Frances Lutz wog fast drei Zentner und bewegte sich nur ungern, wenn sie es vermeiden konnte. Im Klartext:

Treppensteigen kam für sie nicht in Frage. Infolgedessen hatte sie sich selbst zur »Bungalowspezialistin« von »Home Sweet Home« ernannt und hoffte, nun nie mehr ein Haus vorführen zu müssen, das mehr als ein Stockwerk hatte.

»Hoppla«, sagte Suzanne nach einem Blick auf die Uhr. »Ich muß los. Ich habe in fünf Minuten einen Vertrags-Abschluß.«

»Einen Abschluß«, stöhnte ich. »Dieses Wort gehört schon gar nicht mehr zu meinem Wortschatz.«

»Komm schon«, tröstete mich Suzanne. »Bald geht es dir wieder besser. Du bist eine viel zu gute Maklerin, als daß die Flaute noch länger anhalten könnte. Und außerdem bist du jetzt blond und hast eine Figur zum Anbeißen. Ich weiß nicht, wie du das in so kurzer Zeit geschafft hast, und wären wir nicht befreundet, würde ich stocksauer auf dich sein. Aber zum Glück sind wir ja Freundinnen, und ich hoffe, du verkaufst ein Haus. Noch heute.«

»Dein Wort in Gottes Ohr«, seufzte ich.

Den größten Teil des Morgens verbrachte ich am Telefon und versuchte, das Geschäft zu beleben – mit wenig Erfolg. Um die Mittagszeit wollte ich eigentlich das Büro verlassen und mir ein Sandwich holen, als Deirdre Wyatt an meinem Schreibtisch erschien.

Deirdre war zweiunddreißig Jahre alt und eine ehemalige Schönheitskönigin, die unseren Bundesstaat bei der Wahl der Miss America vertreten, aber schließlich gegen die Miss Minnesota verloren hatte. Zehn Jahre später litt sie immer noch darunter und schrieb ihre Niederlage der Tatsache zu, daß bereits im Jahr zuvor ein Mädchen aus den Südstaaten die Krone errungen hatte. Wir anderen führten es dagegen darauf zurück, daß sie sich bei der Talentprobe des Wettbewerbs dafür entschieden hatte, ein Stöckchen herumzuwirbeln.

Ich lächelte, als sie auf mich zukam. Sie war rotblond und trug konservative, unauffällige Baumwollkleider und blaßrosa Lippenstift, so daß sie wie der Inbegriff jungfräulicher Reinheit wirkte, wenn man mal von ihrer Ausdrucksweise absah, die gelegentlich der eines Fernfahrers ähnelte. Sie war nicht gerade die pfiffigste Immobilienmaklerin der Stadt, aber das hatte sie auch gar nicht nötig. Sie bekam ihre Angebote auf die altmodische Art – im Bett.

»Barbs, könntest du mir einen winzig kleinen Gefallen tun?« fragte sie mit ihrer rauchigen, babyhaften Marilyn-Monroe-Stimme. Ich wartete nach jedem Satz darauf, daß sie am Ende »Bup-bup-i-du« sagte.

»Was denn für einen Gefallen?« erkundigte ich mich, erstaunt darüber, daß sie kein Wort über mein so drastisch verändertes Aussehen verloren hatte. Doch dann fiel mir ein, daß sich Deirdre ja ausschließlich für ihr eigenes Aussehen interessierte. Vielleicht paßte es ihr auch nicht, daß es im Büro nun eine zweite Blondine gab.

»Ich soll eigentlich bis drei Uhr hier erreichbar sein«, begann sie. »Aber ich bin um halb eins mit einem Herrn verabredet. Er überlegt, ob er mir den Auftrag gibt, sein Haus zu verkaufen. Könntest du nicht für mich einspringen, Barbs? Nur die paar Stündchen?«

Sie müssen mir glauben: Ich bin nicht der Typ, der sich Barbs oder Babs oder auch nur Barb nennen läßt, aber Deirdre erlaubte ich das. Der Spitzname, den sie sich für mich ausgedacht hatte, war besser als der für Althea Dicks, die sie Dickbacke nannte. Hinter ihrem Rücken natürlich.

»Klar, ich springe für dich ein«, antwortete ich in dem Wissen, daß Deirdre das gleiche für mich tun würde. Sie war wirklich ein netter Mensch, wenn man mal von ihrer Babysprache absah. Außerdem – wie käme ich dazu, einem Auftrag im Weg zu stehen? Oder einem heimlichen Rendezvous?

»Danke, Barbs. Du bist ein Schatz.«

Sie tätschelte mir die Schulter und wollte gerade hinausgehen, als sie sich stehenden Fußes umdrehte und wieder zurückkam.

»He, du siehst irgendwie verändert aus«, stellte sie fest und musterte mich kurz. »Es sind deine Zähne, stimmt's? Hast du dir Jacketkronen oder so was machen lassen?«

»Nein, Deirdre«, entgegnete ich, verblüfft über ihre mangelnde Beobachtungsgabe. »Aber danke, daß du fragst.«

»Nein, ich habe dir zu danken. Dafür, daß du meinen Telefondienst übernimmst. Und jetzt viel Spaß, ja, Süße?«

Spaß. Ich würde Telefondienst nicht unbedingt als Spaß bezeichnen. Nicht mehr. Als ich gerade mit dem Makler-Job angefangen hatte, freute ich mich immer darauf, die »Telefonmaus« zu spielen, wie Deirdre es nannte. Wenn man diejenige ist, die sämtliche Anrufe entgegennimmt und am Empfang sitzt, ist man auch diejenige, bei der alle Anrufer und Besucher landen, und im Handumdrehen hat man ein Haus verkauft. Aber nachdem ich in meine Pechsträhne abgeglitten war, begann ich den Telefondienst zu fürchten, da ich regelmäßig ganze Stunden vor dem Apparat hockte und die einzigen Anrufe, die ich bekam, von Leuten stammten, die sich verwählt hatten.

Ich ging zu dem Schreibtisch neben der Eingangstür, und kaum hatte ich Platz genommen, klingelte auch schon das Telefon.

»›Home Sweet Home‹. Mein Name ist Barbara Chessner«, meldete ich mich und versuchte, munter zu klingen.

»Guten Tag. Ich rufe wegen eines Hauses an, das Ihre Firma vermittelt«, erläuterte der Mann. Er hatte eine volle, wohlklingende Radioansagerstimme, die sich zugleich markant und vertraut anhörte.

»Welches Haus genau?« fragte ich nach, schnappte mir den Immobilienkatalog und schlug ihn auf.

»Es geht um ein Haus am Pelican Circle. Ich bin daran vorbeigefahren und habe das Schild von ›Home Sweet Home‹ gesehen.«

»Sie meinen Pelican Circle Nummer 46?« sondierte ich. Rief allen Ernstes jemand wegen des Nowak-Hauses an?

»An die Hausnummer kann ich mich leider nicht erinnern«, erwiderte er höflich.

»Standen denn Statuen im Vorgarten?« bohrte ich nach.

»Leider ja«, antwortete er. »Ich interessiere mich *trotz* der Statuen für das Haus, nicht *wegen* ihnen.«

Ich konnte das Lächeln in seiner Stimme hören und mußte selbst schmunzeln. Er hatte eine weiche, samtige Stimme, die warm, melodiös und freundlich klang.

»Wieviel verlangt denn der Besitzer dafür?« wollte er wissen.

»Siebenhunderttausend«, antwortete ich und machte mich auf eine heftige Abfuhr gefaßt.

Doch das Gegenteil trat ein. »Siebenhunderttausend klingt recht vernünftig angesichts der Lage«, meinte er.

»Recht vernünftig? Von welchem Planeten kommen...« Ich unterbrach mich gerade noch rechtzeitig. Meine neue Aufrichtigkeit wurde langsam ein wenig heikel. Es war ja durchaus positiv, daß ich auf einmal in der Lage war, meinem Ärger Ausdruck zu verleihen. Aber es konnte einfach nicht angehen, potentiellen Kunden beleidigende und gehässige Bemerkungen an den Kopf zu werfen. Von nun an mußte ich vorsichtiger sein. Sehr vorsichtig.

»Haben Sie etwas gesagt?« fragte er.

»Ich wollte Ihnen gerade mitteilen, daß der Preis für das Haus wirklich angemessen ist«, log ich und hätte mich beinahe an meinen eigenen Worten verschluckt. »Direkt am Strand gelegene Anwesen sind heutzutage sehr selten.«

»Genau«, stimmte er mir zu. »Ich würde mir das Haus gern ansehen. Mitsamt den nackten Grazien. Würden Sie es mir zeigen?«

»Aber mit Vergnügen, Mr. ...«

»Bettinger. David Bettinger.«

David Bettinger. Das sagte mir gar nichts. Muß neu in der Stadt sein, dachte ich mir.

»Wann würde es Ihnen denn passen?« erkundigte ich mich und konnte mein Erstaunen kaum verbergen. Es konnte doch nicht wahr sein, daß jemand – irgend jemand – das Nowak-Haus sehen wollte! Ich konnte es gar nicht erwarten, Suzanne davon zu erzählen.

»Wie wäre es mit heute nachmittag?« schlug David Bettinger vor. »So gegen drei?«

»Das klingt gut. Ich muß natürlich zuerst den Hausbesitzer anrufen, um mich zu vergewissern, daß es ihm recht ist.«

»Selbstverständlich. Fragen Sie ihn doch, und melden Sie sich dann wieder bei mir«, sagte er und nannte mir seine Telefonnummer.

Ich versuchte Frances Lutz zu erreichen, die für das Haus zuständig war, erreichte aber nur ihren Anrufbeantworter. Ich nahm an, daß sie zu Hause war, aber nicht ans Telefon ging. Das passierte häufig, wenn eine ihrer geliebten Spielshows im Fernsehen lief. Die Frau war genauso süchtig nach »Glücksrad« wie nach Kartoffelchips.

Als ich sie nicht erreichte, rief ich Mr. Nowak direkt an. Er bedauerte, um drei Uhr nicht daheim zu sein, aber hatte nichts dagegen einzuwenden, wenn ich das Haus allein vorführte, solange wir seine nackten Frauen nicht anfaßten.

Ich wählte Mr. Bettingers Nummer und verkündete ihm die frohe Botschaft.

»Drei Uhr geht klar«, bestätigte ich. »Wollen wir uns bei mir im Büro treffen und zusammen zum Haus fahren?«

»Einverstanden, Barbara.«

Ich liebte es, wie er meinen Namen aussprach. Bah-bar-ah. Das schmolz wie ein cremiges Sahneeis auf seiner Zunge.

»Ich freue mich darauf, Sie kennenzulernen, Mr. Bettinger«, säuselte ich und meinte das ehrlicher, als ich es mir erklären konnte. Da war irgend etwas an seiner Stimme, an der Art, wie er mit mir sprach, das Bilder von langen, dekadenten Abendessen und Strandspaziergängen im Mondlicht hervorrief...

»David«, korrigierte er. »Bitte nennen Sie mich doch David.«

»Aber sicher. *David.*«

»Dann bis drei«, verabschiedete er sich in seinem vollen Bariton, der mir angenehme kleine Schauer den Rücken hinauf- und hinabjagte, so daß es mir schwerfiel, den Hörer aufzulegen.

Aber ich legte auf und richtete dann den Blick auf die Kritzeleien, die von mir während unseres Gespräches auf meinen Block gemalt worden waren. Ohne mir dessen bewußt zu sein, hatte ich mitten in ein großes, kitschiges Herz »David Bettinger liebt Barbara Chessner« geschrieben!

Warum nur in aller Welt hatte ich das getan? fragte ich mich. Ich kannte diesen Mann ja nicht einmal, ganz zu schweigen davon, daß Mitchell erst seit wenigen Stunden aus meinem Leben verschwunden war. Wie kam ich dazu, über einen Kunden zu phantasieren, den ich noch nie gesehen hatte? Hungerte ich dermaßen nach Zuneigung? Oder hatte ich Davids und meinen Namen nur deshalb in dieses Herz geschrieben, weil ich es tun mußte? Weil mich irgend etwas dazu *zwang*?

Ich riß das Blatt ab und rief mir in Erinnerung, daß ich eine professionelle Immobilienmaklerin war und mich lieber schleunigst aufs Geschäft konzentrieren sollte, wenn ich diesen Abschluß unter Dach und Fach bringen wollte. Trotzdem konnte ich mich nicht dagegen wehren, daß ich mich fragte, ob David Bettinger auch so gut aussah, wie er klang, und ob sich mein Schicksal jetzt endlich wandeln würde.

5

Ich hatte noch nie einen Mann wie David Bettinger kennengelernt. Kein Wunder, waren doch die Männer in Banyan Beach alles andere als die Crème de la crème.

Die netten Kerle, mit denen ich aufgewachsen war, hatten doch einen recht beschränkten Horizont. Ihre Vorstellung vom Karrieremachen gipfelte darin, im »Winn Dixie« um die Ecke Lebensmittel einzutüten. Und die erst kürzlich nach Banyan Beach gezogenen Männer waren meist entweder Rentner oder Golfsüchtige. Was wiederum erklärt, warum ich schließlich bei Mitchell Chessner gelandet war.

Mitchell war anders, ehrgeiziger als die üblichen Einheimischen. Er sprach in vollständigen Sätzen, las das *Wall Street Journal*, hatte Ziele. Was er leider nicht hatte, war Persönlichkeit.

David Bettinger dagegen war derart charmant, daß ich mich fragte, ob ich ihn herbeigezaubert hatte – als witzige Ablenkung. Denn als ich ihn zum ersten Mal sah, fing ich allen Ernstes zu lachen an.

Er war lächerlich gut aussehend, wie eine Comicfigur: glänzendes, goldenes Haar, das sich an seinem Kragenrand ringelte; ein ausgeprägtes, kantiges Kinn; ein ebenmäßiger, leicht gebräunter Teint; strahlend weiße Zähne und tiefliegende, hypnotisierende braune Augen, umgeben von langen, dunklen Wimpern. Er war meiner Schätzung nach um die Vierzig und sagenhaft durchtrainiert. Außerdem war er groß – mindestens einsachtzig – und hatte breite Schultern, schmale Hüften und einen völlig flachen Bauch. Unter dem weißen Polohemd, das er korrekt in die frische, khakifarbene Hose gesteckt hatte, war nicht einmal die Andeutung einer Wölbung zu sehen.

Und wenn er lächelte... Tja, denken Sie mal an Robert Redford, wie er in *»The Way We Were«* Hubbell Gardiner spielt. David Bettingers Lächeln war sogar noch unglaublicher. Und dazu diese Stimme. Ein voller, samtweicher Bariton.

»Sie sind also Bah-bar-ah«, begrüßte er mich und schüttelte mir die Hand, als er um fünf vor drei bei »Home Sweet Home« eintraf. »Schön, das Gesicht mit der Stimme in Verbindung bringen zu können.«

»Finde ich auch«, antwortete ich und bemühte mich, weder zu hecheln noch ihn vor lauter Ehrfurcht mit offenem Mund anzustarren. Das Problem war nur, daß David derart gebietend wirkte. Er strahlte etwas aus – irgend etwas, das es einem schwermachte, den Blick von ihm abzuwenden. Er verfügte über eine unglaubliche Aura. Zum Anbeißen! Wenn man neben ihm stand, war es so, als stünde man neben einem 1,80 Meter hohen Riegel weißer Schokolade. Ich konnte kaum die Zunge im Mund halten. Er war *dermaßen* lecker und sahnig und verführerisch. Ein Genuß.

»Bitte setzen Sie sich doch«, forderte ich ihn auf und wies auf den Besuchersessel gegenüber meinem Schreibtisch. »Ich würde mir gern ein paar Daten notieren, bevor wir uns das Haus ansehen.«

»Natürlich«, meinte David, ließ sich in den Sessel sinken und schlug die Beine übereinander. Ich spürte seinen Blick, wie er mich studierte, musterte, meine knackige Figur würdigte, die noch am Tag zuvor ganz und gar nicht so knackig ausgesehen hatte. »Was möchten Sie denn wissen?«

Ich zog eine leere Karteikarte heraus. »Tja, mal sehen. Ich habe Ihren Namen und Ihre Telefonnummer, aber ich brauche auch Ihre Adresse, für den Fall, daß ich Ihnen einen Prospekt über unsere anderen Angebote zusenden möchte.«

»Es ist nur eine vorübergehende Anschrift«, antwortete er. »Ich habe ein Haus in der River Road gemietet. River Road 63.«

River Road. Äußerst nobel, dachte ich, während ich seine Adresse auf der Karteikarte vermerkte.

»Sind Sie neu in der Stadt?« fragte ich.

»Ja. Ich bin erst kürzlich von Palm Beach hergezogen«, erklärte er und fuhr sich mit den Fingern durchs Haar, wobei kleine Lichtsplitter herauszufliegen schienen, als wäre es ein Heiligenschein. »Ich werde so lange zur Miete wohnen, bis ich mein Traumhaus gefunden habe.«

»Tja, dann hoffen wir mal, daß sich Pelican Circle 46 als Ihr Traumhaus entpuppt«, bemerkte ich lächelnd und versuchte mir vorzustellen, wie David Bettinger im Nowak-Haus residierte. Das war ungefähr so, als versuchte man, sich den Märchenprinzen im Wohnwagen vorzustellen.

»Hoffen wir's«, entgegnete er und erwiderte mein Lächeln. »Je nachdem, wie grauenhaft das Haus ist, renoviere ich es oder lasse es abreißen und baue etwas anderes. Eigentlich bin ich nur an dem Grundstück interessiert. Traumhäuser sollten auf schönen Grundstücken stehen, finden Sie nicht auch?«

»Unbedingt«, bejahte ich und nickte begeistert. »Sagen Sie mal, Mr. Bettinger…«

»David, bitte!«

»David.« Ich zitterte, als ich seinen Vornamen laut aussprach. »Sind Sie vielleicht Bauunternehmer?«

»Nein. Ich bin in der Import-Export-Branche«, korrigierte er, nahm das eine Bein vom anderen und schlug sie dann erneut übereinander. Er hatte teure Schuhe an – geschmeidige, braune italienische Lederslipper.

»Arbeitet Ihre Frau mit Ihnen in der Firma?« erkundigte ich mich. Er trug keinen Ehering. Und an seinem Ringfinger war auch keine blasse Linie zu erkennen.

»Ich bin nicht verheiratet«, antwortete er. »Jedenfalls zur Zeit nicht.«

Ich lächelte wissend, als wäre ich genauso mondän und kultiviert und befände mich nur gerade zwischen zwei Ehemännern. Dabei war ich doch lediglich eine Kleinstadtfrau, die vor nicht einmal vierundzwanzig Stunden vom einzigen Mann sitzengelassen worden war, mit dem sie je geschlafen hatte.

»Ich bin in den letzten Jahren viel im Ausland gewesen«, fuhr er fort. »Viel zuviel. Aber jetzt, wo ich nach Banyan Beach gezogen bin, ist Schluß mit dem Herumreisen. Ich habe vor, seßhaft zu werden und mich ausschließlich einer einzigen Sache zu widmen.«

»Und das wäre?« fragte ich.

»Das Leben genießen«, antwortete er ohne jedes schlechte Gewissen.

»Eine wunderbare Idee«, sagte ich, dachte an mein eigenes Leben und fragte mich, wann ich wohl jemals mit dem Genießen anfangen könnte. Ich sah auf die Uhr und dann zu ihm hinüber. »Es ist fast drei Uhr. Wollen wir jetzt das Haus besichtigen?«

»Mit Vergnügen«, entgegnete er. »Aber zuerst möchte ich Sie noch etwas fragen, Barbara.«

»Bitte. Nur zu.«

»Sind *Sie* verheiratet?«

Ich war baff. Damit, daß mir David Bettinger eine so persönliche Frage stellen würde, hatte ich nicht gerechnet. Wollte er mit mir flirten? Weil ich blond und kurvenreich war? Vermittelte mein neues Aussehen ihm den Eindruck, ich sei »zu haben«? Oder war er einfach ein bißchen zaghaft, der Typ Mann, der seine Maklerin unbedingt näher kennenlernen will, bevor er sich auf Diskussionen über Wäscheschränke, Klimaanlagen und Abwasserrohre einläßt?

Ich schaute verstohlen auf meine linke Hand. Ich hatte meinen Ehering gestern abend abgestreift, sofort nachdem Mitchell abgehauen war. Wenn ich es mir genauer überlegte, hatte ich keine Ahnung mehr, in welcher Ecke der Ring jetzt steckte.

»Ich lebe getrennt«, erwiderte ich schließlich.

Er lächelte. »Verzeihen Sie, wenn ich das sage, aber das freut mich.«

»Ja? Weshalb?«

»Wie gesagt, ich bin neu in Banyan Beach. Ich kenne hier nicht viele Leute – vor allem keine Frauen – und hatte gehofft, daß Sie und ich vielleicht... einmal zusammen essen gehen könnten.«

Ich war völlig verblüfft darüber, daß ein so großartiges Exemplar von Mann *mir* Avancen machte – und das nach nur zwei Minuten! Ich wußte, daß ich – jedenfalls für meine Begriffe – ziemlich »toll« aussah, aber dennoch... Vielleicht war David auch in puncto Frauen nicht besonders wählerisch. Man brauchte sich ja nur einmal seinen Geschmack bei Häusern anzusehen – du lieber Gott.

Das Problem war, daß ich überhaupt nicht wußte, wie ich nun auf Davids Einladung reagieren sollte. Manche Frauen werden wütend, wenn ein Mann versucht, sie bei einem geschäftlichen Termin anzumachen – schließlich lebten wir im Zeitalter der sexuellen Belästigung –, aber wie konnte ich sauer auf David Bettinger sein? Er war mein Kunde. Ich brauchte ihn, wenn ich meine Pechsträhne beenden wollte. Außerdem wirkte er sehr nett und anständig. Nicht im geringsten suspekt.

Mein Instinkt riet mir natürlich, mich spröde zu geben und ihn glauben zu lassen, daß ich mich vor Verabredungen nicht retten könne. Statt dessen platzte ich heraus: »Wie wär's mit heute abend?«

Als ich es ausgesprochen hatte, wäre ich vor Scham am liebsten gestorben. Meine neue Unverblümtheit ging mir langsam wirklich auf die Nerven.

»Heute abend wäre wunderbar«, freute sich David und sah mir weiterhin in die Augen.

Ich wollte schon fragen: »Um wieviel Uhr?«, als mir einfiel, daß Jeremy Cook vorbeikommen würde, um Pete abzuholen. Ich hatte Ben zwar gebeten, ihn für sechs Uhr zu bestellen, aber Jeremy setzte gern seinen eigenen Kopf durch. Man konnte nicht wissen, um welche Uhrzeit er auftauchen würde.

»Es tut mir leid, David«, sagte ich. »Mir ist gerade eingefallen, daß ich heute abend noch etwas erledigen muß.«

»Kein Problem. Morgen ist ja auch noch ein Tag«, entgegnete er auf eine Art, die nicht großspurig, sondern lediglich selbstsicher wirkte, so als rechnete er fest damit, daß wir zusammen ausgehen würden — als würde es automatisch geschehen.

Ich nickte zustimmend. Ein Samstagabend mit David Bettinger klang in meinen Ohren wunderbar.

»Tja, dann fahren wir jetzt lieber mal zum Haus hinüber«, erinnerte er mich.

»Gut.«

David erhob sich und streckte mir die Hand entgegen.

»Wollen wir?« fragte er.

Normalerweise finde ich das nicht besonders professionell, mit einem männlichen Kunden Händchen zu halten, doch als ich zögerte, fing er an zu lachen und sagte: »Keine Sorge, Bah-barah. Ich beiße nicht.«

Er hielt mir weiterhin die Hand entgegen, und als ich in seine eindringlichen braunen Augen sah, wurde mir auf einmal ganz schwindlig, ich fühlte mich benommen, einer Ohnmacht nahe, und meine Hände und Füße begannen zu prickeln. Ich krallte mich an den Schreibtisch, um mich zu stützen.

»Barbara? Alles in Ordnung?« erkundigte sich David sichtlich besorgt.

Ich wußte nicht, ob alles in Ordnung war oder nicht. Den ganzen Tag lang waren mir die unheimlichsten Dinge passiert, und so langsam fragte ich mich, ob ich nicht einen verzögerten Kater hatte, einen von der Sorte, bei der man am *Nachmittag* – und nicht am Morgen – danach das große Zittern kriegt. Vielleicht war ich aber auch gerade dabei, den Verstand zu verlieren.

Ich wollte David nicht beunruhigen. Das hätte mir gerade noch gefehlt: erst einen neuen Kunden an Land zu ziehen und ihn dann in die Flucht zu schlagen, noch bevor ich ihm ein Haus hatte zeigen können. Doch ich konnte seine Frage nicht beantworten. Keine Ahnung, was mit mir nicht stimmte. Noch nicht.

»Gehen wir doch einfach an die frische Luft«, schlug er vor. Ohne eine Antwort abzuwarten, nahm er meine Hand und legte sie in seine. Er schloß seine Finger um meine und drückte sie fest.

Ein kleiner Seufzer entschlüpfte meinem Mund, als wir uns berührten.

»Schon besser«, meinte er. »Schon viel besser.«

Ich zeigte David das Nowak-Haus inklusive der nackten Grazien und allem anderen. Dann führte ich ihn über das Anwesen mit seinen eineinviertel Morgen aus hügeligen Wiesen, ausgewachsenen Bepflanzungen und hoch aufragenden Palmen sowie den über sechzig Metern Strand.

»Aus diesem Haus könnte man wirklich viel machen«, sagte ich und versuchte, ihn zum Kauf zu bewegen, ohne ihn zu bedrängen. Das Anwesen war noch schauderhafter, als ich es in Erinnerung hatte – muffig, von drangvoller Enge und alles andere als einladend. Aber ich brauchte unbedingt einen Abschluß und hatte das Gefühl, daß David es vielleicht kaufen würde, wenn ich ihn darauf hinwies, wie er das Haus verschönern konnte. Geld schien ohnehin keine Rolle zu spielen, da er bei dem geforderten Preis von 700 000 Dollar ja nicht mit der Wimper gezuckt hatte. Ebensowenig schien es ihn zu stören, daß das Haus seit drei Jahren zum Verkauf stand und niemand sonst es gewollt hatte. »Wenn Sie nur die Bogendurchgänge entfernen, das Wohnzimmer erweitern und die Wand zwischen Küche und Eßzimmer abreißen, ändern Sie den Charakter des Hauses völlig und machen es zu dem Traumhaus, von dem Sie mir erzählt haben.«

»Abgemacht«, entschied David, als wir wieder vor der Haustür standen.

»Was meinen Sie mit ›abgemacht‹?« wollte ich wissen.

»Ich kaufe das Haus«, bekräftigte er. »Sie haben mich überredet. Sie sind eine phänomenale Immobilienmaklerin, Barbara.«

»Schwachsinn.«

»Wie bitte?«

Nicht schon wieder. Ich würde mir wohl einen Maulkorb besorgen müssen. »Oh, verzeihen Sie bitte, David«, sagte ich. »Ich weiß gar nicht, was in mich gefahren ist, solche Ausdrücke zu verwenden. Ich kann mich nur einfach nicht daran erinnern, daß ich Sie zu irgend etwas überredet hätte. Ich habe ja kaum den Mund aufgemacht.«

»Unsinn. Sie unterschätzen Ihr Talent als Verkäuferin. Sie sind zweifellos sehr gut in Ihrem Job. Mich jedenfalls haben Sie davon überzeugt, das Haus zu kaufen, Barbara. Sie haben es mir *verkauft.*«

»Tatsächlich?« Jetzt war ich vollends verwirrt. Mir war es so vorgekommen, als hätte sich David Bettinger schon für den Kauf des Hauses entschieden, bevor er es überhaupt besichtigt hatte.

»Also, Sie sagten, der Besitzer will 700 000 Dollar dafür haben. Wie klingt ein Angebot von 675 000?«

»Es klingt, als wären Sie ein Trottel«, entfuhr es mir, da ich wußte, daß das Grundstück zwar schön, aber wesentlich weniger wert war. Entweder hatte David Bettinger keine Ahnung von Grundstückspreisen, oder er war so reich, daß es ihn nicht kratzte, wenn er zuviel bezahlte. Doch als mir klar wurde, was ich da gesagt hatte, wäre ich am liebsten in ein Loch gekrochen und gestorben. Wie konnte ich ihm nur so etwas an den Kopf werfen? Jetzt würde er sowohl den Hauskauf platzen lassen als auch unsere Verabredung zum Abendessen absagen, da war ich mir sicher.

Doch er tat weder das eine noch das andere. Er warf vielmehr den Kopf in den Nacken und lachte.

»Oh, Barbara«, kicherte er. »Sie sind ja derart komisch. Ich liebe das an einer Frau.«

Komisch? »Hören Sie, David. Es sollte nur ein Witz sein, daß ich Sie einen Trottel genannt habe«, bemühte ich mich, meinen Ausrutscher wiedergutzumachen.

»Aber natürlich«, entgegnete er lächelnd. »Und lassen Sie sich eines gesagt sein: Sie sind die erste Immobilienmaklerin mit Humor, die mir je begegnet ist.«

»Wirklich?«

»Ja, und ich finde das sehr sexy.«

Sexy? Ich hatte den Mann einen Trottel genannt, und er fand das sexy? O Gott. Er mußte einer dieser Typen sein, die es mögen, wenn eine Frau sie ab und zu demütigt. Er stammte aus Palm Beach, und nach allem, was ich über Palm Beach gehört hatte, liefen dort ziemlich perverse Vergnügungen ab.

Nun, ich war keine Domina. Ich war eine Kleinstadtfrau aus Banyan Beach. Für mich waren perverse Vergnügungen nach wie vor ein Buch mit sieben Siegeln. Also ignorierte ich seine Anspielung auf meine animalische Anziehungskraft und wechselte das Thema.

»Sie sind sich also tatsächlich sicher, daß Sie das Haus kaufen wollen?« fragte ich.

»Vollkommen«, bekräftigte er.

»Mann, Sie treffen ja wirklich rasche Entscheidungen«, stellte ich fest. »Ich will mich darüber natürlich nicht beklagen, glauben Sie mir. Es ist nur so, daß die meisten Leute nicht gleich beim ersten Haus zugreifen, das sie sehen.«

»O doch, wenn es Liebe auf den ersten Blick ist«, schäkerte er und zwinkerte mir dabei zu.

Ich lachte verunsichert auf.

»Sie haben es doch selbst erwähnt«, fuhr er fort. »Das Grundstück ist phänomenal. Ich muß mir nur noch einen guten Architekten suchen, der das Haus umbaut.«

»Dabei kann ich Ihnen helfen. ›Home Sweet Home‹ hat eine Liste von Architekten und Baufirmen, die wir wärmstens empfehlen. Aber zuerst muß ich Ihr Angebot dem Hausbesitzer unterbreiten.«

»Sagen Sie ihm, ich zahle in bar. Keine Sonderkonditionen. Und er hat das Geld innerhalb von dreißig Tagen. Das müßte doch interessant für ihn sein.«

»Ja, allerdings.«

Das kann alles gar nicht wahr sein, dachte ich. David Bettinger kauft das Nowak-Haus. In bar. Nachdem er es einmal gesehen hat. Zehn Minuten lang.

David und ich fuhren zu meinem Büro zurück, und ich versuchte zum zweiten Mal an diesem Tag Frances Lutz zu erreichen. Offenbar hatte sie sich am Vormittag krank gemeldet und erklärt, sie hätte sich am Abend zuvor eine Bauchmuskelzerrung zugezogen. »Das muß passiert sein, als sie Schokoladenkekse gestemmt hat«, spöttelte Althea Dicks. »Oder vielleicht, als sie bei ›Erkennen Sie die Melodie‹ die Lautstärke aufgedreht hat.«

Ich legte gerade den Hörer wieder auf die Gabel, als Frances höchstpersönlich hereinschneite.

»Ich dachte, du fühltest dich nicht wohl«, erkundigte ich mich, als sie zu meinem Schreibtisch herübergewatschelt kam, eine auffällige Erscheinung in ihrem voluminösen orangefarbenen Kaftan und dem breitkrempigen Strohhut. Sie war schon über sechzig, hatte aber praktisch keine einzige Falte im Gesicht, sondern war glatt und pausbäckig wie ein Baby. Sie besaß kurzes, dicht anliegendes aschblondes Haar und tiefgründige braune Augen – eine hübsche Frau, wenn auch ein wenig androgyn. Doch es war ihr Umfang, nicht ihr Gesicht, das einen fesselte. Ihr Körper schien quasi ein Eigenleben zu führen, da unter den leuchtendbunten Gewändern, die sie stets trug, jede Schicht Fett wogte und wabbelte wie Wackelpudding. Wie üblich war sie außer Atem und schwitzte heftig; der Herzinfarkt mußte kurz vor der Tür stehen. Doch das konnte sie nicht daran hindern, auf dem Weg zur Arbeit kurz bei McDonald's haltzumachen.

»Ich war heute morgen ein wenig unpäßlich, aber jetzt geht es mir wieder bestens«, erklärte sie lächelnd und hielt David und mir eine Tüte Pommes frites hin. »Möchte jemand welche? Sie sind ganz frisch.«

»Nein danke. Frances, das ist David Bettinger«, stellte ich vor.

»Frances Lutz«, erwiderte sie und streckte David die Hand entgegen, nachdem sie einen Klecks »Spezialsoße« abgeleckt hatte, der aus ihrem Big Mac getropft war. Höflich erhob sich David von seinem Stuhl.

»Erfreut, Sie kennenzulernen«, sagte er, als sie sich die Hände schüttelten.

»So, Barbara. Du bist bei einer Kosmetikerin gewesen, stimmt's?« mutmaßte sie direkt vor David, was mir äußerst unangenehm war. Warum ihn nicht in dem Glauben lassen, ich sei schon immer eine faszinierende Erscheinung gewesen? Und außerdem – wie sollte ich meine Verwandlung David, Frances oder allen anderen begreiflich machen? Ich war schon jetzt jedem mit einer anderen Erklärung gekommen und mittlerweile soweit, daß ich selbst nicht mehr wußte, was ich nun genau zu wem gesagt hatte. Und außerdem verstand ich die ganze Sache ja selbst nicht. Ich war weder bei einer Kosmetikerin noch im Fitneßstudio oder bei irgendeinem Diätpapst gewesen. Ich hatte mich betrunken, war in Tiefschlaf versunken und am nächsten Morgen mit einem neuen Körper und einer neuen Frisur aufgewacht. Mehr wußte ich auch nicht.

Also ignorierte ich Frances' Frage und lenkte sie mit einem Thema ab, das sie mit Sicherheit interessanter finden würde als mein Äußeres.

»David würde gern ein Gebot für das Nowak-Haus abgeben«, erklärte ich ihr.

»Wie klug von ihm. Das Anwesen wird eines Tages Millionen wert sein«, flunkerte sie, nickte erst David zu und bedachte mich dann, als er wegsah, mit einem verschmitzten Blick. Sie war eine gute Lügnerin – eine Grundvoraussetzung für eine Immobilienmaklerin.

»Damit rechne ich auch«, meinte David.

Ich weihte Frances ein, wieviel er für das Haus bieten wollte, und staunte über ihre Fähigkeit, keine Miene zu verziehen.

»Ich setze mich noch heute abend mit Mr. Nowak in Verbindung«, versprach sie. »Sobald ich eine Antwort habe, rufe ich dich an, Barbara.«

»Wunderbar«, sagte ich.

»Ja«, ergänzte David. »Ich bin schon sehr gespannt auf seine Reaktion.«

Sie lächelte und schleppte sich zu ihrem Schreibtisch, der nur wenige Meter von meinem entfernt stand. Dort angekommen, hievte sie sich auf einen Stuhl, wobei sie mich an einen dressierten Seehund erinnerte, der einen Felsen erklimmt.

»Tja, David. Damit ist jetzt wohl Mr. Nowak am Zug«, stellte ich fest.

»Genau«, bestätigte er. »Rufen Sie mich doch an, sobald Sie etwas von ihm hören.«

»Aber sicher.«

»Und vergessen Sie auch nicht, daß wir zum Essen verabredet sind! Morgen abend?«

»Vergessen? Ist das Ihr Ernst? Ich vergesse Zahnarzttermine, aber keine Einladungen von griechischen Göttern.«

David lachte. »Ich liebe Ihre Direktheit, Barbara Chessner. Ganz ehrlich.«

Er winkte mir kurz zu, drehte sich um und ging zur Tür von »Home Sweet Home« hinaus. Ich blieb zurück und schüttelte verblüfft den Kopf darüber, daß er in mein Leben getreten war.

Alles war so unerwartet eingetreten, so völlig aus dem Nichts gekommen. Wenn ich nicht von Deirdre darum gebeten worden wäre, für sie einzuspringen, hätte *sie* seinen Anruf entgegengenommen. *Sie* hätte ihm das Nowak-Haus gezeigt. *Sie* wäre von ihm zum Essen eingeladen worden. Statt dessen war nun *ich* an ihrer Stelle. Ich war ausnahmsweise einmal zur richtigen Zeit am richtigen Ort gewesen. Vielleicht wendete sich nach dem schrecklichen Jahr, das ich hinter mir hatte, nun doch endlich das Blatt.

Trotzdem konnte ich noch gar nicht fassen, wie mühelos ich David das unattraktivste Haus in Banyan Beach verkauft hatte. Irgend etwas daran war höchst verdächtig, und das hätte mir eigentlich klar sein müssen. Schon damals. Ich wollte es nur nicht wahrhaben. Kein Wunder.

6

Als ich in meine Einfahrt bog, saß Pete vor der Haustür, den Kopf in seinem Geschlechtsteil vergraben.

»Entschuldige, wenn ich störe«, sagte ich, als ich aus dem Wagen stieg und auf die Haustür zuging.

Er sah auf, blickte mir direkt in die Augen und kam herübergetollt, offenbar außer sich vor Begeisterung darüber mich wiederzusehen. Vielleicht hatte er aber auch einfach Hunger.

»Paß auf, zum hundertsten Mal: Ich bin nicht dein Frauchen«, erklärte ich ihm, während ich seine schmutzigen Pfoten vom Rock meines blauen Kleides entfernte.

Pete legte den Kopf schief und betrachtete mich mit seinen seelenvollen, haselnußbraunen Augen. Dann öffnete er seine Schnauze, streckte die Zunge heraus und hechelte wie ein liebeskranker Schuljunge. Sein Atem war ziemlich übel, aber noch bei weitem besser als mein eigener, der, wie ich feststellte, irgendwie nach Rosenkohl roch. Eine weitere drastische Veränderung in meiner Körperchemie, vor allem, da ich keinen Rosenkohl mehr gegessen hatte, seit ich ein Kind und meine Mutter der Überzeugung gewesen war, Rosenkohl schmecke so widerlich, daß er einfach gesund sein müsse.

»Es war super, dich kennenzulernen, Pete«, sagte ich und stieg über ihn hinweg, »aber wenn du mich schon unterhaltsam findest, dann warte erst mal ab, bis du meinen Bruder kennenlernst. Du wirst sagenhaft mit ihm auskommen.«

Dieser Kommentar löste ein fünfminütiges lautes Bellen aus. Ich hielt mir die Ohren zu und verzog mich ins Haus.

Warum mußte Pete ausgerechnet bei *mir* herumsitzen? fragte ich mich, während ich darauf wartete, daß endlich Jeremy Cook erschien und den verdammten Hund mitnehmen würde. Ich hatte immer geglaubt, Tiere besäßen einen sechsten Sinn oder so etwas und würden merken, wenn man Angst vor ihnen hatte – oder sie abstoßend fand. Aber offensichtlich nicht der gute alte Pete. O nein. Es schien ihm komplett verborgen zu bleiben, daß ich etwa genausoviel für ihn übrig hatte wie für den Mann, der jeden Moment bei mir vorbeikommen sollte.

Trotzdem konnte ich doch nicht gut hier sitzen bleiben und dem Hund sich die Seele aus dem Leib bellen lassen, oder? Ich machte den Kühlschrank auf, entdeckte etwas übriggebliebenen Hühnchensalat und brachte ihn Pete hinaus. Er schnupperte an dem Plastikbehälter, schüttelte den Kopf und schob ihn dann mit der Schnauze beiseite.

»Was ist denn los? Bist du Vegetarier? Oder magst du den Hühnchensalat nur mit etwas weniger Mayonnaise?« fragte ich.

Pete antwortete, indem er mir die rechte Schuhspitze leckte.

Jeremy tauchte um halb sieben mit seinem Chevy-Kleintransporter bei mir auf. Mich befielen äußerst gemischte Gefühle. Während ich den besten Freund meines Bruders dabei beobachtete, wie er die Einfahrt heraufgeschlendert kam, die Blue jeans über seinem Bierbauch zurechtzog und sich mit den Händen durch sein schulterlanges rotbraunes Haar fuhr, sinnierte ich darüber, wo er nur in aller Welt seine großspurige Art hernahm. Er war ein Provinztrampel. Ein Niemand. Ein verrückter Ire, dessen Berühmtheitsanspruch darauf basierte, daß er einmal einen afrikanischen Pompano von fünfzig Pfund gefangen und wieder ins Meer geworfen hatte. Ein ganz toller Hecht, oder?

Gut, er sang ein paar Abende die Woche in einer lokalen Rock-'n'-Roll-Band. Wahnsinnig aufregend. Die Band spielte ja nicht einmal eigene Songs – sie gaben Oldies zum besten. Mein Gott, eine drittklassige Nostalgie-Show – mehr nicht.

Jeremys Beruf, falls man das überhaupt so nennen konnte, bestand darin, sein Fischerboot an Charterkunden zu vermieten. Er besaß eine 14-Meter-Hatteras, getauft auf *Teufelskerl*. (Ein interessanter Name angesichts dessen, was sich in meinem Leben abspielte, finden Sie nicht? Doch davon später mehr.) Jeremy verbrachte seine Tage damit, Touristen auf seinem Boot mit hinauszunehmen und das Wasser nach einem großen Fisch abzusuchen, den seine Kundschaft dann angeln konnte. Das Ganze erinnerte irgendwie an das Geschäft eines Zuhälters, oder?

»He, wenn das nicht Ms. BS ist«, war seine reizende Art, mich zu begrüßen.

»BS« war Jeremys Kosename für mich, und zwar bereits seit der High-School. Er entsprach seiner Vorstellung von einem Wortspiel: Zum einen stand es für *B*enjamins *S*chwester und zum anderen für *B*löd-*S*inn, da alles, was ich von mir gab, für ihn genau das war. Jeremy war eben unheimlich witzig.

»Hallo«, entgegnete ich höflich und bemühte mich, sein T-Shirt nicht anzusehen, auf dem Cindy Crawford als Meerjungfrau über folgendem Spruch abgebildet war: »Zieh dir was Leckeres an Land. Fahr mit Cook's Charters.« Sein zerfurchtes, sonnenverbranntes Gesicht war von einem dichten Bart aus demselben rotbraunen Haar umrahmt, das auch seinen Kopf bedeckte. Seine Augen waren blaßgrün, die Nase an der Spitze etwas aufgeworfen, aber an der Wurzel breit, die Lippen voll und fleischig wie auch alles andere an ihm. Er maß schätzungsweise einsachtundsiebzig oder knapp einsachtzig, seine Statur war stämmig, untersetzt und muskulös, letzteres vor allem an den Unterarmen. Jeremy war so rauhbeinig, wie David Bettinger sanftmütig war und so ungehobelt-schlampig wie David geschliffen-fein.

»Mitchell hat sich also abgesetzt, was?« spottete er und griff nach unten, um Pete zu streicheln, der gerade eifrig damit beschäftigt war, ein Loch in meine Einfahrt zu buddeln und meine beigen Pumps mit Kies zu überhäufen.

»Ben hat es dir erzählt?« fragte ich und fühlte mich irgendwie dadurch erniedrigt, daß dieser Mann, gegen den ich eine ausgeprägte Abneigung hatte, mit den Einzelheiten meines Privatlebens vertraut war.

»Ja, hat er, aber jetzt, wo ich dich gesehen habe, wäre ich auch von allein draufgekommen.« Er hielt inne, musterte mich von Kopf bis Fuß und brach in ein häßlich-dröhnendes Gelächter aus.

»Was, wenn ich fragen darf, ist denn so witzig?« blaffte ich ihn an und merkte, wie mir das Blut ins Gesicht schoß.

»Du«, antwortete er unter Lachen. »Ihr Frauen seid echt unglaublich. Anstatt mal ein paar Gedanken daran zu verschwenden, warum deine Ehe in die Brüche gegangen ist, rennst du los und läßt dich sozusagen generalüberholen, damit du dir einen anderen Dummen angeln kannst.«

»Wovon sprichst du eigentlich?« wollte ich wissen.

»Ach, komm schon, BS. Ich meine die blonden Haare, die Busengeschichte und das ganze Drumherum.«

O Gott. Wie sollte ich nur mein verändertes Aussehen erklären? Noch dazu einem chauvinistischen Blödmann wie Jeremy Cook? Ich begriff ja selbst nicht, was mit mir los war. Ich wußte nur, daß ich als Barbara Chessner schlafen gegangen und als eine Art Heather Locklear wieder aufgewacht war.

»Ich brauchte eben eine Veränderung«, versuchte ich beiläufig, die Situation lässig herunterzuspielen. »Es spricht ja wohl nichts dagegen, sich mal einen neuen Look zu verpassen, oder?«

»An deinem alten gab es doch nichts auszusetzen«, brummte er.

Ich trat einen Schritt zurück und blinzelte. »Jeremy, ist dir klar, daß du mir gerade ein Kompliment gemacht hast?«

Er lächelte und meinte: »Ja, jetzt, wo du es sagst. Aber keine Sorge. Es wird nie wieder vorkommen.«

»Gut. Ich möchte nicht, daß wir nach all den Jahren auf einmal anfangen, nett zueinander zu sein.«

Jetzt war es an ihm, zurückzuweichen. Er musterte mich noch einmal und schüttelte dann den Kopf.

»Da ist noch etwas an dir, das anders ist«, rätselte er und

kratzte sich den Bart. »Außer den Haaren und dem Busen, meine ich. Es ist dein Verhalten. Du bist viel... Was eigentlich?«

»Ich weiß nicht. Sag du's mir.«

»Ich kann es auch nicht genau beschreiben. Das einzige, was ich weiß, ist, daß du sonst immer total zugeknöpft warst, wenn ich vorbeikam. Und jetzt giftest du mich an. Das gefällt mir irgendwie.«

»Ehrlich?« sagte ich. »Ich hätte gedacht, daß du es magst, wenn Frauen unterwürfig, nachgiebig und passiv sind.«

»Schätzchen, du hast keine Ahnung, was für Frauen ich mag«, konterte er. »Und aus der Tatsache, daß Mitchell mit diesem Wettermädchen durchgebrannt ist, schließe ich, daß du auch nicht wußtest, was für Frauen *er* mag.«

»Meine Ehe geht dich nichts an.«

»Was für eine Ehe? Deine war doch ein Witz.«

»Ach, wirklich? Und was macht gerade dich zum Experten auf diesem Gebiet? Du bist doch nie verheiratet gewesen.«

»Wie hätte ich auch heiraten können? Du warst ja schon vergeben«, warf er mir vor, und seine Stimme troff von Sarkasmus.

»Hör mal, Jeremy. Könnten wir bitte zu dem Anlaß kommen, aus dem du hier bist? Du nimmst den Hund mit und bringst ihn Ben.«

»Klar, warum nicht. Wann hast du dir eigentlich einen Hund angeschafft? Du wirkst eigentlich nicht wie der Typ von Mensch, der sich ein Tier hält.«

»Und wie sieht dieser ›Typ‹ aus?«

»Er wird bei einem Haustier ganz gefühlsduselig und sentimental. Du allerdings bist viel zu verklemmt.«

»Nicht zu verklemmt, um dir zu sagen, daß du mich mal kreuzweise kannst.«

Jeremy grinste. »Du bist wirklich ganz anders als bei unserer letzten Begegnung«, wunderte er sich, musterte mich und zog eine Augenbraue hoch. »Echt anders und doch dieselbe. Irgendwie.«

»Was bist du doch für ein Sprachtalent«, bemerkte ich ironisch. »Könntest du jetzt bitte Pete mitnehmen? Bitte!«

Als er seinen Namen hörte, hob Pete den Kopf, warf mir einen seiner seelenvollen Blicke zu und begann zu jaulen.

Jeremy versuchte, ihn zu beruhigen, indem er ihn unterm Kinn streichelte, aber Pete sträubte sich dagegen und begann, gegen mein Bein zu stupsen.

»Das ist ein prima Hund«, lobte Jeremy. »Und er scheint dich zu mögen, weiß der Himmel warum.«

»Er ist recht nett«, gab ich zu, tätschelte Pete den Kopf und schob ihn dann von mir weg. »Und jetzt nimm ihn mit. Ben wartet wahrscheinlich schon auf dich. Du willst doch sicher keine Minute von eurer Séance verpassen, oder?«

»Nein, Ma'am. Ich bin ein großer Fan von Hackbraten, und Janice sagt, das Rezept ihrer Großmutter sei das Nonplusultra gewesen.«

Ich rollte mit den Augen.

»Auf geht's, alter Junge«, befahl Jeremy und versuchte, Pete in Richtung seines Transporters zu bewegen – freilich ohne Erfolg. Der Hund zog es vor, sich wie eine Brezel um mich zu schlingen.

»Los jetzt, alter Junge«, forderte Jeremy ihn noch einmal auf, packte Pete am Halsband und zerrte ihn praktisch zu seinem Wagen hinüber.

»Dieser Hund will nicht weg von hier!« rief mir Jeremy zu, während er den jaulenden Pete auf den Beifahrersitz des Wagens drückte und die Tür hinter ihm schloß.

Auf der Stelle steckte Pete den Kopf zum Fenster heraus, als wollte er unbedingt noch einen letzten Blick auf mich erhaschen. Er starrte mich mit solcher Intensität an, mit so jammervoller Sehnsucht, daß ich auf einmal nicht mehr wußte, ob ich das Richtige tat, wenn ich ihn wegschickte.

»Was?« fragte ich, als ich in der Einfahrt stand und ihn dabei ansah, wie er mich ansah. »Was willst du von mir, Hund?«

Pete machte das Maul auf, als wolle er sprechen, doch es kamen nur ein paar klägliche Heullaute dabei heraus. Ein bohrendes Schuldgefühl durchzuckte mich, doch ich schüttelte es ab. Schließlich war ich ja nicht für ihn verantwortlich, oder? Wir waren Fremde. Er war erst an diesem Morgen bei mir aufgetaucht. Wir hatten nicht jahrelang zusammengelebt. Außerdem hatte ich nicht die geringste Ahnung von Hunden, abgesehen davon, daß Millionen von Menschen sie besser behandelten als ihre eigenen Verwandten.

»He, BS?« brüllte Jeremy vom Fahrersitz seines Wagens.

»Was ist denn?« fragte ich.

»Wie wär's mit einem ›Dankeschön‹?« meinte er. »Immerhin tue ich dir einen Gefallen, oder nicht?«

»Tut mir leid. Vielen Dank!« rief ich ihm zu. »Ehrlich«.

»Kein Problem«, erwiderte er und drehte den Zündschlüssel um.

Ich warf einen letzten Blick auf Pete und schlenderte wieder in Richtung Haus.

»He, BS?« schrie Jeremy erneut.

Ich drehte mich um. »Was ist denn noch?«

»Du siehst echt scharf aus, aber du mußt irgendwas gegen deinen Mundgeruch unternehmen, klar?«

Bevor ich reagieren konnte, fuhr er mit Pete davon.

Gegen neun Uhr rief Frances Lutz an, um mir mitzuteilen, daß Mr. Nowak Davids Angebot für das Haus akzeptiert hätte. Ich war baff. Ein geschlagenes Jahr brachte ich trotz aller Bemühungen keinen Abschluß zustande. Und jetzt hatte ich auf einmal Zauberkräfte. Natürlich fragte ich mich, was los war. Aber wenn es mir dadurch besser ging, warum sollte ich mich beklagen?

»Oh, Frances!« jubelte ich vor lauter Begeisterung. »Weißt du, was das bedeutet?«

»Eine Vermittlungsgebühr«, antwortete sie kichernd. »Für die schlimmste Bruchbude der ganzen Stadt. Und das Büro hat das Angebot erst vor zwei Tagen hereinbekommen.«

»Ja, aber es bedeutet auch, daß die Pechsträhne endlich hinter mir liegt«, bemerkte ich erleichtert.

»Das freut mich für dich«, bekräftigte sie. »Und für mich auch. Das ist schon mein dritter Verkauf diese Woche.«

Frances war einfach unglaublich. Sie hatte das gesamte letzte Jahr phänomenale Verkäufe abgewickelt, also etwa in demselben Zeitraum, in dem ich so glücklos war. Und das, obwohl sie alles andere als aggressiv zur Sache ging.

Vielleicht sollten wir ja alle zu Hause bleiben und uns »Der Preis ist heiß« ansehen, hatte ich mir in den vergangenen Monaten öfter überlegt. Vielleicht lernt Frances etwas aus diesen Spielshows, das uns anderen im Job fehlt.

»Hör mal, Frances. Ich würde ja gern ein bißchen plaudern, aber ich will unbedingt gleich Mr. Bettinger anrufen und ihm die guten Neuigkeiten erzählen«, würgte ich sie ab.

»Das kann ich gut verstehen, Barbara. Er ist ein sehr nett aussehender Mann.«

Ein nett aussehender Mann. Das war ja wohl stark untertrieben. Aber schließlich drückte sich Frances nie besonders blumig aus, wenn es um Männer ging. Sie war noch nie verheiratet gewesen, ja, sie hatte bisher meines Wissens nicht einmal einen festen Freund gehabt. Wir alle rätselten, ob sie überhaupt irgendeine sexuelle Vorliebe pflegte, und wenn ja, wie die genau aussah.

Nachdem wir uns voneinander verabschiedet hatten, suchte ich Davids Telefonnummer heraus und rief ihn an.

»David Bettinger«, meldete er sich mit seinem vollen Bariton. Als ich seine Stimme vernahm, merkte ich, wie ich das Atmen vergaß.

»Mr. Bettinger. David«, begann ich. »Hier ist Barbara Chessner. Von Home Sweet Home.«

»Bah-bar-ah«, schnurrte er und klang, als freute er sich unheimlich darüber, von mir zu hören. »Haben Sie mit Ms. Lutz gesprochen?«

Ich war beeindruckt, daß er sich Frances' Namen gemerkt hatte, da sie sich ja nur kurz begegnet waren. »Allerdings«, sagte ich. »Es sieht so aus, als wären Glückwünsche angebracht. Sie haben sich gerade ein Heim in Banyan Beach gekauft!«

»Oh, das sind ja herrliche Neuigkeiten«, freute er sich. »Ich bin begeistert. Mr. Nowak hat also mein Angebot akzeptiert.«

»Genau. Ich brauche lediglich eine Anzahlung von Ihnen, dann können wir den Vertrag unterzeichnen und die Finanzierung ausarbeiten.«

»Wollen wir den ganzen Schreibkram nicht morgen abend erledigen? Beim Abendessen? Wie wäre es mit sieben Uhr? Ich hole Sie zu Hause ab, und dann gehen wir in ein Restaurant. Wie hört sich das an?«

»Phantastisch. Ich wohne Seacrest Way 666. Wissen Sie, wo das ist?«

»Ja, und ich werde um sieben Uhr dort sein. Das nächste Mal, wenn wir uns treffen, koche ich dann selbst etwas bei mir zu Hause für Sie.«

Er war also reich, sah umwerfend aus und konnte kochen. Der Mann war einfach zu gut, um wahr zu sein.

Mir wurde plötzlich klar, daß ich nur sehr wenig über David Bettinger wußte: lediglich, daß er alleinstehend war, früher in Palm Beach gewohnt hatte und in der Import-Export-Branche tätig war, was immer das auch hieß. »Machen Sie sich meinetwegen bloß keine Umstände.«

»Ich bitte Sie, Barbara. Sie haben mir mein Traumhaus verkauft«, wandte er ein. »Für Sie zu kochen ist doch das geringste, was ich tun kann, um mich zu revanchieren.«

»Sie revanchieren sich doch schon durch diese Einladung. Außerdem bekomme ich eine Provision für den Verkauf – meine erste in fast einem Jahr. Eigentlich sollte ich für *Sie* kochen.«

David lachte. »Ah, Barbara. Barbara. Ich vergesse immer wieder, wie erfrischend direkt Sie sind.«

Von wegen direkt. Ich hatte keine Kontrolle mehr über mein Mundwerk.

»Also. Was unser morgiges Abendessen betrifft, werde ich irgendwo einen Tisch reservieren. Haben Sie ein Lieblingsrestaurant?« fragte er.

»Eigentlich nicht. Mir ist alles recht, was Sie aussuchen.«

»Gut. Dann sehen wir uns um sieben. Ich freue mich schon sehr, Barbara.«

»Ich mich auch, obwohl mir nicht ganz klar ist, warum ein so toller Mann wie Sie an einem Samstagabend allein ist.«

Verdammt. Warum mußte mir jeder Gedanke sofort aus dem Mund sprudeln?

Er lachte und antwortete dann langsam und gefühlvoll: »Ich bin ja nicht allein. Ich verbringe den Abend mit einer attraktiven, humorvollen und intelligentenFrau.«

»Ach? Kommt noch jemand mit?« erkundigte ich mich.

Er lachte erneut. »Sie sind mir vielleicht eine«, sagte er.

»Oh, ja, genau das bin ich«, erwiderte ich und fragte mich dabei, wer um Himmels willen ich eigentlich war.

7

Am Samstag morgen wollte ich gerade das Haus verlassen, als Mitchell anrief.

»Wir müssen miteinander sprechen«, begann er.

»Worüber?« fragte ich. Ich hatte ihn schon beinahe vergessen, doch hier war er nun und klang ganz außer Atem, so als ginge es um eine Angelegenheit von höchster Dringlichkeit. Bei Mitchell war alles dringend, mußte sofort und auf der Stelle geschehen. Ich sah ihn vor mir, wie er auf und ab tigerte, während er mit mir sprach und sich die Telefonschnur um seine langen, wurmartigen Finger wickelte, wie seine Kiefermuskulatur arbeitete, er blinzelte und die Augen zusammenkniff.

»Über unsere Wohnverhältnisse«, antwortete er. »Wenn wir erst geschieden sind.«

»Was gibt's da zu besprechen? Ich bleibe hier wohnen, und du ziehst zu der menschlichen Wetterfahne.«

»Nein, Barbara. Chrissys Eigentumswohnung reicht nicht für uns beide. Sie ist viel zu klein. Wir haben über die Situation gesprochen und beschlossen, daß wir das Haus haben wollen.«

»Welches Haus?«

»Seacrest Way. Chrissy hat schon immer davon geträumt, am Wasser zu leben.«

»Dann kauf ihr ein Schlauchboot und sag ihr, sie soll in ihrem Pool herumpaddeln.« Wollte dieses Miststück also in meinem Haus wohnen. Da hatte sie sich aber geschnitten.

»Am *Meer*, Barbara. Sie will am Meer leben.«

»Dann kauf ihr ein anderes Haus. Bei mir im Büro gibt es jede Menge Angebote für Häuser am Strand.«

Er stieß einen tiefen Seufzer aus und war ganz offensichtlich ärgerlich. Ich war hocherfreut. Endlich hatte ich ihm widersprochen. Endlich hatte ich meine Angst überwunden, ihn gegen mich aufzubringen. Meine neue Grobheit mochte zwar bei Menschen, die mir wichtig waren, zu peinlichen Situationen geführt haben, aber bei Mitchell war sie ein echter Gewinn.

»Wir wollen Seacrest Way aber haben, Barbara«, wiederholte er. »Chrissy hat das Haus gesehen und meint, es wäre...«

»Wann hat sie das Haus gesehen?« unterbrach ich ihn.

»Wann?«

»Ja, *wann*?«

»Das weiß ich nicht mehr.«

»Dann streng dich an.«

Schweigen. Ein weiterer tiefer Seufzer. »Du klingst gar nicht wie sonst, Barbara. Hast du getrunken?«

»Nein, Mitchell.«

»Was ist dann nur los mit dir? Du benimmst dich so ungewohnt. Du klingst... ich weiß nicht... anders.«

Wenn du nur wüßtest, wie anders, dachte ich, als ich zum Spiegel an der Schlafzimmerwand hinübersah. Jedesmal, wenn ich mein Spiegelbild erblickte, verblüffte mich mein verwandeltes Aussehen. Klar, ich war immer noch ich: dieselbe Nase, derselbe Mund, dieselben Augen und Ohren. Derselbe schiefe rechte Schneidezahn. Dasselbe Muttermal auf der linken Pobacke. Und doch, seit dem Morgen, nachdem Mitchell gegangen war, sah ich so aus, als hätte sich eine Armee von Visagisten über mich hergemacht – Visagisten, für die Ivana Trump der Inbegriff der Vollkommenheit war. Hatte das neue Shampoo, das ich verwendete, tatsächlich mein Haar blond gefärbt? Natürlich nicht. Hatten die vielen Sorgen, die mich plagten, zu meinem Gewichtsverlust geführt? Ausgeschlossen. Und selbst wenn, wie wollte ich meine neuerdings so kecken Brüste erklären? Es gab einfach keine rationale, logische Erklärung für diese Phänomene. Gar keine. Wurde es nicht langsam Zeit, etwas anderes in Betracht zu ziehen? Steckte Hexerei, Magie oder ein uralter Zauber hinter meiner Veränderung? Oder war dämonische Besessenheit der Grund dafür, daß ich jetzt wie eine Barbie-Puppe aussah?

»Um wieder auf meine Frage zurückzukommen«, sagte ich. »Wann hat Chrissy das Haus denn gesehen?«

»Ich habe sie einmal mitgenommen.«

»Etwas genauer, bitte. Wann?«

»Du gierst ja förmlich nach einem Tiefschlag. Ich habe sie mitgenommen, als du auf der Maklerkonferenz warst.«

Ich ließ seine Worte auf mich wirken, und dabei begann mein Herz zu pochen. Ich war so wütend, daß ich kaum atmen konnte.

»Ich war ein komplettes Wochenende lang weg«, stieß ich hervor. »Hat sie die ganze Zeit hier geschlafen?«

»Ja.«

»In meinem Bett?«

»Ja.«

»Ihr zwei habt hier im Haus zusammen geschlafen? In meinem Haus?« Einatmen, ausatmen. Einatmen, ausatmen. Ich versuchte, nicht zu hyperventilieren.

»Barbara, du scheinst vergessen zu haben, daß Seacrest Way auf meinen Namen eingetragen ist. *Ich* habe das Haus gekauft, erinnerst du dich? Es gehört mir. Also, im Hinblick auf deinen Auszug nach der Scheidung bin ich durchaus bereit, fair zu sein, was eine anständige finanzielle Regelung für dich angeht. Du wirst dir sicher ein neues Haus kaufen wollen. Etwas Kleines, Beschaulicheres. Wenn wir so weit sind, werde ich…«

»Mitchell«, unterbrach ich ihn. »Etwas wollte ich dir schon immer sagen, habe mich aber nie getraut.«

»Was denn?«

»Kannst du dich noch daran erinnern, wie du vor fünfhundert Mitgliedern der Unternehmervereinigung von Banyan Beach diese Rede gehalten hast?«

»Klar.«

»Dein Hosenschlitz war offen.«

»Was?«

»Du hast mich genau verstanden. Mach's gut.«

Meine Freundin Suzanne war im Büro, als ich gegen halb elf dort eintraf.

»Erzähl mir bloß nicht, daß dir nicht das Fett abgesaugt und die Brüste vergrößert wurden«, empfing sie mich und drohte mir mit dem Finger.

»Ich hab's dir doch schon gesagt, Suzanne. Ich war bei keinem Schönheitschirurgen. Ganz ehrlich.«

»Das ist doch der reinste Schwindel. Ich weiß nicht, warum du es dermaßen abstreitest. Warum gibst du nicht einfach zu, daß du dich für ein paar kleine Eingriffe entschieden hast? Das ist doch keine Schande. Und was das Färben von grauen Haaren angeht, so haben viele Frauen, die auf die Wechseljahre zugehen, das Bedürfnis...«

»Suzanne, ich weiß, es wird dir verrückt vorkommen, aber die Veränderung meines Aussehens ist über Nacht eingetreten. Als ich schlafen ging, war ich noch genauso abgewrackt wie vorher, und beim Aufwachen habe ich plötzlich *so* ausgesehen.«

»Aha, jetzt kapiere ich. Du bist also der erste Mensch, der zehn Kilo wegen eines gesegneten Nachtschlafs abnimmt. Stell dir mal vor, wie das die Matratzenverkäufe ankurbeln wird.«

»Hör mal, ich erwarte nicht, daß du mir das abnimmst. Ich glaube es ja selbst nicht.«

»Also ehrlich, Barbara. Ich dachte, wir wären befreundet.«

»Sind wir ja auch, Suzanne.«

»Dann nimm einen Rat von mir an: Such dir einen guten Psychiater. Ich bin keine Expertin, aber mir kommt es so vor, als wolle ein Teil von dir blond, sexy und glamourös sein, und der andere Teil hätte Schuldgefühle deswegen.«

»Falsch. Ein Teil von mir möchte blond, sexy und glamourös sein, und der andere Teil möchte das Thema wechseln. Hast du die gute Nachricht schon vernommen?«

»Du meinst das mit dem Nowak-Haus?«

Ich lächelte. »Ich habe es verkauft, Suzanne. Ich habe dieses blöde Objekt tatsächlich verkauft.«

»Das freut mich für dich«, beteuerte sie und wurde ein bißchen freundlicher. »Trotzdem ist es irgendwie seltsam. Erst reden wir beide über das Haus, und ein paar Stunden später hast du es schon verkauft.«

»Genau das wollte ich dir ja erklären«, sagte ich. »Alles, was mir in den letzten paar Tagen passiert ist, war merkwürdig. Und das Beste von allem: David Bettinger, der Typ, der das Haus kauft, ist alleinstehend, hinreißend und reich – und er scheint mich zu mögen. Heute abend führt er mich jedenfalls zum Essen aus.«

»Das sollte mir mal passieren«, seufzte Suzanne.

»He, vielleicht hat er ja einen Bruder«, versuchte ich sie zu trösten.

»Solche Männer haben immer einen Bruder, und der hat immer eine Glatze.«

Ich lachte. »Ich frage ihn, wenn wir uns treffen«, versprach ich, wandte mich um und ging auf meinen Schreibtisch zu.

»Barbara, warte mal eine Sekunde«, forderte mich Suzanne auf.

»Ja?«

»Ich hoffe, du nimmst es mir nicht übel, wenn ich das sage, aber an deiner Stelle würde ich mir ein paar Pfefferminzpastillen besorgen, bevor ich heute abend ausginge.«

Ich zuckte zusammen. »Habe ich wirklich einen so schlechten Atem?« fragte ich und mußte an Jeremy Cooks Witz darüber denken.

»Nicht, wenn man ein Fan von Rosenkohl ist«, erwiderte sie. »Aber das sind leider nicht sehr viele Leute.«

Ich nickte. »Ich werde etwas dagegen unternehmen. Danke.«

Es war verblüffend. Ich war erst seit zwanzig Minuten im Büro, als ein Kunde, dem ich vor vier Jahren mal ein Haus verkauft hatte, anrief und mir erklärte, daß er dieses Haus verkaufen und ein anderes erstehen wolle – ein größeres und teureres. Noch bevor der Tag zu Ende war, hatte ich nicht nur seines im Angebot (für 499 999 Dollar), sondern ihm auch drei andere gezeigt, von denen er sich in eines unsterblich verliebte und es kaufen wollte (für 750 000 Dollar). Ich war ein Verkaufstalent, eine richtige Makler-Kanone, und ich müßte lügen, wenn ich sagen würde, daß mich das nicht froh machte. Ich war dermaßen zufrieden mit mir, daß ich nach der Arbeit schnurstracks zu Bloomingdale's sauste und mir ein neues Kleid kaufte – ein sehr kurzes Kleid in

Größe 36, das meine flotte neue Figur bestens zur Geltung brachte. Als ich mich damit im Spiegel der Kabine bei Bloomingdale's betrachtete, begann ich, mir meine Verabredung mit David auszumalen. Doch dann kam mir ein Gedanke: Woher sollte ich wissen, ob David mich um meiner selbst willen mochte, jetzt, wo ich eine so umwerfende Erscheinung war? Ich meine, hätte er mich auch zum Essen eingeladen, wenn ich noch so plump und unscheinbar ausgesehen hätte wie zuvor? Wahrscheinlich nicht. Hätte er mich ebenso unterhaltsam gefunden? Ganz gewiß nicht. Hätte er sich von mir das häßlichste Haus der ganzen Stadt andrehen lassen? Ausgeschlossen.

Anders herum betrachtet: Wäre ich vor Freude über Davids Einladung zum Abendessen auch so aus dem Häuschen gewesen, wenn er nicht so hinreißend gewesen wäre?

Ja, sagte ich mir. Ja. Ich war kein oberflächlicher Mensch. Ich beruteilte Menschen nicht aufgrund ihres Aussehens. Ich fühlte mich von mehr angezogen als nur von Davids attraktivem Körper und seinen teuren Kleidern. Es war seine Art, die mich faszinierte. Seine samtige Stimme. Seine Gewandtheit. Seine... was? Seine hypnotische Wirkung. Wenn ich am Telefon mit ihm sprach, geriet ich bereits in eine Art Trance. Es war unheimlich und wundervoll zugleich.

Ich bezahlte das Kleid und verließ den Laden. Auf dem Heimweg dachte ich über Suzannes Ratschlag nach. Vielleicht sollte ich wirklich einen Psychiater konsultieren, überlegte ich. Was war, wenn ich eine kosmetische Operation hinter mir hatte und dadurch so von Gewissensbissen geplagt wurde, daß ich den Eingriff verdrängte. Vielleicht hatte ich Schuldgefühle, weil ich jetzt blonder, dünner, attraktiver war. Vielleicht war ich tatsächlich so zugeknöpft und verklemmt, wie Mitchell es mir immer vorgeworfen hatte. Aber wenn ich wirklich eine kosmetische Operation hatte vornehmen lassen, woher hatte ich dann das Geld dafür genommen? Wo waren die Arztrechnungen? Und wo meine Narben?

David stand um fünf vor sieben vor der Tür. Er sah zum Anbeißen aus in seiner frischen weißen Baumwollhose und dem marineblauen Polohemd. Die Ärmel seines weißen Pullovers hingen ihm lässig über die breiten Schultern. Blonde Haarsträhnen fielen ihm in die Stirn, und seine braunen Augen strahlten, als er mich ansah. Ich fand ihn im wahrsten Sinne des Wortes unwiderstehlich: Kaum eine Sekunde lang konnte ich den Blick von ihm abwenden. Ich bat ihn auf einen Drink herein, doch er lehnte ab, indem er erklärte, daß er hungrig sei und lieber gleich essen gehen wolle.

»Wohin fahren wir denn?« fragte ich ihn, als wir in seinem glänzenden schwarzen Mercedes vom Haus wegrollten.

»Es gibt da so ein Restaurant, von dem ich schon viel gehört habe, seit ich hierhergezogen bin«, antwortete er. »Das würde ich gern mal ausprobieren.«

»Und welches?«

»›Risotto!‹, den Italiener in der Island Road.«

Tja, was hätte ich denn tun sollen – mich weigern? Aus dem Auto springen? Ein großes Theater veranstalten? Nicht bei meiner ersten Verabredung mit David. Nicht, nachdem er so nett gewesen war und mich zum Essen eingeladen hatte.

»Stimmt etwas nicht?« erkundigte er sich und sah zu mir herüber.

»Eigentlich nicht. Es ist nur so, daß mein Mann – mein Exmann in spe – der Besitzer vom ›Risotto‹! ist und sich ziemlich viel dort aufhält«, erklärte ich.

»Oh. Verzeihen Sie. Dann sollten wir lieber woanders essen. Ich möchte nicht, daß Sie sich unwohl fühlen, wenn Sie ihm begegnen.«

»Ich fühle mich bestimmt nicht unwohl. Offen gestanden freue ich mich sogar darauf, dorthin zu gehen und Mitchell zu treffen. Er macht mir keine angst mehr.«

David zog eine Augenbraue hoch. »Er hat Ihnen angst gemacht? Inwiefern?«

»Er hat mich eingeschüchtert. Er hat so einen mißbilligenden Blick, der mich regelrecht gelähmt hat. In seiner Gegenwart konnte ich kaum sprechen.«

Er lächelte. »Das kann ich gar nicht glauben, Barbara. Sie wirken so… so bestimmt.«

Oh, allerdings war ich bestimmt. Und zwar fremdbestimmt, aber das wußte ich ja damals noch nicht.

»Ich habe mich in letzter Zeit ziemlich verändert«, erläuterte ich. »Ich bin nicht mehr dieselbe.«

Er lächelte erneut, ein wenig sehnsüchtig, wie mir auffiel. »Ich auch nicht«, entgegnete er. »Ich auch nicht.«

Ich wollte ihn gerade fragen, was er damit meinte, als er das Radio auf den lokalen Klassiksender einstellte und das Auto von Musik erfüllt wurde.

»Ah, Mozarts Klaviersonate Nummer 14 in C-moll«, sagte er.

Ich nickte, obwohl ich keine Ahnung von klassischer Musik hatte. Rock 'n' Roll war eher mein Geschmack.

David begann mit seinem vollen, tiefen Bariton zur Musik mitzusummen.

»Sie haben eine schöne Stimme«, bemerkte ich anerkennend. »Haben Sie mal professionell gesungen?«

»Nein«, räumte er bedauernd ein. »Ich habe erst kürzlich entdeckt, daß ich überhaupt eine Stimme habe.«

»Komisch. Das ging mir ähnlich«, wunderte ich mich.

»Na dann«, stellte er fest, »haben wir ja noch etwas gemeinsam.«

»Was war denn das erste, was wir gemeinsam haben?« fragte ich.

»Wissen Sie das wirklich nicht?« seine braunen Augen glänzten geheimnisvoll.

Ich schüttelte den Kopf.

»Dann müssen Sie es erraten«, sagte er und steuerte den Mercedes auf den Parkplatz von »Risotto!«

Ich konnte Mitchell nirgends entdecken, als wir das Restaurant betraten, aber es herrschte dort auch das absolute Chaos. Die lilahaarigen Seniorinnen in Gesundheitsschuhen, die um halb sechs zum Early Bird Special erschienen waren, ließen sich Zeit, bis sie zur Tür hinaus waren, während die betuchte, vollgekokste, gel- oder schaumgestylte Szene mit den Ellbogen darum kämpfte, zuerst hineinzugelangen. Dazu kam die frenetische Hetze der Kellner und Kellnerinnen, die schwarz gekleidet waren, damit sie zu den Möbeln paßten, welche wiederum auf den Fußboden abgestimmt waren. Wände und Decken waren weiß, und das strenge Schwarzweiß des Raumes verlieh ihm eine kalte, sterile, total abweisende Ausstrahlung. »Wir versuchen, ein Image zu kreieren, das besagt: Dieses Restaurant bezieht Stellung«, hatte Mitchell mir erklärt, als »Risotto!« noch im Planungsstadium war. »Warum sollte irgend jemand in einem Restaurant essen wollen, das Stellung bezieht?« hatte ich damals gefragt. Mitchell schüttelte den Kopf, als wäre ich die hoffnungslos dümmste Person auf dem ganzen Planeten. »Wenn die Leute eine *häusliche* Atmosphäre suchten, würden sie ja wohl zu *Hause* bleiben«, belehrte er mich.

Als ich mich im Restaurant umsah, stellte ich fest, daß ich keinen Menschen kannte. Banyan Beach war früher eine so kleine Stadt gewesen, daß man nirgendwohin gehen konnte, ohne jemanden zu treffen, den man kannte. Doch hier war ich nun und blickte über ein Meer von Fremden hinweg – Leuten, die nach Florida gezogen waren, damit sie keine Einkommenssteuer zahlen mußten, Leuten, die das Wort »Schneckenmuschel« nicht aussprechen konnten, aber mit »Tiramisu« keinerlei Probleme hatten, Leuten, die sich ohne ihr Handy nicht auf die Straße trauten. Es war wirklich seltsam, wie sehr sich alles quasi über Nacht verändert hatte, beinahe ohne daß ich es gemerkt oder davon Notiz genommen hätte. Ich war so auf mein eigenes Leben fixiert, derart in meinem erbarmungslosen Unglück verstrickt gewesen, daß ich auf nichts anderes mehr geachtet hatte.

»Sie müßten für sieben Uhr eine Reservierung auf den Namen Bettinger haben«, wandte sich David an den Oberkellner, als wir endlich an der Spitze der Schlange standen.

Der Oberkellner, Anfang Zwanzig und mit den obligatorischen Attributen Ohrring und Pferdeschwanz geschmückt, sah zu David auf und nickte: »Mr. Bettinger«, bemerkte er ohne ein Lächeln, womit er sich strikt an das Lächelverbot des Restaurants hielt. »Ihr Tisch ist noch nicht fertig. Trinken Sie doch zuerst etwas an der Bar, und wir holen Sie, sobald...«

»Ich habe für sieben Uhr einen Tisch reserviert«, unterbrach ihn David höflich, aber bestimmt. »Es ist kurz nach sieben. Ich möchte an meinen Tisch geführt werden. Sofort.«

Ich sah David bewundernd an. Das gleiche tat der Oberkellner, der erneut sein Reservierungsbuch studierte und diesmal einen Tisch fand.

Er geleitete uns durch ein Gewirr von Gästen in den hinteren Teil des Restaurants zu einem von sechs Tischen, die vor der Rückwand standen.

»Ihre Kellnerin kommt gleich«, informierte er uns, als wir Platz genommen hatten. Dann eilte er davon und ließ uns in einer Wolke Polo Sport zurück.

»Die Freundlichkeit in Person«, bemerkte ich mit einem Nicken in Richtung Ober. »Er muß neu sein. Ich habe ihn hier jedenfalls noch nie gesehen.«

»Er erinnert mich an Palm Beach«, erzählte David. »Ich glaube, die Oberkellner dort müssen eine spezielle Schulung durchlaufen, in der sie lernen, wie man anderen Leuten das Gefühl vermittelt, unbedeutend zu sein.«

»Mag sein, aber dem hier haben Sie auf jeden Fall gezeigt, wer der Boß ist«, lobte ich. »Mir ist es immer schwergefallen, so direkt zu sein. Bis vor kurzem, wie gesagt.«

»Ich weiß, was Sie meinen«, sagte David. »Ich war auch nicht immer so selbstsicher.«

»Tatsächlich? Das kann ich gar nicht glauben.«

»Ist aber die Wahrheit. Sie sind nicht die einzige, die sich verändert hat, Barbara. Mein Umzug nach Banyan Beach ist nur ein Teil meiner Verwandlung.«

Ich sah ihn an. »Wie waren Sie denn vorher?«

Er grinste. »Das erzähle ich Ihnen, wenn wir uns besser kennen.«

Ich wollte gerade antworten, als eine junge Frau mit ganz kurzem, stacheligen roten Haar erschien, sich als Nikki vorstellte und zwei Speisekarten vor uns auf den Tisch knallte.

»Sind Sie an unseren speziellen Tagesgerichten interessiert oder nicht?« erkundigte sie sich mit der Wärme von Granit.

»Nicht, wenn Sie sie lieber für sich behalten würden«, erwiderte David und zwinkerte mir zu.

»Wie Sie wollen«, sagte sie und zuckte mit den Achseln.

»Vielleicht nehmen Sie zuerst unsere Getränkebestellung auf«, schlug David vor.

»Okay«, meinte sie. »Was wollen Sie denn?«

David bestellte einen Dewars auf Eis, und ich bat um ein Club Soda mit Limone. Seit meinem Zusammenstoß mit dem Gewitter vor zwei Tagen hatte ich keinen Alkohol mehr angerührt. In meinem Körper war schon genug los. Ich brauchte nicht auch noch einen Kater, um die Sache weiter zu komplizieren.

»Sagen Sie«, begann David. »Sehen Sie Ihren Mann irgendwo?«

»Noch nicht«, antwortete ich. »Aber der Abend ist ja noch jung.«

»Und Sie sind sicher, daß es Ihnen nichts ausmacht, ihm zu begegnen?«

»Ganz sicher. Wirklich.«

Wir bekamen unsere Getränke, besprachen Davids Kauf des Nowak-Hauses, gingen den Vertrag in allen Einzelheiten durch, und er unterschrieb ihn. Dann wandten wir uns persönlicheren Themen zu. Wir sprachen über unsere Familien, unsere Kindheit und unsere Arbeit. Davids Beruf, so erklärte er, hatte ihn nach Europa, in den Orient und nach Südamerika geführt. Er erzählte faszinierende Anekdoten über die Städte, die er besucht, die Hotels, in denen er gewohnt, und die Menschen, die er kennengelernt hatte. Da ich noch nie aus Florida herausgekommen war – außer nach New Jersey, wo ich Verwandte hatte, und nach St. Barts, wohin Mitchell mit mir in die Flitterwochen geflogen war, weil ein Steuerberater-Kollege ihm erzählt hatte, daß es schick sei –, kam ich mir unglaublich provinziell vor. David war offenbar ein kultivierter Weltreisender, ein Mann, der überall gewesen, alles gesehen und jede Menge erlebt hatte, während ich ein Niemand aus der Kleinstadt war, eine Frau, für die Abenteuer bedeutete, eine neue Sorte Küchenkrepp auszuprobieren. Ich fragte mich, was er wohl in mir sah. Er war ein wunderbarer Gesellschafter – interessant, intelligent, selbstsicher und doch voll erstaunlicher Selbstironie. Und dann war da natürlich noch sein Gesicht, das so attraktiv war, daß ich es immer wieder ansehen mußte. Es gab Momente, in denen er mir beinahe zu perfekt erschien – irgendwie unecht, wie aus der Retorte. Dann jedoch war er plötzlich wieder so real, daß ich am liebsten über den Tisch gesprungen und die Beine um ihn geschlungen hätte.

Glücklicherweise gab ich meinem Verlangen nicht nach. Ich verdrängte es, indem ich mich vollstopfte. Grissini, eine Vorspeisenportion Penne alla puttanesca und einen Salat à la Caesar. Kein Gedanke mehr an den Rosenkohlatem, den David gar nicht zu bemerken schien. Als mein Hauptgang kam, dünstete ich genug Knoblauch aus, um jeden Anwesenden in die Flucht zu jagen.

Nikki servierte unsere Hauptgerichte mit demselben mangelnden Enthusiasmus, den wir bereits von ihr kannten. David hatte eines der Tagesgerichte bestellt, und zwar Risotto mit verschiedenen Pilzsorten, die mir gänzlich unbekannt waren. Ich hatte mich für den Thunfisch vom Eichengrill entschieden, obwohl er mich an Jeremy erinnerte. Dem war es eine Woche vorher gelungen, mit Bild in die Zeitung zu kommen, weil er irgendein dämliches Thunfisch-Wettangeln gewonnen hatte.

Wir hatten uns gerade in unser Essen vertieft, als ich Mitchell entdeckte. Er drehte seine Runden, wie ein Arzt Visite macht, nur daß er kein Stethoskop bei sich hatte. Dafür baumelte von Mitchells Hals ein Kreuz – ein großes, goldenes Kreuz. Mitchell war zwar Jude, aber er hatte den Besitzer mehrerer äußerst erfolgreicher Restaurants in Manhattan ein solches Kreuz tragen sehen und sich gedacht, daß irgendeine positive Wirkung davon ausgehen mußte.

Da war er nun, ging von einem Tisch zum anderen, verbeugte sich unterwürfig und sagte Dinge wie: »Ist alles in Ordnung?« oder »Sie müssen unbedingt die Calamari probieren.« Chrissy konnte ich nirgends entdecken, und so nahm ich an, daß sie zu Hause in ihrer Eigentumswohnung geblieben war und, voller Vorfreude darauf, bald mein Haus in Besitz nehmen und ihm ihren persönlichen Stempel aufdrücken zu können, alte Ausgaben verschiedener Einrichtungsmagazine wälzte.

»Da ist mein Mann«, flüsterte ich David zu und zeigte auf Mitchell.

David drehte sich um, damit er ihn sehen konnte. »Ich glaube, er kommt auf uns zu«, warnte er mich.

Mein Herz begann schneller zu schlagen, als Mitchell sich unserem Tisch näherte. Er sah so angestrengt aus wie immer: dünn, dunkel, drahtig, überspannt – eine Masse nervöser Energie. Ich hatte keine Ahnung, wie er darauf reagieren würde, daß ich mit David hier war und mittlerweile völlig anders aussah.

Während er sich näherte, hielt ich den Atem an und machte mich auf eine Konfrontation gefaßt. Doch auf einmal verstellte ihm eine Blondine den Weg, ließ einen Arm um seine magere Taille gleiten und begann, ihn in entgegengesetzter Richtung davonzuzerren.

»Chrissy«, murmelte ich. Ich kannte sie ja aus den Abendnachrichten, aber in natura sah sie noch gräßlicher aus. Voluminös hochgeföntes platinblondes Haar, vorstehende Zähne, geschmacklose Klamotten und alles, was sonst noch dazugehört.

»Jemand, den Sie kennen?« fragte David, der mich dabei beobachtete, wie ich Chrissy musterte.

»Sie sind offenbar kein Fan von Kanal 5«, mutmaßte ich. »Das ist Chrissy Hemplewhite. Sie moderiert das Wetter in den Sechsuhrnachrichten. Außerdem ist sie die neue Liebe meines Mannes.«

Ich war fertig mit Mitchell und wollte ihn unter keinen Umständen zurückhaben, doch seine Worte schmerzten mich trotzdem noch. Genau wie der Anblick Chrissys, die die Arme überall um ihn geschlungen hatte. Ich starrte die beiden an, während sie ihr ehebrecherisches Verhalten vor aller Augen demonstrierten und nicht einmal ahnten, daß ich nur wenige Meter von ihnen entfernt saß. Nicht, daß sie sich davon hätten stören lassen. Ich war der alte Schuh, die lästige Fessel, diejenige, die ausrangiert und weggeworfen worden war.

»Gehen wir«, schlug David vor, dem mein Gesicht offenbar meine Gefühle verraten hatte. »Wir können den Nachtisch auch woanders essen.«

»Nein«, widersprach ich. »Ich werde mich von den beiden nicht vertreiben lassen. Auf gar keinen Fall.«

Ich machte die Augen schmal und beobachtete Mitchell und

Chrissy weiter, wie sie von Tisch zu Tisch schlenderten, plauderten, Witzchen machten und sich produzierten. Es war ekelerregend.

»Hoffentlich schmoren die beiden bald in der Hölle«, platzte es aus mir heraus, und ich wurde sofort rot vor Verlegenheit.

Ich wollte mich gerade dafür entschuldigen, daß ich einen so bösartigen Gedanken gegen meinen Mann und seine Geliebte hegte, als Nikki, unsere warmherzige, anschmiegsame Kellnerin mit einem Tablett in der Hand, auf dem sich sechs Cappuccinotassen befanden, an Mitchell und Chrissy vorbeisauste. In einer Szene, die mir wie in Zeitlupe vorkam, verlor sie plötzlich das Gleichgewicht – sowie gleichzeitig die Kontrolle über das Tablett –, und noch bevor ich »in der Hölle schmoren« formuliert hatte, ergoß sich der kochendheiße Inhalt aller sechs Tassen über die beiden Turteltäubchen! Chrissy schrie auf, als sich der Kaffee in die Haut auf ihrem Rücken brannte. (Die Ärmste trug ein winzig-kleines rückenfreies Top, womit mal wieder bewiesen wäre, daß man riskant lebt, wenn man sich wie ein Flittchen kleidet.) Mitchell, gerade mitten in einer seiner unterwürfigen Verbeugungen, als die Katastrophe geschah, bekam die heiße Flüssigkeit auf den Hinterkopf – direkt auf seine kahle Stelle. Da half auch kein Haarwuchsmittel mehr.

Es gab natürlich einen großen Tumult, weil sich alles um Mitchell und Chrissy scharte und seine Meinung darüber zum besten gab, wie man eine Verbrennung behandeln mußte.

»Streichen Sie Butter drauf!« rief ein Mann.

»Nein, Eis!« widersprach ein anderer.

Irgendwann brüllte Mitchell: »Ist ein Arzt im Haus?«

Das Ganze erinnerte mich an das Theater, das ausbricht, wenn jemand am Ersticken ist und die Personen in seiner Begleitung den Heimlich-Griff nicht beherrschen.

Schließlich führte Mitchell Chrissy aus dem Lokal – ins Krankenhaus, nahm ich an. Wir anderen wandten uns wieder unserem Essen zu.

»Alles in Ordnung?« fragte David, als sich die Aufregung gelegt hatte.

Ich wußte nicht so recht, was ich darauf antworten sollte. Mir fehlte ja nichts, abgesehen davon, daß ich überzeugt davon war, den Unfall von Mitchell und Chrissy auf dem Gewissen zu haben. Ich hatte gefordert, sie sollten schmoren, und genau das trat ein. Ich hatte den Wunsch geäußert – laut ausgesprochen –, und er war sofort in Erfüllung gegangen.

Zum ersten Mal dämmerte mir, daß ich womöglich seit kurzem über irgendwelche unheimlichen Kräfte verfügte. Über mich selbst. Über andere. Über Ereignisse.

Und doch fühlte ich mich in anderer Hinsicht vollkommen machtlos. Ich konnte zwar ohne Diät abnehmen, mein graues Haar ohne Färbung blond werden lassen und meine Meinung sagen, ohne hinterm Berg zu halten, aber ich konnte nichts davon kontrollieren. Ich war zwar offenbar imstande, unsere Kellnerin dazu zu veranlassen, ein Tablett heißen Kaffee auf meinen erbärmlichen Ehemann und seine Freundin zu kippen, aber ich hatte keine Ahnung, wie ich das anstellte oder wie ich dergleichen in Zukunft verhindern konnte.

»Vielleicht sollte ich doch etwas trinken«, sagte ich, als meine Hände zu zittern begannen. »Etwas mit Alkohol. Mir ist ein bißchen schummrig.«

»Ja, sicher, wir trinken nach dem Essen noch etwas«, meinte auch David. »Aber nicht hier.«

»Nein, nicht hier«, stimmte ich zu. »Ich möchte nicht, daß uns noch etwas den Abend verdirbt.«

David nickte und winkte nach der Rechnung. Als sie kam, bezahlte er rasch und führte mich aus dem Restaurant. Während wir darauf warteten, daß der Mann vom Parkservice den Mercedes vorfuhr, nahm er meine Hand und drückte sie.

Auf einmal fühlte ich mich ganz benommen, schwindlig und wirr. Es war das gleiche merkwürdige Gefühl wie das letzte Mal, als David mich berührt hatte. Damals hatte ich es einem Kater angekreidet, diesmal schrieb ich es der überwältigenden Anziehungskraft zu, die David auf mich ausübte. Selbst der kleinste Körperkontakt schickte elektrische Ströme durch meinen Körper. Zugegeben, es war schon lange her, daß ich mit einem Mann zusammengewesen war, aber ich fühlte mich auf eine Weise zu David hingezogen, die ich von meiner Beziehung zu Mitchell nicht kannte. Mitchell hatte für mich etwa genausoviel Geheimnis und Leidenschaft wie schmutzige Wäsche. David dagegen machte mir Lust darauf, meine Kleider *auszuziehen* und nicht sie auszuwaschen.

Er legte mir den Arm um die Taille und stützte mich. Dann kam sein Gesicht immer näher.

»Also«, flüsterte er. »Jetzt müssen wir eine Entscheidung treffen.«

»Eine Entscheidung?« fragte ich und merkte, wie mir von seiner Nähe ganz heiß wurde. Während er sprach, streiften seine Lippen praktisch meine Wange.

»Ja«, sagte er. »Zu mir oder zu dir?«

Ich schluckte. Die Frage war provokant, oder zumindest kam sie mir in meinem erhitzten Zustand so vor. Ich hatte ja erst wenige Stunden mit David verbracht und kannte den Mann kaum. Er hätte auch ein Serienkiller auf der Jagd nach seinem nächsten Opfer sein können – die Sorte, die es auf Immobilienmaklerinnen abgesehen hat, statt hinter Prostituierten oder Stripperinnen her zu sein. Und doch hatte ich ein geradezu lächerliches Vertrauen zu ihm gefaßt, war fasziniert von ihm, gefesselt von dem durchdringenden Blick seiner braunen Augen, und verschwendete keinen Gedanken daran, daß wir im Grunde Wildfremde waren. Sonst so vorsichtig, schüchtern und verklemmt, wenn es darauf ankam, meinen Gefühlen freien Lauf zu lassen, war ich momentan bereit, mit David Bettinger überallhin zu gehen.

»Sollen wir nun bei dir oder bei mir noch etwas trinken?« wiederholte er seine Frage.

»Bei mir«, hörte ich mich selbst sagen. »Bei mir.«

Er lächelte und legte mir seine Hand auf den Rücken.

»Ich freue mich darauf, mit dir allein zu sein, Barbara«, flüsterte er mir zu. »Ganz allein.«

8

Als wir in meine Einfahrt einbogen, stellten David und ich fest, daß wir doch nicht allein sein würden. Pete war wieder da.

Kaum waren wir aus dem Wagen gestiegen, kam er auf uns zugelaufen, bellte, hüpfte auf und ab und wedelte mit dem Schwanz. Nicht gerade eine angenehme Überraschung, kann ich Ihnen sagen.

»Was machst du denn hier?« blaffte ich ihn an, während er mir mein neues Kleid vollsabberte. »Du solltest doch bei Benjamin sein.«

»Gehört er dir?« erkundigte sich David skeptisch. Er schien sich für Hunde noch weniger zu begeistern als ich.

»Nein. Ja. Also, ich will sagen, er hat einmal kurz mir gehört, aber dann habe ich ihn meinem Bruder geschenkt«, stammelte ich.

»Glaubst du, daß er ausgerissen ist?« wollte David wissen und streckte Pete seine Hand entgegen. Sofort wurde Pete böse, fletschte die Zähne und knurrte David an.

»He! Laß das!« rief ich Pete zu.

»Er scheint mich nicht zu mögen«, meinte David.

»Es ist wahrscheinlich dein Rasierwasser«, vermutete ich. »Es heißt doch immer, daß Hunde den Geruch von jemandem entweder mögen oder nicht.«

»Meinen mag er eindeutig nicht«, beklagte sich David, als Pete ihn weiter anknurrte.

Ich packte den Hund am Halsband und zog ihn von David weg.

»Ich begreife nicht, was er hier zu suchen hat«, erklärte ich. »Mein Bruder wohnt eine gute Viertelstunde weit weg. Pete kann den Weg zurück nicht allein gefunden haben. Das ist einfach unmöglich.« Ich hielt inne. »Vielleicht hat Ben sich nun doch dagegen entschieden, ihn zu nehmen, und hat ihn dann wieder bei mir abgesetzt.«

»Würde dein Bruder das tun, ohne dich zu informieren?« fragte David.

»Wahrscheinlich nicht«, entgegnete ich. »Es sei denn, er hatte einen guten Grund.«

»Paß auf, lassen wir doch den Hund hier, gehen hinein und trinken etwas, so wie wir es geplant hatten«, schlug David vor. »Du kannst dir ja morgen überlegen, was du mit ihm anfangen willst.«

David versuchte, nach meiner Hand zu greifen, aber Pete knurrte ihn dermaßen grimmig an, daß wir beide ganz erstaunt waren. David wich rasch zurück.

»Geh du schon mal vor«, forderte ich David auf und reichte ihm den Schlüssel zu meiner Haustür. »Ich halte ihn so lange fest und komme dann nach. Die Bar ist rechts, direkt vor dem Eßzimmer. Schenk dir einen Drink ein und mach es dir gemütlich. Ich bin gleich da.«

»Bist du sicher? Es ist nicht besonders ritterlich von mir, mich nach drinnen zu retten, während du hier draußen bleibst.«

»Ist schon gut. Ich merke doch, daß du mit Hunden nicht zurechtkommst. Jetzt geh schon«, drängte ich ihn.

Er nickte, schloß die Haustür auf und ging hinein. Als er in Sicherheit war, beugte ich mich hinab, nahm Petes Kopf in die Hand und sah ihm direkt in die Augen.

»Du bist eine Nervensäge, weißt du das?« sagte ich. »Außerdem hast du dir einen miserablen Moment ausgesucht.«

Er reagierte damit, daß er mir die Nase leckte.

Ich suchte in meiner Handtasche nach einem Kleenex und wischte mir den Sabber ab. »Ich habe einen ganz besonderen Abend geplant«, fuhr ich fort. »Einen ruhigen, romantischen Abend mit David. Nur wir beide. Hunde sind nicht zugelassen. Kapiert?«

Pete begann zu winseln.

»Okay. Ich werde mich anders ausdrücken«, versuchte ich es erneut. »Vorgestern erklärt mir mein Mann, daß er mich verläßt. Dann treffe ich wie durch ein Wunder diesen unglaublichen Typen, der mich auch noch zu mögen scheint. Und jetzt wartet er drinnen auf mich, damit wir uns besser kennenlernen können. Gönn mir doch ein bißchen Vergnügen, ja? Sei ein braves Hündchen und geh wieder nach Hause, wo immer das sein mag.«

Meine Forderung rief nur noch mehr Gewinsel hervor.

»Gut. Dann eben nicht«, fauchte ich, ließ Pete los und drehte mich um, um ins Haus zu gehen.

Ich wollte gerade die Haustür aufmachen, als ein Wagen in die Einfahrt preschte, mit quietschenden Reifen zum Stehen kam und den Kies nach allen Seiten aufspritzen ließ. Es war Jeremy in seinem heruntergekommenen, alten Kleintransporter. Aus dem Radio dröhnte »I'm No Angel« von Gregg Allman, und Jeremy quäkte zur Musik mit, wobei er sich anhörte wie eine läufige Katze. Mein ruhiger, romantischer Abend war dahin.

»Du hättest wenigstens vorher anrufen können«, empfing ich ihn, als er endlich aus dem Wagen stieg. Er trug seine gewohnten Blue jeans und ein T-Shirt und hielt eine offene Dose Bud Light in der Hand. Er genehmigte sich einen großen Schluck Bier, von dem ihm etwas aus den Mundwinkeln tropfte und seinen Hals entlanglief. Dann rülpste er. Der Traum aller Frauen, nicht wahr?

»Ich habe angerufen, BS, aber du warst nicht da«, entgegnete er, ging zu Davids Mercedes hinüber und fuhr mit der Hand über die glänzende schwarze Motorhaube. Dann spähte er ins Wageninnere und musterte die edlen cremefarbenen Ledersitze. Pete, der im selben Moment zu bellen aufgehört hatte, als Jeremy erschien, wand sich aus meinem Griff und trottete zu ihm hinüber. Jeremy beugte sich zu Pete hinab, und die beiden überschütteten sich gegenseitig mit Liebesbeweisen. Ich fand es seltsam, daß der Hund einen pichelnden Tagedieb wie Jeremy einem gepflegten und kultivierten Prachtkerl wie David vorzog, aber was verstand ich schon vom Geschmack eines Hundes.

»Jetzt bin ich da«, sagte ich mit in die Hüften gestemmten Händen.

Jeremy sah zu mir auf und grinste. »Das sehe ich«, sagte er und ließ seinen Blick meinen Körper hinauf und hinab gleiten, nicht viel anders, als er den Mercedes begutachtet hatte. Ich kam mir irgendwie nackt vor – so wie man sich jemandem gegenüber fühlt, den man seit frühester Kindheit kennt, jemandem, der sich noch genau daran erinnern kann, wie man aussah, als man nicht blond, schlank und sexy war, jemandem, der vermutet, daß man bloß etwas vortäuscht.

Mehrere Sekunden lang sprachen wir beide kein Wort. Jeremy starrte mich an, während ich den Boden fixierte. Dann nahm er noch einen Schluck aus der Dose und rülpste erneut, natürlich ohne sich dafür zu entschuldigen.

»Feiner Schlitten«, befand er und wandte seine Aufmerksamkeit wieder dem Mercedes zu. »Deiner?«

»Wohl kaum.«

»Nein? Ich dachte, der gehört vielleicht zu den neuen Haaren und dem Busen.«

»Da hast du falsch gedacht. Er gehört einem Freund.«

»Also einem Mann?«

»Ja.«

»Kenne ich ihn?«

»Unwahrscheinlich.«

»Wie heißt er?«

»Glaub mir, du kennst ihn nicht, Jeremy. Er ist neu in der Stadt. Ich habe ihn über die Arbeit kennengelernt.«

»Ach, du bist also seine Maklerin?«

»Du hast's erfaßt.«

Er verarbeitete diese Information und fragte anschließend: »Wenn du seine Maklerin bist, was hat er dann an einem Samstagabend um zehn bei dir zu suchen?«

»Die gleiche Frage könnte ich dir auch stellen.«

»Ich war auf der Suche nach dem Hund. Das ist alles. Da ich ja derjenige war, der ihn gestern zu Ben gefahren hat, muß ich ihn auch wieder dorthin zurückbringen, habe ich mir gedacht.«

»Er ist also ausgerissen?«

»Mhm. Er ist heute nachmittag davongelaufen, als Ben ihn zum Pinkeln hinausgelassen hat.«

»Aber wie ist er hierhergekommen? Und warum? Ben und ich wohnen ja nicht gerade nah beieinander.«

»Pete ist ein Männchen, BS. Vielleicht steht er auf dich und mußte dich unbedingt sehen.«

»Klar, genau wie du. Ach übrigens, ist Samstagabend nicht immer dein großer Auftritt? Mit deiner Band, meine ich?« Jeremys Band, The Fire Ants, spielte normalerweise jeden Samstagabend in einem der hiesigen Clubs.

»Im Sommer machen wir uns keinen Streß. Nur ein oder zwei Gigs im Monat.«

»Deine Fans müssen zutiefst betrübt sein.«

Er lächelte. »Ich glaube, ich mochte dich doch lieber, als du noch keine solche Klugscheißerin warst.«

»Ich dachte, du magst mich grundsätzlich nicht – ohne Wenn und Aber.«

»Kommen wir doch wieder auf Pete zurück. Soll ich ihn nun zu Ben bringen oder nicht?«

Ich überlegte. Einerseits wollte ich unbedingt, daß Pete endlich verschwand. Allein die Vorstellung, wie Pete sabberte, haarte und Dreckklumpen in meinem ganzen Haus verteilte, verursachte mir Übelkeit. Andererseits hatte ich das unangenehme Gefühl, daß Pete ein Bumerang in Hundegestalt war; daß er – egal, wie ich auch versuchte, ihn loszuwerden – immer wieder zurückkäme und ich ihn deshalb gleich bei mir behalten sollte, wo ich ihn beobachten und vielleicht herausfinden konnte, was zum Teufel mit ihm eigentlich los war.

»Ja? Nein?« drängte Jeremy.

Ich zuckte mit den Achseln. »Ich weiß nicht, was ich tun soll«, gestand ich. »In Wirklichkeit ist Pete eigentlich gar nicht mein Hund.«

»Aber hast du nicht gesagt...«

»Auf seiner Marke steht, daß er mein Hund ist, aber das stimmt nicht. Da ist jemandem irgendein Irrtum unterlaufen. Ein Fehler der Behörden oder so.«

»Warum ist er dann zwanzig Meilen gelaufen, um wieder hierher zurückzukommen?« wollte Jeremy wissen.

»Keine Ahnung«, erwiderte ich. »Ich weiß nur, daß er immer wieder vor meiner Tür auftaucht wie ein Zeuge Jehovahs.«

Jeremy lachte. »Dann bleibt er wohl an dir hängen. Zumindest für den Moment.«

»Aber ich habe keine Ahnung, wie man mit einem Hund umgeht. Ich komme ja nicht einmal mit meinen Topfpflanzen zurecht. Sie haben alle Spinnmilben.«

»Bitte doch deinen neuen Liebhaber um Hilfe.«

»Er ist nicht mein...«

Ich stockte mitten im Satz, als ich sah, daß David aus dem Haus gekommen war.

»Ich dachte schon, du hättest mich vergessen«, beklagte er sich, nickte Jeremy zu und hielt Distanz zu Pete, der sofort zu knurren anfing, als er David erblickte.

»Ganz und gar nicht«, beteuerte ich. »Ich habe nur unerwartet Besuch bekommen. David, das ist Jeremy Cook, ein Freund meines Bruders.«

»Erfreut, Sie kennenzulernen«, sagte David.

»Meinerseits«, brummte Jeremy.

Sie schüttelten sich auf diese übertrieben enthusiastische Weise die Hände, die Männer immer dann an den Tag legen, wenn sie den Eindruck erwecken wollen, als würden sie sich nicht als Konkurrenten empfinden.

»Jeremy sagt, der Hund sei meinem Bruder ausgerissen«, erklärte ich David. »Er ist vorbeigekommen, um nachzusehen, ob Pete vielleicht zufällig hier aufgetaucht ist.«

»Er ist also ausgerissen«, wiederholte David. »Und was machst du jetzt?«

»Ich werde ihn wohl über Nacht hierbehalten«, antwortete ich. »Dann überlege ich mir morgen früh, was ich mit ihm anfange.«

»Klingt vernünftig«, urteilte David, wandte sich an Jeremy und sagte: »Es war sehr aufmerksam von Ihnen, daß Sie versucht haben, Barbara zu helfen.«

»Oh, ich bin ja auch ein sehr aufmerksamer Typ, oder etwa nicht, BS?« grinste er.

»Und wie. Aber ich möchte dir nicht noch mehr von deiner wertvollen Zeit stehlen, Jeremy«, erklärte ich. »Du wirst doch bestimmt irgendwo erwartet, oder nicht?«

Ich brannte darauf, daß er endlich abhaute, damit David und ich unser Rendezvous fortsetzen konnten. Ich malte mir aus, wie wir eng nebeneinander auf dem Sofa saßen, an unseren Drinks nippten, reizende kleine Anekdoten aus unserem Leben austauschten und wir uns noch vertrauter wurden. Dann käme mir David mit seinem Gesicht immer näher und würde mir etwas Schmeichelhaftes zuflüstern, und ich würde lächeln und etwas ähnlich Schmeichelhaftes zurückhauchen. Er sähe sich völlig außerstande, meiner Anziehungskraft zu widerstehen, und so würde er seinen Mund auf meinen sinken lassen und mich küssen, zuerst zart und dann immer drängender. Er würde sich als ungemein raffinierter Liebhaber erweisen und mein seit langem schlummerndes Potential zu lodernder Leidenschaft entfachen. Ich würde zur Tigerin werden und ihn zu neuen Gipfeln der Ekstase anspornen. Wir würden…

»Nein, ich werde nirgends erwartet«, erwähnte Jeremy beiläufig und unterbrach meine pornographischen Phantasien. »Ich bin heute abend frei wie der Wind.«

Genau diesen Moment suchte sich Pete aus, um gewaltig einen fahren zu lassen. So als hätte er nur auf eine passende Gelegenheit gewartet. Peinliches Schweigen machte sich breit, während wir drei dastanden und in den Himmel blickten.

»David und ich wollten gerade noch etwas trinken«, erklärte ich Jeremy.

»Hört sich gut an«, entgegnete Jeremy, der sein boshaftes Spielchen eindeutig genoß. »Hast du zufällig dieses Randy-Martin-Zeug im Haus, BS?«

Es war nicht zu fassen. Dieser Mann weigerte sich beharrlich, meinen Wink zu verstehen.

»Falls du *Rémy* Martin meinst, nein, ich habe keinen da«, antwortete ich geladen.

»Dann nehme ich eben noch ein Bud Light«, kündigte Jeremy an, goß die Dose aus, die er in der Hand hielt, und rülpste noch einmal. Diesmal lauter.

»Ich habe auch kein Bud Light da«, blockte ich ab. »Jeremy, ehrlich gesagt, haben David und ich eine Menge zu besprechen. Er hat sich nämlich gerade ein Haus am Pelican Circle gekauft, und möchte gern…«

»Am Pelican Circle? Kein Witz?« ignorierte Jeremy den indirekten Rausschmiß. »Einer von den Jungs, mit denen ich immer angle, wohnt auch da.«

»Wirklich? Wie heißt er denn?« fragte David mit echtem Interesse.

»Sam Akins. Er wohnt am Pelican Circle 44«, antwortete Jeremy. »Ein feiner Kerl. Mit dem kann man Pferde stehlen. Den mögen Sie bestimmt.«

»Schön. Er muß gleich neben mir wohnen«, sagte David. »Ich kaufe nämlich die Nummer 46.«

»He, das ist ja prima. Da kann ich Sie mit ihm bekannt machen«, freute sich Jeremy.

Er schob sich an mir vorbei und stellte sich neben David, dem Jeremys Anwesenheit längst nicht so gegen den Strich zu gehen schien wie mir.

»Ich würde sehr gerne in Banyan Beach Leute kennenlernen«, sagte David. »Bis jetzt habe ich hier nämlich noch nicht viele Freunde.«

»Kein Problem. Ich lebe von klein auf hier und kenne praktisch jeden in der Stadt. Stimmt's, BS?«

Ich nickte mißmutig und mußte zusehen, wie sich die beiden Männer miteinander verbrüderten. Es war zum Aus-der-Haut-Fahren.

»Ich kann Sie mit massenhaft Leuten bekannt machen«, bot Jeremy dem Mann an, mit dem ich eigentlich ein Rendezvous hatte. Inzwischen plauderten sie miteinander wie Mitglieder einer Studentenverbindung, die sich ewig nicht gesehen hatten.

Ehe ich mich versah, waren die beiden schon im Haus verschwunden – in meinem Haus –, und zwar ohne mich. Ich stand mit Pete da und hatte das Gefühl, als wäre ich hier der ungebetene Gast. Wirklich ein romantischer Abend! Und das alles nur wegen Jeremy, der mir mit Absicht das Vergnügen verdarb. Warum er das tat, begriff ich allerdings nicht.

»Ich hoffe, er kriegt einen Platten«, murmelte ich, wobei ich seinen Wagen ansah und die Zunge herausstreckte.

Kaum waren mir die Worte über die Lippen gekommen, verlor der linke Hinterreifen plötzlich die ganze Luft – direkt vor meinen Augen! Gerade eben war er noch prallvoll gewesen und im nächsten Moment schon total platt!

Mein Gott, dachte ich. Ich habe das angerichtet! Ich wollte, daß der Reifen platt wird, und er wurde platt! Genau wie ich wollte, daß Mitchell und Chrissy schmoren sollten, was dann auch sofort eintrat! Ich hatte beides ausgelöst, da war ich mir sicher – und zwar durch negative Gedanken, die bereits Sekunden später Wirklichkeit wurden.

Ich merkte, wie mir ein eiskalter Schauer über den Rücken lief. Pete schien meinen Schrecken zu spüren, wie ich aus dem beinahe mitfühlenden Blick seiner haselnußbraunen Augen schloß.

»Was ist nur los mit mir?« fragte ich laut.

Ich hatte von der Kraft des positiven Denkens gelesen, aber bisher nichts von der Gewalt *negativer* Gedanken gehört mit Ausnahme der Bücher von Stephen King. War es das? Hatte ich mich in eine Gruselfigur aus einem Horrorroman verwandelt?

Natürlich nicht, beruhigte ich mich. Egal, wie drastisch sich mein Äußeres verändert hatte, ich war immer noch Barbara Chessner, eine ganz gewöhnliche Durchschnittsfrau. Wahrscheinlich litt ich unter einer seltenen Krankheit, die erst noch im *New England Journal of Medicine* beschrieben werden mußte – einer Krankheit, bei der der Patient *annimmt*, er würde Ereignisse auslösen, was aber natürlich völliger Quatsch ist. Entweder das, oder ich hatte einfach einen ganz altmodischen Nervenzusammenbruch.

Ich begann zu zittern, als ich Jeremys platten Reifen anstarrte, und überlegte, ob das, was mit mir nicht stimmte, tödlich sein könnte. Irgend etwas spielte sich jedenfalls in mir ab, soviel stand fest. Irgend etwas ganz Übles. Etwas, das ich nicht kontrollieren konnte. Etwas, das – ob ich nun wollte oder nicht – mich und alle Menschen in meiner Umgebung gefährdete.

»Ich weiß nicht, Pete«, sagte ich und erschauerte erneut. »Wenn ich du wäre, würde ich mich schleunigst aus dem Staub machen.«

9

Den größten Teil des Sonntags verbrachte ich damit zu lernen, wie man mit einem Hund umgeht, da ich nun mal feststellen mußte, daß Haustiere nicht mit einer Gebrauchsanweisung geliefert werden.

Zuerst galt es Petes Gaumen auf die Spur zu kommen. Dumm wie ich war, hatte ich mir eingebildet, alles Hundefutter sei gleich, und man müsse nur eine Schüssel undefinierbares Fleisch vor einen Köter plazieren, damit er auch fressen würde. Also ging ich in den Supermarkt und kaufte mehrere Dosen Alpo. Doch leider mochte Pete kein Alpo. Ich dackelte erneut in den Supermarkt und brachte eine Tüte Gravy Train mit. Pete war auch kein Freund von Gravy Train. Ich suchte ein drittes Mal den Supermarkt auf und entschied mich diesmal für Kibbles and Bits. Pete weigerte sich, das Zeug anzurühren. Restlos frustriert nahm ich eine Packung Lean Cuisine aus dem Tiefkühlfach, machte sie warm und sagte: »Da. Probier das mal.«

Pete verspeiste die aufgetaute Mahlzeit bis zum letzten Bissen, und ich war erleichtert, endlich etwas gefunden zu haben, das ihm schmeckte.

Das zweite, was ich über Pete erfuhr, war, daß er ein Trampel war. Dieser Hund erwies sich wirklich als total unfähig, darauf zu achten, wohin er trat und vor allem, wohin sein Schwanz ausschlug. Nach nur zwanzig Minuten im Haus hatte er schon zahllose Nippessachen hinuntergeworfen, Lampen umgekippt, Pflanzen zu Boden gerissen und und und. Außerdem besaß er die Angewohnheit, mich zu rammen. Wenn ich zum Beispiel in der Küche mit etwas beschäftigt war, stürmte er auf mich los wie ein Football-Spieler beim Angriff. Ich spürte, daß er es nicht böse meinte; er war nur auf eine Weise überschwenglich, wie ich es immer hatte sein wollen.

Das Seltsamste war jedoch seine Anhänglichkeit. Er schien hoffnungslos an mir zu hängen, als wäre ich schon seit Jahren sein Frauchen und nicht erst seit sechsunddreißig Stunden. Pete folgte mir von einem Zimmer ins andere, schnupperte, kratzte und bettelte darum, daß ich mit ihm spielte. Wenn ich auf die Toilette ging, saß er draußen und bewachte die Tür, wenn ich wieder herauskam, stürmte er auf mich los, schlang sich um meine Beine und rieb seine Schnauze an mir. Irgendwie schmeichelte mir sein Verhalten. Ich hatte noch nie eine derartige Ergebenheit bei jemandem ausgelöst und fragte mich ernsthaft, womit ich Petes Hingabe verdient hatte.

Am Montag morgen vereinbarte ich einen Arzttermin. Nein, nicht für Pete, sondern für mich. Ich hoffte gegen alle Wahrscheinlichkeit, daß mein »Zustand« (wie sollte ich es sonst nennen?) physisch und nicht metaphysisch bedingt war. Also rief ich in der Praxis meines Internisten Dr. Henry Messersmith an und fragte, ob ich nicht gleich vorbeikommen könnte.

»Wo liegt denn ihr Problem?« erkundigte sich die Sprechstundenhilfe.

»Ich habe möglicherweise einen Gehirntumor«, mutmaßte ich.

Tja, was hätte ich auch sonst sagen sollen? Ich hatte gehört, daß sich bei Menschen mit Gehirntumoren die Persönlichkeitsstruktur verändert. Vielleicht entwickeln sie ja auch übernatürliche Kräfte, dachte ich. Wie zum Beispiel einen Reifen auf Wunsch platt machen zu können.

Der Gehirntumor erzielte durchaus seine Wirkung bei der Sprechstundenhilfe. Sie schaltete mich nicht einmal auf Warteleitung wie sonst immer und erlaubte mir sogar, noch am selben Nachmittag vorbeizukommen und den normalerweise restlos ausgebuchten Dr. Messersmith zu sprechen.

Doch zuerst mußte ich Charlotte Reeds gewohnte Montagmorgen-Besprechung bei »Home Sweet Home« über mich ergehen lassen. Ja, einmal pro Woche hielt uns Charlotte allesamt von neun bis zehn Uhr als Geiseln in ihrem Eckbüro, das im Stil veralteter, schäbiger Noblesse eingerichtet war und nach ihrem Parfüm roch: muffiges Nina Ricci. Ich weiß – kein Mensch legte heute mehr Nina Ricci auf. Aber wie ja bereits erwähnt, Charlotte war ein wandelnder Anachronismus. Wenn etwas gerade »out« war, begann sie es zu entdecken. Sie nannte Halstücher immer noch »Foulards«, Stereoanlagen waren für sie »Musiktruhen« und eine Mikrowelle so eine Art Dauerwelle zum Selbermachen.

An diesem Montagmorgen saßen wir alle in ihrem Büro versammelt, schlürften Tee und informierten uns gegenseitig über die neuesten Angebote, Verkäufe und Abschlüsse. Anwesend waren neben Charlotte die Miesmacherin Althea Dicks, die Schönheitskönigin Deirdre Wyatt, Frances Lutz, die Bungalow-Spezialistin, und natürlich meine beste Freundin Suzanne Munson, die Expertin für Wechseljahre. Dazu hatte sich noch June Bellsey gesellt, die freiberuflich als Maklerin für »Home Sweet Home« arbeitete. Junes Mann, Lloyd, war ein berühmter Strafverteidiger, der regelmäßig und mit unübersehbarem Eifer Prominente verteidigte – Filmstars, Sportlegenden, Industriemagnaten etc. –, die meist wegen scheußlicher Verbrechen wie Mord vor Gericht standen. Außerdem trat Lloyd Bellsey häufig als »Rechtsexperte« in Nachrichtensendungen auf und hatte sogar einen Bestseller geschrieben, in dem er von seinen bekanntesten Fällen berichtete. Selbstverständlich *mußte* June nicht arbeiten, was sie uns stets deutlich zu verstehen gab. Sie hätte den ganzen Tag zu Hause bleiben und Bonbons lutschen können. Aber nein. June wollte unabhängig sein, ihren eigenen Beruf haben und ihr eigenes Geld verdienen. Ich glaube nicht, daß sie in den neun Jahren, seit ich bei »Home Sweet Home« arbeitete, auch nur ein einziges Haus verkauft hatte, aber sie ließ nie eine von Charlottes Montagmorgen-Sitzungen aus. Sie gaben ihr die Gelegenheit, den Namen eines Prominenten fallenzulassen, den sie gerade über ihren Mann kennengelernt hatte. Ich tat immer so, als wäre ich beeindruckt. Warum auch nicht? Die einzige Berühmtheit, die mein Mann kannte, war Chrissy Hemplewhite.

Bevor die Besprechung anfing, erkundigten sich alle nach der drastischen Veränderung meines Äußeren – was ich mit meinen Haaren angestellt hätte, wie es mir gelungen wäre, so schnell abzunehmen, und ob ich Diätpillen schlucken würde. Nur Charlotte schien nicht zu bemerken, daß ich anders aussah. Als sie mich entdeckte, lächelte sie und bat mich, meine Eltern von ihr zu grüßen. Meine Eltern waren seit sieben Jahren tot.

»Also, meine Damen«, begann sie und bat die Versammelten um Ruhe. »Hat eine von Ihnen ein Anliegen, das sie besprechen möchte?«

June hob die Hand.

»Ja, June?« sagte Charlotte.

»Lloyd hat mir erzählt, daß Sylvester Stallone mit dem Gedanken spielt, sein Haus in Miami zu verkaufen und sich hier in Banyan niederzulassen«, verkündete June.

»Sylvia wer, meine Liebe?« fragte Charlotte.

»Nein, nicht Sylvia. *Sylvester*«, verbesserte June ungeduldig. »Sylvester Stallone. Sie wissen schon. *Rocky*.«

Charlotte schüttelte den Kopf. »Ich glaube, der Herr, den Sie meinen, ist schon vor einiger Zeit verstorben«, befand sie. »Wirklich schade. Nach all diesen reizenden Filmen, die er mit Doris Day gedreht hat.«

»Nein, das war Rock *Hudson*«, korrigierte June. »Der Schauspieler, von dem ich spreche, hat Rocky gespielt, den Boxer, der... ach, ist ja auch egal.«

»Mein Gott, wenn Stallone hierherzieht, ist es aus mit dem ruhigen Leben«, grollte Althea.

»Komm schon«, sagte Deirdre. »Ich finde ihn sagenhaft. Er ist einfach süß.«

»Außerdem ist er reich«, bemerkte June. »Stellt euch nur vor, was für ein Haus er erwerben wird. Und im Handumdrehen werden sich auch alle seine Freunde in Banyan einkaufen wollen. ›Home Sweet Home‹ wird die Immobilienfirma für die Stars werden.«

»Das hat Banyan Beach gerade noch gefehlt«, keifte Althea. »Stars. Ist euch denn nicht klar, daß nach Stallone womöglich Madonna als nächste hierherzieht? Und was wird dann aus uns?«

»Wir werden wesentlich mehr Immobilien verkaufen«, erwiderte Suzanne. »Luxusanwesen. Daran gibt es doch nichts auszusetzen, oder?«

»Ganz und gar nichts«, meldete sich Frances zu Wort. »Ich würde mich geradezu glücklich schätzen, wenn ich Madonna ein Haus verkaufen könnte.«

»Wahrscheinlich wäre es Barbs, die ihr das Haus verkauft«, sagte Deirdre mit einem Unterton, der nach sauren Trauben klang. »Sie hat ja auf einmal eine Glückssträhne. Am Freitag nachmittag ist sie für mich eingesprungen und hatte am Schluß den 700 000-Dollar-Kunden an der Angel, der eigentlich für mich bestimmt war.«

»Ich mußte endlich auch mal wieder ein bißchen Glück haben«, meldete ich mich zu Wort. »Und außerdem, Deirdre, habe ich dir doch schließlich einen Gefallen damit getan, daß ich den Telefondienst übernommen habe, oder etwa nicht?«

»Aber, aber, meine Damen«, unterbrach Charlotte. »Wir wollen uns doch an unsere Tagesordnung halten, nicht wahr? June hat uns von diesem Filmschauspieler erzählt. Wie war doch gleich sein Name, meine Liebe?«

»Sylvester Stallone«, wiederholte June.

»Spielt er Golf?« wollte Suzanne wissen.

»Vermutlich«, meinte June. »Warum?«

»Weil demnächst ein 4-Millionen-Dollar-Haus in Cotswold Cove, dieser neuen Golfanlage am Intracoastal, auf den Markt kommt. Es ist protzig genug für einen Filmstar.«

»Cotswold Cove? Verschone mich«, stöhnte ich. Wie viele dieser sogenannten »Country-Club-Wohnanlagen«, die überall in Südflorida aus dem Boden schossen, hatte sich auch Cotswold Cove einen Namen aus Merry Old England gegeben, um Leute anzusprechen, die alles Alte und Seriöse bewunderten und sich trotzdem in ihrem Leben ausschließlich mit neuen und schrillen Dingen umgaben. Die Anlage war ein Witz, vor allem die Häuser. Man sollte eigentlich annehmen, daß man für vier Millionen Dollar ein wirklich erstklassiges Haus bekäme, ein Anwesen, das vollkommene Ruhe und Abgeschiedenheit garantierte. Tja, aber nicht in Cotswold Cove. Die dortigen Bewohner legten keinerlei Wert auf Ungestörtheit und Klasse. Was sie wollten – und auch bekamen – war eine Reißbrettsiedlung für Exhibitionisten. Jedes Haus sah genauso aus wie das daneben. Außerdem standen die Häuser so eng beieinander, daß man die Nachrichten auf dem Anrufbeantworter seines Nachbarn mithören konnte.

»Warten wir mal ab, ob sich Sylvester Stallone tatsächlich in Banyan Beach sehen läßt«, meinte Frances. »Er könnte sich immer noch dazu entschließen, in Miami zu bleiben.«

»Miami«, sagte Althea und rümpfte die Nase. »Genau das wird Banyan Beach bald sein. Ein zweites Miami. Kriminalität, Verkehrsgewühl, Luftverschmutzung und…«

»Es ist immer noch eine schöne Stadt«, protestierte Frances. »Ich weiß nicht, warum du immer alles so niedermachen mußt, Althea.«

»Eine schöne Stadt? Sei doch nicht naiv«, schnaubte Althea und sah erst Frances und dann uns andere an. »Habt ihr denn wirklich nicht mitgekriegt, was passiert ist?«

»Nein, was denn?« fragte Charlotte, von Altheas Geschimpfe völlig aus dem Konzept gebracht. In ihren Augen würde Banyan Beach immer ein unverdorbenes Paradies aus dem Bilderbuch bleiben. Irgendwie beneidete ich sie um die Fähigkeit, sich von der Realität zu distanzieren.

»Ich werde euch sagen, was passiert ist«, fuhr Althea fort und wurde immer zorniger. »Banyan Beach geht zum Teufel. Stückchen für Stückchen. Zentimeter für Zentimeter. Ich weiß nicht genau, wann es begann und warum. Aber ich weiß, daß der Teufel in die Stadt gekommen ist, als wir nicht aufgepaßt, nicht hingesehen haben, und daß er beschlossen hat, diesen Ort in Besitz zu nehmen.«

Suzanne und ich sahen uns an und begannen zu kichern. Offenbar war Althea mehr als nur griesgrämig. Sie war reif für die Klapsmühle. Eine Verrückte. Sie erinnerte mich an einen von diesen Sektenanhängern, die jeden Sonntagmorgen im Fernsehen über den Teufel geifern und zetern und dabei in Ekstase geraten. Prompt fiel mir wieder ein, daß ihr Vater ja Prediger *war* und behauptete, Menschen heilen zu können, wenn sie ihm 150 Dollar zahlten. In bar und im voraus.

»Lacht ihr nur«, höhnte Althea. »Irgendwann werdet ihr schon sehen, daß ich recht habe. Ihr werdet merken, daß die Zahl der Mordfälle steigt, die Strände von der Erosion abgetragen werden und der Fluß verschmutzt ist, und dann werdet ihr sagen: ›Althea Dicks wußte Bescheid.‹«

»Trinken Sie doch noch eine Tasse Tee«, sagte Charlotte zu Althea. »Der beruhigt die Nerven, meine Liebe.«

»Meine Nerven brauchen nicht beruhigt zu werden«, raunzte Althea. »Ich versuche hier nur etwas klarzustellen.«

»Was denn? Daß der Teufel hinter sämtlichen Problemen in Banyan Beach steckt? Daß er sich hier mitten in unserer kleinen Stadt aufhält?« fragte Suzanne nach und rang um eine unbewegte Miene.

Althea nickte.

»Ich wette, er lebt in Cotswold Cove« warf ich ein, von Lachen geschüttelt. Charlottes Montagmorgen-Besprechungen waren ja immer ein bißchen bizarr, aber das hier übertraf alles. »Ich wette, er ist es, der dieses 4-Millionen-Dollar-Haus zum Verkauf ausgeschrieben hat. Er möchte etwas Größeres, will unbedingt höher hinaus.«

»Entweder das, oder er ist mit dem Golfplatz dort nicht zufrieden«, fiel Suzanne ein. »An den Wochenenden wird es doch ein bißchen voll.«

»Vielleicht wohnt er ja bei dir im Haus, Suzanne«, flachste ich. »Hast du mir nicht neulich erst erzählt, daß einer deiner Nachbarn das Haus nie ohne seinen Dreizack verläßt?«

»Nur zu, Barbara. Mach ruhig weiter deine Witze, wenn dir danach ist«, fuhr mich Althea an. »Aber sag dann bloß nicht, ich hätte dich nicht gewarnt.«

»Mach' ich nicht«, versprach ich und beugte mich hinüber und flüsterte Suzanne zu: »Manchmal möchte ich dieser Frau am liebsten das Mundwerk stopfen.«

Suzanne kicherte und wollte gerade etwas erwidern, als Althea zum Sprechen ansetzte – doch das einzige, was aus ihrem Mund kam, war ein Krächzen.

Sie räusperte sich und versuchte es noch einmal, aber sie war so heiser, daß wir sie nicht verstehen konnten. Nur wenige Sekunden zuvor hatte sie endlos über den Teufel schwadroniert. Und jetzt konnte sie auf einmal gar nicht mehr sprechen.

»Es hört sich ganz danach an, als hätten Sie plötzlich eine Halsentzündung bekommen, meine Liebe«, vermutete Charlotte und tätschelte Althea die Schulter.

Suzanne sah mich an und zog eine Augenbraue hoch.

»Hast du nicht gerade gesagt, du möchtest Althea am liebsten den Mund stopfen?« flüsterte sie mir zu.

Ich schluckte. »Das habe ich wohl, oder?«

Suzanne nickte und lächelte dann matt. Mir entging nicht, daß sie ein kleines Stückchen von mir abrückte.

Dr. Messersmith war schon seit Jahren der Hausarzt unserer Familie, und so war es ganz selbstverständlich, daß ich seinen Rat über meinen merkwürdigen Zustand einholte. Er genoß in unserem Städtchen einen hohen Respekt als Arzt und strahlte große Autorität und Kompetenz aus. Das einzige Problem bei ihm war, daß es in seiner Praxis zuging wie am Samstagmorgen auf dem Golfplatz. Im Wartezimmer saßen ständig scharenweise Patienten, und die guten Illustrierten – von den Sitzplätzen ganz zu schweigen – waren grundsätzlich schon weg, egal wie früh man kam. Also brachte man eine geschlagene Stunde damit zu, etwas einigermaßen Unterhaltsames wie zum Beispiel »*Mechanik für jedermann*« zu finden, bis man endlich aufgerufen und ins Behandlungszimmer geführt wurde. Man zog sich aus, rechnete mit Dr. Messersmiths baldigem Erscheinen und durfte schließlich noch eine geschlagene Stunde lang seine Diplome bewundern. Dann kam er hereinmarschiert, die Karteikarte fest in seinen geschrubbten und behandschuhten Händen, aber noch bevor man einen Ton herausbrachte, bekam er einen Anruf. Man hockte derweil auf der Untersuchungsliege, fühlte sich unbedeutend, zitterte vor Kälte in dem windigen kleinen Krankenhauskittel, während einem die Hinterseiten der Beine an diesem schauderhaften Wachspapier kleben blieben und er mit irgendeinem anderen Arzt über die Gallenblase von Mrs. Sowieso palaverte.

»Hallo, Barbara«, begrüßte er mich, als er ins Behandlungszimmer kam und einen leichten Geruch nach medizinischem Alkohol verströmte. Er war eine ziemlich imposante Erscheinung: hochgewachsen, vorbildliche Haltung, graue Haare, buschige Augenbrauen. »Was können wir denn heute für Sie tun?«

»Ich fühle mich in letzter Zeit nicht wohl«, sagte ich.

»Wirklich? Sie sehen aber ganz großartig aus«, meinte er. »Sie haben ein paar Pfund abgenommen, wie ich sehe. Und sie tragen die Haare anders, stimmt's?«

»Ja, ja, aber ich fühle mich nicht gut«, beharrte ich.

»In welcher Hinsicht denn?« fragte er.

»Tja, es ist schwer zu...«

Das Wandtelefon klingelte. Dr. Messersmith nahm den Hörer ab, und nachdem er seine Sprechstundenhilfe gebeten hatte, das Gespräch durchzustellen, begann er über die gastroenterologischen Nebenwirkungen von Erythromycin zu referieren.

»Zurück zu Ihnen, Barbara. Wo waren wir stehengeblieben?« wollte er wissen, nachdem er aufgelegt hatte.

»Ich habe gesagt, daß ich mich in meiner Haut nicht mehr wohl fühle. Ich möchte, daß Sie mein Blut untersuchen, mich röntgen, eine Computertomographie machen und so weiter.«

Dr. Messersmith musterte mich. »Gibt's zu Hause Probleme?« erkundigte er sich, und sein Tonfall wurde ganz väterlich.

»Ja, Mitchell und ich trennen uns. Aber meine Ehe hat damit nichts zu tun. Ich bin wirklich krank.«

»Was haben Sie denn für Symptome?«

Ich holte tief Atem. »Mein Kurzzeitgedächtnis funktioniert nicht mehr«, begann ich, da ich die Möglichkeit erwog, daß ich mir *tatsächlich* die Haare gefärbt, Diätpillen geschluckt, mich einer Schönheitsoperation unterzogen und einen Hund gekauft hatte und mich nur nicht mehr daran erinnerte. »Und außerdem hatte ich...«

Erneut klingelte das Telefon. Diesmal ließ sich Dr. Messersmith zu einer Unterhaltung über das Handwurzelknochensyndrom hinreißen.

»Was hatten Sie noch gleich?« fragte er, nachdem er sein Gespräch beendet hatte.

»Ich habe mir überlegt... Also, ich meine, irgendwie bin ich... Na ja, sagen wir einfach, ich glaube, daß ich Dinge geschehen lassen kann.«

»Hervorragend«, lobte Dr. Messersmith mit einem breiten Lächeln. »Das ist Musik in meinen Ohren. Es ist sehr wichtig, daß man ein Gefühl von Macht hat, vor allem in unserer modernen Zeit, wo wir so wenig Kontrolle über unser Leben haben. Bravo, Barbara. Bravo!«

»Nein, Herr Doktor. Es hat nichts mit Machtgefühlen zu tun. Im Gegenteil. Ich habe eher den Eindruck, überhaupt keine Macht mehr über mein eigenes Leben zu haben. Und zugleich leide ich irgendwie unter der Einbildung, ich könnte anderen Menschen etwas zustoßen lassen. Etwas Schlimmes.«

Dr. Messersmith trat einen Schritt zurück, um mich zu betrachten. »Und deshalb glauben Sie, Sie hätten einen Gehirntumor? Das haben Sie doch meiner Sprechstundenhilfe erzählt, oder?«

»Ja. Können Sie das irgendwie überprüfen?«

»Haben Sie öfter Kopfschmerzen?«

»Nein.«

»Sehstörungen?«

»Nein.«

»Krämpfe?«

»Nein.«

»Schwindelanfälle?«

»Ja. Gelegentlich.« Immer wenn David Bettinger mich berührt, dachte ich, behielt das aber für mich.

Der Arzt klingelte nach seiner Sprechstundenhilfe. Sie maß mir Temperatur und Blutdruck und bat mich um eine Urinprobe. Dann untersuchte er mich. Er horchte mein Herz ab, betastete meinen Unterleib, fahndete an meinem Hals nach Knoten, leuchtete mir mit einer kleinen Lampe in die Augen und schob mir einen Zungenspatel in den Mund.

»Sagen Sie ›aaaaah‹«, befahl er.

»Aaaaah.«

Dr. Messersmith wich zurück und sah bestürzt drein.

»Haben Sie etwas entdeckt?« fragte ich erschrocken.

»Nein, ich habe etwas gerochen«, sagte er. »Haben Sie heute mittag zufällig Rosenkohl zu sich genommen, Barbara?«

»Nein. Ich habe überhaupt nicht zu Mittag gegessen«, antwortete ich.

Er machte sich auf der Karteikarte ein paar Notizen und fuhr mit der Untersuchung fort. Als er fertig war, forderte er mich auf, mich anzuziehen und in sein Sprechzimmer zu kommen.

»Zu was für einer Diagnose sind Sie gekommen, Herr Doktor?« fragte ich, als ich ihm an seinem Schreibtisch gegenübersaß. Ich machte mich auf das Schlimmste gefaßt.

Dr. Messersmith gab mir keine Antwort. Dafür kritzelte er etwas aufs oberste Blatt seines Rezeptblocks und reichte es mir.

Ich las »Dr. Louise Schaffran« sowie eine hiesige Telefonnummer.

»Sie wollen, daß ich eine Spezialistin aufsuche?« fragte ich.

Er nickte mit düsterer Miene.

»Ist diese Dr. Schaffran Neurologin?« erkundigte ich mich, da ich nach wie vor an meiner Theorie vom Gehirntumor festhielt.

Er schüttelte den Kopf.

»Rachenspezialistin?« bohrte ich nach, weil ich daran dachte, wie andere Leute auf meinen Mundgeruch reagierten.

Er schüttelte wieder den Kopf. Langsam reichte es mir.

»Hören Sie, Dr. Messersmith. Ich möchte jetzt eigentlich kein Ratespiel veranstalten. Warum sagen Sie mir nicht, worauf Dr. Schaffran spezialisiert ist?«

»Sie ist Psychiaterin der Freudschen Schule«, antwortete er. »Und zwar eine sehr gute.«

Ich ließ mich gegen die Stuhllehne sinken.

»Ich habe also einen Nervenzusammenbruch, stimmt's?«

»Nun, ich konnte bei meiner vorläufigen Untersuchung jedenfalls nichts Körperliches feststellen«, erläuterte er.

»Ja, aber Sie haben auch keine...«

»Sie haben erwähnt, daß Sie und Ihr Mann sich getrennt haben. Sie waren einige Jahre lang verheiratet, oder nicht?«

»Ja, aber ich glaube nicht, daß das etwas damit...«

»Und als Sie letztes Mal hier waren, haben Sie mir erzählt, daß es bei der Arbeit Probleme gäbe und Sie sich Sorgen darüber machten, ob Sie sich überhaupt Ihr Geld als Immobilienmaklerin verdienen könnten.«

»Stimmt, aber was zur Zeit mit mir vorgeht, ist nicht...«

»Rufen Sie Dr. Schaffran an, Barbara«, schnitt er mir das Wort ab. »Sie kann Ihnen bestimmt helfen.«

Klar, Doc, dachte ich beleidigt. Erst läßt du mich zwei Stunden warten, und dann schiebst du den Schwarzen Peter weiter.

Dr. Messersmith griff nach dem Telefon auf seinem Schreibtisch und wählte. Offenbar war meine Audienz bei ihm beendet.

»Ich hoffe, dein verdammtes Telefon gibt endlich den Geist auf«, murmelte ich für ihn unhörbar, als ich sein Sprechzimmer verließ.

Ich war erst halb den Gang hinunter, als ich Dr. Messersmith brüllen hörte: »Was zum Teufel ist denn mit dem Telefon los?«

Von wegen Nervenzusammenbruch.

10

»Hast du Lust, am Samstag abend mit mir zu essen, Bah-barah?« fragte David.

Ich war von meinem Termin bei Dr. Messersmith nach Hause gekommen, hatte mich in Fötalposition auf dem Wohnzimmersofa zusammengerollt und war eingeschlafen, während Pete am Fußende Wache hielt. Das Klingeln des Telefons hatte mich ruckartig aus dem Schlaf gerissen.

»Sehr gern«, antwortete ich.

Sicher, ich hätte mich ein bißchen zieren und so tun können, als hätte ich am Samstagabend zu tun. Aber ich war hocherfreut darüber, daß David immer noch an mir interessiert war und konnte das nicht verbergen. Nachdem unsere letzte Verabredung damit geendet hatte, daß wir beide Jeremy aus seinem trunkenen Schlummer weckten, ihn zu seinem Wagen schleppen und ihm dabei helfen mußten, seine Reifen zu wechseln, war ich nicht sicher, ob David mich jemals wiedersehen wollte.

»Wunderbar. Diesmal essen wir aber bei mir zu Hause. Wir beide ganz allein«, sagte er. »Ohne Störungen.«

»Ohne *Störungen*? Ich dachte, du *magst* Jeremy«, spöttelte ich.

»Das ist ja witzig. Ich dachte, es wäre genau umgekehrt«, entgegnete David. »Ich wollte doch nur höflich zu deinem Freund sein.«

»Dem Freund meines *Bruders*«, korrigierte ich ihn.

»Ist das wahr?« fragte er. »Ich hatte das Gefühl, du und Jeremy... na ja, stündet euch nahe.«

Ich lachte. »Ja, so nahe, daß wir uns am liebsten gegenseitig an die Gurgel gehen würden.«

»Tut mir leid. Dann muß ich die Situation mißverstanden haben. Auf jeden Fall freue ich mich darauf, dich am Samstagabend zu sehen. Ich werde dir ein Menü kochen, das du nie vergessen wirst. Ist dir halb acht recht?«

»Bestens.«

Wir plauderten noch etwa zehn Minuten lang, und nachdem wir aufgelegt hatten, schloß ich die Augen und malte mir aus, wie ich in Davids Haus dinieren würde. Es war schön, zur Abwechslung mal etwas zu haben, worauf ich mich freuen konnte, fand ich und dachte daran zurück, wie trostlos mir meine Zukunft während meiner Ehe mit Mitchell vorgekommen war, als die Wochenenden genauso leer waren wie die Werktage und ein Tag konturlos in den anderen überging. Jetzt konnte ich mich nicht nur daran begeistern, daß ich bei »Home Sweet Home« langsam zur absoluten Verkaufskanone wurde, sondern ich hatte auch noch einen Mann, auf den ich mich freuen konnte. Mein Leben steckte auf einmal voller Möglichkeiten.

Trotzdem blieb da noch die Sache mit meinem vermeintlichen Nervenzusammenbruch. Ich rief bei Dr. Schaffran an und machte für Mittwoch einen Termin aus.

Dr. Schaffran war ungefähr in meinem Alter. Sie hatte lange schwarze, zu einem Zopf geflochtene Haare und war auf eine Art gekleidet, die ich als Tex-Mex-Stil bezeichnen würde. Sie wissen schon: wadenlanger Jeansrock, weiße Baumwollbluse, Cowboystiefel und jede Menge Silberschmuck mit Türkisen. Sie war eine angenehme Erscheinung, hatte ein freundliches Lächeln und bat mich, sie Louise zu nennen.

»Ich habe noch nie eine Therapie gemacht, Louise«, gestand ich, als die Sitzung begann.

»Wie... fühlen... Sie... sich... dabei?« fragte Louise, die sehr langsam sprach und jedes Wort auf eine Weise in die Länge zog, die vermutlich tröstlich gemeint war, aber nur lächerlich klang.

Ich erwiderte, daß ich mir ein bißchen seltsam dabei vorkäme, mich gegenüber einer Wildfremden zu offenbaren. Dr. Messersmith hätte mir jedoch geraten herzukommen, nachdem ich ihm davon erzählt hatte, daß ich die Macht besäße, anderen Menschen schlimme Dinge zustoßen zu lassen. »Anscheinend glaubt er, meine Probleme hingen mit dem Scheitern meiner Ehe zusammen«, vermutete ich und erklärte dann, daß mich Mitchell wegen einer jüngeren Frau verlassen hätte.

»Wie... haben... Sie... sich... dabei... gefühlt?« fragte Louise erneut und sah erfreut darüber aus, daß wir gleich zum Kern der Sache kamen.

»Wütend«, antwortete ich.

»Erzählen... Sie... mir... von... Ihrer... Wut.«

Und das tat ich. Ich erzählte ihr, daß ich die meiste Zeit während unserer Ehe zornig und wütend auf Mitchell gewesen war, es aber nie geäußert hatte. Ich erzählte, daß er mich andauernd kritisiert, ständig Urteile über mich gefällt hatte und nie bereit gewesen war, mich wirklich zu akzeptieren. Ich erzählte ihr, daß ich ihn eigentlich niemals richtig geliebt hatte, aber bei ihm blieb, weil ich Angst davor hatte, ihm zu mißfallen, und daß ich ihm zu guter Letzt derart mißfallen hatte, daß er mich mit einer anderen verließ.

»Erzählen... Sie... mir... von... Ihren... Eltern«, forderte mich Louise scheinbar völlig unvermittelt auf. Doch dann fiel mir wieder ein, daß sie ja Psychiaterin war und Psychiater die Probleme ihrer Patienten immer auf die Eltern zurückführen.

Ich erzählte ihr also von Ira und Estelle Greenberg. Und zwar alles. Daß die Kreuzkrautallergie meines Vaters und die Schneeallergie meiner Mutter sie veranlaßt hatten, von New Jersey nach Florida umzuziehen, als mein Bruder und ich noch klein waren, und mein Vater, der Börsenmakler war, in der neueröffneten Filiale von Merrill Lynch in Banyan Beach zu arbeiten angefangen hatte. Daß meine Mutter, eine soziale Aufsteigerin, Komitees beigetreten war, die sich für die Renovierung historischer Gebäude, die Unterstützung lokaler Künstler, die Verschönerung der örtlichen Grünanlagen und so weiter einsetzten. Daß beider Leben von ihrem unermüdlichen Streben nach Anerkennung, dem übermächtigen Bedürfnis, sich anzupassen, geprägt war. Ob es nun daran lag, daß sie neu in der Stadt waren und unbedingt Freunde finden wollten, daran, daß sie Juden waren und das Gefühl hatten, deshalb von vornherein im Hintertreffen zu sein, oder daran, daß sie einfach hoffnungslos unsicher waren, sie folgten jedenfalls stets der Masse, fürchteten permanent, ausgestoßen zu werden, und zerbrachen sich ständig den Kopf über das allgegenwärtige »man«. Vor allem meine Mutter. »*Man* trägt dieses Jahr kein Braun«, verkündete sie. Oder: »*Man* sagt, diese Leute muß man nicht unbedingt kennen.« Oder: »In einem solchen Lokal läßt *man* sich unter keinen Umständen blicken.« Mein Bruder und ich machten andauernd Witze darüber, daß wir nicht von unseren Eltern erzogen wurden, sondern *»man«* uns vorschrieb, was wir zu essen, anzuziehen, zu lesen und im Fernsehen anzuschauen hatten.

»Sie... haben... also... Ihre... Eltern... geheiratet«, folgerte Louise.

»Wie bitte?« stieß ich hervor.

»Sie haben sich dafür entschieden, einen Mann zu heiraten, der Ihnen genau wie Ihre Eltern das Gefühl vermittelt hat, schwach und unbedeutend zu sein.«

»Kann gut sein«, gestand ich.

Louise fragte mich nach dem Tod meiner Eltern, ein Thema, über das ich nur selten mit jemand sprach.

»Sie sind bei einem Autounfall ums Leben gekommen«, antwortete ich.

»Wie... haben... Sie... sich... dabei... gefühlt?« fragte sie.

Mein Gott, schon wieder diese Frage. Die Frau war wie eine Schallplatte mit einem Sprung.

»Was glauben Sie wohl, wie ich mich dabei gefühlt habe?« erwiderte ich, während mir langsam unbehaglich zumute wurde. Ich hatte etwas dagegen, über den Unfall meiner Eltern zu sprechen. Es war zu schmerzlich, zu kompliziert.

»Erzählen... Sie... mir... von... dem... Unfall«, befahl Louise.

Nach mehreren mißglückten Anfängen erzählte ich ihr, daß meine Eltern auf dem Weg nach Palm Beach waren, wo sie mit einem Mann zum Mittagessen verabredet waren, den mein Vater als Kunden gewinnen wollte. Sie fuhren auf der I-95 in südlicher Richtung, als sich vom Dach irgendeines Kleinbusses eine Matratze löste, die direkt auf der mittleren Spur landete, wo meine Eltern in ihrem silbernen Cadillac Seville mit einer Geschwindigkeit von fünfundfünfzig Meilen unterwegs waren. Mein Vater scherte aus, um der fliegenden Matratze auszuweichen, schoß auf die rechte Spur und stieß mit einem Sattelschlepper zusammen, der gerade auf die mittlere Spur wechseln wollte. Mein Bruder erhielt den Anruf von der Polizei und kam bei mir vorbei, um mir mitzuteilen, daß unsere Eltern tot waren.

»Wie... haben... Sie... sich... gefühlt... als... er... es... Ihnen... sagte?« fragte Louise.

Ich antwortete nicht gleich. Ich konnte nicht. Der kleine Kloß, der sich in meinem Hals gebildet hatte, als sie begann, nach dem Unfall zu fragen, war zur Größe einer Grapefruit angewachsen.

»Schuldbewußt«, antwortete ich schließlich.

»Schuldbewußt? Warum? Sie sind doch den Wagen Ihrer Eltern nicht gefahren, oder?«

»Nein.«

»Und Sie haben auch nicht am Steuer des Sattelschleppers gesessen, oder?«

»Nein.«

»Und Sie waren auch nicht in dem Kleinbus mit der Matratze, oder?«

»Nein.«

»Warum haben Sie dann Schuldgefühle bekommen? Sie haben den Unfall Ihrer Eltern ja nicht verursacht.«

»Doch.« Mir schnürte es erneut die Kehle zusammen, und diesmal begann ich zu weinen – ein tiefes, schweres, gequältes Schluchzen. Louise lehnte sich zu mir herüber und reichte mir eine Schachtel Kleenex.

»Wie denn?«

»Ich... Sie... haben mich ein paar Minuten vor dem Unfall per Autotelefon angerufen«, stieß ich unter Tränen hervor.

»Und weswegen?«

»Es ging um etwas ganz Albernes. Wirklich. Eine alberne Nichtigkeit, die sich zu einem...« Mir liefen erneut die Tränen übers Gesicht.

»Lassen Sie sich ruhig Zeit«, riet mir Louise.

»Schon in Ordnung«, erklärte ich und versuchte, mich zusammenzureißen. Dr. Schaffrans fünfzigminütige Sitzungen waren nicht gerade billig. Ich wollte auf jeden Fall so viel wie möglich für mein Geld bekommen.

»Erzählen... Sie... mir... was... passiert... ist«, bat mich Louise.

Ich holte tief Luft. »Meine Eltern haben mich vom Auto aus angerufen, um mir zu sagen, daß sie am folgenden Samstag ein Essen gäben und mit Mitchell und mir rechneten. Ich erwiderte, daß ich mir nicht sicher sei, ob wir kommen könnten. Ich hatte einfach keine Lust, mit den Freunden meiner Eltern zusammenzuhocken, nur weil das von mir *erwartet* wurde. Ich führte mein eigenes Leben – oder zumindest bemühte ich mich darum. Aber meine Eltern verlangten, daß Mitchell und ich kämen. Sie verlangten es einfach! Ich war eine erwachsene Frau, und dennoch schrieben sie mir immer noch vor, Dinge zu tun, die ich nicht tun wollte – und ich ließ es geschehen. Ich konnte mich einfach nicht widersetzen. Nicht meinen Eltern. Überhaupt niemandem.«

»Aber an dem Tag, als der Unfall geschah, da haben Sie sich widersetzt?« fragte Louise.

Ich schüttelte den Kopf. »Ich habe gesagt: ›Aber natürlich kommen Mitchell und ich zu eurer Einladung.‹ Am Ende habe ich immer nachgegeben – und mich dafür gehaßt. Ich habe meine Eltern geliebt, ganz ehrlich, aber ich habe ihnen übelgenommen, daß ich mir ihretwegen so hilflos und schwach vorkam.«

Louise schwieg. Vermutlich wartete sie darauf, daß ich fortfuhr, also erzählte ich weiter.

»Ich legte den Hörer auf und wurde unglaublich wütend, aber nicht wegen der Essenseinladung, sondern weil meine Eltern soviel Macht über mich besaßen. Mitchell war nicht zu Hause, und so ließ ich meine Gefühle mit mir durchgehen. Ich nahm ein Bild meiner Eltern vom Kaminsims und schrie es an. Irgendwann rutschte es mir dann heraus: ›Ich wünschte, Ihr wärt beide tot!‹ Aber ich war nur wütend und frustriert wie ein Kind bei einem Wutanfall. Ja, ich habe mich total kindisch benommen. Gedankenlos. Aber, glauben Sie mir, ich habe es nicht ernst gemeint. Ich habe es wirklich nicht ernst gemeint.«

Ich ließ den Kopf sinken und begann erneut zu weinen.

»Aber natürlich haben Sie es nicht ernst gemeint«, betonte Louise verständnisvoll.

»Aber gesagt habe ich es«, entgegnete ich. »Ich habe mir gewünscht, daß sie tot wären, und dann ist der Unfall passiert. Vermutlich genau in der Sekunde, in der ich es ausgesprochen habe. Der Tod meiner Eltern war meine Schuld, verstehen Sie das nicht? Ich wollte ihnen etwas antun, und dann wurde es Wirklichkeit, genauso wie es meine Schuld war, daß Mitchell und Chrissy sich am Cappuccino verbrühten, Jeremys Reifen die Luft ausging und all die anderen Sachen passierten.«

Ich konnte nicht mehr weiterreden. Ich war völlig erschöpft.

Louise nickte, machte sich Notizen und wartete ab, bis ich mich geschneuzt hatte, bevor wir unser Gespräch wieder aufnahmen.

»Barbara«, begann sie mitfühlend, »hören Sie auf, sich selbst zu bestrafen. Sie haben Ihre Eltern nicht umgebracht, und Sie haben auch die anderen Dinge nicht verursacht. Sie haben sich dieses Szenario nur zusammenphantasiert.«

»Tolle Phantasie.«

»Ich meine damit folgendes: Indem Sie sich einbilden, Sie würden alle diese Unglücksfälle auslösen, beziehungsweise Sie seien die Ursache dafür, verleihen Sie sich selbst Macht – eine Macht, von der Sie nie geglaubt haben, sie zu besitzen. Aber Sie haben nichts davon verursacht, Barbara. Glauben Sie mir!«

»Wirklich?«

»Ja. Sie leiden nur unter dem Irrglauben, daß Sie diesen Menschen einen Schaden zugefügt hätten. Sie verhalten sich so, weil Sie unbewußt etwas davon haben. Psychotherapeutisch ausgedrückt liegt ein ›Sekundärgewinn‹ für Sie darin, zu glauben, Sie würden anderen einen Schaden zufügen.«

Ich zuckte nur mit den Achseln. Für mich war das alles Psychogeschwafel.

»Es gibt gesündere Methoden, um sich mächtig zu fühlen«, belehrte sie mich. »Und wenn wir erst einmal intensiver miteinander gearbeitet haben, werden Sie das auch erkennen.«

»Intensiver miteinander arbeiten?«

»Genau«, bekräftigte Louise. »Ihre Probleme sind gravierend, Barbara. Ich möchte Sie drei- bis viermal pro Woche sehen.«

»Aber ich kann es mir nicht leisten, drei- oder viermal die Woche zu Ihnen zu kommen«, protestierte ich.

»Falsch. Sie können es sich nicht leisten, nicht zu kommen«, bemerkte Louise todernst.

Nach meiner Sitzung bei Dr. Schaffran ging ich nicht nach Hause. Ich wollte nicht allein sein. Nicht, nachdem sie angedeutet hatte, daß ich verrückt sei. Wer wußte schon, was ich anstellen würde, wenn ich mir selbst überlassen blieb? Also fuhr ich zum Pier oberhalb des St. Lucie, stellte das Auto dort ab, setzte mich ans Ufer und starrte aufs Wasser hinaus, bis die Sonne unterging. Ich hatte gehofft, diese ruhige Umgebung würde meinen Kummer lindern, aber das war nicht der Fall. Die Sitzung bei Dr. Schaffran hatte allzu viele Erinnerungen aufgewühlt, einen Wust an Gefühlen, die ich unbedingt unter Verschluß hatte halten wollen.

Als es dunkel geworden war, fuhr ich zu Bens Hütte hinüber. Ich wollte mich ihm anvertrauen, ihm erzählen, was ich mitgemacht hatte, mich auf ihn stützen. Er war schließlich ein Teil meiner Familie, hatte mit meinen Eltern und mir unter demselben Dach gelebt. Er würde mich verstehen.

Als ich vor der Hütte hielt, fiel mir auf, daß mehrere Autos davor standen, unter ihnen Bens heruntergekommener alter VW-Käfer, aber im Haus kein Licht brannte. War es möglich, daß sie alle schon schliefen? fragte ich mich. Es war doch erst acht Uhr.

Ich ging zur Haustür und klopfte. Keine Reaktion. Ich klopfte noch einmal. Immer noch nichts. Ich äugte zu einem Fenster hinein und sah einen Lichtschein flackern, konnte aber nicht erkennen, woher er kam. Dann ging ich zur Hintertür und klopfte noch einmal. Kein Mensch machte auf. Auf einmal hörte ich etwas: Aus dem Inneren der Hütte kam Musik. Offenbar war doch jemand zu Hause.

Mein Gott, sie veranstalten wahrscheinlich eine Orgie, durchfuhr es mich plötzlich. Sie liegen vermutlich alle aufeinander und begehen verruchte und ungesetzliche Handlungen. Bei Ben war alles möglich.

Trotzdem wollte ich mit ihm sprechen. Ich probierte, die Tür zu öffnen und stellte fest, daß sie nicht abgeschlossen war. Vorsichtig trat ich ein und versuchte, mich zu orientieren. Das war schon bei Tageslicht keine Kleinigkeit, aber jetzt war es in dem kleinen Wohnzimmer, in dem ich stand, total dunkel. Ben hatte die Hütte selbst gebaut, was man ihr ansah. Es fehlte jegliche »architektonische Geschlossenheit«, wie man in der Immobilienbranche so sagt. Sie bestand lediglich aus einer Reihe gesichtsloser Räume, die ohne farbliche Abstimmung schmucklos und abrupt ineinander übergingen. Ben wollte es primitiv haben, und das war es auch. Falls Sie sich jetzt also eine dieser entzückend rustikalen Hütten in den Adirondacks vorstellen, sind Sie auf dem Holzweg. Bens Behausung sah mehr nach Wohnwagenpark als nach Relais et Châteaux aus.

»Hallo?« rief ich. »Ist jemand zu Hause?«

Das einzige, was ich hörte, waren die Klänge eines Musikinstruments, das ich nach wenigen Momenten als Sitar identifizierte. Ich lachte. Ben hörte sich wahrscheinlich mal wieder eine seiner Ravi-Shankar-Platten an.

»Ben? Ich bin's, Barbara!« rief ich, als ich in den hinteren Teil der Hütte vordrang und mich zur Musik vortastete.

Es kam keine Antwort, also ging ich weiter. Als ich bei der mit Fliegengittern geschützten Veranda anlangte, stieß ich auf Ben und seine Freundinnen, und mir wurde klar, warum sie zu beschäftigt gewesen waren, um an die Tür zu kommen: Sie befanden sich mitten in einer Séance. Ein halbes Dutzend Leute saß um einen Tisch herum, auf dem mehrere Kerzen standen, die in der sanften Brise flackerten und das Mondlicht verstärkten. Alle schienen in einen Zustand tiefer Konzentration versetzt. Sie hielten die Augen geschlossen und waren völlig still. Natürlich bestand auch immer noch die Möglichkeit, daß sie schliefen. Zuviel Ravi Shankar konnte das durchaus verursachen.

»Tut mir leid, wenn ich störe«, sagte ich.

Sie schlugen allesamt die Augen auf und starrten mich an.

»Barbara. Ich habe dich gar nicht hereinkommen hören«, lächelte Ben. »Hol dir einen Stuhl und setz dich zu uns.«

Ohne zu fragen, warum ich ungebeten in seinem Haus auftauchte, oder auch nur im geringsten über mein Erscheinen erstaunt zu sein, streckte er die Arme aus. Ich ging zu ihm hinüber und umarmte ihn. Ich hatte schon beinahe vergessen, wie warmherzig und freundlich er war, wie liebevoll, egal wie lange wir uns nicht gesehen hatten. Er nahm solche Ideale wie Frieden, Liebe und Heiterkeit wirklich ernst. Bei ihm wirkte es seit jeher echt und nicht aufgesetzt.

Außerdem war mir entfallen, wie ähnlich wir uns sahen – zumindest vor meiner Verwandlung. Er hatte graue Haare, blaue Augen und markante Gesichtszüge und war ein bißchen mollig, genau wie ich früher. Weil seine Haare wild nach allen Seiten abstanden, erinnerte er mich an einen wahnsinnigen Wissenschaftler. Eine Art Einstein im Batik-T-Shirt und mit Keramikperlen.

»Erscheint das im Kerzenlicht nur so, oder siehst du wirklich so umwerfend aus?« fragte er und hielt mich auf Armeslänge von sich weg. »Jeremy hat schon erzählt, daß du dich irgendwie hast aufpeppen lassen, aber ich hab's ihm nicht abgenommen.«

»Ach, ich habe nur ein paar Pfund verloren und mir die Haare gefärbt«, erwiderte ich lässig. Ich würde mich Ben nicht vor einem Haufen Fremder anvertrauen.

»Na, egal was du auch gemacht hast, du bist auf jeden Fall eine Granate«, schwärmte er. »Leute, darf ich euch meine Granate von einer Schwester vorstellen?«

Ben machte mich mit seiner neuen Freundin Janice und deren älterer Schwester Denise sowie zwei anderen Frauen bekannt, die Wendy und Gail hießen. Anstelle einer Beschreibung der beiden belasse ich es dabei, daß sie wie Ben gebatikte T-Shirts und Keramikperlen trugen. Ich kam mir vor, als wäre ich in einer Amateuraufführung von »*Hair*« gelandet.

»Und das ist Constance«, erläuterte er stolz und deutete auf die Frau am Kopf des Tisches. »Sie ist ein Medium.«

»Wie schön«, befand ich. Ich schätzte Constance auf über siebzig. Sie hatte schulterlange weiße Haare, trug ein schwarzes Kleid und einen schwarzen Hut. Das einzige, was noch fehlte, war ein Besen.

Ich setzte mich auf den freien Stuhl neben Ben. »Bitte macht doch weiter«, schlug ich vor. Ich konnte ja ein andermal mit Ben sprechen, dachte ich. In erster Linie brauchte ich Zerstreuung. Etwas, das mich von meinen Problemen ablenkte, und ich nahm an, daß die Séance genau das bewirken würde.

»Wir versuchen, Kontakt zur Großmutter von Janice und Denise aufzunehmen«, erklärte Ben.

»Schon wieder? Ich dachte, das hättet ihr schon erledigt«, wunderte ich mich.

»Wir hatten an dem Abend neulich kein Glück«, berichtete er. »Deshalb haben wir Constance angerufen und sie gebeten, uns zu helfen. Sie steht in ständiger Verbindung zur Geisterwelt.«

Ich sah zu Constance hinüber, die erneut die Augen geschlossen hatte und in Trance zu sein schien.

»Konzentrier deine gesamten Energien auf Grandma Patrice«, flüsterte Ben mir zu.

»Ich kannte Grandma Patrice doch gar nicht«, wandte ich ein.

»Schhhh«, zischte Janice. »Constance kann nicht arbeiten, wenn negative Schwingungen im Raum sind.«

»Tut mir leid«, entschuldigte ich mich.

Ich schloß die Augen und versuchte mir eine großmütterliche Frau vorzustellen, die phantastischen Hackbraten machte. Vor meinem geistigen Auge entstand ein Bild, das einer Mischung aus der Fernsehköchin Julia Child und Aunt Jemima von den Puddingpulverpäckchen ähnelte.

»Oh!« schrie Constance plötzlich auf und brach ihr Schweigen. »Ach du liebe Zeit!«

»Ist es Grandma Patrice?« wollte Denise wissen. »Haben Sie Verbindung zu ihrem Geist aufgenommen?«

»Oh! Oh! Die Geister raten mir, vorsichtig zu sein!« rief Constance. »Ganz vorsichtig.«

»Weshalb denn?« fragte Janice. »Grandma Patrice war ein richtiger Schatz.«

Constance schüttelte vehement den Kopf. »Sie geben mir keine... Ich kann es nicht entziffern... Oh! Oh!... Ich weiß nicht, ob ich weitermachen kann... weiß nicht, ob ich hierbleiben kann...«

Jetzt geht's ab, dachte ich und fragte mich, wieviel Ben und die anderen Constance wohl für diesen Auftritt bezahlten.

»Was ist denn los, Constance?« fragte Gail. »Bitte teilen Sie es uns mit.«

»Die Geister sagen, daß ich... wir... in schrecklicher Gefahr sind«, warnte sie und heizte damit die Dramatik weiter an.

»Was für eine Gefahr denn?« wollte Ben wissen. Inzwischen hatten wir alle die Augen geöffnet und hingen an Constances Lippen.

Sie preßte sich die Hände gegen ihre Brust, runzelte die Stirn und antwortete theatralisch: »Sie haben mich davor gewarnt, daß sich hier im Raum ein mächtiges negatives Wesen aufhält. Eine Gewalt von tiefer Finsternis.«

»In diesem Raum?« fragte Ben.

Constance nickte.

Ich versuchte, nicht zu lachen, und mir selbst jedes Schmunzeln zu verkneifen. Das war nicht leicht, denn ich wurde den Eindruck nicht los, daß Constance hier einen Riesenschwindel abzog, dafür bezahlt wurde, Hausbesuche zu machen und dabei die Leute zu Tode zu erschrecken. Ich wollte sie gerade fragen, ob sich ihre Geister nicht etwas konkreter über das »mächtige negative Wesen« äußern könnten, als die Kerzen auf dem Tisch erloschen.

»He. Was war denn das?« fragte Ben.

»Muß ein Windstoß gewesen sein«, vermutete ich.

»Ich habe aber keinen Windstoß gespürt«, meinte Gail.

»Ich auch nicht«, stimmte Wendy ihr zu.

»Das negative Wesen zeigt sich«, erläuterte Constance mit Nachdruck.

»Wow«, stieß Ben hervor. »Ich habe noch nie...«

Er wurde vom abrupten Ende der Musik unterbrochen. Aus einem unerfindlichen Grund hatte die Ravi-Shankar-Platte zu spielen aufgehört.

Ben stand auf und sah nach der Stereoanlage, um festzustellen, ob es einen Stromausfall gegeben hatte.

»Saft ist noch drauf, aber die Musik ist trotzdem zu Ende«, berichtete er und sah verblüfft drein. »Ich meine, der Plattenteller dreht sich nach wie vor, aber es kommt kein Laut mehr heraus.«

»Wahrscheinlich brauchst du eine neue Nadel«, mutmaßte ich.

»Ja, wahrscheinlich«, pflichtete er mir bei und setzte sich wieder neben mich.

»Es liegt nicht an der Nadel«, widersprach Constance resolut. »Es ist die Macht der Finsternis.«

Mehrere Sekunden lang war es mucksmäuschenstill. Dann begann Janice schnüffelnde Geräusche von sich zu geben.

»Was hast du denn?« fragte Ben sie.

»Ich rieche etwas. Etwas echt Ekliges«, erwiderte sie und hielt sich die Nase zu.

»O Gott. Jetzt rieche ich es auch«, sagte Denise. »Es ist widerlich.«

Ich schnupperte, roch aber nichts.

»Wie verfault«, meinte Wendy.

»Es riecht... Es riecht...« Gail rang um die geeigneten Worte für eine genaue Beschreibung des Gestanks, der außer mir alle zu stören schien. »Es riecht wie...«

»ROSENKOHL!« riefen die drei Frauen unisono. »ES RIECHT WIE ROSENKOHL!«

Ein Frösteln durchlief mich, während ich mich daran erinnerte, wie Jeremy und Suzanne Bemerkungen über meinen Atem gemacht und ebenfalls gefunden hatten, daß er nach Rosenkohl riechen würde.

»Der Fürst der Finsternis gibt sich häufig durch seinen üblen Geruch zu erkennen«, unkte Constance.

Der Fürst der Finsternis? Ein negatives Wesen? Was hatte dieses ganze New-Age-Kauderwelsch mit mir und meinem Rosenkohl-Atem zu tun?

»Riechst du es auch, Ben?« fragte ich bestürzt.

»Nein, aber meine Nase taugt nicht viel. Ich rieche nie etwas.«

Auf einmal blitzte es grell, und kurz darauf ertönte lauter Donner.

»Anscheinend bekommen wir Regen«, vermutete Ben.

Doch es gab keinen Regen. Der Mond verschwand hinter einer dunklen Wolke und stürzte uns fast in völlige Dunkelheit, während Blitz und Donner immer heftiger und erbarmungsloser wurden. Und doch brachte das bedrohliche Wetter keinen einzigen Tropfen Regen mit.

»Das ist das Werk des negativen Wesens«, verkündete Constance. »Es offenbart sich uns heute abend, um uns seine Macht zu beweisen.«

Sowie das Wort »Macht« gefallen war, mußte ich wieder an meine Sitzung bei Dr. Schaffran denken, bei der dieser Begriff ja ein wichtiges Thema gewesen war. Bestand da irgendein Zusammenhang? Gab es etwas, das meine nicht zu leugnenden psychischen Probleme mit dem Gefasel von Constance verband? Gab es einen Faden, der all die Dinge verband, die mir in letzter Zeit widerfahren waren? Gab es einen Grund dafür, warum mein Leben auf einmal eine so bizarre Wendung genommen hatte? Einen Grund, der auf dunkle Mächte und negative Wesen zurückzuführen war?

Natürlich nicht, sagte ich mir. Reiß dich jetzt zusammen.

Ich erhob mich, ging zum Fliegengitter hinüber und sah zum Himmel hinauf. Schnell hielt ich mir eine Hand vor die Augen, denn ein Blitz zuckte direkt vor mir auf. Als ich wieder hinsehen konnte, erblickte ich etwas wirklich Erstaunliches und zugleich entfernt Vertrautes. Zwischen den Gewitterwolken saßen wie kleine Tupfer auf Himmelssplittern silberne, sternförmige Gesichter. Ja, sie hatten Augen, Nasen und Münder, und sie thronten oben am Himmel, so wahr wie ich auf Bens vergitterter Veranda stand.

Und dann zwinkerte mir eines der kleinen Gesichter zu!

Ich habe es genau gesehen! Ich schwöre, daß ich mich nicht

getäuscht habe! Es lugte direkt auf mich herab, warf mir ein verschmitzt angedeutetes Lächeln zu und zwinkerte!

Ich war völlig perplex. Es hatte mir doch schon einmal ein sternförmiges Gesicht aus dem Himmel zugezwinkert. Da war ich mir sicher. Es war schon einmal passiert. In einer anderen Gewitternacht. Aber in welcher? Und wo? Unter was für Umständen?

Es fiel mir nicht mehr ein. Ich versuchte zwar, mich daran zu erinnern, aber es gelang mir nicht. Irgend etwas hinderte mich daran.

»Barbara? Wo starrst du denn hin?« erkundigte sich Ben.

Ich drehte mich um, um ihn anzusehen, war aber außerstande, seine Frage zu beantworten.

»Barbara?« versuchte er es noch einmal. »Hast du hier draußen negative Wesen lauern sehen?«

Sein Tonfall war heiter, unbeschwert. Er verstand nicht, was vor sich ging. Wie sollte er auch?

»Barbara?« fragte er noch einmal.

Unabsichtlich blickte ich Constance an, die mir mehrere Sekunden lang in die Augen sah.

Und dann bekreuzigte sie sich.

11

Den Rest der Woche verbrachte ich damit, zwischen »Home Sweet Home«, Dr. Schaffrans Praxis und dem Supermarkt hin und her zu pendeln, wo ich unablässig die Regale nach etwas absuchte, das Pete fressen würde. Zu behaupten, daß er bei seiner Ernährung wählerisch war, wäre untertrieben gewesen. Er mochte keine Purina Dog Chow. Kein Ken L Ration. Keine Gaines Burgers. Nicht einmal Milkbone Dog Biscuits, so etwas Ähnliches wie fade Cracker für Hunde, konnten ihn reizen.

Das Merkwürdige war dabei, daß er nie Hunger zu haben schien, so wenig er auch fraß. Nie schob er seine Schnauze auf meinen Teller oder gierte nach Essen, das ich für mich zubereitet hatte. Nie jaulte er, wenn ich die Kühlschranktür öffnete, um mir etwas auszusuchen. Er bellte auch nicht, wenn der Typ von »Domino-Pizza« kam und mir eine große Pepperonipizza mit extraviel Käse brachte. Ich überlegte, ob er seine Nahrung womöglich in der freien Natur fand und kleine Nagetiere seinem Geschmack vielleicht eher entsprachen. Wie gesagt, es war schon merkwürdig. Aber was war das momentan nicht?

Am Samstag abend war ich bei David zum Essen eingeladen. Ich freute mich darauf und sprach mit Dr. Schaffran über meine Gefühle. Oder vielmehr mit Louise.

»Ich kann mir nicht erklären, was er an mir findet«, vertraute ich ihr bei unserer Freitagnachmittag-Sitzung an. »Er ist alles, was ich nicht bin – attraktiv wie ein Filmstar, reich, weitgereist. Bestimmt hat er sich nur mit mir verabredet, weil er neu in der Stadt ist und keine anderen Frauen kennt.«

»Könnte... es... nicht... sein... daß... er... Sie... mag?« fragte Louise.

Ich zuckte mit den Achseln.

»Was... empfinden... Sie... denn... für... ihn?« wollte sie wissen.

»Ich bin wie gebannt von ihm«, antwortete ich. »Im wahrsten Sinne des Wortes. Wenn er mich mit seinen großen braunen Augen ansieht und mit seiner tiefen, samtigen Stimme zu mir spricht, bin ich machtlos.«

»Machtlos?«

»Ja.«

Louise nickte, notierte sich etwas und nickte noch einmal.

»Oh, jetzt begreife ich«, wurde mir klar. »Sie glauben, daß ich mich zu David hingezogen fühle, weil er mich an Mitchell erinnert – weil sie mir beide das Gefühl vermitteln, machtlos zu sein. Sie denken, daß mich eine Art Neurose zu Männern hinzieht, die mich einschüchtern. Tja, darauf kann ich Ihnen nur eines erwidern: David Bettinger hat nichts mit Mitchell Chessner gemein. Aber auch gar nichts. David ist freundlich, aufmerksam und respektiert meine Gefühle. Er findet mich witzig, klug und intelligent. Oh, und außerdem ist er ungemein romantisch – ganz im

Gegensatz zu Mitchell, der es für romantisch hält, eine Frau in eines seiner Restaurants mitzunehmen, wo er seinen Gästen Honig ums Maul schmiert.«

»Sie... wirken... wütend«, bemerkte Louise.

»Ich bin nicht wütend«, stellte ich richtig. »Ich freue mich nur darauf, am Samstag abend mit David und nicht mit Mitchell zu essen.

»Fühlen... Sie... sich... sexuell... zu... David... hingezogen?« forschte Louise.

Ich wurde rot. »Ja. Sehr. Aber ich bin immer so behütet gewesen und noch so unerfahren. Mitchell war der erste und einzige Mann, mit dem ich je Sex hatte. Ich weiß nicht, wie ich mich Männern gegenüber verhalten soll. In sexueller Hinsicht, meine ich.«

»Wie... möchten... Sie... sich... denn... verhalten?« fragte Louise.

»Ich... Na ja... Herrje. Ich weiß auch nicht. Wenn ich es mir genau überlege, befürchte ich sogar, daß ich ausraste, wenn David versucht, sich mir sexuell zu nähern.«

»Weshalb?«

»Weil ich dazu erzogen wurde, nicht schon bei der zweiten Verabredung Sex zu haben. Ich wurde dazu erzogen, erst Sex zu machen, wenn mir der Mann den Verlobungsring präsentiert hat. Meine Mutter drückte das immer so aus: ›Warum soll er für etwas bezahlen, das er auch gratis haben kann?‹«

»Stimmen Sie da mit Ihrer Mutter überein, Barbara?«

Ich dachte darüber nach und sagte dann: »Ja und nein. Ich würde nur zu gern Sex mit David haben, aber ich möchte nicht, daß er mich für ein... Flittchen hält.«

»Warum warten Sie, wenn Sie bei ihm sind, nicht einfach ab, bis Sie wissen, was Sie für David empfinden?« schlug Louise vor. »Ihre Mutter ist bei Ihrem Rendezvous nicht dabei. Sie haben Ihr Schicksal *selbst* in der Hand, Barbara. Es ist *Ihre* Entscheidung, ob Sie mit diesem Mann schlafen wollen oder nicht. Ganz allein *Ihre* Wahl.«

Meine Wahl. Schon die Vorstellung war beängstigend.

Das Haus, das David gemietet hatte, war im Stil der Bahamas gebaut. Es war pastellrosa gestrichen, hatte ein weißes Ziegeldach und gewährte Blick auf den St. Lucie. Mit seinen geräumigen Schlafzimmersuiten und Deckenventilatoren, den gebeizten Hartholzböden und dem von üppigen Gärten umgebenen Swimmingpool mitsamt Whirlpool gehörte das Haus zu den luxuriösesten Anwesen, die man in Banyan Beach mieten konnte. Wenn mich die Erinnerung nicht trog, hatte sein Besitzer, ein Geschäftsmann aus Singapur, mehr als drei Millionen Dollar dafür bezahlt.

Als ich um halb acht dort ankam, empfing mich David an der Tür mit einem Lächeln und einem flüchtigen Kuß auf die Wange. Ich atmete seinen Duft ein, ein teures Eau de Cologne, und fühlte mich ganz schwindlig, benommen, konfus, so wie mir in seiner Nähe immer zumute war.

»Schön, dich endlich wieder zu sehen«, begrüßte ich ihn und genoß seinen Anblick. Mein Gott, jedesmal wenn ich ihn sah, erschien er mir noch umwerfender. Strähnen seines goldblonden Haares fielen ihm lässig in die zart gebräunte Stirn. Seine braunen Augen waren so eindringlich, daß ich kaum den Blick von ihnen lassen konnte. Er trug ein hellrotes Polohemd, das ihm gut stand und sowohl seine breiten Schultern als auch seinen harten, muskulösen Brustkorb zur Geltung brachte. Er steckte in einer ausgewaschenen Jeans – einem extrem engen Exemplar, das seine schmalen Hüften und langen Beine umschloß und sich besonders dicht um seinen Schritt schmiegte. Woher ich das wußte? Ganz einfach, ich habe hingesehen. Ich konnte es nicht lassen. Mein Blick wurde geradezu magisch dorthin gezogen, und dann dachte ich, Mannomann, dieser David Bettinger ist wirklich gut bestückt. Wie ich Dr. Schaffran bereits am Tag zuvor gestanden hatte, war ich in puncto Sex völlig unerfahren. Noch unerfahrener aber war ich, was das Geschlechtsorgan eines Mannes anging (natürlich abgesehen von dem Mitchells, das jedoch nicht der Rede wert war). Aber selbst eine so ahnungslose Frau wie ich konnte die Wölbung in Davids Hose nicht übersehen. Die Frage war nur: Würde ich auch wissen, was ich damit anstellen mußte, wenn und falls sich die Gelegenheit bot?

»Willkommen in meiner einstweiligen Bleibe«, sagte er, faßte meinen Ellbogen und führte mich ins Haus.

»Sie mag ja nur einstweilig sein, aber dafür ist sie wirklich grandios«, antwortete ich und dachte mir, daß ich nichts dagegen hätte, auch so ein Anwesen zu mieten. Da Mitchell und Chrissy vorhatten, mich aus dem Haus in Seacrest Way zu werfen, würde es ja nicht mehr lange dauern, bis auch ich mich nach einer neuen Behausung umsehen mußte. Es sei denn, David verliebte sich so unsterblich in mich, daß er mich bat, bei ihm einzuziehen.

»Es ist sehr komfortabel hier«, stimmte er mir zu. Dann erkundigte er sich, ob ich mir das Haus ansehen wollte, und da ich nicht mehr drin gewesen war, seit es der Vorbesitzer zum Verkauf angeboten hatte, bejahte ich dieses Angebot.

Das Haus war elegant ausgestattet und als Mixtur aus Antiquitäten und Rattanmöbeln eingerichtet, die mit hellen Stoffen, in die man tropische Motive eingearbeitet hatte, bezogen waren. Jeder Raum erlaubte einen atemberaubenden Blick aufs Wasser, und nichts stand auch nur im geringsten schief oder war in Unordnung. Ja, es wirkte sogar beängstigend aufgeräumt und eher für einen Fototermin gestylt, als daß es wie eine Junggesellenbude ausgesehen hätte. Entweder war David unglaublich ordentlich, oder er hatte eine phänomenale Haushälterin.

»Das ist das große Schlafzimmer«, erklärte er. Wir waren im Westflügel des Hauses angekommen.

Ich seufzte, als ich auf der Schwelle stand. Der Raum hätte aus einer Anzeige für ein romantisches Liebesnest in der Karibik stammen können: ein Messingbett, eine Gewölbedecke mit V-förmigen Kerbschnitzereien, ein Schaufelventilator und Palmen in Töpfen. In den neun Jahren, seit ich als Immobilienmaklerin arbeitete, hatte ich schon viele schöne Schlafzimmer gesehen, aber das von David war besonders verführerisch. Oder war es David selbst?

»Komm«, forderte er mich auf und hielt mir seine Hand hin. »Jetzt kriegst du erst mal einen Drink und etwas zum Knabbern.«

Etwas zum Knabbern, dachte ich, während ich sein linkes Ohrläppchen bewunderte und seine Hand ergriff. Mich überkam ein zweiter Schwindelanfall, als ich spürte, wie sich seine Finger um meine schlossen. Mein Herz schlug schneller, und ich wurde ganz rot im Gesicht.

»Willst du mir denn nicht die Küche zeigen?« drängte ich ihn, als wir wieder ins Wohnzimmer gingen. Sowie ich das Haus betreten hatte, waren mir betörende Düfte in die Nase gestiegen, die ohne Zweifel aus der Küche kamen. Ich wollte unbedingt sehen, was David zum Abendessen kochte.

Doch er schüttelte den Kopf. »Du bist mein Gast. *Ich* schufte in der Küche, während *du* dich hier draußen entspannst und die Aussicht genießt.«

Er bedeutete mir, mich auf das Sofa zu setzen, von dem aus man den Pool und dahinter den Fluß sah. Dann verschwand er in der Küche. Ein paar Minuten später kam er wieder zurück, in den Händen einen Eiskübel mit einer Flasche Dom Perignon und zwei Sektkelchen.

»Mannomann«, bemerkte ich anerkennend. »Wenn du jemanden zum Essen einlädst, läßt du dich aber nicht lumpen.«

»Ganz bestimmt nicht«, sagte er lächelnd. Er schenkte uns beiden je ein Glas Champagner ein und reichte mir eines davon. »Auf meinen ersten Essensgast, seit ich nach Banyan Beach gezogen bin«, prostete er.

»Ich bin tatsächlich dein erster Gast? Im Ernst?«

Er nickte. »Warum? Erstaunt dich das?«

»Ja. Ich kann mir beim besten Willen nicht vorstellen, wie du Abend für Abend mutterseelenallein hier sitzt, fernsiehst und Ravioli aus der Dose ißt.«

Er lachte. »Du denkst wohl, ich sei ein richtiger Frauenheld?«

»Tja, bist du das denn nicht?«

Er schüttelte den Kopf. »Wohl kaum.«

Ich sinnierte über seine Antwort und fand sie seltsam. Ich meine, der Mann war reich, umwerfend attraktiv und nett. Jede Frau würde ihn unwiderstehlich finden.

»Du hast mir erzählt, du seist geschieden«, sagte ich. »Bist du schon lange wieder allein?«

»Etwa sechs Monate«, erwiderte er. »Und es waren einsame sechs Monate, das kann ich dir versprechen.«

»Na komm«, spöttelte ich.

»Es stimmt aber«, beteuerte er. »Glaub mir.«

»Wo treibt sich denn die frühere Mrs. Bettinger herum?« fragte ich in der Hoffnung, daß es sich um keine von diesen besitzergreifenden Exfrauen handelte. Diese Sorte verlor mitunter durch den Scheidungsstreß die Nerven und wurde zur Jägerin.

»In Palm Beach«, antwortete er.

»War dic Scheidung schlimm für dich? Oder wart ihr euch einig?« wollte ich wissen.

»Es war schlimm«, gestand David, ohne weitere Einzelheiten preiszugeben. Seine Miene hatte sich verdüstert, und es war klar, daß es an der Zeit war, das Thema zu wechseln.

»Entschuldige mich bitte einen Moment«, bat er. »Ich habe ganz vergessen, die besagten Häppchen zu holen.«

»Aber gern«, sagte ich, völlig damit zufrieden, an meinem Champagner zu nippen, die Aussicht zu bewundern und verwöhnt zu werden.

Fünf Minuten später trug David eine appetitlich angerichtete Platte mit Horsd'œuvres aus der Küche: Räucherlachs auf Schwarzbrot, Beluga-Kaviar, verschiedene Käsesorten. Da hat er sich für seine Maklerin ja ganz schön ins Zeug gelegt, dachte ich und fragte mich, ob er einen solchen Aufwand auch betrieb, wenn er seine Steuerberaterin, Versicherungsagentin oder Kieferorthopädin bewirtete.

»Es ist herrlich, aber das ist doch zuviel des Guten«, protestierte ich und griff nach dem Räucherlachs.

»Warum denn? Wir haben nur das Beste verdient, du und ich«, erwiderte er. »Nach allem, was wir mitgemacht haben.«

»Nach allem, was wir mitgemacht haben?« wiederholte ich, da mich seine Bemerkung etwas verwirrte.

»Na ja, zum Beispiel unsere gescheiterten Ehen«, präzisierte er.

Ich nickte, während ich den Lachs verputzte und mich anschließend über den Kaviar hermachte. David schenkte mir Champagner nach.

»Was hast du denn sonst noch mitgemacht? Es sieht doch

ganz so aus, als wäre dein Leben ziemlich gut gelaufen«, entgegnete ich und wies auf seine feudale Umgebung.

Er lächelte wehmütig. »Ach, Bah-ba-rah. Das ist wieder diese Direktheit, die ich so erfrischend finde.« Dann nippte er an seinem Champagner. »Lassen wir es doch einfach dabei, daß es zwar den Anschein haben mag, ich besäße alles, was man sich nur wünschen kann, aber mein Leben trotzdem nicht so glatt verlaufen ist, wie ich mir das gewünscht hätte. Es gibt noch vieles, was du nicht über mich weißt. So vieles.«

»Was denn zum Beispiel?« hakte ich nach und trank noch einen Schluck Champagner.

Er schüttelte den Kopf. »Jetzt nicht«, sagte er. »Noch nicht. Du sollst nur wissen, daß ich genauso unglücklich gewesen bin wie du. Und du warst doch unglücklich, oder?«

Ich nickte. »Sehr. Bis vor kurzem.«

»Ja, ich weiß. Bei mir war es genauso. Ich möchte jetzt nicht selbstmitleidig klingen«, fuhr er fort. »Ich möchte nur andeuten, daß wir mehr gemeinsam haben, als du vielleicht denkst, Bah-ba-rah.«

»Du hast schon einmal gesagt, daß wir vieles gemeinsam hätten«, erinnerte ich mich und nahm mir noch ein Horsd'œuvre. Diesmal ein Stückchen Camembert.

»Es stimmt auch«, bekräftigte er. »Und ich bin mir ziemlich sicher, daß du am Ende dieses Abends verstanden haben wirst, warum ich das sage.«

Dabei goß er mir wieder Champagner ins Glas und bot mir ein Canapé mit Räucherlachs an. Ich spülte den Camembert mit Champagner hinunter und nahm ihm das Häppchen ab. Mir fiel auf, daß ich etwa dreimal soviel aß und trank wie David, aber ich beschloß, mir darüber jetzt nicht den Kopf zu zerbrechen.

Irgendwann ließ mich David im Wohnzimmer allein und ging in die Küche, um das Essen fertigzumachen. Ich bot ihm meine Hilfe an, aber er sagte, ich solle es mir gemütlich machen und mich verwöhnen lassen. Und genau das tat ich. Ich futterte die restlichen Horsd'œuvres auf, kippte noch ein paar Gläser D.P., spazierte im Zimmer umher und bewunderte die Einrichtung. Mich wunderte, daß keinerlei persönliche Gegenstände zu sehen waren. Keine Zeitschriften, die auf Davids Interessen oder Hobbys hingewiesen hätten. Keine Souvenirs von einer seiner Geschäftsreisen. Und keine Fotos. Weder von David noch von sonst jemandem. Ich sagte mir, daß er das Haus ja nur gemietet hatte und sein Kleinkram vermutlich noch irgendwo anders lagerte. Trotzdem verlieh das Fehlen persönlicher Erinnerungsstücke dem Raum eine kalte und sterile Atmosphäre. Es erschien beinahe so, als hätte David Bettinger überhaupt keine Vergangenheit.

Gegen halb neun setzten wir uns zum Essen an den Tisch. Ich war zwar nicht direkt betrunken, aber bereits so alkoholisiert, daß mir die Aussprache mancher Wörter zunehmend schwerfiel. Als mich David beispielsweise ins Eßzimmer führte und ich den schön gedeckten Tisch sah, rief ich mit beschwipster Zunge aus: »Oh, David. Ich kann dir gar nicht sagen, wie ›begeischerd‹ ich bin.« Daraufhin nahm ich mir vor, Wörter mit mehr als einer Silbe zu vermeiden.

Das Essen war wirklich erstaunlich und David offenbar ein Meisterkoch. Er hatte einen Lammbraten mit Weinsoße, Bratkartoffeln mit Knoblauch, sautierten Spinat und einen Salat à la Caesar zubereitet. Dazu gab es knuspriges Baguette und einen ganz trockenen Merlot, meinen Lieblingswein.

Ich kann mich nicht mehr genau daran erinnern, wann genau ich wußte, daß er mit mir ins Bett wollte, aber als ich mit essen fertig war (das Essen war so gut, daß ich mich beherrschen mußte, nicht den Teller abzulecken oder einen Nachschlag zu verlangen), war es mir klar. Ich wußte es einfach. Da war etwas in seinen braunen Augen, an der Art, wie sie sich verengten, wenn er mich ansah, an der Art, wie seine Hand die meine streifte, und an der Art, wie er mir Wein nachschenkte, obwohl ich einwandte, daß ich schon genug getrunken hätte.

Das hatte ich allerdings. Ich merkte es daran, daß ich Davids attraktives Gesicht nicht mehr deutlich erkennen konnte. Seine Züge erschienen mir ganz verschwommen, und der Raum begann um meinen Kopf zu kreisen wie ein Kettenkarussell.

Dennoch möchte ich nicht wie eine jener Frauen klingen, die mit einem Mann schlafen, den sie kaum kennen und dann behaupten, es sei nur passiert, weil er sie betrunken gemacht hätte. Ganz im Gegenteil. Ich wußte, was ich tat. Ich wollte, daß David mich verführte. Ich wollte so begehrenswert auf ihn wirken, daß seine Glut ihn übermannte. Ich wollte, daß er mir sein wahres Wesen offenbarte – einschließlich der imposanten Wölbung in seinen Jeans. Vor allem aber wollte ich ihm ganz nahe sein, nicht nur körperlich, sondern auch emotional. Ich wollte, daß sich David mir anvertraute, mir die Ursache seines Unglücks mitteilte und mir gestattete, ihn kennenzulernen. Wirklich kennenzulernen. Zum ersten Mal in meinem Leben wollte ich einem Mann wirklich *verbunden* sein.

Als er mir dann erzählte, daß er sich auf Nackenmassagen ebensogut verstünde wie auf die Zubereitung von Lammbraten, forderte ich ihn auf, sein Können unter Beweis zu stellen.

Er legte mir die Hände auf die Schultern und begann, die Muskeln im oberen Teil meines Rückens und im Nacken zu massieren. Ich kann Ihnen sagen, der Mann war wirklich begabt. Ich schnurrte wie eine Katze, als er mich knetete, rieb und streichelte.

»Bah-ba-rah«, murmelte er irgendwann während der Massage, teilte das Haar an meinem Hinterkopf und drückte seine Lippen auf meine Haut.

Jedes Molekül in meinem Körper explodierte vor Gefühl.

Schon streckte er die Hände aus und zog mich von meinem Stuhl in die Höhe. Er stand mir gegenüber, und unsere Körper waren einander so nahe, daß ich seinen Atem auf meinen Lippen spürte. Und dann küßte er mich. Es war ein betörender Kuß. Er brachte mein Blut dermaßen in Wallung, daß ich fürchtete, ich würde schmelzen. Sicher, das ist ein Klischee, aber mir war so, als würde ich schmelzen. Langsame, heiße, fließende Hingabe.

Ein kleiner Teil von mir – vielleicht fünf Prozent – betrachtete den weiteren Gang der Ereignisse mit Unruhe. Wie ich Dr. Schaffran bereits erklärt hatte, war ich nicht dazu erzogen worden, nach nur zwei Abendessen mit einem Mann ins Bett zu gehen. Außerdem war Mitchell erst vor einer Woche ausgezogen. Offiziell war ich immer noch eine verheiratete Frau. Doch meine anderen fünfundneunzig Prozent waren machtlos – ja, wirklich machtlos –, und ich konnte einfach nicht widerstehen. Seit ich Davids sonore Stimme zum ersten Mal am Telefon gehört hatte, seit jenem schicksalhaften Freitagnachmittag, an dem Deirdre mich gebeten hatte, für sie einzuspringen, und David wegen des Nowak-Hauses bei »Home Sweet Home« angerufen hatte, fühlte ich mich zu ihm hingezogen, war von ihm fasziniert und stand unter seinem Bann.

David führte mich zu seinem großen Schlafzimmer, wobei er unterwegs nur einmal haltmachte, um mich zu küssen.

Dort angekommen, schaltete er kein Licht ein, sondern zog Streichhölzer aus der Hosentasche und zündete die Kerze an, die auf der Kommode gegenüber dem Bett stand.

Er hat das sicher schon öfter gemacht, dachte ich nervös, als ich seine Gewandtheit und Lässigkeit bemerkte, mit der er den Raum für den Liebesakt vorbereitete. Ich nahm an, daß er ein erfahrener Liebhaber war – ein Mann, der genau wußte, was er tun mußte, um einer Frau Vergnügen zu bereiten. Ich hoffte nur, ich würde *ihn* nicht enttäuschen.

»Bah-ba-rah«, murmelte er, während er mir übers Haar strich und mich küßte. Auf Schläfen, Augen, Nase, Kinn. Mitchell hatte mich immer nur auf den Mund geküßt, und selbst dann waren seine Küsse trocken und leidenschaftslos gewesen.

Da er spürte, daß ich praktisch keinerlei Widerstand leisten würde, hob David meine Arme und zog mir vorsichtig den Pullover über den Kopf.

»Die sind ja so schön«, flüsterte er, nachdem er mir den BH ausgezogen hatte und meine Brüste streichelte.

»Du hättest sie mal vor zwei Wochen sehen sollen«, platzte ich heraus, als mir einfiel, daß meine Brüste vor meiner wundersamen Verwandlung etwa so groß wie Mückenstiche gewesen waren.

»Was hast du gesagt?« wollte er wissen.

»Vergiß es. Mach einfach so weiter«, sagte ich.

Er lächelte und begann, den Reißverschluß meiner Hose aufzuziehen. Ich stieg aus ihr heraus und ließ sie mitsamt meinen anderen Kleidern zu Boden sinken. Nun hatte ich nur noch mein Höschen an.

»Ich bin ja so froh, daß wir uns gefunden haben«, seufzte er leise, als er es mir auszog. »So froh, daß ich jetzt endlich ich selbst sein kann und mich nicht mehr verstecken muß.«

»Verstecken? Was meinst du denn damit?« fragte ich, während seine Hände meinen Körper liebkosten. Das Denken fiel mir schwer, denn es war mir fast unmöglich, mich auf irgend etwas anderes als seine Berührungen zu konzentrieren.

»Und jetzt bin ich dran«, kündigte er an und ignorierte meine Frage.

Er legte meine Hände auf seine Brust, um mich dazu zu ermuntern, ihm das rote Polohemd auszuziehen.

Ich holte tief Atem, als ich ihm dabei half, sein Hemd über den Kopf zu ziehen. Dann ließ ich meine Finger über seinen breiten, muskulösen und behaarten Brustkorb wandern. Ich bedauerte es beinahe, daß es trotz der Kerzen so dunkel im Raum war. Es wäre schön gewesen, David bei Licht zu sehen, und zwar ganz.

Morgen früh, tröstete ich mich. Du kannst ihn morgen früh bewundern. Beim gemeinsamen Aufwachen.

Er griff nach unten, um sich Jeans und Unterwäsche abzustreifen. Ich stöhnte auf, als ich mir ausmalte, wie sich unsere nackten Körper berührten.

Und dann preßte er sich endlich an mich, drückte meinen Körper an seinen und küßte mich. Sein Kuß ging mir durch und durch, und ich merkte, wie mir die Beine weich wurden.

Ich legte die Hände auf seinen Rücken, streichelte, knetete und kitzelte ihn leicht mit den Fingernägeln. Langsam arbeitete ich mich nach unten vor, die Biegung seiner Wirbelsäule entlang, bis kurz vor seinen Po.

»Mmmmm«, murmelte er, als ich ihn massierte. »Das ist unheimlich schön.«

Und dann wanderten meine Hände noch weiter nach unten, direkt zu seinen Hinterbacken. Ich wollte sie gerade ebenfalls massieren, als mir etwas über die Handgelenke schlug.

»Autsch!« rief ich aus. »Was war das denn?«

David sagte nichts. Er hielt die Augen geschlossen und mich weiter fest um die Taille gefaßt.

Ich zuckte mit den Achseln und machte da weiter, wo ich aufgehört hatte, nämlich indem ich die Hände wieder auf seinen Po legte.

Und dann schlug mich das, was mir schon einmal auf die Handgelenke gehauen hatte, noch ein weiteres Mal. Doch jetzt ließ ich meine Hände da, wo sie waren, weil ich annahm, daß sich die ganze Sache am Ende wieder als eine meiner neurotischen Wahnvorstellungen herausstellen würde.

Sekunden später bekam ich erneut etwas auf die Finger.

»He! Das tut weh!« schimpfte ich und nahm die Hände von Davids Po.

»Tut mir leid«, entschuldigte er sich. »Das gehört wohl mit dazu, fürchte ich.«

»Was?« fragte ich.

»Faß ihn an«, forderte er mich auf. »Ich möchte, daß du ihn anfaßt.«

Das war zwar nicht direkt eine Antwort auf meine Frage, aber ich nahm der Einfachheit halber an, daß David zu sehr erregt war, um darauf eingehen zu können.

»Ich finde, du solltest ihn anfassen«, bat er noch einmal.

Ich schluckte, da er vermutlich wollte, daß ich seine »pulsierende Männlichkeit« berührte, wie es in Liebesromanen immer so schön heißt. Ich schloß die Augen und griff nach unten, um seinem Wunsch nachzukommen. Er war zwar kleiner als erwartet, aber es war ja auch erst der zweite, den ich je berührt hatte, also konnte ich mir kein differenziertes Urteil erlauben.

»Nein, Bah-ba-rah. Doch nicht da«, rügte mich David.

Er nahm meine Hand beiseite.

Offenbar zeigte sich jetzt meine mangelnde Erfahrung. Ich hatte etwas falsch gemacht, wahrscheinlich die falsche Stelle auf die falsche Weise angefaßt.

»Sag mir doch, wie du es gern…«

Ich wollte David gerade um seine Unterstützung bitten, als er präzisierte: »Nein. Ich habe gemeint, daß du *den* hier anfassen sollst. Dann ist dir wohler. Und er jagt dir keine Angst mehr ein.«

Mir Angst einjagen? *Was* soll mir keine Angst einjagen?

Noch bevor ich nachfragen konnte, hatte David schon meine

Hand ergriffen und sie hinter seinem Rücken vorbei wieder zu seinem Po und seinen Schwanz geführt.

Seinen SCHWANZ?

Der Mann hatte HINTEN einen SCHWANZ?

»O MEIN GOTT!« kreischte ich, als ich das lange dünne Anhängsel spürte, das hin und her wedelte, genau wie bei Pete. »Was zum Teufel ist denn das?«

Ich wand mich aus Davids Griff, sauste zu der Lampe neben dem Bett und schaltete sie ein.

In der erbarmungslosen Helligkeit der Fünfundsiebzig-Watt-Birne entdeckte ich, was ich berührt hatte, sah, wer David Bettinger wirklich war, und verlor das Bewußtsein. Komplett. Ich kippte einfach aus den Latschen. David zufolge war ich geschlagene zehn Minuten ohnmächtig, und als ich wieder zu mir kam und einen zweiten Blick auf diesen Schwanz riskierte – wurde ich noch einmal bewußtlos.

Tja, was will man erwarten? Schließlich habe ich ja nicht jeden Tag Gelegenheit, mit einem Mann zu schlafen, der nur nach satanischen Maßstäben »anatomisch korrekt« gebaut ist.

David bedauerte zutiefst, daß er mich erschreckt hatte. Er entschuldigte sich und zog – im wahrsten Sinne des Wortes – den Schwanz ein.

»Ich dachte, du wüßtest es«, war seine Erklärung.

»Was?« fauchte ich. »Daß du der Teufel bist?«

Althea Dicks hatte also recht gehabt, dachte ich plötzlich und mußte an ihren Ausbruch bei Charlottes letzter Montagsbesprechung denken. Sie hatte steif und fest behauptet, der Teufel würde sich bester Gesundheit erfreuen und in Banyan Beach leben. Hierher wäre er gezogen, um uns alle ins Verderben zu stürzen. Aber Althea war eine solche Miesmacherin, daß sie andauernd darüber murrte, dieser oder jener sei der Teufel. Kein Mensch nahm sie mehr ernst. Bis heute. Jetzt nahm ich sie sehr ernst. Jetzt stand der Teufel höchstpersönlich vor mir, ein blonder Gott in Jeans und einem roten Polohemd. Nicht genug damit, daß er in unserem heimeligen kleinen Städtchen lebte, in einem unserer feudalsten zu vermietenden Anwesen – nein, er war sogar ein Kunde von mir! Ein Mann, dem ich soeben ein

Haus verkauft hatte! Jemand, der einen unglaublichen Lammbraten zubereiten konnte!

Ach, warum mußte es ausgerechnet David sein? fragte ich mich und begann zu weinen. Ich hatte so große Hoffnungen in uns gesetzt.

»Ich kann einfach nicht glauben, daß du der Teufel bist«, klagte ich und schüttelte heftig den Kopf.

»Ich bin doch nicht der Teufel«, erwiderte er und schüttelte seinerseits den Kopf. »Jedenfalls auch nicht mehr als du.«

»Nicht mehr als *ich*? Was – bist du verrückt?« Inzwischen hatte ich mich wieder angezogen und stand an der Haustür, bereit, jederzeit zu flüchten.

»Setz dich, Bah-ba-rah. Bitte.« Er streckte die Hand aus, um meine Schulter zu berühren, aber ich stieß ihn zurück.

»Bleib mir bloß vom Leib«, warnte ich ihn, packte einen Schirm aus dem Messingständer neben der Tür und schwenkte ihn in seine Richtung. »Bleib mir bloß vom Leib.«

Er hob kapitulierend die Arme. »Gut. Ich fasse dich schon nicht mehr an«, versprach er. »Aber bitte setz dich jetzt hin und laß uns miteinander *reden.* Wir haben uns soviel zu sagen und soviel gemeinsam.«

»Soviel gemeinsam? Du hast wohl den Verstand verloren!« schrie ich. »Sieh mich doch an. Ich habe keinen gottverdammten Schwanz, oder?«

»Nein«, räumte David ein. »Aber Frauen bekommen auch keinen Schwanz. Normalerweise jedenfalls nicht. Sie bekommen den Rosenkohlatem, aber nicht den Schwanz.«

»Den Rosenkohlatem?«

Ich schnappte nach Luft und merkte, wie mir jegliche Farbe aus dem Gesicht wich.

Er nickte.

»Setz dich, Bah-ba-rah«, bat David Bettinger und wies auf sein Wohnzimmersofa. »Ich mache uns Kaffee, und dann erzähle ich dir alles.«

Zweiter Teil

12

»Der Appetit ist mir vergangen«, erklärte ich, als mir David eine Scheibe von dem Limonenkuchen anbot, den er zum Nachtisch gebacken hatte. Er sah glatt, fruchtig, einfach wie zum Anbeißen aus. So widerlich perfekt wie David selbst. Als er ihn zusammen mit zwei Tassen dekoffeiniertem Kaffee auf dem Couchtisch plazierte, war mir richtig schlecht, schlecht von seinem Anblick und seinem… Schwanz.

»Ach, bitte probier ihn doch«, beschwor er mich, als wäre nichts Außergewöhnliches zwischen uns vorgefallen. »Ich habe richtige Limonen verwendet.«

»Ich werde die Medien informieren«, drohte ich.

Er zuckte mit den Achseln. »Vielleicht überlegst du dir das bald wieder anders, wenn du mir gegenüber nicht mehr so feindselig eingestellt bist.«

»Feindselig? Ich bin nicht feindselig. Ich… ich weiß nicht, was ich bin«, stammelte ich. »Vermutlich stehe ich unter Schock. Sonst würde ich doch nicht mit dir reden, oder? Ein normaler Mensch wäre so schnell wie möglich von hier verschwunden.«

»Aber das ist ja genau der Punkt, Barbara«, sagte David. »Wir beide sind keine normalen Menschen. Nicht mehr. Wir sind jetzt Darksider.«

»Darksider? Ist das nicht ein Markenname von irgendwelchen Segelschuhen?«

»Nein, die heißen Docksider.«

»Oh.«

»Darksider sind Leute, die zur Macht der Finsternis übergelaufen sind und jetzt auf der Seite des Bösen stehen.«

»Bitte. Verschone mich damit, ja? Hör sofort mit diesem Hokuspokus auf und erklär mir lieber, was du meinst.«

»Na gut, ich werde es anders ausdrücken. Darksider sind Leute, die in ihrem Leben an einem Punkt der Verzweiflung angelangt sind. Es geht ihnen so schlecht, daß sie bereit sind, alles für ein bißchen Glück zu tun, selbst ihre Seele zu verkaufen.«

»Ihre Seele zu verkaufen? An denjenigen, der am meisten dafür bietet, oder was?«

»An den *Teufel*, Barbara. Darksider sind Leute, die ihre Seele an den Teufel verkauft haben.«

»Du glaubst doch wohl nicht im Ernst, daß ich jemals *meine* Seele verkaufen würde.«

Er nickte.

»Aber das ist doch vollkommen lächerlich«, bestritt ich.

»Warum?« fragte David.

»Weil ich nicht der Typ dafür bin, deshalb. Ich gebe ja zu, daß ich nie ein besonders religiöser Mensch war. Ich gehöre keiner Synagoge an, habe kein Passahfest mehr gefeiert, seit meine Eltern tot sind, und habe den Namen des Herrn hin und wieder unnütz im Munde geführt. Aber ich bin noch lange keine Teufelsanbeterin. Ich esse ja nicht einmal Teufelseier.«

David lächelte. »Von den Eiern einmal abgesehen, du warst doch unglücklich, oder nicht? Verzweifelt. Bereit, alles für einen kleinen Aufschwung in deinem Beruf, deinem Privatleben und deinem Aussehen zu tun? Vor deiner Verwandlung, meine ich.«

»Meiner Verwandlung?«

»Ja. Du weißt schon – bevor du blond und superschlank und äußerst sexy wurdest. Manche Leute bitten den Teufel darum, ihnen mehr Intelligenz zu verleihen. Einige wünschen sich ein harmonischeres Familienleben. Und wieder andere, wie zum Beispiel du und ich, bitten unter anderem darum, attraktiver zu werden.«

»Aber woher weißt du, daß ich früher einmal... ich meine, ich habe dir nie etwas von meiner Verwandlung erzählt.«

Er lächelte wieder. »Du brauchst dich nicht zu zieren, Barbara. Ich habe eine ähnliche Verwandlung hinter mir.« Er hielt inne und reichte mir einen Becher Kaffee, den ich jedoch ablehnte. »Du hast doch nicht ernsthaft geglaubt, daß ich mit diesem Aussehen zur Welt gekommen bin, oder?«

»Nicht?«

Er schüttelte den Kopf. »Niemand kommt so attraktiv auf die Welt. Jetzt ist es mir manchmal schon peinlich.«

Ich starrte David an. »Du meinst also, daß du nicht immer so gut ausgesehen hast wie jetzt?« fragte ich. »Die Haare? Das Gesicht? Der Körper?«

Er lachte wehmütig. »Vor einem halben Jahr war ich klein, dick und hatte eine Glatze. Du hättest mich keines Blickes gewürdigt. Es sei denn, du wärst auf der Suche nach einer Zahnspange gewesen.«

»Was? Das verstehe ich nicht.«

»Vor meiner Verwandlung war ich Kieferorthopäde, Barbara. In West Palm Beach.«

»Kieferorthopäde? Aber du hast doch erzählt, du seist in der Import-Export-Branche tätig gewesen.«

»Ich fand, Import-Export klingt aufregender als Kieferorthopädie«, gestand er. »Und es paßte besser zu meiner neuen Persönlichkeit.«

Ich starrte David weiter an und versuchte, mir diese Lichtgestalt, diesen blonden Adonis, diesen kultivierten Weltreisenden als kleinen, dicken, glatzköpfigen Mann vorzustellen, der regelmäßig Teenagern aus der Mittelschicht die Hände in den Mund schob, um ihren Überbiß zu korrigieren.

»Hat eigentlich *irgend* etwas davon gestimmt, was du mir über dich erzählt hast?« fragte ich, während ich an unsere vorherigen Gespräche dachte.

»Tja, ich habe eine schlimme Scheidung durchstehen müssen«, sagte David. »Meine Frau hat mich verlassen, weil sie mit meinem Praxis-Kompagnon eine Beziehung angefangen hat.« Seine Miene verfinsterte sich. Allein die Erwähnung seiner Exfrau schien ihn aufzubringen, und er brauchte einen Moment, um sich zu beruhigen. »Sie heißt Priscilla«, äußerte er schließlich mit haßerfüllter Stimme.

»Und wie lange warst du mit Priscilla verheiratet?« wollte ich wissen.

»Nein, nein. Priscilla ist die Zahnärztin, mit der zusammen ich die Praxis hatte. Meine Exfrau heißt Valerie.«

»Oh. Tut mir leid.«

Es tat mir wirklich leid. Es ist schon schlimm genug, wenn einen die Frau verläßt, aber wenn einen die Frau wegen eines Kompagnons verläßt, der zufälligerweise auch noch dasselbe Geschlecht hat wie die Gattin, macht das die ganze Sache noch schmerzhafter.

»Ich litt entsetzlich, nachdem ich das über die beiden herausgefunden hatte«, fuhr David fort. »Ich konnte weder schlafen noch essen oder arbeiten. Ich ließ meine Praxis schleifen und vergraulte meine Freunde. In Null Komma nichts war ich pleite und allein.«

»Pleite? Dieses Haus kostet doch einiges an Miete«, sagte ich. »Und offenbar hast du ja auch genug Geld, um das Nowak-Haus zu bezahlen. In bar.«

»Jetzt bin ich ja nicht mehr pleite«, betonte David. »Genauso wie ich nicht mehr klein, dick und kahlköpfig bin. Dank dem Teufel habe ich im Florida-Lotto gewonnen.« Er lächelte. »Im Jackpot lagen neunzehn Millionen, weißt du noch?«

»Ja, genau vor etwa vier Monaten«, erinnerte ich mich. »Irgendein Typ aus Palm Beach hat die ganze Kohle...« Ich hielt inne. »Das warst du?«

»Ja. Ich wollte gut aussehen – voilà, der Teufel hat mich attraktiv gemacht. Ich wollte reich sein – voilà, der Teufel hat mich wohlhabend gemacht. Sehr wohlhabend sogar.«

Ich antwortete nicht. Es nahm mich völlig in Anspruch, daran zurückzudenken, wie sehr ich mir gewünscht hatte, blond und dünn zu sein, und daß ich es mittlerweile geworden war; wie sehr ich mir gewünscht hatte, ein Haus zu verkaufen und meine Pechsträhne zu durchbrechen, und es nun geklappt hatte; wie alles, was ich mir gewünscht hatte, in Erfüllung gegangen war. Na ja, nicht restlos alles. Schließlich war ich vom Teufel besessen. Vom *Teufel*, Herrgott noch mal.

»Wie gesagt, ich war pleite, unglücklich und so einsam«, nahm David den Faden wieder auf. »Ich wollte nicht mehr leben.«

»Du hast an Selbstmord gedacht?«

»Ich habe in Betracht gezogen, Selbstmord in Betracht zu ziehen, wenn du weißt, was ich meine.«

»Oh, ich weiß ganz genau, was du meinst.« Nur wenige Wochen zuvor hatte auch ich erwogen, ob Selbstmord als Lösung für meine Probleme in Frage käme oder nicht.

»Ich habe dir doch gesagt, daß wir vieles gemeinsam haben«, meinte David und versuchte mir die Hand zu tätscheln. Ich riß sie von ihm weg, bevor er mich berühren konnte. Noch war ich nicht bereit, ihn als Leidensgenossen zu akzeptieren. Nicht solange das Bild dieses langen, dünnen Schwanzes ein Loch in mein Gedächtnis brannte.

»Dann erzähl mal weiter«, forderte ich ihn auf. »Komm zu dem Teil der Geschichte, als du ein ›Dark Horse‹ geworden bist oder wie das heißt.«

»›Darksider‹«, korrigierte er mich. »Tja, es war einfach so, daß ich in einer besonders schweren Depression steckte. Meine berufliche Laufbahn war im Eimer, meine Ehe war am Ende und mein Selbstbewußtsein gleich null.«

Das kann ich nachfühlen, dachte ich. Davids Geschichte kam mir langsam merkwürdig vertraut vor.

»Eines Abends, nach ein paar steifen Drinks, ging ich im Gewitter spazieren«, fuhr er fort. »Nicht gerade das Klügste bei den vielen Blitzen, aber das war mir im Grunde total egal. Ich landete am Flagler Drive und setzte mich auf eine Bank mit Blick auf den Intracoastal. Ich starrte aufs Wasser hinaus, ohne den heftigen Wind und den Regen zu spüren, ohne zu bemerken, daß ich naß bis auf die Haut wurde, ohne zu registrieren, daß ich mich höchst seltsam benahm.«

»Erzähl weiter«, drängte ich mit zunehmendem Grauen. Es war mir, als wäre ich diejenige, die die Geschichte erzählte, als wäre Davids Gewitterspaziergang mein eigener gewesen.

»Ich blickte zum Himmel und begann zu weinen«, schilderte er. »In diesem Moment tat ich mir selbst so leid wie noch nie zuvor in meinem ganzen Leben. Ich wetterte gegen meine Lage, schluchzte darüber, wie unfair das alles sei. Ich weiß nicht mehr genau, was ich gesagt habe, aber ich kann mich erinnern, daß ich irgendwann um Hilfe gebeten habe.«

»Den Teufel?«

»Natürlich nicht. Ich ging davon aus, mit Gott zu sprechen,

obwohl ich ihn nicht beim Namen nannte. Woher hätte ich denn wissen sollen, daß jemand anders mich belauschte?«

Ich nickte. Ja, woher hätten wir das wissen sollen?

»Also redete ich ungeniert weiter und bat – nein flehte – um Hilfe«, berichtete David. »Ich sagte so etwas wie: ›Bitte verwandle mich von dem unglücklichen, ungeliebten Mann, zu dem ich geworden bin, in einen Mann, nach dem sich sämtliche Frauen die Finger lecken – reich, gut aussehend und selbstsicher.‹« Er kicherte. »Ich habe sogar darum gebeten.« Er stimmte ein paar Takte aus »I Left My Heart in San Francisco« an. Er war zwar nicht Tony Bennett, aber dennoch ein ziemlich guter Sänger. »Vor meiner Verwandlung konnte ich überhaupt nicht singen.«

Ich war verblüfft. »Ich habe nicht um die Stimme gebeten, sie aber trotzdem bekommen«, wunderte ich mich und mußte an den Morgen denken, an dem ich bemerkte, daß ich richtig singen konnte, nachdem ich mein Leben lang nie den richtigen Ton getroffen hatte.

»Soweit ich weiß, bekommen alle Darksider eine gute Stimme, ob sie nun darum gebeten haben oder nicht«, erklärte mir David. »Anscheinend hat der Teufel eine Schwäche für Musik und sorgt dafür, daß seine Agenten richtig singen können.«

»Seine Agenten«, murmelte ich und schüttelte ungläubig den Kopf. »Das ist ja verrückt. Völlig verrückt.«

»Ich weiß.«

»Was ist passiert, nachdem du um Hilfe gebeten hast?«

»Ich habe die Zauberformel aufgesagt.«

»Und die wäre?«

»›Ich tue alles, wenn du mir nur hilfst.‹ Damals wußte ich das natürlich noch nicht, aber indem ich mich selbst als Diener anbot, schloß ich einen unwiderruflichen Bund mit dem Satan.«

Ich tue alles, wenn du mir nur hilfst. Die Worte hallten in meinem Kopf. Jetzt fiel mir alles wieder ein. Der Alkohol. Das Gewitter. Das Meer. Mein eigenes Flehen um Hilfe. Mein Versprechen, für einen Gefallen alles zu tun. Ich tue alles, wenn du mir nur hilfst, hatte ich gesagt, genau wie David. Jetzt wußte ich es wieder. Und zwar restlos.

»Ein lautes Donnern ertönte, das mich buchstäblich von der Bank herunter und auf die nasse Erde warf«, erzählte er weiter. »Und dann passierte etwas ausgesprochen Seltsames. Wind und Regen hörten auf, es wurde ganz ruhig. Ich blickte zum Himmel und sah...«

»Sag's nicht, laß mich raten«, unterbrach ich ihn. »Du hast silberne Dinger gesehen, die aussahen wie Sterne, aber keine waren.«

»Ja.«

»Sie hatten Augen und Nasen und Münder.«

»Ja.«

»Und eines davon hat dir zugezwinkert.«

»Genau.«

Ich sank aufs Sofa und seufzte. Also hatte ich in jener Nacht auf der Terrasse keine Wahnvorstellungen gehabt, auch keine alkoholbedingten Halluzinationen. David hatte das gleiche erlebt wie ich, und jetzt waren wir beide Darksider.

»Was sind das eigentlich für silberne Gesichter?« fragte ich ihn.

»Sie gehören den höllischen Kumpanen des Teufels«, erklärte David. »Immer wenn er sich einen neuen Darksider schnappt, zitiert er sie nach dort oben, um den Neuankömmling zu begrüßen. Sie sind so etwas wie die satanische Version eines Begrüßungskomitees.«

Ich lachte. Was hätte ich sonst auch tun sollen? Die Lage war noch schlimmer, als ich gedacht hatte. Viel schlimmer sogar.

»Ich begreife das alles überhaupt nicht«, klagte ich. »Zuerst machen wir furchtbare Zeiten durch, und auf einmal sind wir auch noch in der Hand des Teufels?«

»Ich hatte also recht? Du hast eine ähnliche Erfahrung gemacht?«

»Keine ähnliche. Genau die gleiche«, antwortete ich. »Mein Mann hatte mich gerade verlassen, beruflich lief es miserabel, ich trank zuviel und so weiter und so fort. Ich ging während eines heftigen Gewitters hinaus, schrie und brüllte herum, daß ich unbedingt ein Haus verkaufen, einen Mann kennenlernen und glücklich sein wolle, und bums! – als ich am nächsten Morgen aufwachte, hatte ich blonde Haare, einen Riesenbusen, und am selben Nachmittag hast du mir nicht nur das geschmackloseste Haus der ganzen Stadt abgekauft, sondern mich auch noch zum Essen eingeladen.«

»Da hat sich wohl Satan als Amor betätigt«, meinte David beinahe verlegen. »Verstehst du, das ist alles ein Teil seines Plans, ein Teil dessen, was er dafür verlangt, daß er uns unsere Wünsche erfüllt.«

»Ein Plan? Was denn für ein Plan?«

»Er möchte, daß wir die erotische Anziehungskraft ausleben, die er zwischen uns geschaffen hat. Er will, daß wir zusammen schlafen und Kinder zeugen. *Seine* Kinder. So erfüllen wir unseren Anteil an der Abmachung.«

Ich schoß vom Sofa auf. »Du hast wohl den Verstand verloren!« schrie ich. »Ich meine – *er* hat den Verstand verloren.«

»Setz dich hin, Barbara. Bitte.«

»Erst wenn du mir alles erklärst, erst wenn du mir sagst, woher du das alles weißt.«

»Ich erkläre es dir ja, wenn du dich wieder hinsetzt.«

Ich setzte mich. »So. Jetzt schieß los«, verlangte ich. »Woher weißt du das alles?«

»Ich habe einen anderen Darksider kennengelernt, bevor ich von Palm Beach weggezogen bin«, erläuterte er. »Einen sehr hilfsbereiten Mann, der dasselbe durchgemacht hatte wie wir jetzt. Er hat mir alles erzählt, was er über die Sache wußte.«

»Und das wirst du jetzt auch tun, und zwar von Anfang an.«

»In Ordnung«, bemerkte David, lehnte sich zurück und machte es sich bequem. »Diesem anderen Darksider zufolge kam der Teufel etwa vor zehn Jahren nach Florida.«

»Vermutlich wegen des schönen Wetters…?«

»Ja, genau und wegen der Tatsache, daß es hier keine Erdbeben gibt. Vorher hatte er sich in Südkalifornien – in Brentwood – aufgehalten, kam dort aber mit den häufigen Erdbeben nicht klar. Also beschloß er, ans andere Ende des Landes zu ziehen. Nach Miami.«

»Wäre er mal nur dort geblieben«, sagte ich. »Was hat ihn denn nach Banyan Beach verschlagen?«

»In Miami war er überflüssig«, erwiderte David. »Völlig überflüssig. Niemand nahm Notiz von ihm, weil es dort ohnehin schon soviel Verbrechen gibt. Das Böse und Gemeine nach Miami zu bringen war so ähnlich, wie die sprichwörtlichen Eulen nach Athen zu tragen.«

Er lächelte. Ich lächelte nicht zurück.

»Jedenfalls«, fuhr er fort, »haben mir der erwähnte Darksider und ein zweiter, den ich später kennengelernt habe, erzählt, daß der Teufel Miami verlassen und die nächsten Jahre damit verbracht hat, weiter die Küste hinaufzuziehen: Fort Lauderdale, Boca Raton, Palm Beach.«

»Palm Beach. Da hat er dann dich in seinen Verein aufgenommen.«

»Anschließend ist er nach Jupiter gezogen und immer weiter hinauf, bis er sich schließlich in Banyan Beach niedergelassen hat. Vermutlich hat er einen Blick auf den Ort geworfen und dabei festgestellt, daß er genauso reif für Dekadenz und Ausschweifung war wie für weitere Bauprojekte.«

Ich nickte traurig und dachte daran zurück, wie anheimelnd »floridaisch« Banyan Beach gewirkt hatte, bevor Boston Chicken, Big Apple Pizza und Morton's of Chicago die Stadt heimgesucht und in einen gesichtslosen, austauschbaren Ort verwandelt hatten. Ich konnte mich noch daran erinnern, wie frei von Umweltverschmutzung Banyan Beach früher gewesen war. Und wie sicher! Man mußte sich keine Sorgen über Kriminalität machen, als ich noch ein Kind war. Der einzige meiner Bekannten, der je mit dem Gesetz in Konflikt gekommen war, war Jeremy Cook. Und auch der war zwar nicht gerade ein vorbildlicher Bürger, aber auch keinesfalls ein Kandidat für die Todeszelle. Heutzutage brauchte man nur die Lokalzeitung aufzuschlagen, und man hatte es schwarz auf weiß, daß Banyan zu Recht als ein Zufluchtsort für Mörder, Drogenhändler und Betrüger galt, von Waffenfanatikern ganz zu schweigen. Heutzutage besaßen sogar Kinder schon Pistolen. Als ich in der Grundschule war, brachten wir zum Anschauungsunterricht Plüschtiere mit. Heute fahren die lieben Kleinen schwere Geschütze auf. Ach, warum mußte der Teufel ausgerechnet hierherkommen und die ursprüngliche Seele dieser Stadt zerstören, dachte ich, während mir Tränen in die Augen schossen. Warum mußte er hierherkommen und ausgerechnet *meine* Seele zerstören?

»Was jetzt dich und mich angeht«, fuhr David fort und lenkte meine Aufmerksamkeit wieder auf den kleinen Plan, den der Satan für uns ausgeheckt hatte, »so trifft der Teufel stets Vorsorge, daß sich seine männlichen Agenten mit den weiblichen zusammentun und Kinder bekommen. Sein Ziel ist es, die ganze Welt mit Darksidern zu bevölkern.«

Darum geht es also, dachte ich und kapierte endlich, worauf das Ganze hinauslief. Als Gegenleistung dafür, daß er uns schön, wohlhabend und erfolgreich macht, erwartet der Teufel von uns, daß wir Babys produzieren! Darksider-Babys! Babys, die erwachsen werden und noch mehr Darksider-Babys in die Welt setzen!

Ich begann zu zittern wie Espenlaub.

»Barbara? Ist mit dir alles in Ordnung?« erkundigte sich David in besorgtem und zärtlichem Tonfall.

»Natürlich nicht«, erwiderte ich und wischte mir die Tränen weg. »Aber eines kann ich dir versprechen: Satan kann getrost vergessen, daß ich seine Brut vermehre. Ich bekomme weder von ihm noch von sonst jemandem Kinder. Ich bin nämlich unfruchtbar.«

»Das warst du vielleicht vor deiner Verwandlung, aber jetzt nicht mehr«, widersprach David. »Der Teufel bekommt, was er will. Er läßt nicht eher locker, bis es eintrifft.«

»Tja, gut, aber diesmal nicht. Kein Kind von mir wird mit einem solchen Schwänzchen herumlaufen, ist das klar?«

Ich wollte erneut aufstehen.

»Warte, Barbara. Du hast noch nicht alles gehört.«

»Ich habe genug gehört, um zu wissen, daß ich hier RAUS will. Ich will kein Darksider sein und auch kein Docksider, ja nicht einmal ein Insider. Ich will einfach nur wieder ich selbst sein. Grauhaarig, schwabbelig und unfruchtbar meinetwegen, aber dafür ich selbst.«

»Es ist zu spät, um umzukehren«, betonte David wehmütig.

»Wir gehören jetzt ihm. Laß uns das Beste aus der Situation machen und uns gegenseitig trösten. Ich finde dich sehr attraktiv, und ich weiß genau, daß du dich auch zu mir hingezogen fühlst.«

»Das war einmal«, korrigierte ich ihn.

»Barbara, glaub mir, es hat keinen Zweck, Widerstand zu leisten. Wir *brauchen* einander. Es kann ganz schön einsam werden für einen Darksider. Wir sind anders als alle anderen. Wir passen nicht mehr zu ihnen.«

»Das betrifft vielleicht dich. *Ich* habe keinen Schwanz am Po. Ich kann mich in den öffentlichen Umkleidekabinen bei Loehmann's ausziehen, ohne daß irgend jemand mit dem Finger auf mich zeigt.«

»Und was ist mit deiner Macht? Wird die dich nicht verraten?«

»Meine Macht?«

»Ja. Ich war doch an dem Abend dabei, als dein Mann und seine Freundin von dem Cappuccino verbrüht wurden. Du hast das ausgelöst, Barbara. Und du hast noch andere Dinge verursacht, oder nicht?«

David wußte also davon.

»Ja«, gab ich zu. »Ein paar. Nichts Schreckliches, aber auch nichts, worauf ich stolz wäre. Meine Therapeutin hat gesagt, ich würde mir etwas vormachen und mir nur einbilden, daß ich anderen Menschen Schaden zufüge, damit ich mich mächtiger fühlen könne. In Wirklichkeit hätte ich bloß einen Nervenzusammenbruch.«

»Du hast keinen Nervenzusammenbruch. Deine Macht ist echt, und sie wird immer stärker werden. Glaub mir, ich weiß es. Schon bald werden wir immer mehr ›Unfälle‹ verursachen. Das ist der Teufel in uns. Wir können nichts dagegen tun. Deshalb brauchen wir einander. Um uns zu vertrauen und uns zu stützen.«

Ich war sprachlos. Noch vor wenigen Stunden hatte ich gehofft, daß David mein... mein Liebhaber werden würde. Und jetzt wollte ich nur noch so schnell wie möglich sein Haus verlassen und mich aus der Abmachung lösen, die ich anscheinend mit dem Teufel getroffen hatte. Aber wie? Ich konnte ja nicht gut einen Anwalt engagieren und wegen Vertragsbruch klagen. Trotzdem mußte es doch einen Weg geben, wie ich mich aus dem Schlamassel befreien konnte, in dem ich steckte. Es mußte einfach eine Lösung geben.

»David«, begann ich und stand erneut vom Sofa auf. »Ich hoffe, du nimmst es nicht persönlich. Ich bin sicher, daß du vor deiner Verwandlung ein sehr netter Mann warst – du bist ja auch jetzt noch ein sehr netter Mann, und ich wette, es gibt eine Menge Frauen, die bereit wären, die Sache mit dem Schwanz zu übersehen. Aber ich werde mich nicht zurücklehnen und mich vom Teufel zerstören lassen. Unter keinen Umständen. Ich habe mich mein ganzes Leben lang von anderen Leuten herumkommandieren lassen, aber damit ist jetzt Schluß. Ich werde mich selbst *und* meine Stadt retten. Ich werde dagegen kämpfen, David. Wirklich.«

Meine flammende kleine Rede überraschte mich selbst. Ich war begreiflicherweise noch nie eine große Aktivistin gewesen, da ich ja stets Angst hatte, irgend jemandem auf den Schlips zu treten. Doch zum ersten Mal in meinem Leben hatte ich etwas, wofür, oder besser wogegen, ich kämpfen konnte.

»Wir werden uns aus dieser elenden Situation retten«, erklärte ich David voller Überzeugung. »Wir holen uns unser altes Leben zurück, so schlimm es auch von Zeit zu Zeit gewesen sein mag.«

Er schüttelte den Kopf. »Ohne mich«, bekräftigte er. »Abgesehen von der Einsamkeit, die es mit sich bringt, als Darksider unter lauter normalen Menschen zu leben, läuft bei mir mittlerweile alles ziemlich gut. Ich glaube nicht, daß ich mein altes Leben wiederhaben möchte. Die Kieferorthopädie fehlt mir überhaupt nicht.«

»Dann arbeite etwas anderes. Du mußt doch nicht das eine gegen das andere eintauschen. Es gibt nicht nur die Alternative Kieferorthopäde *oder* Agent des Teufels zu sein. Du könntest zum Beispiel auch als Makler für ›Home Sweet Home‹ arbeiten. Die Immobilienbranche ist sehr amüsant, wenn man nicht gerade eine Flaute hat.«

»Ich weiß ja nicht.«

»Aber ich. Ich werde mich jedenfalls aus diesem Alptraum befreien, selbst wenn mich das umbringt.« Ich nahm wieder Platz und war total erschöpft.

»Oh, Barbara. Bitte sag das nicht. Ich möchte nicht, daß dir etwas zustößt. Du bist die einzige Frau, die die Wahrheit über mich weiß. Mir liegt etwas an dir. Sehr viel sogar.«

»Wenn dir etwas an mir liegt, dann hilf mir.«

»Wie denn?«

»Sag mir, wo ich den Teufel finde.«

»Den Teufel? Du willst ihn höchst persönlich sprechen?«

»Genau. Wenn man seinen Job kündigt, sollte man es dem Boß ins Gesicht sagen.«

»Aber ich weiß nicht, wo er ist.«

»Ach, komm schon, David. Du bist schon länger ein Darksider als ich und hast mit anderen Darksidern gesprochen. Du kennst dich mit dem ganzen Kram aus. Womöglich gibt es sogar ein Zwölf-Schritte-Programm für Darksider, und du bist Mitglied. Du scheinst dich sehr gut auszukennen mit diesem... diesem... ›Problem‹. Mir fällt gerade kein besseres Wort dafür ein.«

»Das tue ich schon, aber das heißt doch nicht, daß ich wüßte, wo sich der Teufel momentan aufhält.«

»Wirklich nicht?« Ich musterte David einen Augenblick. Er war schon früher nicht ehrlich zu mir gewesen. Warum sollte er jetzt aufrichtig sein? Er hatte schließlich seine eigenen Pläne. Ich konnte ihm nicht rundum vertrauen, und doch war er der einzige, der mir überhaupt Informationen geben konnte.

»Ich weiß nicht, wo er ist, Barbara. Ehrlich!«

»Das glaube ich dir einfach nicht, David.«

Er stieß einen tiefen, gequälten Seufzer aus, erhob sich vom Sofa und begann, im Wohnzimmer auf und ab zu gehen. Dabei verzog er sein Gesicht, schnaubte und knirschte mit dem Kiefer und schien mit sich selbst zu ringen, ob er mir nun helfen sollte oder nicht. Vermutlich kalkulierte er darauf, daß ich ihm unsterblich dankbar wäre und mit ihm ins Bett gehen würde, wenn er mir half und mir verriet, wo sich der Teufel aufhielt. Auf der anderen Seite wußte David, daß er mich für immer verlieren würde, wenn ich den Teufel zur Rede stellte und mich aus der Abmachung lösen konnte. Der arme Kerl.

»Also? Verrätst du mir jetzt, wo er steckt?« fragte ich.

Er seufzte wieder und setzte sich neben mich. Dann erklärte er matt: »Ich werde dir sagen, was ich weiß.«

»Du hast also eine Ahnung, wo sich der Teufel aufhält?«

»Ja.«

»Mein Gott. Und wo ist er genau?«

»Er ist... im Körper von... von jemandem«, stieß er fast flüsternd hervor.

»Im Körper von jemandem?«

»Ja, von jemandem hier aus der Stadt.«

»Das soll wohl ein Witz sein.« Ich hatte mir den Teufel als eine Art Darth Vader mit Hörnern vorgestellt, eine Comic -Figur, die unter einem großen Stein lebte und nur bei Nacht herauskam. Etwas Dunkles, Glitschiges und Reptilartiges.

»Nein, das ist wahrhaftig nichts, worüber man Witze machen sollte, Barbara.« David schaute gequält aus der Wäsche.

»Gut. Dann sag mir, was du damit meinst, daß er im Körper von jemandem steckt.«

»Wenn er an einen neuen Ort kommt, sucht er sich einen Körper aus, in dem er... in dem er – sozusagen – wohnen kann.«

»Wohnen?«

»Er dringt in den Körper des Betreffenden ein und läßt sich dort für die Dauer seines Aufenthaltes nieder.«

Ich konnte es nicht fassen. »Weiß der Betreffende denn, was mit ihm los ist?«

David schüttelte den Kopf. »Im Grunde hört der Betreffende auf zu existieren, solange der Teufel in ihm steckt. Er oder sie wird einfach ausgeschaltet und erinnert sich hinterher an nichts mehr.«

»Mein Gott, das klingt ja noch schlimmer als das, was er dir und mir angetan hat. Wir haben zwar eine Verwandlung durchgemacht, aber sind zumindest noch bei vollem Bewußtsein.«

»Das versuche ich dir ja die ganze Zeit klarzumachen. Es ist nicht so schlimm, ein Darksider zu sein, wenn man sich erst einmal daran gewöhnt hat.«

»Also ich werde mich nie daran gewöhnen. Und jetzt erzähl mir noch mehr über den Teufel und sein Versteckspiel. Du sagst, er kommt in die Stadt, schlüpft in den Körper von jemandem und nimmt die Charaktereigenschaften dieser Person an?«

»Genau. Dadurch ist es ja so schwer, ihn zu erkennen.«

»Aber sicher nimmt doch auch die betreffende Person einige teuflische Charaktereigenschaften an. Ich meine, fängt der oder die Unglückliche nicht auf einmal an, sich ganz anders zu verhalten? Irgendwie wunderlich oder besonders bösartig? Und merken das die anderen Leute nicht?«

»Möglich, aber vergiß nicht: Die Spezialität des Teufels ist die Täuschung. Er kann uns glauben machen, was immer er uns glauben machen will.«

»Wie soll ich dann jemals herausfinden, in wessen Körper er sich versteckt?«

David antwortete nicht gleich. Er schien schon wieder von Gewissenskonflikten geplagt zu werden.

»Das sollst du ja gar nicht«, beschwor er mich schließlich. »Das ist doch genau der Punkt.«

»David, bitte. Du kannst gern ein Darksider bleiben, wenn du willst. Aber hilf mir bitte, aus dieser Geschichte herauszukommen. Hilf mir, meine Seele und Banyan Beach zu retten. Wenn ich erst einmal wieder ich selbst bin, können wir ja ab und zu zusammen essen gehen. Ich halte zu dir. Ganz ehrlich.«

Er lächelte. »Ich hab dich wirklich gern«, gestand er.

Auf einmal tat mir David leid. Er war ja nur ein armer Unglücksrabe, der im gleichen Schlamassel steckte wie ich. Wenn er mir alles erzählte, würde ihn der Teufel vermutlich irgendwie bestrafen – ihn vielleicht sogar töten oder zumindest aus Banyan Beach vertreiben. Und wenn das geschähe, verlöre ich meine einzige Informationsquelle, ganz zu schweigen vom einzigen Menschen, der bescheuert genug war, 675 000 Dollar für das Nowak-Haus auszugeben.

»Raus damit. Wie kann ich den Teufel finden?« bedrängte ich ihn. »Wenn du mir schon den Namen der Person nicht nennen willst, in deren Körper er sich verbirgt, dann gib mir wenigstens ein paar Tips.«

»Das ist kein Spiel, Barbara.«

»Schon klar, aber laß es uns doch einfach versuchen. Mach bitte mit. Ich stelle dir Fragen, und du beantwortest sie, wenn du kannst. Okay?«

Er zuckte mit den Achseln.

»Hat die Person, in der sich der Teufel versteckt hält, auch diesen Rosenkohlatem?«

»Nein. Den haben nur Darksider.«

»Aha. Hat die betreffende Person einen Schwanz wie du?«

»Nein. Der Teufel tarnt sich. Er verändert das Aussehen des Betreffenden nicht.«

»Gut. Hat die vom Teufel besessene Person eine schöne Stimme? Du hast doch gesagt, er hätte ein gutes Gehör für Musik und könnte es nicht ertragen, wenn jemand falsch singt.«

»Das stimmt, aber es gibt ein Menge Leute, die eine schöne Stimme haben und in denen sich der Teufel *nicht* versteckt hält. Ich glaube kaum, daß das ein brauchbarer Anhaltspunkt ist.«

»Dann gib mir einen besseren Tip. Etwas, das mir weiterhilft.« Ich dachte einen Augenblick nach. »Banyan Beach ist eine kleine Stadt. Ich habe den größten Teil meines Lebens hier verbracht. *Kenne* ich denn die Person, in deren Körper sich der Teufel versteckt hält?«

Diesmal gab David keine Antwort. Statt dessen stand er abrupt vom Sofa auf und ging auf die Haustür zu, wobei er mir winkte und mir bedeutete, ihm zu folgen. Ich ging hinter ihm her. Ohne ein Wort zu sagen, öffnete er die Tür und hielt sie mir auf. Offenbar hatte ich ins Schwarze getroffen, und er wollte den Abend beenden.

Ich wollte jedoch eine Antwort auf meine Frage, sah ihm ins Gesicht und unternahm einen letzten Versuch, ihm die Information zu entlocken.

»Kenne ich die Person, in deren Körper sich der Teufel versteckt hält?« wiederholte ich meine Frage.

Unsere Blicke begegneten sich. David ließ ein paar Sekunden verstreichen, bevor er antwortete.

»Ja«, gestand er. »Allerdings.«

Und dann, noch bevor ich auch nur ein einziges Wort erwidern konnte oder mir überhaupt meines Entsetzens bewußt wurde, schob er mich sanft aus dem Haus und schloß die Tür hinter mir.

13

Am Montagmorgen war Pete besonders anhänglich. Als hätte ich nicht schon genug um die Ohren gehabt, nachdem ich erfahren hatte, daß ich ein Darksider war! Ich mußte mir schließlich den Kopf darüber zerbrechen, wer von den Leuten, die ich kannte, der Teufel war. Außerdem mußte ich mich beeilen, um rechtzeitig zu Charlottes allwöchentlicher Besprechung zu kommen. Und ausgerechnet jetzt bekam Pete einen Anfall von Trennungsangst. Egal, was ich auch sagte oder tat, er hörte nicht auf zu winseln, mich zu stupsen und um meine Beine zu streifen, womit er es mir unmöglich machte, das Haus zu verlassen.

»Was ist denn los?« fragte ich, als ich mich hinabbeugte, um den weißen Fleck auf seiner Brust zu kraulen. Mir war aufgefallen, daß es ihn meistens beruhigte, wenn ich ihn an dieser Stelle streichelte – zumindest vorübergehend. Aber diesmal nicht.

Ich sah ihn mit echter Besorgnis an. Ja, mit Besorgnis. Ich war zwar nicht auf diese hirnlose Art in ihn vernarrt, wie es manche Leute in ihren Hund sind, aber ich hatte ihn doch irgendwie... nun ja, sagen wir, ich hatte eine gewisse Toleranz gegenüber Pete entwickelt. Zum einen machte ein Haustier die Einsamkeit erträglicher, die durch Mitchells Verschwinden entstanden war. Zum anderen war Pete eine weitaus angenehmere Gesellschaft als Mitchell, da er nicht endlos über den Gang der Geschäfte in seinen Restaurants jammerte, während ich fernsehen wollte. Und schließlich schien er auf eine Weise an mir zu hängen, wie es noch nie zuvor jemand getan hatte. Allerdings hatte ich nach meinem Gespräch mit David am Samstagabend begonnen, sämtlichen Gefühlen, die mir jemand entgegenbrachte, zu mißtrauen. Da hatte ich gedacht, David fühlte sich zu mir hingezogen, und dann stellte sich heraus, daß die ganze Anziehungskraft nur Teil eines satanischen »Plans« war.

Apropos Teufel: Mittlerweile hatte sich eine ganz neue Auswirkung seines üblen Einflusses bemerkbar gemacht. Am vergangenen Abend saß ich an meiner Küchentheke und las gerade die Zeitung, als ich mich plötzlich knurren hörte! Und zwar *richtig* knurren, wie ein wildes Tier! Zuerst dachte ich, es sei Pete gewesen, bis mir einfiel, daß er draußen auf der Terrasse war und die Möwen anbellte. Als ich gerade zu dem Schluß gekommen war, daß das Geräusch unmöglich mir entwichen sein konnte, vernahm ich es wieder. Es führte kein Weg daran vorbei: *Ich* hatte geknurrt!

Sofort lief ich zum Telefon und rief David an.

»Knurrst du?« fragte ich ihn direkt, schließlich waren zwei Darksider unter sich.

»Nein«, antwortete er. »Du etwa?«

»Inzwischen schon«, erzählte ich. »Ich saß in meiner Küche und war ganz in meine eigenen Angelegenheiten vertieft, als dieses bestialische Geräusch aus mir ertönte. Es war grotesk.«

»Der Teufel wollte dir wahrscheinlich eine Botschaft übermitteln«, vermutete David. »Möglicherweise will er dich davor warnen, sich mit ihm anzulegen.«

»Ach, du glaubst also, das Knurren war als eine Art Drohung gemeint?« vergewisserte ich mich. »So eine Macho-Masche, um mir zu zeigen, wer der Boß ist?«

»Es würde mich jedenfalls nicht wundern«, bemerkte David. »Wenn dir das Knurren nicht gefällt, Barbara, solltest du vielleicht deine Meinung ändern und dein Schicksal akzeptieren. Wir sind doch ganz gut miteinander ausgekommen, oder nicht?«

»Ach, David«, seufzte ich. »David, David, David. Du bist so ein netter Kerl, ganz ehrlich. Aber ich habe dir gestern abend schon gesagt und wiederhole es gern noch einmal, daß ich Immobilienmaklerin bin und keine Agentin des Teufels. Ich werde nicht als Gegenleistung für den Körper eines Badeanzug-Models aus *Sports Illustrated* die Kinder des Teufels gebären. Ich will mein altes Leben zurückhaben, und wenn es mich umbringt.«

Ich hoffte natürlich, daß es mich nicht mein Leben kostete,

aber ich würde mich nicht abschrecken lassen. Ich hatte mich mein ganzes Leben lang einschüchtern lassen. Von meinen Eltern, von meinem Ehemann, von miesepetrigen Kassendamen im Supermarkt. Von allem und jedem. Aber damit war jetzt Schluß.

»Hör mal, Pete. Ich muß unbedingt zu dieser Besprechung«, sagte ich am Montagmorgen zu meinem Hund. »Ich mag ja unter dem Einfluß dunkler Mächte stehen, aber zumindest muß ich den Anschein von Normalität wahren, verstehst du?«

Pete nickte. Ich schwöre, er hat genickt. Wenn ich schon knurren konnte, wieso sollte er dann nicht auch nicken können, nicht wahr?

Ich traf um Viertel nach neun im Büro ein, steckte mir rasch ein paar Pfefferminzpastillen in den Mund, damit sich niemand an meinem Darksider-Mundgeruch störte, und eilte zu der Besprechung, die bereits im Gange war. June Bellsey berichtete gerade, daß sie und ihr Mann Lloyd auf einer Wohltätigkeitsveranstaltung in Palm Beach Donald und Marla Trump begegnet waren und Donald der Große erwähnt hätte, daß er in Banyan nach einem Grundstück suche.

»Um darauf zu bauen?« fragte Deirdre mit ihrer gewohnten Begriffsstutzigkeit.

»Nein, um darauf zu sitzen«, antwortete Althea mit ihrer gewohnten Gehässigkeit.

»Althea, bitte«, tadelte Charlotte sie. »Es besteht keinerlei Veranlassung, Deirdre anzufahren. Wir sind doch alle Damen.«

Nicht ganz, dachte ich. Ich wußte nämlich nicht mehr genau, was für eine Art Mensch ich eigentlich war.

»Tut mir leid«, entschuldigte sich Althea mit geschürzten Lippen. »Aber es liegt doch wohl auf der Hand, daß Trump, wenn er hier nach Grund und Boden Ausschau hält, auch etwas bauen will. Etwas mit seinem Namen darauf.« Sie schnaubte verächtlich. »Ich sehe es schon vor mir. Ein großer, grotesker Trump-Tower genau dort, wo einmal unser herrliches Naturschutzgebiet war.«

»Ach, fängst du schon wieder damit an, Althea«, stöhnte June und rollte mit den Augen. »Du sprichst von nichts anderem mehr als von Verhängnis und Untergang. Willst du etwa schon wieder versuchen uns einzureden, daß diese Stadt zum Teufel geht?«

Zum Teufel.

Ich mußte an Davids Worte denken, als ich Althea ansah. *Der Teufel hält sich im Körper von jemandem versteckt, den du kennst.* Nun, Althea kannte ich. Seit über zehn Jahren. Sie lamentierte andauernd über den Teufel und darüber, daß Banyan Beach zur Hölle fahren werde. Und wenn sie gerade nicht darüber schimpfte, dann regte sie sich über etwas anderes auf. Sie war der mit Abstand negativste Mensch, den ich jemals kennengelernt hatte. Im Grunde der ideale Aufenthaltsort für den Teufel, der sich bei ihr heimisch fühlen mußte. Lebte er in *ihrem* Körper? fragte ich mich, und ein Schauer lief mir über den Rücken. Saß er mit mir in diesem Raum, beobachtete und studierte mich? Ich kniff die Augen zusammen, um die Anwesenden genauer zu mustern. War Althea Dicks, die Büroleiterin von »Home Sweet Home«, die Tarnung des Satans in Banyan Beach?

Ich sah zu June hinüber, die immer noch über Donald und Marla schwadronierte. Vielleicht war auch sie diejenige, in die der Teufel gekrochen war. Diese Frau war eine gnadenlose Aufsteigerin, der Typ Mensch, der wollte, daß jeder sie für eine große Nummer hielt. Dabei war doch lediglich ihr Mann der große Bringer, während sie nur eine Riesenklappe hatte. Sie war durch und durch falsch, genauso wie der Teufel. Hatte David nicht gesagt, daß der Satan sehr geschickt darin war, Menschen zu täuschen? Außerdem hielten June und Lloyd sich häufig in Miami und Palm Beach auf, den vorherigen Wirkungsstätten des Teufels. Vielleicht war June Ballsey diejenige, deren Körper er sich als Versteck ausgesucht hatte, solange er in Banyan Beach weilte. Vielleicht hielt sie, und nicht Althea, mein Schicksal in ihren Händen.

»Hast du zu Trump gesagt, du würdest ihm Grundstücke zeigen?« wollte Suzanne von June wissen. »Wir haben doch dieses 25-Morgen-Angebot an der McGregor Avenue. Der Eigentümer ist sehr an einem Verkauf interessiert.«

June schüttelte den Kopf. »Es war ein geselliger Abend«, erklärte sie. »Ich wollte ihm meine Visitenkarte nicht aufdrängen. Allerdings habe ich Marla eine in die Handtasche geschmuggelt, als wir zusammen auf die Toilette gegangen sind.«

»Braves Mädchen«, jubelte Frances und klatschte in die Hände. Diese Bewegung brachte die Fleischschichten um ihre Leibesmitte beträchtlich zum Wackeln. »Ich finde, das beweist echten Einfallsreichtum.«

June stand auf und machte eine selbstzufriedene Verbeugung, wobei der Knopf ihres Rocks an der Taille aufsprang.

Frances kicherte und stimmte eine lebhafte Fassung der alten Varieténummer »June is Busting Out All Over« an.

Sieh mal an, die hat aber eine schöne Stimme, dachte ich, als Frances mit der Verve einer Ethel Merman ihr Lied in die Runde schmetterte. Hatte ich sie nie zuvor singen hören? Oder war mir nur bisher nicht aufgefallen, daß sie es konnte? Vielleicht war aber auch ihr musikalisches Talent etwas ganz Neues? War es denkbar, daß sich der Teufel im Körper von *Frances Lutz* verschanzte und nicht in dem von Althea oder June? Bei ihren über dreihundert Pfund war es durchaus denkbar, daß Frances mehr als nur sich selbst durch die Gegend schleppte, oder? Wer wußte schon, was unter ihrem voluminösen Kaftan so alles lauerte? Und außerdem war es Frances gewesen, die das Nowak-Haus ins Angebot aufgenommen hatte, genau das Haus also, das David und mich zusammengebracht hatte. Vielleicht hatte Frances ja das Ganze unter Regie des Satans eingefädelt.

Ich verbrachte den Rest der Besprechung damit, die anderen Frauen genau zu beobachten, eine nach der anderen.

Zuerst konzentrierte ich mich auf Deirdre, die ehemalige Schönheitskönigin. Sie sah so gesund aus mit ihren blonden Haaren, den blauen Augen und der hellen, makellosen Haut. Daß sie mit Wildfremden ins Bett ging, um Immobilienangebote an Land zu ziehen, hieß ja nicht gleich automatisch, daß sie in ihrem Körper den Teufel beherbergte, oder? Wenn ich allerdings der Teufel wäre und mir aussuchen könnte, in welchen Körper ich schlüpfen sollte, würde ich auf jeden Fall den von Deirdre dem von Frances vorziehen.

Dann wandte ich mich Suzanne Munson zu, meiner besten Freundin im Büro. Es war ausgeschlossen, daß der Teufel sich in ihr verbarg. Restlos ausgeschlossen. Ich kannte sie besser als alle anderen und würde es merken, wenn an ihr irgend etwas anders wäre. Wir beide waren mit den Stimmungen und Launen der anderen bestens vertraut. Wir verheimlichten keine Probleme voreinander. Zugegeben, ich war ein Darksider geworden und hatte es ihr verschwiegen. War es dann nicht auch möglich, daß sie ihre Beziehung zum Teufel vor mir geheimhielt? Nein, entschied ich. Unmöglich. Wenn sich der Teufel in Suzannes Körper versteckte, müßte er die ganze Zeit ihr Gefasel über die Wechseljahre ertragen, und warum sollte er sich das antun, wenn er die freie Wahl hatte?

Und dann war da natürlich noch Charlotte. Als sie mich zur »Maklerin der Woche« kürte (Ich hatte in der vergangenen Woche von allen die meisten Angebote unter Vertrag genommen und mir dafür einen Sammelband von Walt Whitman verdient), fragte ich mich, ob sie womöglich diejenige war, die sich der Teufel als sein Medium ausgesucht hatte. Bei ihr konnte ich es mir am wenigsten vorstellen. Sie war so korrekt. So damenhaft. So vornehm. Aber vielleicht war ja gerade das die Masche des Teufels: Er suchte sich die Person aus, die niemand verdächtigen würde, jemanden, dessen Verhalten seit jeher über alle Zweifel erhaben war, jemanden, der niemals trank, fluchte oder ohne zu zahlen durch Mautstellen fuhr.

»Also, wer möchte noch Tee?« erkundigte sich Charlotte, während sie sich selbst eine Tasse einschenkte.

Ich wollte mich gerade melden, als ein heftiges Knurren irgendwo aus meinem tiefsten Inneren ertönte – der gleiche intensive, animalische Laut, den ich am Abend zuvor ausgestoßen hatte. Alle drehten sich um und starrten mich an. Es war mir überaus peinlich.

»Wenn Sie etwas anderes als Tee trinken möchten, brauchen Sie es nur zu sagen, Barbara, meine Liebe«, ermunterte mich Charlotte.

»Nein, Tee ist wunderbar«, entgegnete ich und merkte, wie meine Wangen vor lauter Verlegenheit rot anliefen.

Und dann knurrte ich erneut, diesmal sogar noch bösartiger.

Mein Gott, vielleicht hat David ja recht, durchfuhr es mich mit Schrecken. Vielleicht läßt mich der Teufel knurren, weil er mir etwas mitteilen will: Daß ich lieber seine Wünsche befolgen solle, weil es mir sonst übel erginge. Was das bedeutete, wollte ich mir lieber nicht ausmalen.

»Barbara?« sagte Suzanne, zog eine Augenbraue in die Höhe und sah mich mit bestürzter Miene an. »Warst du das?«

Ich lachte und versuchte, mich gelassen zu geben. »Ich fürchte schon«, gab ich zu. »Ich war heute morgen so in Eile, daß ich ganz vergessen habe, zu frühstücken. Vermutlich ist mein Magen unzufrieden.«

Suzanne nickte zögerlich.

»Es stimmt. Wirklich«, beteuerte ich. »Immer wenn ich das Frühstück auslasse, knurre ich fürchterlich.«

Sie wurde ein bißchen lockerer und drohte mir dann mit dem Finger. »Du siehst phantastisch aus, seit du soviel abgenommen hast, aber du solltest wirklich nicht das Frühstück ausfallen lassen«, ermahnte sie mich. »Wenn eine Frau auf die Wechseljahre zugeht, braucht sie alle Nährstoffe, die sie kriegen kann. Das geht uns allen so.«

»Da hast du recht«, pflichtete ich ihr bei und hätte am liebsten fluchtartig den Raum verlassen. Statt dessen saß ich da, schlürfte Tee und hörte zu, wie das Gespräch zwischen Wechseljahren und Immobilien hin und her wanderte, als hingen beide Themen irgendwie zusammen.

Als sich die Versammlung endlich aufzulösen begann, folgte mir Suzanne zu meinem Schreibtisch und ließ sich in den Besuchersessel fallen.

»Ich wollte dich das nicht vor den anderen fragen«, erklärte sie, »aber ich möchte unbedingt wissen, wie eigentlich deine Verabredung am Samstagabend war. Mit David Bettinger.«

Hätte ich Suzanne nur nichts von David erzählt, dachte ich. Hätte ich doch bloß nie seinen Namen erwähnt. Was sollte ich denn jetzt sagen? Daß er sich als Agent des Teufels entpuppt hatte? Daß er einen Handel mit den Mächten der Finsternis eingegangen war? Daß er hinten einen Schwanz hatte?

»Es war okay«, erwiderte ich beiläufig, während ich Papiere auf dem Tisch hin- und herschob und versuchte, Suzannes Blick auszuweichen.

»Nur okay? Noch vor ein paar Tagen konntest du es doch gar nicht erwarten, mit dem Typen auszugehen«, wunderte sich Suzanne, ganz überrascht von meiner scheinbaren Gleichgültigkeit.

»Ich weiß, aber David war nicht…«

»War nicht was?«

»War nicht das, was ich von ihm erwartet hatte.«

»In welcher Hinsicht denn? Immerhin hast du gesagt, er wäre der phänomenalste Mann, der dir jemals unter die Augen gekommen sei. Du wolltest dich doch bei ihm erkundigen, ob er nicht einen Bruder für mich hätte, weißt du noch?«

»Natürlich. Aber in Wirklichkeit, Suzanne, ist er nicht das, was er zu sein scheint. Er… er hat seine Schattenseiten.«

Suzanne riß die Augen weit auf. »Schattenseiten? Du meinst, daß er unberechenbar ist?«

»Er ist unberechenbar, ja.«

»Im Sinne von launisch? Oder im Sinne von unentschlossen?«

»Weder noch.«

»Was denn dann? Neigt er zum Jähzorn? Bekommt er Tobsuchtsanfälle? Ist er sprunghaft? Hat er einen Hang zum Düsteren?«

»Einen Hang zum Düsteren«, bestätigte ich. »Genau, das ist es.«

Es traf zwar nicht ganz den Nagel auf den Kopf, aber ich konnte Suzanne ja schlecht die Wahrheit sagen.

»Oje, das ist aber schade«, bedauerte Suzanne. »Ich hatte gehofft, du würdest dich wunderbar mit ihm amüsieren. Du hättest nach dem, was mit Mitchell passiert war, eine nette Abwechslung verdient. Möchte David dich wiedersehen?«

»Ja, aber ich habe ihm erklärt, daß eine Liebesbeziehung zwischen uns nicht in Frage kommt«, antwortete ich. »Allerdings werden wir uns bestimmt trotzdem weiterhin sehen. Er ist schließlich mein Kunde, und in drei Wochen schließen wir den Kaufvertrag für das Nowak-Haus ab.«

»Na, das ist doch was, oder nicht? Nach dieser schrecklichen Flaute, die du durchgemacht hast?«

Ich nickte.

»Paß mal auf«, schlug Suzanne vor und stand dazu aus dem Sessel auf. »Du und ich gehen heute abend auf Männerjagd.«

»Auf Männerjagd?«

»Genau. An der Route 1 macht eine neue Kneipe auf, direkt neben Sam Goody.«

»Vielen Dank, Suzanne, aber ich stehe nicht auf Single-Bars.«

»Soweit ich gehört habe, ist es keine Single-Bar. Es ist einfach ein supercooles Restaurant mit Bar, in dem Live-Musik gespielt wird. Es heißt Höllenschlund.«

Höllenschlund. Na, traumhaft. Offenbar konnte ich dem Teufel um keinen Preis entrinnen.

Ich schüttelte den Kopf. »Ich glaube nicht«, verneinte ich. »Ich bin einfach nicht in Stimmung für so etwas. Ich habe im Moment ziemlich viel um die Ohren.«

»Ach, komm schon, Barbara. Ein enttäuschender Abend, und schon willst du aufgeben? Ich habe Hunderte frustrierender Abende erlebt und immer noch nicht aufgegeben, oder?«

Ich sah Suzanne an und fragte mich, warum sie nicht aufgegeben hatte. Sie war mit allen nur vorstellbaren Arten von Männern ausgegangen: abgestürzte Väter, Männer mit Beziehungsängsten, Typen, die unter dem Peter-Pan-Syndrom litten, die gesamte Palette aus den Ratgeberbüchern. Und dennoch machte sie weiter, Abend für Abend, stets auf der Suche nach dem Richtigen.

»Was meinst du, Barbara?« bedrängte sie mich. »Du hast dir doch nicht die Haare blondiert und zehn Kilo abgenommen, damit du allein zu Hause sitzt, oder?«

»Nein, wohl nicht«, entgegnete ich, da ich nicht wußte, was ich sonst hätte sagen sollen.

»Du hast dein Äußeres aufgemöbelt, und jetzt solltest du dich auch sehen lassen.«

»Im Höllenschlund?« spöttelte ich und verzog dabei das Gesicht. »Das klingt nach Spelunke.«

»Ich glaube nicht, daß es sich um eine Spelunke handelt«, widersprach sie. »Nach dem Foto auf dem Prospekt zu urteilen, den sie verteilt haben, sah es nicht übel aus. Heute abend ist Eröffnung. Eine Rock-'n'-Roll-Band spielt, es gibt Gratis-Rumpunsch für jeden und ein Hummeressen für 10,99 Dollar. Was meinst du? Es könnte doch Spaß machen.«

Spaß. Ich hatte ganz vergessen, was dieses Wort bedeutete. Vielleicht war ein Abend mit Suzanne in einem Lokal wirklich genau das richtige für mich. Eine Möglichkeit, meine prekäre Lage zu vergessen, wenn auch nur für ein paar Stunden lang. Und ich liebte Hummer...

»Okay«, willigte ich ein. »Ich komme mit.«

»Phantastisch. Und wer weiß? Vielleicht begegnest du ja deinem Traummann, wenn du zur Tür hereinkommst.«

14

Ich hielt es für zwecklos, meine Therapie bei Dr. Schaffran fortzusetzen, da ich erwiesenermaßen nicht unter einem Nervenzusammenbruch litt, sondern vom Teufel besessen war. Außerdem hatte ich keine Zeit, um dazusitzen und über meine Kindheit zu jammern. Ich mußte herausfinden, in wen von meinen Bekannten der Teufel geschlüpft war. Inzwischen hatte ich mich völlig in diese Frage verbissen und zermarterte mir das Hirn nach irgendeiner Spur, die mich zu der Person führen würde, in der sich der Leibhaftige verbarg. Was könnte ihn dazu veranlassen, eine Sorte Mann oder Frau einer anderen vorzuziehen? War das reiner Zufall? Hüpfte er einfach in den erstbesten Körper, der ihm über den Weg lief, wenn er an einem Ort eintraf? Oder dachte er ausgiebig darüber nach? Beobachtete er die Menschen, studierte er sie und traf seine Entscheidungen dann aufgrund ihrer Charaktereigenschaften? Ihres Aussehens? Ihrer Religionszugehörigkeit? Oder wie oder was?

Am liebsten hätte ich Louise angerufen und ihr gleich telefonisch mitgeteilt, daß ich unsere Sitzungen nicht fortsetzen wollte, aber ich fand, ich war es ihr schuldig, meinen Termin am

Montagmorgen wahrzunehmen und ihr von Angesicht zu Angesicht zu erklären, daß ich nicht wiederkommen würde. Schließlich war ich ein anderer Mensch geworden. Anders und kühner.

Die Sitzung begann mit ihrer Frage nach dem Samstagabend.

»Wie... war... Ihre... Verabredung... mit... David?« wollte sie wissen. »Sie waren ja ein bißchen ängstlich deswegen, soweit ich mich erinnere.«

Ich wußte nicht so recht, ob ich Louise die Wahrheit über David sagen sollte. Zum einen würde sie mir vermutlich gar nicht glauben. Und zum anderen erzählte sie die Geschichte womöglich weiter – zum Beispiel ihrem lieben Kollegen Dr. Messersmith. Schon bald würde jeder in der Stadt wissen, daß ich eine Agentin des Teufels war, und ich konnte mich von meiner Karriere als Immobilienmaklerin verabschieden. Andererseits war Louise Psychiaterin. *Meine* Psychiaterin. Sie war meine Ärztin, ich war ihre Patientin, und sie war von Berufs wegen zum Schweigen verpflichtet. Und außerdem: Wenn dies meine letzte Sitzung bei ihr war, hatte es keinen Sinn, meine Zeit und mein Geld damit zu verschwenden, daß ich ihr etwas vorlog. Darüber hinaus würde es auch eine Erleichterung sein, jemandem zu erzählen, was wirklich vorgefallen war, fand ich. Mir wäre sicherlich eine Last von der Seele genommen.

Ich räusperte mich. »Es fing ganz gut an«, berichtete ich. »David war ein äußerst aufmerksamer Gastgeber. Er servierte Champagner und Horsd'œuvres und führte mich durch das Haus, das er gemietet hat. Dann hat er mir ein sagenhaftes Essen serviert.«

»Wie... haben... Sie... sich... dabei... gefühlt?« fragte Louise.

»Verwöhnt. Umsorgt. Wie jemand Besonderes. Es war angenehm.«

»Weiter.«

»Wir saßen am Tisch und tranken Wein, als David aufstand, um mir Nacken und Schultern zu massieren. Ich fand ihn ungemein aufregend – offen gestanden war ich auch ein bißchen betrunken – und genoß einfach seine Berührung. Ehe ich mich versah, küßten wir uns. Leidenschaftlich. Ich glaube, ich habe noch nie einen Mann so sehr begehrt, und ich habe auch keinen Hehl daraus gemacht.«

Louise nickte. Vermutlich freute sie sich, daß ich es geschafft hatte, meine Hemmungen über Bord zu werfen.

»David führte mich in sein Schlafzimmer«, schilderte ich weiter. »Er zündete Kerzen an. Dann standen wir mitten im Raum und küßten uns. Er zog mich aus. Ich zog ihn aus. Es war prickelnd.«

»Warum spiegelt Ihr Gesichtsausdruck das dann nicht wider?« wollte Louise wissen. »Ist es im Bett nicht gut gelaufen?«

»Wir waren nicht zusammen im Bett«, stellte ich richtig. »Nachdem David sich ganz ausgezogen hatte, bemerkte ich, daß er hinten einen Schwanz hat, genau wie der Teufel. Daraufhin war ich selbstverständlich nicht mehr an ihm interessiert – weder sexuell noch in anderer Hinsicht.«

Louise schwieg einen Augenblick. Zuerst starrte sie mich einfach nur an. Dann griff sie nach einem Notizblock und begann zu schreiben. Schließlich sah sie zu mir auf und sagte in ihrer schon zur Karikatur gewordenen Art:

»Möchten... Sie... sich... selbst... bestrafen?«

»Mich selbst bestrafen?«

»Für den Unfall Ihrer Eltern.«

»Was haben denn meine Eltern mit meinem Abend bei David zu tun?«

»Barbara«, seufzte Louise, als wäre ich der ausgemachte Dorftrottel. »Wir haben doch über die Schuldgefühle gesprochen, die Sie nach dem Tod Ihrer Eltern quälten? Darüber, daß Sie das Gefühl hatten, den Unfall verursacht zu haben, weil Sie sich aufgelehnt und Ihre eigenen Bedürfnisse artikuliert haben? Darüber haben wir doch gesprochen?«

»Ja, aber ich weiß nicht...«

»Und haben wir nicht auch über Ihren kürzlich aufgetretenen Irrglauben gesprochen, daß Sie Unfälle anderer Menschen allein dadurch auslösen könnten, daß Sie sie herbeiwünschten?«

»Ja, sicher, aber...«

»Und wir haben auch über Ihren unbewußten Wunsch nach

Macht gesprochen. Darüber, daß Sie sich einreden, Sie wären dafür verantwortlich, wenn etwas schiefgeht, weil Sie dadurch das Gefühl bekommen, die Kontrolle über diese Situation zu haben.«

»Ja, aber das hat doch alles nichts mit meiner Verabredung mit David zu tun. Ich habe am Samstag abend überhaupt nichts zu kontrollieren versucht. Ich stand splitternackt mitten in Davids Schlafzimmer, als ich dieses Ding da hinten an seinem Rücken spürte. Diesen Schwanz! Ich habe ihn nicht durch Willenskraft dorthin bugsiert. Er war einfach da!«

Louise lachte. Sie lachte! Und dann sagte sie: »Barbara, eines muß ich Ihnen lassen. Sie sind eine der kreativsten Patientinnen, die ich je hatte. Sie lassen sich immer wieder etwas Neues einfallen, um Ihrem Glück im Wege zu stehen.«

Ich hatte zwar nicht erwartet, daß sie mir glauben würde, aber ein bißchen mehr Mitgefühl, ein bißchen mehr Zuwendung, ein bißchen mehr Respekt hätte ich mir schon gewünscht!

»Sie meinen also, ich hätte Davids Teufelsschwanz erfunden, um einen Grund zu haben, uns den Abend zu versauen?« fragte ich.

Sie lachte erneut. »Erinnern Sie sich noch an den Song ›Fifty Ways to Leave Your Lover‹ von Paul Simon?« erkundigte sie sich.

»Klar. Warum?«

»Weil Sie gerade Nummer 51 erfunden haben: Mein Liebhaber hat einen Teufelsschwanz.«

»Aber ich habe mir diesen Schwanz nicht ausgedacht. Er war echt«, beteuerte ich. »Ich schwöre es.«

Sie nickte geistesabwesend und schrieb noch mehr auf ihren Block. Dann blickte sie auf und sagte: »Darf ich Sie etwas fragen, Barbara?«

»Was denn?«

»Ich schreibe gerade ein Buch«, eröffnete sie mir. »Eine Studie darüber, wie Menschen sich selbst um Genüsse bringen.«

Das klang für mich nicht gerade nach einem Bestseller, aber ich bemühte mich dennoch, beeindruckt dreinzusehen.

»Ich möchte Sie um die Erlaubnis bitten, Ihre Geschichte von dem Teufelsschwanz in meinem Buch zu verwenden – natürlich ohne Ihren Namen zu erwähnen. Sie ist nämlich nicht nur phantasievoll, sondern auch äußerst amüsant. Ich möchte mit meinem Buch ein Massenpublikum erreichen, und Ihr Fall wird mit Sicherheit Interesse erregen – genau wie Ihre Einbildung, eine Reifenpanne beziehungsweise eine unterbrochene Telefonleitung verursacht und dafür gesorgt zu haben, daß sich Ihr Mann und seine Freundin an heißem Cappuccino verbrühten. Wissen Sie, wenn das Buch erst einmal erschienen ist, hoffe ich darauf, in Oprahs Talkshow eingeladen zu werden.«

Louise war also auch nur eine schamlose Selbstdarstellerin! Ich war entsetzt! Da hatte ich gedacht, ihr vertrauen zu können, hatte mich ihr geöffnet und ihr Dinge gebeichtet, die ich sonst noch niemandem gesagt hatte, und jetzt wollte sie genau diese Dinge, die ich ihr – unter dem Siegel der Verschwiegenheit! – erzählt hatte, dazu benutzen, um ein Lesepublikum zu unterhalten! Sie wollte meine Traumata für irgendein dämliches Buch ausschlachten!

Ich warf ihr einen giftigen Blick zu, während sie sich eifrig Notizen machte. Auf einmal kam mir ein Einfall: Könnte sich der Teufel nicht auch in Louise Schaffrans Körper verschanzt haben? In *Dr.* Louise Schaffrans Körper? Hatte sie vielleicht deshalb so gelacht, als ich ihr von Davids Teufelsschwanz erzählte? Hatte sie es *deshalb* nicht ernst genommen? Oder litt ich langsam unter einem albernen Verfolgungswahn und verdächtigte praktisch jeden, den ich kannte, den Satan in sich zu tragen?

Ja, wie ich zugeben mußte. Ich gebärdete mich tatsächlich übertrieben argwöhnisch. Ich mußte damit aufhören, mußte mich endlich am Riemen reißen. Ich konnte nicht die ganze Zeit herumlaufen und mit dem Finger auf jeden zeigen. Ich würde mich selbst noch verrückt machen, wenn ich mich fragte, ob der Teufel in dem Automechaniker steckte, der meinen Wagen reparierte, oder in der Frau, die in der Reinigung hinter der Ladentheke stand, oder in dem Mädchen, das andauernd versuchte, mir Plätzchen der Pfadfinderinnen zu verkaufen. Nein. Ich mußte es mir abgewöhnen. Aber konnte ich das? Konnte ich mich einfach zurücklehnen und darauf warten, daß der Teufel sich mir offenbarte, während ich wußte, daß sein Zugriff auf mich, meinen Körper und meine Stadt mit jedem Tag, mit jeder Minute erbarmungsloser wurde?

»Ich gehe jetzt«, verkündete ich unvermittelt und erhob mich.

Louise sah auf die Uhr an der Wand und machte sich weiter Notizen. »Ihre fünfzig Minuten sind aber noch nicht vorüber«, bemerkte sie, während sie hastig in ihrem Block herumkritzelte.

»Meine ganze Therapie bei Ihnen ist vorbei«, sagte ich und ging auf die Tür zu. »Ich komme nicht wieder.«

»Jetzt sind Sie wütend auf mich«, stellte Louise fest und blickte auf.

»Ja.«

»Erzählen... Sie... mir... von... Ihrer... Wut.«

Ich schüttelte den Kopf. »Ich will Ihnen aber nichts davon erzählen«, widersprach ich. »Ich... würde... es... Ihnen... lieber... zeigen.«

»Es mir zeigen?« fragte sie verwundert.

»Mhm. Sie sind doch davon überzeugt, daß alles nur meine *Einbildung* sei, wenn ich denke, ich könnte anderen Menschen etwas zustoßen lassen. Größenphantasien, durch die ich mich *mächtig* fühlen kann.«

»Ja, Barbara. Das habe ich Ihnen doch schon...«

»Tja, dann werde ich Ihnen jetzt mal beweisen, daß Sie sich gewaltig täuschen«, unterbrach ich sie. Ich hielt inne, verschränkte die Arme vor der Brust und warf ihr einen langen, prüfenden Blick zu. Dann verkündete ich: »Ich habe beschlossen, Ihnen einen Schnurrbart wachsen zu lassen.«

»Was haben Sie gesagt?« fragte Louise ungläubig.

»Ich habe gesagt, daß ich Ihnen jetzt einen Schnurrbart wachsen lasse.«

Und binnen weniger Sekunden war Dr. Louise Schaffran, Banyan Beachs Antwort auf Sigmund Freud, stolze Besitzerin nicht nur eines Schnurrbartes, sondern auch noch eines dazu passenden Ziegenbärtchens.

»Was ist denn das?« stieß sie hervor, während ihre Hand ans Kinn flog.

»Ein Abschiedsgeschenk«, sagte ich. »Leben Sie wohl.«

Der Höllenschlund entpuppte sich als das schwarze, einstöckige Gebäude an der Route 1, in dem früher einmal ein Striptease-Schuppen namens Titters gewesen war, eine Kaschemme mit stets überfülltem Parkplatz, obwohl kein Mensch aus der Stadt zugab, jemals dort gewesen zu sein.

»Im Prospekt stand, die neuen Besitzer hätten die Atmosphäre des Lokals vollkommen verändert«, erklärte Suzanne, als sie meinen verächtlichen Blick bemerkte, bevor wir das Restaurant betraten.

Offen gestanden, war das Innere des Höllenschlunds gar nicht so übel, vor allem wenn man – wie ich – nicht viel erwartete. Die Beleuchtung war schummrig, das Mobiliar bestand aus der herkömmlichen Gaststätteneinrichtung, und Wände zierten die üblichen Teufelsaccessoires: Dreizack, Hörner, Schwänze etc. Ich fühlte mich ganz wie zu Hause.

Das Lokal platzte aus allen Nähten, und wir konnten froh sein, daß Suzanne für uns einen Tisch neben der Tanzfläche, gleich bei der Bühne, reserviert hatte. Als wir uns setzten, faßte ich heimlich in meine Tasche, öffnete den Behälter mit Pfefferminzpastillen, den ich überall dabeihatte, und zerkaute ein paar davon. Ich hatte mittlerweile solche Angst davor, jemand könnte meinen Rosenkohlatem riechen, daß ich mich ohne mein Pfefferminz nirgendwo mehr hinwagte. Mein Gott, wahrscheinlich würde ich zu allem Überfluß auch noch drogenabhängig werden.

»Was spielt denn heute abend für eine Band?« fragte ich und sah zur Bühne hinauf.

Suzanne gab keine Antwort. Sie war zu sehr damit beschäftigt, sich nach Männern umzusehen. Und es waren viele da – die meisten von ihnen jung, schlecht angezogen und betrunken. Ich zweifelte sehr, ob eine von uns ihren Traummann unter ihnen finden würde.

Wir bestellten unsere Getränke, plauderten und studierten die Speisekarte, auf der so originelle Gerichte wie Satanische Shrimps, Goldmakrele à la Gottseibeiuns und Höllenhamburger mit Poltergeist-Pommes standen. Ich bekam Lust, die Besitzer aufzuspüren, sie am Kragen zu packen und anzubrüllen: »Schon gut! Wir haben's *kapiert*!« Man konnte einen Gag auch bis zum Erbrechen auswalzen.

»Was nimmst du denn?« fragte Suzanne.

»Ich bleibe bei dem Schwanz«, antwortete ich. »Den Hummerschwanz meine ich. Für 10,99 Dollar klingt das wie ein gutes Geschäft.« Sprach eine Frau, die in letzter Zeit Expertin für Schwänze *und* Geschäfte geworden war.

»Den esse ich auch«, schloß sich Suzanne meiner Wahl an.

Wenige Minuten später nahm die Bedienung, die ein rotes Teufelskostüm trug, unsere Bestellung entgegen.

»Wer spielt denn heute abend hier?« erkundigte sich Suzanne.

»Die Fire Ants«, antwortete die Bedienung. »Das ist eine Oldies-Band.«

Ich stöhnte auf.

»Was ist denn los?« wollte Suzanne wissen, als die Bedienung gegangen war.

»Das ist die Band von Jeremy Cook«, erklärte ich. »Er ist der Lead-Sänger.«

»Wer ist Jeremy Cook?«

Ich hatte ganz vergessen, daß Suzanne relativ neu in der Stadt war. Sie hatte noch nie das Vergnügen gehabt, Banyans ortseigenen Westentaschenrebell kennenzulernen.

»Ein Freund meines Bruders«, erwiderte ich. »Tagsüber ist er Kapitän eines Charter-Boots, und abends liefert er miese Auftritte in Spelunken.«

»Woher willst du wissen, daß er wirklich so mies ist? Hast du ihn schon mal singen gehört?«

»Ja, als wir in der High-School waren. Er saß in Mathe immer neben mir, und sobald der Lehrer den Raum verließ, lehnte er sich zu mir herüber und intonierte diesen alten Heuler: ›Ba-ba-ba. Ba-ba-bra-ann.‹ Mein Gott, hat mich das genervt.«

»Vielleicht war das ja der Sinn der Sache: Er *wollte* dich ärgern. Damals in der High-School wollten einen die Jungs doch immer hochnehmen. Vor allem, wenn sie einen mochten.«

»Oh, bitte. Jeremy Cook mochte mich damals nicht mehr als heute. Wir ertragen einander nur, weil wir beide meinen Bruder gern haben.«

»Ist dieser Jeremy Cook Single?«

»Ja, aber glaub mir, Suzanne: Er ist nichts für dich. Er ist unreif, verantwortungslos und unsensibel. Als Ehemann völlig ungeeignet.«

»War er noch nie verheiratet?«

»Nein, und er ist schon fast vierzig. Gibt dir das nicht zu denken?«

»Nee. Das heißt doch nur, daß er die richtige Frau noch nicht gefunden hat. Ich bin auch fast vierzig, und ich finde nicht, daß ich unreif, verantwortungslos oder unsensibel bin. Im Gegenteil, je älter ich werde und je mehr ich mich den Wechseljahren nähere, desto...«

»Vergiß es, Suzanne. Zwischen dir und Jeremy Cook liegen Welten. Du bist bereit, dich auf Lebenszeit an einen Mann zu binden. Er dagegen behandelt Frauen genauso wie Fische: Erst fängt er sie, und dann wirft er sie wieder weg. Ihm geht es nur um das Jagen. Mein Bruder hat mich jahrelang mit den Geschichten von Jeremys Eroberungen genervt – allerdings sind Benjamins Rekorde in puncto Frauen auch nichts, worauf man stolz sein könnte.«

»Männer«, seufzte Suzanne. »Was ist nur mit ihnen los?«

»Da fragst du die Falsche«, erwiderte ich. »Ich habe gedacht, Mitchell würde zum Ehemann taugen, und sieh dir nur an, wie er sich entwickelt hat.«

Suzanne nickte und tätschelte mir die Hand. Ich wünschte, ich hätte ihr erzählen können, was in meinem Leben wirklich los war. Ich war mir sicher, sie hätte mehr Mitgefühl aufgebracht als Dr. Schaffran.

Wir waren gerade bei unserer dritten Runde Diabolischer Daiquiris – einer Spezialität des Höllenschlunds – als einer der Restaurant-Besitzer, ein Mittfünfziger mit einem schlecht sitzenden Toupet, auf die Bühne trat und ins Mikrophon brüllte.

»Meine Damen und Herren, willkommen im Höllenschlund!« dröhnte er. »Zur Eröffnungsfeier des heißesten neuen Clubs in Banyan Beach präsentieren wir Ihnen die heißeste Oldies-Band der Gegend! Ichhoffe, Sie werden alle mit mir einen kräftigen Applaus anstimmen... für die FIRE ANTS!«

Die Nachtschwärmer an den umliegenden Tischen sprangen schon bei der Nennung des Namens von Jeremys Band allesamt in die Luft. Als die Bandmitglieder dann die Bühne betraten, wurde der Beifall immer frenetischer. Ich schüttelte fassungslos den Kopf.

»Was haben die nur alle?« murmelte ich. »Man könnte glauben, sie wären auf einem Konzert von Grateful Dead.«

»Sie wissen nun einmal besser als wir, was uns erwartet«, versetzte Suzanne. »Vielleicht täuscht dich ja deine Erinnerung und Jeremy Cook ist gar nicht so ein schlechter Sänger. Welcher von ihnen ist es eigentlich?«

Ich zeigte auf die Bühne. »Er ist unverkennbar«, meinte ich. »Es ist der Typ, der so aussieht, als wäre er gerade einer Bierwerbung entlaufen.«

»Komm schon. So sehen sie doch alle aus. Welcher ist nun Jeremy?«

Ich betrachtete ihn genauer. Offensichtlich hatte er sich für seinen Auftritt nicht besonders in Schale geworfen. Er trug seine gewohnten Blue jeans, ein T-Shirt und Turnschuhe. Sein Haar war so struppig und ungekämmt wie eh und je. Dennoch strahlte er auf der Bühne eine gewisse Autorität aus.

»Es ist der Rothaarige«, klärte ich Suzanne auf. »Der mit dem schmuddeligen Bart.«

Sie nickte. »Jetzt sehe ich ihn«, sagte sie. »Er ist doch ganz süß in seiner Prolo-Art.«

»Süß? Sei mal lieber vorsichtig mit den Daiquiris, Suzanne. Der Typ ist...«

Bevor ich dazu kam, noch weiter über Jeremy herzuziehen, schlenderte er ans Mikrophon, gab seiner Band ein Zeichen und stimmte »Devil with a Blue Dress« an, den alten Hit von Mitch Ryder.

»Garantiert haben die Besitzer diesen Song verlangt«, vermutete ich und rollte mit den Augen.

»Was?« schrie Suzanne über die laute Musik.

»Ich habe gesagt, daß die Besitzer des Lokals diesen Song bestimmt verlangt haben. Er paßt doch zu ihrem dämlichen Thema.«

Suzanne gab keine Antwort. Sie hatte den Blick auf die Bühne geheftet, klopfte mit den Fingern auf den Tisch und wippte mit dem Kopf im Takt zur Musik.

Ich sah mich im Lokal um und bemerkte, daß Suzanne nicht die einzige war, die von Jeremys Auftritt begeistert zu sein schien. Sämtliche Gäste sangen mit, klatschten und amüsierten sich prächtig. Mehrere Pärchen waren bereits auf der Tanzfläche.

Vielleicht ist mir wirklich etwas entgangen, dachte ich und begann darauf zu achten, was sich auf der Bühne abspielte.

Was ich dort sah und hörte, erstaunte mich. Zuerst einmal konnte Jeremy singen. Ich meine, wirklich singen. Er hatte eine rauhe, heisere Stimme wie Rod Stewart, die markant und gefühlvoll zugleich war. Dazu kam seine Körpersprache... wie er seine Hüften zu jedem Takt des Stückes wiegte... wie er seine zottige rote Mähne schüttelte, um dem Text mehr Ausdruck zu verleihen... wie er sich das Mikrophon an den Mund hielt und es beinahe liebkoste. Er hatte die Menge restlos in der Hand. Kreischende junge Frauen schwenkten ihre Arme durch die Luft, riefen seinen Namen und warfen ihm Kußhände zu. Ich mußte mir ins Gedächtnis rufen, daß es Jeremy war, der einen solchen Aufruhr verursachte – Jeremy Cook, der verrückte Freund meines Bruders – und dann dämmerte es mir: Vielleicht bot *er* ja dem Teufel Unterschlupf!

Warum eigentlich nicht? Jeremy konnte es schließlich genausogut sein wie jeder andere. Meine Mutter hatte früher schon immer gesagt, daß er den Teufel im Leib hätte. Vielleicht wußte sie Bescheid. Vielleicht hatte sich der Teufel diesen Körper als Versteck ausgesucht, weil Jeremy ein solcher Teufelskerl war. Vielleicht spekulierte Herr Satan darauf, dadurch weniger aufzufallen. Vielleicht erkannte er einen Seelenverwandten auf den ersten Blick.

»Er ist einfach sensationell!« rief Suzanne, als das Stück vorbei war. »Komm, wir laden ihn auf einen Drink an unseren Tisch ein, wenn er Pause macht.«

»Wen?« fragte ich zerstreut, während ich darüber nachgrübelte, ob Jeremy nicht derjenige sein könnte, der vom Teufel in Besitz genommen worden war.

»Na, Jeremy«, entgegnete Suzanne. »Du hast doch vorhin gesagt, daß du ihn kennst.«

»Vielleicht ja nicht so gut, wie ich dachte«, erwiderte ich.

»Was meinst du damit?« fragte sie.

»Nichts.«

War Jeremy wirklich die gesuchte Person? War er derjenige, den ich finden mußte, wollte ich mich jemals aus dieser angeblichen »Abmachung« lösen, die ich mit dem Teufel getroffen hatte? War er der Schlüssel, der mir dazu verhelfen konnte, mein altes Leben wiederzubekommen? Meine Gedanken überschlugen sich, als ich beobachtete, wie er auf der Bühne tanzte, herumstolzierte und den Rock-Star mimte. Je mehr ich darüber nachdachte, desto einleuchtender erschien es mir: Jeremy war die naheliegendste Wahl für die Tarnung des Satans in unserer Stadt. Er besaß die Moral einer streunenden Katze, ging nicht in die Kirche und scherte sich einen Dreck darum, was irgend jemand von ihm hielt. Nicht zu vergessen der Name, auf den er sein heißgeliebtes Boot getauft hatte: *Teufelskerl.*

Nachdem er und die Fire Ants noch ein halbes Dutzend weiterer Songs gespielt hatten, machten sie Pause. Als sie von der Bühne kamen und sich auf den Weg zur Bar machten, rief Suzanne Jeremy etwas zu.

»Hierher!« schrie sie, winkte und zeigte auf mich. »Barbara möchte Ihnen gern guten Abend sagen.«

»Warum hast du das getan? Ich möchte jetzt eigentlich noch nicht mit ihm reden.«

»Noch nicht?«

Ich hatte gehofft, meine Gedanken ordnen zu können, bevor ich mit Jeremy sprach, und mir darüber klarzuwerden, wie ich mit meinem Verdacht umgehen sollte. Doch nun war es zu spät. Er sah mich und kam direkt auf unseren Tisch zu.

»Na, das ist aber eine Überraschung«, sagte er grinsend, während er sich einen Stuhl heranzog und sich setzte. »Du konntest also der Versuchung nicht widerstehen, hierherzukommen und meinen Auftritt mitzuerleben, was, BS?«

»Wohl kaum«, konterte ich. »Ich hatte keine Ahnung davon, daß du hier auftrittst. Ich bin wegen des Hummers gekommen.«

»Aber sicher«, schmunzelte er und wischte sich mit meiner Serviette den Schweiß vom Gesicht. Dann drehte er sich zu Suzanne. »Wer ist die denn?«

Der Mann hatte wirklich tadellose Manieren. »*Die da* ist meine Freundin Suzanne Munson«, antwortete ich. »Wir sind Kolleginnen bei ›Home Sweet Home‹.«

»Na, Suzanne, wie geht's?« fragte er und zwinkerte ihr zu.

»Bestens. Ihre Musik gefällt mir wirklich gut«, lobte sie und sah ihn anerkennend an. Warum, das blieb mir ein Rätsel. Vermutlich besaß er den gewissen Macho-Charme. Na ja, Charme war wohl nicht gerade der richtige Ausdruck. Es lag eher an seiner Art, den harten Burschen zu markieren, die manche Frauen so unwiderstehlich fanden. Ein Verhalten, das in meinen Augen total idiotisch war.

»Tja, dann sind Sie ja hier genau richtig, um sich zu amüsieren«, sagte er zu Suzanne. Als die Bedienung an unserem Tisch vorbekam, streckte er die Hand aus, packte die Frau um die Taille und zog sie an sich. »Wie wär's mit einem kalten Bierchen, Süße?«

»Na klar«, entgegnete sie und drückte ihm einen Kuß auf die Wange, bevor sie davoneilte. Zwei Minuten später war sie mit seinem Bier wieder da und küßte ihn noch einmal. Es war ekelerregend – doch noch schlimmer war das, was danach passierte. Eine sehr junge Frau, eine Rothaarige in engen Jeans und einem noch engeren ärmellosen Top, drängte sich an unseren Tisch, schlang die Arme um Jeremy und setzte sich auf seinen Schoß. Sie konnte kaum älter als neunzehn sein.

»Mensch, Jeremy, ich wußte gar nicht, daß du eine Tochter hast«, konnte ich mir nicht verkneifen.

Er lachte. »Melanie ist eine alte Freundin von mir«, erklärte er und tätschelte dabei ihren Hintern. »Stimmt's, Herzchen?«

Melanie war nicht sehr gesprächig. Sie nickte, kicherte und flüsterte Jeremy etwas ins Ohr. Damit waren ihre kommunikativen Fähigkeiten erschöpft.

Die beiden spielten ein paar Minuten lang Bussi-Bussi und ignorierten Suzanne und mich vollkommen. Langsam gingen sie mir auf die Nerven. War ja wahnsinnig aufregend, was sie hier aufführten. Als ich es nicht mehr aushielt, murmelte ich vor mich hin: »Ich wünschte, Melanie würde ihm eine runterhauen und ihm sagen, er solle sich endlich verpissen.«

Kaum zwei Sekunden nachdem ich die Worte ausgesprochen hatte, holte Jeremys kleine Gespielin aus und schmierte ihm eine. Dann stand sie von seinem Schoß auf und schimpfte: »Verpiß dich, du alter Lustmolch.« Schließlich verließ sie den Tisch, ohne sich auch nur mit einem Wort zu verabschieden. Einfach so.

Vielleicht hat David recht, dachte ich und unterdrückte ein Lächeln, während sich Jeremy die schmerzende Wange rieb. Es hatte auch seine Vorzüge, ein Darksider zu sein.

»Was sagt man dazu?« wunderte sich Jeremy, der aber eher amüsiert als verärgert aus der Wäsche schaute. »Diese jungen Dinger sind echt spontan, was? Man weiß nie, was ihnen einfällt.«

»Wenn du meinst«, antwortete ich. »Ich kenne mich mit Minderjährigen nicht so gut aus wie du.«

Er lachte und erhob sich von seinem Stuhl. »Ich würde ja gern noch bleiben und dir dabei zuhören, wie du mich beleidigst, aber meine Pause ist zu Ende«, entschuldigte er sich.

»Oh? So früh schon?« flötete ich mit unverhohlenem Sarkasmus.

»Ja, ich bin geradezu untröstlich«, konterte er. »Und du, BS?«

»Auch untröstlich«, entgegnete ich.

Er nickte. »Tja, war nett, Sie kennengelernt zu haben, Suzanne«, meinte er und schüttelte ihr die Hand. »Es freut mich, daß Sie wenigstens Spaß an unserer Musik haben.«

Während er davonschlenderte, um sich zu seinen Kumpanen auf der Bühne zu gesellen, behielt ich ihn im Blick, musterte ihn, studierte ihn und versuchte, irgendeinen Hinweis auf die Gegenwart des Teufels in Jeremy zu finden. Ich hegte den starken Verdacht, daß sich der Satan als Jeremy tarnte, aber schließlich hatte ich das auch schon bei einem Dutzend anderer Leute geargwöhnt. Ich brauchte ein Zeichen. Etwas Konkretes. Etwas, das mir einen handfesten Beweis dafür lieferte, daß Jeremy derjenige war, den ich suchte.

Als ich aus dem Höllenschlund nach Hause kam, rief ich sofort David an.

»Barbara. Was für eine nette Überraschung«, freute er sich.

»Ich habe meine Meinung nicht geändert, falls du das vermutest«, stellte ich klar. »Ich werde nicht mit dir schlafen und ein Teufelsbaby empfangen.«

»Vielleicht jetzt noch nicht«, sagte er.

»Niemals.«

»Na gut, aber warum können wir uns nicht wenigstens Gesellschaft leisten? Ich bin einsam.«

»Dann such dir eine andere Frau. Wie ich dir schon am Samstagabend gesagt habe, nehme ich an, es gibt jede Menge Frauen, die so verzweifelt sind, daß sie das kleine Problem mit deinem Teufelsschwanz gerne übersehen.«

»Der Teufel möchte *uns* zusammenbringen, Barbara, und wir sind ihm das schuldig. Es gehört zu der Vereinbarung, die wir mit ihm getroffen haben. Wenn du deinen Teil der Abmachung nicht einhältst, kann ich meinen auch nicht einhalten, und wer weiß, was dann passiert? Womöglich verwandelt mich der Teufel wieder in den Blindgänger, der ich vor meiner Verwandlung war.«

»Wäre das denn wirklich so schlimm?«

»Ja.«

»Es tut mir leid, daß du so denkst, David. Ich sehe das anders. Ich will aus diesem Deal aussteigen, und deshalb habe ich dich angerufen. Du erinnerst dich doch noch daran, daß du mir verraten hast, der Satan hielte sich im Körper von jemandem verborgen, den ich kenne?«

»Ich kann keine weiteren Fragen mehr beantworten. Das habe ich dir bereits gesagt.«

»Ach, komm schon, David. Nur eine noch.«

»Nein.«

»Du hast doch gesagt, du hättest mich gern.«

»Das stimmt auch. Außer dir habe ich keinen einzigen Freund mehr.«

»Dann beweise es. Beantworte mir diese eine Frage. Bitte.«

Schweigen.

»Bitte.«

Weiteres Schweigen. Aber langsam wurde er weich. Das spürte ich.

»Biiiitte.«

»Na gut«, willigte er ein. »Aber nur, um dir zu beweisen, wieviel mir unsere Freundschaft bedeutet.«

»Wunderbar. Also, hier ist meine Frage: Versteckt sich der Teufel in der Gestalt von Jeremy Cook? Ist er es, David?«

»Jeremy Cook? Der Typ, der neulich abends bei dir vorbeigekommen und uns auf die Nerven gefallen ist?«

»Genau der.«

»Wie kommst du darauf, daß er derjenige sein könnte, den du suchst?«

»Du hast gesagt, der Teufel hielte sich im Körper von jemandem versteckt, den ich kenne.«

»Ja, aber du bist Immobilienmaklerin. Du kennst massenhaft Leute.«

»Aber niemanden, der so ›teuflisch‹ wäre wie Jeremy. Als wir unseren High-School-Abschluß gemacht haben, wurde nicht er zum Mann mit den größten Erfolgsperspektiven gewählt, sondern Mitchell. Jeremy kürten sie dagegen zum Mann mit den größten Chancen darauf, auf einem Fahndungsplakat der Polizei zu erscheinen. Er geriet ständig in irgendwelche Schwierigkeiten.«

»Na und?«

»Ist er dann nicht der Typ Mensch, den sich der Teufel für seine Tarnung aussuchen würde?«

»Möglich.«

»Ach, komm schon, David. Sag mir einfach die Wahrheit: Ist es Jeremy?«

»Das kann ich weder bestätigen noch bestreiten.«

»Es *ist* Jeremy, stimmt's?«

»Du gibst wohl nie auf, was?«

»Nicht, wenn meine Seele auf dem Spiel steht. Nein.«

David schwieg einen Augenblick lang.

»Bist du noch dran?« fragte ich.

»Ja«, meldete er sich wieder.

»Beantwortest du nun meine Frage? Ist es Jeremy Cook?«

»Wenn ich ja sagen würde, würdest du mir dann glauben, daß ich bereit wäre, meine eigene Sicherheit zu opfern, nur um dir zu helfen? Daß ich auch als Darksider ein anständiger Kerl bin?«

»Meine Antwort ist ja«, sagte ich atemlos, da ich spürte, daß David nachgab.

Er zögerte. »Dann ist meine auch ja.«

15

Was nun, fragte ich mich, nachdem ich aufgelegt und mich aufs Wohnzimmersofa hatte zurücksinken lassen. Was sollte ich jetzt tun, nachdem ich wußte, daß sich der Teufel im Körper von Jeremy Cook eingenistet hatte? Einen Pfahl durch Jeremys Herz jagen? Kreuze nach ihm werfen? Oder Davidsterne? Ihn an einen Stuhl fesseln und dazu zwingen, sich diese CD anzuhören, auf der Benediktinermönche gregorianische Choräle singen? Was sollte ich jetzt tun?

Bevor ich noch weiter über dieses Thema nachdenken konnte, beschloß Pete, einen seiner regelmäßig auftretenden Bellanfälle zu inszenieren. Es war seltsam. Immer wenn ich ein bißchen Ruhe und Frieden gebraucht hätte, um mich mit dieser Teufelsgeschichte auseinanderzusetzen, bekam der Hund einen heftigen Anfall. Grundlos. Er schien weder Futter noch Wasser zu wollen. Genausowenig war er darauf aus, Gassi zu gehen. Und er schien auch nicht von Flöhen geplagt zu werden. Er bellte mich einfach so an. Wuff! Wuff! Wuff! Wuff! Endlos.

»He!« rief ich und streckte die Hand aus, um den weißen Fleck auf seiner Brust zu kraulen. »Ich möchte gern nachdenken.«

»Wuff! Wuff! Wuff!«

»Hör mal, Pete. Ich kann keine Gedanken lesen«, sagte ich. »Hast du Sehnsucht nach deinem wahren Besitzer? Ist es das?«

Die Frage rief nur weiteres Bellen hervor. Ich wollte ihn gerade vor die Tür setzen, ob ihm das nun paßte oder nicht, als er in eine Zimmerecke hinübertrottete. Ich hatte, gleich nachdem ich aus dem Höllenschlund nach Hause gekommen war, bei David angerufen, so daß Hand- und Aktentasche noch achtlos auf dem Boden herumlagen. Nun steckte Pete die Schnauze in meine Aktentasche und wühlte offenbar meine Sachen durch. Und dann machte er etwas wirklich Sonderbares: Er nahm meinen Immobilienkatalog zwischen die Zähne, zerrte ihn aus der Mappe und brachte ihn mir, so wie eine Katze mit einer Maus im Maul stolz herumspaziert. Er warf das Heft auf den Boden und begann, mit seiner Schnauze die Seiten durchzublättern.

»Oh, jetzt verstehe ich dich. Du suchst ein neues Haus.« Ich lachte, während er sich durch den Katalog wühlte, die Bibel aller Immobilienmakler, in der sämtliche Anwesen aufgeführt waren, die in unserem Bezirk zum Kauf angeboten wurden. Allerdings hörte ich auf zu lachen, als ich sah, daß Pete das Heft auf einer bestimmten Seite aufgeschlagen und seine rechte Vorderpfote daraufgestellt hatte, als wollte er die Stelle markieren. Und dann begann er erneut zu bellen. Er schien mir etwas sagen beziehungsweise *zeigen* zu wollen.

Ich stand vom Sofa auf und ging zu ihm hinüber. Zu meiner Verblüffung hatte er genau die Seite aufgeschlagen, auf der das Nowak-Haus abgebildet war – das Haus, das David Bettinger in mein Leben gebracht hatte!

Was in aller Welt war hier nun wieder los? War es reiner Zufall, daß Pete mich gerade auf diese Seite aufmerksam machte? Natürlich mußte es so sein. Vermutlich spielte er nur herum, so wie Hunde es häufig taten, und war zufällig auf diese Seite gestoßen. Trotzdem war es reichlich komisch.

»He, Pete«, sagte ich. »Vielleicht solltest du mal bei David Lettermans dämlichen Haustierdressuren vorsprechen.«

Er starrte mich mit seinen seelenvollen haselnußbraunen Augen an, bellte noch ein paarmal, legte sich dann zu meinen Füßen nieder und leckte mir die Schuhe.

Wenigstens ist er jetzt still, sagte ich mir, als ich mich wieder auf die Couch setzte und die Ereignisse des Abends vor meinem geistigen Auge Revue passieren ließ. Inzwischen war es spät geworden – Mitternacht oder so. Ich war hundemüde.

Morgen, beschloß ich, als meine Gedanken wirr und meine Lider schwer wurden. Morgen überlege ich mir weiter, wie ich mich gegen den Teufel, Jeremy und alles andere zur Wehr setze. Aber jetzt will ich schlafen.

Und mit dem zuverlässigen Hund an meiner Seite tat ich das auch.

Das Knurren kehrte am Dienstagmorgen zurück. Nicht bei Pete. Bei *mir.* Ich knurrte während der Sendung »Today«. Ich knurrte beim Frühstück. Ich knurrte, während ich mich zur Arbeit anzog. Falls David recht hatte und der Teufel mir mit dem Knurren signalisieren wollte, daß ich aufhören sollte, mich gegen mein Schicksal aufzulehnen, dann hatte ich die Nachricht laut und deutlich vernommen. Das Problem war nur, daß ich mich mit meiner Lage nicht abfinden konnte. Ich wollte nicht für den Rest meines Lebens ein Darksider sein. Ich sehnte mich danach, wieder Barbara Chessner zu werden, mit Doppelkinn und allen anderen Schikanen.

Auf dem Weg ins Büro kam ich zu dem Schluß, daß ich, wenn ich den Teufel ein für allemal aus Banyan Beach und aus meinem Leben vertreiben wollte, irgendwie mit ihm kommunizieren mußte. Und die einzige Möglichkeit, wie das zu bewerkstelligen war, führte über Jeremy Cook. Das bedeutete, daß ich mich mit Jeremy treffen mußte – einem Mann, den ich gräßlich fand und der David zufolge nicht einmal wußte, daß der Teufel seinen Körper in Besitz genommen hatte. Ich mußte ihn verfolgen, ihn beobachten und näher kennenlernen, um herauszufinden, wie der Satan am besten zu attackieren war. Ich konnte ja schlecht auf ihn zugehen und sagen: »Komm heraus, komm heraus, wo immer du auch steckst!« Das hier war kein Spiel, wie David mir zu Recht eingeschärft hatte. Es war eine ernste Angelegenheit, eine Schlacht zwischen Gut und Böse. Ich mußte die Sache also vorsichtig angehen, mit Takt und Fingerspitzengefühl. Ich mußte mich auf eine harte Konfrontation vorbereiten, mich langsam vorwärtstasten und darauf warten, daß sich mir der Teufel offenbarte.

Den Vormittag verbrachte ich damit, Häuser vorzuführen. Als ich ins Büro zurückkam, rief ich meinen Bruder an und bat ihn um Jeremys Telefonnummer.

»Habe ich dich recht verstanden? Du willst die Nummer von Jeremy?« fragte er, von meinem Wunsch ganz verblüfft. »Von Jeremy, dem Typen, den du nicht ausstehen kannst?«

»Genau«, erwiderte ich. »Ich will ihn etwas fragen.«

»Was willst du denn von ihm wissen?«

Jetzt laß dir was Einleuchtendes einfallen, Barbara. »Ich hatte heute morgen einen Kunden, der sich für die Angelmöglichkeiten in Banyan Beach interessiert«, log ich. »Ich habe ihm versprochen, mich so umfassend wie möglich danach zu erkundigen. Und da sich Jeremy auf diesem Gebiet so gut auskennt, dachte ich mir, ich frage ihn mal.«

»Ich wette, er wird staunen und sich ganz geschmeichelt fühlen, wenn du ihn anrufst«, erwiderte Ben und nannte mir Jeremys Privatnummer sowie die Nummer des Jachthafens, in dem sein Charterboot lag. »Ach, übrigens, Jeremy ist telefonisch ziemlich schwer zu erreichen. Warum gehst du nicht einfach zum Jachthafen runter und sprichst dort mit ihm?« meinte er. »Im allgemeinen ist er ab vier Uhr wieder dort.«

»Vielleicht mache ich das, danke«, sagte ich.

In Eddies Jachthafen verkehrte nicht die Gesellschaft aus den Country Clubs. Es war ein Treffpunkt für Männer, deren Arme so überproportional lang waren, daß sie ganz und gar nicht zum Rest ihres Körpers paßten, und die praktisch über und über mit Tätowierungen bedeckt waren – so ähnlich wie Popeye. Diese Männer besaßen keine schnittigen, eleganten Segelboote, sondern sogenannte ›Stinkpötte‹ – große, machomäßige Power-Boote mit Thunfisch-Türmen, 750-PS-Motoren und Angelausrüstungen für Profis. Außerdem stank es dort überall bestialisch nach Fisch – nach toten Fischen und männlichem Schweiß.

»Können Sie mir bitte sagen, wo ich Jeremy Cook finde, den Kapitän von Cook's Charters?« fragte ich den ersten Mann, der mich nicht lüstern anglotzte.

»Klar. Er ist auf Dock C, Gang 14«, sagte er und wies auf den

Irrgarten von Docks zu meiner Linken. »Aber ich glaube nicht, daß er schon eingelaufen ist. Wollen Sie mit seinem Vater sprechen?«

»Mit seinem Vater?«

»Ja, mit dem alten Kapitän. Mike Cook war der erste Cook von Cook's Charters«, erklärte der Mann. »Er hat noch mit Hemingway gefischt, wissen Sie.«

»Tatsächlich?« erwiderte ich und bemühte mich, nicht blasiert zu wirken. Dummerweise behauptet jeder alte Knabe in Florida, mit Hemingway gefischt zu haben, genau wie jedes junge Mädchen in Florida behauptet, mit einem Kennedy geschlafen zu haben. All diese Männer beteuern, mit Hemingway auf Key West, Islamorada, Bimini und weiß Gott wo angeln gewesen zu sein. Wenn sämtliche Leute, die behaupten, mit Hemingway gefischt zu haben, es wirklich getan hätten, wäre der gute Mann nie dazu gekommen, Romane zu schreiben.

»Mhm. Er kann ein paar erstaunliche Geschichten erzählen, der alte Mike. Sie brauchen ihn nur zu fragen.«

Ich nickte höflich. Ich wollte nicht dasitzen und mir Seemannsgarn anhören, sondern Jeremy treffen und den Teufel, der in ihm wohnte, dazu bewegen, die Stadt zu verlassen.

»Gehen Sie nur zu«, forderte der Mann mich auf. »Er sitzt gleich da drüben.«

Er zeigte auf einen hageren, weißhaarigen Mann, der am unteren Ende von Dock C auf einem Klappstuhl saß, Zeitung las und eine Zigarette rauchte.

»Vielen Dank«, sagte ich und steckte mir ein paar Pfefferminzpastillen in den Mund, bevor ich auf Jeremys Vater zuging. Ich hoffte, er würde mir mitteilen können, wann sein Sohn im Hafen zurückerwartet wurde, da ich nicht vorhatte, den ganzen Abend hier herumzuhängen.

»Entschuldigung, sind Sie Mr. Cook?« erkundigte ich mich, als ich bei besagtem Mann angelangt war. Er war drahtig, wettergegerbt und meiner Schätzung nach in den Siebzigern.

»Der bin ich«, bejahte er, sah mit lebhaften grünen Augen zu mir auf und zog an seiner Zigarette. »Was kann ich denn für Sie tun?«

»Ich suche Ihren Sohn«, erklärte ich.

»Jeremy? Warum in aller Welt sucht denn ein hübsches Ding wie Sie einen solch häßlichen Halunken?« Er stieß das stockende Lachen eines Rauchers aus, aber es klang überhaupt nicht abwertend. Es klang stolz, väterlich, voller Bewunderung. Es war sonnenklar, daß »häßlicher Halunke« ein Kosewort war und er Jeremy innig liebte. Es stand ihm bereits ins Gesicht geschrieben, als er den Namen seines Sohnes aussprach. Mich durchzuckte ein Anflug von Neid, da ich so einen Blick nie in den Gesichtern meiner Eltern gesehen hatte.

»Ich würde ihn gern sprechen.«

»Aber garantiert nicht, weil Sie das Boot chartern wollen«, vermutete Mike Cook kichernd. »Sie sehen mir nicht wie eine Lady aus, die viel mit Fischen im Sinn hat.« Er musterte mich. Ich trug ein geschmackvolles, ärmelloses schwarzes Leinenkleid, eine einreihige Perlenkette und schwarze Lackledersandaletten, deren dünne Absätze sich andauernd zwischen den Holzplanken des Docks verfingen.

»Fischen bin ich nie gewesen«, gab ich zu. »Ich habe mal ein bißchen Tennis gespielt, aber noch nie geangelt.«

»Sie sollten es mal ausprobieren«, empfahl er mir. »Jeremy nimmt sie auf der Hatteras mit hinaus.«

»Herzlichen Dank, Mr. Cook, aber ich bin wirklich kein Fischtyp.«

»Fischtyp? Nennt man das heutzutage so?« Er warf den Kopf in den Nacken und lachte.

Seine Heiterkeit war ansteckend, und ich begann mitzulachen. Mir gefiel die Lässigkeit dieses Mannes ungemein, sein schleppender Südstaaten-Akzent, seine lakonische Art und seine Wärme. Ich empfand Geborgenheit bei ihm, schon binnen dreißig Sekunden mehr Geborgenheit, als ich sie von meinem eigenen Vater jemals bekommen hatte.

»Sie kennen bestimmt meinen Bruder«, fragte ich unvermittelt.

»Ihren Bruder? Wer ist denn das?«

»Benjamin Greenberg. Ich heiße Barbara Greenberg Chessner. Ich war auf der High-School in Jeremys Klasse.«

Erneutes Schmunzeln machte sich auf Mike Cooks ledrigem Gesicht breit. »Sie sind Bennys Schwester?« fragte er mit spöttischem und doch freundlichem Tonfall.

Ich nickte.

»Tja, dann schütteln Sie mir mal die Hand, meine Gute, aber schnell.«

Er streckte mir seine knorrige, von Arthritis verkrümmte Hand entgegen, und ich schüttelte sie voller Begeisterung. Seltsam, daß wir uns nie kennengelernt hatten, dachte ich, wo doch Ben und Jeremy so gut befreundet waren. Andererseits wären meine Eltern nie mit so gewöhnlichen Leuten wie den Cooks verkehrt. Und sie hätten mich garantiert auch nie dazu ermuntert.

»Sie sind also das Mädchen, für das Jeremy damals geschwärmt hat«, sagte Mike Cook und ließ den Blick über mich wandern, während er an seiner Zigarette zog.

»O nein«, protestierte ich. »Sie verwechseln mich bestimmt und denken an eines der anderen Mädchen aus unserer Schule. Jeremy und ich waren nicht in derselben Clique.« Vorsichtig formuliert.

Mike schüttelte den Kopf. »Nee. Das waren Sie. Meine Frau wußte es doch genau.«

»Dann sollten Sie ihr vielleicht sagen, daß sie sich geirrt hat«, erwiderte ich.

»Geht nicht«, entgegnete Mike. »Sie ist seit über einem Jahr tot.«

»Oh. Das tut mir leid. Das war mir nicht bekannt.«

»Natürlich nicht. Nur Jeremy wußte davon.«

»Was meinen Sie damit, Mr. Cook?«

»Patty hat nie einem Menschen erzählt, daß sie krank war. Nur Jeremy wußte, daß sie Krebs hatte, obwohl sie es auch ihm gegenüber mit keinem Wort erwähnt hat. Jeremy entwickelt bei solchen Sachen immer einen sechsten Sinn.«

Kein Wunder, hätte ich am liebsten herausgebrüllt. Der Teufel steckt ja auch in seinem Körper. Und der kann den Tod aus meilenweiter Entfernung kommen sehen.

»Jedenfalls hat Patty ihn immer wieder über Barbara dies und

Barbara jenes reden hören. Sie haben ihm beinahe das Herz gebrochen, stimmt's?«

Ich starrte Jeremys Vater an und fragte mich, ob er senil war. Warum sollte er sonst behaupten, daß Jeremy mich ernsthaft gern gehabt und ich ihm das Herz gebrochen hätte?

Es konnte einfach nicht sein. Zum einen hatte Jeremy überhaupt kein Herz, das man hätte brechen können – weder in der Schulzeit noch heute. Wie ich schon am gestrigen Abend zu Suzanne gesagt hatte, behandelte er Frauen genauso wie Fische: Er betrachtete sie als Jagdbeute. Wenn er eine an der Angel hatte, warf er sie wieder weg.

Und außerdem hatte ich auf der High-School nun weiß Gott nicht den Ruf einer großen Herzensbrecherin gehabt, erst recht nicht bei Jeremy. Ich war damals eine verklemmte Prinzessin mit einer unvorteilhaften Frisur und einem noch unvorteilhafteren Körper gewesen. Das mangelnde Interesse der Jungen an mir hatte ich kompensiert, indem ich mir einredete, daß ich auch nicht an ihnen interessiert war. Ich doch nicht. Ich wartete auf den Märchenprinzen oder Paul McCartney, je nachdem, wer zuerst kam. Jeremy dagegen schien auf Schlampen zu stehen – Mädchen mit Namen wie Ricki, Tawny oder Candy, Mädchen, die gegen ihre Eltern rebellierten und machten, was sie wollten, Mädchen, die sich nicht für irgend jemanden aufsparten.

Freilich *hatte* Jeremy mich gefragt, ob ich mit ihm zum Abschlußball gehen würde, aber doch nur meinem Bruder zuliebe, dem es leid tat, daß ich ein solches Mauerblümchen war, und der Jeremy bearbeitet hatte, mich aufzufordern. Ich hatte seine Einladung angenommen und mich dann krank gestellt, was mir von Jeremy nie verziehen worden war. So hatte es sich in *Wirklichkeit* abgespielt.

Nein, Mike Cook irrte sich. Die »Barbara«, die Jeremy seiner Mutter gegenüber erwähnt hatte, mußte Barbara Delafield gewesen sein. *Bobbi* Delafield. Das Mädchen, das gleich nach dem Schulabschluß eine Bühnenkarriere angetreten hatte – im Titters, dem Striptease-Schuppen, aus dem inzwischen der Höllenschlund geworden war.

Während wir darauf warteten, daß Jeremy mit seinem Boot

Teufelskerl einlief, erzählte mir Mike Cook vom Fischen. Ich machte mich schon auf die sagenhaften Hemingway-Stories gefaßt, die mir aber glücklicherweise erspart blieben. Dafür berichtete er mir, wie er und seine Frau in den fünfziger Jahren Cook's Charters gegründet hatten.

»Ich liebte das Angeln und war dabei auch ganz erfolgreich«, erinnerte er sich ganz unbescheiden. »Also beschlossen Patty und ich, das geschäftlich zu nutzen. Wir wandten uns an die großen Hotels südlich von hier – in Banyan Beach gab es damals ja bloß das Driftwood Motel – und bekamen ein paar Charteraufträge. Ich fuhr tagsüber mit den Hotelgästen hinaus, und Patty machte die Buchführung. Natürlich habe ich Jeremy, sobald er sitzen konnte, das Fischen beigebracht. Angefangen haben wir am Fluß, und dann zeigte ich ihm nach und nach, wie das Tiefseeangeln geht. An einem Wochenende – ich glaube, anno 1959, als er zwei Jahre alt war – habe ich ihn zum Fischen am St. Lucie mitgenommen, und abends brachten wir mehr als fünfhundert Barsche mit nach Hause.«

Ich lächelte und nickte, obwohl ich Barsche nicht von Burschen unterscheiden konnte.

»Das würde heutzutage natürlich nicht mehr hinhauen«, fuhr er fort. »Jedenfalls nicht in dieser Gegend.«

»Warum nicht?« hakte ich nach.

Er lachte. »Sie sind wirklich kein ›Fischtyp‹. Wissen Sie tatsächlich nicht, was hier los ist?« fragte er und das klang nicht vorwurfsvoll, sondern nur erstaunt. »Tja, dann lassen Sie sich mal aufklären: Daß man heute keine fünfhundert Barsche mehr an einem Tag fangen kann, liegt einfach und allein daran, daß nicht mehr so viele Barsche im Wasser sind wie früher.«

Das verstand ich nicht. »Aber Jeremy fährt doch jeden Tag mit den Leuten zum Fischen hinaus?«

»Allerdings.«

»Und wie bleibt er dann im Geschäft, wenn nicht mehr so viele Fische im Wasser herumschwimmen?«

Er lachte erneut. »Jetzt verwechseln Sie zwei Arten von Angeln. Jeremy fährt mit den Leuten auf seiner Hatteras zum Tiefseefischen. Aufs Meer. Da fängt er Thunfisch, Schnapper und dergleichen. Wenn Sie jedoch auf Barsche aus sind, müssen Sie mit einem flachen Kahn in flache Gewässer gehen. Und da findet man sie eben nicht mehr so wie früher. Damals sind wir immer auf den Fluß hinausgerudert und konnten bis zum Grund sehen. Da gab es riesige Schwärme von Barschen und Äschen, die sich von Seegras ernährt haben. Heute gibt es kein Seegras und deshalb auch keine Fische mehr – nur noch Schlamm.«

»Schlamm?« Ich führte praktisch jeden Tag Interessenten Häuser am Fluß vor und hatte noch keinen Schlamm bemerkt. Aber natürlich sah ich mir das Wasser auch nicht genauer an. Es war eben einfach da – das »Wasser«, das nun mal notwendigerweise zu den Grundstücken am Wasser gehörte. Es bot reichen Hausbesitzern eine schöne Aussicht und war ein »Vorzug«, den man den Kunden gegenüber herausstreichen konnte. Das war in etwa alles, was ich darüber wußte oder mich daran interessierte.

»Hören Sie, heute haben wir Schlick, wo früher Seegras wuchs, und Algen, wo sich früher Fische tummelten. Sie müssen es schon südlich von hier versuchen, wenn Sie noch Barsche finden wollen.«

»Was hat die Fische denn umgebracht?« erkundigte ich mich und merkte, daß ich mich wie eine betroffene Umweltschützerin anhörte.

»Immobilien«, erklärte er ganz nüchtern. »Die Bauunternehmer haben angefangen, am Fluß entlang Häuser zu bauen, und die Makler waren nur allzu erpicht darauf, sie zu verhökern. Und ehe wir uns versahen, flossen Schädlings- und Unkrautvernichtungsmittel, Dünger und Abwässer ins Wasser. Aber das ist nur eine Seite des Problems. Als westlich von hier, am Lake Okeechobee, immer mehr Häuser entstanden, begannen sich alle Sorgen zu machen, daß es nach schweren Regenfällen zu Überschwemmungen kommen könnte. Also hat das Ingenieurskorps der Armee die brillante Idee entwickelt, die Abflüsse in unseren Fluß zu leiten. Wenn ich mal ein paar Minuten mit einem dieser Kerle allein wäre, würde ich...« Er lachte.

»Würden Sie was?« hakte ich nach.

»Ach, nichts. Ich bin ein Schwätzer, kein Tatmensch«, räumte er ein. »Jeremy ist der Tatmensch in unserer Familie. Manchmal schießt er dabei natürlich übers Ziel hinaus. Kriegt Schwierigkeiten. Vor allem in letzter Zeit.«

»In letzter Zeit?« fragte ich interessiert. »Hat er sich da anders verhalten? Hat er mehr Schwierigkeiten bekommen als sonst?« Jetzt, da er vom Teufel in Besitz genommen worden war?

»Tja, sagen wir einfach, daß er in Dinge verwickelt ist, von denen er mir nichts erzählen will.«

»Tatsächlich?«

»Ja, und ich mache mir Sorgen um ihn. Patty kann sich keine Sorgen mehr machen, also muß ich das übernehmen.«

Mike Cook hörte sich an wie ein Mann, der seine Frau liebte und sie vermißte, seit sie tot war. Merkwürdig, daß sein Sohn ein solcher Frauenheld geworden war, der von einem Flittchen zum anderen hetzte und außerstande war, sich festzulegen.

»Na, da kommt Jeremy ja endlich«, verkündete Mike und hielt sich zum Schutz vor der spätnachmittäglichen Sonne die Hand vor die Augen.

Ich drehte mich um und sah, wie die *Teufelskerl* an ihrem Steg anlegte. Jeremy stand am Steuerrad und bellte den zwei Jungen, die die Fender hinunterließen und die Taue bereithielten, seine Anweisungen zu.

»Fahren Sie und Jeremy immer noch zusammen fischen?« fragte ich Mike Cook, während Jeremy seine Crew herumkommandierte.

»Ab und zu«, erwiderte er. »Wenn er mal einen freien Tag hat. Ich bin 1986 in den Ruhestand gegangen und habe ihm das Chartergeschäft übergeben. Ich helfe ihm noch dabei, die Buchungen zu registrieren, aber jetzt ist er der Kapitän, und er macht seine Arbeit gut. Jeremy hat mittlerweile noch ein paar Hotels als Kundschaft dazugewonnen, seit er ein bißchen die Werbetrommel gerührt hat. Daß er in dieser Rock-'n'-Roll-Band singt, schadet natürlich auch nicht. Wenn er auftritt, trägt er die T-Shirts von Cook's Charters. Das zieht die Leute an, wissen Sie?«

»Das kann ich mir vorstellen. Sagen Sie, konnte er eigentlich schon immer so gut singen wie jetzt? Oder ist das neu?« Etwas, das der Teufel verursacht hatte?

Mike musterte mich, während er sich die nächste Zigarette ansteckte. »Sind Sie gekommen, um Jeremy zu interviewen, oder was? Für die Lokalzeitung? Sie haben noch gar nicht gesagt, weshalb Sie ihn eigentlich sprechen wollen.«

»Da haben Sie recht.« Ich hielt inne und überlegte. »Es geht um Benjamin«, antwortete ich schließlich.

»Benny?« fragte er besorgt.

Ich nickte. »Er hat...«

»He, ist das denn die Möglichkeit, da ist ja BS!« brüllte Jeremy, als er vom Boot stieg und mich mit seinem Vater reden sah.

Er lächelte breit, als er den Kai entlangstolzierte. Seine Wangen und die Nase waren vom Sonnenbrand ganz rosa. Für jemanden, in dem der Teufel wohnte, sah er ungemein fröhlich aus.

Der Teufel, dachte ich, und das Herz pochte mir wild bis zum Hals hinauf. Es war nicht Jeremy Cook, der hier auf mich zukam, machte ich mir noch einmal klar. Es handelte sich um den Satan. Der Fürst der Finsternis höchst persönlich. Der Leibhaftige. Der Kerl, der mich zum Darksider gemacht hatte und von mir erwartete, daß ich weitere Darksider in die Welt setzte. Der Kerl, der für Pest und Seuchen und – ob Mike Cook es nun wußte oder nicht – für die Verschmutzung seines geliebten Flusses verantwortlich war. Nachdem ich mich tagelang gefragt hatte, was für ein Gefühl es wohl wäre, ihm von Angesicht zu Angesicht gegenüberzustehen und tatsächlich mit ihm zu sprechen, passierte es nun endlich. Mein Adrenalinspiegel schoß in die Höhe, das kann ich Ihnen sagen.

»Sieh mal einer an. BS läßt sich zwei Tage hintereinander in die Niederungen der Gesellschaft herab«, spöttelte Jeremy, als er bei uns anlangte. Er tätschelte seinem Vater den Rücken und wandte sich dann wieder mir zu. »Zuerst der Höllenschlund und jetzt Eddies Jachthafen. Wie weit ist es mit der Welt nur gekommen?«

»Wenn es nach dir ginge, würde es doch auf der Welt nur so von Darksidern wimmeln«, entgegnete ich, wobei ich lauter sprach als sonst, damit mich der Teufel in ihm auch bestimmt hörte.

»Würde wovon wimmeln?« fragte Jeremy und sah verblüfft aus. Mein Gott, der Teufel war ja tatsächlich ein skrupelloser

Lügner, wenn er jetzt auch noch so tat, als verstünde er mich nicht.

»Du weißt ganz genau, wovon ich rede«, versetzte ich.

Es war nicht zu fassen. Der Mensch, der neben mir stand, sah aus wie Jeremy, sprach wie Jeremy und roch sogar nach Bier wie Jeremy. Und trotzdem... war es nicht Jeremy. Jedenfalls nicht wirklich. Denn wie David zumindest erklärt hatte, existierte die Person nicht mehr, in deren Körper sich der Teufel verborgen hielt. Was bedeutete, daß auch Jeremy in diesem Augenblick nicht mehr existierte. Ich sprach also direkt mit dem Satan, obwohl er sich dumm stellte, vielleicht weil wir nicht allein waren.

»Also, was machst du denn hier, BS?« fragte Jeremy und überging mein merkwürdiges Benehmen. »Wie ich sehe, hast du meinen Vater schon kennengelernt.«

Seinen Vater. Ich biß mir auf die Lippen. Es war wirklich traurig. Mike Cook schien so ein netter Mann zu sein. Da hatte er bereits die Frau verloren, und nun wurde ihm auch noch der Sohn genommen. Zumindest für den Moment.

»Klar, Barbara und ich sind schon alte Freunde«, schaltete Mike sich ein. »Aber sie ist deinetwegen gekommen. Wegen ihres Bruders, hat sie gesagt.«

»Ist Ben krank oder was?« wollte Jeremy wissen.

Nein, du bist krank, dachte ich angewidert, während ich versuchte, durch Jeremy hindurchzusehen, in die Augen des Leibhaftigen.

»Was ist denn los mit Ben?« wiederholte Jeremy noch einmal seine Frage, als ich ihm keine Antwort gab.

»Ich möchte deinen Vater nicht mit unseren Familienproblemen belasten«, entgegnete ich. »Es geht um etwas, das ich lieber mit dir allein besprechen würde, wenn möglich.«

Jeremy leckte sich lüstern die Lippen. »Klingt ganz so, als würde sie etwas von mir *wollen*, Dad. Ich glaube, das ganze Gerede über Ben ist nur Tarnung.«

»Du mußt dich ja mit Tarnungen auskennen«, konterte ich in der Hoffnung, der Teufel werde erkennen, daß man mich nicht zum Narren halten konnte und ich ihn nicht im Körper des besten Freundes meines Bruders herumstolzieren lassen würde.

»Was soll das denn heißen?« fragte Jeremy.

»Als ob du das nicht wüßtest.«

Er zuckte mit den Achseln. »Ich kann dir wirklich nicht folgen, Schätzchen, aber ich sehe dir an, daß du wegen irgendwas ganz aufgeregt bist. Gehen wir doch einfach zu mir nach Hause, dann kannst du mir alles erzählen.«

Er legte mir seinen verschwitzten Arm um die Schultern, doch ich wich ihm aus.

»Gut. Dann eben nicht«, sagte er und begann seinem Vater von den neuesten Abenteuern auf hoher See zu erzählen.

Während die beiden eine leidenschaftliche Debatte darüber begannen, ob es besser sei, nach einem Gewitter oder währenddessen zu angeln, versuchte ich mir klarzuwerden, was ich als nächstes tun sollte. Die Vorstellung, mit Jeremy allein bei ihm zu Hause zu sein – wo immer er auch wohnte –, war beängstigend. Wer konnte schon wissen, was der Teufel tun würde, wenn niemand anders in der Nähe war? Andererseits hätte ich, wenn ich jetzt mit Jeremy nach Hause ginge, endlich die Gelegenheit, ihm meine Meinung zu sagen, ja ihn vielleicht sogar dazu zu bringen, meine Stadt und mich in Ruhe zu lassen.

»Jeremy«, unterbrach ich ihn, gerade als die beiden eine Diskussion über Riggs oder Ruten oder irgendwas dergleichen anfingen. »Ich würde *wirklich* gern mit dir sprechen. Und zwar bei dir zu Hause, falls das nicht zu aufdringlich ist.«

»Kein Problem«, sagte er und schaute völlig verwirrt drein, als wüßte er nicht, was los war. Der Teufel war ja eine solche Schlange. »Dad? Gehst du jetzt auch heim?«

»Gleich«, antwortete Mike Cook. »Ich warte aber noch so lange, bis alle Jungs angelegt haben. Damit ich ihnen gute Nacht sagen kann. So wie immer.«

Jeremy nickte. »Dann bis morgen früh. Morgen kommt diese Gruppe aus Hutchinson Island, stimmt's?«

Mike sah auf das Klemmbrett auf seinem Schoß. »Mhm, vier Leute. Um acht Uhr.«

Jeremy nickte noch einmal. »Dann mach's gut«, verabschiedete er sich, klopfte seinem Vater auf den Rücken und bedeutete mir, daß ich ihm den Kai entlang zum Parkplatz folgen sollte.

16

Jeremy stieg in seinen Kleintransporter, brüllte mir zu, daß ich ihm in meinem Wagen folgen solle, und fuhr in einer Staubwolke davon.

Als wir bei der ersten Verkehrsampel anhalten mußten, lehnte ich mich aus dem Fenster meines Lexus und schrie: »Wie weit ist es eigentlich?« Ich wußte, daß er irgendwo bei mir in der Nähe wohnte, hatte aber keine Ahnung, wo genau.

»Wie weit möchtest du denn, Schätzchen?« schrie er zurück. »Es ist niemand da, der uns aufhält.«

»Das habe ich nicht gemeint«, murmelte ich und fragte mich, was wohl passieren würde, wenn ich erst allein mit Jeremy war.

Wir fuhren auf den Strand zu, Richtung »Millionaires' Row«, wie wir Immobilienexperten diesen exklusiven Streifen mit Anwesen direkt am Meer nennen, wo auf einst unbewohntem, sandigem Grund luxuriöse Häuser und Eigentumswohnanlagen im Wert von mehreren Millionen errichtet worden sind. Seacrest Way, wo ich wohnte, lag an einem bescheideneren Strandabschnitt: Es war eine Sackgasse für Möchtegerns. Das war Mitchell Chessner nämlich: ein Möchtegern. Genauer gesagt war er eigentlich ein Schaut-mich-an. Während ich krankhaft darum bemüht war, es allen Leuten recht zu machen und von ihnen gemocht zu werden, war Mitchell krankhaft dahinter her, daß ihn andere Leute beneideten und für einen *reichen* Mann hielten. Als ich ihm das Haus im Seacrest Way 666 zeigte, hatte er darauf bestanden, ein Angebot dafür zu machen, und zwar nicht, weil es am Meer lag. Mitchell setzte nämlich nie einen Fuß ins Wasser, da er fand, seine Ernährung enthielte ohnehin schon genug Salz. Nein, seine Erklärung dafür, daß er das Haus kaufen wollte, war: »Es macht eine Aussage.«

Ach, Mitchell, seufzte ich, in Gedanken an unser gemeinsames Leben. Was habe ich mir nur dabei gedacht, als ich mich mit dir zusammentat? War ich so erpicht darauf, es meinen Eltern recht zu machen, daß ich bereit war, mich selbst zu verkaufen, indem ich einen Idioten wie dich geheiratet habe?

Mich selbst zu verkaufen war das Stichwort, über das ich nachsann, während wir weiterfuhren. Hatte ich das nicht auch in jener Nacht getan, als Mitchell mich verlassen hatte? War ich nicht in dieses Gewitter hinausgetorkelt und hatte geschrien, daß ich für einen Fünfhunderttausend-Dollar-Kunden, einen schöneren Körper und einen Mann, den ich lieben konnte, alles tun würde? Hatte ich mich da nicht schon wieder verkauft, diesmal an den Teufel? War ich von Grund auf unfähig herauszufinden, was ich wirklich vom Leben wollte, und mich dann aufzumachen und es mir zu verschaffen? War ich so passiv, daß ich zuerst auf Mitchell und dann auf irgendeine übernatürliche Gewalt angewiesen war, um mir meine Träume erfüllen zu lassen? War ich das tatsächlich?

Nein, beschloß ich. Diesmal verhalte ich mich anders. Deshalb riskiere ich alles und rücke dem Teufel auf den Leib. Diesmal gehe ich nicht den Weg des geringsten Widerstandes.

Wir fuhren an meiner Straße vorbei und weiter die Ocean Avenue entlang, bis wir zu mehreren schmalen Seitenstraßen kamen, die alle nach tropischen Blumenarten benannt waren und zum Meer hinunterführten. Jeremys Blinker signalisierte mir, daß wir in eine dieser Straßen links abbiegen würden, und zwar in die Hibiscus Street.

Hier wohnt er also, überlegte ich und erinnerte mich an ein Haus von hier, das ich vor ein paar Jahren im Angebot hatte. In diesem Viertel standen vor allem ältere Häuser – eigentlich eher Strandhütten, bei denen lediglich die Aussicht sagenhaft war, sonst aber nichts. Viele der Häuser wurden vermietet und waren von College-Kids, Surfern und anderen Leuten arg ramponiert worden, denen nun mal erfahrungsgemäß mehr daran lag, sich zu amüsieren, als im *Architectural Digest* erwähnt zu werden. Einige der Gebäude gehörten alteingesessenen Anwohnern, denen entweder das Geld oder die Lust fehlte, sie herzurichten. So besaßen die Häuser weder eine Klimaanlage noch Kabelfernsehen oder Garagen mit Platz für drei Autos, eben jene Annehmlichkeiten, die überall sonst als unerläßlich galten. (Nebenbei gesagt waren momentan Garagen für dreieinhalb Autos der

Renner bei den Betuchten, wobei sich das »halb« auf den Platz bezog, der speziell für den Golfwagen reserviert wurde.) Es paßt zu Jeremy Cook, daß er in einer dieser Hütten haust, dachte ich, als wir an Nummer 3, 4, 5 und so weiter vorbeifuhren.

Am Ende der Straße, bei Nummer 8 angekommen, deutete mir Jeremy an, daß wir hier in die Einfahrt abbiegen würden, die weder gepflastert noch mit Kies aufgeschüttet war – es handelte sich um einen unbefestigten Weg, in dessen Mitte Gras wuchs.

Ich machte mich schon auf eine trostlose Bruchbude gefaßt, zum einen angesichts der Umgebung und zum anderen, weil Jeremy nie auch nur das leiseste Interesse an seinem Äußeren an den Tag gelegt hatte und mir auch nicht wie jemand vorkam, der oft genug zu Hause war, um sich um seine Bleibe zu kümmern.

Daher war ich völlig perplex, als die Einfahrt sich zu einem kleinen, aber verblüffend einnehmenden Haus hinabwand – einem verwitterten Schindelhäuschen, eingerahmt von üppigen Hibiscusbüschen sowie leuchtendbunten Bougainvilleen. Abgesehen von den tropischen Blumen besaß es das romantische Flair eines Strandhauses in Cape Doc und erinnerte nicht an Südflorida. Außerdem wirkte es sauber und ordentlich, ganz untypisch für Jeremy.

Aber was wußte ich im Grunde schon über Jeremy, fragte ich mich, als ich in meinem Wagen verharrte und ihm nachsah, wie er zu seiner Haustür schlenderte. Okay, ich kannte ihn, seit ich ein Kind war, und er war, seit ich denken konnte, ein Teil meines Lebens. Aber natürlich nicht in wichtigem Sinne. Er war eine Randfigur, blieb im Hintergrund. Ein undeutlicher, aber chronischer Reizfaktor. Mein Bild von ihm war geprägt durch meine Kindheitserinnerungen, durch seine Freundschaft mit meinem Bruder und die Geschichten, die ich über ihn gehört hatte. Es war Jahre her, seit ich das letzte Mal etwas mit ihm zu tun gehabt hatte. Er und Mitchell konnten sich schon auf der High-School nicht ausstehen, also war es schlecht möglich, ihn zum Essen einzuladen. Dazu kam noch seine durch und durch boshafte Art mir gegenüber. Er war ausnahmslos grob und anmaßend, so fest entschlossen, mich entweder zu schockieren oder zu verjagen. Kurzum: Früher hatte ich nie einen Grund dafür gehabt, den

Mann hinter der Fassade kennenzulernen. Jetzt schon. Jetzt mußte ich soviel wie möglich über Jeremy Cook herausfinden. Schließlich hing mein Leben davon ab.

»Was ist denn los?« fragte er, während er darauf wartete, daß ich aus meinem Wagen stieg.

»Ich... na ja, damit habe ich nicht gerechnet«, gab ich zu und ging zu ihm hinüber. »Gehört das hier wirklich dir?«

»Nein, es gehört dem Teufel«, entgegnete er sarkastisch.

Ich starrte ihn an, starrte in seine Augen. Der Satan hatte also beschlossen, sich mir zu offenbaren, dachte ich mit einer Mischung aus Angst und Erregung. Er weiß, daß wir nun allein sind, und zeigt sich mir.

»Was hast du denn auf einmal?« Jeremy sah mich fragend an.

»Du brauchst keine Spielchen mehr zu spielen«, erklärte ich, wobei ich mich bemühte, ruhig zu sprechen, und ihn unverwandt ansah. »Nicht mehr.«

»Spielchen? Was soll das denn nun wieder, BS? Entweder fängst du jetzt langsam an, Klartext zu reden, oder es wird ein langer Abend. Nun komm schon rein.«

Gut, dachte ich. Wenn der Teufel sich mir im einen Moment zeigen und sich im nächsten wieder verstecken will, spiele ich eben mit. Ich werde so tun, als käme ich nur auf einen kleinen Besuch bei Jeremy vorbei, als wäre er ein alter Freund, den ich lange nicht gesehen habe. Und dann warte ich den richtigen Moment ab. Mal sehen, was passiert.

Er verschwand im Haus, und ich folgte ihm, wobei ich ihn weiterhin im Auge behielt, aber zugleich verstohlene Blicke in die Umgebung warf. Das ganze Haus konnte nicht mehr als neunzig Quadratmeter haben, stellte ich fest. Es bestand nur aus zwei Räumen: dem Kabinett, in dem wir standen – ein offenes, großzügiges Wohnzimmer, das gleichzeitig als Eßzimmer und Küche fungierte, mit Balkendecke, Hartholzboden, gemauertem Kamin und atemberaubender Aussicht aufs Meer – und einem kleinen Schlafzimmer um die Ecke. Es war alles andere als elegant, aber zweckmäßig, einfach, gemütlich und wohnlich. Als einzige »Kunstgegenstände« hingen grobkörnige Schwarzweißfotos von Männern in Fischerbooten an den Wänden.

»Möchtest du ein Bier?« Jeremy sah mich immer noch neugierig an. Er stand in der kleinen Küche mit der Jalousie vor dem Fenster, deren Einrichtung alt, aber blitzblank war.

»Nein«, sagte ich zunächst. Dann fiel mir ein, daß Bier vermutlich das einzige war, was Jeremy an alkoholischen Getränken dahatte, und weil ich eine Stärkung durchaus nötig hatte, überlegte ich es mir anders. »Doch, ich nehme eines.«

Er schüttelte den Kopf, griff in den Kühlschrank und holte für jeden von uns eine Dose Bud Lite heraus.

»Wohnst du schon lange hier?« Ich versuchte, einen Plauderton anzuschlagen.

»Fünfzehn Jahre«, antwortete er, machte seine Bierdose auf und genehmigte sich einen Schluck.

Hmmm, rechnete ich nach. Laut David hielt sich der Teufel erst seit zehn Jahren in Florida auf.

»Es ist wirklich nett hier. Mußtest du das Haus selbst herrichten, oder hast du es so gekauft?« fragte ich.

»Es hat meiner Tante gehört. Als sie zu ihrer Schwester nach Ocala gezogen ist, habe ich es ihr abgekauft, die Böden abgeschliffen, neue Fenster eingesetzt und so weiter.«

Er ging zu der Stereoanlage auf der anderen Seite des Wohnzimmers, neben der Dutzende von CDs und Cassetten standen, außerdem eine Vitrine voller Platten. Er suchte in der Vitrine nach etwas, entschied sich schließlich für eine bestimmte Platte und holte sie aus ihrem Cover.

»Magst du die Stones?« erkundigte er sich und hielt eine alte Vinylplatte in die Höhe.

»Klar. Alles«, antwortete ich.

Er legte die Scheibe auf den Plattenteller, und Sekunden später füllte die Musik der Rolling Stones den Raum. Aber es war nicht etwa ein x-beliebiger Rolling-Stones-Titel, den Jeremy da ausgewählt hatte. Weit gefehlt. Es erklang »Sympathy for the Devil« von dem Album *Beggar's Banquet*. Offenbar wollte sich der Satan noch einen Scherz mit mir erlauben. Zuerst ließ er Jeremy so agieren, als wäre überhaupt nichts Besonderes los; und dann machte er »Kuckuck!« und zeigte sich anhand des Songtexts. Es war zum Verrücktwerden.

»Du hast überhaupt keine Sympathie verdient«, fauchte ich, als Jeremy sich in der Küche wieder zu mir gesellte.

»Was redest du denn jetzt schon wieder?« wunderte er sich.

»Vergiß es.« Satan anzufauchen würde mich nicht weiterbringen. Ich mußte mich an meine Strategie halten. So tun, als wäre Jeremy immer noch Jeremy und nicht die leere Hülle, zu der er geworden war. »Warum setzen wir uns nicht?« schlug ich vor.

Jeremy kratzte sich ratlos den Bart und führte mich zu der Sitzgruppe mit Blick aufs Meer. Die Sessel waren aus Kiefernholz gezimmert und mit schwerem weißen Segeltuch bezogen. Wie alles andere in seinem Haus waren sie einfach und bequem.

»Also«, sagte ich, als wir uns setzten. »Du hast erwähnt, daß du das Haus selbst hergerichtet hast.«

»Und *du* hast angedeutet, daß du mit mir über Ben reden willst«, entgegnete er. »Stimmt irgend etwas nicht mit ihm, BS?«

»Nein, soweit ich weiß, geht es ihm gut«, antwortete ich. »Ich habe nur vor deinem Vater so getan, als würde es um Ben gehen, weil ich ihm den wahren Grund, warum ich mit dir sprechen wollte, nicht verraten wollte.«

»Und worum geht es nun?«

»Um Immobilien.«

»Ach komm.«

»Doch, im Ernst. Ich wollte es deinem Vater nicht erzählen, weil er eine schlechte Meinung von Maklern zu haben scheint.« Ich improvisierte munter. »Es geht um folgendes: Ich habe einen Kunden, der zu neunundneunzig Prozent ein Haus in Banyan Beach kaufen will. Vorher will er jedoch alles über die Angelmöglichkeiten hier wissen. Er ist offenbar ein begeisterter Angler.« Und ich bin eine genauso begnadete Lügnerin, dachte ich.

»Wenn er ein so begeisterter Angler ist, wieso weiß er dann nicht längst über die Angelmöglichkeiten hier Bescheid?«

»Weil er bisher nur im Norden gefischt hat. Er kennt sich in Florida nicht aus. Und ich weiß nicht genug, um seine Fragen zu beantworten, deshalb habe ich gedacht, du könntest mir vielleicht ein paar...«

»Das ist alles? Das ist der Grund, warum du hierhergekommen bist?« unterbrach mich Jeremy.

Ich nickte.

Er sah enttäuscht drein.

»Sag dem Typen, er soll mich anrufen«, knurrte er barsch.

»Das ist nett von dir, aber es wäre mir lieber, du würdest *mir* etwas über die Angelmöglichkeiten erzählen, und ich gebe es dann an ihn weiter. So kann ich mich als Expertin profilieren. Der Sinn der Sache ist doch, ihn dazu zu veranlassen, daß er *mir* etwas abkauft, Jeremy.«

»Du tust wohl alles, um ein Haus zu verkaufen, was?«

»Er will kein Haus kaufen, sondern eine Eigentumswohnung. In einer äußerst exklusiven neuen Anlage«, erzählte ich und spann meine kleine Lügengeschichte weiter.

»Du sprichst aber nicht zufällig von River Princess, diesem protzigen Hochhaus, das sie unten am Fluß hochziehen, oder?«

»Doch, allerdings«, log ich weiter. Na ja, es war eigentlich keine Lüge. Ich hatte wirklich einen Kunden, der sich zu neunundneunzig Prozent sicher war, eine Eigentumswohnung im River Princess kaufen zu wollen, aber der Mann interessierte sich nicht die Bohne fürs Fischen. Seine Leidenschaft war Polo.

»Dann solltest du dich aber schämen«, sagte Jeremy. »Das River-Princess-Gebäude ist das Übelste, was dieser Stadt seit Jahren passiert ist.

»Warum?« fragte ich. Das achtundzwanzig Stockwerke hohe River-Princess-Haus war das jüngste Objekt einer Gruppe sehr erfolgreicher Bauunternehmer aus Miami. Es wurde als luxuriöseste am Wasser gelegene Eigentumswohnanlage von Banyan Beach angepriesen und bot Bewachung rund um die Uhr, einen geheizten Pool mit Whirlpool, einen Jachthafen, Tennisplätze, ein Clubhaus am Fluß und Wohnungen, die nur so vor Marmor strotzten. Vor Baubeginn begannen die Preise bei 750 000 Dollar für ein Apartment mit einem Schlafzimmer und reichten bis 2,5 Millionen Dollar für eine Wohnung mit drei Schlafzimmern. Es sollte am 15. August bezugsfertig sein, und die Gala-Eröffnungsfeier fand schon in einer Woche statt. Ich kannte das Haus gut, da »Home Sweet Home« mit dem Verkauf der Wohnungen beauftragt war – oder genauer gesagt, Frances Lutz war damit beauftragt. Suzanne hatte zwar die Bemerkung gewagt, daß

Frances, unsere selbsternannte Bungalow-Spezialistin, eigentlich eine seltsame Wahl als Vertragsmaklerin für ein Gebäude mit achtundzwanzig Stockwerken war, doch ich hatte sie daran erinnert, daß es im River Princess zwei Aufzüge gab. Frances würde nicht einmal eine Treppe *sehen* müssen.

»Warum ich das sage? Weil gerade solche Monsterbauten wie das River Princess unsere Flüsse verschmutzen und die Kriminalität in unserer Stadt in die Höhe treiben.«

»Ich glaube, da übertreibst du etwas.«

»Und ich finde, du steckst deinen Kopf in den Sand oder vielmehr in den *Schlick*. Der Dreck aus dem River-Princess-Haus – damit meine ich vor allem Öl, Pestizide und Abwässer – bringt die Fische um, Herzchen.«

»Du hörst dich an wie dein Vater.«

»Er weiß, wovon er redet, vor allem, wenn es um diese schmierigen Schiebereien geht, die sich unter der Hand zwischen der Baubehörde und den Bauherren dieses Hauses abgespielt haben. Da würden dir die Haare zu Berge stehen.«

Vielleicht kommt das als nächstes, dachte ich bitter. Zuerst macht der Teufel meine Haare blond, dann läßt er sie mir zu Berge stehen.

»Ich will dir was sagen, BS. Das River-Princess-Haus wird in der Stadt großen Schaden anrichten«, prophezeite Jeremy. »Großen Schaden.«

Ich sah ihn mit hochgezogenen Augenbrauen an. Warum in aller Welt sollte es den Teufel stören, wenn die Stadt vor die Hunde ging? Warum sollte es ihn kratzen, wenn sie von Umweltverschmutzung und Kriminalität überrollt wurde? War das nicht der Zweck der ganzen Übung? War das nicht der Grund, weswegen der Satan nach Banyan Beach gekommen war? Um die Stadt zu ruinieren? Um sie nach seinen eigenen teuflischen Vorstellungen umzugestalten? Und doch tat Jeremy so, als wäre er ein massiver Gegner all jener Übel, die die Handschrift des Teufels trugen. War es möglich, daß sich David geirrt hatte und Jeremy gar nicht die Tarnung des Teufels war? Oder waren Jeremys Worte nur ein Ablenkungsmanöver?

»Sieh lieber zu, daß du deinen Profit aus diesen Eigentumswohnungen schlägst, solange es noch geht«, meinte er. »In ein paar Tagen sind sie keinen Pfifferling mehr wert.«

»Warum?« fragte ich und dachte an die dicken Provisionen, die »Home Sweet Home« einstreichen würde, wenn erst einmal sämtliche Wohnungen in dem Gebäude verkauft wären.

»Vergiß es einfach, BS. Vergiß, daß ich irgend etwas gesagt habe.«

»Wie soll ich das denn anstellen?«

»Tu's einfach, ja?«

Er gab sich ungemein geheimnisvoll, aber das war ja auch kein Wunder, galt doch der Teufel nicht gerade als Verkörperung von Offenheit und Aufrichtigkeit.

»Gut. Ich vergesse es.« Ich überlegte, wie ich den Gesprächsfluß weiter aufrechterhalten konnte, ohne den Teufel wütend zu machen. »Kommen wir doch noch mal aufs Fischen zurück«, verlangte ich. »Erzähl mir doch mal etwas über die Leute, die du heute auf deinem Boot hinausgefahren hast.«

Er trank einen Schluck Bier. »Du möchtest etwas über die Charterkunden wissen?«

»Ja.«

Er wollte gerade mit seinen Ausführungen beginnen, als er es sich anders überlegte und verlegen grinste. »Eines muß ich dir mal sagen, diese ganze Angelegenheit kommt mir ein bißchen seltsam vor.«

»Was genau?«

»Daß du und ich hier sitzen und uns unterhalten. Als täten wir das jeden Tag. Als wären wir uns nicht die letzten zwanzig Jahre total aus dem Weg gegangen.«

»Unsinn. Ich bin dir bestimmt nicht aus dem Weg...«

»Aber natürlich«, widersprach er. »Außer an dem Abend, als ich deinen Hund abholen und zu Ben bringen sollte. Ich habe dir einen Gefallen getan, also hast du mich ertragen. Aber im Grunde hältst du mich für Abschaum. Was willst du also wirklich hier, BS?«

Ich schwieg.

»Erst kommst du gestern abend zu meinem Auftritt. Dann tauchst du im Jachthafen auf«, fuhr er fort. »Und jetzt sitzt du hier und fragst mich übers Fischen aus. Was willst du eigentlich von mir?«

»Die Frage ist doch wohl eher, was du von mir willst«, konterte ich, da ich nicht länger bereit war, seine gespielte Ahnungslosigkeit hinzunehmen.

»Würdest du das noch mal wiederholen?«

»Es ist mir ganz egal, was du von mir willst, ich mache das jedenfalls nicht mit«, bekräftigte ich.

»Hör mal, ich habe keine Ahnung, was dir für eine Laus über die Leber gelaufen ist. Ich sage ja nur, daß ich dir diesen Stuß mit dem Angeln nicht abnehme. Es muß einen anderen Grund dafür geben, daß du hier bist.«

»Allerdings. Ich bin wegen der Abmachung hier.«

»Um was für eine Abmachung geht es denn?«

»Das weißt du doch genau. Die Abmachung. Der Vertrag. Wie auch immer du es nennen willst.«

Jeremy lachte erneut. »Ihr Immobilienmakler. Das einzige, wovon ihr die ganze Zeit redet, sind Verträge.« Er nahm einen tiefen Schluck Bier. »Falls du hierhergekommen bist, um mich dazu zu überreden, mein Haus zum Verkauf anzubieten, dann vergiß es.«

»Nein, das ist nicht der Grund, wegen dem ich...«

»Aber wenn du über etwas anderes reden möchtest, bin ich ganz Ohr. Es ist schön, dich hierzuhaben.«

Er hält mich also hin, dachte ich. Hält mich auf Distanz. Gut. Ich kann warten. Irgendwann muß er sich mir stellen.

»Okay, reden wir eben nicht über Verträge«, willigte ich ein. »Zumindest nicht jetzt. Erzähl mir doch etwas über deine Sänger-Karriere. Wie ist es eigentlich, ein Rock-Star zu sein?«

»Ich bin nicht gerade ein Star, BS.«

»Ach, komm schon. Keine falsche Bescheidenheit. Es muß doch Spaß machen, wenn sich die Groupies in Massen auf einen stürzen.«

»Es gibt Schlimmeres.«

»Und die Gage ist sicher auch nicht schlecht.«

»Ich nehme kein Geld für die Auftritte.«

»Was soll das heißen – du nimmst kein Geld?«

»Genau das, was ich gesagt habe.«

»Du behauptest, daß du umsonst singst?«

»Ja. Die anderen Typen aus der Band behalten ihre Gage, aber ich spende meine. Für die Initiative zur Rettung des Flusses. Wenn man wirklich an etwas glaubt, muß man sich dafür auch einsetzen, weißt du?«

Ich war baff. Konnte es sein, daß Jeremy Cook Prinzipien hatte? Daß der Mann, den ich als verkommen abgeschrieben hatte, so etwas wie ein Wertebewußtsein besaß? War es möglich, daß David mir die falsche Person genannt hatte? Daß sich der Teufel gar nicht in Jeremy verbarg?

Nein, es ist der Satan, der zu mir spricht, schärfte ich mir erneut ein. Er versucht mich nur zu täuschen, und das beherrscht er so gut wie kein anderer. Genau das macht ihn ja so böse.

»Aber ich singe ohnehin nicht wegen der Gage«, bekannte Jeremy. »Sondern weil ich leidenschaftlich gern singe. Das kommt für mich gleich nach Fischen und Bumsen.«

»Eine merkwürdige Art, das auszudrücken«, meinte ich.

»Natürlich weiß ich nicht, wie es mir ginge, wenn ich ganz allein dort oben stehen und singen müßte,« fügte er hinzu. »Daß die Jungs aus der Band mit dabei sind, macht es leichter und weniger beängstigend. Außerdem spielen wir ja keine eigenen Stücke. Wenn ich dort oben stehen und meine eigenen Texte zum besten geben müßte, würde ich mir ganz schön nackt vorkommen.«

Ich war mir unsicher, ob ich richtig gehört hatte. Saß da wirklich Jeremy Cook, erzählte von sich selbst und offenbarte mir seine Gefühle? Wo war denn nur seine gewohnte Prahlerei geblieben? Die Großspurigkeit? Die Rüpelhaftigkeit? Oder legte sich der Teufel jetzt ganz besonders ins Zeug, um mir Jeremy in einem ganz neuen Licht zu präsentieren? Versuchte er, den eingefleischten Hinterwäldler zum schüchternen, sensiblen Mann der Neunziger zu modellieren? Damit ich mich ihm näher fühlte? Auf ihn einging? Damit ich dachte, ich hätte mich geirrt, hätte fälschlicherweise angenommen, er sei die Gestalt, in der der Satan durch Banyan Beach spazierte?

Ja, es muß ein Trick sein, sagte ich mir. Laut David gab es keinen Jeremy mehr, da Jeremy Cook vom Teufel in Besitz genommen worden war. Was aus seinem Munde kam, waren die Worte des Satans – Worte, denen unter allen Umständen zu mißtrauen war.

»Hast du denn nie selbst Songs geschrieben?« versuchte ich ihn am Reden zu halten.

»Probiert hab' ich es schon. Meine Versuche füllen eine ganze Kiste, aber ich habe es einfach nie geschafft, einen fertigzustellen. Aus Angst wahrscheinlich. Etwas zu erschaffen, das aus tiefstem Herzen kommt, ist ziemlich furchteinflößend, weißt du.«

Ich betrachtete ihn erneut. Es war unvorstellbar, daß der Jeremy, den ich bisher gekannt hatte, mir anvertraute, vor irgend etwas Angst zu haben. Wo waren die großen Töne? Seine unerträgliche Prahlerei? Das ganze Gehabe, das vermitteln sollte, wie unbeschreiblich cool er war?

Nein, es war der Teufel, der mich hier becircte und an mein Mitgefühl appellierte. Aber ich würde nicht darauf hereinfallen.

»Kommen wir doch noch mal aufs Fischen zu sprechen«, schlug ich vor. »Du wolltest mir von den heutigen Charterkunden erzählen.«

Er strich sich über den Bart und musterte mich.

»Du mußt ja wirklich restlos verzweifelt sein, wenn du *hierher*kommst, um dich mit mir zu unterhalten«, sagte er. »Ich bin nicht gerade ein großer Charmeur.«

Es machte gar nichts, daß er das Wort so komisch aussprach, daß es wie »Tschammöhr« klang. Fakt war – ich hatte Jeremy noch nie so selbstkritisch erlebt.

»Natürlich bin ich hierhergekommen, um mich zu unterhalten. Du führst doch ein denkbar interessantes Leben«, ich trug den Sarksamus besonders dick auf.

»Jetzt bin ich mir aber sicher, daß du *mich* verarschst«, lachte er.

»Nein, im Ernst. Erzähl mir von deinen Charterkunden.«

Er zuckte mit den Achseln. »Ich bin mit drei Typen aus Ohio rausgefahren. Sie sind wegen der großen Drogistenkonferenz hier«, begann er. »Ihre Firma stellt Handcreme oder irgendwas Ähnliches her, und die ganze Gruppe wohnt im Ritz-Carlton.«

»Ich wußte gar nicht, daß du mit dem Ritz-Carlton einen Vertrag hast«, wunderte ich mich und war beeindruckt, daß Cook's Charters so gut lief. »Haben diese Leute denn etwas gefangen?«

»Der Generaldirektor schon. Wir haben nördlich von der St.-Lucie-Bucht in sechzig Meter Tiefe mit Ballyhoo an der Schleppangel gefischt.«

»Njammm. Ballyhoo schmeckt echt lecker. Am liebsten mag ich ihn fritiert, obwohl er auch gegrillt der Bringer ist, mit ein bißchen Pesto.«

Jeremy warf den Kopf in den Nacken und lachte, genau wie sein Vater ein paar Stunden vorher. Jetzt erkannte ich die Familienähnlichkeit. Die Cook-Männer sahen gar nicht schlecht aus, wenn sie lachten.

»Was ist denn so komisch?« wollte ich wissen.

»Du, BS.«

»Warum?«

»Weil Ballyhoo ein Köderfisch ist. Man ißt ihn nicht, sondern fängt andere Fische damit. Du meinst wahrscheinlich Wahoo.«

Ich zuckte mit den Achseln. Ballyhoo oder Wahoo – ich hatte keine Ahnung.

»Der Generaldirektor hat eine Goldmakrele gefangen, BS. Hast du schon mal von Goldmakrelen gehört?«

»Natürlich.«

»Tja, die, die Mr. Handcreme gefangen hat, war ungefähr zwanzig Pfund schwer.«

»Da hat er sich bestimmt gefreut.«

»Weiß ich nicht. Diese Managertypen sind schwer zu durchschauen. Sie kommen mit ihren Handys und zusammengekniffenen Ärschen aufs Boot und haben keinen Schimmer davon, wie man sich freut. Da habe ich vermutlich Glück gehabt. Ich bin praktisch mit einer Angelrute in der Hand aufgewachsen, und so ist es mir zur zweiten Natur geworden.«

»Dein Vater hat mir erzählt, wie er dir das Fischen beigebracht hat, als du zwei Jahre alt warst.«

»Das stimmt. Auf dem Fluß. Er war ein guter Lehrmeister, das kann ich dir schwören. Dad hat mich zu den Keys und den Bahamas, ach, einfach überallhin mitgenommen. Es war herrlich, mit ihm zusammenzusein. Finde ich heute noch.«

Mich durchzuckte ein Anflug von Neid, genau wie in dem Moment, als Mike Cook vor Liebe zu seinem Sohn übers ganze Gesicht gestrahlt hatte. Ich war nie viel mit meinem Vater zusammengewesen, und wenn, dann war es immer eine Art Strafe für mich gewesen. Ira Greenberg war ganz anders als die Männer aus der Familie Cook. Er war streng, egozentrisch und humorlos. Genau wie Mitchell.

»Haben deine Eltern eine glückliche Ehe geführt? Deine Mutter scheint ihm zu fehlen«, bemerkte ich.

Jeremy nickte. »Ja, sie fehlt ihm unglaublich. Wenn du eine Frau sosehr liebst, wie mein Vater meine Mutter, bringt es dich um, wenn du nicht mit ihr zusammensein kannst.«

Wiederum traute ich meinen Ohren nicht. War das wirklich Jeremy Cook, der ganz poetisch wurde, während er sich über die wahre Liebe ausließ? Der Typ, der sich nie ernsthaft auf eine Frau eingelassen hatte? Der Typ, der Kellnerinnen betatschte und mit Neunzehnjährigen herumknutschte und so tat, als würde er lieber sterben, als einer Frau das Jawort zu geben?

Nein, es war der Teufel, rief ich mir zum hundertsten Mal in Erinnerung. Es war der Satan, der zu mir sprach, mich verwirrte und mich eine Zuneigung für Jeremy empfinden ließ, die ich mir nie hätte träumen lassen.

Zuneigung? Zu Jeremy Cook? Was sollte denn das nun wieder? rätselte ich. Mir stieg das Blut ins Gesicht, als ich zugeben mußte, daß ich den Bruchteil einer Sekunde lang, als er über die Liebe seines Vaters zu seiner Mutter gesprochen hatte, etwas für ihn empfand. Eine Art Zuneigung. Einen Anflug von Zärtlichkeit. Das Gefühl, ihn tatsächlich zu *mögen.*

Ich dachte an David und daran, wie stark ich mich anfangs zu ihm hingezogen gefühlt hatte, bevor ich herausfand, wer und was er war. Ich nahm an, daß der Teufel wieder seine alten Tricks einsetzte und eine Chemie zwischen Jeremy und mir zusammenbraute, die lediglich seinen eigenen Zwecken diente.

Ja, natürlich, wurde mir auf einmal klar. Genauso war es.

»Mein Vater ist ein so guter Mensch«, sagte Jeremy. »Beklagt sich nie darüber, daß sein Körper hinfällig und seine Zeit nicht ausgefüllt ist. Er langweilt sich und fühlt sich einsam. Deshalb sitzt er auch so gern die meiste Zeit im Jachthafen herum. Er hat ja sonst nicht viel zu tun.«

Ich erwiderte nichts. Die Erkenntnis, daß ich Jeremy auf einmal ganz sympathisch fand, machte mir angst.

»Wenn du das Produkt einer so vom Glück gesegneten Ehe bist, warum hast du dann nicht selbst geheiratet?« fragte ich.

»Soll das ein Antrag sein?« Er grinste und ließ seinen Blick über meinen Körper gleiten. Die Pose des sensiblen, verletzlichen Mannes war auf einmal wie weggeblasen, und der ganze Macho-Scheiß kam wieder zum Vorschein.

»Nein, das war kein Antrag. Ich habe mich nur gefragt, warum du dich nie verliebt hast.«

»Wer sagt denn, daß ich mich nie verliebt habe?« versetzte er. »Man kann ja wohl keine Liebeslieder schreiben, wenn man nie verliebt gewesen ist, oder?«

»Ja, aber deine Lieder wurden doch nie zu Ende komponiert, wie du vorhin selbst erzählt hast.«

»Was soll denn das werden, BS, ein Verhör? Stehe ich vielleicht unter Anklage oder was?« polterte er und sah auf die Uhr. Er nahm einen letzten Schluck Bier und verkündete dann: »He, ich muß los. Höchste Zeit, ein bißchen Unheil zu stiften.«

Unheil? Ich erinnerte mich an Mike Cooks Worte. *Jeremy ist in Dinge verwickelt, von denen er mir nichts erzählt,* hatte er gesagt. *Dinge, die ihn in Schwierigkeiten bringen könnten. Dinge, die mir Sorgen machen.* Mußte Jeremy los, um das Werk des Teufels auszuführen? Um Tod und Verderben über meine Stadt zu bringen? Um seiner Schar einen weiteren Darksider einzuverleiben?

Mich packte die Panik, als er von seinem Stuhl aufstand. Bis jetzt hatte ich noch überhaupt nichts auf die Reihe gekriegt, es weder geschafft, mit Satan ins Gespräch zu kommen, noch ihn dazu zu überreden, mich aus seinen Diensten zu entlassen. Ich konnte ihn jetzt nicht so ohne weiteres ziehen lassen. Noch nicht.

»Jeremy, gib deine Pläne auf. Laß uns zusammen essen gehen«, schlug ich ihm spontan vor.

Er sah erstaunt drein. »Was ist denn bloß los, hm? Bis heute wolltest du nichts mit mir zu tun haben.«

»Das war ein Irrtum von mir«, stieß ich ohne groß nachzudenken hervor. »Du bist gar nicht so übel.«

»He, vielen Dank«, lachte er. »Aber heute abend habe ich schon etwas vor.«

»Was denn?«

»Geht dich nichts an, Süße.«

»Ist es ein Geheimnis?«

»Ja, es ist ein großes Geheimnis, aber wenn du mir versprichst, es niemandem zu erzählen, verrate ich es dir.«

»Ehrenwort.«

Er beugte sich zu mir und kam mit seinem Mund ganz nah an mein Ohr heran. Ich konnte ihn riechen. Das Bier, den Schweiß und die Hitze seines Körpers. Ich merkte, wie ich zu zittern begann, als ich vorauszuahnen versuchte, was er gleich sagen oder tun würde.

»Das Geheimnis lautet: Ich ziehe los, um die Stadt zu zerstören«, flüsterte er und begann zu lachen.

Ich riß die Augen weit auf und schoß aus meinem Stuhl in die Senkrechte. Er hatte natürlich versucht, es als einen Scherz zu formen, aber mir war klar, daß seine Bemerkung kein Witz war. Endlich zeigte sich mir der Teufel als die böse Macht, die er in Wahrheit war. Jetzt hatte ich endlich Gelegenheit, mit ihm zu sprechen, ihn anzuflehen, Banyan Beach nicht zu zerstören, ihn zu bitten, die Stadt auf der Stelle zu verlassen. Ich konnte ihn nicht einfach zur Tür hinausgehen lassen. Ich mußte ihn aufhalten, ihn zwingen, mich aus unserer Abmachung zu entlassen. Jetzt oder nie.

Ich sprang auf, packte Jeremy bei den Schultern und begann ihn zu schütteln.

»Bitte!« schrie ich. »Bitte gib mich frei.«

»*Ich dich* freigeben?« fragte er, von meiner Attacke total überrumpelt. »Du klammerst dich doch an mir fest!«

»Nein, ich meine, gib mich *wirklich* frei. Entlasse mich aus deinen Diensten«, flehte ich ihn an und ignorierte seinen verwirrten Gesichtsausdruck.

»Meinen Diensten?«

»Ja, aber es geht nicht nur um mich, sondern auch um Banyan Beach. Ich bitte dich, die Stadt nicht zu zerstören.«

»Du bittest mich *was?«*

»Du hast mich doch genau verstanden.«

»He, da habe ich doch nur Spaß gemacht. Es war ein Witz. Ein Scherz, verstehst du? Ich wollte dich zum Lachen bringen, dich ein bißchen aufheitern.«

»Ich brauche aber keine Aufheiterung.«

»Süße, die brauchst du dringender, als ich gedacht hätte.«

»Nein. Ich will nur, daß du die Stadt verläßt. Ich weiß Bescheid über deine bösen Pläne. David Bettinger hat mir alles erzählt.«

»David Bettinger? Der Typ, der neulich abends bei dir war?«

»Ja, und ich verlange, daß du mir hoch und heilig versprichst, daß du ihm nichts tust. Er ist völlig unschuldig. Er ist doch auch nur ein Betroffener.«

»Betroffen? Wenn du mich fragst, ist er ein Trottel.«

»Nein, ich meine, er ist auch bloß ein Darksider. Als ob du das nicht wüßtest.«

Jeremy schüttelte den Kopf. »Hast du Drogen genommen, BS? Bist du davon so durchgedreht?«

»Ja, ich bin süchtig nach Pfefferminzpastillen. Und das verdanke ich dir.«

»Mir?«

»Hör mal, könntest du bitte aufhören, so zu tun, als wüßtest du nicht, wovon ich spreche? Ich weiß, daß du da drinsteckst, klar?«

»Wo drin?«

»In Jeremy Cooks Körper natürlich.«

»Mein Gott. Du brauchst Hilfe, Schätzchen. Dringend.«

»Allerdings brauche ich Hilfe. Deine Hilfe. Ich will, daß du Banyan Beach verläßt. Zieh einfach los und geh woandershin. Ich habe gehört, auf Bora Bora soll es zu dieser Jahreszeit sehr angenehm sein.«

Jeremy wand sich aus meinem Griff und ging aufs Telefon zu.

»Ich rufe jetzt Ben an«, kündigte er an. »Du hast sie ja nicht mehr alle.«

Ich lief zu ihm hinüber und riß ihm das Telefon aus der Hand.

»Hör mir zu. Ich bitte dich«, flehte ich ihn an. »Gib mir mein altes Leben zurück. Ich will die blonden Haare, den Riesenbusen und den flachen Bauch gar nicht. Nicht, wenn ich als Gegenleistung ein Kind von dir bekommen muß.«

»Ein *Kind* von mir bekommen?« Das brachte ihn endgültig aus der Ruhe. »He, jetzt paß mal auf«, befahl er. »Falls du und ich jemals... Ich meine, ich bin noch nie so besoffen gewesen, daß ich nicht mehr wüßte ... Also, egal, was dir dieser David Bettinger oder sonst jemand erzählt haben mag, du bekommst auf jeden Fall kein Kind von *mir.* Kapiert?«

»Oh, allerdings hab ich's kapiert. Behaupte du nur ruhig weiter, daß du nichts mit dieser Stadt vorhast – sie nicht in dein privates Gruselkabinett verwandeln und mit deinen Anhängern bevölkern willst. Ich werde dir jedenfalls nicht dabei folgen.« Ich hielt inne, um ein paarmal tief Luft zu holen. »Also, ich behaupte nicht, ein Ausbund an Tugend zu sein«, fuhr ich fort. »Ich habe noch nie einem Blinden über die Straße geholfen. Ich habe noch nie in einer Suppenküche gearbeitet. Und ich habe weder der Amerikanischen Herzgesellschaft noch der Initiative für gute Luft oder der Freiwilligen Feuerwehr von Banyan Beach auch nur einen Cent gespendet. Aber dennoch bin ich kein böser Mensch. Ich stehe auf der Seite von Rechtschaffenheit, Anstand und Liebe! Amen!«

»Oh, Mann! Darum geht es also. Du bist zu einer von diesen Wiedergeborenen geworden«, dämmerte es Jeremy.

»Du möchtest also nicht mit mir über das Kind sprechen, das du von mir haben willst? Gut. Dann reden wir eben über meine blonden Haare«, drängte ich weiter. »Ich will meine grauen Haare wiederhaben, und du wirst das gefälligst bewirken.«

»*Ich* soll das bewirken? Geh doch einfach in deinen bescheuerten Friseursalon und sag das *denen.*«

»Ach, wirklich? Und was soll ich mit den Brüsten anfangen? Sie in die Recycling-Tonne werfen wie ein paar alte Telefonbücher?«

»Du bist ja vollkommen durchgedreht!« Jeremy packte mich am Arm und führte mich im Eilschritt zur Tür hinaus.

»Aha«, bemerkte ich, als er die Tür aufmachte. »Du willst also nichts mehr hören. Stimmt's? Du bist wohl nicht daran gewöhnt, daß sich deine Darksider auflehnen und ihre Freiheit zurückverlangen. Tja, dann stell dich lieber drauf ein, denn ich werde keine Ruhe geben, bis du Banyan Beach verlassen hast.«

»Ich gehe überhaupt nirgends hin, Süße«, entgegnete Jeremy, hob mich allen Ernstes in die Höhe und stellte mich vor seinem Haus wieder ab. »Aber du kannst dich jetzt verabschieden.«

Er schloß die Tür und ließ mich draußen stehen, während ich hyperventilierte. Mit zitternden Händen kramte ich in meiner Tasche nach den Pfefferminzpastillen und steckte mir ein paar davon in den Mund. Warum auch nicht? Wenn ›Skin-So-Soft‹ von Avon Mücken umbrachte, konnten doch vielleicht auch Pfefferminzpastillen zerrüttete Nerven beruhigen, oder?

Ich hatte die Dragees gerade eingeschmissen, als ich unwillkürlich einen dieser gräßlichen, bösartigen und tierischen Knurrlaute von mir gab. Mein Gott, ich hörte mich an wie ein Raubtier und bekam fast schon vor mir selbst Angst. Eine weitere kleine Warnung vom Satan, vermutete ich.

»Okay, okay.« Ich ging eilig zu meinem Wagen, bevor Jeremys Nachbarn entweder beim Amt für Tierhaltung anriefen oder mit Schrotflinten auf mich losgingen. »Ich fahre jetzt, aber ich komme wieder. Darauf kannst du dich verlassen.«

Da leuchtete plötzlich ein Blitz am Himmel auf und ließ mich beinahe einen Baum rammen.

Muß wohl wieder eine Warnung vom Teufel sein, dachte ich, angesichts dessen, daß am Himmel nicht eine einzige Wolke zu sehen war.

17

Das Telefon klingelte am Mittwoch morgen um halb acht. Es war Ben.

»Ist mit dir alles in Ordnung, Barbara?« fragte er in besorgtem, brüderlichen Tonfall.

In Ordnung? dachte ich wehmütig, als ich mir eine Strähne meines langen, glatten blonden Haares um den Finger wand. Mit mir war überhaupt nichts in *Ordnung*. Nichts stimmte mehr – von meinem unechten Barbiepuppen-Look bis hin zu meiner angeblichen »Glückssträhne« im Beruf. Es war alles Schwindel. *Ich* war ein Schwindel. Eine Betrügerin. Eine Hochstaplerin. Ein Geschöpf des Teufels.

»Mir geht's gut«, beruhigte ich Ben und wünschte, ich könnte ihm die Wahrheit erzählen. »Warum?«

»Weil ich gestern abend einen Anruf von Jeremy bekommen habe. Er hat gesagt, du wärst bei ihm gewesen und hättest dich wie eine völlig Verrückte aufgeführt.«

»Das war aber lieb von ihm.«

»Er meinte, du hättest ständig über irgendein Immobiliengeschäft gefaselt, und als er versuchte, dich zum Schweigen zu bringen, hättest du ihm unhaltbare Anschuldigungen an den Kopf geschmissen.«

»Sie waren nicht unhaltbar, glaub mir.«

»Was meinst du damit? Hat Jeremy irgend etwas versucht?«

»Etwas versucht?«

»Ja. Ich meine, hat er dich angemacht?«

»Nein«, antwortete ich.

»Das klingt aber gar nicht nach Jeremy. Ich habe noch nie gehört, daß er mit einer Frau allein gewesen wäre und sie *nicht* angemacht hätte.«

Ich wußte nicht, ob ich mich geschmeichelt oder beleidigt fühlen sollte.

»Du kennst ihn doch so gut, Ben, willst du mir nicht etwas über ihn erzählen?« schlug ich vor, weil ich mich nur allzugern von meiner Überzeugung abbringen lassen wollte, daß Jeremy vom Teufel besessen war. Obwohl das David ja behauptet hatte und trotz der ziemlich belastenden Bemerkungen, die Jeremy selbst mir gegenüber gemacht hatte, hegte ich nämlich durchaus meine Zweifel. Zuerst einmal war da Jeremys politisch so überaus korrekte Haltung bezüglich der Umwelt. Würde der Teufel, der noch nie auf einen Fluß gestoßen war, den er nicht verschmutzen wollte, seiner menschlichen Hülle wirklich erlauben, sich gegen die Umweltverschmutzung auszusprechen? Dann waren da die korrupten Schiebereien, die sich nach Jeremys Überzeugung beim Bau des River-Princess-Hauses unter der Hand abgespielt hatten. Würde der Teufel, der ja wohl das korrupteste aller Geschöpfe ist, wirklich seine menschliche Hülle in der Stadt herumlaufen und die Korruption anprangern lassen? Und was war mit dem Umstand, daß Jeremy das Geld, das er bei den Konzerten der Fire Ants einnahm, der Initiative zur Rettung des Flusses spendete? Würde der Teufel, der absolute Gegensatz zu Glaube, Hoffnung und Nächstenliebe, seinem Strohmann eine derart wohltätige Geste gestatten?

»Warum willst du denn von mir etwas über Jeremy wissen?« erkundigte sich Ben. »Du kennst ihn doch genausolang wie ich.«

»Ich kenne ihn schon, aber nicht *richtig*«, stellte ich fest. »Was für ein Mensch ist er? Hinter der Macho-Pose, meine ich.«

»Er ist der anständigste Typ, den es gibt«, antwortete Ben. »Er setzt sich immer für die ärmsten Schweine ein und lebt nach seinen Überzeugungen. Seine Methoden stoßen vielleicht manche Leute ab, aber er hat das Herz am richtigen Fleck. Ich bewundere ihn aufrichtig.«

»Aber manchmal benimmt er sich so bescheuert«, wandte ich ein.

»Wer tut das nicht?« konterte Ben. »Wen kümmert es schon, daß er nicht die Sorte Mensch ist, die Mom und Dad gut fanden. Er hat nicht in Harvard studiert, und er ist seinen Prolo-Jargon nie losgeworden, und es interessiert ihn auch nicht, ob er irgendwo auf einer Liste der bestgekleideten Männer auftaucht. Er ist einfach Jeremy. Er gaukelt einem nichts vor, was er nicht ist.«

»Vielleicht. Vielleicht auch nicht.«

»Da gibt's kein Vielleicht. Denk nur mal an die viele Zeit, die er für diese Kinder opfert.«

»Was für Kinder?«

»Diese armen Kleinen, die drüben in der Trent Avenue wohnen.« Trent Avenue war der Slum von Banyan Beach, ein Stadtteil, der in Reiseprospekten nie erwähnt wurde.

»Was macht Jeremy mit diesen Kindern?« fragte ich.

»Er fährt jeden Monat an einem Samstag mit einer anderen Gruppe von ihnen auf seiner Hatteras zum Fischen hinaus«, berichtete Ben. »Er widmet ihnen den ganzen Tag, zeigt ihnen, wie man angelt und mit einem Boot umgeht, spendiert ihnen ein Mittagessen und so weiter. Er brüstet sich nicht damit. Er tut es einfach, obwohl er deswegen auf das Chartergeschäft eines ganzen Samstags verzichten muß. So ein Mensch ist Jeremy Cook eben.«

Jetzt war ich noch verwirrter als zuvor. Konnte sich David in Jeremy getäuscht haben? War es denkbar, daß der Teufel auch ihn genarrt hatte? Oder steckte der Satan hinter meinen Zweifeln und brachte mich absichtlich durcheinander, damit ich ein Darksider bleiben, seine Pläne ausführen und seine Kinder bekommen mußte...?

Ich unterbrach meine Grübeleien. Der Gedanke war zu gräßlich, um ihn weiterzuführen.

»Barbara? Warum das plötzliche Interesse an Jeremy?« fragte Ben. »Du hast mir erzählt, du wolltest seine Telefonnummer, damit du ihn über Angelmöglichkeiten befragen kannst. Aber das war doch nicht der eigentliche Grund dafür, daß du zu ihm gegangen bist, oder?«

»Nein«, gab ich zu.

Ben schwieg einen Augenblick. »Du stehst auf ihn, ist es das?«

»Also ich bitte dich.«

»Tja, warum dann das Interesse?«

»Mom hat immer behauptet, Jeremy hätte den Teufel im Leib. Ich will einfach herausfinden, ob das stimmt.«

Nachdem ich mein Gespräch mit Ben beendet hatte, bekam Pete wieder einen seiner Bellanfälle. Er hatte während der ganzen

Unterhaltung mit meinem Bruder ruhig auf dem Fußboden gesessen, direkt neben meinem Bett, doch sowie ich den Hörer aufgelegt hatte, fing er mit Bellen an, als wäre nun *er* an der Reihe, mit mir zu reden.

»Was hast du denn diesmal?« fragte ich und beugte mich zu ihm, um den wuscheligen Fleck auf seiner Brust zu kraulen.

Er war ein oder zwei Sekunden lang still, doch als ich mich wieder ins Bett zurücklehnte, ging das Gebell erneut los.

»Wuff! Wuff! Wuff!« tönte er und stand nun vor mir. Er starrte mich mit seinen haselnußbraunen Augen an, die derart intensiv funkelten, daß ich einfach nicht wegsehen konnte. Ich setzte mich auf, schlug die Bettdecke beiseite und wurde weiterhin von seinem Blick magnetisiert. Auf einmal war er still und verließ mit heraushängender Zunge und wedelndem Schwanz das Schlafzimmer.

Ich sprang aus dem Bett und folgte ihm ins Badezimmer, wo ich ihn erstaunt dabei beobachtete, wie er sich vor das Schränkchen unter dem Waschbecken kauerte, die Tür zwischen die Zähne nahm und sie aufzog.

»Was machst du denn jetzt?« fragte ich und mußte an die Episode mit dem Immoblilienkatalog denken.

Mit wild hin- und herwedelndem Schwanz bellte Pete zur Antwort einmal, wandte sich dann von mir ab und begann, in dem Schränkchen herumzuwühlen.

»He, geh da weg. Du wirfst ja alles um«, schimpfte ich, als ich sah, wie Pete mit der Schnauze eine Flasche Scope, einen Topf Vaseline und eine Schachtel mit Heftpflaster umkippte.

Ich versuchte, ihn von dem Schränkchen wegzuscheuchen, aber er rührte sich nicht vom Fleck. Er schien tatsächlich nach etwas zu suchen, obwohl ich mir beim besten Willen nicht vorstellen konnte, wonach, da ich keinerlei Leckereien für Hunde dort aufbewahrte, sondern lediglich gängige Drogerieartikel. Doch er hörte nicht auf, darin herumzuwühlen, wobei sein Körper fast vollständig im engen, aber tiefen Raum des Schränkchens verschwunden war. Endlich fand er etwas, das ihn interessierte: meine Waage. Es handelte sich um eine klassische Badezimmerwaage, ein ziemlich steril aussehendes weißes Modell, bei dem man sich daraufstellt und dann zusieht, wie der kleine Zeiger zwischen den schwarzen Ziffern hin und her pendelt, bis er schließlich beim tatsächlichen Gewicht stehenbleibt. Seit dem Morgen nach meiner Verwandlung, als ich nach dem Aufwachen feststellte, daß ich wunderbarerweise zwanzig Pfund leichter geworden war, hatte ich die Waage ganz hinten im Schränkchen verstaut, da ich dachte, nun müßte ich mich überhaupt nicht mehr wiegen. Und jetzt hatte sich Pete mit seinen Zähnen in dem Rand der Waage verbissen und zerrte sie heraus!

Er stellte sie auf den Fußboden und stieg darauf, wie ein Dicker bei einer Wiegeaktion der Weight Watchers. Die Waage war natürlich zu klein, als daß er auf ihr seine gesamten vier Pfoten untergebracht hätte, und so rutschten zuerst die beiden vorderen und dann die beiden hinteren Pfoten immer wieder herunter. Doch an seiner Absicht konnte kein Zweifel bestehen. Er versuchte, sich auf die Waage zu stellen und sich zu wiegen, so als würde er ihre Funktion verstehen! Zumindest kam es mir so vor.

»Was ist denn los?« fragte ich, von Petes neuestem dämlichen Haustier-Kunststück äußerst verwirrt. Da ich nie zuvor einen Hund besessen hatte, konnte ich nur vermuten, daß er sich (für einen Hund) sehr seltsam benahm. Es konnte aber natürlich auch sein, daß sich alle Hunde große Gedanken über ihr Gewicht machten. Außerdem war Pete kein großer Esser und fraß immer nur wenige Bissen von seinem Futter. Vielleicht gab es ja so etwas wie magersüchtige Hunde, dachte ich, und Pete ist einer von ihnen. Warum sollte er sich sonst dafür interessieren, wieviel er wog?

Oder hatte ich da etwas übersehen? Versuchte Pete, mir auf merkwürdige Art etwas mitzuteilen? Und wenn ja, was in aller Welt wollte er damit sagen?

Pete bellte noch ein paarmal, während er auf der Waage stand, sprang dann herunter und trottete zurück ins Schlafzimmer, als wäre das, was soeben geschehen war, nur ein Teil seiner morgendlichen Toilette.

Ich blieb im Badezimmer und rang um eine Erklärung für die Szene, die ich soeben mit angesehen hatte, bis ich feststellte, daß ich mich jetzt beeilen mußte, wenn ich nicht zu spät zur Arbeit kommen wollte.

Wie gesagt, Charlotte hielt ihre allwöchentliche Besprechung meist am Montagmorgen ab, doch diesmal hatte sie uns am Mittwoch zusammengetrommelt, damit wir die bevorstehende Einweihungsfeier für das River-Princess-Haus besprechen konnten, die am folgenden Dienstag stattfinden sollte. Da »Home Sweet Home« der zuständige Makler für die Eigentumswohnungen war, fungierten wir bei der großen Gala in dem spektakulären, zum Wasser hin offenen Innenhof des Gebäudes zusammen mit den Bauherren als Veranstalter. Die Einladungen zu dieser Festlichkeit waren bereits zwei Wochen zuvor an sämtliche wichtigen Persönlichkeiten der Stadt und an die Kunden von »Home Sweet Home« verschickt worden, von denen viele ebenfalls ungemein wichtig waren. Wir hofften, unsere vermögenden Gäste mit Alkohol heiter zu stimmen, sie für die zahlreichen Annehmlichkeiten des Gebäudes begeistern zu können und ihnen eine Wohnung zu verkaufen. Außerdem wünschten wir uns eine rege Anteilnahme der Medien, damit auch diejenigen, die nicht auf der Feier waren, garantiert davon hörten.

»Ich denke, wir sollten zunächst abchecken, wie weit wir mit den beim letztenmal verteilten Aufgaben gekommen sind«, schlug Frances vor, nachdem wir uns alle in Charlottes Büro versammelt hatten. Da Frances bisher eng mit den Bauherren zusammengearbeitet hatte, war sie die Vertragsmaklerin für die Wohnanlage und hatte am meisten Nutzen davon, wenn die Feier ein Erfolg wurde.

»Ich habe meine Aufgabe erfüllt«, begann June Bellsey, die sich freiwillig dazu bereit erklärt hatte, dafür zu sorgen, daß die Medien über die Feier berichteten. »Normalerweise sagen Fernsehsender frühestens am Tag der Veranstaltung ihr Kommen zu, aber Lloyd kennt die Nachrichtenchefs von Kanal fünf, Kanal acht und Kanal zehn, und er garantiert, daß sie kommen werden.«

»Aber nicht, wenn am selben Tag ein Mord passiert«, wandte Althea mürrisch ein. »Nachdem die Mordrate in dieser Stadt in letzter Zeit explosionsartig in die Höhe geschossen ist, kann es gut sein, daß wir keine einzige Kamera zu Gesicht bekommen, die unsere Gäste filmt. Nicht, wenn es anderswo Leichen aufzuzeichnen gibt.«

»Sind wir jetzt nicht ein wenig morbid, Althea, meine Liebe?« fragte Charlotte. »Wenn Sie vielleicht noch ein Täßchen Tee möchten...«

»Ich finde überhaupt nicht, daß Althea morbid ist«, verkündete Deirdre. »Ich würde das zwar nie einem Kunden gegenüber äußern, aber langsam wird auch mir in dieser Stadt ausgesprochen mulmig. Habt ihr schon von dieser armen alten Frau gehört, die irgend jemand gestern in Brand gesteckt hat?«

»O Gott. Das war schrecklich«, klagte Suzanne. »Allein die Vorstellung, daß jemand einer unschuldigen Frau so etwas antut. Sie war über achtzig, stimmt's?«

»Zweiundachtzig«, präzisierte Deirdre.

»Und hatte sechzehn Enkel«, fügte June hinzu.

»Und war Witwe«, ergänzte Althea.

Während die anderen Informationen über diesen Fall austauschten, saß ich wie erstarrt auf meinem Stuhl. Den Berichten zufolge hatte der Mörder sein nichtsahnendes Opfer mit Benzin übergossen, als es soeben die First Presbyterian Church in der Franklin Avenue verließ. Dann steckte er ein Streichholz an, warf es auf die Frau und flüchtete, während sie verbrannte. Zehn Tage zuvor war bereits ein ähnlicher Mord passiert. Auch dieses Opfer war angezündet worden. Nun hatten die Einwohner von Banyan Beach Angst. Und ich hatte Angst um sie. Ich wußte nämlich, daß die Morde nicht das Werk eines gewöhnlichen Durchschnittspyromanen waren. Der Teufel höchstpersönlich ließ die Einwohner von Banyan Beach brennen. Ich wußte das so sicher, als hätte ich die Verbrechen selbst begangen. Und wenn ich ein Darksider blieb und ein Darksider-Kind in die Welt setzte, würde ich genauso schuldig werden wie der Satan.

Nein, schwor ich mir, während sich Schweiß über meiner Oberlippe bildete. Ich weigere mich, meinen Teil der Abmachung einzuhalten. Ich kann es nicht tun. Ich will es nicht tun.

Ich werde den Teufel dazu zwingen, die Stadt zu verlassen, und wenn es das letzte ist, was ich in meinem Leben vollbringe.

Doch zuerst mußte ich ihn finden.

»Barbara? Wie kommst du denn mit deiner Aufgabe für die Eröffnungsgala zurecht?« fragte Frances und riß mich aus meinen Gedanken.

»Meine Aufgabe«, wiederholte ich und versuchte, mir Interesse an dieser blödsinnigen Feier abzuringen, während der Teufel frei herumlief und Menschen röstete wie Würstchen über einem Lagerfeuer. Meine Aufgabe bestand darin, den Text für die Werbeprospekte zu verfassen, die wir drucken lassen wollten. Er sollte die Vorzüge des River-Princess-Hauses betonen – von der sagenhaften Aussicht aufs Wasser, die praktisch jede Wohneinheit hatte, bis hin zu den Freizeitmöglichkeiten modernsten Zuschnitts, die es bot. Besonders sollte ich die drei großen Brunnen hervorheben, die den Innenhof zierten, und dabei die Tatsache würdigen, daß in der Mitte jedes Brunnens die Marmorskulptur einer Meerjungfrau prangte, eine Schöpfung von DeWitt Charney, einem miesen Künstler aus Palm Beach; nicht vergessen durfte ich natürlich auch den Umstand, daß der Mund jeder dieser Meerjungfrauen eine Öffnung bildete, aus der Wasser sprudelte. Die Brunnen mit den dazugehörigen Meerjungfrauen galten entweder als Kunstwerke oder als Symbole widerlichen Überflusses, je nachdem, wen man fragte. Sie würden bis zum Abend der Eröffnungsgala von schweren Planen bedeckt bleiben und sollten dann im Rahmen der Feierlichkeiten enthüllt werden.

»Der Text ist schon fertig«, berichtete ich Frances, die sich um die Häppchen kümmern sollte. Ich hoffte nur, daß sie angesichts ihres unmäßigen Appetits auch noch ein paar für die Gäste übriglassen würde. »Er ist druckfertig.«

»Wunderbar«, strahlte sie, und ihre fleischigen Wangen blähten sich auf. »Ich wußte, daß ich auf dich zählen kann, Barbara. Und was ist mit der Musik, Deirdre? Hast du dich darum gekümmert?«

»Aber sicher, Lutzie«, erwiderte Deirdre. »Ich habe eine Harfenistin gefunden.«

»Oh, bitte nicht«, stöhnte Althea auf. »Keine Harfenistin. Das ist doch wirklich snobistisch.«

»Was soll daran snobistisch sein?« fragte Deirdre.

»Sagen wir es mal so: Wann hast du dich das letzte Mal hingesetzt und dir Harfenmusik angehört?« wollte Althea wissen.

»Noch nie«, gab Deirdre zu. »Aber darum geht es doch nicht. Die Feier ist ein besonderer Anlaß, und zu besonderen Anlässen gehört eine besondere Musik.«

»Ja, aber ausgerechnet Harfenmusik?« Althea rollte mit den Augen.

»Warum denn nicht?« mischte sich Charlotte unschuldig ein. »Harfenmusik ist die Musik der Engel.«

»Die Leute, denen wir Eigentumswohnungen verkaufen wollen, sind keine Engel, glaubt mir«, wandte Althea ein.

»Das ist schon richtig, aber Engel sind zur Zeit ungemein ›in‹«, sagte June, die sich selbst für eine Trend-Expertin hielt.

Althea wollte gerade etwas erwidern, als ich einen dieser gräßlichen Knurrlaute von mir gab. Sämtliche Anwesenden drehten sich um und sahen mich an. Es war mir zwar überaus peinlich, dennoch gewöhnte ich mich so langsam daran.

»Tut mir leid«, entschuldigte ich mich mit einem Achselzucken. »Mein Magen macht schon wieder Sperenzchen. Ich habe aber bereits einen Termin beim Gastroenterologen ausgemacht.«

Natürlich war mit meinem Magen alles in Ordnung. Ich vermutete, daß dem Teufel nur das ganze Gerede über Engel nicht gefiel und er seine Gefühle so zum Ausdruck brachte. Durch mich.

»Da bin ich mit Althea einer Meinung«, sagte Frances und setzte die Besprechung fort. »Harfen sind ein bißchen dick aufgetragen.« Sie wandte sich an Deirdre. »Könntest du nicht jemand anders für uns finden? Einen Akkordeonspieler zum Beispiel?«

Deirdre seufzte und machte sich eine Notiz.

»Dann fehlt nur noch die Gästeliste«, stellte Frances fest. »Suzanne, wie viele Zusagen haben wir denn schon?«

Suzanne holte einen Aktenordner aus ihrer Tasche. »Bis jetzt ungefähr fünfzig«, berichtete sie. »Ich habe aber das Gefühl, daß es nächste Woche an die hundert sein werden. Da wir die Feier außerhalb der Saison abhalten, haben wir nicht viel Konkurrenz von anderen Partys. Am nächsten Dienstagabend findet keine einzige andere Veranstaltung statt.«

»Laßt uns auch die hundert Einladungen nicht vergessen, die wir an einheimische Geschäfte für deren Kundschaft verteilt haben«, erinnerte Frances. »Ich wette, es kommen über zweihundert Leute auf die Feier.« Sie leckte sich praktisch schon die Lippen vor lauter Vorfreude darauf, Wohnungen zu verkaufen. Massenhaft Wohnungen. Das taten wir alle. Von mir kannte ich das jedenfalls. Nachdem ich jedoch Jeremy und seinen Vater davon hatte reden hören, daß die Bebauung direkt am Wasser die Fische umbringen und den Fluß ruinieren würde, mußte ich zugeben, daß meine Begeisterung für das River-Princess-Objekt merklich abgenommen hatte.

»Ach, das ist ja alles so aufregend«, säuselte June. »Ich liebe gute Partys.«

»Auch wenn keine Prominenten kommen?« spöttelte Althea.

»Oh, aber es *kommen* doch Prominente«, meinte June selbstgefällig. »Lloyd und ich sind ja da.«

18

Das Wetter am Tag der River-Princess-Feier war für die Jahreszeit ungewöhnlich kalt und trocken. Es erinnerte an einen kühlen Herbsttag im Norden. Weiße, bauschige Wolken zogen über den leuchtendblauen Himmel, und vom Meer her wehte eine frische, wohlriechende Brise. Zum ersten Mal seit Monaten fuhr ich mit offenen Wagenfenstern.

An jenem schicksalhaften Dienstagnachmittag kam ich gegen vier Uhr aus dem Büro nach Hause, um mich umzuziehen. Ich wollte ungefähr eine Stunde später beim River Princess sein. Als ich zur Tür hereinkam, hopste Pete zu mir und hieß mich mit nassen, schlabberigen Küssen willkommen. Es war schön, derart begehrt zu sein, und so erwiderte ich seine Zuneigung mit ein paar nassen, schlabbrigen Küssen meinerseits.

Es war schon komisch, wie sich meine Beziehung zu Pete verändert hatte. Als er zum ersten Mal vor meiner Tür aufgetaucht war, hatte sich zwischen uns überhaupt nichts geregt. Ich fühlte mich unwohl und unsicher in seiner Gegenwart, wie eine altjüngferliche Tante, die auf einmal einen Säugling aufziehen soll. Jetzt, nur wenige Wochen später, konnte ich mir mein Leben ohne ihn gar nicht mehr vorstellen. Er war da, wenn ich aufwachte und wenn ich schlafen ging, eine zuverlässige Größe in einer turbulenten Zeit. Ganz gleich, wie seltsam sein Verhalten auch manchmal auf mich wirkte, ich hatte das Gefühl, daß er auf meiner Seite stand, mich beschützte, unterstützte und vor der Tatsache abschirmte, daß ich nicht nur ein Darksider war, sondern in Kürze auch geschieden sein würde – eine Frau ohne einen Mann, der für sie sorgte.

Es wäre selbstverständlich dumm von mir gewesen, wenn ich mir eingebildet hätte, daß Petes mysteriöses Erscheinen im Seacrest Way 666 am Morgen nach meiner Verwandlung reiner Zufall war und nicht in irgendeiner Weise damit zusammenhing, daß ich ein Darksider geworden war. Pete war wie David Bettinger absichtlich in mein Leben manövriert worden. Das stand fest. Dennoch wollte ein Teil von mir davon überhaupt nichts wissen. Dieser Persönlichkeitsteil wies den Gedanken weit von sich, daß unsere Verbindung von einer übernatürlichen Macht eingefädelt worden war – einer Macht, die mir Pete genauso schnell wieder wegnehmen konnte, wie sie ihn mir gebracht hatte. Nachdem ich mich erst einmal an die Unannehmlichkeiten gewöhnt hatte, die ein Hund im Haus so mit sich brachte – die Unordnung, den Geruch, das Gebell – stellte ich schnell fest, daß ich mich auf Pete verlassen konnte. Umgekehrt war es übrigens genauso. Damit will ich sagen: Er liebte mich und ich, die bisher nie jemanden wirklich geliebt hatte, liebte ihn.

»Was hältst du von diesem Kleid?« erkundigte ich mich, als wir zu zweit in meinem Schlafzimmer standen. Ich wollte auf der Gala so gut wie möglich aussehen und probierte vor Petes Augen verschiedene Kleider an, die ich allesamt hatte ändern lassen, damit sie mir mit meiner neuen Figur paßten. Mitchell war mir nie eine große Hilfe dabei gewesen, wenn es um die Frage ging, was ich anziehen sollte. Wenn ich ihn nach seiner Meinung über diese Bluse oder jenen Rock befragte, sagte er immer: »Völlig uninteressant, was *ich* davon halte. Was hältst *du* davon? Bezieh Stellung, Barbara. Sei nicht immer so verdammt passiv!« Bei Pete war das ganz anders. Er nahm an fast jedem Aspekt meines Lebens Anteil und tat seine Meinung mit Freude kund, selbst wenn es um so etwas Profanes wie meine Kleidung ging.

Gefiel ihm, was ich anhatte, bellte er. Gefiel es ihm nicht, begann er zu jaulen. Seine Reaktion auf das rote Kleid, das ich gerade anprobierte, war ein Jaulen.

»Okay«, sagte ich, zog es mir über den Kopf und warf es aufs Bett. »Versuchen wir es mit etwas anderem.«

Ich schlüpfte in ein gewagtes pinkfarbenes Stück mit einem Schlitz an der Seite. Pete jaulte erneut.

Als nächstes schlüpfte ich in ein konservativeres Kleid, ein hochgeschlossenes weißes Exemplar mit Goldknöpfen. Es löste nicht nur ein Bellen aus, sondern zwei!

»Ich gefalle dir also in Weiß«, bemerkte ich und griff nach unten, um ihn zu streicheln. Mitchell hatte immer gefunden, daß Weiß mich bleich machte. Dieses Urteil hatte er sich nicht einmal an unserem Hochzeitstag verkniffen. Da ging ich stolz in meinem jungfräulich weißen Brautkleid auf den Altar zu, und als ich dort angekommen war, beugte sich Mitchell zu mir und flüsterte: »Weiß ist nicht deine Farbe, Barbara. Es macht dich bleich.«

Ich fuhr mir mit dem Kamm durch die Haare, legte Lippenstift auf und verabschiedete mich von Pete. Ich merkte ihm an, daß er mich nicht gerne gehen ließ, weil er die Haustür blockierte.

»Nun komm schon, Kleiner. Mach Platz!« Ich versuchte, ihn zur Seite zu schieben, zuerst mit dem Fuß und dann mit dem ganzen Körper. Für einen Hund, der mit seinem Essen dermaßen pingelig war, konnte er ganz schön schwer sein, wenn er wollte. Ich brachte ihn nicht vom Fleck.

»Pete, bitte«, forderte ich ihn auf. »Diese Feier ist wichtig für meine Karriere. Geh jetzt bitte aus dem Weg.« Petes Anhänglichkeit war rührend, aber ich hatte es eilig. »Na, komm schon, Kleiner. Weg da, ja?«

Er weigerte sich noch immer, Platz zu machen.

Da kam ich plötzlich auf die Idee, meine Macht als Darksider gegen ihn einzusetzen. Ich sah ihn an, verschränkte die Arme über der Brust und sagte laut: »Pete, ich möchte, daß du müde wirst, daß du zum Sofa hinüberkriechst und fest einschläfst.«

Ich wartete, da ich wußte, daß es normalerweise ein bis zwei Sekunden dauerte, bis die Wirkung eintrat. Doch es tat sich gar nichts. Pete regte keinen Muskel. Er blieb hartnäckig neben der Haustür stehen und regte sich nicht.

Ich wiederholte den Wunsch. Er rührte sich keinen Millimeter.

Das ist ja komisch, dachte ich. Entweder habe ich meine Kräfte verloren, oder Pete ist dagegen immun.

Ich startete noch einen Versuch. Wiederum schien es auf Pete keinerlei Wirkung zu haben.

»Vergiß es«, gab ich schließlich auf. »Ich gehe zur Hintertür hinaus.«

Anscheinend hatte ich die Zauberformel gefunden, da Pete schlagartig seine Stellung vor der Tür aufgab. Er trottete zum Garderobenschrank, wand sich durch dessen halboffene Tür und schnappte sich mit den Zähnen den faltbaren Regenschirm, der unten im Schrank lag. Dann brachte er mir den Schirm und legte ihn vor meine Füße.

»Geht es nur darum?« fragte ich, wieder einmal erstaunt über sein Verhalten.

Er bellte.

»Pete, sieh doch mal raus«, forderte ich ihn auf und wies auf das Fenster. »Es ist ein herrlicher Nachmittag.«

Er bellte noch ein paarmal. Und dann, als wollte er seinem Verlangen mehr Nachdruck verleihen, nahm er den Schirm erneut zwischen die Zähne und ließ ihn wieder vor meinen Füßen fallen.

»Na gut. Mach ruhig auf jüdische Mutter, wenn du unbedingt willst.« Ich lachte und bückte mich, um den Schirm aufzuheben.

»Wenn ich das verdammte Ding mitnehme, läßt du mich dann auf die Feier gehen?«

Er riß das Maul ganz weit auf und gähnte. Ich faßte das als ein Ja auf.

Mit dem Regenschirm unter dem Arm warf ich Pete eine Kußhand zu und verließ eilig das Haus, ohne mir bewußt zu sein, daß ich einer Katastrophe entgegenging.

Der Geruch war das erste, was mir auffiel, als ich den Innenhof des River-Princess-Gebäudes betrat. Nicht der Geruch der Häppchen, die verschwenderisch auf silbernen Platten dekoriert waren. Nicht der Geruch der leuchtendbunten tropischen Blumen, die in herrlichen Gestecken auf den runden Tischen mit den Sonnenschirmen standen. Nicht der Geruch der elegant gekleideten Gäste, die in ihrer Gesamtheit genug Duftwässerchen am Leib hatten, um einen Elefanten zu ersticken. Und auch nicht der Geruch meines eigenen Rosenkohlatems, den ich erfolgreich mit Pfefferminzpastillen überdeckt hatte. Nein, der Geruch, der mir in die Nase stieg, als ich mir den Weg durch die Menge bahnte, war überhaupt kein Geruch. Es war ein Gestank. Eine üble Ausdünstung. Eine Fäulniswolke. Es fiel mir schwer, nicht zu würgen.

Suzanne stand mit Deirdre, Althea und Frances zusammen und wiegte sich zum Klang einer Steel Drum (Curtis, der Jamaikaner, war der einzige Musiker, den wir so kurzfristig bekommen hatten). Sie musterte aufmerksam die Gäste und hielt vermutlich Ausschau nach begehrenswerten Junggesellen.

»Was ist denn das um Himmels willen für ein Gestank?« fragte ich sie flüsternd.

Sie zuckte mit den Achseln. »Wir versuchen alle so zu tun, als wäre er nicht vorhanden, aber er ist überwältigend, nicht wahr?«

Ich nickte und hielt mir die Nase zu. »Meinst du, daß die Bauarbeiter ihre Abfallcontainer haben herumstehen lassen? Vielleicht bläst der Wind den Geruch zu uns herüber?«

»Nein. Da sind keine Container. Jemand überprüft gerade die Abwasserrohre, aber im Grund glaubt niemand, daß es daran liegt.«

»Was ist es dann? Wenn unsere Kunden keine Allergien und völlig verstopfte Nasen haben, werden sie vom River Princess nicht gerade begeistert sein, und dann ist dieser ganze Zauber hier umsonst.«

»Ich weiß. Frances rauft sich schon die Haare.«

Ich sah zu Frances hinüber, die mit einem der Bauherren ins Gespräch vertieft war. Keiner von beiden sah besonders glücklich aus.

Ich ließ meinen Blick über die Menge von über zweihundert Gästen schweifen und versuchte, andere bekannte Gesichter auszumachen.

Ich entdeckte Charlotte Reed, die sich angeregt mit Anabel Littleton unterhielt, der Vorsitzenden der Junior League von Banyan Beach.

Ich bemerkte June Bellsey, die an den Lippen ihres Mannes Lloyd hing, welcher wiederum an den Lippen von Gary Kineally klebte, dem Bürgermeister von Banyan Beach, der seinerseits fasziniert Roberta Smith lauschte, der munteren Fernsehreporterin von Kanal acht, die ihrerseits Joe Namath anhimmelte, den ehemaligen Footballstar und jetzigen Bürger Floridas, zugleich der einzige wirklich Prominente, der sich auf der Party sehen ließ.

Ich entdeckte einige meiner Kunden, die sich die Häppchen schmecken ließen und Champagner schlürften: Richard und Arlene Volk, die Yuppie-Börsenmakler; Nancy Henken, die Inneneinrichterin; Dee Dee Holliman, die Erbin eines großen Treuhandvermögens und chronische Immobilienkäuferin. Sie alle hatten Interesse daran geäußert, sich im River Princess einzukaufen. Ich hoffte, der widerliche Gestank, der in der ansonsten klaren trockenen Luft hing, würde sie nicht veranlassen, es sich anders zu überlegen.

David Bettinger stand ganz allein herum. Er hielt ein Champagnerglas in der rechten Hand und sah auf den Fluß hinaus. Obwohl sein Gesichtsausdruck gequält wirkte, war er unglaublich attraktiv in seiner frischen khakifarbenen Hose, dem blauweiß gestreiften Hemd und dem marineblauen Blazer, während sein goldenes Haar in der Nachmittagssonne wie ein Heiligenschein glänzte. Was für eine Verschwendung, dachte ich traurig, während ich ihn beobachtete. Sicher, er war ein hinreißendes Geschöpf. Aber »Geschöpf« war eben genau der entscheidende Makel. Er war ein geschaffenes Wesen, ein Mann, dessen körperliche Schönheit ihn nicht einmal ansatzweise für die Einsamkeit entschädigen konnte, die er empfand. Die Einsamkeit eines Darksiders, dessen einzige Aussicht auf Glück darin bestand, mich zu schwängern und damit seinen Teil eines verabscheuenswerten, teuflischen Plans einzuhalten.

Was mag er denken? fragte ich mich, während ich ihn studierte. Was geht wohl in seinem Kopf vor? Überlegt er, ob ich Jeremy bereits zur Rede gestellt habe und den Teufel dazu gebracht habe, mich von der Abmachung zu entbinden? Weiß David Bettinger immer mehr, als er zugibt? War das der Grund, warum er sich von mir hatte entlocken lassen, daß der Teufel in Jeremys Körper gekrochen war?

Apropos Jeremy: Auf einmal sah ich ihn und seinen Vater auf die Bar zugehen. Ich war äußerst erstaunt.

Was macht *der* denn hier, rätselte ich, als ich sah, wie der weißlivrierte Kellner ihm ein Glas Champagner reichte. Mit seinen Jeans und Turnschuhen sowie dem welligen roten Haar, das sich entsetzlich mit seinem violetten T-Shirt biß, wirkte er völlig fehl am Platze. Er konnte nicht auf der Gästeliste gestanden haben, da er nicht gerade zu den wichtigen Persönlichkeiten zählte und weder Kunde von »Home Sweet Home« noch ein potentieller Wohnungskäufer war. Er muß seine Einladung von einem der hiesigen Einzelhändler bekommen haben, vermutete ich, als mir wieder einfiel, daß wir an Geschäfte hundert Einladungen für ihre Kunden verteilt hatten. Die Frage war nur, *warum* Jeremy, bei seiner Ablehnung gegenüber dem Neubau, Wert darauf legte, der großen Einweihungsgala des River-Princess-Hauses beizuwohnen.

Vielleicht hat ihn der Teufel dazu veranlaßt zu kommen, erwog ich. Der Satan war doch ein richtiger Partylöwe.

Natürlich wußte ich immer noch nicht hundertprozentig, ob Jeremy nun den Teufel in sich hatte oder nicht. Seine Anwesenheit auf der Party verunsicherte mich. Er hatte mich seit meinem

Besuch bei ihm in der Vorwoche zweimal angerufen – »um zu fragen, ob es dir wieder bessergeht«, wie er auf meinem Anrufbeantworter hinterlassen hatte. Aber ich hatte ihn nicht zurückgerufen. Ich konnte einfach nicht. Ich wußte nicht, was ich ihm hätte sagen sollen. Nachdem ich mit meinem Bruder gesprochen und von seinen selbstlosen Angelausflügen mit diesen Kindern gehört hatte, wußte ich überhaupt nicht mehr, was ich von ihm halten sollte. Außerdem hatte er sich erkundigt, ob es mir wieder besser ginge, und wie sollte ich diese Frage beantworten. Ich würde mich erst dann wieder besser fühlen, wenn der Teufel endlich aus Banyan Beach verschwunden war.

Mein Blick schweifte von Jeremy und Mike Cook weg und landete auf einem anderen furchtlosen Duo: dem guten alten Mitchell Chessner und Chrissy Hemplewhite. Hatten wir dieses Arschloch von meinem Ehemann allen Ernstes auf die Gästeliste gesetzt? Oder war Chrissy diejenige, die die Einladung bekommen hatte, und Mitchell war nur als ihr Begleiter dabei? Und was war überhaupt mit den Sechsuhrnachrichten? Wie konnte Chrissy ihren allabendlichen Wetterbericht moderieren, wenn sie auf einer Party herumlungerte anstatt im Studio?

Erst als ich den Kameramann von Kanal fünf sah, der hinter ihr hertrottete, schwante mir, was geplant war – und das war einzig und allein Junes Schuld. In ihrem Eifer, die Aufmerksamkeit der Medien auf die Einweihungsfeier des River Princess zu lenken, mußte sie oder Lloyd Chrissy dazu überredet haben, das Wetter live vor Ort, von der Party aus, vorherzusagen. Infolgedessen würde Miss Überflieger wohl in unserer Mitte stehen, zum blauen Himmel über sich zeigen und ihren hingerissenen Zuschauern erzählen, daß es ein herrlicher Abend werden würde. Und da sagen die Leute noch, daß echte Begabung schwer zu finden sei.

Sie sah absolut lächerlich aus mit diesem langen blonden Wust, den sie Haar nannte und der sich in dichten kleinen Löckchen auf ihrem Kopf türmte.

Und dann Mitchell. O Gott. Er gab sich so aufgeregt und kriecherisch wie immer, machte Ver beugungen, Kratzfüße und schüttelte heftig die Hände von Leuten, die er kaum kannte.

»Warum hast du mir nie den Respekt entgegengebracht, den du Wildfremden zugestehst?« murmelte ich. »Ich würde dich gern mal vor *meinen* Füßen herumkriechen sehen.«

Auf einmal sah ich Mitchell herumwirbeln, tiefsinnig in meine Richtung sehen und dann eilig auf mich zu marschieren.

Chrissy rief ihm mit ihrer hohen Gasballon-Stimme hinterher: »He, Mitchell, Liebling? Wo gehst du denn hin? Mitchell? Komm zurück.«

Doch er ignorierte sie und ging weiter. Ich schluckte, als er auf direktem Weg auf mich zukam. Er bewegte sich rasch und zielgerichtet. Einen Augenblick lang spürte ich, wie diese alte Lähmung Besitz von mir ergriff, diese alte Panik davor, etwas sagen oder tun zu können, das ihm mißfiele und er mich dafür kritisieren und ich mich dafür hassen würde. Doch dann verschwand die Panik, und als Mitchell den Mund aufmachte und zu sprechen begann, fühlte ich mich stark, mutig und böse.

»Barbara? Bist das wirklich du?« fragte er und bewunderte meinen neuen Look.

»Nein, ich bin Vanna White«, erwiderte ich. Noch nie hatte ich es gewagt, Mitchell zu provozieren. Jedenfalls nicht von Angesicht zu Angesicht. Doch nun stand er vor mir, nur wenige Zentimeter entfernt. Es war unsere erste Begegnung seit dem Abend, als er mich verlassen hatte.

Einen Moment lang sagte er gar nichts. Dann lachte er viel zu laut und viel zu lange. So gut war der Spruch nun auch wieder nicht gewesen. Er übertrieb.

»Vanna White«, kicherte er. »Ich wußte gar nicht, was du für einen phantastischen Humor hast.«

»So phantastisch nun auch wieder nicht.«

»O doch. Es ist mir bislang nur nie aufgefallen.«

»Dir ist an mir sowieso nie viel Positives aufgefallen.«

Er lächelte. »Tja, aber jetzt fällt mir etwas auf. Du siehst sagenhaft aus, Barbara. Ich weiß zwar nicht, was du angestellt hast, aber es hat dich nur noch schöner gemacht.«

»Schöner als was?«

Er überhörte meine Frage. »Ich muß ehrlich sagen, daß du die schönste Frau auf der ganzen Party bist.«

»Ehrlich? Und was ist mit Chrissy?«

»Was für eine Chrissy?«

Mann, diese Darksider-Macht war wirklich verblüffend, dachte ich. »Wie gehen die Geschäfte? Laufen die Restaurants gut?«

»Bestens. Hervorragend. Geh doch diese Woche mal in einem der beiden essen. Ich lasse dir vom Küchenchef etwas ganz Besonderes zubereiten.«

Etwas ganz Besonderes für mich. Langsam genoß ich das Spielchen.

»Weißt du, es spricht doch nichts dagegen, daß wir Freunde sein können«, säuselte er. »Ich bewundere dich wirklich.«

»Seit wann?«

»Seit... ich weiß nicht.« Er hielt inne und schaute verwirrt aus der Wäsche, dann fing er wieder an. »Ich empfinde eine Menge Respekt vor dir, Barbara. Ich glaube, ich habe es nur erst vor ein paar Minuten gemerkt. Ist das nicht seltsam?«

»Sehr.« Ich hätte Mitchell den ganzen Abend dabei zuhören können, wie er mir Komplimente machte, aber wir wurden von Bürgermeister Kineally unterbrochen, der nun am Mikrophon stand und sagte: »Test 1-2-3. Test.« Die Menge klatschte Beifall, und die Fernsehkameras – es waren insgesamt vier da, also mußte es wohl ein ereignisarmer Tag gewesen sein – hielten sich bereit, um jeden Moment einzufangen.

»Beeil dich lieber, Mitchell«, riet ich ihm. »Gleich findet das feierliche Zerschneiden des Bandes statt.«

»Kann ich noch irgend etwas für dich tun, bevor ich gehe?« fragte er und verbeugte sich vor mir, als wäre ich einer seiner Gäste im ›Risotto!‹. »Ein Häppchen? Champagner? Irgend etwas?«

»Ja«, antwortete ich zuckersüß. »Du kannst dich verpissen.«

Ich ließ Mitchell in seiner unterwürfig verkrampften Haltung stehen und gesellte mich zu einem Mann, mit dem ich mehr gemeinsam hatte.

»Hallo«, begrüßte ich David und tippte ihm auf den Rücken.

Er war froh, mich zu sehen, aber wir konnten nicht richtig reden, weil der Bürgermeister förmlich ins Mikro brüllte. Er plapperte irgend etwas in der Richtung, daß wir nun ein neues Kapitel in der Geschichte von Banyan Beach aufschlügen und das River-Princess-Gebäude den Beginn des Goldenen Zeitalters für unsere Stadt einläutete. Blablabla. Ich hielt nach Jeremy und seinem Vater Ausschau, um zu sehen, wie sie darauf reagierten, konnte beide aber in der Menge nicht entdecken.

Als der Bürgermeister mit seiner Ansprache fertig war, trat Ronald Dubin, einer der Bauherren, ans Mikrophon und erklärte, wie stolz er darauf sei, daß *sein* Gebäude den Einwohnern von Banyan Beach den Gipfel des Luxus böte. Er versicherte uns, daß bei Bau und Ausstattung der Wohnungen an nichts gespart und kein Detail übersehen worden sei.

»Kein Detail übersehen? Offenbar haben sie vergessen, den Müll hinauszutragen«, flüsterte ich David zu, womit ich auf den Gestank anspielte, der immer noch in der Luft lag.

Dann folgte das feierliche Zerschneiden des Bandes. Daraufhin stellte Mr. Dubin den Anwesenden Mr. DeWitt Charney vor, den Bildhauer, der für die drei Meerjungfrauen verantwortlich zeichnete, die jetzt in ihren Springbrunnen enthüllt werden sollten.

»Bevor wir die Planen von den Brunnen nehmen und Ihnen Mr. Carneys großartige Meerjungfrauen zeigen«, erklärte Dubin, »möchte ich Sie alle dazu ermuntern, im Laufe des heutigen Abends das River-Princess-Haus zu besichtigen. Die Musterwohnungen bleiben bis einundzwanzig Uhr geöffnet, ebenso das Spielzimmer, die Fitneßräume und die Strandhütten. Auf den Tischen in der Halle liegen Prospekte, in denen sämtliche Vorzüge und Einrichtungen der Wohnanlage beschrieben sind. Sie können sich gern bedienen. Wenn Sie Fragen haben, wenden Sie sich bitte an Frances Lutz oder eine der anderen Maklerinnen von ›Home Sweet Home‹, die heute vollzählig hier versammelt sind. Und nun möchten wir ohne weitere Verzögerungen...« Er hielt inne, sah zu Curtis, dem Jamaikaner, hinüber und bat um einen Trommelwirbel, den er auch bekam. Einen Trommelwirbel auf der Steel Drum.

»Sind wir soweit?« erkundigte sich Dubin bei den Arbeitern, die an jedem der drei Brunnen postiert waren und gespannt auf das Zeichen warteten, bei dem sie die Planen entfernen sollten.

»O-kay!« rief Dubin strahlend und nickte den Männern zu. »Und jetzt weg damit!«

Bei dem Wort »weg« entfernten die Männer mit großer Geste die drei Planen, wie Kellner die Silberkuppeln von Eßtellern heben. Blitzlichter flammten auf, während die Brunnenmechanik eingeschaltet wurde und das Wasser durch die Münder der sagenhaften Meerjungfrauen sprudeln ließ.

Auf einmal jedoch schrie DeWitt Charney, der immer noch neben Ronald Dubin am Mikrophon stand und voller Vorfreude auf die Bewunderung für seine Werke wartete, vor Schreck auf.

»Mein Gott! Nein!« kreischte er, und seine Stimme schallte über den ganzen Innenhof.

Ein kollektives Keuchen ertönte, als ein Großteil der Geladenen sah, was DeWitt Charney bereits gesehen hatte.

Und dann brach die Hölle los. Womit ich allerdings nicht die Hölle im Sinne des Aufenthaltsorts einer dunklen Macht meine. Ich meine, daß ›der Teufel ziemlich ungehalten war‹.

19

Jemand hatte die Brunnen verschmutzt.

Bei der Enthüllung der Meerjungfrauen stellten wir fest, daß der Übeltäter offenbar vor der Festveranstaltung in das Gebäude eingedrungen war und, da er wußte, daß die Brunnen bis zum Beginn der Feierlichkeiten verhüllt bleiben würden, fauligen Müll in alle drei gekippt hatte. Einer war voller toter Fische, der zweite voll von dickem, schwarzem Öl und der dritte randvoll mit ungeklärten Abwässern. Kein Wunder, daß es hier stank.

Die Bauherren waren schockiert. Ronald Dubins Gesicht war so lila vor Zorn, daß ich schon fürchtete, er bekäme gleich einen Gehirnschlag. Unter wüsten Flüchen versuchte er, die Horde der Partygäste in die Halle des Hauses zu scheuchen, weg von dem ekelerregenden Anblick und Geruch. Doch kein Mensch rührte sich vom Fleck. Ich glaube, alle spürten, daß noch mehr kommen würde.

Bürgermeister Kineally sah eher gedemütigt als zornig drein, als wäre er dadurch, daß er neben den verdreckten Brunnen stand, selbst beschmutzt worden.

Und dann war da noch der arme DeWitt Charney, der Schöpfer der Meerjungfrauen. Er war am Boden zerstört, weil seine Kunstwerke besudelt worden waren, und verließ die Party in Tränen aufgelöst. Der Glückliche. Er war verschwunden, bevor alles so richtig übel wurde.

Charlotte gab sich angesichts der Verschmutzung der Brunnen völlig ungerührt und tat so, als handelte es sich nur um einen Dummenjungenstreich, einen Fall von schlechten Manieren. »Jungs sind eben so«, hörte ich sie sagen. Die anderen Mitarbeiterinnen von »Home Sweet Home« zeigten sich dagegen weitaus besorgter. Konnte doch dieser Vorfall das Schickimicki-Image von »Home Sweet Home« schwer beschädigen. Und überhaupt: Wer würde in einem Gebäude mit derart laschen Sicherheitsvorkehrungen eine Eigentumswohnung kaufen, einem Gebäude also, das Vandalen eine so leichte Angriffsfläche bot? Oder, schlimmer noch: Wer würde schon eine Wohnung in einem Gebäude erstehen, das nach Fäulnis stank? Das war nämlich in meinen Augen die eigentliche Botschaft dieser Schweinerei: Etwas war faul am River-Princess-Haus. Und zwar durch und durch.

»Wer kann das nur gewesen sein?« Frances beendete ihr Gespräch mit David und mir mit einer Frage, die alle beschäftigte. Ihr voluminöser Kaftan flatterte im Wind, und in Gedanken addierte sie bestimmt all die Provisionen, die ihr nun entgingen.

Ja, wer konnte es gewesen sein?

Bevor ich noch weiter über die Sache nachdenken konnte, bemerkte ich, wie sich Jeremy einen Weg durch die Menge bahnte und aufs Mikrophon zuging, während sein Vater beunruhigt zusah. Danach lief alles rasend schnell ab. Ich werde dennoch versuchen, die Ereignisse so genau wie möglich zu schildern.

»Meine Damen und Herren«, begann Jeremy, als alle verstummt waren, »es tut mir leid, wenn ich Ihnen die Party verderbe, aber ich möchte gern eine kleine Ansprache halten.«

Ich beobachtete Mike Cook, der nervös an seiner Zigarette zog.

»Das River-Princess-Gebäude und andere Hochhäuser bringen unseren Flüssen den Tod«, verkündete Jeremy. »Ihre Bauherren haben es zu verantworten, daß inzwischen schwarzer Schlick die Seegrasmatten verdrängt hat, in denen sich früher die Fische ihr Futter suchten, und Algen nun den Platz der Fische eingenommen haben, die früher von uns gefangen wurden. Tatsache ist, es gibt kein Leben mehr im Wasser. Oh, dafür haben wir Eigentumswohnanlagen mit genug Toren und Wachen, um eine Armee abzuwehren. Aber unsere Flüsse haben eben keine Tore und Wachen gegen ihre Verschmutzer. Heutzutage gibt es in unseren Flüssen anstelle einer gesunden Wasserfauna tote Fische, schwarzen Schlick und ungeklärte Abwässer – so wie die Proben, die Sie hier in diesen protzigen Brunnen vor sich sehen. Ich dachte, Sie möchten vielleicht alle einmal aus erster Hand erleben, wie ein verschmutzter Fluß aussieht und riecht.«

Jeremy war also dafür verantwortlich!

Ein Sturm von Buhrufen ergoß sich über ihn, als er das Mikro verließ, aber ich empfand eine merkwürdige Art von Respekt vor ihm. Jetzt wurde mir alles klar… seine Warnung, daß die Wohnungen im River Princess in ein paar Tagen nicht mehr viel wert sein würden… seine Erklärung, daß er das Geld, das er bei den Auftritten der Fire Ants verdiente, der Initiative zur Rettung des Flusses spendete… seine Bemerkung darüber, daß man nicht nur reden dürfe, sondern auch etwas tun müsse und daß er für das einträte, woran er glaubte. Ben hatte ihn richtig beurteilt, das sah ich nun ein. Jeremy Cook hatte Prinzipien – und Mumm. Er war ein Aktivist, der bereit war, sich den oberen Zehntausend von Banyan Beach in den Weg zu stellen – um den Fluß zu retten, der ihm seit seiner Kindheit so viel bedeutete. Dabei hatte er weder Gewalt angewandt noch Eigentum beschädigt. Jedenfalls nicht gravierend. Alles konnte durch gründliches Schrubben beseitigt werden. Aber er hatte allen eine Lektion erteilt. Eine symbolische Lektion.

Während ich zusah, wie Jeremy zwei der Wachmänner vom River-Princess-Haus rechts und links unterhakten und ihn ins Gebäude führten – mit dem Polizeirevier als nächstem Ziel, wie ich vermutete –, beneidete ich ihn plötzlich. Im Gegensatz zu Jeremy Cook war *ich* nie für irgend etwas eingetreten, das mir am Herzen lag. Wenn ich mich nicht irrte, hatte mir auch nie etwas besonders am Herzen gelegen. Bis jetzt. Nun wollte ich den Teufel aus der Stadt vertreiben – und das war sogar noch mehr als ein Herzenswunsch.

Doch wie ich binnen Sekunden einsehen mußte, hatte der Teufel andere Pläne.

»Barbara?« fragte David, der immer noch neben mir stand. »Was ist denn los?«

Ich wollte ihn gerade zur Rede stellen und ihm sagen, daß er sich mit seiner Behauptung getäuscht haben mußte, daß der Teufel in Gestalt von Jeremy Banyan Beach unsicher mache, als der blaue Himmel über uns buchstäblich schwarz wurde. *Richtig schwarz.* Wie das Öl, das Jeremy in einen der Brunnen gekippt hatte. Gerade waren wir noch von der Sonne beschienen worden, als uns im nächsten Augenblick völlige Finsternis umgab. Es war so, als hätte jemand einen Lichtschalter auf ›Aus‹ gestellt.

Die übergangslose Verfinsterung war dermaßen beängstigend, daß einige Leute aufschrien. Unter anderem ich. Das letzte Mal hatte ich einen derart unvermittelten Wetterumschwung in der Nacht meiner Verwandlung erlebt. Was nur eines heißen konnte.

»Mein Gott!« schrie ich und packte Davids Arm. »Es ist der Teufel, stimmt's?«

David sah genauso entsetzt drein wie alle anderen. »Er muß es wohl sein«, entgegnete er. »Wappne dich. Er ist ziemlich ungehalten.«

»Warum?« fragte ich, während wir uns aneinanderdrängten, zwei Darksider in einem Meer von Normalos. »Was haben wir denn verbrochen?«

»*Wir* haben überhaupt nichts getan. Aber dein Freund Jeremy«, erklärte David verbittert. »Das River-Princess-Haus war eines der Lieblingsprojekte des Teufels in Banyan Beach. Jeremy hätte sich nicht einmischen sollen.«

Ich riß mich von ihm los. Ich war wütend auf ihn und hatte die Nase voll von seinen Spielchen. »Woher weißt du denn das alles?« brüllte ich ihn an. »Und warum hast du mir erzählt, daß sich der Teufel in Jeremys Körper versteckt hält? Es ist nicht wahr und ist nie wahr gewesen, oder, David? Stimmt's?«

Er kam nicht mehr dazu, mir Rede und Antwort zu stehen. Der Teufel erledigte das für ihn. Ein gigantischer Blitz durchzuckte den Himmel, eine elektrische Ladung, die so gewaltig und so blendend war, daß sich meine Augen bis heute nicht ganz davon erholt haben. Dann kam der Donner, gefolgt von weiteren Blitzen, Windböen in Orkanstärke und danach Regen. Nun ja. ›Regen‹ beschreibt nicht einmal ansatzweise, was der Teufel uns an jenem Nachmittag bescherte. Was aus diesem schwarzen Himmel auf uns niederstürzte, waren Flüssigkeitsgeschosse, hagelkorngroße Regentropfen, die sich wie Messer in unsere nackte Haut bohrten.

Schlagartig fegten Sonnenschirme von Tischen, Blumentöpfe und Champagnergläser sausten krachend zu Boden, und Tabletts voller Häppchen landeten im einst kristallklaren Swimmingpool.

Zweihundert Menschen trampelten einander beinahe tot, während sie versuchten, sich vor dem heftigen Gewitter in Sicherheit zu bringen. Man hörte ein Kreischen und Schluchzen, man vernahm alle Anzeichen von totaler Panik, etwas ganz anderes also als die leichte Verärgerung, die man empfindet, wenn man ohne Schirm von einem Regenschauer überrascht wird. Denn das, was wir erlebten, war kein simpler Regenschauer, sondern ein Gewittersturm von nahezu biblischen Ausmaßen, eine Demonstration teuflischer Wut.

Selbstverständlich hatte *ich* einen Regenschirm dabei. Pete hatte ja darauf bestanden, daß ich ihn mitnahm. Woher hatte er bloß gewußt, daß es schütten würde? Und warum hatte ich nicht auf ihn gehört und das dämliche Ding im Auto gelassen?

»Wieso macht der Teufel das, und warum hast du mich bezüglich Jeremy angelogen?« schrie ich David an, der seinen marineblauen Blazer ausgezogen hatte und ihn mir nun über den Kopf hielt – ein ritterlicher, aber letztlich nutzloser Versuch, mich vor dem strömenden Regen zu schützen.

»Sag es mir, David!« brüllte ich noch einmal.

Er gab mir keine Antwort. Der Blazer war ihm soeben aus den Händen gefegt und quer über den ganzen Innenhof geweht worden, in die Wedel einer dort aufgestellten Palme.

»Komm, wir sausen los«, rief er, packte mich am Ellbogen und schob mich an den anderen vorbei, auf die Tiefgarage des River-Princess-Hauses zu.

Wir fingen an zu rennen, doch der marmorgeflieste Innenhof war unglaublich glatt und tückisch. Ich rutschte aus und fiel hin. David half mir auf. Dann rutschte er aus und fiel hin, und ich half ihm auf. Der Teufel machte es uns nicht gerade leicht.

Wir rasten gerade auf die Garage zu, während uns Wind und Regen übers Gesicht peitschten, als ich auf einmal aus den Augenwinkeln Mike Cook am Boden liegen sah. Um ihn herum standen drei oder vier Leute, von denen einer Wiederbelebungsmaßnahmen an ihm vorzunehmen schien.

»Halt!« befahl ich und blieb sofort stehen. »Das ist Jeremys Vater. Ich muß hingehen und ihm helfen.«

David warf einen Blick auf Mike Cook, doch sein Griff um meinen Arm wurde fester.

Ich versuchte David abzuschütteln, damit ich zurückgehen und helfen konnte, doch er faßte nur noch fester zu.

»Komm jetzt, Barbara!« Er zerrte mich gewaltsam davon. »Diese Blitze gefallen mir gar nicht. Wenn wir hier im Innenhof bleiben, gefährden wir uns selbst.«

»Ich weiß, aber ich...«

Er packte meine Hand und zog mich mit. Wir rannten, bis wir endlich an der Garage anlangten. David probierte die schwere Metalltür, doch sie war versperrt. Und zwar von innen.

»Was nun?« fragte ich. Wir standen ratlos vor der Tür, patschnaß und verängstigt, während der Regen weiterhin mit unerbittlicher Wucht auf uns herunterprasselte.

»Stellen wir uns doch hier unter«, schlug David vor und zeigte auf eine pink-weiß gestreifte Markise, die sich über das nächste

Gewirr von Türen erstreckte, die ins River Princess führten, aber ebenfalls allesamt verschlossen waren.

Die Markise bot zwar nicht besonders viel Schutz, dennoch war sie besser, als den ganzen Weg zur Vorderseite des Gebäudes zurückzulegen und dabei zu riskieren, vom Blitz getroffen zu werden.

»Okay, solange wir hier gemeinsam festsitzen, kannst du mir die Wahrheit über Jeremy erzählen«, keuchte ich, von der Rennerei noch ganz atemlos. »Er ist nicht die Tarnung des Satans, stimmt's?«

»Nein, er ist es nicht.«

»Du hast mich also angelogen!« Ich war so zornig, daß ich David am liebsten erwürgt hätte.

»Ich wollte nicht, daß du den Teufel findest«, erklärte er verlegen. »Ich mußte dich auf eine falsche Fährte locken.«

»Aber warum?«

»Ich will eben, daß du ein Darksider bleibst.«

»Aber du hast doch gesagt, daß du mich gern hast. Man lügt keine Leute an, die man gern hat.«

»Ich mußte. Wir beide sind füreinander bestimmt. Wenn du den Teufel dazu überredest, dich aus deiner Abmachung mit ihm zu entlassen, kann ich meinen Anteil auch nicht erfüllen. Unsere Schicksale sind miteinander verknüpft, verstehst du?«

»Woher weißt du das denn alles? Vielleicht bist *du* ja derjenige, in dessen Körper sich der Teufel verbirgt.«

David schüttelte den Kopf. »Ich bin nur schon länger ein Darksider als du, und ich habe mich im Gegensatz zu dir nicht dagegen gewehrt. Wenn du dich nicht sträubst, bekommst du mit der Zeit immer mehr Informationen. Deshalb weiß ich zufälligerweise auch, daß der Teufel mich wieder zu dem Mann macht, der ich vor meiner Verwandlung war, und den mit mir geschlossenen Bund löst, wenn ich den weiblichen Darksider verliere, mit dem ich mich zusammentun soll.«

»Und was ist dagegen einzuwenden? Warum klammerst du dich an eine Identität, die gar nicht die deine ist? Bedeutet es dir so viel, Geld, Macht und das Aussehen eines Filmstars zu besitzen?«

»Ja. Ich war todunglücklich vor meiner Verwandlung, Barbara.«

»Ich auch, aber es war zumindest mein hausgemachtes Unglück. Ich wurde nicht von einer ›Macht der Finsternis‹ gesteuert. *Ich* habe mich dafür entschieden, Mitchell Chessner zu heiraten, obwohl ich genau wußte, daß er nicht der Mann meiner Träume war. Ich habe nicht mit aller Kraft an meiner Karriere in der Immobilienbranche gearbeitet. Und ich war es, die sich Abend für Abend selbst mit kalorienreichen Plätzchen vollgestopft hat. Ich war für mein Unglück selbst verantwortlich, David. Heute weiß ich das. Ich brauche den Teufel nicht dazu, um schlank, erfolgreich oder glücklich verheiratet zu sein. Wenn ich das alles will, kann ich selbst dafür sorgen.«

Genau in diesem Moment erleuchtete ein gewaltiger Blitz den Himmel und verbrannte buchstäblich das Fleckchen Gras vor uns, als er am Boden ankam!

»Alles in Ordnung?« fragte David und berührte mich am Arm.

Ich nickte. »Und bei dir?«

Er nickte ebenfalls.

Das Gewitter schien uns zu verfolgen. Oder zumindest die Blitze.

»Hör mal, David«, redete ich auf ihn ein. »Du bist kein schlechter Mensch. Du willst doch nicht wirklich, daß all die üblen Machenschaften weitergehen, oder?«

»Nein.«

»Also, dann sag mir den Namen der Person, die der Teufel als seine Tarnung benutzt. Diesmal aber bitte keine Lügen.«

»Ich möchte ja gern, Barbara. Ehrlich.«

»Dann tu's«, drängte ich. »Hilf mir, den Satan aus Banyan Beach zu vertreiben. Dann bist du ein großer Held. Die Menschen hier werden dich lieben.«

Seine Augen weiteten sich. »Meinst du?«

»Ja.«

Ich hatte das Gefühl, das einzige, was David Bettinger wirklich wollte, war, geliebt zu werden. Wie, das war ihm ziemlich egal.

»Wenn ich es dir sage, wird der Satan das als Verrat betrachten«, wandte er ein.

»Verrat setzt immer Loyalität voraus, und die gibt es beim Satan nicht«, rief ich ihm ins Gedächtnis. »Weder dir noch sonst jemandem gegenüber. Also bitte. Spuck's aus, David. Sag mir endlich, was ich wissen will.«

Er seufzte. »Na gut«, gab er nach. »Es ist...«

Bevor er seinen Satz beendet hatte, schlug ein zweiter Blitz ein. Und diesmal hatte der Teufel perfekt gezielt. Der Blitz durchdrang die Markise und traf direkt David. Im Handumdrehen war er verschwunden – sein ganzer Körper wurde von einer riesigen Wolke blutroten Rauchs eingehüllt!

Ich schrie auf, und just in diesem Moment war das Gewitter ebenso schnell, wie es gekommen war, wieder vorbei. Der Regen hörte auf, der Wind legte sich, Donner und Blitz kamen zur Ruhe. Der Himmel war auf einmal wieder so blau, wie er es am früheren Nachmittag gewesen war, die Luft war klar, sauber und wohlriechend.

Völlig übermannt von Angst, Erschöpfung und Fassungslosigkeit, sank ich auf die nasse Erde, vergrub das Gesicht in den Händen und weinte.

»Der arme, arme David«, jammerte ich unter Tränen. »Er wollte mir doch nur helfen. Gerade wollte er mir das Geheimnis anvertrauen, und dann hat ihn der Teufel deswegen mit einem Blitz erschlagen! Es ist alles meine Schuld!«

Ich hockte da, den Kopf gesenkt, schluchzte, stöhnte und machte mir bittere Vorwürfe.

Auf einmal fragte mich eine Stimme: »Was ist Ihre Schuld?«

Die Stimme kam zwar nicht so volltönend und samtig wie die von David, aber es war eine Männerstimme.

»David!« kreischte ich, weil ich dachte, daß er möglicherweise doch nicht tot war.

Ich riß mir die Hände von den Augen und erhob mich.

Die Wolke aus blutrotem Rauch hatte sich verzogen, und an ihrer Stelle stand ein Mann. Aber das war doch nicht David, oder vielleicht doch? Er war etwa Mitte Vierzig und befand sich genau an demselben Fleck, wo David vorher gestanden hatte. Er trug die gleiche Kleidung wie David, sah aber ganz und gar nicht wie David aus. Er war klein, rundlich und hatte schütteres Haar. Seine Augen waren von einem trüben, undefinierbaren Braun, und sein Gesicht war mit Aknenarben durchsetzt. Ich zwinkerte, um mich zu vergewissern, daß ich keine Halluzinationen hatte. Ich hatte keine.

»Das war ja vielleicht ein Gewitter, was?« sagte der Fremde.

Ich starrte ihn nur mit offenstehendem Mund an, während ich verzweifelt zu begreifen versuchte, was geschehen war.

»Kennen wir uns nicht?« fragte ich vorsichtig.

Er lachte gutmütig. »Ich will versuchen, nicht beleidigt zu sein, weil Sie mich nicht mehr kennen, Barbara. Sie haben mir doch das Nowak-Haus im Pelican Circle verkauft. Erinnern Sie sich jetzt wieder?«

Mein Gott! Dieses Würstchen war tatsächlich David! David Bettinger! Der Blitz des Teufels hatte ihn nicht umgebracht, sondern wieder in den Mann verwandelt, der er mal gewesen war, bevor er zum Darksider wurde! Natürlich, um ihn zum Schweigen zu bringen!

»Erinnern Sie sich jetzt wieder?« wollte David wissen.

»Aber natürlich«, erwiderte ich, und mir wurde schlagartig klar, daß es David war, der sich nicht erinnerte.

»Sie sind jetzt aber kein Darksider mehr, oder?« fragte ich.

Er sah mich verständnislos an. »Kein *was* mehr?«

»Ein Darksider«, versuchte ich es noch einmal. »Sie wissen schon, eine Person, die von den Mächten der Finsternis besessen ist.«

Er kicherte, was sein Doppelkinn zum Wackeln brachte. »Du lieber Heiland, nein.« Er hielt sich seinen dicken Bauch. »Ihr Immobilienmakler beschäftigt euch vielleicht mit diesem ganzen New-Age-Zeug, aber ich doch nicht.«

Tja, damit war diese Frage geklärt.

Ich merkte, wie mein Mut sank, als mir klar wurde, daß ich nun meine einzige Informationsquelle in Sachen Teufel verloren hatte; daß mir David Bettinger, in den ich all meine Hoffnungen gesetzt hatte, mein altes Leben wiederzubekommen, nun nichts mehr nützte.

»He, Barbara!«

Ich drehte mich um und erblickte Suzanne, die winkend auf David und mich zulief. Das dunkle Haar klebte ihr am Kopf, und ihre Kleider waren durchnäßt und saßen schief, aber sie lächelte.

Bei uns angekommen, umarmte und küßte sie mich und erzählte mir, wie sie und Althea das Ende des Gewitters in einem Besenschrank abgewartet hatten. Nach ein oder zwei Minuten räusperte sich David, der sich offenbar vernachlässigt fühlte.

»Oh. Entschuldigung«, wandte sich Suzanne an ihn. »Ich hätte mich vorstellen sollen. Mein Name ist Suzanne Munson.«

»Und ich heiße Danny Bettinstein.«

Danny Bettinstein? Sogar sein *Name* war unecht gewesen?

»Sind Sie neu in der Stadt?« erkundigte sich Suzanne und schaltete sogleich auf ihre Single-Bar-Tour.

»Ja«, antwortete er. »Ich bin Kieferorthopäde und mache hier eine Praxis auf.«

»Das ist aber schön«, entgegnete Suzanne und schielte auf seine linke Hand nach einem Ehering.

Na toll, dachte ich. Das hat Banyan Beach gerade noch gefehlt: ein weiterer Mann mit einem selektiven Gedächtnis.

Suzanne und David – ähm, Suzanne und *Danny* – begannen wie zwei Teenager bei einer Verabredung miteinander zu plaudern, während ich in eine mittelschwere Depression driftete. Irgendwann verkündete ich, daß ich nun nach Hause gehen und mir ein paar trockene Sachen anziehen würde.

»Soll ich Sie fahren?« fragte Danny.

Ich sah ihn an. Er war ja so hausbacken, der arme Teufel.

Verzeihung. Schlechte Wortwahl.

Er war... Na ja, sagen wir einfach, er würde es in absehbarer Zeit wohl nicht aufs Titelblatt der *Männer-Vogue* schaffen. Was aber weitaus schlimmer war: Er würde mir in absehbarer Zeit auch nicht aus meiner Zwangslage helfen.

»Nein, danke«, bemerkte ich düster. »Ich glaube nicht, daß mir das helfen würde.«

Dritter Teil

20

Charlottes Montagmorgensitzung war diesmal eher eine Manöverkritik als eine geschäftliche Besprechung. Alle hatten einen Bericht von der Front beizutragen – über die Feier, das Gewitter und die Gäste, die jetzt im mittlerweile berüchtigten River-Princess-Haus keine Wohnung mehr kaufen wollten.

»Meine Käufer wollen von ihrem Vertrag zurücktreten«, klagte Althea, und ihr Mißmut machte sich noch deutlicher bemerkbar als sonst. »Es sind derart politisch korrekte Leute, daß sie nicht einmal Toilettenpapier benutzen, wenn es aus gefällten Bäumen hergestellt ist. Als sie hörten, was Jeremy Cook mit den Brunnen gemacht hat und warum, erklärten sie, daß sie nicht in einem Gebäude wohnen möchten, das Fische umbringt. Natürlich haben sie mir das bei einem Teller gegrilltem Schnapper beigebracht.«

»Und meine New Yorker Kunden erst«, schimpfte Frances, die schon bei ihrem dritten Croissant angekommen war, das sie dick mit Butter und Vierfruchtmarmelade bestrichen hatte. »Sie wollten sich eigentlich aufgrund der angeblich hundertprozentigen Sicherheitsvorkehrungen in das Haus einkaufen. Jetzt sind sie selbstverständlich nicht mehr interessiert.«

»Joe Namath auch nicht«, stimmte June angeekelt ein. »Er möchte nicht in einem Gebäude leben, das so stark ins Interesse der Medien gerückt ist. Er führt lieber ein zurückgezogenes Leben.«

»Meine Kundin hat wegen der Kurven dieser Meerjungfrauen einen Anfall bekommen«, ergänzte Deirdre. »Als sie diese nackten Nixen inmitten der Brunnen stehen sah, hätte sie beschlossen, nicht in einem Gebäude leben zu wollen, das Frauen ausbeutet.«

»Klingt ganz so, als hätte dein Freund Jeremy keinen besonders günstigen Einfluß auf unsere Wohnungsverkäufe gehabt«, meinte Suzanne später in der Kaffeepause. »Hat dein Bruder schon mit ihm gesprochen?«

»Ja. Ben sagt, Jeremy hätte wegen groben Unfugs oder so ähnlich eine Nacht im Gefängnis verbracht. Dann mußte er eine Strafe zahlen und versprechen, so etwas nie wieder zu tun. Dubin und Co. haben ihm natürlich einen Prozeß angedroht und behauptet, er habe sowohl dem Gebäude als auch ihrem Ruf als Bauherren immensen Schaden zugefügt.«

»Und was ist mit seinem Vater? Jemand hat erzählt, er hätte während des Gewitters einen Herzinfarkt erlitten.«

»Das stimmt, aber Ben meint, es ginge ihm ganz gut. Er liegt im Krankenhaus, ist aber außer Lebensgefahr.«

Es war schrecklich für mich gewesen zu erfahren, was Mike Cook zugestoßen war; daß der Teufel seinen Herzinfarkt ausgelöst hatte, nur um Jeremy zu bestrafen. Darüber hinaus belastete mich außerdem das Wissen darum, daß das River-Princess-Haus das »Lieblingsprojekt« des Teufels gewesen war. Nicht daß ich genau verstanden hätte, was das bedeutete. Das hätte mir nur David erklären können, doch der war ja inzwischen wieder Danny Bettinstein, ein Kieferorthopäde, der sich nicht mehr daran erinnern konnte, je ein Darksider gewesen zu sein.

»Erzähl mir doch mal was über diesen Danny Bettinstein«, bat mich Suzanne auf einmal. »Du weißt schon, der Typ, mit dem wir nach dem Gewitter geplaudert haben.«

»Was möchtest du denn wissen?« fragte ich und bekam schon im voraus Gewissensbisse, weil ich sie über ihn belügen müßte.

»Zuerst einmal dachte ich, du hättest gesagt, der Käufer des Nowak-Hauses hieße David Bettinger.«

»Ach, das.« Wie sollte ich ihr das nur begreiflich machen? »Ich glaube, Danny benutzt den Namen David Bettinger nur geschäftlich. Du weißt schon, so wie Schauspieler Künstlernamen und Schriftsteller Pseudonyme haben.« Warum denn eigentlich nicht?

»Du meinst, Danny Bettinstein und David Bettinger sind ein und dieselbe Person?«

»Genau.«

»Dann ist also Danny derjenige, mit dem du aus gewesen bist und von dem du gesagt hast, daß er seine Schattenseiten hätte.«

»So schlimm war es nun auch wieder nicht – rückblickend betrachtet«, wiegelte ich ab. Ich wollte Danny nicht bei Suzanne schlechtmachen. Sie schien ihn zu mögen, und warum sollte ich nun, da er keinen Teufelsschwanz mehr hatte, eine Freundschaft zwischen den beiden nicht fördern? Sie war alleinstehend, er auch. Sie aß gerne, er kochte gerne. Sie wollte einen Mann mit einem ordentlichen Beruf, er verdiente sein Geld mit dem Begradigen von Gebissen. Sie waren geradezu füreinander bestimmt, fand ich, und das sagte ich Suzanne auch.

»Aber er hat eine Glatze«, jammerte sie.

»Na und? Dann haart er wenigstens nicht.«

Apropos Haare – Pete hatte eine neue Haartracht. Als ich durchnäßt und deprimiert von der River-Princess-Party nach Hause kam und nach unten langte, um mein treues, zuverlässiges Hundetier zu streicheln, fiel mir auf, daß der weiße Fleck auf seiner Brust – das isolierte Stück Albinofell in all dem glänzenden Schwarz – sich vergrößert, ausgedehnt, verbreitert hatte! Der Fleck, der ursprünglich so groß wie meine Faust gewesen war, bedeckte nun fast die gesamte Breite seiner Brust. Er sah aus, als hätte er gerade Hummer gespeist und vergessen, sein Lätzchen abzunehmen.

Ist das normal? fragte ich mich. Sind Hunde den Menschen ähnlicher, als ich dachte? Wird ihr Haar auch weiß, wenn sie alt werden, genau wie bei uns?

Ich dachte an mein eigenes Haar und das der anderen Mitglieder meiner Familie. Wir waren alle praktisch über Nacht grau geworden, und selbst wenn wir nicht gerade vor Freude darüber Luftsprünge machten, fanden wir es doch auch nicht übermäßig seltsam.

Doch bei Pete war das etwas anderes. Seine Brust war binnen weniger Stunden weißer geworden. Während ich auf einer Feier war. Während ich nicht zusah. Dazu kamen all die anderen Dinge, die ich an ihm nicht verstand. Ich mußte mich zwangsläufig fragen, ob er ein Teil des Plans war, den der Teufel für mich ausgeheckt hatte. War Pete vom Satan bei mir abgesetzt worden, um mich irgendwie zu täuschen oder abzulenken? Und wenn ja, warum? Und wovon?

Es gab nur eine Möglichkeit, das herauszufinden: Indem ich den Teufel aus der Stadt vertrieb und abwartete, ob Pete ihm folgen würde.

Aber wie sollte ich das ohne Hilfe von David oder Danny oder wie zum Teufel er auch immer hieß, hinkriegen?

Da hatte ich eine Idee – und ich würde gleich am nächsten Abend versuchen, sie in die Tat umzusetzen.

Constance Terry lebte allein in einem kleinen Haus viktorianischen Stils, das ein gutes Stück außerhalb des Orts lag, etwa zehn Meilen von Bens Hütte entfernt. Es war genau die Art von Haus, wie ich es bei einer Hellseherin erwartet hatte – abgelegen, leicht heruntergekommen und strotzend von gruseliger Atmosphäre. Es jagte mir die kalten Schauer reihenweise über den Rücken, genau wie die Tauben, die mich mit ihrem schaurigen »Huuuu-huuuu-huuu« begrüßten, als ich auf die Haustür zuging. Ich suchte nach einer Klingel oder etwas Ähnlichem. Fehlanzeige. Es gab nur ein Windglockenspiel, das meine Ankunft kundtat, ohne daß ich etwas dazutun mußte.

»Jetzt kann ich mich wieder an Sie erinnern«, dämmerte es Constance und winkte mich herein. »Sie haben doch damals die Séance unterbrochen und die Energie im Raum gestört.«

»Ja«, gestand ich. »Ich wußte nicht, daß Ben Besuch hatte.«

Sie nickte und führte mich in eine staubige, fensterlose, enge Kammer, in der sie, wie sie mir erklärte, ihre Sitzungen abhielt. Sie wies auf eine Ottomane, und ich ließ mich darauf nieder.

»Ziehen Sie lieber die Jacke aus«, empfahl sie mir, womit sie den beigen Leinenblazer meinte, den ich über meinem kurzärmligen Kleid trug.

»Warum? Trägt das dazu bei, daß ich leichter mit den Geistern Kontakt aufnehmen kann?« fragte ich.

»Nein, es trägt lediglich dazu bei, daß Sie nicht so leicht ins Schwitzen kommen. Das Haus hat nämlich keine Klimaanlage.«

Ich nickte und entledigte mich des Blazers.

»Ich halte nichts von Klimaanlagen«, erläuterte sie und setzte sich in einen Ohrensessel mit Schonbezug. »Dieses Kühlen, Luftaufwirbeln und Surren verjagt sämtliche Wesen. Sie fühlen sich in einem Raum nur wohl, wenn die Luft ganz ruhig und unbewegt ist.«

»Aha«, sagte ich und sah nichts weiter, als daß die Frau mir gegenüber beängstigend bleich war. Ihr Teint wies beinahe die gleiche Färbung auf wie ihr langes weißes Haar, und beides bildete einen starken Kontrast zu ihrem einfarbig schwarzen Kleid – demselben Kleid, das sie auch an dem Séance-Abend bei Ben getragen hatte. Ihr Schwarzweiß-Outfit erinnerte mich irgendwie an Pete.

»Wollen wir anfangen?« bemerkte sie.

Das war nicht als Frage gemeint. Sie legte die Hände in den Schoß, neigte den Kopf nach oben und schloß die Augen.

Offenbar legte sie keinen Wert auf viel Geplauder, sondern kam lieber gleich zur Sache. Das gefiel mir. Als ich sie angerufen und gesagt hatte, daß ich eine Stunde bei ihr haben wollte, hatte sie mir erklärt, daß sie fünfundachtzig Dollar dafür verlangte. Die Summe war mir ein bißchen hoch vorgekommen, aber sie hatte mir versichert, daß es sich lohnen würde. Das hoffte ich denn auch.

»Soll ich ebenfalls die Augen schließen?« fragte ich.

»Schhhh«, zischte sie. »Ich wähle mich gerade in Ihre Schwingungen ein.«

Bei welcher Telefongesellschaft sie wohl Kundin war?

»MCI«, erwiderte sie mit immer noch geschlossenen Augen.

Womit meine Zweifel daran, ob Constance Gedanken lesen konnte, restlos vom Tisch waren.

»Ich spüre, daß ein dunkles Wesen mit uns im Raum ist«, berichtete sie. »Ein fauliger, widerlicher Gestank.«

»Oh, das bin wahrscheinlich ich«, gestand ich etwas verlegen. Ich griff in meine Tasche und suchte nach den Pfefferminzpastillen.

»Nein.« Constance schüttelte den Kopf. »Es ist jemand, der um Sie herumschwebt, jemand, der will, daß Sie etwas tun, was Sie nicht tun wollen.«

»Ja!« rief ich aufgeregt aus und dachte an den Teufel und seine Weigerung, mich aus unserem Bund zu entlassen. Zum ersten Mal, seit dieser Alptraum begonnen hatte, war ich wieder optimistisch. »Deshalb bin ich ja hier, Constance. Damit Sie mir sagen können, *wer* diese Person ist. Ich weiß zufällig, daß sich ein sehr negatives Wesen in Banyan Beach aufhält, das negativste Wesen von allen, die finsterste aller Mächte, der Teufel. Können Sie ihn sehen? Können Sie sehen, in wessen Körper er sich verbirgt?«

Sie streckte die Hände mit den Handflächen nach oben vor sich aus wie eine Bittstellerin. Und dann begannen ihre Augenlider zu beben.

»Ich spüre eine...«

»Ja, Constance?« drängte ich sie. »Was spüren Sie?«

»Ich... ich spüre, daß es ein älterer Mann ist, der will, daß Sie diese Sache tun, die Sie nicht tun wollen. Ja, ein älterer Mann. Etwa um die Siebzig.«

»Ein älterer Mann um die Siebzig?« wiederholte ich.

»Ja, mit einem ausländischen Akzent. Einem deutschen Akzent.«

»Ein deutscher Akzent?« Der Teufel versteckte sich also im Körper eines siebzig Jahre alten Mannes mit einem deutschen Akzent?

»Ja. Jetzt kommt ein Name.«

»Ehrlich?« Mein Gott, das lief ja besser, als ich gedacht hatte.

»Ich sehe den Anfangsbuchstaben ›G‹.«

»Beim Vor- oder Nachnamen?«

»›G‹«, wiederholte sie und ignorierte meine Frage. »Greg. Glenn. Garth. George.«

»Diese Namen sagen mir gar nichts«, erklärte ich und versuchte, mich nicht entmutigen zu lassen.

»Gerald. Gilbert. Gordon. Gus«, fuhr sie fort.

»Gus!« sagte ich. »Ich kenne einen siebzig Jahre alten Mann namens Gus, der einen deutschen Akzent hat. Gus Liederman. Der Mann, dem der Bagel-Laden in der Center Street gehört. Ich kaufe mir auf dem Weg zur Arbeit fast jeden Morgen etwas dort.«

Constance nickte. »Ja, das ist der Mann, der will, daß Sie etwas tun, was Sie nicht tun wollen.«

»Gus?«

Ich runzelte die Stirn und war froh, daß Constance die Augen geschlossen hielt und so meine enttäuschte Miene nicht sehen konnte. Gus Liederman war nun wirklich nicht die Person, in der sich der Teufel verstecken würde. Er war ein freundlicher jüdischer Bäcker, der immer wieder neue Bagels erfand. Allerdings hatte Constance in einer Hinsicht recht: Er wollte tatsächlich, daß ich etwas tat, was ich nicht tun wollte, nämlich, daß ich seine neueste Kreation probierte – das Pepperoni-Bagel. Ich erklärte ihm immer wieder, daß Mohn-Bagels in etwa das Ausgefallenste waren, was ich an Bagels zu akzeptieren bereit war, und er endlich aufhören solle, mich zu beschwatzen, da ich sonst zu Dunkin Donuts abwandern würde.

»Ich glaube nicht, daß Gus Liederman die dunkle Macht ist, nach der ich suche«, erklärte ich Constance. »Vielleicht können Sie noch von jemand anders Schwingungen empfangen.«

»Schhh«, fuhr sie mir über den Mund. »Ich *empfange* ja Schwingungen von jemandem anders.«

»Wirklich?« hakte ich interessiert nach.

»Ja. Ich sehe sie jetzt sehr deutlich.«

»Sie?« Ich wartete. Constances Augenlider begannen erneut zu beben.

»Ich sehe eine grauhaarige Frau zu mir kommen«, berichtete Constance. »Eine ältere Frau.«

Vermutlich Gus Liedermans Frau, dachte ich. Sie arbeitete mit ihm im Bagel-Laden.

»Arbeitet diese Frau auch in der Center Street?« fragte ich.

»Nein. Sie kommt vom Jenseits zu mir.«

»Jenseits? Sie meinen, sie ist tot?«

»Sie ist in der Geisterwelt. Ich bin ein Medium und nehme Verbindung zu jenen auf, die verstorben sind.«

»Ich weiß«, entgegnete ich und hoffte, daß die grauhaarige Frau nicht die Großmutter von Denise und Janice war. Ich mochte zwar genausogern Hackbraten wie jeder andere, aber ich hatte hier Wichtigeres zu erledigen.

»Sie ruft Ihren Namen« informierte mich Constance. »›Barbara. Barbara. Barbara‹, schreit sie.«

»Sagt sie denn noch etwas anderes?« fragte ich. Es konnte sich um meine Mutter, meine Tante Sadie, meine Großmutter Natalie oder weiß Gott um wen handeln. Ich hatte jede Menge tote weibliche Verwandte mit grauen Haaren.

»Ja«, erwiderte Constance. »Sie sagt: ›Barbara. Barbara. Barbara. Was hast du denn bloß mit deinem Aussehen angestellt? Du siehst ja aus wie eine Leiche.‹«

Das Unheimliche war, daß Constance nicht nur Verbindung zu meiner Mutter aufgenommen, sondern auch noch mit ihrer Stimme gesprochen hatte. Es war, als befände sich Estelle Greenberg direkt hier mit mir im Zimmer.

»Kennen Sie diese Frau?« fragte mich Constance.

»Ja. Es ist meine Mutter. Ich habe seit Jahren nicht mehr mit ihr geredet, und die ersten Worte, die aus ihrem Mund kommen, lauten: ›Du siehst ja aus wie eine Leiche.‹ Sie sollte ja wohl in dieser Hinsicht ganz still sein, oder?«

»Möchten Sie mit ihr sprechen?«

Ich überlegte. Als meine Mutter noch lebte, vermied ich nach Möglichkeit, mit ihr zu reden. Aber was hatte ich jetzt zu verlieren? Sie war ja nur ein Geist, eine Tote. Außerdem wußte ich ja inzwischen, wie ich mich behaupten konnte. Vielleicht sogar ihr gegenüber.

»Ja, ich möchte mit ihr sprechen.«

»Wie heißt sie?«

»Estelle.«

Constance streckte erneut ihre Arme mit den nach oben geöffneten Handflächen aus und hielt die Augen fest geschlossen.

»Estelle!« rief sie laut. »Ihre Tochter möchte gern Kontakt zu Ihnen aufnehmen.«

Nach mehreren Augenblicken des Schweigens schlug Constance die Augen auf und sah mich an.

»Sie wartet«, sagte sie.

Ich schluckte schwer. »Mom?«

Constance nickte erneut, um mich zum Fortfahren zu ermuntern.

»Es… es tut mir leid, daß du findest, ich sähe zu dünn aus«, begann ich und unterbrach mich dann selbst. »Nein, streichen wir das. Es tut mir nicht leid. So sehe ich eben jetzt aus, seit ich abgenommen habe. Es ist mir scheißegal, ob dir das gefällt oder nicht.«

In Constances kleiner Kammer flackerten die Lichter.

»Ihre Mutter meint: ›Paß auf, was du sagst‹«, berichtete Constance.

»Sagen Sie ihr, *sie* solle lieber aufpassen«, erwiderte ich. »Sie ist doch diejenige, die sich nicht zurückhalten kann. Sie kann immer nur kritisieren. Einmal eine Nörglerin, immer eine Nörglerin, schätze ich.«

Die Lichter flackerten wieder. »Ihre Mutter antwortet: ›Ich will doch nur das Beste für meine Tochter.‹«

»Sagen Sie ihr, das Beste für eine Tochter sei eine Mutter, die sie unterstützt; die sie aufbaut, anstatt sie niederzumachen; die sie so akzeptiert, wie sie ist; die ihr sagt, daß sie sie liebt.«

Die Lichter flackerten und gingen dann ganz aus.

Ich sah zu Constance hinüber. »Sagen Sie jetzt bloß nicht, ihr fällt nichts mehr ein.«

Die Lichter gingen wieder an.

»Na?« fragte ich mein Medium.

»Ihre Mutter weint«, berichtete Constance. »Sie versucht, Ihnen etwas mitzuteilen, aber ich kann sie nicht verstehen.«

»Vielleicht spricht sie im Dialekt«, mutmaßte ich.

Constance schüttelte den Kopf. »Warten Sie. Jetzt höre ich sie wieder klarer. Sie sagt: ›Teilen Sie Barbara mit, daß ich sie liebe. Mehr, als ich es ihr je gezeigt habe.‹«

»Das hat meine Mutter gesagt?«

»Ja.«

Ich hatte keine Ahnung, ob Constances Gespräche mit den Toten wirklich echt oder nur ein fürchterlicher Schwindel waren, aber ich ließ die angebliche Liebeserklärung meiner Mutter ein paar Minuten lang im Raum stehen. Es ist schließlich nie unangenehm, ein »Ich liebe dich« zu hören. Nicht einmal, wenn es aus zweiter Hand kommt.

Am Ende schaffte ich es, Constance zum eigentlichen Grund

meines Kommens zurückzumanövrieren. Ich bat sie, mit ihren Schwingungen oder Energien oder mit was auch immer sie herumhantierte, einen Kontakt zum Teufel herzustellen und mir endlich zu verraten, wer in Banyan Beach die Macht des Bösen in sich barg. Sie versuchte es, fand aber niemanden. Was jedoch nicht heißen soll, daß überhaupt keine hellseherischen Prophezeiungen dabei heraussprangen. Sie orakelte mir beispielsweise, daß ich mit der Post eine Hochzeitseinladung von einer Freundin namens Diane bekommen würde, die ich aus meiner Collegezeit kannte (meine Zimmergenossin hatte Diana geheißen, was ziemlich nahe dran war, fand ich); daß Mitchell mich anrufen würde, um mir mitzuteilen, daß er und Chrissy das Haus im Seacrest Way für sich beanspruchten (das hatte er bereits getan); und daß ich mich über eine hochgewachsene, dunkelhaarige Frau mit einer Laufmasche in der Strumpfhose ziemlich ärgern würde (gleich am selben Abend im Supermarkt drängelte sich eine Dame, auf die diese Beschreibung paßte, vor mir in die Kassenschlange).

Als sich meine Stunde bei Constance dem Ende zuneigte, fühlte ich mich von ihrer Unfähigkeit, mir zu sagen, was ich wissen wollte, entmutigt, niedergeschlagen und frustriert, und ich hatte keine Ahnung, was ich als nächstes tun sollte.

Doch dann äußerte Constance etwas, das mich auf die richtige Spur brachte. Während ich in meiner Tasche nach den Kreditkarten suchte (sie hatte mir mitgeteilt, daß sie Visa oder MasterCard nähme, aber keine American Express), fragte sie: »Wer ist eigentlich der Fischer in Ihrem Leben?«

Ich blickte sie erstaunt an. »Was haben Sie gesagt?«

»Ich habe Sie gefragt, wer der Fischer in Ihrem Leben ist. Ich sehe einen Mann mit roten Haaren und einem roten Bart, der gern angeln geht.«

»Das kann nur Jeremy sein«, antwortete ich. »Jeremy Cook. Er ist ein Freund meines Bruders.«

Constance schüttelte den Kopf. »Er ist ein Freund von *Ihnen*«, korrigierte sie. »Täuschen Sie sich nicht. Er wird Ihnen helfen.«

»Wobei?« fragte ich.

»Beim Kampf gegen das Böse, das in Ihr Leben getreten ist«, sagte sie. »Er hilft Ihnen, es wieder loszuwerden.«

Ich fand diese kleine Information aus naheliegenden Gründen hochinteressant.

»Aber er muß dazu überredet werden, Ihnen zu helfen«, fuhr sie fort. »Sie müssen Ihre Macht einsetzen, um ihn zu überreden. Verstehen Sie mich?«

»Ich... ich glaube schon. Nur leider kommen Jeremy und ich nicht besonders gut miteinander aus, und ich kann mir nicht vorstellen, daß er...«

»Singt er?« unterbrach mich Constance.

»Ja«, antwortete ich.

»Er wird ein Lied für Sie singen«, prophezeite sie. »Extra für Sie.«

Und damit erklärte sie unsere Sitzung für beendet.

21

Wer ist der Fischer in Ihrem Leben? Er wird Ihnen helfen. Beim Kampf gegen das Böse, das in Ihr Leben getreten ist. Er hilft Ihnen, es wieder loszuwerden.

Constances Worte verfolgten mich die ganze Nacht. Sie hatte mit ihren Prophezeiungen erstaunlich oft ins Schwarze getroffen, aber hatte sie auch in bezug auf Jeremy recht? Würde er mir helfen, den Teufel aus der Stadt zu verjagen? Sollte ich ihm von der Abmachung erzählen, die ich mit dem Satan getroffen hatte? Würde er mir glauben? Von allen Menschen, die ich kannte, war er am ehesten bereit, ein Risiko einzugehen. Aber eine Nacht im Gefängnis zu riskieren, um gegen die Umweltverschmutzung zu protestieren, oder seine Seele aufs Spiel zu setzen, um den Teufel zu vertreiben, waren zweierlei Paar Schuhe, oder etwa nicht?

Die ganze Nacht lang rang ich mit diesen Fragen, und um vier Uhr morgens kam ich endlich zu einem Schluß: Ich würde Jeremy alles erzählen und ihn um Hilfe bitten. Was konnte ich sonst schon tun? Ich hatte nicht gerade viele Alternativen.

Also ging ich am nächsten Morgen nicht ins Büro, sondern verließ in aller Herrgottsfrühe das Haus und fuhr zu Eddies Jachthafen, da ich hoffte, Jeremy noch zu erwischen, bevor er mit der *Teufelskerl* auslief. Zum Glück entdeckte ich ihn nicht nur auf Pier C, Gang 14, sondern er war auch noch allein. Er stand neben der Hatteras, machte allerdings nicht den Eindruck, als wäre er mit irgend etwas beschäftigt. Er stand nur da, trank Kaffee und betrachtete seine Umgebung. In seinen Blue jeans, dem leuchtendgrünen T-Shirt, dem rostroten Haar und dem Bart sah er durch und durch wie ein irischer Seemann aus.

Ich blieb vor dem Gang stehen, hielt mich etwas außerhalb seines Blickfelds und beobachtete ihn ein paar Minuten lang. Er hatte eine so lässige Art an sich, eine völlig ungekünstelte Körpersprache, die darauf schließen ließ, daß er sich nicht damit befaßte, was andere von ihm dachten und ob sie ihn mochten oder nicht. Zum zweiten Mal binnen einer Woche beneidete ich ihn.

»He, wer läßt sich denn da schon wieder in Eddies Jachthafen blicken? Ich glaube, ich träume!« rief er aus, als er mich entdeckte. Dann lächelte er und hob zum Gruß seinen Styroporbecher.

Jeremy lächelte oft, fiel mir auf, ganz im Gegensatz zu Mitchell, der permanent einen gequälten Gesichtsausdruck zur Schau trug, so als würde er ständig verklagt. Diesmal war es allerdings Jeremy, der verklagt wurde, und zwar von den Bauherren des River-Princess-Gebäudes, aber das merkte man ihm überhaupt nicht an. Er sah so heiter und sorglos aus, wie ich mich auch gern gefühlt hätte.

»Nein, kein Traum«, sagte ich, als ich auf ihn zuging. »Ich bin gekommen, um mit dir zu reden.«

Er stöhnte auf. »Wenn das so ähnlich wird wie beim letzten Mal, dann verzichte ich lieber, BS.«

»Dafür möchte ich mich gern entschuldigen«, entgegnete ich. »An dem Tag war ich völlig daneben.«

»Ach, vergiß es«, meinte Jeremy. »Ben sagt, du hättest es in letzter Zeit ganz schön schwergehabt.«

»Ben weiß nicht einmal ansatzweise, was wirklich los ist.«

»Was ist denn? Steckst du in Schwierigkeiten?«

Ich nickte, beugte mich näher zu ihm hinüber und flüsterte: »Offen gestanden stecken wir alle in Schwierigkeiten.«

»Was soll das denn heißen?«

Ich spähte zuerst nach links und dann nach rechts, um mich zu vergewissern, daß niemand unser Gespräch mithören konnte. Ich hatte beschlossen, Jeremy vom Teufel zu erzählen, aber ich hatte nicht vor, die Geschichte über den gesamten Jachthafen zu verbreiten.

»Ich muß unbedingt mit dir sprechen. Bist du sehr beschäftigt?« erkundigte ich mich.

»Jetzt?«

»Ja.«

Er schaute auf die Uhr. »Ich habe noch etwa eine halbe Stunde Zeit, bevor meine Chartergruppe kommt. Zumindest gehe ich davon aus, daß sie in einer halben Stunde eintrudeln. Seit mein Dad im Krankenhaus liegt, sind die Buchungen ziemlich durcheinandergeraten.«

»Ach ja, genau«, erinnerte ich mich, und mir war ganz peinlich, daß ich mich bei Jeremy nicht sofort erkundigt hatte, wie es Mike Cook ging. »Wird er wieder gesund?«

»Die Ärzte sagen, er hätte einen ›leichten Herzinfarkt‹ gehabt, was mir wie Augenwischerei vorkommt. Entweder hatte er einen Infarkt oder nicht, verstehst du?«

Ich nickte.

»Jedenfalls geben sie ihm Medikamente und behalten ihn im Auge, und wenn alles gutgeht, lassen sie ihn in einer Woche oder so wieder nach Hause. Aber ich bin mir nicht sicher, ob er dann wieder zum Arbeiten hierherkommt.«

»Warum denn nicht? Deine Charterkunden zu buchen kann doch nicht besonders anstrengend sein.«

»Anstrengend nicht, aber stressig. Vor allem für einen alten Knaben, der nicht mehr bei allerbester Gesundheit ist. Erst muß man mit den Hotels verhandeln, mit denen ich die Verträge habe. Anschließend muß man mit den einzelnen Kunden schachern, die das Boot chartern wollen – und manche von denen sind Vollidioten. Dann muß man mit den Leuten konferieren, die Anzeigen und Werbung schalten. Außerdem muß man die Einnahmen und Ausgaben kontrollieren. Nur weil Cook's Charters eine Art Familienbetrieb ist, heißt das nicht, daß die Arbeit mit links zu bewältigen wäre.«

»An all das habe ich gar nicht gedacht«, gab ich zu. »Wie gehen die Geschäfte eigentlich? Haben die Nachwirkungen deiner kleinen Einlage im River-Princess-Haus irgendwelche Absagen zur Folge gehabt?«

Jeremy lachte. »Du machst wohl Witze? Seitdem klingelt das Telefon unaufhörlich. Ich bin jetzt berühmt, BS. Vorher war ich bekannt, weil ich in einer Band singe. Jetzt bin ich bekannt, weil ich Müll in einen Brunnen geschmissen habe. Ich bin hier in der Gegend der große Held, und auf einmal reißen sich alle um mich.«

»Ich weiß, wie du noch ein viel größerer Held werden kannst«, erklärte ich.

»Nein danke. Ich stehe eigentlich nicht auf Heldentum«, entgegnete er. »Ich möchte nur nicht, daß mein Fluß restlos versaut wird.«

»Was würdest du sagen, wenn ich dir erzählen würde, wer hinter der Verschmutzung des Flusses und all den anderen Dingen steckt, die sich hier bei uns ereignet haben – den Morden, der Korruption und dem ganzen anderen Mist?«

Er musterte mich, und ein skeptischer Blick machte sich auf seinem frischen Gesicht breit. »Ich würde sagen, halt dich lieber ans Immobiliengeschäft und überlaß die Kriminellen der Polizei.«

»Es ist mein Ernst, Jeremy. Aber hier können wir uns nicht unterhalten. Nicht vor all den Leuten.«

»Ach, komm schon. Die sind doch mit ihren Booten beschäftigt und achten überhaupt nicht auf uns.« Er winkte zwei Männern zu, die gleich neben uns herumwerkelten.

»Bitte, Jeremy. Was ich dir zu sagen habe, ist streng vertraulich, streng geheim. Auf deinem Boot wären wir doch ungestört, oder nicht?«

Er sah erneut auf die Uhr. »Meine Chartergruppe kommt aber in zwanzig Minuten.«

»Dann gib mir zwanzig Minuten. Ich verspreche dir, daß ich verschwinde, sobald sie hier eintreffen.«

Die *Teufelskerl* war kein neues Boot, sah aber wie neu aus. Sie war gut gepflegt – sauber, ordentlich, picobello. Jeremy erklärte mir, daß Hatterase teuer seien, er jedoch sein altes Boot verkauft und das hier gebraucht erstanden habe und es sich inzwischen durch die Charterkunden mehr als ausgezahlt hätte. Er bot mir an, mir alles zu zeigen, aber ich lehnte ab. Ich hatte nur zwanzig Minuten, um ihm meine Leidensgeschichte zu erzählen, und ich wollte keine Sekunde davon verlieren.

Ich begann, indem ich ihm berichtete, daß ich in meiner Ehe und meinem Beruf Pech gehabt hätte; wie ich damit angefangen hätte, zuviel zu trinken; wie Mitchell eines Abends nach Hause gekommen sei und verkündet hätte, in Chrissy verliebt zu sein; wie ich mich betrunken hätte und in dieses Gewitter hinausgestolpert sei; wie ich versprochen hätte, alles zu tun, wenn ich nur ein Haus verkaufen und die wahre Liebe finden würde (dabei wurde ich rot); und wie ich am nächsten Morgen mit blonden Haaren, üppigen Brüsten und einem flachen Bauch aufgewacht wäre, ohne zu wissen, wie es dazu gekommen sei.

Jeremy fand das Ganze zum Totlachen.

»Ich habe zwar schon davon gehört, daß Frauen Schönheitsoperationen verschweigen, aber das ist ja lächerlich«, höhnte er.

Als er endlich aufhörte zu lachen, fuhr ich mit meiner Geschichte fort. Ich erzählte ihm, wie ich Pete auf meiner Türschwelle gefunden und das überteuertste Haus der ganzen Stadt an David Bettinger verkauft hatte; wie ich entdeckt hatte, daß David und ich uns so unwiderstehlich zueinander hingezogen fühlten, daß es schon beängstigend war.

»Hast du allen Ernstes mit diesem Typen geschlafen?« fragte Jeremy und sah mich erstaunt an, so als wäre es unvorstellbar, daß ich ein Sexualleben hatte, ganz zu schweigen davon, daß David mich hatte attraktiv finden können.

»Und wenn schon?« entgegnete ich erbost. »Ist es für dich denn so schwer vorstellbar, daß ein umwerfend attraktiver Mann wie David Bettinger mit mir schlafen will?«

Jeremy antwortete nicht gleich. Ich nahm an, daß er mich mit diesen neunzehnjährigen Flittchen verglich, hinter denen er immer her war, und sich dachte, daß ich da nicht mithalten konnte. Statt dessen sagte er: »Natürlich kann ich mir vorstellen, daß ein Typ mit dir schlafen will. Selbst *wenn* du Bens kleine Schwester bist und du eine blühende Phantasie hast. So attraktiv ist dieser David Dingsbums übrigens auch wieder nicht.«

Ich unterdrückte ein Lächeln. War Jeremy eifersüchtig? »Gut. Ist er eben nicht so attraktiv«, erklärte ich und dachte insgeheim, daß er David jetzt mal sehen sollte. »Aber ich habe keine blühende Phantasie. Alles, was ich dir erzählt habe, ist die reine Wahrheit.«

»Okay, dann erzähl mir noch eine Wahrheit: Hast du nun mit Mr. Palm Beach geschlafen oder nicht?«

»Beinahe«, gestand ich und holte tief Luft. Ich hatte das Gefühl, sobald ich mit der Geschichte von Davids Teufelsschwanz ankam, würde Jeremy mich entweder so lange auslachen, bis ich sein Boot verließ, oder mich umgehend in die Nervenklinik verfrachten. Aber ich mußte ihm erzählen, was sich an jenem Abend zwischen David und mir ereignet hatte, auch wenn ich diese Episode immer noch als einzige Demütigung empfand. Sie war nun mal ein wichtiger Teil meiner Geschichte.

»Er hatte einen *was*?« brüllte er, als ich meine Begegnung mit Davids ungewöhnlichem Anhängsel zu Ende erzählt hatte. Nun, ich hatte ja auch nicht erwartet, daß er es mir gleich beim ersten Versuch abkaufen würde.

»Es ist wahr«, beteuerte ich und erklärte ihm anschließend, daß der Teufel David und mich zu Darksidern gemacht hätte, damit wir im Gegenzug Darksider-Babys in die Welt setzten. Ich informierte Jeremy auch darüber, daß der Teufel mitten in Banyan Beach lebte und sich im Körper von jemandem verbarg, den ich kannte.

»Zuerst dachte ich, dieser Jemand seist du«, beichtete ich ihm.

Das gab Jeremy offenbar den Rest, denn nun sprang er von seinem Stuhl auf und begann, vor mir zurückzuweichen.

»Du bist ja noch durchgedrehter, als ich dachte«, erschrak er.

»Ich bin nicht durchgedreht, Jeremy. Ich sage die Wahrheit«, beschwor ich ihn.

»Dann beweise es!« verlangte er.

»Gut, mach ich!«

Ich überlegte kurz. »Du kannst David anrufen und ihn fragen«, schlug ich vor. »Er wird dir alles bestätigen.«

Doch dann fiel mir ein, daß David außerstande wäre, irgend etwas zu bestätigen, eben weil David jetzt Danny war und Danny nicht einmal mehr wußte, daß er noch vor kurzem ein Darksider gewesen war.

»Ich glaube, das werde ich auch tun«, sagte Jeremy. »Einfach um zu hören, was mir der Knabe für eine Lügengeschichte auftischt.«

»Nein, tu's nicht«, bat ich und erklärte ihm, warum. Ich schilderte die Vorfälle auf der River-Princess-Feier: Wie David mir gerade den Namen der Person hatte nennen wollen, die dem Satan in Banyan Beach Unterschlupf bot, als er bestraft und in sein altes Prä-Darksider-Ich zurückverwandelt wurde.

»Du kannst also kein Wort von alledem beweisen«, stellte Jeremy fest.

Ich hatte das Gefühl, daß er mir gern geglaubt hätte; oder, genauer gesagt, daß er nicht glauben wollte, daß ich verrückt war. Aber die Geschichte klang einfach zu phantastisch, zu unglaublich. Ich hätte sie mir auch nicht abgenommen.

Trotzdem konnte ich nicht aufgeben. Ich brauchte Jeremys Hilfe, und laut Constance würde ich sie auch bekommen.

»Jeremy, bitte hör mir zu!« Ich versuchte, mir die Verzweiflung nicht anhören zu lassen. »Du liebst doch diese Stadt genauso wie ich. Du bist hier aufgewachsen. Es ist deine Heimat und es bedeutet dir etwas, was mit diesem Ort passiert.«

»Na und?«

»Banyan Beach geht im wahrsten Sinne des Wortes zum Teufel. Es sei denn, wir beide verhindern das, indem wir ihn davon abhalten.«

»Wen?«

»Das habe ich dir doch schon gesagt: den Teufel. Er lebt hier in der Stadt – im Körper von jemandem, den ich kenne.«

»O Mann. Nicht schon wieder das.«

»Es stimmt aber.« Ich seufzte. Ich kam einfach nicht weiter, und meine zwanzig Minuten mit Jeremy gingen langsam zur Neige.

»Ich habe keine Zeit mehr, sagte er. »Meine Kunden werden jeden Moment dasein.«

Er ging auf die Kajütentür zu.

»Wenn du der Stadt schon nicht helfen willst, dann hilf mir«, flehte ich und unternahm einen letzten Versuch. »Ich will nicht bis ans Ende meiner Tage ein Darksider bleiben, will keine blonden Haare, keinen Riesenbusen oder wie ein Bademodenmodel aussehen. Und ich will keinen Mundgeruch mehr haben.«

»Mundgeruch?«

»Ja. Riech doch mal.«

Ich hauchte ihn an. Er wich zurück.

»Siehst du? So habe ich früher nie gestunken. Erst seit ich zum Darksider geworden bin. Also bitte, Jeremy. Hilf mir, den Teufel zu finden und ihn dazu zu überreden, mich aus der Abmachung zu entlassen. *Bitte*.«

Er sah mich lange und nachdenklich an, schüttelte dann jedoch den Kopf und stieg vom Boot auf den Kai. Ich folgte ihm und wollte meine flammende Rede gerade fortsetzen, als ich in der Ferne vier Männer auf uns zukommen sah. Ich nahm an, daß es sich um Jeremys Charterkunden handelte, weil sie nicht wie die üblichen abgerissenen Gestalten aus Eddies Jachthafen aussahen. Selbst aus mehreren Metern Entfernung konnte ich sehen, daß das, was ihre Arme und Hälse zierte, nicht etwa Tätowierungen, sondern goldene Ketten waren. Schmucke Goldkettchen, die in der Sonne glitzerten.

»Tut mir leid, BS. Ich habe zu tun«, bedauerte Jeremy.

Schnell, feuerte ich mich an. Dir bleiben nur noch ein paar Sekunden, um Jeremy davon zu überzeugen, daß du die Wahrheit sagst. Laß dir etwas einfallen, das ihn zwingt, dir zu glauben. Los, beeil dich!

Er muß dazu überredet werden, Ihnen zu helfen. Sie müssen Ihre Macht einsetzen, um ihn zu überreden.

Meine Macht!

Auf einmal waren mir Constances Worte wieder eingefallen. Ich mußte meine Macht einsetzen, um Jeremy zu überreden. Dann würde er mir auch helfen.

Schnell, trieb ich mich an. Jetzt tu doch was!

Während die vier Männer immer näher kamen, sagte ich zu Jeremy: »Weißt du noch, wie ich dir von meiner Darksider-Macht erzählt habe? Ich werde sie dir jetzt demonstrieren. Und dann weißt du, daß ich dir die Wahrheit gesagt habe.«

»Du brauchst unbedingt Hilfe«, meinte er und schüttelte den Kopf. »Und zwar dringend.«

»Siehst du die Männer, die auf uns zukommen?« fragte ich und ignorierte seine Bemerkung.

»Ja. Mit denen fahre ich heute hinaus. So wie's aussieht, haben sie genug Schmuck umhängen, um das Boot zum Sinken zu bringen.«

»Dir gefallen also ihre Goldkettchen nicht?«

»Siehst du an mir vielleicht welche?«

»Gut. Dann paß mal auf.« Ich holte tief Luft und verkündete dann: »Ich will, daß diese Goldkettchen sofort verschwinden.«

Im Handumdrehen hatten die vier Männer, die immer noch ein paar Meter weit von uns entfernt waren, ihren gesamten Schmuck verloren. Direkt vor unseren Augen waren ihnen ihre Goldkettchen abhanden gekommen. So als hätten sich vier Räuber von hinten an sie herangeschlichen, sie absolut zeitgleich bestohlen und sich dann schnell wieder davongemacht.

»Keine Sorge. Sie können sich ja neue kaufen«, beruhigte ich Jeremy lächelnd, der einigermaßen schockiert wirkte – so geschockt jedenfalls, daß er sich an eines der Taue auf dem Kai klammern mußte, um sich zu stützen.

»Du warst das?« fragte er.

»Allerdings.«

»Aber wie… ich meine, wodurch sind ihre… ich begreife nicht…«

»Glaubst du mir *jetzt*?«

Noch bevor er antworten konnte, waren seine Charterkunden bei uns angekommen. Die Männer schienen nicht zu bemerken, daß ihr Schmuck verschwunden war, obwohl jeder von ihnen dadurch vermutlich um zwei Pfund leichter geworden war.

»Sind Sie Jeremy Cook?« erkundigte sich einer von ihnen.

Jeremy war immer noch zu verblüfft, um zu antworten. Also tat ich das für ihn.

»Ja, das ist Jeremy Cook. Er ist heute Ihr Captain. Stimmt's, Jeremy?«

Ich stieß ihn an, da ich hoffte, daß er dadurch wieder einen klaren Kopf bekäme, aber er war nach wie vor sprachlos.

»Er ist ein bißchen schüchtern«, erklärte ich und entschuldigte mich für Jeremy, der natürlich alles andere als scheu war. »Er taut aber auf, sobald Sie sich besser kennen.«

Das hoffte ich zumindest. Ich wollte nicht dafür verantwortlich sein, daß er das Chartergeschäft eines ganzen Tages verlor. Zum Glück tauchten jetzt seine beiden Besatzungsmitglieder auf, die zwei Jungen, die ich schon bei meinem ersten Besuch im Jachthafen auf der *Teufelskerl* gesehen hatte, und halfen den vier Männern an Bord.

Als Jeremy und ich wieder allein waren, fragte ich, ob mit ihm alles in Ordnung sei.

»Keine Sorge. Aber du hast tatsächlich diese... diese... Macht, mit der du anderen Menschen etwas zustoßen lassen kannst.« Er schaute aus der Wäsche, als hätte er Angst vor mir, Angst davor, in meiner Nähe zu sein.

»Ja, aber ich beiße nicht«, versicherte ich ihm. »Ehrlich. Beißen tun nur Werwölfe und Vampire, aber keine Darksider.«

Ich versuchte, die Situation herunterzuspielen. Ich wollte den guten Mann schließlich keinesfalls abschrecken.

»Weiß Ben darüber Bescheid?« wollte er wissen.

»Nein«, entgegnete ich. »Ich hatte Angst, er käme damit nicht klar.«

»Aber ich schon, dachtest du?«

»Offensichtlich. Habe ich mich da etwa geirrt?«

Er zuckte mit den Achseln. »Keine Ahnung, was ich dazu sagen soll. Ich kann es gar nicht fassen, kann einfach nicht glauben, daß sich jemand wie du in so ein... Herrgott, ich kenne dich, seit du die nervtötende kleine Schwester meines besten Freundes warst.«

»Die bin ich immer noch. Aber jetzt sitze ich furchtbar in der Tinte und brauche deine Hilfe. Kann ich damit rechnen, Jeremy?«

Er zögerte, aber nur den Bruchteil einer Sekunde lang.

»Nur, wenn du mir etwas versprichst«, forderte er.

»Was?«

»Daß du diese Macht, die du gerade an den Typen ausgelassen hast, nicht auch an mir anwendest.«

»Du trägst doch gar keine Goldkettchen.«

»Nein, aber Kleider. Ich möchte nicht die Straße entlangspazieren und auf einmal splitternackt dastehen, nur weil dir nicht gefällt, wie ich mich anziehe.«

»Versprochen. Außerdem – wer will dich schon splitternackt sehen?«

Er rang sich den Hauch eines Lächelns ab.

»Ich muß mich jetzt an die Arbeit machen«, sagte er.

»Ich weiß.«

»Und wie geht's nun weiter?« fragte er.

»Wie wär's mit einem Abendessen? Heute bei mir?«

»Du ißt?«

»Was meinst du denn damit?«

»Na, wo du doch jetzt ein ›Darksider‹ bist oder wie auch immer du dich nennst.«

Ich lachte. »Ja. Ich esse. Aber ich koche nicht. Wir bestellen uns eine Pizza oder irgendwas, einverstanden?«

Er nickte und wandte sich zum Gehen. Dann sah er mich noch einmal an, als wollte er sichergehen, daß mir keine Hörner gewachsen waren.

Ich schob meine Haare weg, erst auf der einen und dann auf der anderen Seite. »Da, schau her. Keine Hörner«, sagte ich.

Er lächelte und ging an Bord der *Teufelskerl.*

22

Es hatte jetzt wieder seit über einer Woche nicht geregnet, nicht mehr, seit der Teufel bei der River-Princess-Feier dieses gräßliche Unwetter heraufbeschworen hatte. Und in den Wochen davor hatte es bereits auch nicht geregnet. Dabei ist der August normalerweise der regenreichste Monat in Banyan Beach. Aber was war in diesem Sommer in Banyan Beach schon normal? Wir hatten eine Dürreperiode anstelle einer Überschwemmung, und infolgedessen war es uns verboten, unsere Rasenflächen zu sprengen, unsere Swimmingpools zu füllen oder unsere Autos zu waschen. Im River Princess mußten sie sogar ihre sagenhaften Brunnen abstellen.

Am Nachmittag vor meiner abendlichen Verabredung mit Jeremy spitzte sich die Lage noch weiter zu. Gegen drei Uhr platzte auf einer Baustelle an der Route 1 eine Hauptwasserleitung, und die ganze Stadt hatte mehrere Stunden lang kein Wasser mehr. Alles rannte los und wollte Wasser in Flaschen besorgen, nur um festzustellen, daß es in sämtlichen Supermärkten ausverkauft war.

Das ist das Werk des Teufels, dachte ich, als ich aus dem Fenster auf meinen braunen Rasen hinaussah, während ich darauf wartete, daß Jeremy kam. Der Teufel spielt mit uns und amüsiert sich ein bißchen auf unsere Kosten. Mal sehen, was wohl als nächstes auf seiner Liste stand. Hatte er vor, uns zu verbrennen, so wie er es mit unserem Gras machte? Wollte er uns austrocknen, bevor wir verglühten? Wollte er unser üppiges tropisches Paradies in eine lodernde Hölle verwandeln?

Pete schien zu spüren, daß ich am Abend einen Gast erwartete. Er war noch übermütiger als sonst, so als hätte er Extasy eingeschmissen. Als dann Jeremy kam und ich ihm die Haustür öffnete, um ihn zu begrüßen, war Pete dermaßen aufgedreht, daß er Jeremy ansprang und ihn beinahe umwarf.

»He, runter da, Kleiner«, lachte Jeremy. »Du versaust mir ja meine schicksten Klamotten.«

Jeremy hatte sich tatsächlich in Schale geworfen – jedenfalls für seine Verhältnisse. Er trug zwar seine gewohnten Blue jeans und Turnschuhe, doch dazu hatte er statt des obligatorischen T-Shirts ein frisches weißes Oberhemd angezogen, dessen Ärmel hochgekrempelt waren und dessen Kragen offenstand. Haare und Bart waren natürlich nach wie vor ungepflegt, und der Bauch stand auch heraus wie immer, aber wenigstens hatte er das Hemd in die Hose gesteckt, wodurch er ordentlicher, gepflegter und irgendwie attraktiver aussah.

Attraktiver? Ich sah ihn mir noch einmal an. Ja, er sah eigentlich gut aus, mußte ich zugeben. Und er roch vor allem gut. Ein sauberer, zitrusartiger Geruch. Eine Art Eau de Cologne.

Eau de Cologne? Jeremy war nicht gerade der Typ für Obsession von Calvin Klein. Und außerdem hatten wir ja auch kein Rendezvous. Gott bewahre!

Vielleicht glaubt er, das Duftwasser wehrt die bösen Geister ab, die in meinem Haus auf ihn warten, dachte ich, als ich merkte, wie er zögerte, mein Haus zu betreten.

»Warum kommst du denn nicht herein?« forderte ich ihn auf, nachdem ich Pete ins Schlafzimmer geschickt hatte.

Doch Jeremy kam nicht. Er blieb weiterhin hartnäckig vor der Haustür stehen.

»Okay«, sagte ich ungeduldig. »Wo liegt denn das Problem?«

»Ist es denn auch wirklich sicher da drinnen?« fragte er und spähte hinein. »Ich meine, es wird mich doch niemand mit einem Dreizack aufspießen, oder?«

Ich packte seine Hand, zog ihn in die Diele, führte ihn ins Wohnzimmer, zum Sofa, und schubste ihn sachte aufs mittlere Polster. Dann setzte ich mich neben ihn. »Da. Bequem so?«

»Für einen Mann, der mit einer Teufelin auf ein und derselben Couch sitzt, schon.«

»Würdest du bitte damit aufhören? Ich bin keine Teufelin. Ich bin ich. Die Person, die du schon immer kennst und noch nie leiden konntest.«

»Ich kenne dich nicht schon immer, BS«, widersprach Jeremy, gab aber keinen Kommentar dazu ab, daß er mich nicht leiden könne. »Erst seit der High-School, und da kannte ich dich auch nicht richtig. Kein Mensch kannte irgend jemanden auf der High-School richtig.«

»Das habe ich auch schon gemerkt.« Damals hielt ich Mitchell für einen guten Fang.

»Zum Beispiel habe ich nie rausgekriegt, warum du dich davor gedrückt hast, mit mir zum Abschlußball zu gehen. Warum eigentlich?«

»Was soll denn das jetzt werden? Eine Reise in die Vergangenheit? Ich dachte, wir wollten uns über…«

»Tu mir doch den Gefallen, BS. Ich habe auf dem Weg hierher darüber nachgedacht.«

»Aber das ist schon so lange her«, wandte ich ein, da ich eigentlich nicht über die Vergangenheit reden wollte. »Ich finde, wir sollten uns wichtigeren Themen zuwenden.«

»Das *ist* wichtig. Es geht zwar nicht um Leben und Tod, aber mir ist es wichtig. Warum hast du an diesem Abend abgesagt?«

Herrgott, er ließ einfach nicht locker. »Aus zwei Gründen, würde ich sagen.«

»Schieß los!«

»Mir war doch klar, daß Ben dich dazu *gedrängt* hat, mich zum Abschlußball einzuladen, weil ich ihm leid tat. Damals auf der Schule war ich eine ziemlich graue Maus, weißt du noch?«

Jeremy schwieg. Das hieß wohl nichts anderes, als daß er sich nur allzugut daran erinnerte.

»Und der zweite Grund?« wollte er wissen.

Nun wurde ich rot.

»Komm schon, BS. Rück raus damit.«

»Na gut. Ich hatte einfach Angst vor dir.«

Er lachte. »Das ist ja komisch, wenn man bedenkt, daß es jetzt mir so geht, Süße.« Er lachte noch einmal. »Warum hattest du denn Angst vor mir?«

»Du warst eben ein wilder Typ, hast dich mit all den Abgestürzten herumgetrieben. Erst neulich hat mir dein Vater erzählt, daß du wahnsinnig in diese Schlampe Bobbi Delafield verliebt warst.«

»Mein Vater hat keine Ahnung, in wen ich auf der Schule verliebt war.«

Ich zog die Augenbrauen hoch. »Es *gab* also jemanden? Wer war es? Oder willst du es nicht sagen?«

»Nein. Das ist meine Privatsache, geht nur sie und mich etwas an.«

»Du schämst dich doch nicht etwa dieses Mädchens?«

»Schämen? Nein!«

»Was ist es dann?«

»Ich bin immer noch in sie verliebt.«

»Oh.«

Es gab mir einen kleinen Stich – etwa aus Enttäuschung? –, daß Jeremy verliebt war. Weiß Gott, warum. Vermutlich kam es daher, daß ich ihn immer für einen der Männer gehalten hatte, die einer Frau nicht einmal zwanzig Minuten lang nachschmachten, geschweige denn zwanzig Jahre. Aber wenn er immer noch in jemanden aus der Schulzeit verliebt war, warum lebten sie dann nicht zusammen? Gründeten einen Hausstand und heirateten?

»Sie und ich haben unsere guten und schlechten Phasen«, erklärte er. »Und ich muß dir ehrlich sagen, daß ich nicht weiß, wie es letztlich zwischen uns ausgehen wird. Darauf zu warten, daß sich eine Frau entscheidet, ist so ähnlich wie Fische fangen – man weiß nie, wie lange es dauert.«

Ich rollte mit den Augen. »Ja, und das Leben ist wie eine Pralinenschachtel – man weiß nie, was man bekommt. Bitte erspar mir weitere Lebensweisheiten von Forrest Gump«, stöhnte ich.

Er lächelte. »Von wegen Forrest Gump. Das stammt von mir. Was ich damit nur sagen will, ist, daß Liebe und Fischen sich nicht übermäßig voneinander unterscheiden. Für beides braucht man Geduld und Ausdauer, und man muß den richtigen Zeitpunkt abpassen. Manchmal muß man sich auch einfach zurücklehnen und allem seinen Lauf lassen. Man kann weder Gefühle beschleunigen noch Fische zum Anbeißen zwingen. Sie kommen, wann sie wollen. Weißt du, was ich meine, BS?«

Ich hatte mir die Liebe immer unmittelbarer vorgestellt – daß sie einen wie der Blitz träfe, wie der Amorpfeil direkt ins Herz, und daß das Kunststück darin bestand, so schnell wie möglich zuzugreifen. Aber vielleicht war Jeremys Vorstellung realistischer, reifer. Was wußte ich schon von Liebe oder Geduld? Ich hatte gleich den erstbesten Mann geheiratet.

»Okay. Schluß mit dem philosophischen Gesülze. Was hältst du davon, wenn wir uns wegen dieser Teufelsgeschichte ans Werk machen?« schlug Jeremy vor, als ich auf seine Ausführungen nichts erwiderte.

»Dafür bin ich auch«, erwiderte ich. »Soll ich dir zuerst einen Drink holen? Oder wollen wir einfach nur Pizza bestellen und beim Essen reden?«

»Für mich keinen Alkohol«, sagte er. »Ich glaube, ich brauche heute abend einen klaren Kopf. Aber Pizza klingt gut. Rufst du bei ›Domino's‹ an oder beamst du das Teil einfach mit deiner Darksider-Power hierher?«

»Sehr witzig. Ich benutze das Telefon.« Ich bestellte uns eine große Pizza mit Wurst und Pilzen.

Als sie zwanzig Minuten später gebracht wurde, setzten wir uns an meinen Eßtisch und verspeisten sie. Oder, um genauer zu sein, *ich* verspeiste die Pizza. Jeremy *verschlang* sie. Ich schwöre Ihnen, dieser Mann war ein menschlicher Staubsauger. Er schob sich eine Ecke nach der anderen in den Mund und schluckte sie in ganzen Stücken hinunter. Pete hatte weitaus bessere Tischmanieren.

Apropos Pete – er benahm sich erstaunlich gut, während Jeremy und ich am Essen waren. Nicht ein einziges Mal sprang er auf den Tisch, steckte uns den Kopf zwischen die Beine oder bellte bösartig. Er saß vor dem Fernseher, den ich wie immer um sieben auf die CNN-Nachrichten eingestellt hatte, und verhielt sich ruhig.

»Du möchtest also, daß ich dir helfe herauszufinden, in wem sich der Teufel versteckt hält, stimmt's?« erkundigte sich Jeremy.

»Genau.«

»Und wenn wir diese Person gefunden haben, was dann?«

»Dann denken wir uns eine Methode aus, wie wir ihn aus dem Körper dieser Person und aus Banyan Beach vertreiben können. Sonst muß ich mein Leben lang ein Darksider bleiben.«

Kaum hatte ich das erklärt, stieß ich eines dieser einnehmenden Knurrgeräusche aus, mit denen mich der Teufel ausgestattet hatte. Jeremy sah aus, als bekäme er gleich einen Herzinfarkt.

Er sprang vom Stuhl auf und wich mehrere Meter von mir, seine Miene spiegelte erschrecktes Entsetzen.

»Wo zum Teufel kam das denn her?« rief er.

Ich lächelte matt und tätschelte mir den Brustkorb. »Das ist eine Spezialität von uns Darksidern«, sagte ich. »Offenbar läßt mich der Teufel knurren. Der Satan wird anscheinend stinksauer, wenn ich davon rede, ihn aus der Stadt zu vertreiben.

Jeremy schien mir nicht nennenswert beruhigt.

»Bitte. Setz dich doch«, bat ich ihn. »Du brauchst dich nicht zu fürchten. Ehrenwort. Aber vielleicht kannst du jetzt verstehen, warum ich keinesfalls auf Dauer ein Darksider bleiben möchte. Es ist manchmal geradezu peinlich.«

Jeremy nickte und setzte sich wieder an den Tisch. »Hast du irgendeine Ahnung, wer der Betreffende sein könnte? Derjenige, der den Teufel beherbergt?«

»Ich weiß lediglich, daß es sich laut David um jemanden handelt, den ich kenne. Jemanden, den ich *gut* kenne. Da ich nicht gerade einen großen Freundeskreis habe, beschränkt sich die Auswahl wohl auf meine Arbeitskolleginnen bei ›Home Sweet Home‹. Aber natürlich könnte es auch Mitchell sein. Oder Chrissy. Oder sogar Ben.«

»Ben? Jetzt halt aber die Luft an. Er ist dein Bruder.«

»Ich weiß, daß er mein Bruder ist. Das heißt aber nicht, daß er nicht vom Teufel besessen sein könnte. Er verdient sein Geld mit der Zucht von Emus, da muß er doch von irgend etwas besessen sein.«

»Ben ist nicht derjenige, den wir suchen. Ich wüßte es, wenn der Teufel Besitz von seinem Körper ergriffen hätte, glaub mir.«

»Du hast doch auch nicht bemerkt, daß der Teufel Besitz von meinem Körper ergriffen hat, oder?«

Jeremy musterte mich eine Zeitlang, was mir wie eine Stunde vorkam, aber vermutlich nur eine Minute dauerte. Er fing bei meinem Gesicht an, ließ seinen Blick dann an mir hinunterwandern, langsam, genießerisch und ohne sich im geringsten darüber bewußt zu sein, daß er mich damit verlegen machte.

Ich räusperte mich. »Wie gesagt, die Menschen, die ich am besten kenne – oder vielmehr, mit denen ich die meiste Zeit verbringe –, sind meine Kolleginnen bei ›Home Sweet Home‹.«

»Erzähl mir von ihnen, BS.« Sein Blick schweifte immer noch umher, wanderte immer noch über meinen Körper. Ich hoffte, er würde endlich damit aufhören. Na ja, gewissermaßen.

»Da ist zum einen Charlotte Reed, die Besitzerin von ›Home Sweet Home‹«, begann ich, wobei ich allerdings von Pete unterbrochen wurde, der sich ausgerechnet diesen Moment für seinen nächsten Bellanfall ausgesucht hatte.

»Wuff! Wuff! Wuff!«

»Pete, halt die Klappe!« schrie ich ihn an. »Sieh dir die Nachrichten an, während Jeremy und ich uns unterhalten!«

Pete hielt die Klappe.

»Ganz schön beeindruckend, wie der Hund auf dich hört«, meinte Jeremy. »Du hast doch gesagt, er sei so unvorstellbar intelligent. Dann versteht er vermutlich auch Englisch, oder?«

Ich zuckte mit den Achseln. »Schwer zu sagen, was er versteht. Ich weiß nur, daß er mich gezwungen hat, einen Regenschirm auf die River-Princess-Party mitzunehmen. Sämtliche Wettermoderatoren – Chrissy Hemplewhite eingeschlossen – hatten vorhergesagt, daß es an diesem Abend keinesfalls regnen würde. Woher wußte Pete also, daß der Teufel einen Wolkenbruch auf uns niedergehen lassen würde? Vielleicht, weil er auch einer der Agenten des Teufels ist. Möglicherweise gibt es ja so etwas wie Darksider-Hunde, und Pete ist einer davon.«

»Oder er ist derjenige, der den Teufel beherbergt«, überlegte Jeremy.

Diese Bemerkung löste weiteres Bellen aus. Lautes, beharrliches Bellen.

»Nein. Dazu ist er viel zu lieb«, entgegnete ich. »Er beschützt mich, Jeremy. Er ist mein Gefährte, mein bester Freund. Außerdem hat David von einer *Person* gesprochen, in der sich der Teufel versteckt. Von einem Hund hat er nichts erwähnt.«

Pete bellte weiter. Er stand vor dem Fernseher, war aber eindeutig nicht an der CNN-Berichterstattung über den Prozeß gegen O. J. Simpson interessiert.

Ich stand vom Tisch auf, um zu sehen, was los war. Ich beugte mich hinunter und kraulte den immer größer werdenden weißen Fleck auf seiner Brust. »Schon gut, Pete«, besänftigte ich ihn mit tiefer, beruhigender Stimme. »Wir wissen, daß du nicht mit dem Teufel unter einer Decke steckst.«

Auf der Stelle wurde er still und fing an, sich an mir zu reiben. Ich tätschelte ihm den Kopf, umarmte ihn und gab ihm einen Kuß.

Als ich wieder an den Tisch zurückkehrte, bekräftigte ich: »Er versteht wirklich Englisch, ich schwöre es.«

Jeremy schüttelte ungläubig den Kopf. »Ich sitze also hier mit einer Frau, die knurrt, und einem Hund, der Englisch versteht«, stellte er fest. »Als nächstes erzählst du mir womöglich noch, daß er auch Englisch *spricht*.«

»Ich glaube, Pete hat seine eigene Kommunikationsmethode«, sagte ich. »Wie zum Beispiel damals, als er angefangen hat, meinen Immobilienkatalog durchzublättern und ihn dann auf der Seite mit dem Nowak-Haus offengelassen hat.«

»Und das eine Mal, als er in dein Badezimmer gelaufen ist, um sich zu wiegen«, ergänzte Jeremy.

»Ja, aber was heißt das alles? Was will er mir sagen?«

Jeremy zuckte wiederum mit den Achseln. »Lassen wir Pete mal einstweilen beiseite und kommen wieder zu deinen Kolleginnen bei ›Home Sweet Home‹. Du wolltest mir gerade von Charlotte erzählen.«

»Charlotte Reed«, vervollständigte ich.

Ich gab Jeremy eine knappe Schilderung der Frauen, mit denen ich zusammenarbeitete: Charlotte, Althea, Deirdre, Frances, June und Suzanne.

»Suzanne ist die, die ich kennengelernt habe, stimmt's?« fragte er. »An dem Abend im Höllenschlund.«

»Genau, du hast Suzanne damals gesehen. Das hatte ich ganz vergessen.«

»Ich bezweifle, daß der Teufel in ihr steckt. So wie sie jeden Typen dort angeschmachtet hat, würde ich schätzen, daß seit Jahren keiner mehr in ihr gesteckt hat.«

»Mein Gott, mußt du dich wie ein Tier ausdrücken?«

»Wenigstens knurre ich nicht wie ein Tier. Vielleicht sollten wir deine Kolleginnen vergessen und uns Mitchell zuwenden. Wenn irgend jemand vom Teufel besessen ist, dann ist es doch dieser Typ.«

»Ihr beide habt euch nie besonders riechen können, was?«

»Nein, aber ihr doch auch nicht. Warum hast du ihn nur geheiratet, BS? Du hättest es doch soviel besser treffen können.«

»Das ist das Netteste, was du je zu mir gesagt hast, Jeremy.«

»Das ist mein Ernst. Sogar Freddie Reese wäre noch ein besserer Fang gewesen als Mitchell Chessner.«

Freddie Reese war der Vorsitzende des Audio-Video-Clubs an unserer Schule und zugleich dessen einziges Mitglied gewesen. Von allen Jungen in unserer Klasse war er mit Abstand der unbeliebteste. Aber, mein Gott, vielleicht wurde er ja später zum großen Charmeur. Man weiß doch nie, wie sich die Leute, mit denen man zur Schule geht, entwickeln. Man brauchte sich ja nur mal Jeremy und Mitchell anzusehen. Damals hatte ich Jeremy für den Spinner und Mitchell für den soliden Bürger gehalten. Doch nun stellte es sich für mich genau umgedreht dar. Und als was ich mich am Ende entpuppen würde, stand noch nicht fest.

»Ich habe Mitchell geheiratet, weil ich dachte, ich würde ihn lieben«, begründete ich. »Offenbar habe ich da überstürzt gehandelt.«

»Und zwar, weil dir nie jemand erklärt hat, daß Verliebtsein so ähnlich ist wie Fischen«, bemerkte Jeremy lächelnd.

Ich erwiderte sein Lächeln. »Nein, das hat mir wirklich niemand gesagt.«

Jeremys Blick verharrte wieder einen Moment auf mir, nur einen Augenblick, doch der reichte aus, um meinen Magen einen Purzelbaum schlagen zu lassen. Warum, begriff ich nicht.

»Um wieder auf Mitchell zurückzukommen«, sagte er. »Benimmt er sich noch merkwürdiger als ohnehin? Nicht, daß das bei diesem Typen etwas hieße, aber ist er anders drauf als vorher?«

»Nun, er hat seinen Job als Steuerberater aufgegeben und diese Restaurantkette aufgezogen. Er hat eine Affäre mit einer Wettermoderatorin aus dem Fernsehen. Und er hat mich verlassen, damit er sie heiraten kann. Aber das riecht alles nicht nach dem Teufel, sondern eher nach Midlife-Crisis.«

Jeremy nickte. »Was ist mit dieser Chrissy, auf die er so steht? Könnte sie die Person sein, die wir suchen?«

»Ich kenne sie nicht, abgesehen davon, was ich im Fernsehen von ihr mitbekommen habe.«

»Tja, dann verrate mir mal eines: Wie sollen wir den Teufel finden, wenn wir gar nicht wissen, wonach wir Ausschau halten sollen?«

Ich stieß einen frustrierten Seufzer aus. »Das frage ich mich ja selbst schon seit Wochen. Langsam fürchte ich, daß wir ihn nie finden werden. Nicht ohne die Hilfe des Himmels. Wenn wir nicht irgendeinen Anhaltspunkt bekommen oder eine Spur finden, stehe ich für immer unter dem Einfluß des Teufels und Banyan Beach auch.«

Ich merkte, wie mir die Tränen kamen, und aus dem Augenwinkel sah ich, wie sich Jeremys Hand über den Tisch bewegte und nach meiner griff, vermutlich um mich zu trösten. Doch dann schien er es sich anders zu überlegen und zog sie verstohlen wieder zurück.

Mehrere Minuten lang saßen wir schweigend da, entmutigt, niedergeschlagen, deprimiert. Auf einmal wurde unser Brüten durch ungewohnte Geräusche aus dem Fernseher unterbrochen. Dieser hatte vorher die CNN-Nachrichten ausgestrahlt, aber plärrte auf einmal die Titelmelodie von »Riskant!« ins Zimmer.

Ich schaute auf die Uhr. »Es ist halb acht«, sagte ich.

»Na und? Verwandeln sich Darksider um halb acht in Kürbisse?«

»Nein, aber auf CNN kommt um halb acht ›Moneyline‹ und nicht ›Riskant!‹«

Ich stand auf, ging zum Fernseher und suchte die Fernbedienung, damit ich wieder auf CNN zurückschalten konnte, aber sie lag nicht an ihrem gewohnten Platz oben auf dem Gerät.

Ich sah zu Pete hinunter, der es sich vor dem Fernseher bequem gemacht hatte. Die Fernbedienung lag zwischen seinen Vorderpfoten.

»Ach, da ist sie ja!« rief ich und nahm sie ihm ab. »Er muß damit gespielt und versehentlich umgeschaltet haben.«

»Das glaube ich nicht«, widersprach mir Jeremy. »Nichts, was dieser Hund tut, ist ein Versehen.«

Da hatte Jeremy recht. War das Umschalten wieder eine von Petes ›Mitteilungen‹? Und wenn ja, was versuchte er uns damit zu sagen?

Ich schaltete auf CNN zurück und legte die Fernbedienung erneut zwischen Petes Pfoten. Dann beobachtete ich ihn. Und wartete. Sekunden nachdem ich ihm die Fernbedienung wiedergegeben hatte, legte Pete seine rechte Vorderpfote auf die Taste für Kanal acht – den Sender, der jeden Abend um halb acht »Riskant!« brachte! Ja, da stand Alex Trebek, der Moderator der Show, hieß die drei Kandidaten willkommen und erklärte die Spielregeln!

»Hast du das mitgekriegt, Jeremy?« fragte ich und winkte ihn zu mir her. »Hast du gesehen, was Pete gerade gemacht hat?«

Jeremy kam eilig herüber. »Probier doch aus, ob er das noch mal macht«, schlug er mir vor.

Ich beugte mich hinunter, nahm Pete die Fernbedienung ab, schaltete auf CNN um und gab sie ihm zurück. Wieder legte er seine rechte Vorderpfote darauf und drückte Kanal acht! Und schon kam erneut »Riskant!« ins Bild!

»Nicht zu fassen«, bemerkte Jeremy. »Der Hund zappt.«

»Er zappt eben nicht«, widersprach ich. »Er will genau den einen Kanal und genau die eine Sendung.«

Ich kniete mich neben Pete und blickte in sein Gesicht.

»Was soll das nur heißen?« fragte ich den Hund.

»Vielleicht möchte er dir sagen, daß es *riskant* ist, sich mit dem Teufel anzulegen«, meinte Jeremy.

»Das weiß ich schon«, fauchte ich. »Es muß etwas anderes bedeuten.«

»Okay, du Besserwisserin. Und was?«

Ich senkte meinen Kopf auf die Höhe von Petes Schnauze. »Was gibt es denn, Kleiner?« fragte ich. »Sag mir, warum du immer wieder auf diese dämliche Spielshow umschaltest.«

Auf einmal sprang Pete aus meinen Armen und hätte mir dabei fast die Nase gebrochen. Er fing an zu bellen, auf und ab zu springen und im Kreis herumzujagen. Ich hatte ihn ja schon öfter ausrasten sehen, aber das übertraf alles.

»Was habe ich denn jetzt verbrochen?« rief ich und versuchte, mich über Petes Gebell hinweg verständlich zu machen. »Anscheinend habe ich ihn irgendwie provoziert, Jeremy.«

»Wiederhol noch mal, was du gesagt hast«, meinte er. »Direkt bevor Pete anfing durchzudrehen.«

»Ich habe ihn aufgefordert: ›Sag mir, warum du immer wieder auf diese dämliche Spielshow umschaltest.‹«

Anstelle einer Antwort hüpfte Pete in meine Arme und leckte mir das Gesicht mit solcher Heftigkeit, daß ich Jeremy bitten mußte, ihn von mir wegzuzerren.

»Probieren wir mal aus, was passiert, wenn *du* es sagst«, forderte ich ihn auf.

»Wenn ich was sage?«

»Das, was ihn anscheinend provoziert.«

Jeremy packte Pete am Halsband und wiederholte: »Sag mir, warum du immer wieder auf diese dämliche Spielshow umschaltest.«

Pete leckte Jeremy mit derselben Begeisterung das Gesicht.

»Damit haben wir zwar festgestellt, daß er ganz aus dem Häuschen ist, wenn er diesen Satz hört«, seufzte ich. »Aber die Frage bleibt, warum er sich so verhält.«

»Laß uns das Band sozusagen noch einmal zurückspulen«, schlug Jeremy vor. »Worüber haben wir noch mal direkt vor diesem Satz gesprochen?«

»Über gar nichts. Wir haben gebrütet und waren entmutigt, weil wir nicht daraufgekommen sind, wo sich der Teufel versteckt hält.«

»Genau. Und dann hast du gesagt, wir bräuchten einen Anhaltspunkt.«

»Ja, einen Anhaltspunkt.«

Jeremy und ich sahen uns an.

»Wenn Pete wirklich Englisch versteht, dann hat er gehört, was du gesagt hast«, spann Jeremy den Faden weiter. »Und ›Riskant!‹ soll eine Art Anhaltspunkt sein.«

»Gut möglich. Vielleicht zielt der Hinweis ja auf Alex Trebek«, überlegte ich. »Aber der wohnt gar nicht in Banyan Beach, also kann sich der Teufel auch nicht in *seinem* Körper verstecken.«

»Woher willst du denn wissen, daß er sich nicht in Banyan Beach aufhält? Er könnte ja einen Wintersitz hier haben, wie eine Menge andere Prominente auch.«

»Glaub mir, das hätte June Bellsey garantiert erzählt.«

»Dann ist es vielleicht irgend etwas anderes, was mit der Sendung zusammenhängt. Vielleicht ist es die Tatsache, daß ›Riskant!‹ mit einem ›R‹ anfängt. Möglicherweise möchte Pete uns mitteilen, daß Charlotte *R*eed die Person ist, die wir suchen.«

Ich schüttelte den Kopf. »Wäre der Anfangsbuchstabe ›R‹ so wichtig, warum hat Pete dann nicht auf Kanal elf geschaltet anstatt auf Kanal acht? Auf Kanal elf laufen um halb acht Wiederholungen von ›*R*oseanne‹.«

»Was machst du eigentlich, sitzt du jeden Abend zu Hause und siehst fern? Du bist ja eine wandelnde Fernsehzeitschrift, BS.«

»Wir können nicht alle ein so rundum aufregendes Leben führen wie du. Und jetzt hilf mir bitte, zu einer Lösung zu kommen, ja?«

»Hör mal, wenn dir meine Mitarbeit nicht paßt, hol dir doch jemanden anders.«

»Tut mir leid. Diese ganze Geschichte macht mich noch wahnsinnig. Zuerst vollführt Pete dieses Kunststück mit dem Immobilienkatalog. Dann stellt er sich auf meine Waage und wiegt sich. Und jetzt besteht er darauf, sich eine Spielshow anzusehen.«

»Haben diese drei Dinge irgend etwas gemeinsam?«

»Nicht, daß ich… Halt, warte mal. Laß mich überlegen.«

Ich grübelte – und dann kam ich plötzlich auf die Lösung.

»Was denn?« fragte Jeremy. »Sag's mir!«

»Es ist Frances Lutz!« schrie ich, packte Jeremy bei den Schultern und drückte ihn an mich.

»Woher weißt du das?« erkundigte er sich.

»Weil jetzt alles zusammenpaßt. Jedesmal, wenn ich versucht habe herauszufinden, wer die betreffende Person ist, hat mir Pete einen Hinweis gegeben, ich war nur zu dumm, um ihn zu kapieren. Zuerst hat er meinen Immobilienkatalog auf der Seite mit dem Nowak-Haus aufgeschlagen, und dieses Objekt hat Frances unter Vertrag. Dann ist er auf die Waage gesprungen, um sein Gewicht zu überprüfen, und Frances wiegt dreihundert Pfund. Heute abend hat er schließlich eine Spielshow eingeschaltet, und Frances ist süchtig nach diesen Shows. Oh, Jeremy. Ich habe um die Hilfe des Himmels gebeten, und ich habe sie durch die Hilfe eines Hundes bekommen! Es ist unglaublich!«

»Allerdings, das ist unglaublich«, bekräftigte Jeremy, und ich spürte seinen heißen Atem auf meiner Wange.

In meiner Begeisterung hatte ich völlig vergessen, daß ich mich immer noch an ihn klammerte, immer noch in seinen Armen lag. Ich verharrte einen weiteren Augenblick in dieser Stellung und merkte dann, wie sich seine Armmuskeln versteiften.

»Oh. Entschuldige«, bat ich und löste mich von ihm.

Rasch wichen wir voneinander, so als hätten wir beide eine ansteckende Krankheit.

»Kein Problem«, meinte er.

Verlegenes Schweigen machte sich breit. Und dann begann Pete zu bellen.

Jeremy und ich drehten uns um und sahen ihn an.

»Bis jetzt sind das alles ja nur unsere Schlußfolgerungen aus Petes Hinweisen«, meinte er. »Warum fragst du den Hund nicht ganz direkt, ob es Frances ist? Dann sehen wir ja, was passiert.«

»Gute Idee.«

Ich kniete mich vor Pete hin und bewegte mein Gesicht ganz dicht an seines.

»Pete«, sprach ich ihn an und blickte dabei in seine seelenvollen, haselnußbraunen Augen. »Verbirgt sich der Teufel im Körper von Frances Lutz?«

Petes Reaktion war erstaunlich und wundersam, in einem noch größeren Maße als all seine bisherigen Darbietungen.

Er hob seine rechte Vorderpfote wie ein Dirigent, der anfangen will, ein Orchester zu dirigieren, und setzte sie wieder auf dem Boden ab. Dann begann er sie so auf dem Teppich zu bewegen, daß die Spuren eine kleine Zeichnung, eine Art Muster ergaben.

»Sieh mal«, sagte ich zu Jeremy und wies auf den Teppich.

Mit offenstehendem Mund sahen wir zu, wie Pete sein Werk vollendete. Was er produziert hatte, war weder eine Zeichnung noch ein Muster, sondern ein Wort:

Ja.

23

Am nächsten Morgen rief ich Frances zu Hause an und fragte sie, ob sie ins Büro käme.

»Nein«, antwortete sie. »Ich arbeite heute im Verkaufsbüro im River Princess. Warum?«

Weil ich dich vom Teufel befreien will, hätte ich am liebsten erwidert. Aber warum sollte ich mir die Mühe machen? David zufolge wußte Frances ja überhaupt nicht, daß sie besessen war.

»Weil ich mit dir über das Nowak-Haus sprechen will«, log ich. »Und noch über ein paar andere Dinge.«

»Ach so. Tja, wir können uns später unterhalten. Möchtest du nicht zum Essen kommen?« fragte sie. »Ich habe gestern abend Lasagne gemacht und noch jede Menge übrig.«

»Genug für mich und einen Freund?« erkundigte ich mich. Jeremy und ich hatten uns einen Plan zurechtgelegt. Wir wollten Frances allein erwischen, sie betrunken machen und dann eine Teufelsaustreibung an ihr vornehmen. Jeremy war extra zu Blockbuster Video gegangen und hatte sich *Der Exorzist* ausgeliehen. Dann hatten wir den halben Abend damit verbracht, uns den Streifen anzusehen und uns Notizen zu machen. Der Film lieferte zahlreiche Ideen, die wir nun in die Tat umsetzen würden, zusammen mit ein paar eigenen Einfällen.

»Ein Freund? Wer denn?« wollte Frances wissen.

»Das wird dir nicht gefallen«, entgegnete ich. »Es handelt sich um Jeremy Cook.«

»Barbara! Du nennst diesen Mann einen Freund?« entrüstete sie sich. »Er hat uns Tausende von Dollars an Provisionen gekostet. Ich habe nicht eine einzige Wohnung im River Princess verkauft, seit er diese Brunnen ruiniert hat.«

»Er hat sie nicht ruiniert, Frances. Er hat sie nur ein bißchen verdreckt. Außerdem möchte er sich bei dir entschuldigen, da du die Vertragsmaklerin für das Haus bist. Er hat Schuldgefühle wegen seiner Aktion und möchte es wiedergutmachen.«

»Wer's glaubt, wird selig.«

»Wirklich. Hör mal, er ist der beste Freund meines Bruders,

und ich kenne ihn seit meiner Kindheit. Er würde nie jemandem etwas zuleide tun. Jemandem, der es nicht verdient hat, meine ich. Also, was ist? Kann ich ihn heute abend mitbringen?«

Sie zögerte und fragte dann: »Mag er Lasagne?«

»Da bin ich mir ganz sicher, nur sind seine Tischmanieren nicht die allerbesten«, warnte ich sie vor. »Irgendwie erinnere ich mich dunkel daran, daß du einen weißen Teppich im Eßzimmer liegen hast, Frances. Wenn ich du wäre, würde ich Plastikfolie darüberlegen, bevor wir kommen.«

Dem Teufel mißfiel unsere Verabredung zum Abendessen bei Frances sichtlich. Ich merkte das daran, daß ich sechsmal knurren mußte, während ich darauf wartete, daß Jeremy mich abholte. Aber es gab noch andere, wesentlich gravierendere Anzeichen für seinen Groll. In Banyan Beach waren in der Nacht zwei Menschen erschossen worden. Vier weitere wurden bei Autounfällen verletzt. Darüber hinaus hatte es immer noch nicht geregnet, und im Stadtgebiet waren mehrere Gehölze in Brand geraten. Alles sah ausgetrocknet und rissig aus – Wiesen, Bäume, Menschen. Wir brauchten Hilfe. Und es war an Jeremy und mir, dafür zu sorgen.

Er holte mich um halb sieben ab. Ich kam ihm an der Haustür entgegen, in der Hand eine Einkaufstasche mit den Dingen, die wir zu Frances mitnehmen wollten – Dinge, die den Teufel aus dem Körper eines Menschen vertreiben sollten.

»Hattest du irgendwelche Schwierigkeiten damit, die Dinge auf deiner Liste zu bekommen?« fragte ich und spähte in die Tasche, die er dabeihatte.

»Ja, beim Weihwasser mußte ich aufgeben«, antwortete er. »Ich war in vier verschiedenen Kirchen, aber niemand wollte mir welches verkaufen.«

»Keine Sorge«, beruhigte ich ihn. »Ich nehme ein paar Flaschen Evian mit. Wir können ja unterwegs ein Gebet für sie sprechen.«

Ich wollte gerade in die Küche losmarschieren, als mir Jeremy auf die Schulter tippte.

»Was ist?« fragte ich.

»Wie wär's mit einer Begrüßung?« forderte er mich auf.

»Hallo«, sagte ich.

Er lächelte. »Weißt du noch, wie wir immer zusammen Mathe bei Mr. Garvey hatten?«

»Mathe bei Mr. Garvey? Wie kommst du denn ausgerechnet jetzt darauf?«

»Weil du mich gerade daran erinnert hast. Du bist ins Klassenzimmer gekommen, hast dich neben mich gesetzt und deinen Kopf in ein Buch gesteckt, und ich mußte dir auf die Schulter tippen und sagen: ›Wie wär's mit einer Begrüßung?‹ Genau wie eben.«

»Ich hab's dir doch gestern abend schon gestanden. Ich hatte einfach Angst vor dir, als wir noch zur Schule gingen.«

»Und heute? Immer noch Angst?«

Ich begegnete seinem Blick und spürte, wie mein Magen noch einen dieser dämlichen Purzelbäume schlug.

»Nein«, erwiderte ich, und mein Mund wurde etwas trocken. »Es gibt nur ein Wesen, vor dem ich momentan Angst habe, und wenn wir uns nicht schleunigst auf die Beine machen, vertreiben wir es nie aus der Stadt.«

»Gut. Dann hol mal das Designer-Wasser.«

Ich nickte und ging in die Küche. Als ich kurz darauf zurückkam, schnüffelte Pete an Jeremys voller Tasche herum.

»Irgend etwas darin reizt ihn«, sagte ich.

»Das muß wohl das leckere Knusper-Brathühnchen sein«, meinte Jeremy. »Hunde lieben rohes Fleisch.«

»Rohes Fleisch? Du hast ein rohes Hühnchen da drin?«

Er nickte.

»Aber Frances hat doch Lasagne gekocht«, warf ich ein. »Was soll sie denn mit einem Hühnchen anfangen?«

»Sie soll überhaupt nichts damit anfangen«, erwiderte Jeremy. »Sondern *wir.* Ich habe einen Angelkumpan namens Roland. Er kommt aus Haiti und sagt immer: ›Wenn du den Teufel austreiben willst, leg ihm ein totes Hühnchen vor die Füße.‹ Tja, ich hatte leider keine Zeit, loszuziehen und ein Huhn zu schießen, also habe ich im Supermarkt eines gekauft.«

»Phantastisch«, lobte ich lächelnd.

»Danke.« Er sah auf die Uhr. »Wir sollten jetzt gehen.«

»Stimmt.«

Wir fuhren mit Jeremys Lieferwagen. Auf halbem Weg zu Frances' Haus hielt er am Straßenrand an.

»Was ist denn?« drängelte ich, da wir ohnehin schon zu spät dran waren.

»Ich rieche etwas«, erklärte er. »Etwas richtig Ekliges.«

»Das bin nur ich«, sagte ich. »Ich habe meine Pfefferminzpastillen vergessen.«

»Nein, es riecht, als ob irgend etwas brennt.« Er beugte sich über das Lenkrad und musterte das Armaturenbrett. »Die Temperaturanzeige leuchtet. Anscheinend ist der Motor überhitzt.«

Toll, dachte ich. Der Teufel läßt uns nicht einmal in die *Nähe* von Frances.

»Kannst du das nicht in Ordnung bringen?« fragte ich ungeduldig.

»Nein, meine Hoheit. Kann ich nicht«, erwiderte Jeremy. »Aber du.«

»Oh, sicher. Ich kenne mich mit Autos genausogut aus wie mit Teufelsaustreibungen.«

»Was ist mit dieser Macht, die du besitzt? Wenn es je notwendig war, sie einzusetzen, dann jetzt.«

»Tut mir leid. Meine Macht wirkt nur, wenn ich jemandem etwas Böses und Gemeines antun will.«

»Woher willst du das wissen? Versuch's doch einfach mal. Sag: ›Ich will, daß die Wassertemperatur in diesem Auto auf fünfundsiebzig Grad fällt.‹«

»Von mir aus. Ich habe ja nichts zu verlieren.« Ich räusperte mich. »Ich will, daß die Wassertemperatur in diesem Auto auf fünfundsiebzig Grad fällt«, forderte ich.

Wir warteten. Nichts geschah.

»Ich hab's dir ja gesagt«, erklärte ich. »Der Teufel gibt Darksidern nicht die Macht, um Dinge wieder instand zu setzen. Er gibt sie uns, damit wir Schmerz und Leid verursachen.«

»Dann müssen wir eben auf andere Weise zu Frances kommen«, meinte Jeremy.

Ich kramte nach meinem Handy, rief einen Abschleppdienst für das Auto und ein Taxi für uns. Mit den Einkaufstaschen in der Hand schafften wir es schließlich bis halb acht zu Frances, gerade rechtzeitig zu »Riskant!«.

»Bestimmt könnt ihr beide jetzt einen Drink vertragen«, vermutete sie, als wir ihr von unserer Autopanne berichtet hatten. So wie sie schwankte, sah es ganz danach auch, als hätte sie in puncto Drinks schon einen ziemlich großen Vorsprung. Außerdem war ihr Lippenstift verschmiert. Sonst wirkte sie völlig normal. Sie steckte in einem ihrer Kaftans – diesmal einem zitronengelben – und dazupassenden gelben Sandalen. Oft hört man ja, daß über dicke Frauen gesagt wird: »Aber sie hat ein so hübsches Gesicht«. Auf Frances traf das ebenfalls zu. Sie war wirklich hübsch – auf knabenhafte Weise. Mit ihrer rosigen, babyweichen Haut und dem ganz kurz geschnittenen Haar sah sie trotz ihrer Fülle jugendlich aus. Dennoch – Jugendlichkeit hin oder her – Frances tat mir einfach leid, wie sie so in ihrem Wohnzimmer umherwatschelte und die Kandidaten bei »Riskant!« anfeuerte. Sie hatte keine Ahnung, was sich in ihrem eigenen Körper abspielte. Keine Ahnung, daß sie ein vorübergehender Unterschlupfort für den Fürsten der Finsternis war.

Das Essen verlief ereignislos. Jeremy war ausgesprochen freundlich zu Frances und entschuldigte sich wortreich für seine Protestaktion gegen das River-Princess-Gebäude. Ich wußte, daß er kein Wort davon ernst meinte, sondern sich nur einschmeicheln und Punkte gutmachen wollte. Als Frances gerade nicht hersah, warf ich ihm einen dankbaren Blick dafür zu, worauf er mit einer Kußhand reagierte.

Frances betrunken zu machen erwies sich als kinderleicht, da sie es schon zur Hälfte war, als wir eintrafen. Jedesmal wenn sie in die Küche ging, um noch eine Portion Lasagne zu holen (was diese Frau unter »Resten« verstand, kam in meinen Augen einer römischen Orgie gleich), schenkte Jeremy ihr Wein nach, und sie kehrte an den Tisch zurück und trank ihn aus. Um halb zehn war sie auf ihrem Stuhl eingeschlafen.

»Na toll«, stöhnte ich. »Wie sollen wir sie jetzt nur vom Fleck bewegen? Sie wiegt mehr als mein Auto.«

»Brauchen wir doch gar nicht«, meinte Jeremy. »Wir müssen die Teufelsaustreibung eben hier vornehmen.«

»In ihrem Eßzimmer?«

»Warum denn nicht?«

»Ich weiß nicht. Irgendwie hatte ich mir vorgestellt, daß wir das Ganze in ihrem Schlafzimmer hinter uns bringen würden. Während sie auf dem Bett liegt – so wie Linda Blair.«

»Das war doch nur ein Film, BS. Das hier ist das richtige Leben, und wir können es so machen, wie wir wollen.«

»Na gut.«

»Laß uns jetzt die Taschen holen.«

Jeremy und ich schlichen uns auf Zehenspitzen aus dem Haus, um die Taschen mit unseren Requisiten hereinzuholen, die wir hinter ein paar Büschen versteckt hatten. Als wir wieder ins Haus kamen, schütteten wir alles auf den Eßzimmer-Fußboden und überprüften rasch unsere Bestände.

»Herrje, ich weiß nicht recht«, gab ich zu bedenken, auf einmal von heftigen Gewissensbissen geplagt. »Wir tun doch das Richtige, oder?«

»Aber sicher. Wir bewahren dich davor, bis ans Ende deiner Tage ein Darksider zu sein, und die Stadt davor, dem Teufel als Spielplatz zu dienen.«

»Stimmt. Ich hatte nur noch nie zuvor etwas mit Exorzismus zu tun«, erklärte ich mit einem Schaudern. »Was ist, wenn etwas schiefgeht?«

»Was soll denn schiefgehen?«

»Ich weiß nicht. Frances ist ein unschuldiges Opfer. Es war nicht ihre Schuld, daß sich der Teufel für sie als Tarnperson entschieden hat. Was ist, wenn wir eine falsche Formel benutzen und sie aus Versehen in ein Kaninchen verwandeln?«

»Dann geht's ihr bestimmt auch nicht viel schlechter als jetzt, glaub mir.«

»Ihr vielleicht nicht, aber was ist mit uns? Was tun wir nur, wenn der Teufel vor Wut schäumt und *uns* zur Strafe in Kaninchen verwandelt?«

Er grinste lüstern. »Du weißt doch, womit sich Kaninchen so ihre Zeit vertreiben.«

Ich seufzte. »Ich finde, wir sollten jetzt lieber anfangen. Was tun wir als erstes?«

Jeremy dachte kurz nach. »Fangen wir mal mit dem Weihwasser an.«

»Einverstanden.«

Ich reichte ihm eine Literflasche Evian und sah ihm zu, wie er den Verschluß abschraubte. Er wollte es Frances gerade über den Kopf gießen, als ich ihn noch aufhalten konnte. »Warte!« zischte ich. »Du hast doch den Film gesehen. Man soll es über sie spritzen, nicht schütten! Sie ist im Handumdrehen wieder wach, wenn du ihr kaltes Wasser ins Gesicht kippst.«

»Na gut, na gut.«

Er goß ein wenig von dem Wasser in Frances' Weinglas, tauchte die Finger hinein und spritzte dann das Evian über ihren Körper. Das wiederholte er ein paarmal.

»Schon viel besser«, lobte ich. »Und jetzt?«

»Die religiösen Symbole«, sagte er.

»Jawohl, Herr Pfarrer.« Ich griff nach den glänzenden goldenen Gegenständen auf dem Eßtisch: ein Kreuz und ein Davidstern. »Ich wette, das ist weltweit der erste Exorzismus im Namen zweier Religionen«, bemerkte ich und drapierte Kreuz und Stern sorgfältig auf Frances' üppigem Busen.

»Und jetzt bitte den Cayennepfeffer«, forderte mich Jeremy auf.

Ich suchte den Tisch nach dem Cayennepfeffer ab, konnte ihn aber nicht entdecken.

»Der Cayennepfeffer stand auf *deiner* Liste«, schimpfte ich. »Du hast ihn vergessen.«

»Nein, hab' ich nicht. Im Supermarkt gab es nur keinen mehr, also habe ich Paprika genommen. Der hat doch die gleiche Farbe.«

Männer. Manchmal können sie wirklich schwer von Begriff sein, vor allem, wenn es darum geht, ein Gewürz vom anderen zu unterscheiden.

Ich schüttete das Döschen Paprika über Frances' Körper, wobei ich aufpaßte, daß sie nichts davon in die Nase bekam. Sie durfte auf keinen Fall niesen.

»Was kommt jetzt?« wollte ich wissen.

»Vielleicht zünden wir mal die Kerzen an«, schlug Jeremy vor.

»Gute Idee.« Ich nahm die vier weißen Votivkerzen, die ich mitgebracht hatte, stellte sie in einem kleinen Kreis vor Frances auf den Tisch und zündete sie an. »Eigentlich kann ich doch auch gleich den Weihrauch anstecken, was meinst du?«

»Ja, nur zu.«

Ich hielt das Streichholz an den Weihrauch, und schon begann es zu riechen wie in meinem College-Wohnheim.

»Perfekt«, meinte Jeremy. »Weißt du, ob sie ein Kassettendeck hat?«

»Ich seh mal nach.«

Ich verließ das Eßzimmer und machte mich auf die Suche nach einer Stereoanlage.

Frances' Haus (selbstverständlich ein Bungalow) hatte drei Schlafzimmer, zweieinhalb Bäder und stammte aus den siebziger Jahren – in puncto Inneneinrichtung eine recht anspruchslose Epoche, in der Braun die angesagte Farbe war. Infolgedessen war alles in Frances' Haus braun – vom schokoladenfarbenen Verputz bis hin zu den klobigen Ahornmöbeln. Der einzig helle Fleck war der Eßzimmertisch, der früher einmal weiß gewesen war, nun allerdings rote Tupfen aufwies, die auf Jeremys Unfähigkeit zurückzuführen waren, auch nur eine Gabel Lasagne unfallfrei in seinen Mund zu bugsieren.

In Frances' braunem Wohnzimmer entdeckte ich ein Kassettengerät. Na ja, im Grunde war es ein Ghettoblaster, eines dieser tragbaren Dinger, die Jugendliche mit an den Strand nehmen. Ich packte es an seinem Griff und schleppte es ins Eßzimmer, wo ich es auf den Tisch stellte.

»Glaubst du nicht, die Musik könnte sie wecken?« fragte ich Jeremy, der schwer damit beschäftigt war, das leckere Knusper-Brathühnchen von seiner dicken Plastikverpackung zu befreien.

»Unser Gerede hat sie ja auch nicht geweckt. Außerdem haben wir doch extra den Soundtrack von ›Der Exorzist‹ besorgt.«

Ich nahm an, daß Jeremy recht hatte, und steckte das Band in den Kassettenrecorder. Sekunden später klang »Tubular Bells« durch den Raum.

»Okay, hier ist das Hühnchen«, sagte Jeremy, der das gute Tier an den Beinen festhielt.

»Willst du es denn nicht zerlegen?« fragte ich.

Er schüttelte den Kopf. »Von Hühner*teilen* hat Roland nichts gesagt. Er hat nur von einem Huhn geredet. Einem *toten* Huhn.«

»Gut. Dann nehmen wir es eben ganz, inklusive Innereien und allem anderen. Wir wollen es ja hinterher nicht essen.«

Jeremy nickte und plazierte das Hühnchen auf dem Fußboden, neben Frances.

»Wenn ich nur eine Kamera dabeihätte«, bedauerte ich, während ich sie betrachtete. Sie war ein Bild für Götter, das kann ich Ihnen sagen. Stellen Sie sich eine Hundertfünfzigkilofrau vor, die im Tiefschlaf auf einem Stuhl hängt, den Mund offen, die Haare feucht von Evian-Wasser, Haut und Kleider mit Paprikapulver bestreut und einen toten Vogel zu ihren Füßen. Nicht zu vergessen das Kreuz und der Davidstern auf ihren Brüsten.

»Wenn ich nur die Knoblauchzehe hätte«, sagte Jeremy.

»Du hast keinen Knoblauch?« Ich war erschüttert. Knoblauch hatte ganz oben auf der Liste gestanden. Auf *seiner* Liste.

»Nee.«

»Nun erzähl mir bloß nicht, daß es den im Supermarkt ebenfalls nicht gab.«

»Das wahrscheinlich schon, leider habe ich ihn vergessen.«

»Tja, keine Sorge. Wenn ich es mir genau überlege, soll Knoblauch doch eigentlich Vampire vertreiben. Ich glaube nicht, daß er beim Teufel auch wirkt.«

»Dann sind wir ja fast fertig. Bis auf die Reiseprospekte.«

»Ach ja. Die sind in meiner Handtasche.«

Ich suchte in meiner Tasche nach den Prospekten, die ich in dem Reisebüro neben »Home Sweet Home« hatte mitgehen lassen: einen von Mexiko, einen von Costa Rica und einen von der Insel Grenada. Ich hatte nichts gegen diese Länder, verstehen Sie, aber der Sinn der Sache war, dem Teufel einen Umzug schmackhaft zu machen, und ich wußte, daß er Orte mit warmem Klima bevorzugte.

»Was soll ich denn jetzt mit den Prospekten anstellen?« fragte ich.

»Breite sie auf ihrem Schoß aus«, ordnete Jeremy an.

Ich legte die Prospekte also sachte auf Frances' Schoß, ganz vorsichtig, um sie nicht zu wecken. Mir war ohnehin völlig schleierhaft, wie sie bei dem ganzen Lärm, den wir veranstalteten, immer noch im Tiefschlaf sein konnte.

»Das war's dann wohl«, stellte ich fest. »Ich glaube, jetzt kommen wir zum wichtigsten Teil.«

Jeremy reichte mir eine der beiden Bibeln, die wir mitgebracht hatten. Die andere behielt er für sich. Wir stellten unsere Stühle so hin, daß wir Frances flankierten, uns aber trotzdem sehen konnten.

»Ich bin nicht gerade bibelfest«, gab ich zu und beugte mich über ihren Körper, um mit Jeremy zu reden. »Welche Seite sollen wir denn aufschlagen?«

»Da bin ich überfragt«, erwiderte er. »Ich kann dir zwar den Text von jedem Rock-'n'-Roll-Song vorsingen, der seit 1950 verfaßt worden ist, aber im Buch der Bücher kenne ich mich nicht aus.«

»Vielleicht gibt es einen Index, und wir brauchen nur unter ›Exorzismus‹ nachschlagen«, fiel mir ein und ich blätterte ans Ende der Bibel.

»Das ist doch keine dämliche Enzyklopädie, BS«, wandte Jeremy ein.

»Na gut. Dann ist vielleicht alles alphabetisch sortiert, und wir müssen nur den Buchstaben ›E‹ finden.«

»Die Bibel ist auch kein Wörterbuch.«

»Tja, was schlägst *du* denn vor?«

»Zuerst einmal wäre ich dafür, daß wir uns abregen«, beruhigte mich Jeremy und lächelte. »Wir sitzen jetzt beide im selben Boot, klar?«

Ich holte tief Atem. »Tut mir leid«, entschuldigte ich mich. »Vielleicht sollten wir einfach aufs Geratewohl eine Seite aussuchen und anfangen, sie ihr vorzulesen. Möglicherweise genügen ja ein paar salbungsvolle Worte, um den Teufel aus ihrem Körper zu vertreiben.

»Klingt gut.«

»Mach du das bitte. Du bist der Vortragskünstler.«

Jeremy schlug seine Bibel auf und begann aus irgendeinem Psalm vorzulesen. Er hatte eine überraschend gute Sprechstimme, ähnlich eindrucksvoll wie sein Gesang. Ich ließ mich auf meinem Stuhl zurücksinken und lauschte konzentriert seinen Worten. Der Kern dieser Passage besagte offenbar, daß Liebe nicht nur alles, sondern gerade das Böse besiegt; daß die einzige Möglichkeit, den Satan zu bekämpfen, darin besteht, seinen Mitmenschen mit Zuneigung, Respekt, Großzügigkeit und Toleranz zu begegnen; und daß wir, wenn wir unsere Liebe zu uns selbst und zu anderen zeigen, dem Teufel seine Macht rauben und ihn aus unserem Leben verbannen.

»Jeremy«, unterbrach ich ihn. »Hast du gehört, was du da gerade vorgelesen hast?«

Er nickte.

Wir sahen beide zu Frances hinüber, die immer noch fest schlief. Falls der Teufel zuhörte, so ließ er es sich nicht anmerken.

»Mach weiter«, forderte ich Jeremy auf. »Früher oder später muß irgend etwas passieren.«

»Hoffentlich früher«, stöhnte er. »Dieser Weihrauch ist Gift für meine Nebenhöhlen.«

»Ja, und ich bekomme von dem Huhn gleich einen Brechreiz. Ich glaube, es wird schon schlecht.«

»Möglich. Es hat den ganzen Nachmittag im Auto gelegen. In der prallen Sonne.«

Ich würgte. »Lies einfach noch ein paar Minuten weiter, dann sehen wir ja, ob etwas passiert.«

»Und wenn nicht?«

»Dann rufe ich uns ein Taxi, und der Abend ist gelaufen.«

Jeremy schlug die Bibel auf und wollte gerade eine weitere Passage vorlesen, als sich Frances bewegte.

O Gott! Es ist der Teufel! – dachte ich, während mir die Lasagne aufstieß. Er will zu uns sprechen! Durch Frances!

Ich versuchte, nicht in Panik auszubrechen, konnte aber nur an diesen verdammten Film denken, in dem der Teufel Linda

Blair knurren und fluchen und all diese armen Pfarrer vollkotzen läßt.

Ich wollte aufschreien, aber Jeremy legte mir seinen Zeigefinger auf die Lippen und bedeutete mir, still zu sein.

Also war ich still. Auf einmal regte Frances sich wieder, und diesmal schlug sie die Augen auf. Ganz weit! Sie starrte uns an, schien aber nicht zu wissen, wer wir waren. Ihr Blick war glasig, wie in Trance, als stünde sie unter einem Bann. Und dann begann sie zu sprechen, nur nicht mit ihrer eigenen Stimme.

»Aghhhhhhh«, machte sie, und es klang ganz und gar nicht menschlich, sondern eher so, wie ich mich anhörte, wenn der Teufel mich knurren ließ.

Ich sprang von meinem Stuhl auf und huschte zu Jeremy hinüber. Dann ließ ich mich auf seinen Schoß fallen und schlang ihm die Arme um den Hals.

»Aghhhhhhh«, machte Frances noch einmal. »Aghhhhhhh!«

Ich schloß die Augen und klammerte mich an Jeremy, während die Angst mich derart fest im Griff hatte, daß ich kaum atmen konnte.

»Es wird schon alles wieder gut«, flüsterte Jeremy. »Ich sorge dafür.«

Er schubste mich von seinem Schoß hinunter und schob seinen Stuhl näher zu Frances.

»Kannst du mich hören?« fragte er. Frances. Oder den Satan.

Frances sah ihn an, schien ihn aber nicht wahrzunehmen.

»Höchste Zeit, daß du dich zeigst«, fuhr Jeremy fort. »Allerhöchste Eisenbahn, daß du deinen Hintern aus dieser Stadt bewegst.«

Ich wappnete mich vor der Reaktion des Teufels. Doch als sie dann kam, traf sie mich völlig unvorbereitet.

»Schau!« rief Jeremy und zeigte in die Luft.

Das leckere Knusper-Brathähnchen flog! Der Vogel hatte sich von dem weißen Teppich in die Lüfte geschwungen und schwebte nun einen halben Meter unter der Decke!

Da konnte ich mich nicht mehr länger beherrschen. Ich schrie.

Frances, oder besser gesagt der Satan, begann zu lachen. Ein schrilles Gackern, das mir sofort eine Gänsehaut verursachte.

»Ach du Scheiße. Sieh nur, was er macht«, sagte Jeremy.

Ich folgte Jeremys Blick zum Eßtisch und sah, daß der Ghettoblaster, der unsere Filmmusik aus *»Der Exorzist«* abspielte, zerschmolz! Wie die böse Hexe aus *»Der Zauberer von Oz«*! Außerdem schossen das Kreuz und der Davidstern, die eigentlich Frances' Körper hätten beschützen sollen, wie Flugzeuge durch den Raum und machten erst im Badezimmer um die Ecke halt – und zwar in der Kloschüssel. Ein weiteres Gackern ertönte aus Frances, als wir die Toilettenspülung hörten!

»Raus hier!« rief Jeremy, nahm mich beim Arm und zog mich zur Haustür hinaus.

»Aber wir müssen mit ihm reden«, wandte ich ein, wobei ich mich natürlich selbst am liebsten aus dem Staub gemacht hätte, aber dennoch wild entschlossen war, es nicht zu tun. Ich hatte lange auf die Gelegenheit gewartet, den Satan zur Rede zu stellen, und obwohl ich voller Angst war, mußte ich diese Chance nutzen. »Wie sollen wir ihn sonst dazu überreden, mich aus der Abmachung zu entlassen?«

»Hast du denn den Eindruck, daß er zu Verhandlungen aufgelegt ist?« wollte Jeremy wissen.

»Nein, aber wenn wir ihm noch mehr aus der Bibel vorlesen, regt er sich vielleicht ein bißchen ab«, hoffte ich. »Wir könnten auch noch eine Flasche Evian über ihn spritzen. Wir dürfen nicht aufgeben, Jeremy, nur weil er ein totes Huhn zum Fliegen gebracht hat.«

»Wenn wir uns noch länger hier aufhalten, macht er womöglich etwas noch Schlimmeres. Etwas viel Schlimmeres.«

In diesem Moment stieß Frances ein weiteres »Aghhhhhhh« aus, gefolgt von diesem scheußlichen Gegacker. Ich ging wieder ins Eßzimmer, stemmte die Hände in die Hüften und stellte den Teufel zur Rede.

»Warum hörst du nicht auf mit deinen Spielchen?« fragte ich ihn.

»Aghhhhhhh«, knurrte er.

»Ach, hör schon mit dem Geknurre auf«, fauchte ich. »Wenn du wirklich so mächtig bist, Satan, dann laß doch mal hören, ob du sprechen kannst.«

Ein weiteres Gackern, dann ertönte aus Frances schlaffem, lippenstiftverschmiertem Mund: »Ich habe eine Nachricht für deinen Freund.«

Die Stimme war kräftig, bedrohlich und so tief wie das Gackern hoch war. Und sie war monoton, mechanisch, wie eine dieser computergenerierten Stimmen, die man zu hören bekommt, wenn man bei einer automatischen Zeitansage anruft.

»Du hast eine Nachricht für meinen Freund?« Jeremy war zwar nicht direkt mein Freund, aber ich sagte mir, daß nun wirklich nicht der passende Ort und Zeitpunkt war, um die Feinheiten unserer Beziehung zu diskutieren.

»Ja, für den Fischer«, tönte die Stimme. »Den singenden Fischer.«

»Ich bin hier«, meldete sich Jeremy, stellte sich vor Frances und versuchte, tapfer auszusehen. »Wie lautet die Nachricht?«

»Es handelt sich um deinen Vater«, höhnte der Teufel, wobei er das letzte Wort betont in die Länge zog, so daß es wie der reine Spott klang. »Ich habe dem alten Knacker einen weiteren Herzinfarkt verpaßt. Aber diesmal einen von der hammerharten Sorte.«

Einen weiteren Herzinfarkt? Aber Mike Cook war doch noch am Tag vorher in so guter Verfassung gewesen, daß ihn die Ärzte nach Hause schicken wollten!

Jeremy rannte ins Wohnzimmer, schnappte sich das Telefon vom Beistelltisch und rief eilig im Krankenhaus an, um sich nach dem Zustand seines Vaters zu erkundigen. Als er aufgelegt hatte, sagte er gar nichts. Statt dessen nahm er mich bei der Hand und zerrte mich so hastig aus Frances' Haus, daß ich meine Geldbörse dort liegen ließ. Wir rannten und rannten und rannten – vier oder fünf Häuserblocks weit –, bis wir an der Route 1 ankamen, wo wir endlich stehenblieben, um wieder Luft zu holen.

»Was haben sie denn im Krankenhaus gesagt?« japste ich zwischen hektischen Atemzügen, während sich mein Brustkorb hob und senkte und mein Herz raste.

»Sie haben mir mitgeteilt, daß sich der Zustand meines Vaters ganz plötzlich verschlechtert hätte«, keuchte er, »und sie fürchten, daß er die Nacht nicht übersteht.«

24

Wir fuhren sofort mit einem Taxi zum Krankenhaus, wo man uns mitteilte, daß Mike Cook auf der Intensivstation liegen würde. Da in diesem Stockwerk nur die engsten Angehörigen von Patienten zugelassen waren, wartete ich in der Halle der Klinik, während Jeremy sich nach dem Befinden seines Vaters erkundigte.

»Er hatte einen schweren Herzinfarkt. Sie sagen, sein Zustand sei ›kritisch‹«, erklärte er, als er kurz vor Mitternacht in der Halle erschien und sich neben mir auf die Couch setzte. Er sah erschöpft aus, und seine einstige Großspurigkeit war völlig verschwunden. »Die Ärzte haben anscheinend überhaupt nicht mit so etwas gerechnet. Sie begreifen nicht, wie das geschehen konnte.«

»Natürlich nicht«, meinte ich. »Wer käme schon auf die Idee, daß es der Teufel war, der seinen Herzinfarkt ausgelöst hat. Aber wir wissen, daß er dahintersteckt, um uns zu bestrafen. Genauso wie er seinen ersten Infarkt verursacht hat. Um dir einen Denkzettel dafür zu verpassen, daß du die Einweihungsfeier vom River-Princess-Haus gestört hast.«

Jeremy stützte den Kopf in die Hände. »Was machen wir denn jetzt, BS?« murmelte er.

Ich hätte beinahe die Hand ausgestreckt, um ihm den Rücken zu streicheln, wußte aber nicht, wie er diese Zärtlichkeit aufnehmen würde.

»Wir beten darum, daß dein Vater sich wieder erholt«, sagte ich. »Und wir jagen den Teufel aus der Stadt, bevor er noch mehr Schaden anrichtet.«

»Oh, sicher. Keine Frage.«

»Komm schon, Jeremy. Wir sind noch nicht geschlagen. Wir haben heute abend echte Fortschritte gemacht, indem wir den Teufel dazu gebracht haben, mit uns zu reden. Jetzt müssen wir ihn nur noch dazu bringen, auf uns zu *hören*. Kannst du dich noch genau an den Moment erinnern, als er anfing, sich durch Frances zu offenbaren?«

Jeremy schüttelte den Kopf.

»Tja, aber *ich*. Du hattest gerade die Bibelstelle zu Ende gelesen, in der es um die Macht der Liebe ging. Diese Worte waren es, Jeremy, die ihn letztlich aus Frances' Körper getrieben haben. Er hat Angst bekommen, als er das zu hören bekam.«

»Woher willst du das denn wissen?«

Ich zuckte mit den Achseln. »Ich weiß es eben«, erwiderte ich. »Vielleicht weil ich ein Darksider bin und mir das ein besonderes Einfühlungsvermögen in bezug auf den Teufel verleiht. Ich weiß es nicht genau. Ich bin mir nur sicher, daß wir den Satan jetzt da haben, wo wir ihn haben wollen.«

»Sag das mal meinem Vater.«

»Mach ich. Sobald es ihm bessergeht. Und das *wird* bald der Fall sein, Jeremy. Weil die Tage des Teufels in Banyan Beach gezählt sind. Wir müssen nur noch...«

»Gar nichts müssen wir«, unterbrach er mich. »Ich werde jedenfalls nicht noch einmal mit einer Bibel und einem toten Huhn in Frances' Haus auftauchen. Nicht mehr in diesem Leben.«

»Aber wir können doch jetzt nicht aufgeben. Das dürfen wir einfach nicht.«

»›Wir?‹ Nun paß mal auf, BS. Von jetzt an kannst du mich streichen«, stellte Jeremy klar. »Ich würde dir ja gern aus diesem Schlamassel heraushelfen, aber nicht, wenn es das Leben meines Vaters kostet. Ich kann es einfach nicht riskieren, den Teufel noch wütender zu machen, weil er es dann an meinem Dad ausläßt.«

»Ach, aber *ich* kann es mir leisten, ihn wütend zu machen? Er könnte meinem Bruder genausogut einen Herzinfarkt schicken wie deinem Vater.«

»Ja, aber bisher hat er es nicht getan. Ben liegt nicht mit Schläuchen im Leib in einem Krankenhausbett.«

»Noch nicht, aber wer weiß, was als nächstes passiert? Ich brauche deine Hilfe, Jeremy. Gestern abend hast du gesagt, wir säßen beide im selben Boot.«

»Das war gestern abend«, entgegnete er. »Wie du siehst, hat sich die Lage geändert. Ich muß mich jetzt eine Weile zurückhalten, BS. Du wirst allein mit dieser Geschichte fertig werden müssen. Es tut mir leid.«

»Mir auch«, sagte ich und fühlte mich noch einsamer als damals, nachdem Mitchell mir eröffnet hatte, daß er mich verlassen würde.

Oh, ich verstand voll und ganz, daß es unfair war, Jeremy vor die Wahl zwischen mir und seinem Vater zu stellen. Schließlich war er mir in keiner Weise verpflichtet. Ich gehörte nicht zu seiner Familie. Ich war nicht einmal mit ihm befreundet, sondern lediglich Bens kleine Schwester, eine frühere Schulkameradin, die ihm jahrelang aus dem Weg gegangen und dann plötzlich auf ihn zugekommen war und ihn gebeten hatte, ihr das Leben zu retten! Trotzdem: Ich merkte einfach, wie ich mich in der kurzen Zeit, seit ich ihm meine Geschichte anvertraut hatte, daran gewöhnt hatte, mich auf ihn verlassen zu können. Es verschaffte mir eine solche Erleichterung, ihm zu beichten, daß ich ein Darksider war, und mit ihm überhaupt über den Teufel sprechen zu können und... ja, was eigentlich noch?

Ich dachte kurz nach und versuchte, meinen Gefühlen auf den Grund zu gehen. Es war mehr als Erleichterung, mit Jeremy zusammenzusein, stellte ich fest. Es war amüsant gewesen. Trotz der schockierenden und schrecklichen Momente hatte es wirklich Spaß gemacht, sich mit ihm Wortgefechte zu liefern, gegenseitig Beleidigungen an den Kopf zu werfen und mit ihm zusammenzusein. Und jetzt wollte er sich einfach davonmachen? Keine Teufelsaustreibungen mehr? Keine Pizzagelage mehr? Gar nichts mehr?

Ich stand von der Couch auf.

»Dein Vater hat einen sehr netten Eindruck auf mich gemacht. Ich hoffe wirklich, daß er es schafft«, sagte ich und war mir des Stockens in meiner Stimme durchaus bewußt.

Jeremy sah mich an, blieb aber sitzen. »Ich auch, BS. Ich auch.«

Wieder zu Hause angekommen, lief ich zum Anrufbeantworter, da ich hoffte, daß Jeremy aus der Klinik angerufen hätte, um mir zu sagen, daß er mir doch helfen würde. Aber nicht er war drauf, sondern Ben. Er hatte die Nachricht hinterlassen, daß jemand seine Emus vergiftet hätte und sie alle gestorben wären – damit war seine gesamte Emuzucht dahin.

Der Teufel rächte sich auch an meiner Familie, dachte ich mit Schaudern und dankte Gott dafür, daß der Satan, wenn er schon unbedingt Ben heimsuchen mußte, wenigstens nur seine Existenz*grundlage* ruiniert hatte, aber nicht seine Existenz an sich.

Da es schon zu spät war, um Ben zurückzurufen, warf ich mich, von den Unternehmungen des heutigen Abends vollkommen erschöpft, aufs Bett und griff nach der Fernbedienung, die auf dem Nachttisch lag. Ich hoffte, ein bißchen nächtliches Fernsehen würde mich ablenken. Pete hüpfte aufs Bett und rollte sich neben mir zusammen. Ab und zu leckte er meine Zehen, während ich von einem Programm zum anderen schaltete. Das letzte, woran ich mich erinnerte, bevor ich einschlief, war so ein gefönter Moderator von CNN, der von einem neuen Mittel gegen Schnarchen berichtete.

Ich konnte nicht mehr als fünf oder zehn Minuten geschlafen haben, als Pete laut zu bellen anfing.

»Was ist denn?« fragte ich verschlafen, während ich versuchte, mich aufzurichten, und mir die Augen rieb, um wieder klar sehen zu können. Es dauerte ein Weilchen, bis ich registrierte, daß Pete nicht mehr zusammengerollt auf dem Bett lag und auch der gefönte Moderator von CNN vom Bildschirm verschwunden war. Pete stand jetzt neben dem Fernseher, und die Person auf der Mattscheibe war keine andere als Chrissy Hemplewhite!

»Was in aller Welt macht sie denn um diese Zeit im Fernsehen?« murmelte ich. Ich fragte mich nicht einmal mehr, wie der Fernseher von CNN auf unseren lokalen NBC-Ableger umgeschaltet worden war. Vermutlich hatte Pete wieder herumgezappt.

Er untermauerte diese Vermutung durch weiteres Bellen.

Da ich an das Erlebnis mit »Riskant!« zurückdachte und daran, wie wichtig es schließlich gewesen war, setzte ich mich im Bett auf und hörte genau zu.

»...Dies ist eine Sondermeldung vom Sturmwarnungszentrum von Kanal fünf. Es ist jetzt fast genau drei Jahre her, seit

Hurrikan Andrew die Gegend um Miami verwüstet hat«, führte Chrissy aus. »Andrew war ein Hurrikan der Kategorie 4, als er an der Küste anlangte. Was bedeutet, daß seine Windgeschwindigkeit 131 bis 155 Meilen pro Stunde erreichte. Unsere spezielle Wettervorhersage-Technologie auf Kanal fünf rechnet für Hurrikan Frances mit Windböen von ähnlicher oder sogar noch heftigerer Stärke, obwohl sich Frances anders verhält als alle Stürme, die wir bisher erlebt haben.«

Hurrikan *Frances*?

Ich verließ das Bett, sprintete zum Fernseher und drehte ihn lauter.

»... Meistens können wir einen Hurrikan von dem Augenblick an verfolgen, an dem er sich als tropischer Wirbel oder Wellenstörung in Afrika bildet, und schließlich in der Karibik an Stärke zunimmt«, fuhr Chrissy fort. »Aber dieser Sturm ist praktisch aus dem Nichts auf unseren Radarschirmen aufgetaucht – erst in den letzten paar Stunden – und scheint den Koordinaten zufolge genau auf Banyan Beach zuzukommen. Wir rechnen damit, daß er innerhalb der nächsten zwölf Stunden die Küste erreicht.«

Ein heftiger Hurrikan? Der innerhalb der nächsten zwölf Stunden über Banyan Beach hereinbrechen sollte? Nach wochenlanger Dürre?

Ich konnte es nicht glauben! Die Einwohner Floridas hatten Andrew noch nicht einmal richtig verkraftet, und nun schickte uns der Teufel schon wieder einen, und zwar noch verheerenderen Sturm? Zugegeben, wir hatten August, und das war der Höhepunkt der Hurrikan-Saison, aber ich wohnte schon lange genug in Banyan Beach, um zu wissen, daß Hurrikane nicht über Nacht entstanden. Es dauerte Tage, bis sie eintrafen. Manchmal Wochen. Es war immer genug Zeit, um sich vorzubereiten – Konserven und Wasser in Flaschen zu horten, Sturmfenster anzubringen oder die Fenster mit Sperrholz zu vernageln, sich ins Auto zu setzen und so weit vom Zentrum des Sturms wegzufahren, wie einen die I-95 brachte. Aber diesmal gab es keine Vorwarnung. Wir waren praktisch vollkommen ungeschützt und hilflos, genau wie der Teufel uns haben wollte, vermutete ich. Eine leichte Beute für ihn. Oder genauer gesagt, eine Beute des Todes.

»...Wir möchten unsere Zuschauer noch einmal darauf hinweisen, daß der landesweite Wetterdienst für den gesamten Bezirk Dayton und besonders für die Einwohner von Banyan Beach eine Sturmwarnung ausgesprochen hat – das heißt, mit dem Eintreffen des Hurrikans wird dort in den nächsten vierundzwanzig Stunden gerechnet«, wiederholte Chrissy. »Wir bitten die betroffene Bevölkerung, ihre Häuser zu räumen, vor allem, wenn sie sich in tiefgelegenen Gegenden innerhalb einer Meile der örtlichen Gewässer befinden. Eine Auflistung der Schutzräume folgt unmittelbar im Anschluß an diese Meldung. Inzwischen bitten wir Sie alle darum, die Ruhe zu bewahren, äußerst vorsichtig zu sein und Kanal fünf eingeschaltet zu lassen, wo wir sie weiter auf dem laufenden halten werden.«

Ich versuchte, mir zu überlegen, was ich als nächstes tun sollte. Schlafen kam eindeutig nicht in Frage. Wenn der Sturm am nächsten Tag um die Mittagszeit hier eintraf, blieben mir nur noch ein paar Stunden, um mich gegen die Katastrophe zu wappnen.

Am nächsten Morgen um neun war ich bereit für den Teufel und seinen Hurrikan. Da ich schon so viele Jahre in Florida lebte, kannte ich die nötigen Maßnahmen aus dem Effeff. Ich wußte außerdem, daß Beschäftigung einem dabei half, die schreckliche Angst zu meiden, die das Warten auf ein derart heftiges Unwetter mit sich brachte. Ich montierte die Sturmfenster vor die Fensterscheiben, stellte sämtliche Gartenmöbel in die Garage, kaufte Konserven, abgefülltes Trinkwasser und Batterien ein, ließ für den Fall, daß das abgefüllte Wasser ausging, meine Badewanne vollaufen und packte einen Koffer. Da mein Haus am Meer lag und infolgedessen vermutlich zu denen gehören würde, die am schwersten getroffen wurden, ging ich davon aus, daß ich von hier verschwinden und die nächste Zeit in einem Schutzraum verbringen mußte. Dann aber fiel mir ein, daß dort keine Haustiere erlaubt waren, und ohne Pete wollte ich nirgendwohin gehen. Also rief ich Ben an und fragte ihn, ob Pete und ich den Sturm in seiner Hütte abwarten könnten. Ich sagte ihm außerdem, wie leid mir das mit seinen Emus täte, erwähnte allerdings nicht, daß sie ohne mein Zutun noch am Leben wären.

Den ganzen Morgen lauschte ich den Wetterberichten im Fernsehen, die immer wieder vorhersagten, daß Banyan Beach die volle Wucht des Sturms zwischen zwölf und ein Uhr mittags zu spüren bekommen würde. Um neun hatte sich der Himmel bereits verfinstert. Es begann leicht zu regnen, und der Wind war ein bißchen stärker geworden, aber es war immer noch genug Zeit, sich davonzumachen und das Haus zu räumen.

Ich hatte vor, Pete und meine Siebensachen ins Auto zu packen und gegen halb zehn zu Ben hinüberzufahren.

Doch dann rief Mitchell an. Nein, er machte sich nicht etwa Sorgen um mich. Er sorgte sich um das Haus. *Sein* Haus, wie er mir auf der Stelle erklärte.

»Vergiß bloß nicht, was ich alles in dieses Haus investiert habe«, warf er mir allen Ernstes an den Kopf. »Chrissy und ich wollen einziehen, sobald die Scheidung rechtskräftig ist.«

»Ich vergesse das schon nicht«, erwiderte ich. »Ich habe alles getan, um *dein* Haus für den Sturm zu rüsten.«

Gegen Viertel vor zehn rief Suzanne an, um mich zu fragen, ob ich Frances seit meinem Essen bei ihr am Abend zuvor noch einmal gesprochen hätte.

»Nein, wieso?« erkundigte ich mich.

»Niemand weiß, wo sie ist«, erklärte Suzanne. »Charlotte hat mich gebeten, alle aus dem Büro anzurufen und zu fragen, ob sie eine Unterkunft haben, wo sie während des Sturms bleiben können. Frances habe ich jedoch nicht erreicht, dabei versuche ich es seit acht Uhr heute morgen bei ihr.«

Mein Gott, dachte ich, saß Frances etwa immer noch bewußtlos auf ihrem Stuhl im Eßzimmer, ohne etwas von dem tödlichen Sturm zu ahnen, der Banyan Beach bedrohte?

»Ich melde mich, wenn ich etwas von ihr höre«, versicherte ich Suzanne. »Wo bist du denn, wenn der Sturm kommt?«

»Ich werde…«

Den Rest des Satzes hörte ich nicht mehr. Die Leitung war tot. Im selben Moment fiel im ganzen Haus der Strom aus. Ich stand jetzt bei völliger Dunkelheit in der Küche. Die Lichter waren erloschen, die Fenster mit Brettern vernagelt, die Klimaanlage ausgegangen, und ich fühlte mich, als säße ich in einem Sarg.

Ich wühlte in der Küchenschublade nach einer Taschenlampe und ließ mich von ihr aus dem Raum leiten.

»Okay, Pete. Nichts wie weg hier«, ordnete ich an und stellte fest, daß mir gar nicht so viel Zeit zum Räumen des Hauses blieb, wie ich gedacht hatte, und daß es völlig ausgeschlossen war, vorherzusagen, wie sich dieser Hurrikan verhalten würde.

Pete kam zu mir herübergelaufen und wedelte aufgeregt mit dem Schwanz.

»Ich weiß, ich weiß. Wir nehmen einen Schirm mit«, sagte ich und griff nach unten, um ihn zu streicheln.

Ich wollte gerade meinen Koffer schnappen und auf die Haustür zugehen, als ich auf einmal die Brandung hörte. Die Brandung des Ozeans. Ich konnte weder aus den Fenstern noch aus der gläsernen Schiebetür hinaussehen, aber das Tosen der See war nicht zu überhören, als die Wellen begannen, gegen den Strand direkt unterhalb des Hauses zu peitschen. Dem Geräusch nach zu urteilen, mußte das Meer zu gigantischen Ausmaßen angeschwollen sein. Es hörte sich an, als würde ein Dreißigtonner mit einer Geschwindigkeit von achtzig Meilen in der Stunde über den Highway brettern. Ich wußte, was das bedeutete. Ich hatte Flutwellen gesehen, die mit der Wucht eines Rammbocks gegen Häuser und Hochhäuser angestürmt waren. Ich hatte sogar schon Flutwellen erlebt, die ganze Gebäude verschluckt hatten. Ich wußte, daß ich mein Haus womöglich nie wiedersehen würde, und der Gedanke ließ mir fast den Atem stocken.

»Komm schon, Pete. Wir müssen raus«, drängte ich beunruhigt und eilte erneut auf die Tür zu.

Und dann stand ich ganz still.

Der Regen begann mit einem Mal derart heftig aufs Dach zu prasseln, daß ich schon fürchtete, es könnte einbrechen – falls es die Böen, die mittlerweile um das Haus pfiffen, nicht vorher davontrugen.

»Was ist denn da los?« fragte ich mich laut. »Die volle Wucht des Sturms sollte doch erst in ein paar Stunden losbrechen.«

Ich öffnete die Haustür einen Spalt weit und sah zu meinem Entsetzen, daß der Seacrest Way vollkommen überflutet war, unpassierbar, eine regelrechte Wasserstraße. Kein einziges Auto war zu sehen.

Meine Kehle schnürte sich zusammen. In diesem Sekundenbruchteil wurde mir klar, daß ich in der Falle saß... daß Pete und ich auf Gedeih und Verderb zusammen im Haus gefangen waren. Jetzt gab es keine Möglichkeit mehr, sich in Sicherheit zu bringen. Und dann kam das erste Krachen.

Irgend etwas hatte ins Haus eingeschlagen. Ein Dachziegel? Ein Ast? Was war das nur gewesen?

Bevor ich nachsehen konnte, knallte es ein zweites Mal. Irgend etwas war zerbrochen oder vom Haus weggerissen worden. Aber es ließ sich unmöglich feststellen, was genau es gewesen war.

Ich lief zum Telefon, um Ben anzurufen und ihm zu sagen, daß ich nicht zu ihm fahren konnte. Anschließend wollte ich die Polizei benachrichtigen und sie bitten, anzurücken und mir zu helfen. Doch das ging nicht, wie ich feststellen mußte, als ich kein Freizeichen vernahm. Die Leitung war tot.

Nimm das Handy, sagte ich zu mir und suchte in meiner Handtasche danach. Ich wählte Bens Nummer und lauschte auf ein Klingel- oder Besetztsignal oder irgendein anderes Lebenszeichen. Doch da kam nichts. Auch Bens Leitung war offensichtlich tot.

Dann wählte ich die Nummer der Polizei, in der Hoffnung, sie würden mir vielleicht ein Boot schicken, mit dem ich aus dem Seacrest Way geborgen und in Sicherheit gebracht werden könnte, aber die Frau von der Notrufzentrale teilte mir mit, sie würden von Anrufen nur so überrollt. Ich solle versuchen ruhig zu bleiben und ansonsten abwarten und Tee trinken.

Vielleicht ist das ja tatsächlich die Lösung, dachte ich. *Nur trinke ich keinen Tee, sondern ein paar gehaltvollere Sachen, bis ich einen Schwips habe.*

»Was meinst du, Pete, alter Junge? Lust auf ein Besäufnis?« fragte ich ihn.

Er antwortete, indem er sich um meine Beine schlang.

Mit dem Hund an meiner Seite und der Taschenlampe in der Hand bahnte ich mir den Weg zurück in die Küche und schenkte mir ein Glas Wein ein, das ich in einem einzigen Zug hinunterkippte. Schon ein bißchen gestärkt, schaltete ich das kleine Transistorradio an, das ich am Morgen gekauft hatte, und hörte zu, was unser Lokalsender über den Hurrikan faselte. Aber ich brauchte diese Weisheiten gar nicht. Ich konnte den Sturm live erleben. Wind und Regen wurden noch stärker, immer heftiger, und das Meer peitschte bereits voller Gewalt über meine Terrasse. Hurrikan Frances würde kein Leisetreter werden, soviel stand fest, aber ich hatte alles getan, um mich selbst und mein Haus vor ihm zu schützen. Ansonsten würde ich mich eben einfach an den Rat der Frau von der Notrufzentrale halten müssen, nämlich versuchen ruhig zu bleiben und ansonsten abzuwarten und Tee zu trinken.

Die Frage war nur: Wo?

Aus Erfahrung wußte ich, daß es klug war, sich in einem im Inneren des Hauses gelegenen Raum aufzuhalten, abseits von Fenstern und Türen oder herumfliegenden Trümmern. Ich entschied mich für mein großes Badezimmer. Es hatte keine Fenster, der Whirlpool war voller Wasser, für den Fall, daß ich Durst bekäme, und die Akustik war hervorragend, falls sie im Radio ein gutes Lied brachten und mir danach wäre mitzusingen. Ich kramte alles zusammen, was ich für einen längeren Aufenthalt benötigte – Radio, Taschenlampe, Konserven, Büchsenöffner, die bereits offene Flasche Merlot, ein Weinglas – und packte alles sorgfältig in eine kleine Plastiktüte. Komplett ausgerüstet traten Pete und ich den Marsch zum Badezimmer an.

Pete kauerte sich neben das Bidet. Ich steckte den Badewannenrand als mein Territorium ab.

»Tja, Kumpel, jetzt sind wir ganz allein«, erklärte ich dem Hund und versuchte, heiter zu klingen. In Wirklichkeit war ich voller Angst. Als Zielscheibe für die Wut des Teufels zu dienen war für meine Begriffe kein Zuckerschlecken.

Ich wollte gerade die Badezimmertür schließen, um Pete und mich vom Rest des Hauses abzuriegeln, als ein lautes Krachen an der Haustür ertönte. Pete sprang auf und fing zu bellen an.

»Ruhig!« befahl ich. »Es klingt, als sei ein Baum aufs Haus gestürzt!«

Ich schlich mich aus dem Bad und durchs Schlafzimmer in den Flur und lauschte, Pete stets im Schlepptau.

Da erklang ein weiteres Krachen! Genauer gesagt, ein dreimaliges Krachen!

Es klopft jemand, wurde mir plötzlich voller Panik klar, während Pete bellte und im Kreis herumlief.

Ich erstarrte, als ich mir ausmalte, daß Frances vor meiner Tür stand, den Teufel in ihren Augen und das Böse aus jeder triefenden Pore ausscheidend. Ja, der Satan höchstpersönlich stand da draußen und klopfte, wartete darauf, daß ich ihn einließ und er mich endlich bestrafen konnte, so wie er es auch mit David, Mike Cook und den Emus getan hatte. Es mußte der Satan sein. Wer hätte es sonst sein können? Kein normaler Mensch spazierte bei einem Hurrikan draußen durch die Weltgeschichte.

Das Klopfen – eigentlich war es mehr ein Hämmern – ging weiter, und dann erklang eine Stimme, die ich beim Tosen des Sturms und Petes Gebell kaum verstehen konnte.

»He! Mach auf! Laß mich bitte hier nicht stehen, bis ich völlig durchgeweicht bin. Sei so gut, ja, BS?«

Es war Jeremy! Aber wie...

Ich packte die Taschenlampe, lief zur Haustür und riß sie auf, was angesichts der Windstärke gar nicht so leicht war.

»Hallo, Süßes, da spiel ich dir 'nen hübschen Streich, was?« begrüßte er mich und zwinkerte mir zu.

Pete beruhigte sich wieder, als ich mit der Taschenlampe unserem unerwarteten Gast ins Gesicht leuchtete. Er war bereits von Kopf bis Fuß patschnaß, und nach den zahlreichen Blättern und Zweigen zu urteilen, die sich in seinem dichten roten Haar verfangen hatten, war er außerdem arg vom Wind durchgerüttelt worden.

»Was in aller Welt machst du denn hier?« fragte ich und schloß die Tür hinter ihm.

»Wie wär's mit einer Begrüßung?« forderte er mich auf, stieg aus seinen Anglerstiefeln und den Regenklamotten und legte alles auf den Fußboden in der Diele.

»Entschuldige. Hallo«, begrüßte ich ihn verlegen. »Ich habe nur nicht damit gerechnet... Würdest du mir jetzt bitte sagen, was du hier willst?«

»Ben hat gesagt, du hättest es nicht mehr zu ihm geschafft, aber auch nicht angerufen und gesagt, daß alles in Ordnung sei«, erklärte Jeremy, als er an mir vorbei ins Haus marschierte und seinen nassen Kopf schüttelte, genau wie Pete nach einem Bad. »Er hat sich Sorgen um dich gemacht.«

»Und du?« fragte ich und zog eine Augenbraue hoch.

»Was ist mit mir?«

»Hast *du* dir auch Sorgen um mich gemacht?«

»Ja, sicher. Was glaubst du, warum ich durch fast einen Meter tiefes Wasser gewatet bin?«

»Du bist zu Fuß hierhergekommen?«

»Zum Teil. Bis zum Seacrest Way bin ich gefahren. Als ich sah, wie stark die Straße überflutet war, habe ich den Wagen an einer höhergelegenen Stelle geparkt und bin den Rest zu Fuß gegangen. Was ist ein bißchen stehendes Wasser schon für einen Seemann, hm?«

Ich schüttelte den Kopf. Der Mann war vielleicht nicht normal, aber ängstlich war er jedenfalls nicht. Das mußte ich ihm lassen.

»Natürlich mußte ich erst den verdammten Lieferwagen reparieren. Ich habe einen neuen Thermostaten eingebaut, nachdem er sich gestern abend überhitzt hatte. Jetzt steht wahrscheinlich der Motor unter Wasser.«

»Jeremy, du hättest wirklich nicht herkommen müssen, um nach mir zu sehen. Wie geht's denn deinem Vater? Er ist doch derjenige, der dich jetzt braucht.«

»Um ihn kümmern sich die Ärzte und Schwestern. Das Krankenhaus ist im Moment der allerbeste Aufenthaltsort.«

»Aber noch vor ein paar Stunden hast du doch gesagt, du wolltest sein Leben nicht dadurch aufs Spiel setzen, daß du mir hilfst«, beharrte ich. »Du hast gesagt, du könntest es dir nicht leisten, den Teufel wütend zu machen.«

»Kann ich mir auch nicht«, erwiderte er ohne weitere Erläuterung.

Ich bedrängte ihn nicht weiter. Ich war einfach froh, daß er gekommen war. Und geschmeichelt. Ich war es nicht gewohnt, daß Männer meinetwegen irgendwelche Risiken auf sich nahmen.

»Hat sich der Zustand deines Vaters verbessert?« erkundigte ich mich.

»Nee. Aber er hält sich wacker. Genaueres kann ich auch nicht dazu sagen.«

»Und was ist mit deinem Boot und deinem Haus?«

»Ich bin heute morgen als erstes zum Jachthafen gefahren und habe die Hatteras so fest vertäut, wie ich konnte. Und das Haus? Tja, wer weiß das? Es liegt ein bißchen höher als deines. Vielleicht ist das ein entscheidender Vorteil, vielleicht aber auch nicht.«

»Du bist doch sicher genauso erschöpft wie ich...«

Ich wurde von einem lauten Krachen unterbrochen, diesmal von der Hinterseite des Hauses. Es klang so, als wäre ein Teil der Terrasse weggebrochen.

»Jeremy!« kreischte ich. »Das Haus fällt auseinander!«

Er schüttelte den Kopf. »Du kannst gar nichts machen, ehe der Sturm vorbei ist. Also, wo wolltest du das Ende des Hurrikans abwarten?«

»Da drinnen«, antwortete ich und nickte in Richtung des großen Badezimmers.

»Tja, worauf warten wir dann noch?«

25

»Na, das ist doch gemütlich, oder nicht?« meinte Jeremy, als er sich auf den Waschtisch hinaufstemmte und sich neben das Becken setzte, während seine Beine gegen die Türen des Unterschranks baumelten.

»Ein bißchen zu gemütlich«, entgegnete ich. »Ich bin noch nie der Typ für eine Kommune gewesen – ganz im Gegensatz zu Ben, der es ganz normal fände, daß sich zwei Personen und ein

Hund stundenlang gemeinsam in einem Badezimmer aufhalten.«

»Ach, Kopf hoch, BS. Es könnte noch viel schlimmer sein. Du könntest da draußen im Sturm stehen und nach Kuba geblasen werden. Statt dessen sitzt du hier in einem schicken Bad, das größer ist als die Wohnzimmer der meisten Leute.«

»Ich weiß. Aber ich mache mir Sorgen um das Haus. Es fällt langsam auseinander. Horch nur.«

Wir lauschten. Die Geräusche der Zerstörung waren nicht zu überhören, nicht einmal aus unserem kokonartigen Unterschlupf im Badezimmer, und es war verdammt schwer, sich auf etwas anderes zu konzentrieren. Dauernd knallte, krachte und knarrte es. Ich schätzte, daß der Wind mittlerweile eine Geschwindigkeit von über hundert Meilen pro Stunde erreicht hatte, und die Flutwellen des Meeres drohten die Terrasse mit sich fortzuspülen. Das konnte nur eines bedeuten: Seacrest Way 666 lief Gefahr unterzugehen – und wir mit ihm.

»Ich habe Angst«, gestand ich.

Pete bellte.

»Du auch, Pete?« fragte ich.

Er gähnte.

»Wohl nicht.«

»Hör mal, BS. Es ist unsinnig, hier herumzusitzen und sich Sorgen zu machen«, sagte Jeremy. »Ich schlage vor, daß wir uns etwas von diesem schönen Wein genehmigen, den du da hast.« Er deutete auf den Merlot. »Ein paar Gläser davon, und wir machen uns wegen nichts mehr Sorgen.«

»Ich habe aber nur ein Glas«, erklärte ich. »Ich habe nicht mit Gesellschaft gerechnet.«

»Behalt du dein Glas. Ich trinke aus der Flasche.«

Ich mußte lächeln, als ich mir ausmalte, wie der Rotwein über Jeremys Kinn und auf sein weißes Cook's-Charters-T-Shirt tropfte. Der Mann gab vermutlich ein Vermögen für Vorwasch-Reinigungsmittel aus.

Er füllte mein Glas und trank selbst aus der Flasche.

»Hmmm«, sagte er. »Der wärmt einen richtig von innen. Probier mal.«

Ich nahm einen Schluck.

Dann hörte ich ein ohrenbetäubendes Knallen.

»Was war das denn?« rief ich und sprang vom Badewannenrand.

»Schh«, beruhigte mich Jeremy. »Trink deinen Wein.«

»Aber...«

»Setz dich bitte. Es spielt keine Rolle.«

Er hatte natürlich recht. Es spielte keine Rolle, was außerhalb unserer kleinen Festung los war. Das Haus fiel zwar um uns herum in Stücke, aber im Moment konnten wir rein gar nichts dagegen unternehmen.

Ich setzte mich wieder, trank noch mehr Wein und zwang mich, Jeremy und seinen Geschichten zuzuhören. Zum Beispiel, wie er eines schönen Tages mit seinem Vater bei den Keys Tarpune angeln gewesen war... oder wie seine Mutter ihren ersten Fisch gefangen hatte... und natürlich die, wie er dem leitenden Mitarbeiter einer Plattenfirma vorgesungen hatte und so nervös gewesen war, daß er keinen Ton richtig traf. Es waren hinreißende Geschichten, und Jeremy erzählte sie so gut, daß ich merkte, wie ich mich langsam entspannte und beschloß, den Teufel einfach die Dinge tun zu lassen, die er eben tun wollte. Als ich das nächste Krachen hörte, zuckte ich zwar noch zusammen, hüpfte aber schon nicht mehr vom Badewannenrand. Und irgendwann bald darauf ließ mich die Geräuschkulisse völlig kalt. War es der Alkohol, der das bewirkte? Oder Jeremy?

»Was hältst du davon, wenn wir einen anderen Radiosender einstellen?« fragte er in einer Pause zwischen zwei Erzählungen. Das Transistorradio war immer noch auf den lokalen Nachrichtensender eingestellt, der ausschließlich das Neueste über Hurrikan Frances brachte.

»Glaubst du wirklich, wir finden einen anderen Sender, den wir vernünftig empfangen können und der vernünftige Musik bringt? Bei diesem Sturm?«

»Kommt auf einen Versuch an.«

Er nahm noch einen Schluck aus der Weinflasche, womit er sie bis auf den letzten Tropfen leerte, griff nach dem Radio und drehte am Sendersuchknopf herum. Zuerst kam nichts außer

Rauschen. Und dann, wie von Zauberhand eingestellt, traf er auf Musik.

»He, kennst du den Song noch?« fragte er mich, und seine Miene bezeugte intensive nostalgische Gefühle.

Ich nickte. Klar, das war »Heart of Gold« von Neil Young. Jeremy und ich waren in der zehnten Klasse gewesen, als das Stück herauskam. Es war für uns damals eine Art Hymne – ein langsames, getragenes, ergreifendes Lied über die Hoffnung, Liebe zu finden, bevor es zu spät war. Wer war damals in der Schulzeit nicht auf der Suche nach einem »Heart of Gold«? Wir suchten doch alle nach dem einen Menschen, der einen so akzeptierte und verstand, wie man wirklich war. Manche von uns suchten ja immer noch.

»Wollen wir tanzen, BS?« forderte mich Jeremy auf.

»Tanzen? Hier drinnen?« Mein Badezimmer *war* zwar größer als die Wohnzimmer der meisten Leute, aber dennoch nicht gerade ein Tanzpalast.

»Sicher. Warum nicht?« Er sprang vom Waschtisch herunter und drehte das Radio lauter. Dann stellte er sich mit ausgestreckten Armen vor mich hin.

»Aber ich... Also, es ist irgendwie seltsam...«

Ich schaute zu Pete hinüber, als wollte ich ihn um Erlaubnis bitten, als wäre er unser Anstandswauwau, doch der Hund blieb einfach ausgestreckt neben dem Bidet liegen und sah völlig ungerührt drein.

Jeremy drehte das Radio noch lauter. Die Musik hallte über die Badezimmerfliesen, und ich fühlte mich wie in einer Echokammer.

»Jetzt hörst du den Sturm nicht mehr«, sagte er, während seine Arme immer noch darauf warteten, mich zu umfangen.

Plötzlich mußte ich schlucken, unsicher, wovor ich eigentlich Angst hatte. War es der Hurrikan? Der Zorn des Teufels? Die Vorstellung, mein Heim zu verlieren? Oder zitterte ich einfach davor, Jeremy zu berühren? Die Aussicht auf engen Körperkontakt mit dem Mann, den ich praktisch mein Leben lang kannte, aber nie richtig kennengelernt hatte? Die Möglichkeit, daß es mir gefallen würde, von ihm in den Armen gehalten zu werden, während er an die Frau dachte, die immer noch sein Herz besetzt hielt, die, deren Identität er nicht preisgeben wollte?

»Barbara?« fragte er und streckte mir die Hand entgegen.

Noch nie hatte er mich bei meinem Namen genannt – jedenfalls schon seit Jahren nicht mehr –, und dieser Klang auf seinen Lippen ließ mich erröten.

Es liegt an dem Wein, entschied ich, und an der drohenden Gefahr durch den Sturm.

»Wenn du jetzt nicht gleich mit mir tanzt, ist der Song vorüber«, sagte er. »Er dauert nur etwa drei Minuten.«

»Ich weiß«, entgegnete ich. »Ich kann mich daran erinnern.«

Ich ließ mich vom Badewannenrand in Jeremys Arme gleiten. Sein Körper drückte sich warm gegen meinen, weich, aber nicht unangenehm. Seine Stämmigkeit hatte eine seltsame sexuelle Ausstrahlung auf mich, vor allem im Vergleich zu Mitchells Drahtigkeit. Ich fand sogar seinen hervorstehenden Bauch, den er als Mann um die Vierzig nun einmal hatte, attraktiv, und fragte mich plötzlich, warum alle Welt so fanatisch auf Fitneß, Spannkraft und trainierte Muskeln bedacht war. Mir gefiel, wie wir zusammenpaßten, wie sich unsere Körper anfühlten.

Da die Tanzfläche nicht gerade geräumig war, bewegten wir uns ganz bedächtig. Eigentlich tanzten wir gar nicht richtig, sondern machten nur kleine Schritte im Takt zur Musik. Jeremy hielt mich eng und fest an sich gedrückt und preßte seine bärtige Wange an mein Gesicht. Als er mit Neil Young zu summen begann, summte ich mit den beiden einfach mit.

Komisch, dachte ich, während wir uns so zur Musik wiegten. Komisch, daß ich mir nie hätte träumen lassen, einmal mit Jeremy Cook zu tanzen und es zu genießen. Komisch, daß es manchmal einer lebensbedrohlichen Situation bedurfte, um Menschen zusammenzubringen, um aus fast Fremden kaum vorstellbare Partner zu machen.

Wir tanzten bis zum Ende des Songs und dann noch durch die nächsten zwei oder drei Stücke. Wir tanzten durch den Wind und den Regen und das Tosen des Meeres. Wir tanzten durch das Krachen und Knallen und die Gewalt des Sturms. Wir tanzten gerade zum Klang von »Something in the Way She Moves« von den Beatles, als Jeremy zurückwich, aber nur ein klein wenig. Seine starken Hände ruhten nach wie vor auf meinem Rücken, während unsere Körper sich weiter zur Musik wiegten.

»He«, flüsterte er so leise, daß ich ihn kaum verstehen konnte.

»Hast du etwas gesagt?« fragte ich.

»Äh, ja, hab ich«, druckste er verlegen.

»Was denn?«

Er räusperte sich. »Ich möchte dir etwas erzählen.« Er hielt inne.

»Was denn?«

»Etwas über das Mädchen aus der High-School. Die, nach der du mich neulich gefragt hast. Die, in die ich immer noch verliebt bin.«

Ich schwieg. Ich wollte jetzt nichts von der Frau hören, die Jeremy liebte. Nicht jetzt. Nicht gerade in diesem Augenblick, als er mich in den Armen hielt.

Aber etwas in mir – nur ein winziger Teil – hoffte bange darauf, daß *ich* ja selbst diese Frau sein konnte, in die sich Jeremy verliebt hatte.

Ich hielt den Atem an, während ich darauf wartete, daß er fortfuhr.

»Weißt du noch, wie ich dir erklärt habe, daß die Liebe so ähnlich ist wie Angeln?«

Ich lächelte. »Deine Lebensweisheit«, erwiderte ich.

»Meine Lebensweisheit«, bestätigte er. »Ich habe dir gesagt, daß beides viel Geduld und Ausdauer erfordert und man den richtigen Zeitpunkt abpassen muß. Anders ausgedrückt, daß man beides nicht beschleunigen kann.«

»Ich erinnere mich«, sagte ich, begierig zu hören, worauf das alles hinauslief.

»Tja, also, weißt du, BS – Barbara –, ich glaube, jetzt ist der richtige Zeitpunkt«, stockte er und mußte sich anscheinend überwinden, um weiterzusprechen. »Wahrscheinlich löst mir der Wein gerade die Zunge, aber was ich dir sagen will, ist folgendes: Wir sitzen hier in diesem Badezimmer fest und wissen nicht, was draußen los ist. Womöglich werden wir gar keine Häuser mehr haben, wenn dieser Sturm vorbei ist. Mein Gott, und wenn wirklich ein Hurrikan über uns hereinbricht, so wie sie es vorhergesagt haben, dann kommen wir hier vielleicht überhaupt nicht mehr raus. Und dann ist da ja auch noch die Sache mit dem Teufel. Wer weiß schon, wohin das alles führt? Kapierst du, was ich meine?«

Ich nickte zögernd.

»Es gibt jetzt also nichts mehr zu verlieren«, betonte er. »Es gibt keinen Grund mehr, mit etwas hinter dem Berg zu halten. Kannst du mir folgen?«

Ich nickte erneut. Es erschien mir fast so, als würde Jeremy darauf warten, daß ich erriet, was er mir sagen wollte.

»Also, auf jeden Fall«, fuhr er fort, als ich ihm diesen Gefallen nicht tat, »bevor ich weiterrede, sollst du wissen, daß das nichts mit deinen Haaren und deinem Busen zu tun hat.«

»Wie bitte?«

»Na ja, ich meine, ich war schon vor alledem in dich verliebt. Seit der zehnten Klasse, wenn du es genau wissen willst.«

Ich machte mich von Jeremy los, um ihn genauer ansehen zu können. Ich wollte in sein Gesicht blicken, mich vergewissern, daß er nicht griente, mich verspottete oder auf den Arm nahm, wie er das sooft getan hatte. Aber seine Miene war so ernst und feierlich wie die eines Chorknaben.

»Sag doch was, BS, bitte«, flehte er. »Ich weiß ja, daß dieses Badezimmer nicht gerade die romantische Umgebung ist, von der ihr Frauen immer träumt, aber etwas Besseres konnte ich bei dem Hurrikan nun mal nicht auf die Beine stellen.«

Ich wußte nicht, was ich sagen sollte. Eine Woge von Emotionen durchflutete mich – Verwirrung, Dankbarkeit, Aufregung, ja sogar ein wenig Melancholie. Allein die Vorstellung, daß Jeremy Cook mich seit all den Jahren liebte und es mir nie gestanden hatte, machte mich traurig. Traurig seinet- und meinetwegen. Aber irgendwie hatte er recht mit der Liebe: Man konnte sie nicht beschleunigen, sie nicht erzwingen, konnte sie nicht einmal erkennen, bevor der richtige Zeitpunkt gekommen war. Und der wäre weder vor zwanzig Jahren noch vor zwanzig Tagen gewesen. Für mich war Jeremy bis dahin einzig und allein Bens Prolo-Kumpel, ein Typ von Mann, den ich schon allein aufgrund meiner Erziehung zu verachten gelernt hatte. Ich war viel zu sehr damit beschäftigt, meinen Ehemann, Mr. Armani-Anzug, zu bedienen.

»Du hältst mich für einen Irren, stimmt's?«

»Natürlich nicht«, erwiderte ich. »Nur kommt das jetzt alles äußerst überraschend für mich. Ich hatte ja keine Ahnung von deinen Gefühlen. Jedenfalls nicht richtig.«

Er streckte die Hand aus, um mir die Wange zu streicheln. Die Geste war so überaus zart, stand so im Widerspruch zu meinem früheren Bild von ihm.

»Du mußt meine Gefühle nicht erwidern, weißt du«, beteuerte er. »Du mußt mir auch nicht sagen, was du für mich empfindest. Ich weiß, daß ich nicht der Mann deiner Träume bin. Ich trage keine schicken Klamotten, spreche nicht wie ein College-Professor, und werde nie eine Million Dollar verdienen. Ich erwarte auch nicht, daß du vor Begeisterung über meine Liebeserklärung Luftsprünge machst. Aber ich liebe dich trotzdem. Das war schon immer so und wird auch immer so bleiben. Ob du nun graue oder blonde Haare hast, ist mir völlig egal. Obwohl ich zugeben muß, daß mich diese Darksider-Geschichte umgeworfen hat. Ich meine, es passiert schließlich nicht jeden Tag, daß die Frau, die man liebt, einem erzählt, daß sie vom Teufel besessen ist. Aber, herrje, Liebe ist Liebe. Niemand ist perfekt, oder?«

»Nein, niemand«, bemerkte ich lächelnd.

»Das Wichtigste war mir, es loszuwerden. Für den Fall, daß uns etwas zustößt. Ich wollte, daß du es weißt, bevor es zu spät ist.«

Die Tränen stiegen mir in die Augen, und Jeremy wischte sie weg. Ich versuchte, etwas zu sagen, doch der Kloß in meinem Hals hinderte mich daran.

»Da gibt's gar nichts zu weinen, BS«, tröstete er mich. »Hoffentlich richtet der Sturm nicht soviel Schaden an, wie sie prophezeit haben.«

»Es ist nicht der Sturm, der mich zum Weinen bringt«, erklärte ich, »sondern du.«

»Na, vielen Dank«, lachte er.

»Nein, ich meine, was du gesagt hast. Daß du mich immer lieben würdest, egal was auch passiert. Und mich immer akzeptieren würdest. So etwas hat noch nie jemand zu mir gesagt.«

»Niemand?«

Ich schüttelte den Kopf. »Bis heute.«

Meine Tränen flossen weiter, trotz all meiner Versuche, sie aufzuhalten. Jeremys Erklärung hatte mich tief gerührt, und trotzdem konnte ich ihm nicht sagen, daß ich ihn auch liebte. Es kam zu früh, zu plötzlich.

Er muß meine Zwiespältigkeit gespürt haben, weil er mich in die Arme nahm und wiederholte: »Du sollst nur wissen, daß ich dich liebe.« Dann drückte er mich fest an sich, um diesem Satz Nachdruck zu verleihen.

»Jeremy, ich…«

»Ich hab's dir doch gesagt. Du brauchst nichts zu erwidern.«

Er hob mein Gesicht zu seinem empor und mein Herz hämmerte wie wild in meiner Brust, als ich in Erwartung unseres ersten Kusses die Augen schloß.

Und dann überraschte uns ein ganz anderes Hämmern – ein donnerndes, ohrenbetäubendes Krachen, das wir, wie verliebt auch immer, einfach nicht ignorieren konnten. Selbst Pete, der die ganze romantische Szene verschlafen hatte, sprang von seinem Platz neben dem Bidet auf und begann zu bellen.

»Was glaubst du, ist passiert?« fragte ich Jeremy, der rasch das Radio ausschaltete.

Noch bevor er antworten konnte, krachte es ein weiteres Mal, und die Tür zum Badezimmer wurde auf einmal von einem Wasserschwall aufgedrückt! Ich schrie auf, als er sich in den kleinen Raum ergoß, in dem wir Zuflucht gesucht hatten, und dabei mehrere Haushaltsgegenstände mitbrachte, die jetzt wie Bojen auf dem Meer auf und ab wippten.

»Herrgott«, entfuhr es Jeremy. »Eine Welle muß mitten durch die Schiebetür im Wohnzimmer gebrochen sein.«

»Was machen wir denn jetzt?« Ich rang erfolglos darum, nicht in Panik auszubrechen. »Das ganze Haus läuft voller Wasser!«

»Komm. Gib mir deine Hand«, befahl Jeremy. »Du steigst jetzt auf diesen Waschtisch und wartest ab, bis das Wasser wieder sinkt. Wie wir alle.«

Wie gut, daß Mitchell darauf bestanden hatte, ein Doppelwaschbecken einzubauen, dachte ich, als Jeremy mir hinaufhalf.

»Jetzt ist Pete an der Reihe«, sagte er. »Komm schon, Junge.« Er schlug sich auf die Schenkel und rief Pete zu sich her.

»Soll sich Pete wirklich auf den Waschtisch setzen?« fragte ich. »Ein Hund von seiner Größe bleibt doch nie ruhig sitzen. Sowie du ihn hier oben hast, hüpft er wieder hinunter.«

»Pete ist kein Durchschnittshund«, erinnerte mich Jeremy. »Vielleicht hat er keine Lust dazu, es sich in deinem Waschbecken bequem zu machen, aber er weiß, daß das immer noch besser ist, als bis zu den Ohren im Wasser zu hocken.«

Jeremy nahm Pete und hob ihn auf den Waschtisch. Der Hund blieb nicht nur da, sondern leckte Jeremy dankbar das Gesicht.

Nachdem er seine beiden Schützlinge in Sicherheit gebracht hatte, begab sich auch Jeremy zu uns auf den Waschtisch. Alle drei sahen wir entsetzt zu, wie das Wasser weiter ins Badezimmer strömte, über den Fußboden lief und den kleinen Raum überflutete. Ich brauchte mich gar nicht erst zu fragen, wie der Rest des Hauses aussah. Teppichboden, Möbel, elektrische Leitungen und alles andere mußten völlig ruiniert sein.

»Ich glaube nicht, daß ich einfach hier sitzen und das mit ansehen kann«, erklärte ich. »Ich muß etwas unternehmen.«

»Wie wär's, wenn du dir noch ein paar von meinen schlechten Geschichten anhören würdest, solange wir hier warten?« schlug Jeremy vor und täuschte eine Heiterkeit vor, die er mit Sicherheit nicht empfand. Er hatte genausoviel Angst wie ich, das wußte ich, und war ebenso hilflos. »Ich kenne genug für ein Dutzend Stürme.«

»Das glaube ich gern«, erwiderte ich lächelnd.

Er nahm meine Hand.

»Okay, jetzt erzähle ich dir, wie ich einmal mit Teddy Kennedy Goldmakrelen fischen gegangen bin...«, begann Jeremy.

Ich weiß nicht mehr, was er sagte, nur daß ich versuchte, mich auf den Klang seiner Stimme zu konzentrieren anstatt weiter auf das steigende Wasser zu starren.

Denk einfach daran, daß er dich liebt, redete ich mir ein,

während Jeremy erzählte. Konzentrier dich darauf, was für ein Gefühl das ist.

Das Wasser stieg und stieg und reichte bereits bis einen halben Meter unter den Rand des Waschtischs, aber dennoch hörte Jeremy nicht auf, mich abzulenken. Mitten in seiner x-ten Geschichte bemerkte ich plötzlich, daß das Wasser nicht nur zu steigen aufgehört hatte, sondern offenbar sank. Auch der Wind schien sich gelegt zu haben.

»Jeremy«, unterbrach ich ihn. »Sieh mal.«

Ich zeigte auf das Wasser, das aus dem Badezimmer abfloß, beinahe so, als würde es von irgend etwas abgesaugt.

»Der Wind muß sich gedreht haben«, erklärte er. »Das Wasser fließt wieder dorthin zurück, wo es herkam. Das passiert, wenn sich die Windrichtung ändert. Die Brandung des Meeres nimmt ab, und das Wasser fällt auf seinen normalen Pegel. Sieht so aus, als hätte der Teufel aus irgendeinem Grund Erbarmen mit uns.«

»Aber warum sollte er?« fragte ich. »Er hätte uns doch genausogut ertrinken lassen können.«

Jeremy grinste. »Erinnerst du dich noch an das ganze Zeug, das du mir gestern im Krankenhaus verklickert hast? Daß die Liebe der Schlüssel dazu sei, den Satan aus der Stadt und aus unserem Leben zu verjagen?«

Ich nickte.

»Tja, in diesem Raum war heute eben eine ganze Menge Liebe. Vielleicht hat der Teufel zuviel davon abgekriegt und konnte es nicht mehr ertragen.«

Pete bellte etwas, das eindeutig als Antwort auf Jeremys Theorie verstanden werden mußte. Und dann hob er seine rechte Vorderpfote, genau wie er es an dem Abend in meinem Wohnzimmer gemacht hatte, als er uns von Frances berichtete.

»Sieh mal!« rief ich. Der Hund kratzte kleine Zeichen in die Resopal-Oberfläche des Waschtischs.

»Guter Gott! Er macht es schon wieder«, staunte Jeremy. Wir drückten uns um Pete und rissen vor lauter Verwunderung weit die Augen auf.

»Er schreibt etwas«, flüsterte ich. »Er kratzt tatsächlich eine Botschaft an uns in die Ablagefläche. Mit den Krallen!«

Pete bellte erneut und kritzelte weiter. Als er fertig war, hüpfte er vom Waschtisch in das langsam abfließende Wasser, um uns Platz zu machen, damit wir lesen konnten, was er geschrieben hatte. Seine Schreibkünste waren nicht die allerbesten, und sein Stil reichlich gestelzt für einen Hund. Außerdem würde ich (oder vielmehr Mitchell) natürlich irgendwann das zerkratzte Resopal ersetzen müssen, aber geschrieben hatte er folgendes:

»Satan ist machtlos im Angesicht der Liebe.«

26

Ich gehörte zu den Glücklichen. Mein Haus stand nach Hurrikan Frances noch. Der größte Teil der Terrasse war zwar weggebrochen und ins Meer gespült worden; die gläsernen Schiebetüren waren zerschmettert worden und hatten auf sämtlichen Möbeln Glassplitter hinterlassen; und das Salzwasser, das wellenweise ins Haus gespült worden war, hatte zahlreiche elektrische Leitungen zerstört, doch das konnte man alles reparieren. Und angesichts dessen, daß das Haus Mitchell gehörte und er vorhatte, nach unserer Scheidung mit seiner Geliebten hier einzuziehen, waren die Tausende von Dollars für die Instandsetzung *sein* und nicht mein Problem.

Jeremys Haus war ebenfalls vorübergehend unbewohnbar. Doch es gab auch Leute in der Stadt, die nie wieder in ihren Häusern leben würden, einfach weil es ihre Häuser nicht mehr gab. Sie waren entweder vom Sturm zerstört und einem Trümmerhaufen gleichgemacht worden oder infolge einer Gasexplosion in Flammen aufgegangen.

Auch der Immobilienmarkt war von dem Hurrikan stark in Mitleidenschaft gezogen worden. Allerdings war unwesentlich, daß es fast keine gut genug erhaltenen Häuser mehr gab, die man den Kunden hätte zeigen können. Es gab nämlich keine Kunden mehr. Ende. Die Einheimischen waren mit den Aufräumarbeiten nach dem Sturm zu sehr beschäftigt, um nach Häusern Ausschau zu halten. Und Kunden aus anderen Bundesstaaten überlegten es sich zweimal, ob sie sich im von Wirbelstürmen geplagten Südflorida einkaufen sollten, vor allem, weil die Versicherungsgesellschaften schon fast keine Policen mehr ausstellten, besonders für Anwesen am Wasser.

Erfreulich war, daß Jeremys Boot den Sturm fast ohne Schäden überstanden hatte, was bedeutete, daß er eine Unterkunft hatte, während sein Haus repariert wurde. Auch Bens Hütte, die mehrere Meilen westlich vom Zentrum des Sturms lag, war praktisch unversehrt geblieben, so daß Pete und ich ebenfalls eine Bleibe fanden.

Freilich sah Bens Hütte dennoch so aus, als *sei* ein Hurrikan über sie hinweggefegt. Ben, der noch nie besonders ordentlich gewesen war, wurde nämlich in seiner Schlampigkeit nun tatkräftig von seinen Mitbewohnerinnen Janice und Denise unterstützt, für die »Aufräumen« hieß, beim Pokern zu gewinnen, was die drei fast jeden Abend ausgiebig versuchten. Als ich Ben empfahl, seine Abende lieber zu nutzen und sich zu überlegen, wie er jetzt sein Geld verdienen wollte, nachdem seine Emuzucht gescheitert war, erwiderte er nur, ich solle mich mal lieber um meinen eigenen Kram kümmern. Das tat ich dann auch, überließ Ben seinen Frauen und dem Pokern und verbrachte die Abende mit Jeremy.

Wir besuchten seinen Vater im Krankenhaus, wo Mike Cook weiterhin zwischen Leben und Tod schwebte. Die Ärzte konnten sich seinen Zustand nicht erklären, da er ganz untypisch für jemanden war, der einen Herzinfarkt erlitten hatte. Jeremy und ich sagten ihnen selbstverständlich nicht, daß es der Satan war, der Mikes Befinden manipulierte, und die moderne Medizin deswegen rein gar nichts ausrichten konnte.

Wir erzählten überhaupt niemandem, was wir über den Teufel wußten. Weder Ben oder der Polizei, noch meinen Kolleginnen bei »Home Sweet Home«, die sich immer noch darüber wunderten, wo Frances steckte. Sie war nicht wieder zur Arbeit erschienen und hatte seit jenem schicksalhaften Abend, als wir bei ihr zum Essen waren, auch nicht mehr im Büro angerufen. Charlotte mutmaßte, daß sie vielleicht, kurz bevor der Sturm ausbrach, die Stadt verlassen haben könnte und wohl vergessen hätte, jemanden davon zu unterrichten. Jeremy und ich jedoch kannten die Wahrheit und wußten, daß der Teufel hinter ihrem Verschwinden steckte. Wir tappten allerdings völlig im dunkeln, wann, wo und wie der Satan als nächstes zuschlagen würde.

»Ich habe eine Idee«, erklärte Jeremy eines Abends etwa zwei Wochen nach dem Hurrikan. Wir saßen nebeneinander auf den Stufen zu Bens Hütte. Es war schwül und feucht, ein Gewitter lag in der Luft.

»Für was?« fragte ich.

»Wie wir den Satan aus der Stadt vertreiben können.«

»Spuck es aus!« forderte ich ihn interessiert auf und hakte mich bei ihm ein. Ich berührte Jeremy seit unserem Tanz im Badezimmer immer häufiger, aber geküßt hatte ich ihn noch nicht. Wir waren uns zwar ein paarmal ziemlich nahe gekommen, doch stets war einer von uns zurückgewichen. Ich nahm an, daß Jeremy den Eindruck vermeiden wollte, er würde mich hetzen, nachdem er mir so ausführlich seine Lebensweisheit über die Liebe und das Fischen dargelegt hatte. Ich für mein Teil hatte schlicht und einfach Angst davor, ihn zu küssen. Ich schloß ihn langsam ins Herz, sehr sogar, aber ein Kuß? Ein Kuß – ein langer, genießerischer, erregender Kuß – würde unsere Beziehung auf eine andere Ebene heben, und ich war mir nicht sicher, ob ich dazu bereit war. Nicht, solange ich noch die Erinnerung an Mitchells Verrat und Davids Teufelsschwanz so unmittelbar vor Augen hatte.

»Falls Pete recht hat«, führte Jeremy aus, »und der Teufel seine Macht verliert, wenn er mit Liebe konfrontiert wird...«

»*Falls* Pete recht hat«, unterbrach ich ihn. »Hast du dir schon einmal überlegt, woher denn ein Hund wissen soll, wodurch der Teufel seine Macht verliert?«

Jeremy zuckte mit den Achseln. »Ich glaube eben, daß er ein Zauberhund oder so was Ähnliches ist. *Du* hast doch auch diese Darksider-Macht, oder nicht? *Du* weißt auch Dinge, die kein normaler Mensch weiß. Bei Pete ist es wahrscheinlich dasselbe, nehme ich an.«

»Aber von wo ist er hergekommen? Und warum wurde er an meine Türschwelle geschickt?«

»Hör mal, ich habe keine Ahnung. Willst du jetzt meine Idee hören oder nicht?«

»Ich will«, bejahte ich lächelnd.

»Okay. Banyan Beach steht zur Zeit ziemlich schlecht da, stimmt's?«

»Stimmt.«

»Einige unserer Mitbürger sind obdachlos. Einige haben vorübergehend keine Unterkunft. Einige haben ihre Geschäfte verloren – alles durch diesen Hurrikan. Also werden wir etwas dagegen unternehmen. Wir werden dieser Stadt wieder auf die Beine helfen, die Moral heben, diejenigen Leute unterstützen, die Hilfe brauchen, und den Gemeinsinn fördern«, verkündete er.

»Das ist eine schöne Idee, Jeremy, aber wie willst du das hinkriegen?«

»Indem ich ein großes Konzert der Fire Ants veranstalte. Mitten auf der Main Street«, kündigte er an und wurde immer begeisterter. »Du weißt schon, so wie diese Benefiz-Konzerte, die für die Farmer, den Regenwald oder was sonst auch immer veranstaltet werden. Der feine Unterschied besteht nur darin, daß wir von niemandem Geld fürs Zuhören verlangen werden. Wir wollen nicht die Kohle der Leute, sondern daß sie ihre Unterstützung zeigen. Wir wollen, daß sie bereit sind, mit anzupacken und ihren Mitbürgern zu helfen, ob das nun heißt, Obdachlosen Unterkunft zu gewähren, während deren Häuser wieder instand gesetzt werden, oder die Ärmel aufzukrempeln und ein bißchen körperlich zu arbeiten, zum Beispiel Schutt wegräumen und dergleichen. Wenn sich die Menschen dafür engagieren, BS, und ihren guten Willen zeigen, dann rückt nicht nur die Stadt enger zusammen und die Stimmung wird besser – es veranlaßt auch den Teufel, ein für allemal aus Banyan Beach zu verschwinden.«

»Woher willst du wissen, daß er nicht wieder versucht, das Konzert zu stören?« fragte ich. »Hast du schon vergessen, was er anläßlich der River-Princess-Party abgezogen hat?«

»Das war etwas anderes«, erwiderte Jeremy. »Damals war Geldgier das ausschlaggebende Moment. Am Tag des Konzerts jedoch ist Liebe die treibende Kraft. Und Liebe ist genau das, was den Teufel von hier verjagen wird.«

Ich dachte über Jeremys Argumentation nach. »Es könnte klappen«, bestätigte ich. »Wenn der Satan mitkriegt, daß die Leute von Banyan Beach gute, anständige, liebevolle Menschen sind, die in Not geratenen Mitbürgern ihre Hilfe anbieten, schwindet seine Macht vielleicht, und er ist erledigt. Dann ist er gezwungen, die Stadt zu verlassen, und ich verwandle mich endlich wieder in die Person, die ich vorher war. Oh, Jeremy, das ist immerhin eine Möglichkeit, oder nicht?«

»Wir haben nichts zu verlieren«, meinte er völlig zu Recht. »Die Teufelsaustreibung, die wir an Frances vorgenommen haben, konnte ihn nicht von hier vertreiben. Also werden wir ihm jetzt zeigen, daß die Stadt ihn nicht haben will.«

»Ja«, erklärte ich, und meine Begeisterung wuchs. »Was glaubst du, wann wir mit der Organisation des Konzerts anfangen können?«

Jeremy stand auf und streckte die Hand aus.

»Jetzt gleich«, antwortete er und führte mich in die Hütte.

Das Konzert ließ sich erstaunlich leicht auf die Beine stellen. Nachdem Jeremy die anderen Mitglieder der Fire Ants gefragt und ihre Zustimmung erhalten hatte, sprachen wir mit Bürgermeister Kineally, dem Verantwortlichen für die Erholungsanlagen von Banyan Beach, den Nachrichtenchefs der hiesigen Fernsehsender und dem Verleger der *Banyan Beach Gazette*, der sich bereit erklärte, die Werbung für die Veranstaltung kostenlos zu veröffentlichen. Schon bald sprach jeder in der Stadt – jung und alt, Neubürger und Einheimischer – von dem Konzert, schmiedete Pläne dafür und freute sich darauf. Es wurde zu einer Art Hoffnungsstrahl für die Menschen, zu einem Aufschub für ihre Sorgen und Mühen – ein paar Stunden Rock 'n' Roll als kollektiver Stimmungsheber.

Ben kümmerte sich um das freiwillige Hilfsprogramm, das wir gleichzeitig mit dem Konzert in die Wege leiteten. Alle Leute wurden gebeten, mit anzupacken und ihren Mitbürgern so gut zu helfen, wie sie konnten: indem sie Nahrungsmittel und Kleidung spendeten, für die wohnungslos Gewordenen Unterkunft und Verpflegung bereitstellten; indem sie Werkzeuge und Arbeitskraft einsetzten, um Häuser und Geschäfte wieder aufzubauen; indem sie den betagteren Opfern des Sturms Trost und Zuwendung boten; und indem sie soviel Geld wie möglich zur Gründung eines speziellen Hilfsfonds für Hurrikangeschädigte spendeten.

»Du machst das ganz hervorragend«, lobte ich meinen Bruder, als er berichtete, daß einer der hiesigen Bauunternehmer, bei denen er angefragt hatte, dem Hilfsfonds zehntausend Dollar versprochen hatte.

»Das hier ist auch wesentlich befriedigender, als Emus zu züchten«, erwiderte er mit unbewegter Miene.

Am Tag des Konzerts war der Himmel bedeckt und wirkte düster. Die Wetterfrösche (einschließlich Chrissy) hatten Regen vorhergesagt, und bereits den ganzen Vormittag lang hatte es leicht genieselt. Doch die grauen Wolken konnten die über sechstausend Menschen nicht abschrecken, die sich auf der großen Wiese mitten im Ort, direkt neben der Main Street, zusammenfanden und ihre Decken und Liegestühle auf dem Rasen verteilten. Es herrschte beinahe Karnevalsatmosphäre, während die Bürger von Banyan Beach ihre Nachbarn begrüßten, sich Leuten vorstellten, die sie noch nicht kannten, und allem Anschein nach froh waren, daß sie überhaupt überlebt hatten.

Bürgermeister Kineally, der nie eine Gelegenheit ausließ, sich fotografieren zu lassen, trat ans Mikrophon, dankte allen für ihr Kommen und schwadronierte dann über die schweren Zeiten, die wir alle durchgemacht hatten und davon, daß es mehr als eines Hurrikans bedurfte, um uns in die Knie zu zwingen, blablabla. Er war gerade mitten in einem Satz, als die Menge in einem nicht sehr dezenten Versuch, ihn von der Bühne zu komplimentieren, einfach mit Klatschen anfing.

»Okay. Okay. Ich verstehe den Wink mit dem Zaunpfahl«, lachte er und schwenkte kapitulierend die Arme. Dann kündigte er die Fire Ants an, was mit tosendem Applaus begrüßt wurde, und räumte die Bühne für die Band.

Mein Herz machte einen kleinen Satz, als Jeremy erschien. Ich stand rechts von der Bühne, neben Suzanne, nahe genug, um zu sehen, wie er mir zublinzelte.

»He, was ist denn jetzt los?« Suzanne stieß mich an, als sie das Zwinkern bemerkte – und die Tatsache, daß ich rot anlief. »Ich dachte, du könntest den Typen nicht ausstehen.«

»Ich habe meine Meinung eben geändert«, erwiderte ich. »Wir sind jetzt befreundet.«

»Befreundet?« fragte sie skeptisch.

»Na gut. Wir…« Ich wußte nicht, wie ich unser Verhältnis bezeichnen sollte.

»Ihr geht miteinander?« hakte sie nach.

»Ja, wir *gehen* miteinander«, stimmte ich zu, wobei ich zwar fand, daß dieses Wort unglaublich nach Schulzeit klang, aber in diesem Fall sehr gut paßte. Jeremy warb um mich, wie es ihm in der High-School nie möglich gewesen war. Und ich erlaubte mir, umworben zu werden.

Suzanne lächelte mir zu. »Und das macht dich froh«, stellte sie fest. »Ich sehe es dir an.«

»Wirklich?«

»Du solltest mal sehen, wie du ihn anschaust«, meinte sie.

»Wie schaue ich ihn denn an?« wollte ich wissen.

»Tja, einfach so, wie du Mitchell nie angeschaut hast«, erklärte sie.

»Ich habe Mitchell überhaupt nie angeschaut, basta. Nur wenn es sich wirklich nicht vermeiden ließ.«

»Hör mal, Barbara. Ich weiß, daß du einiges mitgemacht hast und daß es da etwas gab, das dir zu unangenehm war, um es mir anzuvertrauen. Egal, was es auch ist – ich hoffe, du weißt, daß ich immer für dich da bin. Vor allem nach dem, was du für mich getan hast.«

»Das ist nett, aber was habe ich denn für dich getan?«

»Soll das ein Witz sein? Mein Gott, du hast mich mit Danny bekannt gemacht. Auf der River-Princess-Party, erinnerst du dich nicht?«

»Erzähl mir nicht, daß ihr euch trefft.«

»Wir *gehen* miteinander«, sagte sie lächelnd und äffte die verlegene Art nach, auf die ich das Wort ausgesprochen hatte. »Er ist ziemlich erledigt – seine Frau hat ihn wegen einer anderen Frau verlassen, der Ärmste –, aber ich habe noch nie einen Mann kennengelernt, der so daran interessiert war, eine verbindliche Beziehung einzugehen. Wir passen sehr gut zusammen.«

Ich wollte Suzanne gerade fragen, warum Danny nicht zum Konzert mitgekommen war, als Jeremy das Mikrophon ergriff und die Menge begrüßte.

»Laßt mal was hören, Banyan Beach!« forderte er die Zuhörer auf, die ihre Begeisterung klatschend, schreiend und pfeifend zum Ausdruck brachten. »Laßt mal hören, wie viele Leute heute hierhergekommen sind.« Weiterer Applaus. »Laßt mal Beifall für alle diejenigen hören, die sich an unserem Stand auf der anderen Straßenseite als freiwillige Helfer für ihre Mitbürger eingetragen haben.« Noch mehr Applaus. »Um uns zu bedanken und um euch zu zeigen, wie toll wir euch finden und wie stolz wir sind, uns Einwohner von Banyan Beach nennen zu dürfen, spielen wir jetzt ein bißchen schönen, altmodischen Rock 'n' Roll für euch. Also lehnt euch zurück, vergeßt eure Sorgen, legt den Arm um den Menschen neben euch und dankt dem lieben Gott dafür, daß ihr noch am Leben seid.«

Sechstausend Händepaare klatschten als Antwort. Jeremy nickte seiner Band zu, und sie setzten zu einem ganzen Set voller Songs an, die die Liebe und ihre Vorzüge priesen – die romantische Liebe, die geistige Liebe, die Liebe zu Freunden und die Liebe zur Familie. So hatten wir es geplant. Wir hatten beschlossen, Satan mit Liebesliedern zu bombardieren, die – selbst wenn sie seiner bösen Macht keinen Abbruch tun sollten – die Stimmung der Menge heben würden. Die Fire Ants eröffneten das Programm mit »Shower the People« von James Taylor. Dann kam »Real Love« von den Doobie Brothers, »See What Love can Do« von Eric Clapton, »Higher Love« von Steve Winwood und »You've Got a Friend« von Carole King. Das Publikum war begeistert, klatschte und wiegte sich und sang bei jedem Stück mit.

»Nicht zu fassen«, meinte Suzanne. »Ich fühle mich fast wie in der Kirche. Irgendwie liegt so ein Gefühl von – ich weiß nicht – Güte in der Luft. Davon wird mir ganz seltsam in der Magengrube.

»Das sind wahrscheinlich die Vorboten der Wechseljahre«, spöttelte ich und umarmte sie. Ich spürte es natürlich auch. Es war, als wären wir alle in eine Wolke der Güte gehüllt, als wären die dunklen Mächte, die von der Stadt und von mir Besitz ergriffen hatten, zermalmt worden. Klar, ich war immer noch ein Darksider, und der Teufel drückte sich meines Wissens immer noch im Körper von Frances Lutz herum, aber im Moment hatten wir seine böse Macht abgewehrt. Wenn es auch nur für diesen Nachmittag war – wir hatten gesiegt.

»Und jetzt singe ich für euch alle ein ganz besonderes Lied«, kündigte Jeremy an. »Ein Lied, das ich speziell für diese Gelegenheit geschrieben habe. Für meine Liebste.«

»Seine *Liebste*?« Suzanne stieß mir ihren Ellbogen in die Seite. »Unglaublich. Ich spreche dich ein paar Tage nicht, und schon schreibt dir ein Typ, mit dem du zusammen zur Schule gegangen bist, Liebeslieder? Offenbar läuft wesentlich mehr zwischen dir und ihm als nur zusammen *gehen*.«

»Soweit ich weiß, Suzanne, hat Jeremy in seinem ganzen Leben noch keinen Song geschrieben – jedenfalls keinen, der fertig geworden wäre. Ich bin vollkommen verblüfft darüber, daß er das getan hat. Für *mich*.«

»Und wenn er scheußlich ist?« witzelte Suzanne.

»Ausgeschlossen«, erwiderte ich. »Allein die Tatsache, daß sich Jeremy die Zeit genommen hat, etwas – überhaupt etwas – zu komponieren, überwältigt mich komplett.«

»Schhh«, zischte Suzanne. »Er fängt an zu singen.«

Wir lauschten konzentriert auf Jeremys Lied, das Lied, das seine Liebe zu mir inspiriert hatte. Es war eine langsame, bittersüße Ballade, nur vom Gitarristen der Band akustisch begleitet, und Melodie und Text waren einfach und ehrlich – genau wie Jeremy selbst. Es hieß »As Long as It Takes«, und umriß all die Jahre, die wir uns schon kannten; all die Jahre, die Jeremy mich begehrt hatte, während ich einem unmöglichen Traum hinterhergelaufen war. Das Stück vermittelte seine ganze Sehnsucht, seine Geduld, seine Bereitschaft, darauf zu warten, daß ich seine

Liebe erwiderte. Der Refrain, ein ergreifender Vers, der sich durch das ganze Lied zog, lautete folgendermaßen:

I'll wait. Wait. Wait.
Say I'll wait as long as it takes.
'Cause when love's so strong
It can't be wrong
To wait as long as it takes.

Als das Lied vorüber war, klatschte die Menge wie wild Beifall, und Jeremy verbeugte sich. Ich konnte nur regungslos dastehen und schweigen, während ich den Mann anstarrte, der gerade vor sechstausend Menschen seine Liebe zu mir erklärt hatte; den Mann, der nur darauf wartete, daß ich seine Liebe erwiderte. Und das *würde* ich tun. Dessen war ich mir jetzt sicher. Ich würde es tun, weil es keinen Grund gab, noch länger zu warten, keinen Grund, es weiter zu verschweigen. Das Leben war zu kurz, zu unberechenbar und zu voll von Dämonen – echten oder eingebildeten –, um zu schweigen. Ich liebte Jeremy. Vielleicht sogar schon genausolang wie er mich. Vielleicht war die feindselige Haltung, die ich all die Jahre ihm gegenüber an den Tag gelegt hatte, meine Tarnung gewesen, mein Schutzschild dagegen, einen Mann zu lieben, den meine Eltern nie gutgeheißen hätten. Vielleicht war es nun endgültig an der Zeit, *mein* Leben zu leben, Jeremy wissen zu lassen, wie sehr ich ihn wollte, wie sehr ich ihn wahrscheinlich schon immer gewollt hatte. Was kümmerte es mich, daß seine Tischmanieren das Letzte waren, daß er redete wie ein Bauerntrampel und wahrscheinlich, wenn er abends nach Hause kam, nach Fisch stank? Ich würde mich eben damit abfinden. Es gab Schlimmeres, mit dem man sich abfinden mußte, oder nicht?

»Barbara? Alles in Ordnung?« erkundigte sich Suzanne, nachdem ich einige Minuten lang nichts gesagt hatte.

»Mir geht's bestens«, antwortete ich. »Und heute abend wird's mir noch viel besser gehen.«

»Warum? Was ist denn heute abend los?«

»Mein Bruder und seine Freundinnen gehen zum Essen aus«,

erklärte ich. »Das heißt, daß Jeremy und ich die Hütte für uns allein haben werden.«

»Ach, du willst dich also bei ihm für das Lied bedanken, stimmt's?« fragte Suzanne.

Ich lächelte. »Für den Anfang.«

27

Ich konnte es gar nicht abwarten, bis Jeremy und ich endlich allein waren. Während der ganzen Fahrt vom Konzert zurück saß ich auf dem Beifahrersitz seines Kleintransporters und probte im stillen, was ich ihm alles sagen und wie ich mich für das Lied bedanken wollte. Wie ich eingestehen würde, daß ich mich in ihm getäuscht hatte und daß ich ihn lieb, ehrlich und tapfer fand. Ja, tapfer. Ich meine, wie viele Männer würden denn noch bei einem bleiben, nachdem man ihnen gestanden hat, eine Agentin des Teufels zu sein? Keiner, um genau zu sein. Heutzutage braucht man doch einem Mann bloß zu sagen, daß man eine verwitwete Mutter hat, und schon ist er verschwunden. Nicht so Jeremy. Ich hatte ihm alle Details von meinem Bund mit dem Teufel erzählt, und er war nicht nur bei mir geblieben, sondern hatte mir auch noch erklärt, daß er mich liebte – inklusive meinem Rosenkohlatem und allem anderen.

Wir parkten den Lieferwagen in der Einfahrt und hielten Händchen, während wir auf Bens Haustür zugingen. Mein Bruder schloß nie ab, und so brauchten wir keinen Schlüssel. Wir machten einfach die Tür auf und gingen hinein, in der Erwartung, daß Pete wie immer gleich zu uns herübergesaust kam, auf und ab hüpfte und uns das Gefühl gab, erwünscht zu sein. Aber er erschien weder an der Tür, um uns zu begrüßen, noch bellte er.

»Pete?« rief ich. »Wir sind zu Hause!«

Immer noch kein Pete zu sehen.

»Vielleicht stromert er draußen durch die Gegend«, meinte Jeremy, der wußte, daß der Hund manchmal gern in den Büschen hinter Bens Hütte herumstreifte.

»Ben hätte ihn nicht herausgelassen und wäre dann den ganzen Abend ausgegangen«, war ich überzeugt. »Pete ist davongelaufen, als mein lieber Bruder das das letzte Mal gemacht hat.«

Wir gingen ins Wohnzimmer und horchten.

»Pete? Komm her, Kleiner!« versuchte ich es noch einmal und klatschte in die Hände.

Weiterhin keine Reaktion. Und dann kam mir ein Gedanke – ein furchtbarer, lähmender Gedanke.

»Und wenn der Teufel ihm etwas angetan hat?« sagte ich zu Jeremy, während mein Mut sank. »Er hat bereits deinen Vater und meinen Bruder dazu benutzt, um uns zu bestrafen.«

Ich spürte, wie mir bei der Vorstellung, daß Pete etwas zugestoßen war, die Tränen in die Augen stiegen.

»Wir haben uns doch gefragt, wann und ob der Satan wieder zuschlagen würde«, bemerkte Jeremy. »Er hat das Konzert nicht platzen lassen, also habe ich angenommen, daß ihn unsere kleine Liebesfeier für immer zum Schweigen gebracht hätte. Jedenfalls habe ich das gehofft.«

»Ich auch«, erklärte ich. »Aber vielleicht ziehen wir ja auch vorschnelle Schlüsse, und Pete ist irgendwo. Sicher und heil.«

»Sieh du dich mal im Haus um, ich schaue draußen nach«, schlug Jeremy vor.

Wir gingen in entgegengesetzter Richtung davon; Jeremy hinaus in den Garten und ich in die Küche. In einer Ecke der Küche, ganz hinten beim Mülleimer, entdeckte ich Pete.

»Da sitzt du also und gibst keinen Mucks von dir«, sagte ich und war erleichtert, daß ihm nichts fehlte. Aber stimmte das? Bei genauerer Betrachtung bemerkte ich, daß er weder aussah wie sonst noch sich so benahm.

Zum einen war der weiße Fleck auf Petes Brust in der Zeit, die ich auf dem Konzert verbracht hatte, noch größer geworden. Er bedeckte nun bereits die Hälfte seines Körpers. Zum anderen sah er kaum auf, als ich den Raum betrat. Er strich um den Mülleimer herum, hob verschiedene Gegenstände vom Boden auf, packte sie fest mit seinen Zähnen, trat dann auf das kleine Metallpedal, mit dem man den Deckel des Abfalleimers öffnete, und warf die Sachen in den Müll. Ich sagte nichts. Dazu war ich viel zu perplex. Pete hatte im Lauf der vergangenen Monate schon viele ungewöhnliche Dinge getan, aber dies war das erste Mal, daß er sich als Müllmann betätigte.

Verblüfft sah ich zu, wie er fortfuhr, Sachen wegzuwerfen, die er offenbar aus Schränken und Schubladen im ganzen Haus zusammengesammelt hatte, Sachen, die ich speziell für ihn gekauft hatte, als er bei mir aufgetaucht war, und die ich kürzlich zu Ben gebracht hatte. Etwa sein Futter, seinen Lieblingstennisball, sein Floh- und Zeckenshampoo, seine Fellbürste, einfach alles, was ihm gehörte. Es schien mir so, als würde er alles ausrangieren, was auch nur im entferntesten mit seiner Existenz zu tun hatte.

Ich ging schließlich zu ihm, kniete mich neben ihn und gab ihm einen Kuß.

»Was ist denn los, Pete?« fragte ich leise, und meine Kehle schnürte sich zu, als er mich ableckte. Mir war auf einmal der Gedanke gekommen, daß er sich womöglich darauf vorbereitete, mich zu verlassen, so geisterhaft und unerklärlich wieder zu verschwinden, wie er gekommen war, und das konnte ich nicht ertragen.

»Du wirst doch wohl nicht weggehen, Pete?« stieß ich hervor.

Er gab keine Antwort, weder bellte oder jaulte er, noch machte er Kratzzeichen auf Bens Küchenfußboden. Er sah mich nur mit seinen eindringlichen haselnußbraunen Augen an – Augen, die so freundlich, klug und weise waren. Ich fragte mich, ob ich je den wahren Grund dafür erfahren würde, warum er in mein Leben getrottet war, und wenn ja, ob ich ihn dann auch verstehen würde.

»He, du hast ihn gefunden!« rief Jeremy, der gerade von seiner Suche nach dem Hund aus dem Garten zurückkam. »Was macht er denn?«

Ich stand auf und ging zu Jeremy. »Er wirft seine Sachen weg«, stöhnte ich. »Wie ein Student, der am Tag der Zeugnisverleihung sein Zimmer im Wohnheim ausräumt.«

»Was sollen wir tun?« fragte Jeremy. »Ihn einfach machen lassen?«

In diesem Moment klopfte es an der Hintertür. Jeremy und

ich machten beide einen Satz, als wir es hörten. Pete dagegen rührte sich nicht und gab keinen Laut von sich. Dieser Hund war ganz eindeutig nicht mehr der alte!

»Wer kann denn das sein?« fragte ich, enttäuscht von der Störung. Dies sollte ein Abend ganz allein mit Jeremy werden. Der Abend, an dem ich ihm mein Herz ausschütten wollte, doch ich hatte plötzlich das Gefühl, daß gravierendere, weniger romantische Dinge unserer harrten. Wie gravierend die jedoch werden sollten, das hätte ich nie geahnt.

»Ich mache auf«, erklärte Jeremy.

»Nein, ich gehe schon«, widersprach ich.

»Weißt du was? Wir gehen einfach beide«, lachte er, schlang mir den Arm um die Taille und zog mich an sich.

Die Person, die vor der Tür stand, klopfte noch einmal. Diesmal lauter.

Ich ging auf die Tür zu, doch Jeremy hielt mich zurück.

»Was ist denn los?« fragte ich.

»Laß den Gast dort draußen einfach warten«, meinte er. »Ich muß unbedingt etwas tun, und zwar auf der Stelle. Es zieht sich jetzt schon eine halbe Ewigkeit hin, und ich habe keine Lust mehr zu warten, egal was ich in meinem Song gesagt habe. Ich will dich küssen, BS, und nichts und niemand in der Welt wird mich davon abhalten.«

Er legte mir beide Hände aufs Gesicht, auf jede Wange eine, und drückte seinen Mund vorsichtig auf meinen. Seine Lippen waren weich und fleischig, ein köstlicher Gegensatz zu seinem rauhen, stacheligen Bart, und ich ergab mich ihnen, ließ sie die meinen liebkosen und erwiderte die Liebkosung aus vollstem Herzen. Ich wäre gern für immer in unserem lang ersehnten ersten Kuß verschlungen geblieben, doch derjenige, der vor Bens Hintertür stand, klopfte erneut, diesmal noch beharrlicher.

Unter Einsatz der letzten Reste von Willenskraft, die ich noch besaß, löste ich meinen Mund von Jeremy.

»Wir sollten aufmachen«, sagte ich.

»Machen wir ja, aber zuerst: Ich liebe dich.«

»Ich dich auch«, entgegnete ich.

»Du liebst mich?« Er wirkte verblüfft, glücklich und erleichtert zugleich, als wäre die Last der zwanzigjährigen Wartezeit plötzlich von seinen Schultern genommen worden.

»Ja«, erklärte ich und ließ meine Hände über seine Brust gleiten.

»Egal, was kommt?« wollte er mit ernster Miene wissen. Denn natürlich mußten wir ja immer noch gegen den Teufel kämpfen. Keiner von uns wußte, was er als nächstes unternehmen würde, wie er uns für unsere Aufsässigkeit bestrafen würde.

»Egal, was kommt«, bekräftigte ich.

Ich ließ Jeremy mit Pete in der Küche stehen, während ich an die Tür ging. Es war eine schwere Tür aus massiver Florida-Kiefer, und ich brauchte meine ganze Kraft, um sie aufzuziehen. Doch es bedurfte noch größerer Energie, die Person zu begrüßen, die vor mir stand.

»Frances!« schrie ich.

Glauben Sie mir, Sie hätten auch geschrien, wenn Sie sie gesehen hätten.

Seit dem Abend der mißglückten Teufelsaustreibung hatte ich sie nicht mehr erblickt – genausowenig wie irgend jemand sonst von »Home Sweet Home« –, aber vor mir stand jetzt eine Frances, die keiner von uns kannte, nicht einmal von Charlottes alljährlicher Halloween-Party. Sie trug einen neuen Kaftan in grellem Hummerrot, dessen Farbe genau zu ihren Augen paßte, die leuchteten wie zwei glühende Kohlen. Ihre Haut war nicht mehr gewohnt cremeweiß, sondern wirkte kränklich olivgrün, und auch ihre Zähne erinnerten an Oliven – *schwarze* Oliven. Dazu kam noch der ekelhafte Geruch, der aus jeder ihrer Poren strömte. Ich sage Ihnen, die Frau war nicht einfach nur eine Figur aus einem Horrorfilm, sie war ein wandelnder Abwasserkanal.

»Darf ich hereinkommen?« erkundigte sie sich, aber nicht mit ihrer eigenen Stimme. Sie klang übertrieben tief, wie eine Platte, die zu langsam abgespielt wird.

Ich gab keine Antwort. Statt dessen rief ich nach Jeremy, der im Handumdrehen an meiner Seite war.

»Großer Gott«, stieß er hervor, als er sie oder vielmehr *ihn* sah.

»Gott kann dir jetzt auch nicht helfen, du großkotziger Angeber«, fauchte Frances/Satan verächtlich und unterstrich die Bemerkung mit schrillem Gegacker. »Ihr gehört jetzt mir. Alle beide.«

»Da täuschst du dich aber gewaltig«, entgegnete Jeremy, womit er sich dem Teufel widersetzte. Ich war ja so stolz auf ihn. »*Ich* gehöre nicht dir, und *Barbara* gehört nicht dir. Aber ich bin richtig froh, daß du jetzt hier bist. Jetzt kannst du sie von der Abmachung entbinden, die sie ohne ihr Wissen eingegangen ist, und sie wieder zu der Person machen, die sie früher war.«

Der Teufel lachte grölend. »Ach, sei doch nicht naiv«, höhnte er, nun wieder mit dieser tiefen, bedrohlichen Stimme. »Barbara will doch gar nicht dick, häßlich und unglücklich, sondern schlank und schön und erfolgreich sein.«

»Entschuldige bitte, Satan«, mischte ich mich ein, »aber ich habe in den letzten paar Monaten gelernt – daß ich nämlich keine Abmachung mit dir brauche, um zu bekommen, was ich will. Ich kann aus eigener Kraft abnehmen, meine Haarfarbe ändern oder mich beim Job mehr anstrengen, wenn mir das wirklich wichtig ist. Ich kann mir all diese Dinge selbst verschaffen.«

»Tja, dann herzlichen Glückwunsch«, kommentierte der Teufel sarkastisch. »Ich nehme an, dann wirst du auch einen Mann finden, der dich liebt?«

»Sie hat bereits einen Mann gefunden, der sie liebt. Ich liebe sie, egal, wie sie aussieht oder wie viele Häuser sie verkauft. Egal, *was* mit ihr los ist«, bekräftigte Jeremy und wiederholte das Versprechen, das wir einander gegeben hatten.

»Oh, verschone mich damit«, befahl Frances/Satan und rollte angeekelt die Augen. »Ich finde dieses ganze Liebesgesäusel widerlich.«

»Tja, es stimmt aber«, erklärte Jeremy. »Ich liebe Barbara. LIEBE SIE! Kapiert?«

»Natürlich habe ich das kapiert. Und jetzt werde ich dir dazu verhelfen, daß du sie noch mehr lieben kannst«, kündigte er an.

»Was redest du denn da?« fragte Jeremy.

»Wenn ich mit dir fertig bin, kannst du mit ihr Kinder zeugen«, prophezeite der Teufel. »*Meine* Kinder.«

»Was?« rief ich. »Du hast doch wohl nicht vor, Jeremy in einen...«

»Ich habe nicht nur *vor*, deinen Liebsten in einen Darksider zu verwandeln, Barbara. Ich werde es auch *tun*. Und zwar im Handumdrehen.«

»Aber warum denn nur?« heulte ich. »Jeremy hat doch keine Abmachung mit dir getroffen, sondern *ich*.«

»Ja, aber er muß bestraft werden«, beharrte Frances/Satan. »Zuerst einmal für diesen dummen blödsinnigen Streich auf der River-Princess-Party – *meiner* River-Princess-Party. Dann für den verpfuschten Exorzismus neulich. Und schließlich für das heutige Konzert, das dafür sorgen sollte, die ganze Stadt im Geist von Güte und Liebe zu vereinen. Igitt! Da dreht sich mir ja der Magen herum. Dein Liebster muß dran glauben, Herzchen. Und zwar jetzt.«

»Nein! Bitte verwandle ihn nicht«, flehte ich. »Er ist doch nur in diese ganze Sache verwickelt worden, weil er mir helfen wollte. Wenn du mich schon mit einem männlichen Darksider verkuppeln willst, dann such dir einen anderen aus. Jemanden, der vermutlich wahnsinnig begeistert davon wäre, für eine Berühmtheit wie dich zu arbeiten. Zum Beispiel Lloyd Bellsey. Er und seine Frau sind doch so prominentengeil wie kein anderer in ganz Banyan Beach.«

Frances/Satan lächelte. »Lloyd ist schon seit Jahren ein Darksider, Süße«, kicherte er. »Was glaubst du, wie er all seine aufsehenerregenden Mordprozesse gewinnt?«

Ich war baff. »Lloyd Bellsey ist ein Darksider?« vergewisserte ich mich. »Er hat einen Teufelsschwanz?«

Frances/Satan nickte.

»Aber das heißt ja, daß June auch...«

Er nickte erneut.

Es war nicht zu fassen. Die Bellseys waren Darksider, und ich wußte es nicht? Ich fragte mich, wie viele andere Leute in der Stadt Agenten des Teufels waren, wie viele andere Teufelsschwänze in Calvin-Klein-Unterhosen gestopft wurden.

»Viele andere«, sagte Frances/Satan, der meine Gedanken las. »Du würdest dich wundern.«

»Ist Mitchell auch ein Darksider?« fragte ich. Im letzten halben Jahr unserer Ehe hatten wir nicht mehr zusammen geschlafen. Dieser Blödmann hätte sich zwei Schwänze wachsen lassen können, ohne daß ich es gemerkt hätte.

Frances/Satan verzog das Gesicht, als wäre ihm soeben sein eigener Geruch in die Nase gestiegen, dann schüttelte er heftig den Kopf.

»Dein Mann ist kein Darksider«, sagte er. »Sogar *ich* habe meine Ansprüche.«

Normalerweise hätte jede herablassende Bemerkung über Mitchell meinen Beifall gefunden, aber diesmal nicht. Nicht, wenn der Teufel damit drohte, *Jeremy* in einen Darksider zu verwandeln, um uns dann zu zwingen, zusammen kleine Teufelsbabys in die Welt zu setzen.

Wo in Gottes Namen war bloß Pete? fragte ich mich, als ich zwischen der Macht der Finsternis und dem Mann, den ich liebte, stand und verzweifelt darum rang, das Unvermeidliche zu verhindern. Warum war der Hund nicht hier hereingerast und hatte den Eindringling zerfleischt?

»Darf ich jetzt endlich hereinkommen?« fragte Frances/Satan. »Du willst doch nicht, daß Mr. Cooks Verwandlung vor all euren Nachbarn stattfindet, oder?«

Er drängte sich problemlos mit Frances' Masse an uns vorbei, ohne daß wir etwas Nennenswertes dagegen hätten unternehmen können, und watschelte ins Wohnzimmer. Dann wirbelte er herum, sah Jeremy zornig an und zeigte mit Frances' dickem Zeigefinger stumm auf ihn.

Ich schloß die Augen, hielt den Atem an und machte mich auf das Schlimmste gefaßt – einen Blitzschlag, einen silbernen Gesicht am Himmel, einen Hinweis darauf, daß mein Jeremy, die Liebe, die ich endlich gefunden hatte, in dieselbe Art von Geschöpf verwandelt worden war wie ich.

Bitte, lieber Gott, schickte ich ein stilles Stoßgebet zum Himmel, während mir die Tränen übers Gesicht liefen. Bitte, laß das nicht zu. Bitte schick uns ein Wunder.

Und auf einmal vernahm ich etwas – eine Bewegung, ein Getrappel, das Wischen eines Schwanzes.

O nein! Eines Schwanzes! Der Teufel hatte es also wirklich getan! Er hatte meinen Jeremy in einen Darksider verwandelt!

Ich wollte die Augen gar nicht wieder aufschlagen, wollte einfach nicht sehen, was aus Jeremy geworden war, wollte mir das Resultat der Verwandlung nicht antun. Doch dann hörte ich ein Bellen.

Ein Bellen?

Ich machte die Augen auf und bemerkte, daß Jeremy nach wie vor Jeremy war – und daß Pete im letzten Moment ins Zimmer gekommen war!

Aber der Hund sprang nicht am Teufel hoch und zerfleischte ihn. Er knurrte ihn nicht einmal an. Statt dessen blieb er ein paar Meter vor ihm stehen, beinahe wie angewurzelt, und starrte ihn durchdringend an. Er starrte ihn einfach nur an!

Und Frances/Satan starrte zurück. Die Blicke der beiden blieben aneinander haften, funkelnd, herausfordernd, bedrohlich, wie bei zwei Revolverhelden vor einem Duell.

Jeremy nahm mich bei der Hand und führte mich ganz langsam und schweigend von ihnen weg, in eine Ecke des Wohnzimmers, wo wir die erstaunlichen Vorgänge aus einer gewissen Entfernung beobachten konnten. Wir ahnten nicht, daß das, was sich als nächstes ereignen würde, allem, was man uns jemals über Gut und Böse beigebracht hatte, widersprechen würde; wir ahnten nicht, daß Gott, nachdem ich ihn um ein Wunder gebeten hatte, tatsächlich eines bewirken würde – und zwar höchstpersönlich.

28

Pete brach als erster den starren Blickkontakt ab, indem er sich Jeremy und mir zuwandte und bellte. Nur einmal. Und dann spielte sich direkt vor unseren Augen, mitten im höchst gewöhnlichen Wohnzimmer meines Bruders, eine höchst ungewöhnliche Szene ab. Petes Körper, der in den letzten Tagen immer weißer geworden war, wurde auf einmal ganz weiß! Der

Hund wurde tatsächlich in einem einzigen Augenblick zu einem Albino! Und gerade als wir versuchten, diesen Schock zu verdauen, wechselte Pete nicht nur die Farbe, sondern die Form, Beschaffenheit und Wesen und war auf einmal gar kein Hund mehr. Ja, er hatte im Grunde überhaupt keine Form mehr, sondern war zu einem völlig amorphen Wesen geworden. Während Jeremy und ich uns in unserem Eckchen aneinanderschmiegten, so ehrfürchtig und erschrocken, wie zwei Menschen nur sein konnten, verwandelte er sich allen Ernstes in ein riesiges, weißes, unförmiges Wesen – eine Art Kreuzung zwischen einer großen, bauschigen Wolke und einer enormen Menge verschütteter Milch! Und dann, man stelle sich nur vor, begann der weiße Klecks zu sprechen! Zu *sprechen* obwohl er gar keinen Mund hatte!

»Komm da raus, Satan. Höchste Zeit, daß wir beide uns ein bißchen unterhalten«, forderte das weiße Ding mit einer Stimme, die eine Mischung aus Walter Cronkite und Paul Harvey war.

Unsere Köpfe drehten sich zur Seite, um Frances/Satan zu beobachten, der plötzlich seinerseits eine Verwandlung durchmachte. Während wir vollkommen verblüfft zusahen, blähte sich der rote Kaftan wie durch einen heftigen Windstoß auf, wuchs und breitete sich immer weiter aus, bis er Frances' Körper buchstäblich einhüllte und sie völlig verschwand. An ihrer Stelle befand sich nun ein riesiger roter Klecks, ein Wesen, das ebenso unförmig und diffus war wie das weiße – außer daß es einen Schwanz hatte!

»Na gut, ich habe ihren Körper verlassen. Zufrieden?« sprach das rote zum weißen Wesen. »Aber glaub bloß nicht, daß ich jedesmal springe, wenn du etwas von mir willst, Mr. G.«

»Wir wollen doch nicht wieder streiten«, erwiderte die weiße Gestalt.

»Ach, komm schon«, sagte der rotgeschwänzte Klecks. »Streiten ist doch unser Job. Bis in alle Ewigkeit. Wir sind wie zwei alte, verblödete Preisboxer.«

»Ich dachte, du spielst Golf«, wunderte sich das weiße Ding.

»Nicht mehr. Mein Handicap ist schrecklich hoch, und ich habe keine Ahnung, was ich dagegen unternehmen soll.«

»Ziehst du beim Aufschwung die linke Schulter unters Kinn?« erkundigte sich das weiße Wesen.

»Nein.«

»Probier's mal aus«, empfahl Mr. G. »Ich habe achtzig geschafft, als ich das letzte Mal gespielt habe.«

»Da haben wir es wieder. Andauernd brüstest du dich damit, besser zu sein als ich. Das macht mich krank«, ärgerte sich der Satan.

»Und du bist in letzter Zeit krank gewesen, stimmt's, alter Junge?« fragte Mr. G. »Du hast dich schlapp, kraftlos und weniger mächtig gefühlt. War es nicht so?«

»Ja, dank diesen Unruhestiftern.« Der rote Klecks hatte keine Hände mehr und konnte deshalb nicht auf uns zeigen, aber wir wußten genau, wen er damit meinte. »Sie haben angefangen, ihre Nase in Dinge zu stecken, die sie nichts angehen, mir aus der Bibel vorgelesen, mir tote Hühner vor die Füße geworfen und alle Leute in der Stadt dazu aufgestachelt, sich gegen mich zu verbünden. Wenn die beiden nicht wären, hätte ich vermutlich noch fünf Jahre hierbleiben können. Vielleicht sogar zehn. Wer weiß?«

»*Ich* weiß es. Die Menschen von Banyan Beach hätten dich nicht mehr viel länger geduldet. Sie hätten dich mit oder ohne meine Hilfe davongejagt. Weil am Ende immer die Liebe siegt. Und die Güte. Auf immer und ewig!«

»Ist ja schon gut. Genug gepredigt«, fauchte der Satan. »Das Konzert heute nachmittag hat mir wirklich weh getan. All diese Leute, die singen und klatschen und ihre Nachbarn umarmen. Mir diesen dämlichen Carole-King-Song anhören zu müssen, war beinahe genauso schlimm, wie dir zu lauschen.«

»Dann weißt du also, warum ich hier bin, oder, Satan?«

»Na klar. Du bist hier, um mir zu sagen, daß meine Zeit abgelaufen ist. Aber ich bin noch nicht bereit, Banyan Beach zu verlassen. Jedenfalls noch nicht gleich.«

»Aber, aber Satan. Du kennst doch die Regeln. Ich werfe dich aus Banyan Beach hinaus. Jetzt. Noch heute abend.«

»Ich hatte große Pläne für heute abend. Ein paar Morde, ein Banküberfall, ein Autodiebstahl.«

»Es ist vorbei«, bekräftigte das weiße Wesen. »Du mußt nur noch deine Niederlage eingestehen.«

Satan schwieg, und sein roter Schwanz regte sich nicht.

»Ich warte«, sagte Mr. G.

»Na gut. Gestehe ich die Niederlage eben ein. Morgen ist ja auch noch ein Tag, und dann fangen wir mit unserer kleinen Rivalität eben woanders wieder neu an.«

»Genau. Aber zuerst mußt du die Körper freilassen, die du in Besitz genommen hast. Einschließlich der armen Ms. Lutz.«

Der rote Klecks schnaubte. »Sicher, sicher. Ich kenne die Regeln. Barbara, laß uns diesen Zirkus beenden. Ich möchte meine Zelte hier abbrechen.«

Ich sah Jeremy an und schluckte.

»Mach schon, BS. Darauf haben wir doch gewartet«, drängte er mich, während seine Wangen wieder Farbe bekamen. »Der Satan entläßt dich endlich aus eurer Abmachung. Verabschiede dich von den Haaren und dem Busen.«

Ich nickte und begann auf das rote Wesen zuzugehen. Auf einmal zögerte ich.

»Bist du dir sicher, daß du mich dann immer noch willst?« fragte ich Jeremy. »Es war nicht nur, weil…«

»Geh«, forderte er mich auf. »Bevor du erwachst und feststellst, daß das alles nur ein Traum war.«

Ich nickte erneut und näherte mich dem Teufel. Seltsamerweise hatte ich gar keine Angst. Nicht, solange sich das weiße Wesen gleich daneben aufhielt.

»Fertig, Barbara?« erkundigte sich der Satan, als ich schließlich vor ihm stand, während mein langes blondes Haar im Mondlicht schimmerte und meine perfekte Figur einem Fitneß-Video entsprungen schien.

»Ja, ich bin bereit«, erklärte ich ohne jegliches Bedauern.

Wie Jeremy mir später berichtete, ließ der Teufel einen Blitz auf mich herabfahren. Ich wurde von einer roten Rauchwolke eingehüllt, genau wie David Bettinger am Tag der River-Princess-Party, und als der Qualm sich verzogen hatte, war ich wieder Barbara Chessner mitsamt den krausen Haaren, der Hühnerbrust und allen anderen körperlichen Macken.

»Bin ich das wirklich?« rief ich aus, fuhr mit den Händen meinen Körper entlang und tastete nach den alten Polstern, Wülsten und Schönheitsfehlern, ganz begeistert, als ich sie wiederfand.

Jeremy lief auf mich zu und schloß mich so fest in die Arme, daß ich dachte, ich würde entzweibrechen.

»Ja, das bist wirklich du, BS«, bestätigte er voller Zuneigung. »Genau wie früher.«

»Das muß ich selbst sehen.« Ich lief zu meiner Handtasche, die ich auf dem Tisch neben der Haustür hatte liegenlassen, und kramte nach meiner Puderdose. Ich holte sie heraus, klappte den Deckel auf und studierte mein Ebenbild im Spiegel.

Allerdings, ich war wieder die alte. Graue Haare, Doppelkinn, dicker Bauch. Aber ich fühlte mich von meiner Erscheinung nicht abgestoßen – nicht mehr. Sicher, ein paar Pfund abzunehmen konnte nicht schaden. Was soll's, ich würde eben in ein Fitneßstudio gehen. Die Hauptsache war doch, daß ich *meinen* Körper wiederhatte. Ich hatte ihn mir wiederbeschafft. Ich konnte damit tun und lassen, was ich wollte. Natürlich hatte ich keine Ahnung, wie ich Ben, Suzanne und meinen Kolleginnen die jüngste Verwandlung erklären sollte. Vermutlich würde ich einfach sagen, daß ich die Beherrschung verloren und an einem einzigen Abend eine ganze Kiste Kartoffelchips verdrückt hätte.

Diese Vorstellung ließ mich plötzlich an Frances denken.

»He, du hast doch versprochen, sie auch wieder freizugeben«, ermahnte ich den Satan, da ich keine Angst mehr hatte, meine Meinung offen zu vertreten. Zu meiner Freude hatte ich mich, was die Persönlichkeit betraf, nicht in mein früheres Selbst zurückverwandelt. Das alte Aussehen war zwar wiedergekommen, aber nicht die alte Angst, jemanden vor den Kopf zu stoßen. Hatte der Teufel vergessen, diesen Teil der Abmachung zu annullieren? Hatte das weiße Wesen irgend etwas damit zu tun? Oder kam es einfach daher, daß ich eine neue Verhaltensweise kennengelernt und sie in mein Leben integriert hatte? Das wäre mir natürlich am liebsten gewesen.

»Frances ist endgültig abgehandelt«, entgegnete der Satan.

»Ach, du und deine Handlerei«, sagte ich angewidert.

»Nein, ehrlich«, beteuerte er. »Sie ist jetzt zu Hause, liegt gut zugedeckt im Bett und schläft tief und fest. Wenn sie morgen früh aufwacht, wird sie sich an nichts von alldem erinnern.«

»An gar nichts?« hakte Jeremy nach.

»Das habe ich doch gesagt, Freundchen. Also, liegt noch etwas an, bevor ich jetzt abhaue?«

»Ja«, meldete sich Jeremy zu Wort. »Du kannst meinen Vater wieder gesund machen.«

»Ach, das. Klar. Wird postwendend erledigt. Die Ärzte werden sich selbst beglückwünschen und sich für Genies halten, weil er an dem einen Tag auf dem Sterbebett lag und am nächsten schon wieder geheilt war, und werden ihn zu guter Letzt heimschicken. Apropos Heim: Ich muß mir ein neues suchen. Hat irgend jemand vielleicht eine Idee?«

Das weiße Wesen meldete sich zu Wort. »Die Wahl steht dir frei, Satan. Wo auch immer du hingehst, ich folge dir.«

»Als ob ich das nicht wüßte. Ständig bewachst du einen, wie eine nervöse Ehefrau. Tja, ich schätze, das war's dann, Leute. Nun sagt bloß nicht, daß es keinen Spaß gemacht hat.«

Sprach's, wurde von einem seiner eigenen Blitze durchzuckt und verdampfte zu einer roten Rauchwolke. Als diese sich nach ein paar Sekunden auflöste, blieb nur der Kaftan zurück, nichts als ein Haufen Stoff auf dem Fußboden von Bens Wohnzimmer.

»Mein Gott, es ist vorbei«, seufzte ich erleichtert, während ich auf den roten Stoffhügel starrte. »Er ist wirklich weg.«

»Für den Moment jedenfalls«, bemerkte das weiße Wesen.

»Sie meinen, er könnte wieder nach Banyan Beach zurückkommen?« fragte Jeremy.

»Warum setzen wir uns nicht hin und besprechen das in aller Ruhe, nur wir drei«, schlug Mr. G. vor.

»Ich hätte nicht gedacht, daß Sie überhaupt sitzen können«, staunte ich. »Bei ihrer ungewöhnlichen Körperform.«

Er lachte. »Ich kann alles, was ich will«, erwiderte er.

Zum Beweis schwebte der weiße Klecks zu Bens durchgesessener alter Couch hinüber, wie eine Seifenblase, die durch die Luft schwebt, und brachte seine Form in tadellose Sitzhaltung.

»Am besten setzt sich jeder auf eine Seite von mir«, schlug er vor. »Das würde mir gefallen.«

Jeremy und ich sahen einander an und zuckten mit den Achseln. Inzwischen konnte uns nichts mehr aus der Ruhe bringen. Wir ließen uns also neben dem Wesen nieder, das aus der Nähe eine Art behaglicher Wärme ausstrahlte.

»Ihr habt bestimmt Fragen«, vermutete ER. Seine Stimme klang freundlich und väterlich. »Viele Fragen.«

»Ja, schon«, begann ich. »Satan hat Sie mit ›Mr. G.‹ angeredet. Ich nehme an, das bedeutet, daß Sie...«

»Es bedeutet, daß du mich mit jedem Namen bezeichnen kannst, der dir angenehm erscheint«, erklärte ER. »›Gott‹ finden viele Leute ein bißchen einschüchternd. Wenn du also lieber ›die höhere Macht‹ oder ›der Mann dort oben‹ sagen möchtest, ist es mir auch recht.«

»Sie sind es also wirklich?« fragte ich voller Ehrfurcht.

»Allerdings«, bestätigte ER. »Gibt's da etwa Zweifel?«

»Nein, natürlich nicht«, bekräftigte ich. »Aber vielleicht könnten Sie mir erklären, wie Sie dazu kamen, vorher ein Hund zu sein. Mein Hund.«

»Aber gern, Barbara. Verstehst du, ich folge dem Satan überallhin, um ihn im Auge zu behalten und seine böse Macht einzudämmen. Er und ich sind wie zwei alte Schlachtrosse, die sich wegen diesem und jenem in den Haaren liegen und um die kollektive Seele der Menschheit ringen. Er hat sich in Banyan Beach niedergelassen. Also habe ich mich auch in Banyan Beach niedergelassen. Aber wenn ich in eine neue Stadt komme, kann ich so, wie ich jetzt aussehe, schlecht bei den Leuten auf der Türschwelle erscheinen. Also nehme ich jedesmal eine andere Gestalt an, genau wie der Teufel. Diesmal habe ich mich dafür entschieden, ein Hund zu sein, ein schwarzer Labrador namens Pete. Er war nach dem heiligen Petrus benannt, einem meiner engsten Verbündeten. Außerdem war er ein ziemlich netter Hund, wenn ich das so sagen darf.«

»War?« erschrak ich und merkte, wie mir die Tränen in die Augen stiegen. »Pete ist weg? Ein für allemal? Ich werde ihn also nie wiedersehen?«

»Leider ist es so, Barbara«, bejahte Gott. »Vergiß nicht, er war kein Hund. Jedenfalls nicht in Wirklichkeit.«

»Kein Hund?« Ich wollte ja keineswegs mangelnden Respekt an den Tag legen, indem ich seine Worte in Frage stellte, aber mich doch irgendwie für meinen Pete einsetzen. »Natürlich war er ein Hund. Und zwar *mein* Hund, der einzige, den ich jemals hatte. Für mich war er wirklich, und ich möchte ihn so gern wiederhaben. Bitte, Euer Ehren. Sir. Läßt sich da nichts machen?«

»Ich kann ihn nicht zurückholen, Barbara. Er war nur meine vorübergehende Tarnung. Ich bin am Morgen nach deiner Verwandlung in der Gestalt eines Hundes vor deiner Tür erschienen, um dich vor dem Teufel zu beschützen. Ich wollte dir dabei helfen, dir selbst zu helfen.

»Ihr helfen? Meinen Sie damit die Hinweise, die sie uns gegeben haben?« erkundigte sich Jeremy.

»Genau«, bejahte Gott. »ich habe euch Tips zugespielt, um mein Ziel zu erreichen, nämlich den Satan außer Gefecht zu setzen.«

»Aber wenn Sie dazu die Macht haben, warum haben Sie dann so lange damit gewartet, bis Sie sie benutzt haben?« wollte Jeremy wissen. »Warum haben Sie sich zurückgelehnt und den Teufel Banyan Beach zerstören, Leben vernichten, Häuser demolieren und Morde begehen lassen? Warum haben Sie bis heute abend gewartet, um ihn davonzujagen?«

»Ich bin nicht bereit, eine Stadt oder ihre Bewohner zu retten, bevor sie bewiesen haben, daß sie es *wert* sind, gerettet zu werden«, erklärte Gott. »Die Menschen von Banyan Beach waren nicht gerade viel wert, als ich hier angekommen bin. Sie hatten den Satan förmlich in ihre Stadt *eingeladen*, ohne sich dessen bewußt zu sein. Er hat gespürt, daß es hier einen Markt für das Böse gab. Das einzige, was er tun mußte, war, ihn sich zunutze zu machen und auszubauen.«

»Und was hat sich dann verändert?« wollte Jeremy wissen. »Was hat Sie dann letztlich doch noch zum Eingreifen veranlaßt?«

»Zuerst einmal Barbara«, antwortete ER. »Sie hätte sich dem Teufel beugen können, aber hat dennoch gegen ihn angekämpft. Sie hat beschlossen, ihre Seele und ihre Stadt zu retten. Von da an habe ich – als Pete – begonnen, ihr zu helfen. Und dann bist du auf der Bildfläche erschienen, Jeremy. Du und deine tiefe Liebe zu Barbara und zu Banyan Beach. Ihr beiden habt euch dem Teufel widersetzt und ihn zu Fall gebracht.«

»Nicht ganz. Er hat sich mit einem heftigen Hurrikan gerächt«, entgegnete Jeremy.

»Das war das letzte Aufbäumen des Satans«, bemerkte Gott. »Als ihr heute nachmittag dieses Konzert organisiert und die ganze Stadt im Geist der Liebe und des guten Willens vereint habt, habt ihr den Teufel besiegt. Ich bin nur vorbeigekommen und habe den Rest erledigt.«

»Und jetzt sind Sie hier fertig, nicht wahr?« fragte ich.

»Ja, gleich«, bestätigte Gott, schwebte von der Couch und hing vor uns in der Luft wie ein großer, weißer Wattebausch.

»Bitte gehen Sie nicht«, flehte ich, auf einmal von unerträglicher Traurigkeit übermannt, nachdem ich erkannt hatte, daß nach Gottes Verschwinden keinerlei Aussicht mehr darauf bestand, Pete jemals zurückzubekommen, meinen lieben, lieben Hund, der da war, wenn ich abends nach Hause kam, wenn ich morgens aufwachte, und immer, wenn ich Trost brauchte. Ich konnte mir ein Leben ohne ihn nicht vorstellen. Ich wollte es mir nicht vorstellen.

Ich vergrub den Kopf in Jeremys Schoß und begann zu schluchzen, heftig und unkontrolliert. Pete fehlte mir jetzt schon.

»Er hat gewußt, daß er geht«, weinte ich. »Deshalb hat er auch seine Sachen weggeworfen. Er wußte, daß er nie zurückkommen würde. Und das schlimmste daran ist, daß ich nicht einmal dazu gekommen bin, mich von ihm zu verabschieden.«

Das löste noch mehr Tränen aus. Ich weinte so heftig, daß mir das Atmen schwerfiel. Seltsam: Als Pete vor meiner Tür erschienen war, konnte ich es gar nicht erwarten, ihn wieder loszuwerden. Und jetzt wünschte ich mir so, ihn wiederzuhaben. Ich würde ihn nie wieder gehen lassen, ihn nie wegschicken.

»Pete wird immer bei dir sein, Barbara«, tröstete mich Gott. »Im Geiste. Immer wenn du ihn brauchst. Schau.«

Ich blickte zum Fußboden vor der Couch, auf der wir saßen,

und auf einmal lag da Petes Lederhalsband! Ich griff hinab, um es aufzuheben, und hielt es an mein Gesicht.

»Er wird immer bei dir sein«, wiederholte Gott. »In deinem Herzen.«

»Danke«, flüsterte ich, während die Gefühle mir die Kehle zuschnürten. »Vielen Dank. Für alles.«

Jeremy wandte sich an Gott. »Da wäre nur noch eines.«

»Und was?« fragte Gott.

»Sie haben gesagt, der Satan hätte die Stadt verlassen. *Für den Moment.* Heißt das, daß er eventuell zurückkommt? Daß dieser ganze Alptraum noch einmal von vorn beginnt? Daß Barbara zum zweiten Mal ein Darksider wird?«

»Möglich ist es«, antwortete Gott, »aber falls er Banyan Beach erneut heimsuchen sollte, habt ihr sämtliche Mittel zur Verfügung, um ihn davonzujagen«, erklärte Gott. »Ihr hattet sie ja schon immer, alle beide. Ihr hattet schon immer *Liebe* in euch. Ihr habt es nur nicht gewußt.«

Jeremy und ich sahen einander an und lächelten.

»Also«, kam Gott zum Ende, »für mich ist es jetzt wirklich höchste Zeit, mich zu verabschieden. Paßt gut auf euch auf. Und auf Banyan Beach.«

Ich wollte gerade noch einmal »Danke« sagen, doch es war zu spät. Ich blinzelte, und als ich die Augen wieder öffnete, war das Wesen verschwunden.

Jeremy und ich blieben bestimmt zwei oder drei Stunden auf der Couch sitzen. Keiner von uns sagte ein Wort. Vermutlich standen wir immer noch unter Schock, mußten die Ereignisse des Abends erst verarbeiten und uns unserer Gefühle klarwerden. Schließlich wird man nicht alle Tage Zeuge einer Auseinandersetzung zwischen Gott und dem Teufel. Es verändert das Leben wesentlich nachhaltiger, als beispielsweise Michael Kinsley und John Sununu dabei zuzusehen, wie sie in »Crossfire« über sich herfallen.

»BS?« Endlich brach Jeremy das Schweigen.

»Ja?«

»Wir müssen uns vergewissern, daß du diese Darksider-Geschichte wirklich ausgestanden hast.«

»Was redest du denn da? Natürlich habe ich sie ausgestanden. Sieh mich doch an.«

»Ja, aber was ist mit der Macht? Vielleicht hast du sie immer noch. Vielleicht kannst du immer noch andere Leute zu Dingen zwingen, die sie nicht wollen.«

»Sei nicht albern«, entgegnete ich. »Der Teufel hat mir das alles wieder genommen. Ich bin jetzt wieder ein ganz normaler Mensch. Zumindest relativ gesehen.«

»Komm schon, BS. Tu mir den Gefallen. Versuche, mich zu etwas zu zwingen, das ich nicht will.«

»Was denn zum Beispiel?«

»Tja, probiere doch einfach mal aus, ob du mich daran hindern kannst, dir einen Heiratsantrag zu machen.«

Ich lächelte. »Das ist ja kinderleicht. Du würdest doch nie einer Frau, die du erst einmal geküßt hast, einen Heiratsantrag machen.«

»Mach schon, probier's.«

»Im Ernst, Jeremy. Wir sind doch erst ein paarmal zusammen...«

»Versuch's schon«, drängte er mich weiter. »Probier es aus, ob du die Macht hast, mich in puncto Heiraten mundtot zu machen.«

Ich seufzte. »Na gut.« Dann schloß ich die Augen und versuchte, das Gefühl wieder heraufzubeschwören, das sich immer eingestellt hatte, wenn ich meine Darksider-Macht anzapfte. Ich schlug die Augen wieder auf und sagte: »Ich wünsche mir, daß du eine Kiefersperre bekommst und mich nicht danach fragen kannst, ob ich dich heiraten will.«

Aber er bekam keine Kiefersperre.

»Heirate mich, Barbara«, beschwor er mich, und nun machte er keine Witze mehr. »Sobald du und Mitchell geschieden seid.«

»Das könnte aber ein Weilchen dauern«, warnte ich ihn. »Wir haben noch nicht einmal angefangen, die Scheidungsmodalitäten zu besprechen.«

»Jetzt habe ich schon so lange gewartet, da können mich ein paar Monate mehr oder weniger nicht stören«, sagte er und fuhr fort. »Die Liebe ähnelt dem Fischen, erinnerst du dich?«

»Ja, ich erinnere mich.« Ich lächelte und wußte, daß wir den Fisch schon fangen würden, wenn der richtige Moment gekommen war.

Epilog

Die See war ruhig – mit Wellen von einem halben Meter oder darunter – und der Himmel wirkte dunkel, wolkenverhangen und bedrohlich an diesem Montagmorgen im Juni, fast zwei Jahre nachdem ich von meinem Dasein als Darksider erlöst worden war.

»Ideale Angelbedingungen, BS«, verkündete mein Ehemann, der Charter-Kapitän, als er mich um Viertel nach sechs weckte, indem er die Schlafzimmervorhänge aufzog.

»Ideale *Schlaf*bedingungen«, brummte ich, drehte mich im Bett herum und zog mir die Decke über den Kopf.

Jeremy riß sie mir prompt wieder herunter und küßte mich auf die Wange.

»Auf, auf, auf«, drängte er. »Du und ich sind mit ein paar Delphinfischen verabredet. Wenn wir Glück haben.«

Da an Montagen die Geschäfte bei Cook's Charters schlecht liefen, fuhren wir an diesem Wochentag oft zum Fischen hinaus.

Nicht, daß ich eine große Fischerin gewesen wäre, Gott bewahre, nicht einmal nach zwei Jahren intensiven Trainings. Ich konnte zwar durchaus einen Bonito von einem Barrakuda unterscheiden und wußte, daß Jeremy, wenn er von Delphinfischen sprach, nicht Flipper meinte, das bei jung und alt beliebteste Säugetier, sondern Goldmakrelen. Aber man konnte in dem Sinne mit Fug und Recht behaupten, ich sei eine Fischerin, als ich es liebte, mit dem Boot draußen zu sein, den Wind in den Haaren, das Salzwasser auf der Haut zu spüren und eine Spur von Jack-London-Abenteuerlust im Herzen zu haben. Außerdem fand ich das aufregende Gefühl herrlich, einen Fisch zu fangen, ihn nach Hause zu bringen, zum Abendessen zuzubereiten und dabei zu wissen, daß man ihn frischer nicht bekommen konnte.

Am meisten jedoch liebte ich es, mit Jeremy zusammenzusein. Wir hatten sechs Monate, nachdem meine Scheidung rechtskräftig geworden war, geheiratet und waren kaum je voneinander getrennt gewesen. Wir waren glücklich miteinander, glücklicher als ich es je für möglich gehalten hätte. Ich betete meinen Mann einfach an, und zwar dermaßen, daß ich mich auch an diesem dunklen, tristen Montagmorgen von ihm wecken ließ, einer Art von Montagmorgen, die ich am liebsten verschlafen hätte, vor allem jetzt, wo ich nicht mehr wegen Charlottes Montagmorgen-Besprechung aufstehen mußte.

Ich hatte mich aus dem Immobiliengeschäft verabschiedet, als mir klar wurde, daß es mir im Grunde scheißegal war, ob Mr. und Mrs. Sowieso das Haus mit dem Korallenkamin im großen Badezimmer oder das mit dem Herd mit den zwölf Kochplatten in der Kochinsel kauften. Und nachdem Jeremys Vater, der inzwischen wieder bei guter Gesundheit war, sich mehr für die fünfundsechzigjährige Witwe interessierte, die neben ihm eingezogen war, als dafür, in Eddies Jachthafen herumzusitzen, übernahm ich die Buchungen der Charterkunden und wurde nicht nur Jeremys Frau, sondern auch seine Geschäftspartnerin.

Wir lebten in Jeremys Haus, das instand gesetzt worden war und wieder im selben Glanz erstrahlte wie vor dem Hurrikan. Mein altes Haus im Seacrest Way stand momentan leer und zum Verkauf, da Mitchell und Chrissy beschlossen hatten, nun doch nicht dort einzuziehen. Mitchell hatte noch ein drittes Lokal eröffnet – ein Thai-Restaurant inklusive Bar namens »Thai One On«. Wie »Risotto!« und »Muh!« war »Thai One On« äußerst erfolgreich – so erfolgreich, daß Mitchell und Chrissy bombastischere Räumlichkeiten vorschwebten als die von Seacrest Way 666. Als ich Althea Dicks, die Immobilienmaklerin, das letzte Mal gesehen hatte, erzählte sie mir, daß es die beiden auf die frühere Kennedy-Villa abgesehen hätten.

Mit Ausnahme von gelegentlichen Raubdelikten war das Leben in Banyan Beach wieder bemerkenswert frei von Verbrechen. Die Leute verriegelten ihre Türen nicht weiter und vertrauten ihren Nachbarn; ja, sie vertrauten sogar der Polizei, die nun nicht mehr korrupter war als die Bürger, für deren Schutz sie bezahlt wurde. Ließ man mal die unentwegte Bauerei und den ständigen Zustrom von Leuten aus dem Norden außer acht, hatte es fast den Anschein, als wäre der Teufel nie in die Stadt gekommen. Aber er war gekommen, und so manches Leben hatte sich dadurch unumkehrbar verändert. Mitunter auch zum Besseren.

Nehmen wir nur Ben. Ja, der Teufel hatte seine Emus getötet und ihm seine Geschäftsgrundlage genommen. Da er nicht wußte, welchen Weg er als nächstes einschlagen sollte, befragte Ben Constance, das Medium, die ihm prophezeite, daß das Telefon eine wichtige Rolle in seinem Leben spielen würde. Gegen Ende der Sitzung hatten er und Constance beschlossen, ein gemeinsames Projekt zu gründen: Ben wollte eine 900er-Nummer einrichten, unter der Constance mediale Lebenshilfe anbieten würde.

Auch Suzanne profitierte vom Aufenthalt des Satans in Banyan Beach. Wäre das teuflische Gewitter nicht gewesen an jenem denkwürdigen Nachmittag der River-Princess-Party, hätte sie Danny Bettinstein womöglich nie kennengelernt. Er betrieb nun eine florierende Praxis für Kieferorthopädie in der Stadt, lebte im frisch renovierten Nowak-Haus und freute sich darauf, Suzanne im August zu heiraten.

Frances profitierte zwar nicht gerade vom Besuch des Teufels in der Stadt, schien aber keine bleibenden Schäden davongetragen zu haben. Sie erinnerte sich nicht im entferntesten daran, besessen gewesen zu sein oder eine Teufelsaustreibung mitgemacht zu haben, obwohl sie erwähnte, daß sie auf einmal eine Abneigung gegen Hühnchen entwickelt hätte.

Auch Charlotte ging es prächtig. Sie reagierte auf meine Kündigung wie eine Dame, wünschte mir viel Glück mit dem Fischmarkt, den ich eröffnen wollte, und versprach, einmal vorbeizuschauen und Lachs zu kaufen.

Althea war immer noch mißmutig, aber nicht wegen ihrer Kunden. Ihr Ehemann, der Bestattungsunternehmer, war die jüngste Zielscheibe ihres Zorns. Sein Vergehen: Er redete im Schlaf. Ich fragte nicht, worüber.

Was Lloyd und June Bellsey betraf, so erging es ihnen nicht

besonders gut, seit der Teufel verschwunden war und sie ohne ihre Darksider-Macht sitzengelassen hatte. Lloyd verlor einen Prozeß nach dem anderen, und ehe er sich versah, wurden er und June von der Liste der Top-Leute gestrichen, und die einzigen Prominenten, denen sie ab und zu über den Weg liefen, waren Mitchell und Chrissy – also alles andere als Hollywood-Hochadel.

Natürlich habe ich jemanden ausgelassen, aber nur, um mir das Beste für den Schluß aufzuheben. Jeremy und ich leben nämlich nicht allein. Wir haben etwas Kleines zu Hause: einen schwarzen Labrador-Retriever-Welpen, den wir PJ – die Abkürzung für Pete Junior – nennen. Ich bin natürlich voreingenommen, aber er ist der niedlichste Hund, den ich je gesehen habe – mit Ausnahme seines Namensvetters, versteht sich. PJ stellt sich zwar weder auf meine Waage und überprüft sein Gewicht, noch schaltet er mit der Fernbedienung auf einen anderen Kanal um oder kratzt prägnante Botschaften in den Teppich. Trotzdem ist er ein kleiner Frechdachs, das kann ich Ihnen versichern. Er versteckt die Scheuerschwämme unterm Bett, schnappt dem Zeitungsjungen das Blatt aus den Händen und zerbeißt Jeremys Lieblingsturnschuhe. Aber seine besten Kunststücke spart er sich immer fürs Boot auf, wenn wir ihn montags zum Fischen mitnehmen.

Sowie er an Bord der *Teufelskerl* ist, hält er sich für Esther Williams und springt ohne die geringste Aufforderung ins Meer. Ein Vorwand, um schwimmen zu gehen, kann ein anderer Hund auf einem Boot neben uns sein... oder ein vorbeijagender Wasserskifahrer... oder eine Möwe, die dicht am Boot entlangsegelt. Nein, unser PJ ist ganz und gar nicht wasserscheu, aber dafür ein echter Jammerlappen, was Fische angeht! Immer wenn Jeremy und ich einen an Bord holen, wirft PJ einen Blick auf ihn, wie er auf den Planken hin und her zappelt, und vergräbt dann den Kopf in meinen Beinen! Kein Zweifel: Der Hund hat Persönlichkeit, genau wie sein Vorgänger.

An jenem Montagmorgen im Juni, als Jeremy mich bei bedecktem, grauem Himmel weckte, gingen wir drei an Bord der Hatteras und fuhren gegen Viertel nach acht aus der Bucht und aufs offene Meer hinaus. Als das Echolot anzeigte, daß wir in etwa zwanzig Meter tiefem Wasser waren, holte Jeremy den gefrorenen Ballyhoo aus der Kühlbox und baute die vier Schleppangeln auf, wobei er zwei an den Auslegern befestigte. Wir tuckerten mit vier Knoten dahin, in nördlicher Richtung auf den Atlantik hinaus, und hielten Ausschau nach Goldmakrelen, die meist in Schwärmen umherziehen und sich gern unter Seegrasmatten, Treibholz oder sonstigen Dingen verstecken, die so in tiefem Wasser treiben.

Wir tuckerten weiter und weiter und weiter. Doch es passierte überhaupt nichts – rechnet man mal den Pelikan nicht mit, der sein Geschäft mitten auf dem schicken Teakholzdeck des Boots verrichtete. Jeremy holte immer wieder die Leinen ein, um nachzusehen, ob ein Fisch angebissen hatte, aber die Ballyhoos waren noch unangetastet, so daß wir weitertuckerten. PJ langweilte sich dermaßen, daß er nach unten in die Kabine dackelte und auf einer der Kojen einschlief. Mir ging es ähnlich, nur daß ich in die Kombüse ging und etwas zu Essen zubereitete. Ich machte Roastbeef-Sandwiches für Jeremy und mich. PJ servierte ich eine Schüssel Hundefutter. Während ich mein Sandwich im Cockpit verzehrte, servierte ich Jeremy seine Mahlzeit in den Thunfischturm. Nein, wir fischten nicht nach Thunfisch, und so eine Vorrichtung war für die Art von Fischerei, die wir betrieben, völlig nutzlos, aber die Hatteras besaß einen, und wenn Jeremy da oben saß, fühlte er sich wie ein König auf seinem Thron, also hielt ich den Mund. Ich beobachtete, wie er das Sandwich verspeiste, beobachtete, wie das russische Dressing, das ich darauf verteilt hatte, zwischen den Brotscheiben hervorquoll und auf sein weißes T-Shirt tropfte, beobachtete, wie das Bud Lite, das ich ihm gereicht hatte, auf den Zwickel seiner Shorts spritzte. War ja alles nichts Neues.

Ich hatte mein Sandwich mit Senf statt mit russischem Dressing bestrichen und trank Evian statt Bier, da ich eine Diät machte. Jeremy liebte mein Haar grau und wild, also ließ ich die Finger davon, aber wir hatten uns darauf geeinigt, daß das Verschwinden des Doppelkinns kein großer Verlust wäre.

Ich spülte das Geschirr und ging wieder ins Cockpit hinauf.

Dann konzentrierte ich mich erneut aufs Fischen. Ich suchte das Wasser nach Goldmakrelen ab. Und wartete. Und suchte. Und wartete. Ich wußte, daß Fischen – genau wie die Liebe – Geduld erfordert, aber sie ging mir dennoch langsam aus. Es war jetzt fast halb drei Uhr nachmittags, und wir waren schon den ganzen Tag auf See. Langsam wurde ich unruhig. Ich wollte nach Hause. Ich wollte aufgeben. Herrgott, dachte ich, wir könnten doch in einen Laden gehen und die verdammte Goldmakrele schneller *kaufen*, als wir sie fangen würden.

Ich schob meinen Stuhl näher an den Rand des Steuerbords und seufzte mißmutig. Dann sah ich in den bewölkten, grauen Himmel hinauf und plapperte vollkommen gedankenlos und laut vor mich hin: »Ich würde alles tun, um eine Goldmakrele zu fangen. Alles.«

Kaum waren die Worte über meine Lippen gekommen, hätte ich sie am liebsten zurückgenommen. Ich hatte nicht ernst gemeint, was ich da gesagt hatte, versicherte ich mir selbst. Ich habe doch nur meiner Frustration Luft gemacht. Es war mir völlig egal, ob ich jemals wieder einen Fisch fing. Ganz ehrlich. Nur bitte, diesmal keinen Teufel. Nicht schon wieder.

Wenige Sekunden später zuckte ein Blitz über den sich verfinsternden Himmel. Und dann ruckte es an einer der Angelruten. Etwas zerrte daran. Etwas ganz Großes.

»He, BS! Sieht so aus, als hättest du da unten was an der Angel«, rief mir Jeremy von seinem Turm aus zu.

Ich tat so, als hörte ich ihn nicht. Ich tat so, als sähe ich weder den Fisch an meiner Angelschnur noch den Blitz am Himmel. Ich tat so, als hätte ich nicht gesagt, was ich gesagt hatte.

»He!« brüllte er. »Fang mal an, ihn hereinzuholen, ja?«

Ich ignorierte ihn. Vielleicht war es ja reiner Zufall, daß prompt nach dem »Ich würde alles tun«-Spruch gleich ein Fisch angebissen und es geblitzt hatte. Vielleicht war der Teufel gar nicht nach Banyan Beach und in unser Leben zurückgekommen. Vielleicht versuchte er auch nicht, gerade mich wieder dazu zu bringen, noch einmal eine Abmachung mit ihm zu treffen. Vielleicht fing der Alptraum nicht wieder von vorne an.

Ich würde jedenfalls keinerlei Risiko eingehen. Während mir

Jeremy Anweisungen zukläffte, ließ ich die Finger von der Schnur und von der schönen, fleischigen Goldmakrele an ihrem Ende und hoffte, der Fisch würde den Köder fressen und verschwinden.

Und genau das passierte auch.

Jeremy war völlig perplex angesichts meiner offenkundigen Gleichgültigkeit darüber, daß uns der Fisch entkommen war.

»Es ist nicht zu fassen!« kommentierte er. »Du hast einfach dagesessen und zugesehen, wie die Makrele den Köder schluckt.«

»Besser die Makrele schluckt den Köder als ich«, philosophierte ich und ließ es dabei bewenden.

Danksagung

Herzlichen Dank an folgende Personen für ihren Beistand beim Schreiben dieses Buches und für ihre Unterstützung, was meine berufliche Laufbahn angeht: sämtliche Mitarbeiter von Kensington, die mir zuliebe so hart gearbeitet haben – insbesondere Ann La Farge und Lynn Brown; Ruth Harris, die alles erst in Gang gebracht hat; Jane Dystel, die von Anfang an dabei war; meine Schwester Susan Alexander, die mich stets mit Tiffany-Füllern und guter Laune versorgt hat; meine alten Freunde im Norden, die mich nach Leibeskräften angefeuert haben; Graham Kirk und Candace Harman-Kirk, die mich auf der *Silver Goose* zum Fischen mitgenommen und alle meine Fragen ertragen haben, ganz zu schweigen von dem 5-Kilo-Königsdorsch, der mir dank ihrer Mithilfe an die Angel ging; und meine anderen Freunde in Stuart, die mir das Gefühl gegeben haben, zu Hause zu sein.

Ein besonderer Dank geht an meinen Mann Godie, dessen kritischer Blick unfehlbar und dessen liebevolle Unterstützung unerschütterlich ist.

Willkommen im Club

Für meinen Vater Mort Reznick,
einen leidenschaftlichen Golfer
und phantastischen Mann

ERSTER TEIL

1. Kapitel

»Sie sind entlassen.«

Gibt es einen gefürchteteren Satz in unserer Sprache? Sicher, »Sie haben nur noch sechs Wochen zu leben« steht auch ganz oben auf der Liste der gefürchtetsten Sätze aller Zeiten. Ebenso »Ich verlasse dich wegen einer anderen«. Aber »Sie sind entlassen« tut wirklich sehr, sehr weh, vor allem wenn man (a) eine loyale und langjährige Angestellte der Firma ist, (b) seine Arbeit gut macht und (c) sich die allergrößte Mühe gibt, seine Chefin nicht merken zu lassen, für wie inkompetent man sie hält.

Der Fairneß halber muß ich einräumen, daß meine inkompetente Chefin Leeza Grummond, die Vizepräsidentin und stellvertretende Verlagsleiterin von Charlton House, nicht wörtlich sagte: »Sie sind entlassen.« Sie entschied sich für das leutseligere: »Wir werden uns von Ihnen trennen müssen.«

Von mir trennen, Herrgott. Die sechsundzwanzigjährige Leeza feuerte mich mit meinen neununddreißig. Ich war schockiert. Total schockiert. Und zwar dermaßen, daß mir der Unterkiefer herunterfiel und mehrere Sekunden in dieser Stellung verharrte.

Das muß ein Traum sein, dachte ich, wobei ich mir des Klischees zwar bewußt war, aber mich zu verletzt fühlte, um mir eine originellere Erklärung auszudenken. Genau – so war es. Ich träumte, daß Leeza Grummond, mein Alptraum von einer Chefin, mich hinauswarf.

»Die Fusion mit Pennington Press im letzten Jahr macht eine Umgestaltung und Neuorientierung unseres Verlagsprogramms erforderlich«, erläuterte Leeza, während ich sie weiterhin ungläubig anstarrte. »Wir haben beschlossen, uns auf die Wurzeln von Charlton House zu besinnen und das literarische Erbe des Hauses wieder zu beleben.«

Was weißt du schon vom literarischen Erbe des Hauses, hätte ich am liebsten zu Leeza gesagt, die zwar die Harvard Business School als Klassenbeste abgeschlossen, aber seit der High-School keinen Roman mehr gelesen hatte. Die kleine Mistbiene redete unablässig von Zielgruppen und Endabnehmern, Gewinn- und Verlustrechnungen, hatte aber zum Thema Literatur absolut nichts zu sagen. Sicher, sie kannte sich mit dem Verkauf von Zahnpasta aus. Aber vom Literaturgeschäft verstand sie soviel wie meine Mutter, deren Vorstellung von Geschäft sich auf das beschränkte, was man bei Sitzungen auf der Toilette erledigte und nicht im Sitzungssaal.

»Charlton House hat Henry James und F. Scott Fitzgerald verlegt«, sagte sie, als ob ich das nicht wüßte. »Doch irgendwann im Lauf der Zeit haben wir unseren Ruf als Qualitätsverlag eingebüßt.«

Allerdings, du Schlampe. Als *du* hier aufgetaucht bist, direkt von Procter und Gamble, mit deinem androgynen Kostüm und deiner androgynen Frisur und uns zum Gespött der Branche gemacht hast.

»Wir haben beschlossen, daß neunzehnhundertfünfundneunzig unsere wiedererwachte Verpflichtung gegenüber unserem Erbe markieren soll«, tönte sie weiter. »Der Zweig unseres Unternehmens, der unter dem Namen Pennington Press firmiert, wird die kommerzielleren Titel für den Massenmarkt produzieren, während unter dem Markennamen Charlton House Bücher mit literarischem Anspruch verlegt werden, Bücher von bleibendem Wert.« Sie hielt inne und ließ ihre Worte in der Luft hängen wie ein schlechtes Parfüm. »Womit wir bei Ihnen wären, Judy.« Sie räusperte sich. »Ich muß Ihnen leider mitteilen, daß Kochbücher nicht zu dieser neuen verlegerischen Struktur gehören werden. Sie waren eine gute Lektorin, aber wir brauchen einfach keine Kochbuchlektorin mehr.«

»Aber ich arbeite seit acht Jahren hier«, stieß ich hervor. »Und ich habe dieser Firma zu Gewinnen verholfen. Hohen Gewinnen.«

Allein in den beiden letzten Jahren hatte ich ein halbes Dutzend Kochbücher herausgegeben, die sich bestens verkauften. Nein, ich war nicht die Lektorin von Martha Stewart oder der Fernsehköchin Julia Child, ja nicht einmal die von *Der frugale Gourmet*. Ich war eine findige Lektorin, die Kochbücher dort entdeckte, wo andere nicht einmal suchen würden. Als zum Beispiel George Bush öffentlich verkündete, daß er Brokkoli haßte, beeilte ich mich, *Das Kochbuch für den Brokkoli-Hasser* auf den Markt zu bringen, welches prompt auf die Beststeller-Liste der *New York Times* kam und sich zwei Monate dort hielt. Und als *USA Today* auf der ersten Seite einen Artikel darüber brachte, wie gesund Knoblauch sei, was glauben Sie wohl, wer da so genial war, den Titel *Länger leben mit Mundgeruch!* zu veröffentlichen? Und dann war da natürlich noch mein wahrer Knüller: *Valerios Küche*. Ich war es, die den »singenden Gastronomen« in der Sendung »Regis and Kathie Lee« gesehen und ihn gefragt hatte, ob er nicht ein Kochbuch für Charlton House schreiben wolle. Von dem Buch wurden hunderttausend gebundene Exemplare verkauft, und Valerio wurde zu einem Markenzeichen. Er war mir so dankbar für seine Entdeckung, daß er steif und fest behauptete, in mich verliebt zu sein. »Du bist nicht in mich verliebt«, erklärte ich ihm. »Du bildest dir nur ein, du wärst in mich verliebt, genau wie Patientinnen sich einbilden, in ihren Arzt verliebt zu sein.« Valerio hielt unbeirrt an seiner Liebe fest und machte mir immer wieder Heiratsanträge, obwohl ich bereits verheiratet war.

»Ja, Judy, Sie haben Charlton House zu Gewinnen verholfen«, räumte Leeza ein. »Sie waren ein sehr wertvolles Mitglied unseres Teams.«

Unser Team. Diese Frau regierte die Firma wie ein Diktator seine Bananenrepublik.

»Sie sind uns sogar so viel wert, daß wir Ihnen eine Abfindung in Höhe von drei Monatsgehältern zahlen.«

»Drei Monatsgehälter?« War das ein Witz? Ich war wesentlich mehr wert.

»Ja, drei Monatsgehälter«, sagte sie, während sie ihre Fliege geraderückte und ein Stäubchen von ihrem Rock zupfte. »Als

Gegenleistung bitten wir Sie, noch zwei Wochen zu bleiben. Um den Übergang reibungsloser zu gestalten.«

»Reibungsloser für wen?« fragte ich und bemühte mich, nicht schrill zu klingen. »Für Sie? Für denjenigen, der meinen Posten übernimmt? Für die Buchhaltung?«

»Für uns alle, offen gestanden«, sagte sie. »Wir wollen keine Reibungsverluste.«

Reibungsverluste? Meine Karriere bedeutete nichts weiter als Reibungsverluste? *Ich* bedeutete nichts weiter als Reibungsverluste? Was gab es da noch zu sagen? Oder zu tun? Vor Leeza zu weinen kam nicht in Frage. Schließlich war ich eine hochqualifizierte Kraft. Ebensowenig kam es in Frage, sie mit dem massiv silbernen Brieföffner auf ihrem Schreibtisch zu erstechen. Und mit Sicherheit würde ich sie nicht darum bitten, es sich noch einmal zu überlegen. Sie war offensichtlich fest entschlossen, mich hinauszuwerfen. Trotzdem wartete ein winziger Teil von mir immer noch darauf, daß sie »April, April« sagte, obwohl wir März hatten, und sie mir eine Extra-Gratifikation in die Hand drückte anstelle eines blauen Briefes.

Ich blickte sie erwartungsvoll an, doch sie blinzelte nur zweimal und sah schließlich auf ihre Uhr. Ich hielt sie von etwas ab. Zweifellos etwas ungemein Wichtigem. Vielleicht mußte sie noch anderen Angestellten kündigen, andere Herzen brechen oder andere Leben ruinieren.

Ich stand auf und bewegte mich auf die Tür zu.

»Ich werde keine zwei Wochen mehr bleiben«, sagte ich mit zitternder, aber klarer Stimme. »Nicht einmal zwei Tage. Ich bin in einer Stunde von hier verschwunden.«

Nun war es an Leeza, schockiert dreinzuschauen. »Ich fürchte, Sie können nicht einfach so gehen«, sagte sie, als sie sich wieder gefaßt hatte. »Ich meine, noch steht Ihr Kontaktgespräch mit der Abteilung für menschliches Potential aus. Ihre Endauswertung.«

Kontaktgespräch. Menschliches Potential. Endauswertung. Was war aus Charlton House geworden? Was war aus der amerikanischen Arbeitswelt geworden?

»Auf Wiedersehen, Leeza«, sagte ich und warf ihr einen letzten Blick zu. »Ich hoffe, Sie werden erkennen, was für einen schrecklichen Fehler Sie gemacht haben.«

Ich drehte mich um und stürmte aus ihrem Büro. Die Tränen quollen mir aus den Augen, mein Herz pochte und in meinem Magen gurgelte es. Ich marschierte den Korridor hinunter und ignorierte die neugierigen Blicke, die Fragen und das Geflüster. Ich wollte nur noch die Sicherheit meines kleinen Büros erreichen, wo ich zufrieden den größten Teil meines Arbeitslebens verbracht hatte. Dort angekommen, verschloß ich die Tür und begann auf und ab zu gehen, auf und ab, auf und ab. Da mein Büro in der Größe etwa einem Hamsterkäfig entsprach, nahm mein Gehen die Form hektischer Hüpfer an, und nach kurzer Zeit war mir schwindlig.

Ich setzte mich an meinen Schreibtisch und weinte.

Was soll ich nur ohne meine Arbeit machen? schluchzte ich. Sie ist meine Identität. Meine Energieversorgung. Meine Einkommensquelle.

Nun ja, sie war nicht meine einzige Einkommensquelle, erinnerte ich mich. Da war noch Hunts Einkommen aus seinem Job als Chef der Abteilung für Warentermingeschäfte bei Fitzgerald & Franklin, der verstaubten, konservativen Investmentbank, die ihm immer wieder die Teilhaberschaft anbieten wollte und es nie tat. Doch ich konnte nicht von Hunt leben. In den sieben Jahren unserer Ehe hatte ich noch nie von ihm gelebt. Wir waren seit jeher Doppelverdiener und warfen unsere Gehälter in einen Topf, um Autos, Häuser und Reisen in die Karibik zu finanzieren, ein modernes Paar, das sich sämtliche Ausgaben teilte, um alles in der Waage zu halten. Wenn ich mit einem Mal keinen Gehaltsscheck mehr bekam, was würde dann aus unserem Lebensstil werden? Was würde zum Beispiel aus unserer Mitgliedschaft im The Oaks werden, dem Country Club, dem Hunt unbedingt hatte beitreten wollen, damit er auf dem Golfplatz Kontakte knüpfen, auf dem Tennisplatz Männerfreundschaften schließen und im Swimmingpool tratschen konnte? Er hatte behauptet, die Mitgliedschaft im Club sei seine letzte Chance, Teilhaber bei

F & F zu werden. In meinen Augen waren Country Clubs allerdings ein absoluter Anachronismus. Sie waren exklusiv und cliquenhaft und gingen auf die Tage zurück, in denen männliche weiße Protestanten angelsächsischer Abstammung die Welt regierten, und sie boten nichts von dem, was ich vom Leben brauchte oder mir wünschte. Nicht einmal die Sporteinrichtungen reizten mich. Ich machte mir nichts aus Sport (meiner Vorstellung von Bewegung entsprach die REM-Schlafphase). Ich spielte nicht Golf, war noch nie gut im Tennis gewesen, und da ich Angst davor hatte, was das Chlor mit meinen hellblonden Strähnchen anstellen würde, ging ich Schwimmbecken aus dem Weg.

Trotzdem hatte Hunt mich überredet. »Wenn du keinem Club angehörst, bist du aus dem Rennen, Judy«, hatte er gesagt. »In einem elitären Club wie The Oaks aufgenommen zu werden, wo die meisten Mitglieder im Vorstand einer der wichtigsten fünfhundert Firmen sitzen, kann einem Mann zu einem großen Karrieresprung verhelfen.«

»Klar«, feixte ich. »Falls der Betreffende Bestattungsunternehmer ist. Die Leute im The Oaks sind so alt, daß man eher an Pflegeheime denkt als an Vorstandsetagen.«

Hunt hatte mich der Übertreibung bezichtigt, und er hatte natürlich recht. Es *gab* auch junge Leute im The Oaks. Sie benahmen sich nur wie alte.

Meine Überlegungen wurden durch ein Klopfen an der Tür unterbrochen.

»Judy?« ertönte eine Stimme. »Ich bin's, Arlene. Laß mich rein, ja?«

Arlene war meine beste Freundin bei Charlton House. Sie war im Verlag schon genausolange Lektorin für Liebesromane, wie ich Lektorin für Kochbücher war. Wir waren die einzigen beiden Lektorinnen, deren Bücher überhaupt Gewinne abwarfen. Und nun war ich gekündigt worden. Ich nahm an, daß Arlene die Neuigkeit gehört hatte und gekommen war, um mich zu trösten.

Ich schloß die Tür auf und ließ Arlene herein. Ihre Augen waren rot und geschwollen, und sie sah bleicher aus als ich sie jemals gesehen hatte. Offenbar hatte sie schon von meiner Kündigung gehört.

»Bitte, reg dich nicht auf«, sagte ich und tätschelte ihr den Rücken. »Wir können uns trotzdem weiterhin treffen. Du kommst übers Wochenende nach Connecticut, und ich komme zum Mittagessen nach New York. Alles bleibt wie zuvor. Du erzählst mir Geschichten von Leeza der Schrecklichen, und ich erzähle dir Geschichten von Leeza der Schrecklichen, und dann lachen wir gemeinsam über sie.«

»Du begreifst nicht ganz«, sagte sie düster.

»Aber sicher«, sagte ich. »Wir waren seelenverwandt. Freundinnen durch dick und dünn. Lektorinnen in einem Meer von Zahlenfetischisten. Ich weiß, wie traurig du bist, weil ich gefeuert worden bin.«

»Ich rege mich nicht darüber auf, daß du gefeuert worden bist«, schniefte sie.

»Worüber dann?« fragte ich.

»Darüber, daß ich gefeuert worden bin«, sagte sie und begann zu weinen.

»Du auch?« Ich konnte es nicht fassen.

»Leeza hat mich vor ein paar Minuten zu sich bestellt. Ich dachte, sie wollte mir dazu gratulieren, daß *Die Herzogin und der Laufbursche* es auf die Bestsellerliste der *Times* geschafft hatte. Aber nein. Es kümmerte sie gar nicht, daß das Buch sich besser verkauft als jeder andere Liebesroman, der neu auf dem Markt ist. Sie wollte mir nur mitteilen, daß die Firma Personal abbaut und ich mit abgebaut werde.«

Ich saß an meinem Schreibtisch und versuchte, das Ganze zu kapieren. »Wie kann man nur so dumm sein?« fragte ich. »Personalabbau gut und schön, aber du und ich ziehen einen Bestseller nach dem anderen an Land, und sie wirft uns raus!«

Arlene schüttelte den Kopf. »Sie hat gesagt, daß die Firma einen anderen Kurs einschlagen will.«

»Ja, das Klo hinunter«, sagte ich. »Weiß diese Vollidiotin denn nicht, daß Sex und Essen die einzigen Dinge sind, die sich in wirtschaftlichen Krisenzeiten verkaufen?«

Mit ihrem zerzausten braunen Haar und dem einprägsamen, schmalen Gesicht wirkte Arlene wie ein ausgesetztes Hündchen, und das war auch kein Wunder. Sie lektorierte die Liebesromane nicht nur, sondern sie waren ihr Leben. Achtunddreißig Jahre alt und alleinstehend, vergrub sie sich lieber in Büchern, anstatt auszugehen und zu versuchen, einen Mann kennenzulernen. Nacht für Nacht malte sie sich in ihrer an der Upper West Side gelegenen Zweizimmerwohnung mit der Laura-Ashley-Einrichtung aus, wie ein Cowboy sie mit dem Lasso einfing, ein Pirat sie kidnappte oder ein Apachen-Halbblut sie verführte – genau wie ihre Lieblingsheldinnen. Bei jeder Gelegenheit wies ich sie taktvoll darauf hin, daß das Leben nicht annähernd so dramatisch war wie die Geschichten, die sie liebte, und daß sie vielleicht das Gespür für die Wirklichkeit verlor. »Die Wirklichkeit wird unterschätzt«, war ihre Antwort.

Die Frau hatte nicht ganz unrecht.

»Feminismus ist Schrott«, entfuhr es mir plötzlich.

»Weshalb?«

»Wegen der Leeza Grummonds dieser Welt«, sagte ich. »Der Feminismus hat diese Frauen mit ihren Betriebswirtschafts-Diplomen, aber ohne gesunden Menschenverstand losgelassen, damit sie unsere großen Firmen leiten. Tja, wenn sie das Beste sind, was der Feminismus zu bieten hat, sollten wir lieber gleich zurück in die Küche gehen. Dort richten wir weniger Schaden an.«

Arlene rang sich ein Lächeln ab. »Apropos Küche«, sagte sie, »du findest bestimmt einen anderen Job, Judy. Du bist eine phantastische Kochbuchlektorin. Du kennst dich wirklich mit Essen aus.«

»Danke, Arlene. Das ist sehr nett von dir.«

Dank meiner Familiengeschichte kannte ich mich wohl wirklich mit Essen aus. Mütterlicherseits gab es die Esser – große, dicke Frauen, die aßen und aßen und aßen und sich ständig fragten, warum sie so dick waren. Väterlicherseits gab es die Lebensmittellieferanten. Mein Großvater Milton Millstein war aus Deutschland in dieses Land gekommen, hatte seinen Namen zu

Mills abgekürzt und auf Long Island eine Metzgerei aufgemacht. Als er in den Ruhestand ging, übernahm mein Vater die Geschäftsleitung von Mills' Prima Fleischwaren. Er führte das Geschäft mit solchem Erfolg, daß er zwei weitere Filialen eröffnen konnte. Und dann noch zwei. Dann schlug ein genialer Werbefachmann vor, mein Vater solle selbst in seinen Werbespots auftreten, wie Frank Perdue und Tom Carvel. Meinem Vater gefiel diese Idee, und dank der Macht des Fernsehens wurde er vom unbekannten Metzger zum »Mr. Metzger«. In dieser Eigenschaft verdiente er eine Menge Geld, aber diese Erfahrung hatte auch andere Auswirkungen: Er begann, sich in Metzgerbegriffen auszudrücken. Die Töchter seines Bruders Louis nannte er zwei Rumpsteaks. Die Frau seines Bruders Louis nannte er ein zerfleddertes Bruststück. Mich, seine einzige Tochter, nannte er Lendchen. Erst als ich aufs College kam, wurde mir klar, daß Männer, wenn sie gutaussehende, junge Frauen als »Frischfleisch« bezeichnen, etwas ganz anderes im Sinn haben.

»Du findest bestimmt auch einen anderen Job«, versicherte ich Arlene. »Du bist die beste Lektorin für Liebesromane in ganz New York.«

»Das mag ja sein, aber der Arbeitsmarkt ist nicht mehr das, was er einmal war«, sagte sie. »In den achtziger Jahren hat es so viele Fusionen und Übernahmen gegeben, daß heute nur noch sechs Verlagshäuser im Geschäft sind. Gerade bin ich bei einem davon gekündigt worden, womit noch fünf übrigbleiben.«

»Was für ein Alptraum«, sagte ich. »Ich gehe jetzt zur Poststelle hinunter und frage, ob sie ein paar Kartons haben. Dann packe ich meine Sachen zusammen und gehe nach Hause.«

»Bis hoffentlich bald, Judy«, sagte Arlene sehnsüchtig.

Ich umarmte sie. »Aber natürlich bis bald. Wahrscheinlich finden wir Jobs bei derselben Firma. Es wird alles wieder genauso werden, wie es bei Charlton House war – nur besser.«

Sie zwang sich zu einem angedeuteten Lächeln und ging.

Fünfzehn Minuten später kam ich von der Poststelle zurück und stellte fest, daß ich zwei Besucher hatte.

»Kann ich Ihnen helfen?« fragte ich die beiden Wachmänner, die meinen Schreibtisch flankierten.

»Nein«, sagte der eine von ihnen. »Wir sind hier, um *Ihnen* zu helfen.«

»Mir wobei helfen?« fragte ich.

»Beim Zusammenpacken und Gehen«, sagte der andere. »Wir sollen dafür sorgen, daß alles ruhig und ordentlich abläuft.«

Ich war empört. »Warum soll denn nicht alles ruhig und ordentlich vonstatten gehen? Unterstellen Sie mir, ich wolle das Haus in Brand stecken?«

Keine Antwort.

Ich beschloß, sie zu ignorieren und begann, meine persönlichen Habseligkeiten zusammenzupacken: meine Rolodex-Kartei, meinen Filofax, den Philodendron, den mir Hunt geschenkt hatte, und den kristallenen Briefbeschwerer, den ich vom Autor von *Die übersinnliche Küche* bekommen hatte. Ich wollte gerade nach dem Charlton-House-Kaffeebecher auf meinem Schreibtisch greifen, als mich einer der Wachmänner zurückhielt.

»Was ist los?« fragte ich und löste seine Hand von meiner Schulter.

»Der Becher ist Firmeneigentum«, sagte er. »Der bleibt hier.«

Ach, so ist das also, dachte ich. Es ist kein Traum. Es ist eine Episode aus »Amerikas lustigste Privatvideos«. Jemand filmt das Ganze und schickt es an einen Fernsehsender.

»Was ist mit denen?« fragte ich die Wachmänner, während ich meine Schreibtischschublade aufzog und eine Handvoll Charlton-House-Bleistifte herausholte. »Kann ich die einpacken?«

»Nee«, sagte der eine und riß sie mir aus der Hand.

Mein Gott, sie meinen es ernst! Leeza ist wirklich eine fiese Type. Sie feuert ihre erfolgreichsten Lektorinnen – Frauen, die der Firma tatsächlich Gewinne einbringen –, und dann sorgt sie sich um ein Bündel mittelweicher Bleistifte!

»Die einzupacken brauche ich wohl gar nicht erst zu versuchen«, sagte ich und zeigte auf den Aktenschrank in der Ecke. Ich hatte gehofft, ein paar wichtige Akten mitnehmen zu können – Akten, die mir bei der Jobsuche hätten helfen können.

Der Wachmann lächelte. »Keine Chance.«

Ich lächelte zurück. Entweder lächeln oder mir die Pulsadern aufschlitzen.

»Tja, das war's dann wohl«, sagte ich und sah mich noch ein letztes Mal in meinem Büro um. Ich schluckte den riesigen Klumpen in meiner Kehle hinunter, während ich einen langen, intensiven Blick durch den Raum schweifen ließ, in dem ich so viele herrliche Stunden verbracht hatte. Plötzlich sah ich das gestickte Schild an der Wand und eilte hinüber, um es abzunehmen.

»Tut mir leid, Miss Mills«, sagte der eine Wachmann und versuchte, mich daran zu hindern. »Das ist verboten.«

Ich wirbelte herum. »Gehen Sie mir aus dem Weg«, sagte ich mit stahlhartem Blick. »Das Schild an der Wand gehört *mir*.«

Ich nahm es herunter und legte es sanft in den Karton.

Sie konnten mir meinen Job wegnehmen, aber nicht das Schild, das Hunt mir zu unserem ersten Hochzeitstag geschenkt hatte. Er hatte seine Sekretärin, eine begnadete Petit-point-Stickerin, gebeten, es für mich anzufertigen. Es lautete: LIEBE HEISST NIEMALS SAGEN ZU MÜSSEN, DASS MAN HUNGRIG IST – NICHT, WENN MAN MIT EINER KOCHBUCHLEKTORIN VERHEIRATET IST!

Kitschig, mag sein. Doch so waren Hunts humoristische Versuche eben, und da er nicht gerade der größte Spaßvogel der Welt war, bedeutete es mir viel.

Ich packte meine Habseligkeiten zusammen, wünschte den Wachmännern noch ein schönes Leben und fuhr nach Hause.

2. *Kapitel*

»Nächster Halt Belford«, rief der Schaffner dröhnend.

Ich sah auf die Uhr. Ist das nicht verrückt? dachte ich. Es ist 11.38 Uhr an einem Freitagmorgen, und während alle meine Bekannten in der Arbeit sind, fahre ich mit einem Zug der Linie Metro North nach Hause. Wenn das nicht deprimierend war.

Ich war noch nie mitten am Tag mit dem Zug nach Hause gefahren, nur ein einziges Mal vor zwei Jahren, als ich eine entsetzliche Erkältung hatte. Ich hatte Fieber und konnte kaum sprechen, doch nicht einmal damals wollte ich das Büro verlassen. So sehr liebte ich meine Arbeit bei Charlton House.

Hör auf, dich selbst zu quälen, dachte ich. Du bist gefeuert worden. Finde dich damit ab. Mach dir ein schönes Wochenende und fang am Montag an, einen neuen Job zu suchen.

Ich blickte aus dem Fenster und betrachtete die vorüberziehende Landschaft Connecticuts. Greenwich. Stamford. Noroton Heights. Darien. Mit den kahlen Bäumen, dem braunen Gras und dem grauen Himmel sah jede Stadt so verloren aus, wie ich mich fühlte. Niemand sollte im März seinen Job verlieren, dachte ich, nicht wenn der Nordosten ungefähr so einladend wirkt wie das Arbeitsamt.

»Nächster Halt Belford«, brüllte der Schaffner noch einmal.

Er hätte gar nicht brüllen müssen: Ich saß ganz allein im Zug.

Zum ersten Mal während der fünfundsechzig Minuten Fahrzeit betrachtete ich den Schaffner. Er war ziemlich attraktiv. Mittelgroß und stämmig mit einem roten Schnauzbart und einer Nickelbrille. Zwar nicht mein Typ, aber »mein Typ« hieß mittlerweile »jeder Typ«. Es ist mir ja peinlich, das zuzugeben, aber seit letztem Jahr merke ich, daß ich allen möglichen Männern hinterherschmachte, wie ich es seit meiner Collegezeit nicht mehr getan habe. Ich hatte diese Gelüste nie ausgelebt (Ehebruch hört sich ja wildromantisch an, erfordert aber letztendlich viel zuviel Berechnung), doch sie belasteten mich trotzdem. Zuerst hatte ich sexuelle Phantasien über Mark, den Verkaufsleiter bei Charlton House. Dann hatte ich sexuelle Phantasien über Richard, den Autor von *Risottos und die Resonanz*. Schließlich hatte ich sexuelle Phantasien über Chuck, den Arbeiter, der die Zuleitung für die Klimaanlage in meinem Büro reparierte. Was war los? fragte ich mich. Warum verhielt ich mich wie eine Lustgreisin? Lag es daran, daß ich auf die Vierzig zusteuerte und eine »Übergangsphase« durchmachte? Lag es an meinem Hormonhaushalt? Oder lag es daran, daß meine Ehe fade war?

Fade wie eine Woche altes Zucchinibrot, das war sie. Ich mußte den Tatsachen ins Auge sehen: Hunt und ich hatten uns auseinandergelebt. Nach sieben Ehejahren waren wir an der unausweichlichen Weggabelung angekommen, an der wir entweder die liebenswerten kleinen Eigenheiten am anderen wiederentdecken mußten, die uns anfänglich zueinander hingezogen hatten, oder wir mußten uns scheiden lassen.

Der Gedanke an eine Scheidung ließ mich zusammenzucken. Ich hatte keinerlei Interesse daran, mich wieder in die Single-Szene zu stürzen. Zum einen wäre ich nur eine weitere geschiedene Frau mittleren Alters auf einem Markt, der mit geschiedenen Frauen mittleren Alters übersättigt war, und zum anderen waren die Männer heutzutage so ... so ... verwirrt. Entweder waren sie verwirrt wegen ihrer Sexualität oder wegen ihrer Einstellung zum Erfolg, oder weil sie nicht wußten, ob es akzeptabel war, zu weinen. Sie waren sich nicht einmal darüber im klaren, wieviel Rasierwasser sie verwenden sollten, weshalb übertriebene Schwaden von Drakkar Noir in der Luft hingen. Mein Gott, es war ein Dschungel dort draußen.

Doch der Gedanke daran, die Leidenschaft in meiner Ehe wieder zum Leben zu erwecken ... nun, ganz ausgeschlossen war es nicht. Ich liebte Hunt noch immer und war mir sicher, daß auch er mich noch immer liebte. Die Frage war nur, wie man diesen ersten Funken wieder zum Glühen bringen konnte, dieses herrliche, schwindelerregende Gefühl, wenn alles, was der andere tut, wundervoll ist.

Man fängt eine seltsame Art von Handel an, wenn man sich verliebt: Wenn der Liebste sich im Fernsehen Footballspiele ansieht, sieht man sich auch Footballspiele im Fernsehen an; wenn der Liebste indisch ißt, ißt man auch indisch; wenn der Liebste Silvester mit seinen alten Kumpeln aus der Armee verbringt, verbringt man Silvester mit seinen alten Kumpeln aus der Armee. Und dann ist der Reiz des Neuen an der Beziehung verschwunden, und man macht all diese Dinge nie wieder.

Natürlich war es in Hunts Fall weder Football noch indisches Essen oder gar Silvester mit Armeekumpeln, was meine Geduld auf die Probe stellte. Es war Kimberley, Hunts zehnjährige Tochter aus seiner ersten Ehe mit einer Gelegenheitsschauspielerin namens Bree. Mit nur zweiundzwanzig Jahren hatte Hunt über einen Freund, mit dem er inzwischen nicht mehr spricht, Bree kennengelernt. Bree war blond und hatte einen langen Hals, genau wie ihr Idol Meryl Streep, doch damit endeten die Gemeinsamkeiten auch schon. Dank ihrer äußerst begrenzten Wandlungsfähigkeit und ihrer blechernen, unangenehmen Stimme bekam sie keine einzige Filmrolle, egal mit wie vielen Produzenten und Regisseuren sie auch schlief. Momentan vertrieb Bree sich die Zeit mit der Lektüre von *Variety*, dem Kassieren von Hunts Unterhaltszahlungen und damit, mich bei ihrer Tochter schlechtzumachen.

Ihre Tochter. Ich mußte seufzen, wenn ich an Kimberley dachte, das Kind, das ich so verzweifelt lieben wollte. Als ich mich mit Hunt verlobte, war ich eine aufstrebende Kochbuchlektorin bei Charlton House, die völlig naiv und blauäugig ans Leben heranging. Ich fand es ungemein aufgeschlossen von mir, mich mit einem Mann einzulassen, der geschieden war und eine kleine Tochter hatte.

»Ich werde Stiefmutter!« hatte ich begeistert meiner Mutter erzählt, als ich sie anrief, um ihr von meinen Heiratsplänen zu erzählen. Vor meinem geistigen Auge sah ich mich schon als Superfrau, die aus dem Büro nach Hause eilt, im Handumdrehen ernährungswissenschaftlich korrekte Mahlzeiten für ihre kleine Familie zaubert, ihrer Stieftochter bei den Hausaufgaben hilft und sie liebevoll zu Bett bringt.

»Du wirst zum Fußabstreifer werden«, sagte meine Mutter, die nie ein Blatt vor den Mund nahm. »Du wirst dir das Hirn bei dem Versuch zermartern, ihre Zuneigung zu gewinnen, und sie wird auf dich scheißen. Alle beide werden sie das.«

»Alle beide? Du meinst Kimberley und ihre Mutter?« fragte ich.

»Nein, nein«, sagte meine Mutter glucksend. »Die Mutter scheißt nicht auf dich. Sie wird lediglich das kleine Mädchen gegen dich aufhetzen.«

»Wie tröstlich«, meinte ich.

»Ich habe Hunt gemeint. Sowie du den Mund aufmachst, um seine Tochter zurechtzuweisen, ergreift er *ihre* Partei, und du bist das fünfte Rad am Wagen.«

»Ach, Mom«, sagte ich. »Das kann ich mir bei Hunt nicht vorstellen. Er würde nie gegen mich für Kimberley Partei ergreifen.«

Später wurde mir klar, daß meine Mutter wußte, wovon sie sprach. Als ich Hunt heiratete und seine Tochter erbte, dauerte es nicht lange, daß er jedesmal, wenn ich zu ihr sagte, sie solle ihr Zimmer aufräumen, das Radio leiser stellen oder die Füße vom Küchentisch nehmen, diesen jämmerlichen, schuldbewußten Blick aufsetzte und mich aufforderte, das sein zu lassen.

»Sie ist doch nur ein Kind«, sagte er dann. »Sie weiß es nicht besser.«

»Wie soll sie es je besser wissen, wenn es ihr niemand sagt?« fragte ich zurück.

Je älter Kimberley wurde, desto schlimmer wurde es. Wenn sich ein kleines Kind ungehörig benimmt, kichert man, sagt »dudu« und schreibt es der Tatsache zu, daß kleine Kinder eben richtig und falsch nicht unterscheiden können. Benimmt sich aber ein älteres Kind ungehörig, sagt man: »Dieses Kind ist eine Nervensäge.« Ein großes Kind, das sich ungehörig benimmt, hat nichts Süßes oder Niedliches mehr an sich, und erst recht nicht, wenn das schlechte Benehmen des großen Kindes einen Keil zwischen eine Frau und ihren Ehemann treibt.

Ich sehnte mich nach den Anfangszeiten mit Hunt zurück, bevor ich miterlebte, wie Kimberley ihn manipulierte, bevor ich miterlebte, wie er jedesmal klein beigab, wenn seine Exfrau Geld brauchte oder behauptete, welches zu brauchen, bevor wir unsere Ehe schal werden ließen. Ich sehnte mich nach den Tagen zurück, als allein der Gedanke an ihn mein Herz höher schlagen ließ. Doch mein Herz hatte in letzter Zeit nicht mehr höher geschlagen – zumindest nicht seinetwegen. Mein Herz schlug nur höher, wenn ich an Mel Gibson oder Kevin Costner oder Zugschaffner mit roten Schnauzbärten dachte.

Was Hunt anging, so wußte ich, was sein Herz höher schlagen ließ: sein Country Club. Natürlich hatten wir auch schon Probleme, bevor er Mitglied im The Oaks war. Doch seitdem hatte er sich so sehr verändert, daß ich ihn kaum wiedererkannte. Ja, er wollte Teilhaber bei F & F werden, und natürlich verkehrten im The Oaks einflußreiche und wichtige Geschäftsleute. Aber mußte mein netter, normaler Ehemann sich unbedingt in einen schulterklopfenden, um Anerkennung heischenden Golffanatiker in rosa-grün karierten Hosen verwandeln? Ich hatte gehört, daß The Oaks einen erlesenen Golfplatz mit achtzehn Löchern besaß. Der *Golf Digest* bezeichnete ihn als den anspruchsvollsten und »optisch abwechslungsreichsten« Golfplatz in Connecticut. Doch seit er dem Club beigetreten war, war Hunt vom Golfspielen wie verhext. Das Golfen hatte ihn derart in seinen Bann gezogen, daß er häufig Turniere auf Video aufnahm und sie sich ansah, bevor er schlafen ging. Er war derart fasziniert vom Golfen, daß er oft Krawatten mit einem Muster aus kleinen, weißen Golfbällen trug. Er war so gefesselt von diesem Sport, daß er häufig Golf gegenüber Sex den Vorzug gab, was dazu führte, daß sein Putter ein aufregenderes Leben führte als sein Pimmel. Anders ausgedrückt, unser einst so erfülltes und befriedigendes Sexualleben schleppte sich nur noch matt dahin. »Die Energiereserven eines Mannes sind eben begrenzt«, erklärte Hunt.

»Belford«, plärrte der Schaffner.

Mist. Ich wollte unter keinen Umständen aussteigen. Ich wollte auf meinem Platz in der schönen großen Puff-Puff sitzen bleiben, nachdenken und tagträumen und mich nie der Tatsache stellen müssen, daß mein Job weg und meine Ehe sterbenslangweilig war.

»Bel-fooord«, rief der Schaffner noch einmal.

»Ich geh ja schon, ich geh ja schon«, murmelte ich, sammelte meine Habseligkeiten zusammen, verließ den Zug und trat auf den leeren Bahnsteig.

Plötzlich wünschte ich, ich hätte Hunt im Büro angerufen und ihm erzählt, was passiert war. Ich hätte ihn bitten sollen, sich mit mir an der Grand Central Station zu treffen und mich nach Hause zu bringen. Doch es hätte ohne weiteres sein können, daß er sagte: »Tut mir leid, Judy. Ich habe heute nachmittag eine wichtige Besprechung über Schweinebäuche.« Gut, daß ich mir diesen Korb nicht geholt hatte, dachte ich. Ich hatte für einen Tag genug Körbe bekommen.

Als das Taxi vor meinem Haus hielt, warf mir der Fahrer im Rückspiegel einen Blick zu und meinte: »Schönes Haus.«

Ich dankte ihm, bezahlte und ging die gepflasterten Stufen zu meinem schönen Haus hinauf – dem schönen Haus, das wir uns ohne mein Gehalt nur mit Mühe würden leisten können.

Unser Heim war ein wirklich altes Haus aus der Kolonialzeit, gebaut um achtzehnhundertzehn, und wurde Ichobod Townsend House genannt, nach einem verrückten alten Kerl, der eine Gruppe marodierender Indianer mitten auf der Wiese vor dem Haus niedergeschossen hatte und zu einem Lokalhelden geworden war. Infolgedessen war es eine von Belfords hochwertigsten Immobilien, wie die Maklerin zu sagen pflegte, die es uns verkauft hatte, ohne uns darauf aufmerksam zu machen, daß es voller Eichhörnchen steckte – Eichhörnchen, die sich auf unserem Dachboden so wohl fühlten, daß sie nicht weichen wollten, egal, was wir auch versuchten. Da wir so umweltbewußt waren, wie es sich für ein modernes Paar gehört, wollten wir nicht den Kammerjäger holen, um die kleinen Nager zu vergiften. Stattdessen beschlossen wir, das Haus mit ihnen zu teilen: Sie bekamen den Dachboden und wir den Rest des Hauses.

Ich schloß die Tür auf und ging hinein. »Ich bin zu Hause«, sagte ich zu niemand Bestimmten.

Wir hatten das Haus vor sechs Jahren gekauft, im zweiten Jahr unserer Ehe. Es war Hunt gewesen, der vorgeschlagen hatte, aus der Stadt wegzuziehen. »Wir brauchen mehr Platz«, sagte er. »Außerdem macht es bestimmt Spaß, zusammen mit dem Zug zu fahren.« Gemeinsam von unserem antiken Gemäuer in Connecticut mit seinen Holzenten, Patchworkdecken und amerikanischen Flaggen nach Manhattan zu pendeln erschien mir reizend;

allerdings stellte sich heraus, daß wir das nur in den seltensten Fällen taten: Hunt fuhr gern mit den anderen Mitarbeitern von F & F mit dem Expreßzug um sieben Uhr, während ich den um acht Uhr zwei bevorzugte. Damit war die Gemeinsamkeit erledigt.

Die Frau, der das Haus vor uns gehört hatte, hatte vieles renovieren lassen, obwohl manches davon unsinnig war. Oder würden Sie in einem gemütlichen Haus im Kolonialstil des frühen neunzehnten Jahrhunderts einen Aufzug einbauen? Vielleicht war sie auf der ausgetretenen alten Treppe gestürzt und hatte den Aufzug gebraucht, um sich problemlos zwischen den drei Etagen bewegen zu können. Am ersten Abend in unserem neuen Heim liebten wir uns im Aufzug. Es war aufregend, aber nicht so aufregend, daß wir es jemals wiederholt hätten. Wir benutzten den Aufzug in erster Linie als mechanischen Wäschekorb – ein praktisches Spielzeug, um unsere schmutzige Wäsche aus dem Schlafzimmer im ersten Stock in die Waschküche im Keller zu befördern.

Ich ließ meine Sachen auf die Arbeitsfläche in der Küche fallen und seufzte tief auf. Was sollte ich nun tun? Es war erst Mittag. Ein ganzer Tag starrte mir ins Gesicht.

Ich hätte wahnsinnig gerne jemand angerufen, jemand, dem ich erzählen konnte, daß ich gekündigt worden war, »meinen Schmerz zu teilen«, wie sie bei »Oprah« immer sagen. Aber wen? Alle meine Freunde im Verlagswesen waren jetzt beim Mittagessen, aßen »Gesundheitskost«, schlürften Mineralswasser und kauten den neuesten, schlüpfrigsten Klatsch durch.

Ich erwog, meine Mutter anzurufen, aber sie und mein Vater waren bestimmt nicht zu Hause. Seit sie sich in Boca Raton zur Ruhe gesetzt hattten, wo sie sich in einer Country-Club-Wohnanlage namens Point O' Palms ein Fünf-Zimmer-Haus in »mediterraner Bauweise« gekauft hatten, pflegten sie einen ungemein aktiven Lebensstil. Ihr Country Club war eine ganz andere Art von Country Club als The Oaks – das heißt, man mußte keine Hürden überwinden, um aufgenommen zu werden; man mußte lediglich sein Scheckheft zücken –, doch er verfügte über

Tennisplätze, zwei Golfplätze und einen Jachthafen, und meine Eltern fühlten sich dort so zu Hause, wie ich mich im The Oaks nie fühlen würde.

Ich erwog, Hunts Mutter anzurufen, aber sie und ich kamen nicht besser miteinander aus als Kimberley und ich. Sie war kalt und abweisend und quälend einsilbig. Äußerst anstrengend im Umgang. Sie saß einfach nur da und sonnte sich in der Sicherheit, daß gesprächige Leute wie ich einspringen und die Totenstille ausfüllen würden. Auch ihr Mann war nicht gerade ein großer Redner. Ein Abend mit den beiden war ungefähr so amüsant, wie einem Eiszapfen beim Schmelzen zuzusehen.

Ich erwog, jemanden aus Belford anzurufen, aber ich kannte niemanden in Belford – außer dem Klempner, dem Kammerjäger und der Angestellten am Drive-in-Schalter unserer Bank, und von ihnen eignete sich keiner als Busenfreund. Belford, eine ländliche und doch kultivierte Stadt im wohlhabenden Chesterfield County, war nicht gerade der herzlichste Ort der Welt – es sei denn, man hatte Kinder, und zwar Kinder, die ständig bei einem lebten.

Ich erwog, Kimberley anzurufen, aber sie war in der Nightingale-Bamford-Schule auf Manhattans Upper West Side, wo die Mädchen gestärkte Uniformen trugen, den Sommer im Château ihrer Familie in Südfrankreich verbrachten und ihre Au-pair-Mädchen lieber mochten als ihre Eltern. Vor drei Jahren hatte Bree darauf bestanden, Kimberley dorthin zu schicken, trotz des aberwitzigen Schulgelds, und Hunt, seit jeher widerstandslos, wenn es um seine Exfrau ging, hatte die Rechnung bezahlt. Ich weiß noch, wie wir uns deswegen stritten. Ich nannte ihn einen Schlappschwanz und er mich eine Nörglerin. Ich sagte ihm, er solle endlich klüger werden, und er sagte mir, ich solle mich raushalten. Darauf stürmte ich in die Küche, und er ging Golfspielen. Wie gesagt, ich sehnte mich nach unseren Anfangszeiten zurück.

Hunt kam um halb acht nach Hause. Ich merkte gleich, daß er gute Laune hatte, weil er mich zur Begrüßung auf den Mund küßte. Das ist eines der ersten Dinge, die in einer Ehe verschwinden, wissen Sie: sich auf den Mund küssen – langsame, bedeutungsvolle Küsse auf den Mund. Oh, sicher umarmt man sich und kuschelt noch miteinander, und man hat sogar ab und zu Geschlechtsverkehr, aber man küßt sich nicht mehr auf den Mund, wenn man erst einmal ein paar Jahre verheiratet ist – es sei denn, einer von beiden ist betrunken.

»Wie war dein Tag, Jude?« fragte er, als er seinen Mantel in den Schrank im Flur hängte und sich mit den Fingern durch sein welliges blondes Haar strich. Sein *naturblondes* Haar. Hunt war ein reinrassiger WASP – ein blonder, blauäugiger Episkopalist mit einer kleinen Nase. Mit vollem Namen hieß er Hunter Dean Price III. Er hatte lange Beine und eine tiefsitzende Taille und zeigte erst in jüngster Zeit einen kleinen Bauchansatz. Er hatte das Aussehen und die Umgangsformen eines Mannes, der mit Geld aufgewachsen war, obwohl das nicht zutraf. Aufgewachsen war er mit einem Vater, der in jeder Branche, in der er sich je versucht hatte, Schiffbruch erlitten hatte, einem Vater, der sich als solcher Versager fühlte, daß er Erfolge seines Sohnes dort, wo er selbst erfolglos geblieben war, für unerläßlich hielt. Wirklich, häufig fragte ich mich, ob sich nicht Hunter Dean Price II die Teilhaberschaft bei F & F für Hunt mehr wünschte als Hunt selbst, und ob Hunts unermüdliche Vorstöße, Kontaktaufnahmen und Schleimereien nicht mehr mit seinem Dad zu tun hatten als mit seiner persönlichen Befriedigung.

»Willst du wirklich wissen, wie mein Tag war?« fragte ich ihn.

»Allerdings«, sagte er. »Wie wär's zuerst mit einem Drink?«

Ich nickte.

Ich folgte Hunt zu der kleinen Bar in der Bibliothek, einem warmen, in Dunkelgrün gehaltenen Raum hinter der Küche. Er schenkte mir ein Glas Pouilly Fuissé ein und mischte sich selbst einen Tanqueray Gin mit Tonic, ein Getränk, das bei uns liebevoll T' n 'T genannt wurde. Ich setzte mich auf das Zweisitzersofa; Hunt ließ sich am Schreibtisch mit der Lederauflage nieder.

»Irgendwas passiert heute?« fragte er.

Ich holte tief Luft. »Das könnte man wohl sagen«, sagte ich und begann zu weinen. Ich hatte mir selbst das Versprechen gegeben, es nicht zu tun, doch das Gefühl von Trauer und Verlust überwältigte mich einfach. Hunt erzählen zu müssen, was Leeza mir angetan hatte, ließ alles nur noch wirklicher, noch schrecklicher erscheinen.

Hunt erhob sich von seinem Stuhl und setzte sich neben mich auf das Sofa. »Judy? Was ist denn?« fragte er.

»Ich bin gekündigt worden«, sagte ich und schluchzte an seiner Schulter.

»Gekündigt?« wiederholte Hunt, als er mich von sich wegschob. Ich war mir nicht sicher, ob ihn meine Mitteilung bestürzte oder ob er Angst hatte, ich würde seinen Anzug beschmutzen.

»Leeza Grummond hat gesagt, Charlton House wollte die Qualität steigern«, sagte ich. »Von jetzt an wollen sie ›Literatur‹ verlegen.« Ich rollte mit den Augen. »Keine Kochbücher mehr. Und auch keine Liebesromane.«

»Arlene Handlebaum ist auch gekündigt worden?« fragte Hunt.

Ich nickte.

Hunt sagte kein Wort und starrte ausdruckslos vor sich hin. Er saß da, zog an seinem linken Ohrläppchen und mahlte mit der Kiefermuskulatur, wie er es immer tat, wenn er aufgewühlt war.

»Sie geben mir eine phänomenale Abfindung von drei Monatsgehältern«, fuhr ich fort. »Tolle Geste, was?«

Er schwieg weiter.

»Hunt?« sagte ich. »Was denkst du?«

Er räusperte sich. »Ich denke, daß ich meinen Ohren nicht traue«, sagte er. »Und dann denke ich, daß dir übel mitgespielt worden ist.« Er hielt inne. »Ich verstehe ja, daß sie Ballast abwerfen müssen. Alle großen Firmen bauen Personal ab. Aber dich und Arlene hinauszuwerfen ist die reine Dummheit. Ihr zwei seid phantastische Lektorinnen.«

»Ganz meine Meinung«, sagte ich traurig. »O Hunt. Was mache ich denn jetzt? Ich habe so gern bei Charlton House gearbeitet. Ich fühle mich ganz verloren.«

Hunt schlang die Arme um mich und hielt mich fest. »Alles

wird wieder gut«, sagte er, während er mich wiegte. »Ich glaube an dich. Ich weiß, daß du ganz schnell einen neuen Job finden wirst.«

»Ehrlich? Wie denn?« sagte ich. »Überall wird Personal abgebaut. Wir leben in den Neunzigern, vergiß das nicht. Im Moment wimmelt es nicht gerade von Jobs.«

»Du machst deine Arbeit gut«, beharrte er. »Das muß doch etwas bedeuten.«

»Leeza Grummond hat es nichts bedeutet«, erwiderte ich. »Sie hat mir gesagt, daß ich gut bin und mich dann gefeuert.«

Hunt schüttelte den Kopf. »Ich fasse es nicht«, sagte er.

»Willkommen im Club«, sagte ich. »Wie kommen wir denn finanziell zurecht?« fragte ich. »Kein Job – kein Gehalt.«

»Wir nagen nicht gerade am Hungertuch. Ich verdiene genug, um uns zu ernähren«, sagte Hunt.

Ich nickte. Hunt hatte natürlich recht. Sein Gehalt hatte meines schon immer in den Schatten gestellt, trotz meiner alljährlichen Gehaltserhöhung. Aber es hatte mir zu Selbstwertgefühl verholfen und dazu, daß ich mich als echte Partnerin in der Ehe fühlte.

»Sieh mal«, sagte er. »Laß dir ein oder zwei Tage Zeit, um es zu verarbeiten. Am Montag kannst du dann anfangen, Kontakte anzuzapfen und dir dein weiteres Vorgehen zu überlegen. Du bekommst einen anderen Job, Jude. Das weiß ich. Du bist klug und intelligent und hochbegabt, und Können siegt immer.«

Ich blickte Hunt an und spürte, wie meine Liebe zu ihm aufwallte. Natürlich benahm er sich manchmal wie ein Blödmann, und natürlich ging mir seine fanatische Begeisterung für Schweinebäuche und seinen Country Club und das Golfspielen auf die Nerven. Doch der Mann war loyal und ehrlich und ein guter Ehemann. Wie konnte ich überhaupt daran denken, mich von ihm scheiden zu lassen?

Die nächsten zwanzig Minuten verbrachte ich damit, mir meine Wut auf Charlton House, ihr neues Verlagsprogramm und Leeza – vor allem Leeza – von der Seele zu reden. Es war so befriedigend, Hunt erzählen zu können, was ich gegenüber dem

Wunderkind der westlichen Welt empfand – wie wenn man einen schlimmen Ausschlag hat und sich endlich kratzen kann.

Als ich mich für einen Abend genug über Leeza ausgelassen hatte, schlug ich vor, uns etwas zum Abendessen zu machen.

Hunt sagte, er müsse noch einen Anruf erledigen und käme dann nach.

Ich küßte ihn (auf den Mund) und ging in die Küche. Nach wenigen Minuten folgte er mir.

»Ich habe noch einen Rest Kalbfleisch Marengo im Kühlschrank gefunden«, sagte ich. »Möchtest du das essen?«

»Klingt gut«, sagte Hunt und ich wußte, daß er das ehrlich meinte. Hunt war jede Art von Essen recht, solange keine Anchovis dabei waren. Da stand ich nun, eine jüdische Essensfanatikerin, die von Polenta, Pancetta und Penne puttanesca redete, und war mit einem Nichtjuden verheiratet, dessen Vorstellung von einem Gourmet-Essen sich darin erschöpfte, daß Gorgonzola auf seinem Cheeseburger lag statt Velveta. Erschwerend kam noch hinzu, daß es ihm egal war, ob er überhaupt etwas aß. Er konnte Mahlzeiten auslassen und merkte es nicht einmal, während ich seit meinem neunten Lebensjahr keine Mahlzeit versäumt hatte.

Ich wärmte das Kalbfleisch auf und deckte den kleinen Tisch am Eßplatz in unserer Küche.

»Wen hast du angerufen?« fragte ich Hunt beim Essen.

»Angerufen?« fragte er.

»Ja. Vorhin. Du hast doch gesagt, du müßtest noch jemanden anrufen.«

»Ach das. Nur ein Kunde.«

Ich nickte und aß weiter. »Neuer Kunde?« fragte ich.

»Ja«, sagte Hunt. »Woher weißt du das?«

»Weil du beim Nachhausekommen so aussahst, als hättest du gute Laune. Das kann nur zweierlei bedeuten: Du hast einen neuen Kunden, oder du hattest einen erfolgreichen Tag auf dem Golfplatz. Da wir erst März haben und du noch nicht Golf spielst, wette ich, daß es ein neuer Kunde ist.«

Er lächelte. »Ich bin also so berechenbar, was?«

»Leider schon«, sagte ich und leerte mein Weinglas. »Noch etwas Wein?« fragte ich, als ich aufstand, um die Flasche aus dem Kühlschrank zu holen.

»Klar«, meinte Hunt.

Ich kam wieder an den Tisch und schenkte uns beiden Wein nach.

»Wer ist denn der neue Kunde?« fragte ich und führte mir eine Gabel voller Kalbfleisch zum Mund.

Hunt nahm einen Schluck Wein, gab mir aber keine Antwort.

»Wer ist der neue Kunde?« fragte ich noch einmal. Hunt war, genau wie seine Eltern, nicht der größte Redner der Welt, aber normalerweise machte er seine Sache besser.

Er stellte das Glas ab und starrte auf seinen Teller.

»Leeza Grummond«, sagte er schließlich und blickte schuldbewußt drein, aber nicht schuldbewußt genug.

Ich brauchte eine Sekunde, um diese Information zu verarbeiten. Dann explodierte ich. »Du willst mir erzählen, daß Leeza Grummond dein neuer Kunde ist?« Ich legte die Gabel weg und ließ die Hände in den Schoß fallen, damit ich ihn nicht erwürgte.

»Es ist deine Schuld«, traute er sich noch hinzuzufügen.

»Wie kommst du denn darauf?« sagte ich.

»Weißt du noch, wie du letztes Jahr an Weihnachten diese üppige Gratifikation bekommen hast?« fragte er.

»Wie könnte ich das vergessen«, sagte ich. »Damit haben wir den Tisch bezahlt, an dem wir gerade sitzen.«

»Mit einem *Teil* davon haben wir den Tisch bezahlt. Den anderen Teil haben wir an der Warenbörse investiert, in ein Geschäft, das ich bei F & F für dich abgewickelt habe.«

»Ja? Na und?«

»Weißt du noch, wieviel Geld du dabei verdient hast? Und wie du herumgelaufen bist und allen bei Charlton House erzählt hast, daß sie ihr Geld bei mir anlegen sollen?«

Ich nickte. Ich wollte, daß alle meine Kollegen erfuhren, wie geschickt mein Mann an der Warenterminbörse handelte. Also habe ich es herumposaunt. Na und?

»Tja, Leeza hat es auch gehört. Sie hat mich angerufen und gesagt, sie wolle in Rohöl, Erdgas und Schweinebäuche investieren, genau wie du es getan hast.«

»Diese Kuh. Diese fiese Kuh. Wie kann sie es wagen, mich hinauszuwerfen und dann meinen Mann anzuheuern? Das ist doch der Gipfel, oder nicht?«

Hunt nahm einen Schluck Wein. »Sie hat mir eine Menge Geld zum Investieren anvertraut, Jude«, sagte er. »Und jedesmal wenn ich einen neuen Kunden an Land ziehe, mache ich damit Punkte bei den Teilhabern, verstehst du?«

Ich sah Hunt an und sah nichts als *Verräter*! Tja, auch das Wort *Arschloch* kam mir in den Sinn. »Du würdest also deine Frau eiskalt überfahren, nur um die Teilhaber zu beeindrucken?« fragte ich.

»Natürlich nicht«, sagte er. »Ich habe Leeza Grummond als Kundin angenommen, weil ich in der Firma aufsteigen will – zu unser beider Nutzen. Dir gefällt unser Lebensstil genauso gut wie mir. Liegt dir etwa nichts daran, ihn aufrechtzuerhalten?

Insbesondere jetzt, nachdem du deinen Job verloren hast? Denk doch mal darüber nach.«

Das einzige, worüber ich nachdenken konnte, war, daß mein Mann für Leeza Geld verdienen würde. Der Gedanke war unerträglich grauenvoll. Ich mußte den Raum verlassen, da ich fürchtete, Hunt andernfalls etwas wirklich Schlimmes und Beleidigendes an den Kopf zu werfen, etwas, das ich nicht wiedergutmachen könnte.

»Ich hasse diesen Tag«, sagte ich, als ich in der Tür stand. »Wenn ich jetzt ins Bett gehe, ist er vorüber.«

»Haßt du mich auch?« wollte er wissen.

Ich dachte über die Frage nach. »Ja«, sagte ich.

Hunts Miene verdüsterte sich.

»Aber das legt sich wieder«, fügte ich hinzu und ging ins Bett.

3. Kapitel

Den Montagmorgen verbrachte ich damit, mit meinen Bekannten aus der Verlagsbranche zu telefonieren, die sich allesamt schockiert und empört darüber äußerten, daß ich hinausgeworfen worden war, von denen aber keiner etwas von einer freien Stelle wußte.

Mach dir keine Sorgen, sagte ich mir. Es wird sich schon etwas finden.

Ich hatte recht: Etwas oder vielmehr jemand fand sich – mein loyaler Autor und unermüdlicher Verehrer Valerio. Als er hörte, daß ich gefeuert worden war, geriet er derart in Wut, daß er Leeza anrief, um ihr zu sagen, daß er sein nächstes Kochbuch bei einem Konkurrenzverlag herausbringen würde. Doch er kam nie dazu, ihr diese Mitteilung tatsächlich zu machen, da die gute alte Leeza seinen Anruf gar nicht entgegennahm! Was tat er also? Er stand bei mir vor der Tür, beladen mit Geschenken und großem Mitgefühl.

»Du bist ein Schatz«, sagte ich, als wir eines Mittwochnachmittags in meinem Wohnzimmer saßen, Bellinis tranken und in Erinnerungen an unsere erste Zeit bei Charlton House schwelgten.

»Dass att nix mitta Schatz zu tun«, sagte Valerio, und trug den Akzent seiner italienischen Heimat dick auf. Das muß ich dem Mann lassen: Er konnte diesen Akzent im Handumdrehen an- oder abstellen. Bei schwierigen Vertragsverhandlungen konnte er ihn zum Beispiel ganz verschwinden lassen. »Machen Sie mir nichts vor, Mann«, sagte er dann ohne jede Spur seiner alten Heimat. »Ohne Preisgleitklausel kein Vertrag!«

»Ich bien über-aupt kein Schatz«, fuhr er fort. »Ich bien ien dich verliebt, Judy.«

Ich hatte es aufgegeben, Valerio seine Liebesglut ausreden zu wollen. Meine momentane Strategie bestand darin, sie zu ignorieren. »Hast du irgend etwas Neues über Charlton House gehört?«

Ich biß mir auf die Lippe, als ich den Namen meines früheren Arbeitgebers aussprach. Wie eine verschmähte Geliebte, die wünschte, daß sie den Kerl, der sie sitzengelassen hat, nie kennengelernt hätte, aber jeden, der ihn kennt, fragt, wie es ihm geht.

»Nein«, sagte Valerio. »Aba du brauchst diese Firma gar niecht. Du bekommst eine Stelle bei einem Verlag, der deine Schönheit und Klugheit zu schätzen weiß.«

Er griff nach meiner Hand und küßte sie.

So ein Casanova, dieser Valerio. Ich betrachtete seine Hände, die nun auf meinem Schenkel lagen. Seine hellrosa Fingerkuppen waren wie üblich etwas fleckig, und der Gedanke, sie auf meinem Körper zu spüren, brachte mich zum Lachen. Oder würden Sie etwa einen Mann ernsthaft als Objekt der Begierde in Erwägung ziehen, auf dessen Fingerkuppen Pistazienflecken sind? Unabhängig davon, daß Pistazien die »geheime Zutat« in seinen mittlerweile berühmten Gerichten sind. Er war ein phantastischer Koch und ein noch phantastischerer Talk-Show-Gast, aber er war nichts für mich, nicht einmal in meinem gegenwärtigen, extrem verletzlichen Zustand.

Er blieb da, bis Hunt nach Hause kam. Die beiden Männer plauderten ein Weilchen miteinander, während ich auf die Toilette ging. Als ich zurückkam, brachte ich Valerio zur Tür.

»Dein Mann ist in Ordnung«, flüsterte er völlig akzentfrei. Offenbar war er zu Geschäften aufgelegt. »Ich habe immer gedacht, er hätte keine Ahnung vom Essen und habe mich gefragt, wie du ihn nur heiraten konntest. Aber du hättest ihn über Mais, Weizen und Sojaöl reden hören sollen. Er sagt, momentan solle ich mein Geld in Mais stecken. Er hat gesagt, er würde meine Börsengeschäfte für mich übernehmen, kein Problem.«

Überlassen Sie es Hunt, dem Warenterminhändler. Dieser Mann hörte nie auf, Kunden an Land zu ziehen.

»Vielleicht solltet ihr beiden einmal zusammen essen gehen«, sagte ich, als ich Valerio zur Tür hinausgeleitete.

»Nur, wenn du mitkommst, meine Süßä«, sagte er und küßte mir die Hand.

»Ich kann nicht«, sagte ich. »Ich muß mir einen Job suchen.«

Ich versuchte, einen Job zu bekommen, ich versuchte es wirklich, aber niemand brauchte Mitarbeiter. Ich will nicht behaupten, daß es keine Vakanzen gab. Ich hörte, daß diese Kochbuchlektorin aufhörte, weil sie ein Kind bekam, und daß jene Kochbuchlektorin aufhörte, um eine Entziehungskur zu machen. Das Problem war nur, daß ihre Verlage sie nicht ersetzen; sie bauten Personal ab. Gott, was für ein gräßlicher Ausdruck.

Eines Tages fuhr ich mit dem Zug nach New York, um mit Arlene zu Mittag zu essen. Sie sah noch bleicher und gehetzter aus als sonst, und so fragte ich sie, ob sie auch ein bißchen auf sich achtete.

»Oh, sicher«, meinte sie. »Aber mir fehlt mein Job.«

»Ich weiß, wie du dich fühlst«, sagte ich. »Ich werde noch verrückt, wenn ich weiter zu Hause herumsitze.«

»Mir geht's genauso«, sagte sie. »Wenn ich meine sechs Lieblingsromane nicht hätte, wüßte ich nicht, was ich tun sollte.«

»Deine sechs Lieblingsromane? Willst du damit sagen, daß du immer wieder dieselben Bücher liest?«

»Sicher. Warum denn nicht?«

Ich wollte sagen »Weil du dir einen *echten* Freund suchen sollst, anstatt fiktiven Männern hinterherzuschmachten«, aber ich zuckte nur die Schultern und hielt den Mund. Das Problem bei Arlene war, daß kein Normalsterblicher mit ihren bevorzugten Romanhelden mithalten konnte. Ich hatte versucht, sie mit zwei von Hunts Freunden von F & F bekannt zu machen, aber sie war nicht einmal daran interessiert, sie auch nur kennenzulernen. »Nur weil sie keine Herzöge oder Grafen sind, sind sie noch lange keine schlechten Menschen«, hatte ich mir aber nicht verkneifen können.

Nachdem wir unser Essen bestellt hatten, erzählte mir Arlene, sie hätte das Gerücht gehört, daß Beach Reads, ein Verlag, der hin und wieder ein Kochbuch herausbrachte, eine Lektorin suchte. Offenbar war die frühere Kochbuchlektorin nach Indien gegangen, um in einem Ashram zu leben.

»Das ist ja toll!« sagte ich begeistert. »Ich rufe sofort dort an, wenn ich nach Hause komme. Danke für den Tip.«

»Ich hoffe, daß es klappt«, sagte Arlene. »Beach Reads ist kein besonders nobler Laden, also erwarte dir nicht zuviel.«

»Tu ich nicht«, sagte ich.

Beach Reads verlegte eine Menge schäbiger, pornographischer Romane. Die Mitarbeiter, die die Firma für sich gewinnen konnte, waren nicht direkt die Besten ihres Fachs, aber meine Güte – ein Job war ein Job.

Am Morgen meines Vorstellungsgesprächs bei Beach Reads betrachtete ich mich im Spiegel und dachte, okay, du bist zwar keine zwanzig mehr, aber für eine Frau, die in drei Monaten vierzig wird, siehst du recht passabel aus. Ich trug immer noch Größe sechsunddreißig, obwohl meine Kleider eine Idee zu eng saßen, seit ich nur noch im Haus herumhing und viel zu viele Pepperidge Farm Cookies aß. Meine Augenlider hingen etwas, und auf meinen Schenkeln machten sich lästige Besenreiser breit, von der Cellulitis ganz zu schweigen, aber alles in allem war ich immer noch recht knackig. So hoffte ich zumindest. Ich hatte langes, durch Strähnchen aufgehelltes, blondes Haar, mandelförmige haselnußbraune Augen und einen üppigen Schmollmund, der mir als Kind peinlich gewesen war, heute aber voll im Trend lag. Und dann besaß ich äußerst flotte Brüste, die der Neid meiner Freundinnen und der Stolz meines Mannes waren, der mir einmal vorgeschlagen hatte, sie versichern zu lassen, so wie eine Tänzerin ihre Beine versichert. »Ist das dein Ernst?« hatte ich ihn gefragt. »Nein, das war nur Spaß«, antwortete er. Das war das Problem mit Hunt. Wie bereits erwähnt, war er nicht gerade der größte Spaßvogel auf unserem Planeten, so daß man es nie genau wußte, *wenn* er einmal einen Witz machte.

Ich war zu früh für das Vorstellungsgespräch eingetroffen, aber trotzdem war es unverzeihlich, daß ich fünfundvierzig Minuten warten mußte, bis ich zur Personalchefin vorgelassen wurde.

»Kommen Sie herein«, sagte sie und stellte sich als Ms. Rothstein vor. Sie trug Blue jeans mit Löchern an den Knien, schwarze Reeboks mit hohem Schaft und ein T-Shirt, auf dem stand: »AEROSMITH – 1992 TOUR«. Das lange schwarze Haar hatte sie hinter die Ohren zurückgestrichen, vermutlich um ihre Ohrläppchen zur Geltung zu bringen, die alle beide drei- oder viermal durchbohrt waren. Sie konnte kaum älter als fünfundzwanzig sein und entsprach in keiner Weise meinem Bild von einer Personalchefin, doch ich versuchte, meine positive Einstellung beizubehalten.

Das war allerdings schwierig, vor allem, da Ms. Rothstein es nicht für nötig gehalten hatte, auch nur einen Blick auf meinen Lebenslauf zu werfen.

»Woher stammen Sie, Ms. Mills?« fragte sie.

»Shirley, Ms. Rothstein«, antwortete ich.

»Sie möchten, daß ich Sie beim Vornamen nenne? Das ist cool, Shirley. Nennen Sie mich Linda«, sagte sie. »Also, woher stammen Sie?«

»Shirley«, sagte ich.

»Gut. Und aus welcher Stadt stammen Sie?« fragte sie.

»Shirley«, sagte ich zum dritten Mal. Unser Wortwechsel erinnerte mich an den Sketch »Who's on First«, von Abott und Costello. »Shirley ist eine kleine Stadt auf Long Island«, erklärte ich. »Nicht weit von den Hamptons.«

»Die Hamptons, oh, cool«, sagte Linda. »Was war Ihr Hauptfach im College?«

Mußten wir wirklich so weit zurückgehen? fragte ich mich. Ich konnte auf ein Dutzend erfolgreiche Kochbücher verweisen. Was zum Teufel hatte mein Hauptfach im College mit all dem zu tun?

»Griechisch und Latein«, antwortete ich und bemühte mich um Konzentration.

»Cool«, meinte Linda. »Wir haben mehrere griechische und lateinische Kochbuchautoren. Da wäre zum einen Arianna Stavros mit ihrem Buch *Freude an Feta* und Pablo Bournio, der Pastatyp, der...«

»Ich meine Altgriechisch und Latein. Wie in der Antike«, unterbrach ich sie. »Sie wissen schon, die *Ilias,* die *Odyssee* und dergleichen?«

Linda sah mich verständnislos an.

Wir plauderten noch ein paar Minuten. Dann nahm Linda einen Anruf ihres Freundes entgegen, eines aufstrebenden Rock-Gitarristen namens Pain (das war sein Künstlername, erklärte sie mir; sein richtiger Name war Howard).

»Also«, sagte ich, als sie nach einer Viertelstunde auflegte. »Wegen der Stelle. Muß ich noch mit jemand anderem sprechen? Mit dem Verleger? Oder vielleicht mit dem Cheflektor?«

Ich wollte keine einzige Minute mehr bei Beach Reads verbringen, geschweige denn dort arbeiten, aber ich hatte mir selbst das Versprechen gegeben, jeden Verlagsjob anzunehmen, der sich mir bot, und daran hielt ich mich.

»Noch nicht«, sagte Linda, griff in ihre Schreibtischschublade und holte eine halbleere Packung Studentenfutter hervor, von der sie mir anbot.

»Nein, danke«, sagte ich.

»Ich rufe Sie an, wenn irgend jemand hier mit Ihnen sprechen will«, sagte sie und gab mir keinen Hinweis darauf, ob ich die erste Hürde genommen hatte.

Sie stand auf, schüttelte mir die Hand und begleitete mich hinaus.

Am Abend fragte Hunt, wie mein Vorstellungsgespräch verlaufen sei.

»Ich weiß es nicht«, sagte ich. »Wir haben kaum über Kochbücher gesprochen. Ich bin gar nicht dazu gekommen, ihr von den Bestsellern zu erzählen, die ich für Charlton House gemacht habe.«

»Das kann sie ja alles deinen Unterlagen entnehmen«, sagte er. »Vielleicht wollte sie in dem Gespräch nur ein Gefühl dafür bekommen, was für ein Mensch du bist.«

»Vielleicht. Wir werden sehen.«

Wir sahen. Linda Rothstein meldete sich nicht. Nach zwei Wochen hielt ich es nicht mehr aus und rief an.

»Hier ist Judy Mills«, sagte ich. »Ich wollte nur wissen, ob Sie schon eine Entscheidung wegen der neuen Kochbuchlektorin getroffen haben.«

»Oh, hallo Judy«, sagte Linda. »Ja, der Verleger hat eine Entscheidung getroffen. Er hat jemand anders eingestellt.«

Ich war enttäuscht und sehr erleichtert.

»Aber ich habe ja nicht einmal mit ihm gesprochen«, sagte ich. Ich hatte gehört, daß Sam Spellman, der Verleger von Beach Reads, ein richtiger Geizkragen war, der seinen Mitarbeitern nie das zahlte, was sie wert waren.

»Ja, weil Sam beschlossen hat, jemanden aus der Firma nachrücken zu lassen«, erklärte Linda.

»Ach, Sie meinen, es gab eine Lektorin im Haus, die bereits Kochbücher bearbeitet hatte?« sagte ich.

»Nein«, sagte sie. »Sam hat seiner Frau den Job gegeben.«

»Seiner Frau? Arbeitet sie als Lektorin im Verlag?«

»Nein, sie hat noch nie in einem Verlag gearbeitet. Aber ihm schmeckt, was sie kocht, und deshalb hat er sie eingestellt.«

Das hieß also jemanden aus der Firma nachrücken lassen. Ich hatte keine Chance.

Ich dankte Linda, legte den Hörer auf und versuchte, mich nicht entmutigen zu lassen. Es war ja nur ein Vorstellungsgespräch. Es würden noch andere folgen.

Es folgten andere. Ich hatte ein Vorstellungsgespräch bei der Rettet-die-Seekuh-Presse, einem Verlag, der Umweltbücher herausbrachte. Sie suchten eine Lektorin, die ihre Reihe mit vegetarischen und Naturkostbüchern betreuen sollte. Tja, und ich war eine Rindfleischliebhaberin, für die das Paradies ein üppiges, zartes, auf dem Holzkohlengrill englisch gebratenes Filet Mignon war. Na und? Das mußten die Leute bei Rettet-die-Seekuh ja nicht erfahren, nach dem Motto: »Keine Fragen – keine Antworten.«

Glücklicherweise kam die Frage nach meinen persönlichen Ernährungsvorlieben während des Gesprächs nicht aufs Tapet. Unglücklicherweise dauerte das Gespräch lediglich anderthalb Minuten. Ich machte den kolossalen und unverzeihlichen Fehler, in meinem geschorenen Bibermantel dort aufzutauchen, dem Mantel, den ich zwei Jahre zuvor mit meiner Weihnachtsgratifikation von Charlton House gekauft hatte. Ja, ich weiß, es war nicht gerade eine grandiose Idee, zu einem Vorstellungsgespräch bei einem Verlag namens Rettet-die-Seekuh im Pelzmantel zu erscheinen. Aber es war ein eiskalter Tag im März, und der geschorene Biber war der wärmste Mantel, den ich besaß.

Nach zwei Monaten unergiebiger Vorstellungsgespräche bei Kochbuchverlagen beschloß ich, daß es an der Zeit sei, mich über die Bücherbranche hinauszubewegen. Ich stellte mich bei der Zeitschrift *Gourmet* vor. Ich bewarb mich bei *Bon Appétit.* Ich stellte mich sogar bei Kellog's vor, wo jemand gesucht wurde, der die kleinen Rezepte redigierte, die sie auf die Schachteln ihrer Frühstücksflocken druckten. Keines dieser Gespräche führte zu mehr als einem »Für *diese* Stelle sind Sie nicht die Richtige, aber wir rufen Sie an, wenn sich etwas anderes ergibt.« Es war niederschmetternd, das kann ich Ihnen sagen.

Aber das niederschmetterndste Gespräch von allen – der absolute Tiefpunkt, offen gestanden – war das bei MTV. Ja, genau, bei dem Musikvideokanal. Offenbar beschloß eines der Genies dort, eine Reihe einzuführen, in der Amerikas Jugend das Kochen beigebracht werden sollte. Sie nannten die Sendung »MTV kocht« und suchten eine Rezeptberaterin. Da ich für meine etwas ausgefallenen Kochbücher bekannt war, rief der Produzent mich an. Ich war begeistert.

Voller Erwartungen ging ich zu dem Vorstellungsgespräch, ich quoll über von Ideen, wie ich in der Guns-'n'-Roses-Generation eine tiefe und dauerhafte Wertschätzung für Confit de Canard, Brokkoligratin und Fenchelgerichte wecken könnte. Leider hatte der Produzent von »MTV kocht« für sein junges Publikum eher weniger aufwendige Speisen im Sinn – Gerichte wie Nachos, Englisch Muffin Pizza und Hühnerflügel im Bierteig. Als ich ihn darauf hinwies, daß MTV Junk Food anpriese, wenn sie sich auf Nachos, Pizza und fritierte Hühnerflügel beschränkten, lachte er und sagte: »Du hast wohl nicht aufmerksam MTV geguckt, Baby. Bei uns dreht sich alles nur um Junk Food. Oder glaubst du etwa, das neueste Video von Pearl Jam wäre kein Junk Food? Tut mir leid, wenn ich dich frusten muß, Baby, aber wir brauchen jemand Jüngeres für den Job, kapiert?«

Ich kapierte es allerdings. Zurück in ein riesengroßes schwarzes Loch. Ich hatte keinen Job, keine Aussicht auf einen Job und niemanden, mit dem ich mein Leid teilen konnte. Arlene hatte vor einem Monat eine Stelle bekommen und war derart damit beschäftigt, sich an ihrem neuen Arbeitsplatz zu beweisen, daß sie keine Zeit, hatte, sich mein Gejammer anzuhören. Sogar Valerio war auf einmal zu überlastet auf mich. Er telefonierte sechsmal täglich mit Hunt, um sich über dessen neueste Transaktionen an der Warenbörse zu informieren.

Apropos Hunt: Nach meinem Vorstellungsgespräch bei MTV ging ich schnurstracks zur nächsten Telefonzelle, um ihn in seinem Büro anzurufen, das nur fünf Minuten zu Fuß von der Grand Central Station entfernt lag. Ich wollte, daß er mich zum Mittagessen in ein dunkles, unglaublich erlesenes Restaurant führte, wo ich unter Menschen sitzen konnte, die ihr Essen auf die Spesenrechnung setzten. Ich wollte das Gefühl haben, wieder zur arbeitenden Bevölkerung zu gehören, als wäre ich ein Teil dieser Geschäftigkeit. Seit ich meinen Job verloren hatte, fühlte ich mich dermaßen isoliert, dermaßen in die Vororte verbannt, derart ausgeschlossen, als wäre ich plötzlich aus einem Club hinausgeworfen worden. Als ich nun Hunts Nummer wählte und hörte, wie mir seine Sekretärin erklärte, daß er sich den Nachmittag frei genommen hätte, um in *seinem* Club Golf zu spielen, fühlte ich mich noch ausgeschlossener.

Natürlich konnte ich Hunt keinen Vorwurf machen. Es war Mitte Mai, und obwohl The Oaks erst zum Memorial Day, also dem letzten Wochenende im Mai, offiziell seine Pforten öffnen würde, spielten die Golfer schon seit April auf dem Platz.

Der Zug brachte mich nach Connecticut zurück. Zu Hause angekommen, stellte ich mir eine Einkaufsliste zusammen, nahm das Auto und fuhr los. So kämpfte ich mich durch jeden Tag, seit ich keinen Job mehr hatte: Ich kaufte Lebensmittel ein, kam nach Hause und kochte ein spektakuläres Abendessen für Hunt und mich. Ich wußte nicht, was ich sonst hätte anfangen oder wie ich sonst meinen Wert hätte unter Beweis stellen sollen. Abend für Abend wurde Hunt, sowie er zur Tür hereinkam, mit einem Fünf-Sterne-Gourmet-Menü willkommen geheißen, einem Menü, für das die meisten Männer dankbar gewesen wären. Aber nicht Hunt. Für Gourmet-Menüs hatte er keinen Sinn. Damit nicht genug, sie ärgerten ihn. Meine jedenfalls.

»Du wirfst das Geld zum Fenster raus«, sagte er beim Essen an jenem Abend, kornisches Wildgeflügel gefüllt mit Basmati-Reis und Shiitake-Pilzen. »Du weißt ganz genau, daß ich einen Shiitake-Pilz nicht von den Schwämmen unterscheiden kann, die bei uns hinterm Haus wachsen. Und will ich das auch gar nicht.«

»Nicht gerade aufgeschlossen von dir«, grollte ich.

»Vielleicht nicht, Judy, aber wir können uns nicht jeden Abend so ein Menü leisten. Nicht mit nur einem Einkommen.«

»Mir ist sehr wohl bewußt, daß ich kein Einkommen beisteuere«, sagte ich abwehrend. »Deshalb koche ich ja diese Menüs. Sie sind mein Beitrag.«

»Judy«, sagte Hunt mit seiner tolerantesten Stimme. »Ich will nicht, daß du kochst. Ich will, daß du arbeitest. Seit ich dich kenne, hast du immer gearbeitet.«

Das war es also. Als Hunt sich in mich verliebte, war ich eine vielversprechende Karrierefrau. Jetzt war ich eine vielversprechende Karrierefrau ohne vielversprechende Karriere, und er fühlte sich betrogen. Tja, sein Pech. Ich würde jedenfalls nicht zulassen, daß ich mich noch schlechter fühlte als ohnehin schon.

»Es ist ja nicht gerade so, daß ich nicht versuchen würde, einen Job zu bekommen«, sagte ich. »Ich bin nicht diejenige, die heute im The Oaks Golfspielen war.«

Hunt lächelte. Er konnte nichts dafür. Das Wort »Golf« brachte ihn praktisch immer zum Lächeln. Es war eine Reaktion wie der Patellar-Reflex oder wie beim Pawlowschen Hund.

»Wo warst du denn?« fragte er.

»Ich hatte ein Vorstellungsgespräch für einen Job bei MTV«, sagte ich.

»MTV? Das ist ja toll, Jude«, sagte er, plötzlich voller Bewunderung für mich.

»Tja, nun, ich habe den Job nicht bekommen«, fauchte ich. »Aber ich bin losgezogen und habe es versucht, während du losgezogen bist und versucht hast, einen dämlichen kleinen Ball in ein dämliches kleines Loch zu schlagen.«

»Na komm.«

»Selber na komm. Sowie The Oaks zur Saison seine Pforten öffnet, wirst du zu einem bescheuerten, golffanatischen Country-Club-Heini.«

»Vielen Dank.«

»Gern geschehen.«

Hunt kam zu mir herüber und legte mir einen Arm um die Schulter. »Lassen wir das doch, einverstanden?« sagte er.

Ich nickte halbherzig. »Du mußt zugeben, daß du wirklich für diesen Club schwärmst«, sagte ich.

»Es ist eine herrliche Anlage. Warum sollte ich nicht dafür schwärmen?« sagte er und nahm seinen Arm von mir weg.

»Weil die Leute dort lähmend langweilig sind, ganz zu schweigen davon, daß sie snobistisch und kleingeistig sind und jeglichen Kontakt zur Realität verloren haben.«

»Woher willst du das denn wissen?« sagte Hunt. »Du gehst doch nie in den Club.«

»Das brauche ich auch nicht. Ich weiß auch so, daß dort niemand ist, mit dem ich jemals befreundet sein möchte.«

»Wirklich? Mit wem möchtest du denn befreundet sein, Judy? Mit diesen Verlagstypen, die du Freunde nennst? Mit diesen Leuten, die dich fallengelassen haben, sowie du deinen Job bei Charlton House verloren hast? Mit Ausnahme von Arlene und Valerio haben sich deine ›Freunde‹ in letzter Zeit nicht besonders freundschaftlich verhalten.«

Hunt hatte nicht ganz unrecht. »Das heißt nicht, daß die Leute im The Oaks keine Nulpen sind«, sagte ich und mußte an die wenigen Kontakte denken, die ich mit ihnen in den Wochen hatte, als sie darüber nachdachten, ob wir uns als Clubmitglieder eigneten.

Unsere Mitgliedschaft im Club war von Perry Vail vorgeschlagen worden, dem Chef der Planungsabteilung bei F & F, einem kompletten Idioten. Da seine Familie seit drei Generationen im The Oaks war, wußte er alles über alle dort. Er war ein entsetzlicher Schwätzer – ein »Waschweib« würde meine Mutter sagen. Er war es, der Hunt zum ersten Mal zum Golfspielen im The Oaks eingeladen hatte. Hunt war an diesem Nachmittag nach Hause gekommen und hatte in den höchsten Tönen vom Golfplatz geschwärmt. Es war sozusagen Liebe auf das erste Loch. Und ehe ich mich's versah, hatte schon Dexter »Ducky« Laughton, der Vizepräsident von F & F und Mitglied des Finanzausschusses des Clubs, eingewilligt, als zweiter Bürge für uns aufzutreten. Da The Oaks eine der letzten amerikanischen Bastionen des Reichtums und der Privilegien der WASPs war, gab es eine lange Warteliste mit Anwärtern. Aber Ducky manövrierte Hunt und mich auf die vorderste Position der Liste, und nach zwei schaurigen Abendessen mit den Laughtons und den Vails bekamen wir Besuch von drei Mitgliedern des Mitgliedschaftsausschusses. Mein Gott, was für eine Qual. Jemand namens Duncan Tewksbury, ein gebeugter, sommersprossiger Mann Ende Siebzig mit fettigem Haar, der ein zerknittertes Seersucker-Sportsakko trug und aussah, als hätte er seine Zähne seit der Erfindung der Baumwollentkörnungsmaschine nicht mehr geputzt, stellte sich als Vorstandsvorsitzender vor. Zu unserer Überprüfung mitgekommen war außerdem Pete Barr, ein von Steroiden strotzender Mann Anfang Vierzig, dessen Hals den Umfang meiner Hüfte und dessen Hüften den Umfang meines Halses aufwiesen. Und dann war da noch Addison Bidwell, ein Mittdreißiger, der aber nichts Jugendliches an sich hatte. Er hatte schmale Lippen, schmale Augen und eine Haartolle, die wie eine Luzerne geformt war, ganz zu schweigen vom verkniffensten Schließmuskel in ganz Belford.

Hunt hatte gesagt, sie würden nur etwa eine Stunde bleiben, und der »Hausbesuch« sei nur eine alberne Formalität; wir seien schon so gut wie aufgenommen.

»Wie kommst du denn darauf?« hatte ich gefragt. »The Oaks ist ein Club für WASPs. Sobald sie herausfinden, daß ich Jüdin bin, bist du draußen.«

»Wie sollen sie das herausfinden?« wollte Hunt wissen.

»Kimberley wird es ihnen erzählen«, sagte ich.

»Kimberley ist nicht da, wenn sie kommen«, wandte Hunt ein.

»Ja, aber sowie du sie in den Club mitnimmst, wird sie es ihnen erzählen. Sie liebt es, mir Schwierigkeiten zu machen.«

»Das ist doch lächerlich, Jude«, sagte Hunt, der seine Tochter wie immer in Schutz nahm. »Sie macht nur eine Phase durch.«

»Ja, nur ist sie in dieser ›Phase‹ schon seit ich sie kenne«, sagte ich. »Hast du nicht bemerkt, daß sie dauernd mit Nachrichten über meine Versäumnisse zu dir rennt? Sie will, daß alle mich so hassen wie sie.«

»Kimberley haßt dich nicht, Judy. Ganz tief drinnen hat sie dich sehr gern.«

»Das muß aber *sehr* tief drinnen sein.«

»Wenn sie dir zeigen würde, wie gern sie dich hat, hätte sie das Gefühl, ihre Mutter zu verraten.«

»Ich sage dir nur eines: Wenn du sie das erste Mal in diesen Club mitnimmst, wird sie schnurstracks zu Duncan Tewksbury gehen, dem Vorstandsvorsitzenden, und sagen: ›Meine Stiefmutter ist Jüdin. Na-na-na-na-na.‹«

Hunt zog eine Augenbraue hoch und sah mich an. »Kimberley würde so etwas nie tun«, sagte er. »Sie wird den Mund halten, genau wie ich, und alle im The Oaks werden davon ausgehen, daß du der episkopalischen Kirche angehörst.«

Damals fand ich das noch witzig – die Vorstellung, daß ich versuchte, als Nichtjüdin »durchzugehen«. Was kümmert es mich schon? Hunt wollte so unbedingt Clubmitglied werden, daß meine Herkunft zu verbergen das mindeste war, was ich für ihn tun konnte. Aber dann tauchten die drei Mitglieder des Mitgliedschaftsausschusses zu ihrem »Hausbesuch« bei uns auf, und nachdem sie festgestellt hatten, daß ich weder mit jemandem namens Bootsie Mills in Farmington gewesen war noch mit jemandem namens Flossy Mills in der Historischen Gesellschaft von Belford mitgearbeitet hatte, noch auch nur im entferntesten mit der netten alten Hayley Mills verwandt war, zwangen sie mich,

Fragen folgender Art zu beantworten: »Spielen Sie Krocket? Segeln Sie? Reiten Sie?«

Ob ich reite, du liebe Zeit. Ich konnte mir mich genausowenig auf einem Pferd vorstellen, wie ich mir mich zwei Minuten lang in Gesellschaft der Mitgliedschaft vom The Oaks vorstellen konnte.

Die Männer fragten nicht, was ich beruflich tat. Sie hinkten im Hinblick auf Frauen dermaßen hinter der Zeit her, daß sie, als ich das feministische Buch *Backlash – Die Männer schlagen zurück* erwähnte, vermutlich dachten, ich spräche über einen Schwachpunkt in Hunts Golfschwüngen.

Nach dem Hausbesuch wurde an alle dreihundert Mitglieder des Clubs ein Schreiben gesandt, dem zu entnehmen war, daß Mr. und Mrs. Hunter Dean Price III sich um die Mitgliedschaft beworben hatten, und in dem die Mitglieder aufgefordert wurden, über eventuelle dunkle Punkte in unserer Vergangenheit Bericht zu erstatten. Dies tat niemand, und so wurden wir gebeten, zu einem Treffen mit den fünfzehn Mitgliedern des Mitgliedschaftsausschusses in den Club zu kommen. Zwei Wochen später wurden wir brieflich davon verständigt, daß wir im The Oaks aufgenommen waren.

»Wir freuen uns, Ihnen mitteilen zu können«, hieß es in dem Brief, »daß der Mitgliedschaftsausschuß Sie als Mitglieder im The Oaks empfohlen hat. Willkommen! Wir legen unser Jahrbuch für 1995 bei, dem Sie die Bedingungen für die Mitgliedschaft, bevorstehende gesellschaftliche Ereignisse sowie unsere Statuten entnehmen können. Außerdem fügen wir eine Rechnung für die erste Rate Ihrer Aufnahmegebühr bei. Die jährliche Gebühr muß auf einmal bezahlt werden. Bitte, überweisen Sie beide Beträge sobald wie möglich. Im Namen des Vorstands von The Oaks wünsche ich Ihnen eine gesunde und frohe Mitgliedschaft. Falls ich Ihnen irgendwie weiterhelfen kann, lassen Sie es mich bitte wissen. Ich freue mich darauf, Sie beide im Club begrüßen zu dürfen. Hochachtungsvoll, Lloyd Wright, Sekretär. The Oaks.«

»Wir haben es geschafft!« hatte Hunt ausgerufen, als er den

Brief gelesen hatte. »Das wird uns einen gewaltigen Schritt vorwärtsbringen, Jude. Einen ganz gewaltigen!«

Wie sich herausstellte, bestand das einzig Gewaltige für uns darin, daß wir einen weiteren Grund zum Streiten hatten. Hunt verbrachte seine gesamte Freizeit im The Oaks. Ich verbrachte meine gesamte Freizeit damit, einen großen Bogen um den Club zu machen. Keine gute Methode, Intimität und Nähe zu fördern.

»Man fragt mich schon, ob meine Frau krank ist«, berichtete er eines Freitagabends, nachdem er sich den Tag freigenommen hatte, um mit Perry, Ducky und einem Kunden achtzehn Löcher zu spielen. »Sie zerbrechen sich die Köpfe darüber, warum du nie mitkommst.«

»Sag ihnen, daß ich einen Job habe«, sagte ich zuckersüß. »Erinnere sie daran, daß Frauen im zwanzigsten Jahrhundert häufig berufstätig sind.«

»Aber nicht am Wochenende«, entgegnete Hunt. »Du könntest doch sicher einmal an einem Samstag oder Sonntag mitkommen und versuchen, dich mit den Frauen anzufreunden.«

»Ach, Hunt«, hatte ich geseufzt. »Was habe ich denn schon mit diesen Frauen gemeinsam? Sogar die Berufstätigen unter ihnen sind ein Abklatsch der fünfziger Jahre. Für sie bedeutet die Emanzipation der Frau doch nur, einen ganzen Tag lang ohne Miederhöschen herumzulaufen.«

Trotz allem hatte Hunt lachen müssen. Aber jetzt lachte er nicht, jetzt, wo ich keine Berufstätigkeit mehr hatte, die ich als Vorwand benutzen konnte. Jetzt war er wütend.

»Du machst dich nur lustig über den Club«, sagte er, als ich die Überreste unseres kornischen Wildgeflügels in den Müll warf. »Ich bin Mitglied im The Oaks geworden, weil ich geschäftliche Kontakte knüpfen wollte, um meine Karriere voranzutreiben, damit *wir* ein besseres Leben führen können.«

»Ich weiß, ich weiß«, sagte ich. »Aber hast du denn diese phänomenalen geschäftlichen Kontakte tatsächlich geknüpft?«

»Da kannst du aber Gift darauf nehmen.«

»Nenn mir einen.«

Er dachte einen Augenblick nach. »Clark Haverford. Er ist

Kardiologe. Er hat mir eine Menge Geld zum Investieren anvertraut.«

»Okay. Nenn mir zwei.«

Er dachte noch einen Augenblick nach. »Nelson Phipps. Er ist Vorstandsvorsitzender von Texoil, Judy. Vorstandsvorsitzender, verdammt noch mal!«

Ich war beeindruckt. »Dieser Nelson Phipps ist jetzt ein Kunde von dir?«

»Nicht direkt. Aber ich komme ihm immer näher. Ich habe ihn schon ein paar Mal auf dem Golfplatz getroffen. Und im Men's Grill. Inzwischen erinnert er sich an meinen Namen. Den habe ich im Handumdrehen an der Angel.«

Ich sah Hunt an. Wann war sein Wunsch, Teilhaber bei F & F zu werden, so gezielt, so verzweifelt geworden? Hatte er das Gefühl, daß ihm nicht mehr viel Zeit blieb? Daß er, wenn er nicht spätestens nächstes Jahr Teilhaber wurde, bis ans Ende seines Arbeitslebens im mittleren Management festsitzen würde?

Und was war mit mir? Ich verzweifelte auch langsam. Wenn ich nicht bald einen Job bekam, wußte ich nicht, was ich tun sollte.

»Wenn du mich fragst, Judy, ich finde, du solltest aufhören, über The Oaks und die Leute, die dort Mitglied sind, herzuziehen und den Club einmal ausprobieren«, sagte Hunt. »Die Saison beginnt am übernächsten Wochenende. An deinem Geburtstag.«

Mein Geburtstag. Mein Gott, in zwei Wochen wäre ich vierzig. War das nicht ein Tiefschlag?

»Das Wochenende meines vierzigsten Geburtstags im The Oaks verbringen?« grollte ich. »Vielleicht ergibt ja zweimal minus ein Plus.«

Auf irgendeinem Grund schien diese Bemerkung Hunt zu verärgern.

»Bist du schon einmal auf die Idee gekommen, daß du vielleicht deinen Hintern zu diesem Club hinüberbewegen und dort ein paar geschäftliche Kontakte knüpfen könntest? Du bist diejenige, die keinen Job hat, Baby. Vielleicht solltest du mal rübermarschieren und dir dort einen suchen.«

Er stürmte aus der Küche, ohne auch nur abzuwarten, was für eine sagenhafte Komposition ich zum Nachtisch gezaubert hatte.

Ich öffnete den Kühlschrank, holte das Tiramisu heraus und stellte die Schüssel auf die Arbeitsfläche. Ich verspürte den Drang, meinen Kopf darin zu versenken, mich in Löffelbiskuits, Schokoladensplittern und Mascarpone zu ertränken. Das wäre ein Abgang, was? Ich fragte mich, ob Dr. Kevorkian schon darauf gekommen war.

Anstatt mich umzubringen, beschloß ich dann aber doch, Hunts Rat zu befolgen und mich am Memorial-Day-Wochenende ein Weilchen im The Oaks blicken zu lassen. Vielleicht hatte er ja recht. Vielleicht urteilte ich zu hart über den Club. Vielleicht würde ich dort phantastische Kontakte knüpfen und den Job meines Lebens finden. Ja, ganz bestimmt.

4. Kapitel

Am Memorial-Day-Wochenende wurde ich vierzig. Jetzt gehörte ich zu den Menschen mittleren Alters, der Personengruppe, für die der nächste Schritt das Seniorendasein war – wenn ich Glück hatte.

Ich war stets davon ausgegangen, daß ich mich mit vierzig selbst gefunden haben würde. Aber da stand ich nun und rang immer noch mit meinem Platz im Kosmos, fragte mich immer noch, wer ich war und weshalb ich keinen Job hatte und weshalb ich mit einem Mann verheiratet war, der begonnen hatte, mich wie einen alten Golfschuh zu behandeln.

Oh, damit will ich nicht behaupten, daß Hunt mich ignorierte. Zu meinem Geburtstagsessen lud er mich ins Beldford Inn ein. Das Belford Inn war eines dieser merkwürdigen Gasthäuser in New England, wo überall Zinn und Kupfer und Fischgläser voller Blütenpotpourri herumstanden. Und dann die Bedienungen! Mein Gott, sie waren so mütterlich, daß sie die Gäste fast auf den Schoß nahmen und sie fütterten.

»Hier. Für dich«, sagte Hunt und reichte mir eine kleine Geschenkschachtel. Wir hatten uns gerade gesetzt und eine Flasche Champagner bestellt.

Ich hielt mir das Schächtelchen ans Ohr und schüttelte es. »Hmm.« Ich lächelte. »Es ist kleiner als ein Brotkasten und größer als eine Packung Zahnseide.«

Hunt lachte. »Mach es auf«, sagte er. »Ich glaube, sie werden dir gefallen.«

»Sie?« sagte ich und zog eine Augenbraue hoch.

Ich löste das Einwickelpapier ab und strahlte, als ich die berühmte blaue Schachtel von Tiffany's sah. Ich nahm den Deckel ab: Darin lag ein kleines schwarzes Schmuckschächtelchen. »O Hunt«, sagte ich. »Das ist aber lieb von dir.«

Ich spürte einen Anflug von Schuldbewußtsein. Da hatte ich nun eine so niedrige Meinung von Hunt gehabt und sein mangelndes Mitgefühl mit mir so massiv kritisiert. Und jetzt das. War der Mann doch losgezogen und hatte mir ein Paar Ohrringe bei Tiffany's gekauft. Zumindest nahm ich an, daß es Ohrringe waren.

Ich öffnete das Schmuckschächtelchen. Ja, allerdings waren es Ohrringe. Goldene Reifen aus 18-karätigem Gold. Klassisch, schlicht und elegant. Genau mein Geschmack. Sie waren sogar so genau mein Geschmack, daß ich sie bereits besaß: Hunt hatte mir exakt die gleichen Ohrringe zu meinem fünfunddreißigsten Geburtstag geschenkt.

»Was ist los?« fragte er, als er sah, wie sich meine Miene verdüsterte. »Gefallen sie dir nicht?«

»O doch, sie gefallen mir«, sagte ich matt. »Ich hätte sie sogar beinahe heute abend getragen.«

»Was meinst du damit, du hättest sie beinahe…« Er verstummte. »O Judy. Ich kann es nicht fassen, daß mir das passiert ist.«

Ich gab ihm keine Antwort. Ich konnte nicht. Hunt hatte einen schweren Fehler gemacht. Zugegeben, ich trug die Ohrringe nicht gerade jeden Tag. Es war verständlich, daß er vergessen hatte, daß ich sie besaß oder sogar, daß *er* derjenige gewesen war, der sie mir geschenkt hatte. Ich hatte *ihm* schließlich auch zweimal das gleiche Ralph-Lauren-Hemd geschenkt, oder nicht? Aber trotzdem. Jede Frau hat es gerne, wenn sich ihr Mann wenigstens so viel Gedanken über sie macht, daß er zumindest noch weiß, welchen Schmuck er ihr geschenkt hat.

»Bitte verzeih mir«, sagte er und nahm meine Hand. »Ich habe eben nur...«

»Mach dir keine Vorwürfe deswegen«, sagte ich und bemühte mich um ein reifes Verhalten, entsprechend der Vierzigjährigen, zu der ich heute geworden war. »Ich weiß ja, wieviel du um die Ohren hast, jetzt wo die Golfsaison wieder angefangen hat und so weiter.«

»Das ist keine Entschuldigung«, beschuldigte er sich selbst. »Am Montag gehe ich als allererstes gleich zu Tiffany's und bringe sie zurück.« Er steckte das Schmuckschächtelchen in seine Jackentasche. »Und dann suche ich etwas anderes aus, etwas, was du noch nicht hast.«

»Vielleicht sollte ich lieber mitkommen«, sagte ich halb im Scherz.

»Ich schaffe es schon«, sagte er. »Oh, sieh mal. Da kommt der Champagner.«

Die Bedienung war mit unserem Perrier-Jouet an den Tisch gekommen. Sie zeigte Hunt das Etikett, wartete sein zustimmendes Nicken ab und ließ dann den Korken knallen – direkt in meine linke Brust.

Es tat so weh, als hätte mich eine Kugel durchdrungen. Aber es war nicht der Schmerz, der mich schluchzend die Damentoilette aufsuchen ließ, sondern der Strom Champagner, der sich über mein Calvin-Klein-Leinenkostüm ergossen hatte, das Kostüm, das ich mir gerade selbst zum vierzigsten Geburtstag geschenkt hatte. Wenn etwas schiefgeht, geht es komplett schief.

Ich suchte mir den nächsten Tag für mein lang erwartetes Debüt im Club aus. Ich hatte Hunt versprochen, mich in Zukunft dort sehen zu lassen und genau wie er geschäftlich Kontakte zu pflegen. Also hielt ich Wort und ging hin.

Hunt hatte mir gesagt, daß er morgens um sieben mit Perry Vail, Ducky Laughton und Addison Bidwell eine Partie Golf spielen werde und ich, falls ich mit ihm zum Club hinüberfahren wollte, um halb sieben fertig sein müßte.

»Nur keine Umstände«, sagte ich. »Ich fahre mit meinem Wagen.«

»Bestimmt?«

»Ganz bestimmt. Ich habe gesagt, ich würde mich im The Oaks *sehen lassen*, aber nicht dort *einziehen*.«

Hunt gab mir einen Kuß. »Warum rufst du nicht Larkin oder Nedra an und fragst sie, ob sie mit dir Tennis spielen?«

Larkin Vail war Perrys Frau. Sie war braungebrannt, hatte platinblondes Haar und eine umwerfende Figur, obwohl sie fünf Kinder zur Welt gebracht hatte. Sie war Vollzeit-Hausfrau und Mutter, wenn man die sieben Stunden nicht zählte, die sie jeden Tag auf dem Tennisplatz von The Oaks verbrachte, wo sie als Meisterin im Dameneinzel amtierte und deutlich machte, daß sie diesen Titel behalten wollte, bis sie ins Grab sank. Zusammen mit Nedra Laughton, Duckys Frau, war sie außerdem Meisterin im Damendoppel. Nedra hatte glattes, kinnlanges, pechschwarzes Haar und sprach mit einem leichten Akzent, den ich nicht einordnen konnte. Im einen Moment tippte ich auf Prag, im nächsten auf Pago Pago und dann auf Peoria. Ich hatte den Eindruck, daß sie weltläufig und kultiviert wirken wollte, da sie alle Leute auf beide Wangen küßte und ständig über ihr Sexualleben schwatzte. Doch ihre auffälligste Eigenart war ihre Eifersucht: Wenn Ducky eine andere Frau auch nur ansah, wurde sie wild. Die ganze Geschichte erschien mir ziemlich pubertär, aber Ducky fand es offensichtlich sexy.

»Ich kann Larkin oder Nedra nicht anrufen«, sagte ich.

»Wieso nicht?« fragte Hunt.

»Zum einen habe ich keine von beiden seit diesen schrecklichen Lernen-wir-Hunt-Price-und-seine-Frau-Essen im vergangenen Jahr wiedergesehen. Und zum anderen sind Larkin und Nedra hervorragende Spielerinnen. Sie werden nicht mit mir spielen. Ich habe seit Jahren nicht mehr Tennis gespielt.«

»Aber sicher werden sie, Jude. The Oaks ist ein sehr herzlicher Club. Erinnere dich doch nur daran, wie leicht es mir gefallen ist, Golfpartner zu finden.«

»Natürlich war es leicht. Beim Golf trittst du gegen dich selbst an; die anderen Mitglieder eures Kleeblatts kümmert es nicht, wenn du ein miserabler Spieler bist. Aber beim Tennis wird von dir erwartet, daß du den Ball zu der Person auf der anderen Seite des Netzes zurückschlägst. Wenn du das nicht tust, werden sie meist etwas ungehalten.«

»Okay, Jude, ich muß jetzt gehen. Ruf Larkin und Nedra an, ja?«

Er drückte mir einen Kuß auf den Kopf und ging.

Ich betrachtete mich im Badezimmerspiegel. »Steffi Graf bist du nicht gerade«, sagte ich zu meinem Spiegelbild. »Beweg dich rüber zu diesem Club und fang an, Kontakte zu knüpfen.«

Auf dem Weg zum Club machte ich zwischendurch halt. Da mir eingefallen war, daß ich für den Tennisplatz nichts anzuziehen hatte, ging ich in den Wimbledon Shop auf der Main Street in Belford und bat darum, mir die neueste Tennisgarderobe ansehen zu dürfen. Als ich wieder herauskam, trug ich einen giftgrünen Dreß von Ellesse, bestehend aus Oberteil, Rock, Socken, Schweißbändern und Spitzenhöschen. Valerio wäre begeistert gewesen – ich sah aus wie eine wandelnde Pistazie.

Der Eingang zum The Oaks wurde von steinernen Säulen flankiert, deren eine eine Bronzetafel mit folgender Aufschrift trug: PRIVAT - NUR FÜR MITGLIEDER. Kein Name. Keine Unterschrift. Nur ein geschmackvolles »Verpißt euch« an den Pöbel.

Ich fuhr mit meinem BMW die lange, kurvenreiche Auffahrt hinauf, an Steinmauern entlang und unter einem Laubdach der zwanzig Meter hohen Eichen hindurch zu dem weitläufigen Clubhaus im Tudor-Stil, das wie ein englischer Herrensitz aus dem neunzehnten Jahrhundert die mehr als hundertzwanzig Hektar Land, die der Club sein eigen nannte, überragte. Wie ich an meinem ersten und bisher einzigen Abend im Club bemerkt hatte, damals, als Hunt und ich noch als potientelle Mitglieder begutachtet wurden, beherbergte das Gebäude einen großen und sehr förmlichen Salon, dessen Wände mit Wandgemälden bedeckt waren, auf denen Damen und Herren aus der Zeit der Jahrhundertwende bei nicht besonders anstrengenden Sportarten dargestellt waren; einen Leseraum, der mit Mahagoni getäfelt war und in dem Bücherschränke standen; einen Hauptspeisesaal, der auf das achtzehnte Loch des Golfplatzes hinausging; den Men's Grill, ein dunkles, intimes Eßzimmer, zu dem Frauen und Kindern unwirsch der Zugang verwehrt wurde; eine Speiseterrasse, die durch eine grün-weiß gestreifte Markise vor den Elementen abgeschirmt wurde; Kartenspielzimmer für Herren und Damen, wo an Donnerstagabenden das Leben tobte, wenn viele der Mitglieder Bridge spielten; und ein Ballsaal, der für Hochzeiten, Debütantinnenbälle und natürlich für Partys genutzt wurde.

Ich fuhr vor dem Clubhaus vor und wartete auf jemanden, der mir die Autotür öffnete und den Wagen parkte. Niemand ließ sich sehen.

»Entschuldigen Sie bitte«, sagte ich zu der älteren Frau, die schließlich aus dem Gebäude kam. Sie trug ein ausgebeultes Baumwollkleid, Turnschuhe ohne Socken und Haarnadeln in ihrem verfilzten grauen Haar. Ich nahm an, daß sie zum Personal des Club gehörte. »Kann ich hier den Wagen für den Parkservice stehen lassen?« fragte ich sie.

Die Frau blähte ihre Nüstern, als wäre ich in einen Hundehaufen gestiegen und sie hätte es gerade gerochen. »Pahkservice? Im The Oaks? Wie absuahd«, sagte sie mit der unverwechselbaren Maulsperre der WASPs. Sie ging weiter, schüttelte den Kopf und murmelte vor sich hin. Später erfuhr ich, daß es sich um Mrs. Whitman Tuttle handelte, eines der geachtetsten Clubmitglieder.

Geachtet vielleicht, aber die Frau würde es nie auf die Liste der bestgekleideten Frauen schaffen; soviel stand fest.

Und was sollte dieser Schwachsinn von wegen »kein Parkservice«? Im Country Club meiner Eltern in Boca Taton gab es Parkservice. Die Angestellten dort parkten einem das Auto nicht nur, sie shamponierten und wachsten es auch.

Ich parkte meinen Wagen selbst und suchte mir den Weg zu dem Tennishaus aus weißen Schindeln, das vor den sechzehn Har-Tru-Plätzen lag. Ein halbes Dutzend Frauen drängte sich um einen Trinkbrunnen. Sie trugen weiße Hemden, weiße Röcke und weiße Socken und sahen aus wie ein großer Riegel Ivory-Seife. Eine von ihnen entdeckte mich und stieß die anderen an, und plötzlich starrten mich alle mit vernichtenden Blicken an.

Mir stieg das Blut in die Wangen. Ist mein Unterrock zu sehen? überlegte ich. Nein, ich trug gar keinen Unterrock. Wo lag dann das Problem?

Ich beschloß, mich von ihnen nicht einschüchtern zu lassen und starrte einfach zurück. Bei näherer Betrachtung fiel mir auf, daß Larkin Vail und Nedra Laughton zu der Gruppe gehörten. Ich holte tief Luft und ging auf sie zu, um sie zu begrüßen.

»Oh, schaut mal alle her«, sagte Larkin, als ich näher kam. »Das ist die Frau von Hunt Price.«

Sie erinnerte sich an mich. Oder zumindest erinnerte sie sich an Hunt.

»Hi, Larkin. Schön, Sie wiederzusehen.«

»Ja«, sagte sie einfach.

»Und Sie sind Nedra, stimmt's?« sagte ich und wandte mich an Ducky Laughtons Frau.

»Das ist richtig«, sagte sie in ihrer europäischen Art. Dann küßte sie mich in ihrer europäischen Art erst auf die linke Wange und dann auf die rechte. »Das ist June«, sagte sie zu den anderen.

»Judy«, korrigierte ich sie.

»Oh, tut mir leid«, sagte sie. »Judy.«

Sie können mich paranoid nennen, aber es klang, als würde sie »Jüdin« sagen.

Nedra stellte mir die anderen als Weezie Evans, Bailey Vanderhoff, Lacey Hilliard und Penelope Etheridge vor.

»Wer sagt es ihr?« fragte Bailey Vanderhoff und musterte mich.

»Sagt mir was?«

»Es ist das Grün«, sagte Larkin.

»In The Oaks ist Weiß Vorschrift«, sagte Nedra.

»Sie meinen, wie in Südafrika?«

Die Frauen sahen sich an und schüttelten die Köpfe, als könnten sie es nicht fassen, einer so hoffnungslos begriffsstutzigen Person gegenüberzustehen.

»Auf dem Tennisplatz müssen alle Weiß tragen«, erklärte Larkin. »Das steht in der Hausordnung des Clubs.«

»Oh«, sagte ich und sah an meinem pistaziengrünen Ellesse-Dreß hinab, von dem die Verkäuferin im Wimbledon Shop gesagt hatte, er sähe sehr »smart« an mir aus. Ich war so smart, daß ich mir nicht einmal die Mühe gemacht hatte, die verfluchte Hausordnung dieses Clubs zu lesen. Aber ich wäre nie auf die Idee gekommen, daß The Oaks seinen Mitgliedern nicht gestattete, auf den Tennisplätzen Grün zu tragen. Der Club meiner Eltern hatte weder auf den Tennisplätzen noch sonstwo eine Kleiderordnung. Dort konnte man in einem fuchsienroten Rollschuhoverall auftauchen, und keine der Frauen hätte etwas dagegen – es sei denn, eine von ihnen trug genau den gleichen, was zur Folge hätte, daß man auf Lebenszeit ausgesperrt bliebe.

»Wenn Sie vorhaben, heute zu spielen, Judy, dann könnten Sie es im Pro Shop versuchen«, sagte Larkin. »Dort gibt es weiße Tenniskleidung.«

Ja, und nach der Tenniskleidung, die ihr alle tragt, muß die Ware im Pro Shop wohl ungefähr so modisch sein wie eine Schwesternuniform.

»Danke, Larkin«, sagte ich. »Ich möchte natürlich keine Regeln verletzen. Jedenfalls nicht an meinem ersten Tag.« Ich lächelte unbeschwert und versuchte die Situation locker zu nehmen. He, die Situation war ja auch locker. Schließlich redeten wir über Tennisklamotten, nicht über den Weltfrieden.

»Wie geht es Ihrem hinreißenden Mann?« wollte Nedra wissen.

»Wer ist noch mal ihr Mann?« fragte Weezie Evans.

»Hunt Price«, sagte Larkin.

»Hunt Price?« sagte Lacey Hilliard. »Der ist ja *sooo* süß.«

»Und dieser verträumte Blick«, fügte Penelope Etheridge hinzu.

Hinreißend? Süß? Verträumter Blick? *Mein* Hunt?

Was verblüfft dich denn so? fragte ich mich, als sie anfingen, die Vorzüge von Har-Tru-Tennisplätzen gegenüber den schneller trocknenden Allwetterplätzen zu diskutieren, um anschließend von einem unbedeutenden Thema zum anderen zu wechseln. Hast du vergessen, wie charmant du deinen Mann früher fandest? Daß du immer dachtest, wie erfrischend seine ernsthafte, unkomplizierte Wesensart gegenüber den Horden von verkrampften, egozentrischen Arschlöchern doch sei. Daß sein goldblondes Haar, seine blitzenden blauen Augen und sein hochgewachsener Körper mit der tiefsitzenden Taille dir regelmäßig zu weichen Knien verhalfen? Hast du das wirklich alles vergessen?

»Also, Judy«, sagte Nedra und integrierte mich wieder ins Gespräch. Diese Frauen besaßen die Aufmerksamkeit einer Stechmücke. »Sind Sie zum Tennisspielen gekommen?«

Nein, ich bin gekommen, um Geschäftskontakte zu knüpfen, lachte ich innerlich. »Ja, ich bin zum Tennisspielen gekommen«, sagte ich.

Larkin blickte schwer getroffen drein und wich vor mir zurück, als hätte ich zum Frühstück ein Dutzend Knoblauchzehen verspeist. Vielleicht hielt sie mich für eine Bedrohung, eine Gegnerin, die sie auf dem Platz herumjagen und ihre Herrschaft als beste Spielerin im The Oaks in Frage stellen würde.

»Ich bin zum Tennisspielen gekommen«, sagte ich noch einmal. »Aber nicht mit einer von Ihnen. Ich habe seit Jahren keinen Ball mehr geschlagen und war auch damals nur in der C-Klasse.«

Sie seufzte erleichtert auf. »Vielleicht sollten Sie eine Trainerstunde nehmen«, schlug sie vor. »Der Cheftrainer hier ist phantastisch. Er heißt Johnny und stand einmal auf der Weltrangliste.«

»Sie könnten aber auch eine Stunde bei Rob nehmen, dem Hilfstrainer«, sagte Nedra mit einem lasziven Lächeln. »Er ist *sehr* gut.«

Rob entpuppte sich als gutgebauter, einundzwanzigjähriger Mann der Tat. Nach den ersten zehn Minuten meiner Trainerstunde war mir klar, warum Nedra den Unterricht bei ihm genoß. Wenn er beispielsweise die Rückhand demonstrieren wollte, umfaßte er dich von hinten, schlang seine Hände um deine Hand auf dem Griff des Schlägers, schmiegte sein Gesicht zwischen deinen Kopf und Hals und flüsterte dir Anweisungen ins Ohr. Dann zeigte er dir, wie man den perfekten Schwung bekam, und wenn du seine Anweisungen korrekt befolgt hattest, rieb er dir den Rücken. Hmmm, dachte ich. Wenn einen der Hilfstrainer für gutes Spielen mit Rückenreiben belohnt, wie zeigt dann wohl der Cheftrainer seine Anerkennung?

Nach meiner Trainerstunde schwamm ich kurz, zog mich um und fuhr nach Hause. Ich hatte Hunt versprochen, mit ihm auf den großen Memorial-Day-Ball an diesem Abend zu gehen, und ich mußte noch ein Nickerchen machen, bevor ich mich wieder aufs Schlachtfeld begab.

Ich hatte keine Ahnung, was ich auf dem Memorial-Day-Ball im The Oaks anziehen sollte, erst recht nicht nach dem Fiasko mit dem grünen Tennisdreß. Ich wußte, daß für Herren Smoking vorgeschrieben war, aber ich wußte auch, daß ich ratlos war, wenn ich instinktiv herausfinden wollte, was im The Oaks als »angemessene Kleidung« erachtet wurde.

Ich warf mich in das konservativste, zurückhaltendste Teil, das ich in meinem Kleiderschrank finden konnte: ein wadenlanges, schwarzes Leinenkleid mit kurzen Ärmeln und einem weißen Spitzenkragen. Es eignete sich eher für ein Begräbnis als für einen Ball im Country Club, aber zumindest würde sich niemand daran stören.

Man stelle sich meine Überraschung vor, als ich im Club ankam und feststellte, daß sämtliche Frauen – sogar die alten Schachteln – total aufgedonnert waren. Noch nie hatte ich so viele wogende Busen gesehen. Wo ich auch hinsah, boten sich meinen Blicken Dekolletés, nackte Rücken und geschlitzte Abendkleider.

»Ich glaube, das werde ich nie hinkriegen«, seufzte ich, als Hunt und ich im Foyer des Clubhauses standen.

»Was gibt's denn hinzukriegen?« sagte Hunt. »Das wird eine tolle Party. Amüsier dich.«

Einen tolle Party. Ganz bestimmt. Da das Motto des Abends »The Motown Sound« lautete, hatte der Club eine Band engagiert, die sich ausschließlich aus Weißen zusammensetzte und Songs von den Temptations und den Four Tops spielte, die Schwarze waren. Das verstand man im The Oaks unter multikulturell.

»Sollen wir hineingehen?« fragte Hunt und bot mir seinen Arm.

»Wenn's sein muß«, sagte ich mit einem matten Lächeln und schob meinen Arm durch seinen.

Als wir auf dem Weg zum Ballsaal das Clubhaus durchquerten, betrachtete ich die Räumlichkeiten und fragte mich, was der Club mit unserem Geld anstellte. Die Wände mußten gestrichen werden, auf den Fußböden fehlten die Teppiche, und im ganzen Gebäude roch es so muffig wie auf meinem Dachboden. Offensichtlich wurden unsere happigen Beitrittsgebühren und jährlichen Mitgliedsbeiträge nicht dazu verwendet, das Clubhaus in Schuß zu halten. Vermutlich floß alles in den Golfplatz, wobei ich nichts über Golfplätze wußte, außer daß sie vermutlich intensiverer Pflege bedurften als der durchschnittliche Garten hinterm Haus.

Hunt hatte gemeinsam mit Larkin und Perry Vail sowie Nedra und Ducky Laughton einen Tisch für sechs Personen reserviert. Traumhaft.

Nedra winkte, als wir uns dem Tisch näherten.

»Hallo allerseits. Wie geht's?« sagte Hunt und winkte zurück.

Was ich allerdings nicht realisierte, war, daß Hunt, als er »Hallo allerseits« sagte, nicht nur die Vails und Laughtons meinte. Er meinte jeden in dem ganzen verdammten Raum. Ich sage Ihnen, der Mann blieb an jedem einzelnen Tisch stehen, um irgend jemanden zu begrüßen. Es waren mindestens dreihundert Personen anwesend, und Hunt schien jeden einzelnen von ihnen zu kennen. Ja, damit nicht genug, sie schienen ihn auch zu kennen. Und zu mögen! Sie machten Witze über sein Golfspiel. Sie fragten ihn nach seiner schmerzenden Schulter. Sie gaben Kommentare zu seinem drolligen Kummerbund ab, einer schwarzseidenen Schärpe mit – was sonst? – kleinen weißen Golfbällen darauf. Mein Gatte hatte im The Oaks tatsächlich eine Menge Kontakte geknüpft. Ich war beeindruckt. Aber diese Augenfälligkeit hatte etwas so Ekelerregendes an sich, es war derart erbärmlich, wie er auf Schultern klopfte, zu laut über Witze lachte und Wildfremden in den Arsch kroch.

War ich nur neidisch darauf, daß die Leute meinem Mann Aufmerksamkeit schenkten und mir nicht? Trat ich zu ihm in Konkurrenz, nun, da er Freunde hatte und ich nicht? Weil er Kontakte hatte und ich nicht? Weil er einen *Job* hatte und ich nicht?

Wir setzten uns an den Tisch. Mann Frau Mann Frau Mann Frau. Ich zwängte mich zwischen Perry und Ducky.

Perry hatte struppiges, vorzeitig ergrautes Haar, eine rauhe, heisere Stimme und – wie bereits erwähnt - einen Hang dazu, über die Angelegenheiten anderer Leute Bescheid zu wissen und sich einzumischen. Ducky war mir von allen in der Gruppe der liebste, obwohl »der liebste« meine Zuneigung zu ihm vielleicht etwas übertrieben darstellt. Es war einfach so, daß er mir »echter« vorkam als die anderen. Er hatte spärlicher werdendes, dünnes braunes Haar, Pausbacken wie ein Hamster und eine warmherzige, vertrauliche Art. Es war Ducky, der mich nach meiner Arbeit als Kochbuchlektorin fragte; Ducky, der mir anvertraute, daß er der einzige liberal gesinnte Demokrat im The Oaks war; Ducky, der sich über das Essen im Club lustig machte.

»Scheußlich, nicht wahr?« lachte er, nachdem er einen Bissen genommen hatte. Das Menü beim Memorial-Day-Ball bestand aus muschelloser New-England-Muschelsuppe, gummiartigem Hähnchen Cordon Bleu und Apfelkuchen à la WASP – das heißt mit einer Scheibe Velveta obendrauf. »Sogar nach drei Drinks ist es noch scheußlich.«

»Warum feuert der Club denn den Koch nicht und sucht sich jemanden, der kochen kann?« fragte ich.

»Weil gute Köche teuer sind«, erklärte Ducky. »Die Mitglieder geben ihr Geld lieber für eine neue Bewässerungsanlage für den Golfplatz aus. Außerdem wurde Brendan von dem Vorstandsvorsitzenden Duncan Tewksbury eingestellt.«

»Der Koch heißt Brendan?«

»Genau. Duncan erzählt gern, wie er Brendan vom Belford Athletic Club abgeworben hat. Jetzt haben wir ihn und seinen Gummiadler Cordon Bleu auf dem Hals.«

Die nächste Stunde redeten die Männer über das Warentermingeschäft und die Frauen übers Einkaufen. Ich langweilte mich dermaßen, daß ich beinahe in Tränen ausgebrochen wäre. Dann kam Addison Bidwell, der noch düsterer aussah als sonst und dessen Tolle nach oben abstand wie eine mitleiderregende Erektion, zu unserem Tisch herüber und ließ eine Bombe platzen.

»Claire Cox ist Mitglied im The Oaks geworden«, erzählte er uns. »Verabschiedet euch von allem, was gut und ehrwürdig und richtig an unserem Club war.«

Ich war sprachlos. Alle waren sprachlos. Claire Cox war Amerikas bekannteste Feministin, eine Gloria Steinem der neunziger Jahre. Sie war schön und hochbegabt und zog als Anwältin und Bürgerrechtlerin unermüdlich für die Rechte der Frauen zu Felde. Wo man auch hinsah, stieß man auf sie: bei der »Today Show«, bei »Donahue«, bei »MacNeil/Lehrer«, bei »Nightline«. Die Frau war ein Energiebündel. Doch im Gegensatz zu einigen ihrer berühmten Schwestern in der Bewegung war sie keine Männerhasserin. Ganz im Gegenteil – ihre Affären mit einigen der mächtigsten Männer Amerikas hatten Schlagzeilen gemacht. Sie war groß, schlank und elegant, hatte langes, fließendes, kastanienbraunes Haar, einen milchweißen Teint und riesige grüne Augen. Mit ihren Schulterpolstern, Bügelfalten und der Lässigkeit einer Katharine Hepburn sah sie aus wie eine klassische Filmschönheit der vierziger Jahre. Genau wie Hepburn sollte auch Cox eine gute Sportlerin sein. Sie spielte Golf und Tennis und war eine phantastische Schwimmerin.

Doch warum um alles in der Welt sollte jemand, der so klug

und fortschrittlich gesinnt wie Claire Cox war, einem Club beitreten wollen, in dem Frauen wie Bürger zweiter Klasse behandelt wurden? Nachdem ich am Morgen dieses Tages in meiner grünen, gegen die Regeln verstoßenden Ellesse-Kluft auf dem Tennisplatz aufgetaucht war, war ich nach Hause gefahren, hatte die dämliche Hausordnung des Clubs gelesen und war schockiert gewesen: Den Statuten von The Oaks zufolge waren Männer und Frauen *nicht* gleichberechtigt. Wir durften nicht im Men's Grill essen. Wir durften den Golfplatz an Mittwoch-, Freitag-, Samstag- und Sonntagvormittagen nicht benutzen. Wir durften an Freitag-, Samstag- und Sonntagvormittagen nicht auf den Plätzen 1 bis 4 Tennis spielen. Wir durften im Speisesaal keine Hosen tragen – nicht einmal, wenn es sich um Palazzohosen von Giorgio Armani handelte. Und das allerschlimmste war, daß wir nicht im Vorstand und bestimmten anderen Ausschüssen sitzen oder in Fragen der Mitgliedschaft mit abstimmen durften. Herrje, Frauen konnten nicht einmal Vollmitglieder sein. Unsere *Ehemänner* waren Vollmitglieder, während *wir* als »außerordentliche Mitglieder« galten. Außerdem konnten alleinstehende Frauen unter keinen Umständen Clubmitglieder werden. Offensichtlich wünschten die Männer nicht, daß sich Frauen auf dem Golfplatz aufhielten, und ihre Frauen wünschten nicht, daß *alleinstehende* Frauen sich in der Nähe ihrer Männer aufhielten. So einfach war das. Aber wenn alleinstehende Frauen dem Club nicht beitreten konnten, warum war dann Claire Cox aufgenommen worden?

»Sie kann nicht Mitglied geworden sein«, sagte ich. »Alleinstehende Frauen werden nicht aufgenommen.«

»Ein formales Detail hat ihr geholfen«, sagte Addison und sah sehr betreten drein. »Sie ist Duncan Tewksburys Großnichte.«

»Das ist der Vorstandsvorsitzende«, flüsterte Hunt.

»Ja, ich weiß«, sagte ich.

»Außerdem sitzt er im Mitgliedschaftsausschuß«, fügte Hunt hinzu.

»Stimmt«, sagte ich. »Aber ich begreife immer noch nicht, was das mit …«

»Duncan war früher einmal Präsident des Clubs«, kam ihm Perry zu Hilfe. »Was aber noch wichtiger ist: Sein Bruder Justin war Gründer des Clubs *und* der Großvater von Claire Cox. Das bedeutet, daß sie eine Erbin ist.«

»Genau«, seufzte Addison verzweifelt. »Es gibt eine Klausel in den Statuten, der zufolge ein Erbe oder Nachkomme des Gründers als Vollmitglied akzeptiert werden muß, ob es sich nun um eine alleinstehende Frau handelt oder nicht.«

»Wie nimmt Duncan die Neuigkeit auf?« wollte Perry wissen.

»Er ist verstimmt«, sagte Addison.

»Warum ist er denn verstimmt?« fragte ich. »Man sollte doch annehmen, daß er stolz darauf ist, eine so bedeutende Verwandte zu haben. Wenn Sie mich fragen, ist Claire Cox auf jeden Fall ein Gewinn für den Club.«

»O bitte«, seufzte Addison erneut. »Sie wird diesen Club in eine Kolonie der Frauenbewegung umfunktionieren.«

Ducky lachte. »Hör nicht auf ihn, Judy«, sagte er. »Er und die anderen haben ja nur Angst, daß Claire sie alle ins zwanzigste Jahrhundert zerren wird. Sie haben Angst, daß sie ihre alten Traditionen zerstört.«

»Wäre das wirklich so schlimm?« fragte ich.

»Für sie schon«, meinte Ducky. »Die älteren Mitglieder haben panische Angst vor Veränderungen. Sie wollen sich darauf verlassen können, daß Jimmy, der Geschäftsführer, die Namen ihrer Kinder und Enkelkinder im Kopf hat; daß Rick, der Starter, weiß, wann sie ihren Ball abschlagen möchten; daß Margaret, die Bedienung im Men's Grill, ihnen ihren Lieblingsdrink bringt, bevor sie ihn bestellt haben. Sie wollen keinerlei Veränderungen, und schon gar keine Veränderung der Regeln in bezug auf Frauen. Diese Männer leben noch im Mittelalter, Judy. Der Club ist ihnen heilig, und das letzte, was sie akzeptieren werden, ist, sich von jemandem wie Claire Cox sagen zu lassen, was sie zu tun haben.«

»Da haben wir unseren clubeigenen Liberalen«, sagte Perry und zeigte auf Ducky. »Sein blutendes Herz hört aber auch nie zu bluten auf.«

»Das hat nichts mit liberalen Überzeugungen zu tun«, fauchte Nedra mit funkelnden Augen. »Er hatte eine Affäre mit Claire Cox, als sie in Berkeley zusammen studiert haben. Erzähl doch den Anwesenden, wieviel ihr einander bedeutet habt, Ducky. Erzähl's ihnen.«

Wir blickten alle von Nedra zu Ducky und dann wieder zu Nedra, die vor Eifersucht glühte. Diese Frau wirkte wie aus einer italienischen Oper entsprungen.

»Fangen wir nicht damit an, ja, Nedra?« sagte Ducky. »Es ist schon sehr lange her.«

»Ja, aber was empfindest du jetzt, wo sie wieder in dein Leben tritt?« fragte Nedra. »Wirst du mit ihr sprechen? Mit ihr essen? Mit ihr Golf spielen? Wirst du das tun?«

»Apropos Golf«, mischte sich Perry in einem heldenmutigen Versuch ein, dem Gespräch eine andere Richtung zu geben. »Wollen wir hoffen, daß Ms. Cox nicht versucht, den Golfplatz an Samstag- und Sonntagvormittagen auch für die Frauen zu öffnen. Es ist jetzt schon voll genug an den Wochenenden.«

»Warum sollen denn an den Wochenenden keine Frauen spielen?« fragte ich.

»Ich bin ganz Judys Meinung«, sagte Hunt.

»Ich sage Ihnen, warum«, meldete sich Addison wieder zu Wort. »Sie reden zuviel, sie spielen zu langsam, und alles gerät ins Stocken. Sie sollen unter der Woche spielen.«

»Das ist nicht fair«, wandte Hunt ein. »Vielleicht gibt es ja Frauen im Club, die unter der Woche arbeiten.«

»Nicht nur das, es ist auch gegen das Gesetz, Frauen zu diskriminieren«, sagte ich und wurde langsam wütend. »Ich freue mich auf jeden Fall darüber, daß Claire Cox kommt. Ich hoffe, sie stellt den Club auf den Kopf.«

»So, so«, sagte Ducky. »Und ich freue mich darauf, sie wiederzusehen.«

»Das kann ich mir vorstellen«, sagte Nedra und stieß ihrem Mann den Ellbogen in die Rippen.

»Was halten Sie davon, Larkin?« fragte Hunt.

Larkin zog einen Schmollmund und antwortete schließlich:

»Sie soll eine sensationelle Tennisspielerin sein. Wenn sie dieses Jahr im Damenturnier mitspielt, kann ich mir den Sieg abschminken.«

Addison ging wieder an seinen Tisch zurück, wir beendeten unser Mahl mit Kaffee und Dessert, und das Gespräch wandte sich schließlich unverfänglichen Themen wie strengeren Waffengesetzen, Abtreibung und Bosnien zu.

Als wir vom Club nach Hause kamen, sagte Hunt, er sei so müde, daß er mit dem Aufzug zum Schlafzimmer hinauffahren wolle. Aber so müde kann er doch nicht gewesen sein, denn sowie er im Bett lag, schaltete er seine Leselampe ein und vertiefte sich zum hundertsten Mal in *Harvey Penick's Little Red Book.*

Leicht beschwipst und mehr als leicht geil kuschelte ich mich an ihn und knabberte an seinem Ohrläppchen herum. »Küß mich«, flüsterte ich nach ein paar Minuten.

Hunt legte sein Buch weg und küßte mich. Einmal.

»Tut mir leid, Jude«, sagte er. »Morgen ruft ganz früh der Golfplatz.«

5. Kapitel

Am Sonntag versuchte ich es noch einmal im The Oaks, in der Hoffnung, Kontakte zu knüpfen oder wenigstens jemanden zu finden, mit dem ich reden konnte.

Zuerst nahm ich eine Stunde bei Rob, dem anschmiegsamen Tennistrainer. Dann zog ich meinen Badeanzug an und ging an den Pool. Ich fand einen freien Liegestuhl, streckte mich aus und schloß die Augen. Als ich sie wenige Minuten später wieder aufschlug, bemerkte ich, daß mich alle anstarrten. Was habe ich denn diesmal falsch gemacht? fragte ich mich. Gibt es im The Oaks auch eine Kleiderordnung für den Pool? Nein, sagte ich mir. Es muß etwas anderes sein.

Es *war* auch etwas anderes: Die Leute starrten mich an, weil – Sind Sie vorbereitet? – ich *neu* war! Sie starrten und blinzelten und versuchten herauszufinden, wer ich war und was ich hier wollte, weil sie alte Mitglieder waren und ich ein neues Mitglied war und weil sie nichts Besseres zu tun hatten! Über andere Leute zu reden ist in Country Clubs ein Sport, genau wie Golf oder Tennis. Aber ich mag es nicht, wenn man über mich redet. Ich fühlte mich so bedrängt, daß ich kaum mehr atmen konnte.

Ich wollte gerade aufstehen und gehen, als sich drei Frauen auf den Liegestühlen neben mir niederließen und zu plaudern begannen – miteinander und mit mir.

»Wie viele Kinder haben Sie?« fragte mich eine von ihnen.

Nicht »Haben Sie Kinder?«, sondern »Wie viele Kinder haben Sie?«, als wäre es unvorstellbar, daß ich nicht genau wie sie ein Leben führte, das ein Abklatsch der Fernsehserie »Mutter ist die Allerbeste« aus den fünfziger Jahren war.

»Ich habe eine Stieftochter«, sagte ich und bereitete mich auf weitere ausweichende Antworten vor. Dann fügte ich hinzu: »Und ich habe einen Beruf.« Na ja, früher zumindest.

»Was für einen Beruf?« fragte mich eine der Frauen.

»Ich gebe Kochbücher heraus«, sagte ich.

»Das muß aber Spaß machen«, sagte sie. »Das muß ja ganz unheimlich viel Spaß machen!«

»Tief in ihrem Inneren wollen Frauen eigentlich nicht außerhalb ihres Heims arbeiten«, meldete sich eine andere zu Wort. »Wie Marilyn Quayle sagte: ›Frauen wollen nicht von ihrer angeborenen Wesensart befreit werden.‹«

Ich starrte die Frauen an und fühlte mich wie der sprichwörtliche Fisch auf dem Trockenen. Eine von ihnen ging davon aus, daß ich Kinder hätte. Die andere nahm an, daß ein Beruf eine einzige große Gartenparty war. Und die dritte unterstellte, daß ich eines Tages schon noch zur Besinnung kommen, mich meiner angeborenen Wesensart zuwenden und meinen albernen, alten Beruf aufgeben würde.

Ich kann mich nicht erinnern, mich jemals so allein und so isoliert gefühlt zu haben. Da saß ich nun und versuchte vergeblich, mit Frauen ins Gespräch zu kommen, die in ihrem ganzen Leben keinen einzigen Tag berufstätig gewesen waren. Zugleich fiel es mir schwer, mit meinen Freunden in der Verlagsbranche ins Gespräch zu kommen, die so damit beschäftigt waren, Kontakte zu knüpfen und Geschäfte abzuschließen, daß sie mich komplett vergessen hatten. Im Grunde gehörte ich zu keiner der beiden Gruppen. Diese Erkenntnis machte mich so traurig, daß ich mich etwas abrupt von den Damen verabschiedete.

Am Sonntag nachmittag besserte sich meine Laune etwas, als Hunt mit einer interessanten Neuigkeit nach Hause kam.

»Rat mal, wer heute in Perrys Kleeblatt mitgespielt hat«, sagte er.

»Wer denn?«

»Rate«, verlangte er.

»Reverend Jesse Jackson«, sagte ich mit unbewegter Mine.

»Nee. Falsche Farbe«, sagte Hunt.

»Okay. Der Papst«, schlug ich vor. »Ich habe gehört, daß er ein Golfer ohne Handicap ist.«

»Wieder falsch«, sagte Hunt.

»Ich geb's auf«, sagte ich.

»George Stanton«, sagte Hunt.

»Wer?«

»George Stanton. Die Nummer Zwei bei Shilton & Company.«

Das sagte mir gar nichts.

»Shilton & Company«, wiederholte Hunt. »Die Muttergesellschaft von Davidson House.«

Davidson House war neben Charlton House und Pennington Press einer der bekanntesten Verlage Amerikas.

»Ist dieser George Stanton Mitglied im The Oaks?« fragte ich mit wachsendem Interesse.

»Allerdings. Und außerdem spielt seine Frau Tennis. Vielleicht könntest du dich auf ein Match mit ihr verabreden, einen neuen Geschäftskontakt machen und ein paar Verbindungen aufbauen.«

»Das könnte ich wirklich. Wie heißt sie denn?«

»Perry hat es mir gesagt, und ich hab's aufgeschrieben.« Hunt zog einen Zettel aus der Hosentasche. »Porter«, sagte er. »Porter Stanton.«

Am Dienstag war Memorial Day, und auf den Tennisplätzen im The Oaks war die Hölle los. Ich hatte eine Trainerstunde bei Rob, doch bevor wir anfingen, fragte ich ihn, ob er Porter Stanton kenne.

»Klar«, sagte er. »Sie steht da drüben.«

Er zeigte auf eine kleine, mollige Frau um die Fünfzig, die am Getränkeautomaten stand. Sie sah nicht besonders athletisch aus, aber schließlich habe ich auch nicht gerade einen olympiareifen Körper.

»Haben Sie Mrs. Stanton schon einmal eine Trainerstunde gegeben?« fragte ich Rob.

»Ja«, erwiderte er. »Sie hat etwa Ihr Tempo. Keine Rückhand. Schwache Vorhand. Schwacher Aufschlag.«

»Ideal.« Ich lächelte und ignorierte Robs wenig schmeichelhafte Einschätzung meiner Tenniskünste. »Hätten Sie etwas dagegen, mich ihr vorzustellen?«

»Jetzt?«

Ich nickte.

»Was ist mit Ihrer Trainerstunde? Sie haben für sechzig Minuten bezahlt.«

»Ich weiß«, sagte ich. »Stellen Sie mich ihr trotzdem vor. Einverstanden?«

Rob zuckte die Achseln und ging mit mir zu Porter Stanton hinüber.

»Mrs. Stanton, ich möchte Ihnen Mrs. Price vorstellen, eines unserer neuen Mitglieder«, sagte er gewandt und fügte dann, bevor er uns allein ließ, hinzu: »Sie sucht eine Tennispartnerin, und ich habe mir gedacht, Sie könnten von der Spielstärke her zusammenpassen.«

Porter Stanton lächelte und streckte mir die Hand entgegen. »Bitte nennen Sie mich Porter«, forderte sie mich auf.

»Und ich heiße Judy«, sagte ich, während wir uns die Hände schüttelten. So weit, so gut.

»Ich bin wirklich keine besonders gute Tennisspielerin«, sagte sie entschuldigend. »Ein absoluter Tolpatsch. Mein Mann sagt immer, ich hätte die Anmut eines Nilpferds.«

Ein netter Kerl, dieser George. »Tja«, sagte ich lachend, »ich bin auch nicht direkt ein Profi. Auf jeden Fall gehöre ich nicht in Larkins Klasse.«

»Ja, aber Larkin arbeitet auch so hart an ihrem Spiel«, sagte Porter. »Ich schaffe es einfach nicht, dem Tennis so viel abzugewinnen wie sie. Sie *wohnt* ja praktisch auf diesen Plätzen.«

Wie erfrischend! Eine Frau, für die der Club nicht der Nabel der Welt war. »Ja«, sagte ich. »Und sie ist sehr ehrgeizig. Die Saison beginnt gerade erst, und sie sorgt sich bereits darum, ob sie im September das Damenturnier gewinnen wird.«

Sie lachte. »Wie wär's mit einer Limonade, Judy? Ich lade Sie ein.«

»Danke«, sagte ich. »Ich nehme ein Sprite.«

Porter warf Geld in den Automaten und reichte mir eine Dose Sprite. Für sich wählte sie eine Cola.

»Sie sind also erst kürzlich Mitglied im The Oaks geworden?« fragte sie.

»Eigentlich sind wir schon seit zwei Jahren dabei«, erklärte ich. »Mein Mann hat viel Golf gespielt, aber ich bin eigentlich zum ersten Mal unter der Woche im Club.«

»Warum das?«

»Weil ich bis vor kurzem ganztags berufstätig war. *In einem Verlag.*«

Nein, ich schrie es nicht heraus, sorgte aber dafür, daß die gute alte Porter mich klar und deutlich verstand.

»In einem Verlag? So ein Zufall«, sagte sie. »Der Firma meines Mannes gehört Davidson House.«

»Tatsächlich? Das ist wirklich ein Zufall.«

»Sie sagten, Sie hatten eine Ganztagsbeschäftigung – bis vor kurzem?«

»Ja. Ich war Kochbuchlektorin bei Charlton House«, berichtete ich Porter. »Aber sie bauen Personal ab. Ich bin vor ein paar Monaten gekündigt worden.«

»Das tut mir leid«, sagte Porter.

»Danke. Ich habe mich bei verschiedenen anderen Häusern vorgestellt, aber bislang hat sich noch nichts ergeben.«

»Haben Sie es schon bei Davidson House versucht?« wollte sie wissen.

»Nein«, sagte ich. »Ich kenne dort gar niemanden.« Zaunpfahl, Zaunpfahl.

»Also, da kann ich Ihnen bestimmt weiterhelfen, Judy. Ich werde mit meinem Mann sprechen. Ich bin mir *sicher*, daß er sich dann mit Ihnen unterhalten wird.«

»Ach, Porter«, sagte ich, packte ihre Hand und schüttelte sie heftig. »Ich wäre Ihnen sehr dankbar, wenn Sie ihm von mir erzählen würden. Davidson House hat einen so guten Ruf. Es wäre mir eine Ehre, wenn ich die Gelegenheit bekäme, dort zu arbeiten.« Bagger, bagger. Sülz, sülz.

»Keine Sorge«, meinte sie. »Ich nehme die Sache gleich in Angriff.«

Die Frau war ein Goldschatz. Ich wollte sie küssen. Statt dessen schlug ich vor, Tennis zu spielen.

»Wie wär's?« fragte ich. »Es klingt ganz danach, als ob wir alle beide rechte Holzer wären, also warum gehen wir nicht auf den Platz und holzen drauflos?«

Leider tat ich genau das: drauflosholzen – und zwar auf Porter Stantons Nase.

Wir hatten uns etwa zehn Minuten lang warm gespielt, als ich vorschlug, ein Set zu spielen. Porter war einverstanden. Die ersten vier Spiele endeten unentschieden, und wir waren gerade beim Aufschlag zum fünften, als sie beschloß, zum Netz zu stürmen. Ich hätte sie beim Wort nehmen sollen, als sie mir erzählte, wie tolpatschig sie sei, aber woher hätte ich wissen sollen, daß sie das ernst meinte? Alle Welt macht ständig herabsetzende Äußerungen über sich selbst, gerade wenn es um Sport geht. Woher hätte ich also wissen sollen, daß sie ein *richtiger* Tolpatsch war?

Und da war sie nun und stürmte genau in dem Moment aufs

Netz zu, als ich so fest auf den Ball eindrosch wie in meinem ganzen Leben noch nicht. Doch anstatt sich den Schläger zum Schutz vors Gesicht zu halten oder – Gott bewahre – den Ball zurückzuschlagen, stand sie wie angewurzelt da und glotzte mich an, während ihre Arme rechts und links herunterhingen und ihre Füße wie angenagelt auf dem Boden standen. Also ehrlich, die Frau schien außerstande zu sein, dem Ball auszuweichen!

Ich erspare Ihnen die blutigen Einzelheiten der folgenden Ereignisse. Es genügt wohl, wenn ich sage, daß ein Krankenwagen Porter ins Belforder Krankenhaus brachte, wo ein Doktor ihre gebrochene Nase verarztete, sie über Nacht zur Beobachtung dabehielt und sie dann nach Hause schickte. Das Tennisspielen wurde ihr für den Rest des Sommers verboten. In den Wochen nach dem Unfall unternahm ich mehrere Vorstöße, sie zu besuchen, aber sie war nicht besonders erpicht darauf, mich zu sehen. Daraus schloß ich, daß sie ihren Mann, den Verlagsmogul, nicht auf meinen Fall ansprechen würde. Ich hatte recht. Hunt begegnete George Stanton auf dem Golfplatz, und letzterer machte ihm klar, daß er mich niemals bei Davidson House einstellen würde, und wenn ich die einzige Kochbuchlektorin auf der Welt wäre.

Am zweiten Freitag im Juni wurde Hunt gefragt, ob er dem Finanzausschuß beitreten wolle. Offenbar hatte einer der alten Knacker aus dem Ausschuß, ein gewisser Chester Babcock, beim Reiten ins Gras gebissen – das heißt, er bumste gerade eine der Kellnerinnen aus dem Men's Grill, als sein Herz aussetzte –, und Ducky empfahl Hunt als Ersatz für ihn. Mann, war er aufgeregt. Er war so aus dem Häuschen, daß er tatsächlich in die Küche gerannt kam, um mir die Neuigkeit mitzuteilen.

»Weißt du, was das bedeutet?« fragte er, als er mich umarmte.

»Es bedeutet, daß du noch mehr Zeit in diesem herrlichen Club verbringen wirst«, sagte ich trocken.

»Jude, es bedeutet neue Leute, zu denen ich Kontakte knüpfen kann. Und mehr Kunden. Und ehe du dich's versiehst eine Teilhaberschaft bei F & F.«

Vielleicht. Vielleicht auch nicht. »Nachdem du ja jetzt im Finanzausschuß sitzt, kannst du ihn vielleicht dazu bewegen, diesen albernen Kostenvoranschlag von drei Millionen Dollar für die neue Küche zu kippen.«

Der Club hatte kürzlich ein Rundschreiben verschickt, in dem die Mitglieder davon in Kenntnis gesetzt wurden, daß jeder von ihnen zehntausend Dollar für die Renovierung der Küche beitragen müsse. Mir kam das alles etwas spanisch vor, da niemand im The Oaks auch nur einen Penny für etwas anderes als den Golfplatz ausgeben wollte. Überdies hätten wir, auch wenn wir drei Millionen für eine neue Küche ausspuckten, immer noch Brendan auf dem Hals, den Küchenchef, der schon mit einem Kochbeutel überfordert war.

»Ich habe gehört, Duncan Tewksbury fände, drei Millionen seien ein anständiger Preis«, sagte Hunt. »Ducky murrt zwar, aber alle anderen im Finanzausschuß sind einverstanden. Die Firma, die der Club beauftragen will, verwendet nur die qualitativ hochwertigsten Materialien.«

»Gut, aber wer braucht schon einen diamantbesetzten Herd?«

»Jude.«

»Tut mir leid.« Ich gab Hunt einen Kuß. »Ich bin stolz auf dich«, sagte ich. »So stolz, daß ich Kimberley morgen früh vom Bahnhof abholen werde.« Normalerweise holte Hunt seine Tochter selbst ab, wenn sie zu Besuch kam, aber da Samstagvormittag die wichtigste Golfzeit war, bot ich ihm an, die Honneurs zu machen.

»Es ist schon ein paar Wochen her, seit wir sie zuletzt gesehen haben«, sagte er. »Es wird toll werden, sie wieder bei uns zu haben.«

»Ja, ganz toll«, sagte ich und täuschte ein Lächeln vor.

Kimberley kam mit dem Zug um zehn Uhr zwei. Sie trug weiße Shorts, rote Markenturnschuhe und ein blaßblaues Izod-Shirt. Ganz die höhere Tochter. Sie hatte das Aussehen ihres Vaters (goldblondes Haar, schmale Hüften, lange Beine) und den Charakter ihrer Mutter (mies) geerbt. Als sie sah, daß ich sie an

Hunts Stelle chauffieren würde, blickte sie finster drein. Ich tat so, als sähe ich es nicht.

»Hallo, Herzchen«, sagte ich fröhlich, als ich ihr Gepäck ins Auto lud. Sie erlaubte mir, ihr einen Kuß zu geben. »War die Zugfahrt okay?«

»Nein, wir sind frontal in einen stehengebliebenen Schulbus geknallt. Es gab keine Überlebenden.«

Aha, es würde also eines *dieser* Wochenenden werden. Eines dieser herrlichen, lustigen Wochenenden, an denen mich meine Stieftochter behandelte, als hätte ich statt eines Gehirns Marshmallows im Kopf.

Eigentlich benahm ich mich in ihrer Gegenwart auch, als hätte ich Marshmallows im Kopf. Durch ihre mißbilligenden Blicke und gemeinen Bemerkungen fühlte ich mich derart beengt und verkrampft, daß ich oft wirklich in die Rolle der dämlichen Stiefmutter verfiel, die nörgelte und schimpfte, anstatt liebevoll zu sein.

»Ich dachte, wir könnten heute rüber in den Club gehen«, sagte ich, während sie aus dem Autofenster starrte. »Wie fändest du das?«

»Seltsam.«

»Wieso seltsam?«

»Weil du sonst nie in den Club gehst.«

»Das war letztes Jahr, Kimberley. In diesem Sommer gehe ich in den Club.«

»Meine Mutter sagt, es kostet eine Menge Geld, dort Mitglied zu sein.«

»Das ist eigentlich nicht die Angelegenheit deiner Mutter, Kim.«

»Sie sagt, Daddy soll sein Geld lieber sparen, damit er mich aufs College schicken kann.«

»Du kannst aufs College gehen. Mach dir darüber keine Sorgen.«

»Woher willst du das wissen?«

»Dein Vater arbeitet sehr hart, damit er dich aufs College schicken kann.«

»Und wenn er rausgeschmissen wird?«

»Wird er nicht. Er macht seine Arbeit sehr gut.«

»*Du* bist aber rausgeschmissen worden. Hast *du* deine Arbeit nicht gut gemacht?«

»Offenbar nicht gut genug.« Ich war erschöpft, und dabei hatte ich erst zehn Minuten mit dem Kind verbracht.

»Das sagt meine Mutter auch.«

»Was?«

»Daß du deine Arbeit nicht gut gemacht hast.«

»Würdest du deiner Mutter etwas ausrichten, wenn du sie wiedersiehst?« sagte ich und drückte aufs Gaspedal. »Sag ihr, daß Schauspielerinnen, die keine Rollen bekommen, keine Diffamierungen verbreiten sollten.«

»Was sind Tief-Amierungen?«

»Du bist ein kluges Mädchen. Find's selbst raus.«

Kimberley fand es allerdings heraus. An diesem Abend saßen wir drei beim Essen im Club, und das Essen war so gräßlich wie immer. Meine Vorspeise, mit Shrimps gefüllte Avocado, war so voller Mayonnaise, daß man eine Taucherstaffel brauchte, um die Shrimps aufzuspüren. Und mein Hauptgericht – ha! Es war Brendans sogenannte Spezialität: Geröstete Krabbenplätzchen. Ich möchte den sehen, der mir weismachen will, daß sich in diesen Pucks auch nur ein einziges Stück Krabbenfleisch befand. Überdies bestand Brendans Vorstellung von »geröstet« darin, die Speisen so lange auf dem Herd zu lassen, bis sie wie Holzkohle aussahen und schmeckten. Wir wollten gerade den Nachtisch bestellen, als Kimberley ihrem Vater berichtete, daß ich während unserer Autofahrt vom Bahnhof nach Hause im Zusammenhang mit ihrer Mutter ein Schimpfwort verwendet hätte. Hunt sagte nichts. Ich auch nicht. Aber nachdem wir wieder zu Hause waren und Kimberley ins Bett gebracht hatten, hielt er mir einen Vortrag über die Verantwortung der Elternschaft. Ich bestritt, gegenüber seiner Tochter Schimpfwörter benutzt zu haben. Daraufhin hielt er mir einen Vortrag über die Verantwortung der Stiefelternschaft. Erneut bestritt ich, gegenüber seiner Tochter Schimpfwörter benutzt zu haben. Dann hielt er mir einen Vortrag über die Verantwortung in der Ehe, woraufhin ich die schlimmsten Schimpfwörter – und Gesten – benutzte, die mir einfielen, und verkündete, daß ich jetzt ins Bett ginge.

Am Sonntag sagte Kimberley, sie wolle zu Hause bleiben und fernsehen.

»Aber es ist ein herrlicher Tag«, sagte Hunt. »Möchtest du nicht zum Schwimmen in den Club gehen?«

Sie schüttelte den Kopf. »Mir gefällt's dort nicht«, sagte sie. Endlich hatten Kimberley und ich etwas gemeinsam.

»Warum gefällt es dir dort nicht?« fragte Hunt.

»Sie verlangen, daß man eine Bademütze trägt, wenn man in den Pool geht.«

»Wer verlangt das?«

Sie zuckte die Achseln. »Irgend so ein alter Typ.«

»Weißt du noch, wie er heißt?« fragte Hunt.

»Ja, es war irgendwie so ähnlich wie Pewksberry«, antwortete Kimberley.

Ich unterdrückte ein Lachen. »Muß wohl Duncan Tewksbury gewesen sein«, meinte ich.

»In Ordnung, Liebes«, sagte Hunt zu seiner Tochter. »Du brauchst nicht in den Club zu gehen, wenn du nicht willst.« Dann wandte er sich an mich. »Ich muß zum Golfen. Jude, würdest du mit ihr hierbleiben?«

»Klar«, sagte ich. »Arlene kommt zum Mittagessen. Kimberley kann mir beim Kochen helfen.«

»Ich hab's mir anders überlegt. Ich möchte doch mit *dir* in den Club gehen, Daddy«, sagte sie hastig. Alles, um nicht mit mir allein zu sein.

»Was ist mit dem Bademützenproblem?« wollte Hunt wissen.

Sie lächelte. »Was für ein Bademützenproblem?«

Arlene war bester Stimmung – für ihre Verhältnisse. Ihr neuer Job gefiele ihr außerordentlich gut, sagte sie, und sie verdiene eine Menge Geld. Infolgedessen fand sie, daß sie sich nun endlich eine Psychotherapie leisten könnte.

»Es ist höchste Zeit, daß ich lerne, ein sinnvolles ausgefülltes Leben zu führen«, sagte sie. »Ich will einen Mann und Kinder.«

Ich brannte darauf, ihr zu erzählen, daß ein Mann und Kinder auch nicht der Himmel auf Erden waren, doch ich hielt den Mund. Schließlich war ich es ja gewesen, die Jahre damit verbracht hatte, sie zu überreden, sich einen Mann zu suchen. Mit welchem Recht wollte ich ihr das nun wieder ausreden?

Sie erzählte mir alles von ihren Arbeitskollegen, den Büchern, die sie lektorierte, und den Restaurants, in denen sie aß. Dann fragte sie mich, was es bei mir Neues gab.

»Rein gar nichts«, gab ich zu. »Nicht das geringste. Keine Vorstellungsgespräche. Keine Termine. Nichts.«

»Das tut mir leid«, sagte sie. »Ich wünschte, ich könnte etwas tun.«

Ich tätschelte ihr die Schulter. »Du tust doch etwas«, sagte ich. »Du ißt mit mir zu Mittag. All meine anderen Freunde haben mich fallen lassen wie ein zehn Tonnen schweres Manuskript.«

»Das tut mir leid«, sagte sie noch einmal. »Womit verbringst du nun deine Zeit? Womit beschäftigst du dich?«

»Ich habe mich in unserem Country Club herumgetrieben«, sagte ich. »Bin geschwommen. Habe Tennisstunden genommen. Versucht, Leute kennenzulernen.«

»Gibt's dort irgend jemand Interessanten?« wollte sie wissen.

»Nur wenn man eine Studie über Leute macht, die nie über die fünfziger Jahre hinausgekommen sind. Oder wenn man Stoff für eine alberne Fernsehserie sucht.«

Sie lachte.

»Aber ich habe kürzlich erfahren, daß Claire Cox Mitglied geworden ist«, sagte ich.

»Wow. Da bin ich aber beeindruckt«, sagte Arlene. »Hast du sie schon kennengelernt?«

»Nein, aber ich würde gern.«

»Ihr beiden habt vieles gemeinsam.«

»Weshalb? Hat sie auch eine unangenehme Stieftochter?«

»Nein, du Dummerchen. Sie ist auch Expertin für Essen. Genau wie du.«

»Wirklich?«

»Ja. Sie ist eine hervorragende Köchin, praktisch ein Profi. Hast du noch nie etwas über diese Wochenendtreffen gelesen, die sie in ihrem Haus in Connecticut veranstaltet?«

Ich dachte einen Moment nach. »Jetzt, wo du es erwähnst – doch. Einmal im Monat lädt sie wichtige Frauen wie Janet Reno und Barbra Streisand zu phänomenalen sechsgängigen Menüs in ihr Haus ein.«

»Genau. Und sie kocht alles selbst. Du solltest dich mit ihr anfreunden, Judy. Vielleicht setzt sie dich dann auf ihre Gästeliste.«

»Vielleicht sollte ich das«, sagte ich.

Plötzlich hatte ich eine Idee. Eine Idee, die mein Leben verändern konnte.

»Wenn Claire Cox eine so großartige Köchin ist, sollte sie ein Kochbuch schreiben«, sagte ich.

Arlene lächelte. »Da ist wieder die Judy Mills, die ich kenne«, meinte sie. »Die Judy Mills, die Kochbücher an Orten entdeckt hat, wo niemand sonst auch nur hinsehen würde.«

»Das ist mein Ernst, Arlene. Wenn Claire Cox wirklich all diese phantastischen Menüs für Diane Sawyer und Nora Ephron und solche Frauen kocht, muß sie sich in der Kochkunst ziemlich gut auskennen. Und wenn sie sich in der Kochkunst gut auskennt, sollte sie ihre Methoden und Rezepte mit der allgemeinen Öffentlichkeit teilen. Stell dir nur die Werbemöglichkeiten vor! Claire Cox, wie sie in ›Good Morning America‹ Soufflés zaubert! Das ist Dynamit, reines Dynamit.«

»Ja, aber Claire Cox scheint mir nicht die Frau zu sein, die an einer Talk-Show teilnimmt, um ihr Produkt zu vermarkten.«

»Sie würde kein Produkt vermarkten, sondern natürlich ihre Sache.«

»Jetzt komme ich nicht mehr mit.«

»Was, wenn sie den Erlös aus ihrem Kochbuch für eines ihrer wichtigsten Anliegen spendete? Dann würde sie doch dafür werben, oder nicht?«

»Ich glaube, an der Sache ist was dran. Aber wie paßt *du* in die Geschichte hinein?«

»Eine feministische Top-Anwältin wie Claire Cox hat natürlich nicht die Zeit, selbst ein Kochbuch zu schreiben. Sie braucht eine Mitarbeiterin, die ihr dabei hilft, das Buch zu verfassen, zu redigieren und es druckreif zu machen. Das könnte ich doch für sie übernehmen, oder nicht?«

»Und ob du das könntest«, sagte Arlene mit blitzenden Augen.

»Ich sehe es schon vor mir«, sagte ich. »Wir werden das Buch *Kochen mit Claire* nennen oder *Feines für Feministinnen.* Oder *Schlaue Frauen – schmackhafte Gerichte.* Das wird sagenhaft, Arlene. Sagenhafter als *Die Kunst der französischen Küche.* Sagenhafter als *Der silberne Gaumen.* Sagenhafter als *Zu Gast bei Martha Stewart.*«

Arlene nickte begeistert.

»Ich muß sie einfach kennenlernen, mich mit ihr anfreunden und sie dazu überreden, das Buch zu schreiben – mit mir. Dann verkaufen wir es an einen Verlag und sehen zu, wie das Geld hereinströmt. Alle werden meinen Namen in Verbindung mit diesem Projekt sehen, und das Telefon wird nicht mehr aufhören zu klingeln. Ich werde Angebote ablehnen. Sogar Leeza die Schreckliche wird mich anrufen und mich *anflehen*, zu Charlton House zurückzukommen. Dann sage ich ihr, sie soll sich ins Knie ficken und nehme einen anderen Job an. Dieses Buch wird meine triumphale Rückkehr in die Branche bedeuten, Arlene. Ich komme wieder! O Gott, ich komme wieder!«

Na gut, ich hatte mich ein bißchen mitreißen lassen. Ich konnte es nicht ändern. Ich betrachtete Claire Cox als meine Rückfahrkarte ins Land der arbeitenden Bevölkerung. Ich würde sie dazu bringen, ein Kochbuch zu schreiben, und wenn es mich das Leben kostete. Ich würde sie dazu bringen, ein Kochbuch zu schreiben, und wenn es sie das Leben kostete.

6. *Kapitel*

Am Montag morgen ging ich in die Küche hinunter, um Frühstück für Kimberley zu machen, die mit Hunt zurück in die Stadt fahren sollte. Ich fühlte mich jedesmal tief betrübt, wenn sie nach einem weiteren mißlungenen Wochenende wieder wegfuhr, betrübt darüber, daß ich es wieder einmal nicht geschafft hatte, die Kluft zwischen uns zu überbrücken.

Lag es daran, daß ich für sie nicht liebenswert war? Oder vielmehr daran, daß sie für mich nicht liebenswert war? Warum kamen wir nicht miteinander aus? Warum mußte sie mich mit solcher Verachtung, solcher Ablehnung behandeln? Und warum konnte ich sie nicht für mich gewinnen? »Versuch mal, dich wie ein normaler Mensch zu benehmen«, hatte sie einmal zu mir gesagt, als ich sie fragte, warum unsere Beziehung so schwierig war. »Aber das tue ich doch«, hatte ich protestiert. »Nein, das bildest du dir bloß ein«, hatte sie erwidert. »Du benimmst dich wie eine Stiefmutter.« Damit saß ich in der Falle. Ich *war* ja eine Stiefmutter. *Ihre* Stiefmutter. Und zwar keine schlechte, wenn man alles in Betracht zog. Ich hielt ihr Zimmer makellos sauber. Ich kaufte nette Kleinigkeiten für sie, wenn ich einkaufen ging. Und ich kochte für sie – trotz ihrer entsetzlichen Manieren. Und was hatte ich davon? Kummer. Nichts als Kummer.

»Oh, igitt«, sagte sie, als sie sich an den Küchentisch setzte und das Frühstück sah, das ich an diesem Montagmorgen für sie zubereitet hatte.

»Gibt's ein Problem?« fragte ich.

»Ja. Das Problem ist: Was soll denn das sein?« Sie zeigte auf ihren Teller.

»Du weißt, was das ist, Kimberley. Es ist Rührei mit englischen Muffins. Ich habe ein bißchen Paprika darübergestreut, weiter nichts. Nur wegen der Farbe. Wie wär's, wenn du die Eier essen würdest, solange sie warm sind?«

»Aber ich hasse Rührei. Ich stehe auf verlorene Eier«, sagte sie.

»Seit wann? Ich habe dich noch nie ein verlorenes Ei essen sehen.«

»Ich tue eine Menge Dinge, die du mich noch nie hast tun sehen.«

Ich wußte, daß ich jetzt fragen sollte: »Was für Dinge?«, aber ich war nicht zu Spielchen aufgelegt. Es war noch zu früh am Tag.

»Probier mal die Eier. Ich habe sie ganz saftig gemacht. Genauso wie du sie magst.«

»So wie ich sie *mochte.* Als ich noch ein *Kind* war.«

Ich sah Hunts Tochter an, die ganze zehn Jahre alt war. Sie hatte das Gesicht eines Engels. Und den Charakter einer Klapperschlange.

»Kimberley«, sagte ich geduldig. »Dein Daddy kommt in ein paar Minuten runter und möchte den Schnellzug um Viertel nach acht erreichen. Jetzt, wo ich weiß, daß du *verlorene Eier* magst, werde ich dir ganz bestimmt welche machen, wenn du uns das nächste Mal besuchst. Aber jetzt sei so gut, und iß dieses eine Mal noch das Rührei, den alten Zeiten zuliebe, hm?«

»Meine Mutter sagt, Eier sind schädlich«, sagte sie, während sie die Gabel in die Hand nahm und mit ihrem Essen spielte.

»Sie *haben* einen hohen Cholesteringehalt«, räumte ich ein. »Aber ab und zu darf man sich so etwas schon gönnen.«

»Meine Mutter sagt, von Cholesterin bekommt man Herzinfarkte und Schlaganfälle. Sie sagt, Millionen von Menschen sterben daran, daß sie zuviel Cholesterin zu sich nehmen.«

»Du wirst nicht daran sterben, wenn du Rührei ißt«, sagte ich. »Zumindest nicht heute. Jetzt komm schon, Kim. Dein Frühstück wird kalt. Iß es auf.«

»Meine Mutter sagt...«

»Kimberley! Es reicht! Bitte iß dein Frühstück!«

Ich ließ den kleinen Liebling in der Küche und ging hinaus, um die Zeitung hereinzuholen. Hunt fuhr nie ohne die *New York Times* mit dem Zug in die Stadt, und ich ließ sie ihn mitnehmen, ohne sie selbst gelesen zu haben.

Auf dem Rückweg in die Küche faltete ich sie auseinander und legte sie auf die Arbeitsfläche. Und dann blieb mir die Luft weg. Direkt vor meinen Augen, rechts unten auf der Titelseite, stand die Schlagzeile CLAIRE COX BEKÄMPFT DISKRIMINIERUNG VON FRAUEN IN COUNTRY CLUB IN CONNECTICUT.

Ich nahm die Zeitung, setzte mich neben Kimberley und verschlang den Artikel, in dem es unter anderem hieß:

... Die feministische Anwältin Claire Cox berichtet, sie hätte zahlreiche Briefe von Frauen bekommen, die einem Country Club beitreten wollen, denen aber ein unerläßliches Requisit hierfür fehlt: ein Ehemann.

»Diese Frauen können zwar selbständig eine Firma leiten, aber keinem Country Club beitreten. Das ist absurd«, stellte Ms. Cox in einem Interview am Freitagabend fest. »Ja, es ist nicht nur absurd – es ist auch illegal.«

Genaugenommen gibt es kein Bundesgesetz, das eine Diskriminierung durch private Clubs verbietet, jedoch wurden in verschiedenen Städten Gesetze verabschiedet, in denen die Diskriminierung verboten wird, während weitere sogar damit gedroht haben, einem Club die steuerliche Begünstigung oder die Lizenz zum Ausschank von Alkohol zu entziehen, falls es Hinweise auf Diskriminierung gibt.

»Daß sie von den Clubs ausgeschlossen bleiben, schmälert die beruflichen Chancen von Frauen«, erklärte Ms. Cox. »Männer besprechen auf dem Golfplatz geschäftliche Angelegenheiten. Golf ist ein Sport, der geschäftliche Kontakte fördert. Warum sollte also Frauen hier der Zugang versperrt bleiben? Wie können Frauen Kabinettsmitglieder, Firmenchefinnen und Präsidentinnen von Colleges und Universitäten sein und zugleich nicht Mitglieder in Country Clubs sein dürfen? Wie können wir es zulassen, daß uns die Männer weiterhin die Tür vor der Nase zuschlagen? Wir können es nicht zulassen. Nicht mehr.«

Darüber hinaus, daß sie Anträge auf Mitgliedschaft von geeigneten alleinstehenden Frauen ablehnen, diskriminieren Ms. Cox zufolge viele Clubs ihre weiblichen Mitglieder dadurch, daß sie sie nicht im Men's Grill zulassen, ihnen nicht gestatten, an Wo-

chenenden Golf zu spielen und ihre Mitgliedschaft auf eine »außerordentliche« beschränken. Ms. Cox beabsichtigt, die Aufmerksamkeit der Öffentlichkeit auf diese Praktiken zu lenken, indem sie die Statuten von The Oaks in Belford, Connecticut, in Frage stellt, dem Club, den ihr verstorbener Großvater Justin Kennelworth Tewksbury gegründet hat. Ms. Cox erklärte, daß sie in erster Linie deshalb im vergangenen Monat Mitglied im The Oaks geworden ist, um Druck auf den Vorstand des Clubs auszuüben, damit er seine antiquierten und diskriminierenden Statuten ändert.

»Der andere Grund, warum ich beigetreten bin, ist, daß ich viel Golf und Tennis spielen will«, sagte sie. »Die Einrichtungen im The Oaks sind absolut erstklassig.«

Duncan Tewksbury, Sprecher von The Oaks und Großonkel von Ms. Cox, sagte, man werde keinen Kommentar abgeben …

»Hunt, sieh dir das an!« sagte ich, als er die Küche betrat. »In der *Times* steht ein Artikel über The Oaks.«

»Gibt's ja nicht«, sagte Hunt. Er drückte Kimberley einen Kuß auf den Kopf, holte den Orangensaft aus dem Kühlschrank und schenkte sich ein Glas ein. »Die Clubmitglieder würden lieber sterben, als ihre Namen in der Zeitung zu sehen, Judy. Das weißt du doch.«

Allerdings wußte ich das. Die Leute im The Oaks waren so fanatisch um ihre Privatsphäre besorgt, daß sie keine Fotoapparate auf dem Gelände zuließen, nicht einmal meine mickrige, kleine Kodak Instamatic.

»Lies mal«, sagte ich und reichte Hunt den Artikel.

»Ich lese ihn im Zug«, sagte er, trank seinen Saft aus und sah auf die Uhr. »Komm jetzt, Kim. Wir müssen los.«

»Aber Kimberley hat ihr Frühstück nicht einmal angerührt«, sagte ich.

Hunt sah seine Tochter an. »Keinen Hunger, Herzchen?«

Herzchen schüttelte den Kopf und zog einen Schmollmund. »Judy sagt, ich muß diese Eier essen, obwohl man von Eiern einen Herzinfarkt kriegt.«

»O Kimberley«, seufzte ich.

»Laß die Eier stehen«, sagte Hunt und weigerte sich wie üblich, mich zu unterstützen. »Ich kaufe dir am Bahnhof ein Muffin.«

»Oh, vielen Dank, Daddy«, rief sie lächelnd und hüpfte von ihrem Stuhl direkt in seine Arme.

Mir wurde beinahe schlecht. Eines Tages, dachte ich zornig, als ich ihnen nachsah. Wenn Hunt nicht aufhört, meine Autorität gegenüber Kimberley zu untergraben, wenn er nicht aufhört, sein teures kleines Herzchen zu verhätscheln, wenn er nicht aufhört, sich wie ein schuldbewußter geschiedener Vater zu benehmen, werde ich ihm eines Tages sagen, daß ich gehe. Ich gehe und werfe keinen Blick zurück. Ich gehe und fange ein neues Leben an. Ich gehe und suche mir einen anderen. Jemand, der findet, daß ich attraktiv, sexy und eine großartige Köchin bin. Jemand, der mich zu schätzen weiß. Jemand, der lieber vögelt als Golf spielt. Bis dahin stelle ich Kimberleys Frühstück in die Mikrowelle, wärme es auf und esse es selbst.

Der Artikel in der *Times* versetzte die alte Garde vom The Oaks in Panik. Ihre Steuerbegünstigung verlieren? Ihre Alkohollizenz? In einen schmutzigen Prozeß verwickelt werden? Den Namen The Oaks in der Presse besudelt sehen? Allein der Gedanke daran! Andererseits – wie konnten sie sich von einer männerverachtenden Feministin herumkommandieren lassen? Selbst wenn sie Duncan Tewksburys Großnichte war.

Bis spät in die Nacht fanden hitzige Besprechungen statt, von denen Hunt berichtete, der nun im Finanzausschuß saß und mit nahezu jedem Aspekt der Clubgeschäfte vertraut war. Duncan, Addison Bidwell und Curtis Lamb waren entschieden gegen eine Änderung der Statuten. Doch einige andere waren der Meinung, daß es, um einen langwierigen und teuren Rechtsstreit zu vermeiden, den Interessen des Clubs am dienlichsten wäre, die Statuten zu ändern. Schließlich beschloß die Mitgliedschaft des Clubs, den Forderungen von Claire Cox nachzugeben und erstmals in seiner fünfzigjährigen Geschichte alleinstehende Frauen als Mitglieder zuzulassen und zugleich sämtliche Barrieren niederzureißen, die einer Gleichberechtigung der weiblichen Clubmitglieder im Weg standen. Das ganze Unterfangen erinnerte entfernt an das Niederreißen der Berliner Mauer.

»Ich kann es gar nicht erwarten, Claire Cox kennenzulernen«, sagte ich zu Hunt. »Sie muß eine erstaunliche Frau sein.«

Ich erzählte Hunt von Claires kulinarischen Fertigkeiten und von meiner Idee für ein Kochbuch, das zu schreiben ich ihr helfen würde.

»Klingt toll«, sagte er. »Aber du hast doch noch nicht einmal mit der Frau geredet.«

»Kein Problem«, entgegnete ich. »Ich werde ihr so lange im Club auf den Fersen bleiben, bis sie mich darum bittet, mit ihr zu reden.«

»Jude?«

»Ja?«

»Frag sie bloß nicht, ob sie mit dir Tennis spielt.«

»Wieso? Weil sie eine phantastische Spielerin ist und ich eine Null?«

»Nein. Weil du diesen Sommer bereits eine Nase gebrochen hast. Laß es nicht auf zwei ankommen.«

Zum ersten Mal bekam ich Claire Cox am folgenden Samstagnachmittag zu Gesicht. Ich hatte beschlossen, mich in den neuerdings angeblich frauenfreundlichen Men's Grill vorzuwagen, der auf Claires Drängen schlicht in The Grill umbenannt worden war. Ja, die Veränderungen häuften sich im The Oaks, trotz des Murrens der alten Garde, die entsetzt mit ansehen mußte, wie ihr teurer Club sich in die Neunziger aufmachte.

Auf der einen Seite des dunklen, wie ein Pub eingerichteten Speiseraums saßen mehrere Männer in karierten Hosen, unter ihnen Duncan. Auf der anderen Seite saß eine Gruppe Frauen in klassischen Kostümen, unter ihnen Claire. Die Männer tranken Scotch und blickten die Frauen finster an. Die Fraußen aßen Salate und sprachen über die Börse.

Ich lachte, als mir einfiel, wie ich vor zwei Wochen aus ebendiesem Raum hinausgeworfen worden war. Allein meine Anwesenheit hatte die wütende Reaktion eines zum Lynchen bereiten Mobs ausgelöst, wie sie normalerweise Kinderschändern oder Leuten, die mit mehr als zehn Artikeln im Einkaufswagen an der Schnellkasse im Supermarkt anstehen, vorbehalten ist.

Ich setzte mich an einen Tisch in der Mitte zwischen Männern und Frauen und bestellte mir etwas zu essen. Ein paar Minuten später, als ich gerade mit meiner steinharten Cantaloupe-Melone kämpfte, stand Claire auf und ging zum Tisch ihres Großonkels hinüber. In ihrem mintgrünen Seidenkostüm und der spitzenbesetzten weißen Bluse sah sie hinreißend aus; mit ihrem dicken, vollen, glänzenden Haar hätte sie für jede Modezeitschrift posieren können. Und dann ihre Haltung: Die Schultern nach hinten. Der Kopf nach oben. Die Augen hell und wissend. Sie verströmte eine beneidenswerte Selbstsicherheit.

»Hallo, Onkel Duncan«, hörte ich sie sagen.

Duncan erhob sich von seinem Stuhl, genau wie seine Kumpane. »Claire.« Seine Lippen zogen sich zusammen, als er ihren Namen aussprach. Wie muß er sie verabscheuen, dachte ich. Sie hat ihn wie einen kraftlosen alten Narren dastehen lassen.

»Bitte behalten Sie Platz«, sagte sie zu den Männern, die trotzdem stehenblieben. »Spielst du heute Golf?« fragte sie Duncan.

»Nein, der Platz ist voll – von Frauen«, sagte er, wobei er die Nüstern blähte und sich seine Augen zornig verengten.

»Das ist aber schade«, sagte sie. »Na, dann grüß Tante Delia schön von mir, ja?« Sie tätschelte ihm die Schulter und ging an ihren Tisch zurück.

Duncan und seine Freunde setzten sich wieder. Er hob sein Glas und nahm einen tiefen Schluck von seinem Scotch. Seine Hand zitterte, als er das Glas auf dem Tisch abstellte. Und als der Mann neben ihm in Claires Richtung nickte und »Scheißlesbe« murmelte, kicherte Duncan zustimmend.

Der hat Nerven, dachte ich. Immerhin gehörte Claire zur Familie.

Claire nahm die Unterhaltung mit ihren Freundinnen wieder auf. Ich lehnte mich zu ihnen hinüber und lauschte.

»Ich möchte euch allen dafür danken, daß ihr gekommen seid«, hörte ich sie sagen, »und dafür, daß ihr euch von mir ›rekrutieren‹ laßt. Ihr seid genau die Sorte Mitglieder, die wir im The Oaks brauchen, und ich hoffe, ihr werdet euch dazu entschließen, die Mitgliedschaft zu beantragen. Vor allem jetzt, nachdem ihr den Club mit eigenen Augen gesehen, zu Mittag gegessen, das Gelände begangen habt und so weiter.« Sie hielt inne. »Ich weiß genau, was ihr jetzt denkt – daß das Essen hier gottserbärmlich miserabel ist! Aber ich bemühe mich bereits um einen Ersatz für den Koch.«

»Gute Idee«, sagte eine der Frauen. Sie war stämmig, hatte kurzes, dunkles Haar, buschige Augenbrauen und die Andeutung eines Schnurrbarts. Ich erinnerte mich vage daran, sie einmal auf »Court TV« gesehen zu haben, weil sie irgend jemanden des vorsätzlichen Mordes anklagte.

»Du mußt auch die Speisekarte ändern«, sagte eine andere, eine Afroamerikanerin mit Dreadlocks à la Whoopi Goldberg. »Auf der steht nichts als weißes Zeug.«

»Mein Essen war nicht übel«, sagte eine rothaarige Schönheit, die ich als Wetterfrau eines lokalen Fernsehsenders wiedererkannte. »Aber mich interessieren eigentlich mehr die Tenniseinrichtungen. Es gibt sechzehn Plätze, stimmt's?«

»Ja. Und sie sind sehr gepflegt«, sagte Claire. »Das einzige Problem beim Tennis ist der Hilfstrainer. Ein Typ namens Rob. Er ist der nächste auf der Abschußliste.«

»Weshalb?« fragte Ms. Dreadlocks. »Mieser Lehrer?«

»Nein, mieser Typ«, sagte Claire. »Er begrapscht sämtliche Frauen, die Stunden bei ihm nehmen. Typischer Fall von sexueller Belästigung.«

Claire versuchte also, Brendan, den Koch, und Rob, den Hilfstrainer, zu feuern! Mann, sie verlor wirklich keine Zeit dabei, den Club umzukrempeln. Ich mußte die Frau kennenlernen. Ich mußte einfach. Aber wie? Ich konnte nicht einfach zu ihrem Tisch hinüberspazieren und mich vorstellen. Nicht in Anwesenheit ihrer Freundinnen. Ich würde abwarten müssen, bis sie allein war, um ihr von meiner Kochbuchidee zu erzählen.

Ich blieb sitzen, bis Claire und ihre Gäste sich zum Gehen erhoben. Dann unterschrieb ich meine Rechnung und folgte ihr rasch.

Ideal, dachte ich, als sie sich von allen per Händedruck verabschiedete und ihnen den Weg zum Parkplatz zeigte. Die anderen gingen, und sie blieb. Vielleicht hätte sie ein paar Minuten Zeit, um mit mir zu plaudern.

Sie ging in Richtung der Tennisplätze und legte ein solches Tempo vor, daß ich zwangsweise einige Schritte hinter ihr zurückblieb, die gerechte Strafe dafür, daß ich der letzte Mensch auf Erden bin, der die Reize des Stairmasters erst noch entdecken muß.

Ich war ihr dicht auf den Fersen, als sie in Richtung Umkleideräume abbog. Ich folgte ihr um die Ecke und wäre beinahe mit ihr – mit ihnen! – zusammengestoßen, wenn ich nicht Stimmen gehört hätte, die mich wie angewurzelt stehenbleiben ließen.

»Claire!«

Es war eine Männerstimmme. Ich duckte mich hinter der Ecke des Gebäudes, um sie zu belauschen.

»Ja?« sagte sie.

»Erkennst du mich denn nicht?« fragte der Mann. »Habe ich mich so verändert, Clissy?«

Clissy?

»Oh, du bist Ducky Laughton, nicht wahr?« sagte sie etwas unsicher, wie mir schien. »Seit Jahren hat mich niemand mehr Clissy genannt.«

Es war also Ducky, Claires Studienkollege aus Berkeley. Nedra hatte ja gesagt, daß sie auf dem College eine Affäre gehabt hatten. Aber hätte ihn Claire dann nicht erkennen müssen? Hätte sie nicht begeistert sein müssen?

»Ich hatte gehofft, dir zu begegnen«, sagte er. »Mehr als du dir vorstellen kannst. Du warst meine große Leidenschaft, weißt du.«

Und was war Nedra – ein Fleischklops vielleicht?

»Ehrlich, Ducky«, sagte Claire. »Ich halte es für keine gute Idee, jetzt...«

»Was? Alte Erinnerungen aufzufrischen?« sagte er. »Da bin ich anderer Meinung. Ich habe fünfundzwanzig Jahre darauf gewartet, dir zu sagen, was ich für dich empfinde und für das, was zwischen uns war.«

Oh-oh.

»Nun, es ist schon sehr lange her«, sagte sie. »Und du bist ja darüber hinweggekommen, nach dem Ehering an deinem Finger zu schließen.«

»Ja, Nedra und ich sind glücklich«, sagte er. »Aber ich denke immer noch an dich. An das, was hätte sein können – nein *sollen*.«

O Gott. Nedra hatte also Grund zur Eifersucht. Der Mann war ein Schuft.

»Warum solltest du denn immer noch an mich denken, so viele Jahre später?« sagte Claire. »Dein Leben ist doch bestimmt ausgefüllt?«

»Du bist eine Frau, die man nicht vergißt, Clissy«, sagte Ducky. »Du hast mich so vieles gelehrt – daß man an seine Sache glauben, für Veränderungen kämpfen muß, wie man für Liebe und Frieden und Gleichberechtigung eintritt.«

Herrgott. Glaubte er wirklich, ihre Liebe gewinnen zu können, wenn er tönte wie Gandhi? In dieser Phase des Geschehens?

»Ich würde gern mit dir zu Abend essen«, fuhr er fort. »Wir haben so viel nachzuholen und so viele gemeinsame Erinnerungen.«

»Das finde ich nicht, Ducky«, sagte Claire, die sich ausgesprochen unfroh anhörte. Begegnungen mit früheren Liebhabern können ziemlich peinlich sein, vor allem wenn diese Liebhaber Vergangenes ausgraben wollten.

Aber Ducky ließ nicht locker. »Es wird sein wie in der guten alten Zeit«, beharrte er. »Wein. Kerzen. Musik. Du erinnerst dich doch an diese Abende, oder nicht, Clissy? Vor dem ganzen Ärger? Bevor ich weggegangen bin?«

»Hör mal, Ducky«, sagte Claire. Sie hatte genug, das war deutlich zu hören. »Ich will die alten Zeiten nicht wieder aufleben lassen, und ich glaube auch nicht, daß du das willst. Wir sind jetzt beide Mitglieder in diesem Club. Das bedeutet, daß wir uns hin und wieder über den Weg laufen werden. Mir wäre an einer kameradschaftlichen Ebene gelegen, einverstanden?«

»Kameradschaftlich? Nach allem, was zwischen uns war?« sagte er.

Mein Gott, wie theatralisch.

»Ja, kameradschaftlich«, sagte sie. »Und jetzt muß ich Tennis spielen, dabei bin ich noch nicht einmal umgezogen.«

»Mit wem spielst du denn?«

»Mit einer Frau names Larkin Vail«, antwortete sie. »Blondes Haar mit Strähnchen. Starke Vorhand. Starker rechter Aufschlag. Der Trainer meinte, wir sollten gegeneinander spielen.«

»Nur wenn du bereit bist, bis zum Tod zu kämpfen«, lachte Ducky. »Larkin geht an jedes Tennismatch heran, als ob es ihr letztes wäre. Das einzige, was schlimmer ist, als gegen sie zu verlieren, ist, sie zu schlagen. Sie mag es nicht, wenn sie geschlagen wird.«

»Gut. Ich auch nicht.«

»Also, wann sehen wir uns?« fragte Ducky und klang wie ein liebeskranker Teenager.

»Ich weiß nicht«, sagte sie. »Belassen wir's einfach dabei, okay?«

»Für den Moment«, sagte er.

»Bye, Ducky. Paß auf dich auf«, sagte Claire und verschwand im Damenumkleideraum.

Ich wollte ihr gerade dorthinein folgen, als ich beinahe frontal mit Ducky zusammengestoßen wäre.

»Oh, hallo«, sagte ich mit einem verlegenen Lächeln.

»Judy, hallo«, sagte er. Ich spürte, wie er darauf brannte, zu erfahren, ob ich wußte, daß er sich gerade vor Claire lächerlich gemacht hatte.

»Wie geht's?« sagte ich.

»Gut«, antwortete er. »Und dir?«

»Auch gut«, sagte ich.

Anregend, was?

»Hoppla«, sagte ich nach einem Blick auf meine Armbanduhr. »Ich muß weiter.«

»Ich auch«, sagte er.

Und eines der größten Ungespräche der Welt fand ein barmherziges Ende.

Ich folgte Claire, die ihren Tennisdreß bereits angezogen hatte und auf die Plätze zuging. Dort angekommen, marschierte sie schnurstracks auf den Übungsplatz, wo Rob Bailey Vanderhoff eine Trainerstunde – und eine Rückenmassage – gab, und darauf bestand, daß er auf der Stelle die Hände von Baileys Körper nahm.

»Aber das ist meine Unterrichtsmethode«, protestierte Rob, nachdem Claire ihn beschuldigt hatte, Bailey sexuell zu belästigen.

»Dann ist eben Ihre Unterrichtsmethode ungesetzlich«, sagte Claire. »Den Körper einer Frau von oben bis unten zu begrapschen gehört nicht zu Ihrem Job.«

»Aber sie mögen das«, wandte Rob ein.

»Dann sollten sie sich außerhalb Ihrer Arbeitszeit mit Ihnen verabreden«, sagte Claire. »Sie sind von diesem Club eingestellt worden, um Tennis zu unterrichten, und nicht, um Massagen zu verabreichen.«

»Wer sagt das?«

»Ich sage das. An Ihrer Stelle würde ich mich nach einem anderen Job umsehen.«

»Nach einem anderen Job? Wozu?« sagte Rob selbstgefällig. »Die *richtigen* Frauen hier im Club mögen meine Art, Tennisunterricht zu geben. *Sie* werden mich nicht gehen lassen.«

»Wir werden sehen«, sagte Claire und ging unter einem Dutzend verblüffter Blicke, darunter meinem, weiter.

Sämtliche Umstehenden tuschelten aufgeregt über den Vorfall, bis Claire ihr nächstes Opfer in Angriff nahm: Larkin Vail, die amtierende Meisterin im Dameneinzel von The Oaks und Favoritin für den Turniersieg im September. Sämtliche Blicke hefteten sich auf die beiden Frauen, als sie Platz 1 betraten und begannen, einen Schlag nach dem anderen aufeinander abzufeuern. Und das war erst die Aufwärmphase! Als erst einmal das richtige Match angefangen hatte, kämpften sie zweieinhalb Stunden gegeneinander. Larkin gewann das erste Set. Claire gewann das zweite – und das dritte in einem Tie-Break. Larkin war so verstört durch ihre Niederlage, daß sie ihren Schläger wütend gegen den Zaun donnerte. Dann stakste sie vom Platz und murmelte etwas von Revanche.

Ich eilte Claire nach, als sie aufs Clubhaus zuging. Mein Gott, sie ging wirklich schnell. Ich kam kaum mit. Sie bog zum Damenumkleideraum ab, und so folgte ich ihr dorthin, obwohl mir der Damenumkleideraum der unangenehmste Ort im Club war. Ich konnte mich einfach nicht daran gewöhnen, mich vor einem Haufen fremder Frauen auszuziehen. Der Damenumkleideraum im Club meiner Eltern in Boca Raton besaß einzelne, mit weichem Teppichboden ausgelegte Umkleidekabinen mit hohen Spiegeln und verstellbaren Haartrocknern und allem häuslichen Komfort. Doch The Oaks, diese Bastion schäbiger Großtuerei, offerierte keine solchen Annehmlichkeiten. Der hiesige Damenumkleideraum war ein einziger großer Raum, der im »frühen Schulturnhallenstil« eingerichtet war. Anders ausgedrückt, man stand vor seinem kleinen Spind und zog sich den Badeanzug an, während man versuchte, nonchalant über die Tatsache hinwegzuschauen, daß ein Dutzend Augen einem die Cellulitis begutachteten. Es war die Art von Nähe, auf die ich hätte verzichten können.

An diesem speziellen Nachmittag waren mir Intimität und Enge der Örtlichkeit allerdings sehr recht, denn raten Sie mal, wer splitternackt direkt neben meinem Spind stand, als ich hereinkam: Claire Cox. Endlich allein! Und dann ihr Körper. Ich versuchte, nicht hinzusehen, ganz ehrlich, aber wie hätte ich den Blick abwenden können? Sie war athletisch und straff, und nichts an ihr hing, nicht einmal ihr Po. Ich fragte mich, mit welchem Fitneß-Videos sie trainierte. Ich fragte mich, ob sie eine private Trainerin hatte. Ich fragte mich, warum ich die Zeit damit verschwendete, mir über ihr Trainingsprogramm Gedanken zu machen, nachdem ich sie nun endlich allein erwischt hatte.

»Entschuldigen Sie bitte«, sagte ich und versuchte, nirgends anders hinzusehen als in ihr Gesicht. »Ich hatte gehofft, mit Ihnen sprechen zu können. Mein Name ist Judy Mills.«

»Hallo«, sagte sie und schien nicht im geringsten verlegen zu sein. »Claire Cox. Schön, Sie kennenzulernen.«

»Ich weiß, daß sich das jetzt geschmacklos anhört«, begann ich, »aber ich habe ein geschäftliches Anliegen, das ich Ihnen gerne unterbreiten möchte.«

Claire zog eine Augenbraue hoch und sah mich an. »So etwas bearbeitet meine Agentin«, sagte sie.

»Ja, aber es geht um etwas, das ich gern mit Ihnen persönlich besprechen möchte.«

Sie stieg in ihren schwarzen, einteiligen Badeanzug und sagte: »Ich muß Ihnen sagen, Judy, daß ich mit all meinen Vorträgen, Fernsehauftritten und Spendenaufrufen ziemlich überlastet bin. Vielleicht ein andermal.«

»Ich habe gelesen, daß Sie eine großartige Köchin sind«, platzte ich heraus, als sie den Umkleideraum schon verlassen wollte.

Sie drehte sich zu mir um, warf den Kopf in den Nacken und lachte. »Sagen Sie bloß nicht, daß Sie eine Einladung zu meinen Wochenenden im kleinen Kreis haben wollen. Ist es das?«

»Nein«, sagte ich, ein wenig verschnupft, weil sie anscheinend dachte, ich sei eine Art Groupie, das versuchte, ein Essen zu schnorren. »Ich habe gelesen, daß Sie eine großartige Köchin sind und habe mich gefragt, ob Sie schon einmal daran gedacht haben, ein Kochbuch zu verfassen.«

Sie lachte erneut. »Nein. Ich kann Ihnen ehrlich sagen, daß ich auf diese Idee noch nie gekommen bin.«

»Darf ich Ihnen dann vielleicht etwas von mir erzählen?« fragte ich und begann, ohne eine Antwort abzuwarten, Claire Cox meinen Werdegang im Verlagswesen zu skizzieren.

»Klingt, als wären Sie eine pfiffige Lektorin, Judy«, sagte sie. »Aber ich verstehe noch immer nicht ganz, weshalb Sie ...«

»Ich finde, Sie sollten ein Kochbuch schreiben«, unterbrach ich sie. »Ein Kochbuch, in dem alle Rezepte der Gerichte gesammelt sind, die Sie für Ihre berühmten Freundinnen kochen. Sie könnten Anekdoten über die Personen einfügen, die Sie bekocht haben, über die Anliegen, für die Sie gekämpft haben, was immer Sie wollen. Und vor allem könnten Sie die Gewinne aus dem Buch für die Brustkrebsforschung, für Abtreibungskliniken oder sonst etwas spenden.«

Der letzte Satz war der Köder, das merkte ich. Sie konnte Projekten nicht widerstehen, die Gelder für ihre Anliegen einbrachten.

»Das ist nicht die schlechteste Idee, die ich in letzter Zeit gehört habe«, räumte sie ein.

»Ich möchte, daß Sie darüber nachdenken«, sagte ich und bemühte mich, nicht zu begeistert oder aufdringlich zu klingen. »Denken Sie darüber nach, wie Sie die Rezepte gruppieren möchten, ob das Buch illustriert werden soll, welcher Titel Ihnen vorschwebt oder dergleichen. Wir können das Projekt besprechen, wenn Sie etwas Zeit gehabt haben, darüber nachzudenken.«

»Ja, ja«, sagte sie und nickte. »Ich werde darüber nachdenken. Nur noch eins, Judy. Wie sieht denn Ihre Beteiligung aus?«

»Ich bin Ihre Mitarbeiterin – Ihre Ko-Autorin, Herausgeberin, als was Sie mich auch immer brauchen«, sagte ich. »Ich würde Ihnen helfen, das Buch zu schreiben, es in eine Form zu bringen, würde die Rezepte testen und es perfekt und druckreif machen.«

»Tja, das ist eine faszinierende Idee«, sagte sie. »Haben Sie eine Karte?«

Ich wühlte in meiner Tasche und reichte Claire eine meiner Visitenkarten. Darauf stand noch die Adresse von Charlton House, und so strich ich meine alte Büronummer durch und schrieb meine Privatnummer darüber.

»Wunderbar«, sagte sie, als sie sie in ihre Handtasche steckte und diese im Spind einschloß. »Ich rufe Sie an.«

Claire rief an – noch am selben Abend. Sie fragte mich, ob wir am Tag darauf im Club zusammen zu Mittag essen könnten. Es gab doch noch Hoffnung für mich und meine Karriere!

Wir trafen ins im Grill. Claire orderte die Pasta Spezial, die eine unheimliche Ähnlichkeit mit Chef Boyardee Dosenravioli hatte, und ich nahm das Sandwich mit Frühstücksspeck, Salat und Tomaten, in dem sich jede Menge Salat und Tomaten, aber kein Speck fand.

»Ist Ihnen aufgefallen, daß das Essen hier seinem Anspruch nicht gerecht wird?« fragte ich.

Claire rollte mit den Augen. »Das wird sich alles ändern«, sagte sie. »Aber zuerst setze ich Mr. Testosteron vor die Tür.«

»Wen?«

»Rob, den Tennistrainer mit den Grapschhänden. Und dann werde ich dafür sorgen, daß Brendan durch einen *richtigen* Koch ersetzt wird. Es hat keinen Sinn, das Geld der Mitglieder für die Renovierung der Küche auszugeben, solange er dort das Regiment führt. Er ist hoffnungslos.«

Die nächste Stunde plauderten Claire und ich wie alte Freundinnen – über ihre Arbeit, über meine Arbeit, über die fehlende Romantik in ihrem Leben und über die fehlende Romantik in meinem Leben. Sie war charmant und offen, und ich empfand sie als erfrischende Abwechslung gegenüber den anderen weiblichen Mitgliedern von The Oaks.

Schließlich kamen wir auf den Anlaß für unser gemeinsames Mittagessen zu sprechen: das Kochbuch.

»Ich habe gestern abend meine Agentin angerufen«, sagte Claire.

»Ihre Agentin arbeitet am Samstagabend?«

»Sie ist ebenso eine enge Freundin wie meine Agentin«, erklärte sie. »Ich habe ihr von Ihrer Idee erzählt, und sie findet sie phantastisch. Sie meint, es wäre gut für mein Image, mich zur Abwechslung einmal von meiner weniger ernsten Seite zu zeigen. Sie wird Sie am Montag morgen anrufen, um die finanziellen Fragen zu besprechen. Wenn all das geklärt ist, machen wir uns an die Arbeit. Was sagen Sie dazu?«

»Was ich dazu sage? Ich bin begeistert«, sagte ich. »Dieses Kochbuch wird mir wieder Türen öffnen. Ich freue mich wirklich sehr auf diese Arbeit.«

»Mir geht's genauso«, meinte sie. »Meine Agentin ist manchmal sehr überlastet, wenn Sie also bis – sagen wir – Mittwoch nichts von ihr hören, dann rufen Sie mich an.« Sie reichte mir ihre Visitenkarte, auf der sowohl ihre Nummer in Manhattan als auch die in Connecticut standen.

»Ich halte am Mittwoch vormittag einen Vortrag in Stamford, und dann bleibe ich über das Wochenende um den vierten Juli in Connecticut.«

»Kommen Sie nächsten Montag auf die Party, die der Club anläßlich des vierten Juli veranstaltet?« fragte ich. »Sie steht unter dem Motto ›Wilder Westen‹. Völlig logisch, wenn Neuengländer die Geburt Amerikas feiern, finden Sie nicht?«

Sie lachte. »Offen gestanden *habe* ich vor, hinzugehen. Ich bringe ein paar Freundinnen mit, die die Mitgliedschaft beantragt haben.«

»Ich hoffe, Sie mögen Hamburger, Würstchen und Baked Beans«, sagte ich. »Der Club bezeichnet das Menü als ›Planwagenkost‹. Hunt und ich kommen mit seiner Tochter und seinen Eltern. Planwagenkost entspricht genau ihrer Vorstellung von Haute Cuisine.«

Ich muß das Gesicht verzogen haben, da Claire fragte, wie ich mit Hunts Eltern und seiner Tochter auskam.

»Etwa so gut, wie die Israelis mit den Palästinensern«, sagte ich. »Anders ausgedrückt: Sie sind nicht gerade meine größten Fans.«

»Es ist kein Vergnügen, wenn andere es auf einen abgesehen haben«, sagte Claire. »Ich weiß das. Ich habe schon Hunderte von Morddrohungen erhalten.«

»Ehrlich. Ich nur eine.«

»Von wem?«

»Von meiner Stieftochter.«

»Womit haben Sie denn das verdient?«

»Es gibt mich.«

7. Kapitel

Claires Agentin rief mich am nächsten Tag an und machte mir ein phänomenales Angebot: Anstatt mir für meine Arbeit als Beraterin an dem Buch eine Pauschalsumme zu zahlen, wollten sie mich als Ko-Autorin haben und sämtliche Einnahmen zur Hälfte mit mir teilen. Wenn sich das Buch gut verkaufte, würde ich massenhaft Geld verdienen! Und selbst wenn nicht, würde ich mit Sicherheit ein hübsches Sümmchen als Vorschuß kassieren. Claire Cox war schließlich berühmt, und bei Verlegern waren Bücher von Berühmtheiten begehrte Ware – sogar Kochbücher.

Ich lief ans Telefon, um Hunt in seinem Büro anzurufen, doch als ich zu wählen begann, überlegte ich es mir anders und legte wieder auf. Was, wenn ihn mein Kochbuch-Geschäft völlig kalt ließ, genauso wie ihn alles andere völlig kaltgelassen hatte, was ich ihm in letzter Zeit erzählt hatte? Zum Beispiel meine Neuigkeiten über Ducky und Claire. »Ducky brennt darauf, Claire an die Wäsche zu gehen«, hatte ich gesagt. »Ausgeschlossen«, meinte Hunt. »Ich sage dir, ich habe ihn reden hören«, sagte ich. »Das bildest du dir bestimmt nur ein. Ducky ist nicht so«, sagte er. »Nicht wie?« fragte ich zurück und fügte hinzu: »Manche Männer haben tatsächlich ab und zu Sex. Manchen Männern macht es tatsächlich Spaß zu vögeln.« »Willst du mir empfehlen, mit anderen Frauen zu schlafen, um dir zu beweisen, daß ich ein echter Mann bin«, sagte er. »Nein«, sagte ich. »Ich empfehle dir, mit mir zu schlafen.« Hunt ignorierte meine Empfehlung, und das Leben ging weiter.

Und so wählte ich mit gewisser Zurückhaltung schließlich doch seine Büronummer, um ihm mitzuteilen, daß ich endlich wieder im Buchgeschäft war.

»Das ist ja toll, Jude«, sagte er. »Ich bin richtig stolz auf dich, so zielstrebig, wie du diese Sache verfolgt hast.«

Diese Sache. Nett.

»Danke«, sagte ich und versuchte, meine gute Laune zu behalten. »Möchtest du heute abend feiern? Nur wir beide?«

»Ich wünschte, ich könnte, aber Bree möchte, daß ich heute mit Kimberley zu Abend esse. Sie ist irgendwie fertig.«

»Wer? Bree oder Kimberley?«

»Kimberley. Susie ist gestorben.«

»Susie? War sie bei Kimberley in der Klasse?«

»Nein, Susie war Kimberleys Wüstenspringmaus.«

»Herzliches Beileid. Soll ich Blumen schicken oder eine Spende an Susies Lieblingsstiftung überweisen?«

»Jude.«

»Tut mir leid. Ich bin egoistisch. Ich wollte, daß du heute abend *mich* zum Essen ausführst.«

»Ich weiß, aber Kimberley braucht mich.«

Ich auch, hätte ich am liebsten ins Telefon gebrüllt. Und zwar seit Monaten. Ich brauche dich so sehr, daß ich mir bereits ausmale, mich von dir scheiden zu lassen.

»Morgen und am Mittwoch muß ich abends länger arbeiten«, sagte Hunt. »Und am Donnerstagabend ist die Sitzung des Finanzausschusses. Warum feiern wir nicht am Freitagabend?«

»Da kann ich nicht«, sagte ich. »Am Freitagabend esse ich mit Arlene. Sie ist irgendwie fertig. Ihr Kaninchen ist gestorben.«

»Jude. Du brauchst es mir nicht heimzuzahlen.«

»Wieso heimzahlen? Arlenes Kaninchen ist tatsächlich gestorben. Sie ist schwanger.«

»Du machst Witze.«

»Du hast recht. Ich wollte es dir heimzahlen.«

»Jude.«

»Wir sehen uns dann zu Hause«, sagte ich und legte auf.

Da Kimberley erst am Sonntag in Connecticut ankommen sollte und Arlene das Wochenende vor dem Nationalfeiertag in den Hamptons verbrachte, luden Hunt und ich für den ersten Teil des Wochenendes Valerio zu uns ein. Am Freitagabend kochte ich uns ein Abendessen, und am Samstagabend gingen wir mit Valerio zum Essen ins The Oaks.

»Das iest also der Cluba«, sagte er, als wir zu einem Tisch im großen Speisesaal geführt wurden.

»Toll hier, was?« sagte Hunt und sah sich im Raum um. Leute an verschiedenen Tischen winkten.

»Ganz nett«, meinte Valerio und ergriff meine Hand und küßte sie, als Hunt gerade nicht hersah. »Aber bißken simpel, oda?«

Ich lachte und dachte an Valerios Restaurant an der Upper East Side in Manhattan. Mit seinen schweren Portieren, den Troddeln an den Lampenschirmen und dem dicken Plüschteppich, der von so grellem Rot war, daß man zehn Liter Marinara-Sauce daraufkippen konnte und gar nichts sah, war es der genaue Gegensatz zu »simpel«.

Während wir unsere Cocktails schlürften und Hunt die Feinheiten des Warenterminhandels erörterte, war ich damit beschäftigt, Valerios Hand von meinem Schenkel zu entfernen, den er unter dem Tisch andauernd zu drücken versuchte.

Dann kam unser Essen. Ich hatte Valerio bereits darauf vorbereitet, daß das Essen im The Oaks nicht seinen Maßstäben entspräche, doch als er den ersten Bissen von seinem Steak gekostet hatte, reagierte er mit Entsetzen.

»Das iest Drecka«, sagte er.

»Dann laß es zurückgehen«, empfahl ich ihm. »Du hast es englisch bestellt. Es sieht durchgebraten aus.«

»Darum geht es nicht«, sagte er und verlor unvermittelt seinen Akzent. »Es ist das Fleisch. Das ist kein erstklassiges Rindfleisch.«

»Natürlich ist es erstklassig«, sagte Hunt. »Aber Judy hat trotzdem recht. Wenn es nicht so gebraten ist, wie Sie es bestellt haben, dann lassen Sie es zurückgehen.«

Valerio schüttelte den Kopf. »Es ist nicht erstklassig«, sagte er. »Es ist Schrottfleisch. Ich merke es am Geschmack und am Verhältnis zwischen der Fettmarmorierung und dem dunklen Fleisch. Glauben Sie mir, ich kenne mich mit Essen aus.«

Hunt sah beleidigt drein. »Ich sitze hier im Finanzausschuß«, erklärte er Valerio, »und ich sage Ihnen, daß The Oaks für erstklassiges Fleisch bezahlt. Nicht Qualitätsfleisch. Sondern *erstklassiges* Fleisch. Ich sehe die Rechnungen, nachdem sie vom

Küchenchef bestätigt und vom Kassenwart abgezeichnet worden sind.«

Bestätigt vom Küchenchef. Wenn Brendan ein ebenso miserabler Lebensmitteleinkäufer wie Koch war, dann aßen wir hier Gott weiß was für Müll.

»Lassen Sie sich von mir gesagt sein, Hunt«, beharrte Valerio, »daß Sie für Qualität bezahlen, die Sie nicht bekommen.«

»Valerio«, sagte ich, »warum lassen wir dein Essen nicht zurückgehen und bestellen etwas anderes?«

Er willigte ein. Wir riefen den Kellner herbei und erklärten ihm, daß unser Gast mit seinem Essen nicht zufrieden war. Valerio warf noch einen Blick in die Speisekarte und wählte den Lammbraten. Als dieser zwanzig Minuten später kam, erlebten wir die gleiche Szene noch einmal.

»Das Lamm ist auch Schrott«, sagte Valerio voller Ekel. »Sie zahlen vielleicht für erstklassiges Fleisch, aber Sie bekommen es nicht. Sie bekommen nicht mal Qualitätsfleisch.«

Valerio sagte, er hätte keinen Hunger mehr. Hunt auch nicht. Ich dagegen aß praktisch jedes Krümelchen meiner trockenen, zu lang gebratenen Seezunge Dover. Wie bereits erwähnt, ich ließ nie ein Essen aus – nicht einmal eines von Brendan.

Ich war erstaunlich guter Laune, als ich mich für die Wildwestparty im Club anläßlich des vierten Juli ankleidete. Ja, trotz der Tatsache, daß ich den ganzen Abend mit meiner widerspenstigen, raffinierten Stieftochter, meinen distanzierten, humorlosen Schwiegereltern und meinem unaufmerksamen, golfbesessenen Ehemann an einem Ort, der mir zuwider war, verbringen sollte, fühlte ich mich zum ersten Mal seit Monaten glücklich und optimistisch. Mir war auf einmal bewußt, daß ich vielleicht gar keinen Job bei Charlton House oder irgendeinem anderen Verlag brauchte; daß ich, falls sich das Kochbuch, das ich mit Claire zusammen schrieb, nur halb so gut verkaufte wie *Valerios Küche*, nie wieder für die Leeza Grummonds dieser Welt arbeiten müßte. Die Vorstellung war unglaublich befreiend.

»Bist du fertig?« fragte Hunt, als er das Schlafzimmer betrat.

Ich warf einen Blick auf ihn und prustete los. Er sollte sich als Cowboy verkleiden, aber er war der geschniegeltste Cowboy diesseits der Madison Avenue. Oder wann haben Sie zum letzten Mal einen Cowboy in *weißen* Hosen mit Bügelfalte und Aufschlägen gesehen?

»Meine Jeans scheint eingegangen zu sein«, war seine Erklärung.

»Vielleicht hat sich dein Taillenumfang ausgedehnt«, war meine.

Er zuckte die Achseln. »Gefällt dir der Hut?«

Zu der weißen Hose trug er ein blaues Jeanshemd (Ralph Lauren), weiße Segelschuhe (Topsiders) und einen echten Cowboyhut (Billy Martin).

»Der Hut ist sagenhaft«, sagte ich. »Damit bist du Lee Majors in ›Big Valley‹ wie aus dem Gesicht geschnitten.«

Er grinste, und einen Moment lang sah er genauso aus wie der attraktive Fernsehstar. Ich fühlte mich ganz plötzlich zu ihm hingezogen, und Erinnerungen daran, wie es früher zwischen uns gewesen war, überfluteten mich. Denn trotz der Distanz zwischen uns, trotz der Monate wohlwollender Vernachlässigung, trotz der Streitigkeiten und zaghaften Versöhnungsversuche, fand ich den Mann nach wie vor attraktiv. Er hatte herrliches goldblondes Haar, ernste, freundliche Augen und die weißesten, geradesten Zähne, die ich je gesehen hatte. Und dann waren da noch seine schlanken, aber muskulösen Beine, von denen ich mich so gern umfangen ließ. Sogar seine Hände erregten mich. Es waren die Hände eines Künstlers, nicht die eines Mannes, der mit Schweinebäuchen handelte: elegant, stark und gewandt. Ich seufzte, als ich an die hitzigen, endlosen Nächte unserer ersten Verliebtheit dachte, als diese Hände meinen Körper verzauberten. Ich vermißte *diesen* Hunt, diesen Mann, dessen Liebe ich so heftig verspürte, daß es mir den Atem raubte, den Mann der…

»Wo ist denn der Rest deines Kostüms?« fragte er und unterbrach meine Tagträumerei, was mir auch recht war.

»Hier.« Ich nahm meinen Davy Crockett-Waschbärhut aus der Schachtel und setzte ihn auf. Ansonsten bestand meine Kluft aus einem wadenlangen Jeansrock, einem rot-weiß karierten Hemd und Cowboystiefeln. Nicht besonders originell, aber was will man schon erwarten? Ich konnte nicht als Indianerin verkleidet gehen, nicht in diesen politisch korrekten Zeiten und nicht, nachdem ich mich in der Familie als lautstärkste Kritikerin des Tomahawk-Koteletts hervorgetan hatte.

»Was meinst du, Davy?« Hunt lächelte. »Sollen wir gehen?«

»Ist Kimberley fertig?« fragte ich. Meine Stieftochter hatte beschlossen, sich nicht zu verkleiden. Sie sagte, der Gedanke, anläßlich des vierten Juli im Club eine Wildwestparty zu veranstalten, sei abartig. Da konnte ich ihr nicht widersprechen.

»Mutter und Dad warten im Club auf uns«, sagte Hunt.

»Gut«, sagte ich und meinte es auch so. Je weniger Zeit ich mit meinen Schwiegereltern verbringen mußte, desto besser.

Es war ein herrlicher, sternenklarer Juliabend. Die Temperatur von etwas über zwanzig Grad war bei der niedrigen Luftfeuchtigkeit sehr angenehm. Regen stand nicht zu befürchten, die Stechmücken hielten sich zurück, und die gepflegten Clubanlagen wirkten völlig unberührt. Dank des wunderbaren Wetters fand die Party im Freien statt, auf der Terrasse neben dem Schwimmbecken. Als wir ankamen, unterhielt die Band – sechs Männer in Jeans-Latzhosen, die sich die Cowpokes nannten – die Clubmitglieder mit ihrer aufregenden Version der Titelmelodie von »Bonanza«.

Ich stellte erfreut fest, daß unser Tisch sich ganz in der Nähe von Claires Tisch befand. Sie kommen nie darauf, als was sie sich verkleidet hatte: als Indianerin! Natürlich nannte sie ihr Kostüm »die authentische Tracht einer uramerikanischen Medizinfrau«, womit bewiesen wäre, daß politisch korrekt genau das ist, was man politisch korrekt bezeichnet.

Sie kam herüber und begrüßte mich, als wir unsere Cocktails tranken.

»Auf die amerikanische Unabhängigkeit«, sagte sie und schüttelte jedem von uns die Hand.

Hunt erzählte Claire, wie begeistert er von unserem Kochbuch sei, etwas, was er mir leider zu sagen versäumt hatte. Ich erzählte Claire, daß ich hoffte, den Entwurf für das Buch in den nächsten Wochen fertigstellen zu können. Kimberley fragte Claire, ob sie schon einmal Oprah Winfrey begegnet sei, und wenn ja, ob sie in Wirklichkeit eher dicker oder dünner war. Und Hunts Eltern machten den Mund nicht auf, nicht einmal zur Begrüßung. Schließlich ging Claire an ihren Tisch zurück, wo sie mit vier alleinstehenden Frauen, die sich um die Mitgliedschaft im The Oaks beworben hatten und nun auf eine Zusage warteten, hof hielt. Sie waren allesamt sehr jung und attraktiv und zogen finstere Blicke von einigen der etablierten Mitglieder – sowohl männlichen als auch weiblichen – auf sich.

Ich sah die Tewksburys und ihre Gäste, Larkin und Perry Vail und ihre fünf Kinder sowie Ducky und Nedra Laughton mit den Vanderhoffs und den Etheridges. Außerdem fiel mir auf, daß Brendan, der Koch, unablässig große Silberplatten zum Buffet schleppte, und ich überlegte, ob er wohl wußte, daß Claire sich nach Kräften darum bemühte, ihn vor die Tür zu setzen. Desgleichen Rob, der Tennistrainer, dem wir bei der Ankunft auf dem Parkplatz begegnet waren.

»Nun, Mom und Dad«, sagte ich zu meinen Schwiegereltern, »wie geht's euch denn?«

Hunts Vater, Hunter Dean Price II, hatte die Aufforderung des Clubs, Westernkleidung anzuziehen, ernst genommen. Er war als Ranchhilfsarbeiter verkleidet, mitsamt einem Lasso und ledernen Beinschützern. Die Kluft war perfekt, wenn man von den weißen Socken absah, die er immmer trug, sogar im Bett.

Hunts Mutter, die von ihrem Mann »Kitty«, von allen anderen aber »Betty« genannt wurde, hatte sich gegen eine Kostümierung entschieden und trug ein ärmelloses Baumwollkleid mit Blumendruck, weiße Sandalen, und eine Perlenkette. Sie war nicht für eine Wildwestparty angezogen, sondern für die Kirche. Wie gesagt, meine Schwiegermutter war nicht direkt eine Stimmungskanone.

»Wie geht's euch denn?« fragte ich erneut, da ich beim ersten Mal keine Antwort bekommen hatte.

»Na ja«, sagte Hunt II.

Ich nahm an, daß das »na ja« meines Schwiegervaters das Vorspiel zum Rest seiner Antwort war, wie in: »Na ja, uns geht's ganz gut.« Aber es stellte sich heraus, daß »na ja« seine gesamte Antwort war.

»Und wie geht's dir, Mom?« fragte ich Hunts Mutter. »Bereitet dir dein grauer Star immer noch Probleme?«

»Ja«, sagte sie.

Und damit hatte sich's. Oh, natürlich hätte ich weiter in sie dringen können. Ich hätte schwiegertöchterliche Dinge sagen können wie: »Das tut mir aber leid, liebe Mutter.« Oder: »Soll ich dich nächste Woche zum Augenarzt fahren?« Oder: »Möchtest du den Platz mit mir tauschen, damit dir der Mond nicht in die Augen scheint?« Aber wozu die Mühe? dachte ich mir. Soll Hunt sich doch anstrengen. Schließlich ist sie *seine* Mutter. *Meine* Mutter ließ die Leute nicht so schuften. Wenn man Lucille Mills nach ihrem grauen Star fragte, *erzählte* sie einem davon, und zwar vermutlich wesentlich ausführlicher, als man je darüber Bescheid wissen wollte. Aber schließlich unterscheiden sich meine Eltern auch ebensosehr von Hunts Eltern wie sich frische Bagels von abgepacktem Industriebrot unterscheiden. Als sich die beiden Paare bei unserer Hochzeit kennenlernten, kamen sie zu dem schnellen und unausgesprochenen Schluß, daß sie nichts gemeinsam hatten; daß sie nie zusammen Bridge spielen, eine Atlantikkreuzfahrt unternehmen oder sich zusammensetzen würden, um über unsere Babyfotos zu kichern. Sie nahmen lediglich an Weihnachten Kontakt zueinander auf, da mein Vater, der ehemalige »Mr. Metzger«, Hunts Eltern regelmäßig ein Paket gefriergetrocknete Omaha-Steaks schickte, und Hunts Eltern, auch keine Freunde vieler schriftlicher Worte, meinem Vater ein einzeiliges Dankschreiben sandten.

»Wann gibt's Essen?« fragte Kimberley, während sie den Rest ihres Shirley Temple durch den Strohhalm saugte und dabei anstößige schlürfende Geräusche erzeugte. Als ich sie bat aufzuhören, begann sie mit dem Streichholzbriefchen auf dem Tisch zu spielen, zündete ein Streichholz an und blies es wieder aus.

»Kim, bitte laß das«, sagte ich, da niemand sonst es tat.

Sie sah zu ihrem Vater hinüber, der damit beschäftigt war, Addison Bidwell und seiner Frau zuzuwinken. Dann sah sie wieder mich an und fragte erneut nach dem Essen.

»Ich glaube, es gibt ein Buffet«, sagte ich. »Warum stellen wir uns nicht einfach alle an?«

Ich habe Buffets schon immer ausgesprochen unkultiviert gefunden. Man muß sich etwas von Tellern nehmen, von denen sich Dutzende anderer Leute bedient haben, und die Speisen sind unweigerlich eiskalt, außer denen, die kalt sein müssen. Trotzdem erfüllten Buffets ihren Zweck: Sie boten einem die Möglichkeit, vor seinen Tischgenossen zu flüchten, ein Schlupfloch, um unsäglich langweiligen Tischgesprächen zu entkommen.

Wir aßen Cheeseburgers, Baked Beans und Krautsalat (die mayonnaisegetränkte Machart, die Hunt liebte), und zum Nachtisch gab es Eisbecher, die man sich selbst zusammenstellen konnte. Kimberley warf ihren gleich zu Anfang um, und ich erklärte mich bereit, zum Buffet hinüberzugehen und ihr Ersatz zu besorgen. Als ich an Claires Tisch vorbeikam, sah ich, daß sie nicht an ihrem Platz saß, aber eine ihrer Freundinnen winkte mich herüber.

»Entschuldigen Sie bitte«, sagte sie. »Aber ich habe Sie vorhin mit Claire sprechen sehen.«

»Ja, mein Name ist Judy Mills. Claire und ich schreiben zusammen ein Kochbuch«, sagte ich stolz. Ich war immer noch ganz aus dem Häuschen darüber, daß mein Name bis in alle Ewigkeit mit dem Claires verbunden sein sollte.

»Hallo, Judy. Ich bin Sharon Klein, Claires Steuerberaterin.« Wir schüttelten uns die Hände. »Wir machen uns alle ein bißchen Sorgen um Claire«, fuhr sie fort. »Sie hat uns erzählt, daß sie jemanden treffen müsse, aber bestimmt rechtzeitig zum Essen wieder zurück wäre.«

»Hier? Im Club?« fragte ich.

»Ja. Sie hat gesagt, es würde nur ein paar Minuten dauern.« Sie sah auf die Uhr. »Aber jetzt ist es schon über eine Stunde her.«

Mir stieg das Blut ins Gesicht, als ich an Claire und Ducky

dachte. Hatte er sie zu einem Quickie auf dem Golfplatz überredet? Nein, keiner von beiden war *derart* geschmacklos. Außerdem hatte es für mich so geklungen, als wollte Claire überhaupt nichts mit Ducky zu tun haben.

»Wir kennen niemanden hier, da wir noch keine Mitglieder sind«, sagte Sharon. »Aber wir haben gesehen, wie Claire mit Ihnen gesprochen hat, daher dachten wir, Sie könnten vielleicht wissen, wohin sie möglicherweise gegangen ist.«

Ich schüttelte den Kopf. »Auf Anhieb fällt mir rein gar nichts ein«, sagte ich. »Aber lassen Sie mich erst den Eisbecher für meine Stieftochter holen, dann sehe ich mich mal um.«

»Danke, Judy.«

»Gern geschehen.«

Mann, das ist aber seltsam, dachte ich, als ich zwanzig Minuten in der Nachtischschlange anstand und schließlich heiße Karamelsauce, gehackte Schoko-Erdnüsse, Mandelsplitter und Schlagsahne auf einen Berg Vanilleeis schaufelte. Als ich Kimberley den Eisbecher brachte, warf sie einen Blick darauf und sagte: »Du hast die Kirsche vergessen!«

Nein, ich warf den Eisbecher nicht nach ihr, so gern ich das auch getan hätte. Aber ich lief auch nicht los, um eine Kirsche zu besorgen. Ich sagte Hunt, er solle ihr eine holen, entschuldigte mich und machte mich auf die Suche nach Claire.

Zuerst sah ich in der Toilette nach. Dann im Damenumkleideraum. Dann in jedem Raum des Clubhauses. Schließlich ging ich zum Parkplatz hinüber, um festzustellen, ob Claires Wagen, ein weißer Range Rover mit einem »Mein Bauch gehört mir«-Aufkleber noch dastand. Er war da. Wo in aller Welt könnte sie sein? fragte ich mich.

Ich beschloß, auf die Party zurückzugehen, für den Fall, daß Claire wieder aufgetaucht war. Doch als ich mich ihrem Tisch näherte, sah ich, daß ihr Platz immer noch leer war.

»Jude? Was machst du denn?« wollte Hunt wissen.

»Ich versuche, Claire zu finden«, sagte ich. »Sie ist verschwunden.«

»Was meinst du mit ›verschwunden‹?« fragte er in diesem genervten Ton, mit dem er zum Ausdruck bringen wollte, daß ich mir mal wieder etwas einbildete.

»Genau das, was ich gesagt habe, Hunt. Ihre Freundinnen sagen, sie sei schon seit über einer Stunde weg.«

»Na und? Vielleicht telefoniert sie so lange«, sagte Hunt. »Sie ist ja eine vielbeschäftigte Dame.«

»Ich habe bei den Telefonen nachgesehen«, sagte ich.

»Wie steht's mit den Toiletten?« sagte Hunt. »Vielleicht ist ihr die Planwagenkost nicht bekommen.«

»Sie kam gar nicht dazu, die Planwagenkost zu probieren«, sagte ich. »Sie ist verschwunden, bevor das Essen aufgetragen wurde.«

»Sie kann sonstwo sein«, sagte Hunt. »Das Clubgelände ist groß.«

»Ich weiß. Deshalb mache ich mir ja Sorgen«, sagte ich. »Ich finde, wir sollten die Polizei rufen. Vielleicht ist sie gestürzt und hat sich verletzt. Oder womöglich ist sie entführt worden.«

»Entführt? Ist ja cool«, sagte Kimberley.

»Jude, setz dich hin und trink einen Kaffee«, sagte Hunt.

»Ich will keinen Kaffee«, entgegnete ich. »Ich will Claire finden.«

»Ich sage dir, sie taucht wieder auf«, sagte Hunt. »Verdirb uns nicht den Abend, ja?«

Vielleicht hat er recht, dachte ich. Vielleicht hatte Claire einfach ein langes Gespräch mit jemandem angefangen und darüber die Zeit vergessen. Oder vielleicht war sie doch auf der Toilette. Mein Gott, ich hatte ja nicht unter jede Kabinentür gespäht. Vielleicht war alles in Ordnung. Vielleicht würde sie gleich wieder auftauchen.

Ich setzte mich also und versuchte locker mit meinen Schwiegereltern zu scherzen, was dem Versuch, Orangensaft aus einem Baseball zu pressen nicht unähnlich ist. Eine weitere halbe Stunde verging, und Claire war immer noch nicht an ihren Tisch zurückgekehrt.

»Hunt«, sagte ich, »wir müssen etwas unternehmen.«

»Was denn?« fragte er.

»Ich weiß es nicht. Vielleicht sollten wir es Duncan mitteilen. Er ist immerhin mit ihr verwandt.«

Wir äugten beide zum Tisch der Tewksburys hinüber. Delia saß da, aber nicht ihr Mann.

Hunt nickte, nahm mich bei der Hand, sagte den anderen, daß wir gleich wieder da wären, und wir gingen gemeinsam zum Tisch der Tewksburys.

Delia Tewksbury, eine hochgewachsene, breitknochige Frau, hatte eine Frisur, die sich am ehesten als »stinktierartig« beschreiben ließ. Ihr dunkles Haar war – grundsätzlich – hinten zu einer festen Rolle zusammengesteckt, vom Haaransatz bis zum linken Ohr zog sich eine silbergraue Strähne. Sie hatte einen blassen, dick gepuderten Teint und kleine Rougetupfer auf die Wangen aufgetragen. Häufig roch sie nach Rosenblüten – nicht nach echten, sondern solchen, wie sie Dosen mit Raumspray entströmten.

»Hallo, Mrs. Tewksbury«, sagte ich und stellte mich ihr zum x-ten Mal vor. Hunt tat es mir nach.

Sie lächelte und begrüßte uns, ließ aber nicht erkennen, daß sie einem von uns schon einmal begegnet wäre.

»Wir stören Sie nur ungern beim Essen«, sagte Hunt, »aber wir machen uns Sorgen um Ihre Großnichte, die offenbar von der Party verschwunden ist.«

»Claire? Verschwunden?« Sie schien tatsächlich erschrocken zu sein. Vielleicht hatte sie mehr für Claire übrig als ihr Mann.

Hunt teilte ihr unsere Befürchtungen mit, und sie riet uns, Duncan davon zu berichten, wenn er von der Toilette zurückkam. »Er weiß bestimmt, wie man diese Situation handhabt«, sagte sie. Ich vermutete, daß sie in ihrem ganzen Leben noch nie eine Situation gehandhabt hatte, jedenfalls nicht, wenn sie es vermeiden konnte.

Als Duncan zurückkam, erzählte Hunt ihm von Claire. Im Gegensatz zu seiner Frau schien er ungerührt.

»Wenn Sie Claire kennen, wissen Sie ja, wie unberechenbar sie ist«, gluckste er.

»Wirklich?« sagte ich. »Ich würde sie überhaupt nicht als unberechenbar bezeichnen. Sie scheint bei allem, was sie tut, ziemlich konsequent zu sein.«

Duncan gluckste weiter. Er war einer dieser ewigen Gluckser, das war mir bereits am Abend unseres Gesprächs mit dem Mitgliedausschuß aufgefallen. Er gluckste, wenn er etwas witzig fand, und er gluckste, wenn das nicht der Fall war. Sein Glucksen war seine Maske, seine Art, uns glauben zu machen, daß er weltgewandt, geistreich und ein prima Kumpel war, wo er doch in Wirklichkeit – so vermutete ich – ein trauriger alter Mann war, der sich an einen Lebensstil klammerte, der schon seit langem so überholt war, wie er selbst es langsam wurde.

»Ich finde, wir sollten eine Suchmannschaft zusammenstellen«, schlug ich vor. »Oder wir rufen die Polizei und lassen sie die Sache klären.«

»Die Polizei? Im The Oaks? Unsinn«, protestierte er. »Wir wollen kein Aufsehen.«

»Ihre Großnichte ist verschwunden«, sagte ich unbeirrt. »Aufsehen hin oder her, wir müssen etwas unternehmen.«

Duncan sah Hunt mit einem Gesichtsausdruck an, der besagte: »Haben Sie Ihre Frau nicht unter Kontrolle, Sonny-Boy, so wie ich meine? Was sind Sie eigentlich für ein Mann?«

»Ich bin ganz Judys Meinung, Sir«, sagte Hunt. »Wir müssen etwas unternehmen. Claire ist verschwunden, und wir sollten wirklich versuchen, sie zu finden.«

Ich lächelte Hunt an. Vielleicht gab es doch noch Hoffnung.

Wir waren uns alle einig, daß es keinen Sinn hatte, die anderen Mitglieder zu alarmieren, da die Party sich gerade auflöste und sie sowieso alle nach Hause gehen würden. Also sicherten wir uns die Unterstützung von Perry, Addison und einigen Leuten vom Personal, die in die Küche geschickt wurden, um Taschenlampen zu holen.

Kimberley ging mit ihren Großeltern nach Hause, während wir auf der Suche nach Claire etwa zu zwölft das Gelände durchkämmten. Es war schon fast Mitternacht, als wir jemanden rufen hörten.

»Ich glaube, das Rufen kommt vom vierten«, sagte Hunt, als wir in der Nähe des Golfplatzes standen.

»Vom vierten was?« fragte ich.

»Loch«, erklärte er. »Es ist ein Par-3. Ein *langes* Par-3. Mann, das ist gemein. Es zieht sich über einen Wasserlauf und hat einen Felsabsturz, der die vorderen Fahnenstöcke abschirmt, aber das Grün ist so groß, daß die Position des Lochs den …«

»Hunt, bitte«, sagte ich. »Jetzt ist nicht der richtige Augenblick für eine Würdigung des Golfplatzes. Laß uns einfach nachsehen, woher das Rufen kommt, einverstanden?«

Er nickte, nahm mich beim Arm und führte mich über seinen geliebten Golfplatz. Trotz des Vollmonds und unserer Taschenlampen war die Nacht finster, und es fiel uns schwer, den Weg über die Fairways und Grüns zu finden.

»Hier drüben! Hier drüben!« rief jemand.

»Das ist Perry«, sagte Hunt.

Wir liefen auf die Stimme zu, die, wie wir feststellten, aus einem Sandhindernis kam. Alle anderen hatten sich bereits im Halbkreis dort versammelt.

»Habt ihr sie gefunden?« fragte Hunt.

Sie traten zurück und wiesen auf die Gestalt, die mit dem Gesicht nach unten im Sand lag. Ich packte Hunts Arm und hielt ihn mir vor die Augen.

»Ist es … Claire?« fragte ich.

»Du lieber Gott, es sieht schwer danach aus«, sagte er. »Sieht schwer danach aus.«

»O nein«, heulte ich. »Das kann nicht sein.«

»Ich fürchte, es ist unsere arme, arme Claire«, sagte Duncan Tewksbury, der sich so anhörte, als machte es ihm etwas aus.

»Hat irgend jemand versucht, sie umzudrehen?« fragte Hunt die anderen.

»Nein«, sagte Perry. »Ich wollte auf keinen Fall etwas anfassen. Die Polizei sagt immer, das soll man nicht.«

»Und wenn sie Hilfe braucht?« sagte ich, das Gesicht immer noch hinter Hunts Arm verborgen. »Was ist, wenn sie noch lebt?«

»Ich habe ihren Puls gefühlt«, sagte jemand vom Küchenpersonal. »Es war keiner vorhanden. Sie ist wirklich tot. Und angesichts der klaffenden Wunde an ihrem Hinterkopf ist sie…«

»Wunde?« sagte ich und schob Hunts Arm weg. Ich zwang mich, Claires Leiche zu betrachten. Sie war es zweifellos. Ich hätte dieses Kostüm einer uramerikanischen Medizinfrau überall wiedererkannt. Und sie hatte tatsächlich eine tiefe Wunde – eine bösartig und blutig aussehende Wunde. Aber wer sollte ihr einen Schlag auf den Hinterkopf geben und weshalb?

»Ich rufe die Polizei«, sagte Hunt.

»Nein!« protestierte Duncan. »Das ist meine Aufgabe. Schließlich war ich ihr Großonkel.«

Duncan fuhr sich mit einer Geste über die Stirn, die seinen Schmerz und seinen Kummer ausdrücken sollte.

»Warum gehst du nicht mit ihm zum Clubhaus?« flüsterte ich Hunt zu. »Für den Fall, daß ihn der Schmerz übermannt.«

»In Ordnung«, sagte Hunt. »Willst du mitkommen?«

Ich schüttelte den Kopf. »Ich bleibe bei Claire«, sagte ich, während mir die Tränen in die Augen schossen. »O Hunt. Es ist so grauenhaft.«

Ich fing an zu weinen. Hunt nahm mich in die Arme und wiegte mich, strich mir das Haar aus dem Gesicht und küßte mich auf die Stirn. »Wir finden heraus, wer das war«, schwor er. »Keine Sorge.«

»Aber ich kann noch gar nicht glauben, daß sie tot ist«, sagte ich. »Erst vor ein paar Stunden habe ich mit ihr gesprochen, mit ihr gelacht und unser Kochbuch geplant…«

Plötzlich traf es mich wie ein Donnerschlag: Claire war tot und mit ihr unser Kochbuch. Wer ihr den Garaus gemacht hatte, hatte auch sämtlichen Hoffnungen darauf, ich könne wieder in meinen Beruf einsteigen, den Garaus gemacht.

»He, sieh dir das an«, sagte Perry und wies auf einen Golfschläger, der ein paar Meter von dem Sandhindernis entfernt lag.

Hunt und die anderen gingen hinüber, um ihn sich genauer anzusehen, hoben ihn aber nicht auf.

»Das ist Henrys Pitching Wedge«, sagte er.

»Es ist was?« rief ich und ging hinüber, um es mir selbst anzusehen.

»Es gehört Henry Bradford, dem Golftrainer«, erklärte Hunt. »Es ist sein Pitching Wedge.«

»Woher weißt du das?« fragte ich.

»Das erkenne ich am Winkel des Schlägerkopfs«, sagte er. »So sieht ein Pitching Wedge eben aus.«

»Nein, ich meinte, woher du weißt, daß es dem Golftrainer gehört«, sagte ich.

»Sieh dir den Schaft an.« Hunt zeigte darauf. »Er trägt ein Autogramm von Greg Norman: ›Der große weiße Hai‹. Henry war unheimlich stolz auf diesen Schläger.«

»War Henry wütend auf Claire?« fragte ich.

»Henry ist verreist«, sagte Duncan. »Er war es nicht, falls Sie das vermuten sollten, Mrs. Price. Wir stellen im The Oaks keine Kriminellen ein. Wer auch immer meiner Großnichte das angetan hat, muß von draußen gekommen sein.«

»Kann sein«, sagte ich. »Ich dachte ja nur, da Henrys Pitching Wedge die Mordwaffe gewesen zu sein scheint, sollten wir …«

»Henrys Schläger stehen den Mitgliedern zur Verfügung«, sagte Duncan. »Sie stehen zu Unterrichtszwecken in seinem Büro. Jeder im Club hat Zugang zu ihnen.«

»Es hat keinen Sinn, wenn wir hier herumspekulieren«, sagte Hunt. »Die Polizei wird ermitteln, wer Claire das angetan hat. Duncan? Sind Sie jetzt bereit hinzugehen?«

Duncan nickte.

»Bin gleich wieder da, Jude«, sagte Hunt.

»Darf ich den haben, bevor du gehst?« Ich griff nach oben und nahm ihm den Cowboyhut vom Kopf.

»Klar«, meinte er. »Aber was willst du denn damit?«

Ich ging zu Claires lebloser Gestalt hinüber, sah ihr sandverkrustetes Gesicht und ihr blutverschmiertes Haar und legte ihr den Cowboyhut sachte auf den Hinterkopf, um ihn so vor der Nachtluft und unseren neugierigen Blicken zu schützen.

»Man soll doch nichts verändern«, sagte Perry. »Nicht wenn ein Mord geschehen ist.«

»Meine Güte«, sagte ich. »Das steht doch wohl nicht auch in den dämlichen Statuten von The Oaks, oder?«

Ich kauerte mich in den Sand, ganz nahe neben Claire und verabschiedete mich von ihr.

»Adieu, meine Freundin«, flüsterte ich ihr zu. »Wir haben uns nicht besonders lang oder gut gekannt, aber ich verspreche dir, dafür zu sorgen, daß der gefunden wird, der dir das angetan hat. In der Zwischenzeit hoffe ich, daß es dort, wo du nun bist, wohin auch immer deine Seele gereist sein mag, keinen Krieg, keinen Hunger und keinen Men's Grill gibt.«

ZWEITER TEIL

8. Kapitel

Das ganze Land war bestürzt über den Tod von Claire Cox. In sämtlichen Medien erschienen Berichte darüber – angefangen von den morgendlichen Nachrichtensendungen, in denen politische Entscheidungsträger beider Parteien Claires Platz in der Geschichte diskutierten, bis hin zu den abendlichen Nachrichtenmagazinen, in denen Hillary Clinton, Gloria Steinem und andere prominente Frauen berichteten, wie sehr sie sie bewundert und geschätzt hatten. Zeitungen und Zeitschriften brachten ergreifende Bildberichte über ihr Leben. Fotos zeigten sie mit Personen wie Anita Hill, die sie während der Anhörungen zum Fall Clarence Thomas unterstützt hatte; mit dem Senator von Nebraska, Bob Kerrey, mit dem sie eine Affäre hatte, nachdem er sich von Debra Winger getrennt hatte; und mit Warren Beatty, mit dem sie Ende der siebziger Jahre liiert war. Die Sensationspresse schlachtete ihr Leben und ihren Tod aus, als wäre sie eine zweite Amy Fisher. Die drei großen Fernsehstationen beeilten sich, Fernsehfilme zu drehen, die auf ihrer Geschichte beruhten.

Wer wollte sie umbringen? fragte ich mich wieder und wieder. Wer wollte dem Leben einer Frau ein Ende setzen, die so viel erreicht hatte – und noch so viel hätte erreichen können? Wer wollte sie in *meinem* Country Club umbringen? In *meiner* kleinen Stadt?

Mich schauderte, wenn ich daran dachte, daß der Mörder immer noch auf freiem Fuß war und die furchtlose Polizei von Belford seit beinahe einem halben Jahrhundert keinen Mordfall mehr bearbeitet hatte. Waren sie der Aufgabe gewachsen, diesen Fall aufzuklären? Würden sie gewissenhaft ermitteln? Würden sie ihr Bestes tun?

Die Antwort auf diese Fragen bekam ich am Dienstag morgen – dem Tag nach der Wildwestparty im Club, die ja nun wilder geendet hatte, als irgend jemand hatte ahnen können. Hunt war mit Kimberley in die Stadt gefahren, und ich war zu Hause und machte die Betten. Gegen halb zehn klingelte das Telefon.

»Mrs. Price?« sagte eine männliche Stimme.

»Ich bin nicht interessiert«, sagte ich. Mein Gott, diese Vertreter, die einem am Telefon etwas verkaufen wollten, waren eine Plage. Sie störten einen beim Abendessen oder belästigten einen in aller Herrgottsfrühe und boten einem nie etwas an, an dem man auch nur im geringsten interessiert gewesen wäre.

Ich wollte gerade wieder auflegen, als sich der Anrufer als Thomas Cunningham vorstellte – Detective Thomas Cunningham von der Polizei Belford.

»Oh«, sagte ich. »Ich dachte, Sie wollten mir eine Kreditkarte andrehen.«

»Nein«, sagte er schroff. »Ich versuche, den Mord an Claire Cox aufzuklären.«

»Oh«, sagte ich erneut. »Bitte entschuldigen Sie. Wissen Sie, die einzigen Menschen, die mich Mrs. Price nennen, sind Vertreter, die Eltern meines Mannes und die Mitglieder meines Country Clubs.«

»Und wie nennen Sie alle anderen?« wollte er wissen.

»Judy. Judy Mills.«

»Ist Mills Ihr Mädchenname?«

»Ja. Ich hatte noch nie etwas für Doppelnamen übrig. Ich war immer der Ansicht, daß man entweder den Namen des Mannes annimmt oder nicht – und ich habe es nicht getan.«

Schweigen. Dann: »Ihr vollständiger Name lautet also Judy Mills?«

»Nein. Mein vollständiger Name lautet Judith Rifka Mills.«

»Das nach Judith habe ich nicht mitbekommen.«

»Rifka. Das ist hebräisch für Rebecca. Sie wissen schon, wie in Becky.«

Weiteres Schweigen. Ich hatte den Verdacht, daß Detective Cunningham bereits bedauerte, damit angefangen zu haben. »Hören Sie, Ms. Mills«, sagte er. »Ich möchte gern mit Ihnen über Ms. Cox sprechen.«

»Sie meinen, weil ich unter denen war, die ihre Leiche gefunden haben?« fragte ich.

»Ja«, sagte er, »und weil uns eine der Frauen, die gestern abend mit ihr am Tisch saßen, erzählt hat, daß Sie und Ms. Cox ein Buch zusammen schreiben wollten.«

»Ja«, sagte ich traurig. »Ein Kochbuch.«

»Könnten Sie heute vormittag im Polizeirevier vorbeikommen? So gegen halb elf?«

Ich überlegte kurz. Um halb elf hatte ich keinen Termin. Offen gestanden hatte ich in absehbarer Zeit überhaupt keine Termine, abgesehen von einem Besuch beim Frauenarzt am Mittwoch in zwei Wochen und einer zahnärztlichen Kontrolluntersuchung drei Wochen danach. Ich hatte weder einen Job noch einen Termin, noch ein Ziel, und zum Polizeirevier zu gehen und mit einem Polizisten zu sprechen klang wie eine willkommene Abwechslung im Vergleich dazu, zu Hause zu sitzen und darauf zu warten, daß das Telefon klingelte. »Halb elf ist mir recht«, sagte ich. »Ist mir sehr recht.«

Im Polizeirevier angekommen, wurde ich zu dem zellenartigen Büro von Detective Thomas Cunningham und seinem Partner Detective Jake Creamer geführt, wobei letzterer zum Zeitpunkt meines Besuchs nicht anwesend war.

»Setzen Sie sich dorthin«, sagte Detective Cunningham und wies auf den Stuhl neben seinem Schreibtisch.

Ich setzte mich und musterte den Detective, während er einen Stapel rosafarbener »In-Ihrer-Abwesenheit«-Memos durchsah und die meisten von ihnen in den Papierkorb warf.

Hoppla, dachte ich. Er sieht nicht übel aus. Gar nicht übel. Er war Mitte Dreißig und von herber Attraktivität mit seinem schmalen, sehnigen Körper, dem gefurchten Kinn, den glänzenden braunen Augen und dem Haar, das so dunkel war, daß es fast so blauschwarz wirkte wie in einem Comic. Und dann war da noch seine Nase, die, nach der Rechtskurve zu urteilen, die ihr Rücken einschlug, mindestens einmal Zielpunkt einer Faust gewesen war. Peinlicherweise muß ich zugeben, daß ich seine linke

Hand in Augenschein nahm: kein Ehering. Ich vermutete, daß er eine Freundin hatte, eine Maniküre, die er in der Bar des hiesigen Pizza & Brew kennengelernt hatte, und daß sie die Nächte häufig bei ihm verbrachten, wüsten Sex hatten und sich im Pay-TV die Profi-Ringkämpfe ansahen.

»Danke, daß Sie gekommen sind, Ms. Mills«, sagte er und sah endlich zu mir auf.

»Gern geschehen«, sagte ich, fasziniert davon, wie sich die Furche in seinem Kinn bewegte, wenn er sprach.

»Ich brauche Ihre Adresse und Ihr Geburtsdatum«, sagte er und griff nach einem Notizblock und einem Stift.

»Ich wohne in der Beaverbrook Road zweiundvierzig. In Belford.«

»Geburtsdatum?«

»Ist das unbedingt notwendig?«

Na gut, ich war also ein bißchen empfindlich, was mein Alter anging. Es ist eben nicht leicht, zuzugeben, daß man vierzig ist, wenn man einem äußerst attraktiven jüngeren Mann gegenübersitzt.

»Ja, das ist unbedingt notwendig«, sagte er mit dem Anflug eines Lächelns.

»Dreißigster Mai neunzehnhundertfünfundfünfzig.«

»Und jetzt berichten Sie mir von Ihrem Verhältnis zu Ms. Cox.«

Ich erzählte Detective Cunningham die ganze traurige Geschichte: wie ich meinen Job bei Charlton House verloren hatte und keinen anderen finden konnte, wie mein Mann mir geraten hatte, in unserem Country Club Kontakte zu knüpfen, nachdem ich den Club zuvor gemieden hatte wie die Pest und schließlich seinen Rat doch annahm, wie ich Claire dort kennengelernt und wir beschlossen hatten, zusammen ein Kochbuch zu verfassen, wie ich am Abend vor der Party mit ihr gesprochen hatte und wie es schließlich dazu gekommen war, daß ich zu der Gruppe gehört hatte, die ihre Leiche fand.

»Seit wann sind Sie und Ihr Mann Mitglieder im The Oaks?«

»Seit zwei Jahren.«

»Sie haben gesagt, Sie hätten den Club gemieden. Gefällt es Ihnen dort nicht?«

»Mit einem Wort: nein.«

»Warum nicht?«

»Es gibt keinen Parkservice.«

Detective Cunningham sah von seinem Notizblock auf.

»Na ja«, sagte ich, »das ist nicht der Hauptgrund.«

»Was ist denn der Hauptgrund?«

»Die Leute dort sind alle Heuchler. Und das Essen ist auch nicht gerade besonders.«

»Gibt es irgend etwas am The Oaks, das Ihnen gefällt?«

»Ja. Die Einrichtungen sind hervorragend gepflegt. Wenn ich mir so oft die Zähne schrubben würde, wie sie dort die Tennisplätze schrubben, hätte ich keinen Zahnschmelz mehr.«

»Hatte Ms. Cox viele Freunde im The Oaks?«

»Nein.« Nun ja, Ducky zumindest. Aber ich hielt es nicht für nötig, ihre gemeinsame Geschichte zu erwähnen. Es war schon so lange her.

»Sie war bei den langjährigen Mitgliedern nicht sehr beliebt?«

»O Gott, nein. Sie wollte einiges im Club verändern. Sie war der Meinung, es sollte den Frauen gestattet sein, im Men's Grill zu essen und dergleichen.«

»In welchem Grill?«

»Im Men's Grill. Das war das Männern vorbehaltene Restaurant im Club.«

»Ach so. Im Club meines Vaters haben sie auch so etwas.«

Detective Cunningham wirkte auf mich nicht wie ein Mann, dessen Vater in Country Clubs verkehrte. »In welchem Club ist er denn?« fragte ich. Rotary? Elks? Knights of Columbus?

»Er sitzt im Vorstand des Westover Country Clubs.«

»Wirklich?« Die Mitglieder im Westover waren reiche Katholiken, die gerne The Oaks beigetreten wären, aber nicht konnten.

»Hatte Ms. Cox irgendwelche Feinde im The Oaks? Gab es jemanden, der ihr vielleicht schaden wollte?«

Ich dachte eine Weile nach. »Tja, eine Menge Leute waren dagegen, daß sie dem Club beitrat«, sagte ich. »Sie war die erste alleinstehende Frau, die das geschafft hat. Nicht einmal ihr Großonkel wollte sie als Mitglied haben.«

»Ist das Duncan Tewksbury?« fragte er.

Ich nickte.

»Also keine Feinde, soweit Sie wissen?«

»Feinde? Das ist schwer zu sagen«, sagte ich. »In Country Clubs kann man seine Feinde eigentlich nicht von seinen Freunden unterscheiden. Der Typ, der am einen Tag mit dir Golf spielt, könnte auch der Typ sein, der dir am nächsten Tag mit einem Pitching Wedge eins überzieht.«

Detective Cunningham hörte zu schreiben auf und sah mich an. »Was wissen Sie über diesen Pitching Wedge, Ms. Mills?«

»Sie meinen den, den wir neben Claires Leiche gefunden haben?«

»Genau.«

»Nichts, außer daß er Henry gehört, dem Golftrainer. Es ist einer der Schläger, mit denen er unterrichtet.«

»Haben Sie je eines der Mitglieder mit diesem Schläger spielen sehen?«

»Nein, aber ich sehe auch die Mitglieder nie mit irgendeinem Schläger spielen. Es ist mir zuwider, beim Golfen zuzusehen. Es ist ein ausgesprochen langweiliger Sport, wenn Sie mich fragen. Kommt gleich nach Fliegenfischen.«

Thomas Cunnningham starrte mich an. Ich war ganz eindeutig keine seiner üblichen Informantinnen.

»Ich glaube, damit wären wir fürs erste fertig«, sagte er.

»Ach?« Ich war enttäuscht. Es hatte mir gefallen, daß Detective Cunningham mir Fragen stellte, meinen Antworten lauschte und mich nach meiner Meinung fragte.

Er gab die Notizen, die er sich während unseres Gesprächs gemacht hatte, einer Sekretärin zum Abtippen, reichte mir, nachdem das erledigt war, die Seiten und bat mich, sie durchzulesen.

»Wenn alles korrekt ist, unterschreiben Sie bitte hier«, sagte er.

Ich unterschrieb.

»Danke, daß Sie gekommen sind.« Er schüttelte mir die Hand und gestattete sich ein Lächeln.

Mein Blick wanderte schnurstracks zu der Furche in seinem Kinn, und dann passierte etwas überaus Merkwürdiges. Ich begann mir auszumalen, wie ich meine Zunge in diese Furche schob, hinein und heraus, hinein und heraus, hinein und heraus. Ja, ich war geil, und ja, meine Ehe war öde, und ja, ich war schon immer der Meinung, daß Männer mit einem gefurchten Kinn eine gewisse animalische Anziehungskraft ausstrahlen, aber gerade hier, auf dem Polizeirevier, solche Phantasien zu haben – noch dazu bei Ermittlungen in einem Mordfall – war erniedrigend und reichlich respektlos dem Mordopfer gegenüber.

Du brauchst einen Job, sagte ich mir, als ich das Polizeirevier verließ. Du brauchst einen Job, und du brauchst einen Mann im Bett.

Ich ging nach Hause und schmollte. Wie in aller Welt sollte ich einen Job bekommen, wenn es nirgends einen gab? Just an diesem Morgen hatte die *New York Times* berichtet, daß Charlton House weitere zwanzig Angestellte entließ und daß Gaines McGrath, ein anderer großer Verlag, fünfzig seiner Mitarbeiter in Manhattan abbaute. Ich hatte keine Chance auf eine Stelle.

Ich fing an zu weinen – dicke, dumme Tränen, die mir über die Wangen und in den Kragen meiner Bluse liefen. Ob ich mir selbst leid tat? Ich war das personifizierte Selbstmitleid! Warum mußte Claire ermordet werden, schluchzte ich. Warum konnte sie nicht weiterleben, damit wir unser Kochbuch schreiben konnten? Warum konnten wir das Kochbuch nicht schreiben und in aller Ruhe beobachten, wie es auf die Bestsellerliste kam? Warum? Warum? Warum?

Beim Versuch, mich zu beruhigen, schaltete ich den Fernseher ein und zappte herum, bis ich auf einen Sender stieß, der eine Wiederholung von »Mannix« brachte. Im Handumdrehen war ich in einer Episode versunken, in der der machomäßige, dunkelhaarige Detective Mannix alias Mike Connors den Mord an einem netten Kinderarzt aufklärt, der Augenzeuge einer Fahrerflucht geworden war. Ich dachte an Detective Cunningham und kam zu dem Schluß, daß er viel attraktiver und verführerischer war als Mannix. Ich fragte mich, ob er mich im Laufe unseres Gesprächs heute morgen wenigstens ein bißchen attraktiv gefunden hatte. Ich fragte mich, ob seine Freundin attraktiv war. Ich fragte mich, ob es sie störte, daß er Polizist war oder ob sie zu der Sorte Frau gehörte, die Männer mit gefährlichen Jobs aufregend fand. Ich fragte mich, ob ich ihn je wiedersehen würde.

Ich ging kaum noch in den Club. Der Gedanke an Claires Leiche in diesem Sandhindernis hielt mich meist davon ab, einen Fuß dorthin zu setzen. Außerdem fiel es mir schwer, mit den Mitgliedern auszukommen, die – abgesehen von der Handvoll Frauen, die Claires Errungenschaften zu schätzen wußten – unerträglicher waren als je zuvor. Verdrängung war kein Ausdruck! Ein Mord war auf dem Gelände ihres verdammten Country Clubs verübt worden, und sie taten so, als wäre nichts passiert. Anstatt sich gegenüber der Polizei, die die anspruchsvolle Aufgabe hatte, jeden einzelnen zu befragen, der auf der Party gewesen war, hilfsbereit und kooperativ zu verhalten, zeterten und stöhnten sie darüber, daß sie sich aufs Polizeirevier schleppen und einen Haufen Fragen beantworten mußten. Manche von ihnen beklagten, daß ein fünfzehnminütiges Gespräch ihre Golf- oder Bridgepartie oder beides ruinieren würde. Andere machten sich Sorgen darüber, daß ihr Name – und der des Clubs – für immer mit einem Mord in Verbindung gebracht werden würde. Wieder andere sagten, sie fühlten sich von eben jener Polizei belästigt, die sie mit ihren Steuerzahlungen unterhielten. Sogar Hunt schien verschnupft, als Detective Creamer anrief und ihm mitteilte, daß nun er zur Befragung an der Reihe sei. »Warum stehlen uns diese Lokalheinis die Zeit, wenn im Grund das FBI einen Fall von solcher Tragweite bearbeiten sollte?« grollte er.

Dann rief eines Tages Arlene an und fragte, ob ich sie in den Club einlüde.

»Mein Therapeut sagt, Country Clubs seien ein guter Ort, um Männer kennenzulernen«, erklärte sie.

»Du hast also noch niemanden kennengelernt, den du wirklich magst?« fragte ich.

»Ich habe zwar Männer kennengelernt, die ich mag, aber keine, die aussehen wie Fabio«, seufzte sie.

»Ich habe eine Neuigkeit für dich, Arlene«, sagte ich. »Du wirst auch im The Oaks keinen finden, der aussieht wie Fabio. Du wirst nicht einmal einen finden, der aussieht wie Fabios Urgroßvater.«

Arlene ließ sich davon nicht abschrecken und verbrachte den nächsten Samstag mit mir im Club. Ich konnte gar nicht fassen, wie sehr sie sich verändert hatte. Diese Frau, die sich früher stets wie eine vestalische Jungfrau zu kleiden pflegte, hatte sich in Lady Superheiß verwandelt: enger Rock, enge Bluse, frivoler Blick. Als wir im Terrassenspeisesaal zu Mittag aßen, fiel mir auf, daß jeder Mann, dem ich sie vorstellte, sie lüstern begaffte – sogar Ducky Laughton, der mit Nedra, der Sexbombe, verheiratet und über den Tod seiner alten Liebe untröstlich war.

»Es ist mir ein Vergnügen«, sagte er, schüttelte ihr die Hand und blickte unverhohlen in ihren Ausschnitt. Der Mann konnte kaum noch die Zunge im Mund behalten.

»Vielen Dank«, sagte Arlene und klimperte mit den Wimpern. »Judy hat mir so viel von Ihnen erzählt. Ich habe fast das Gefühl, Sie schon eine ganze Weile zu kennen.«

Ich hätte mich beinahe verschluckt. Ich hatte Arlene rein gar nichts über Ducky erzählt, außer daß er das einzige Mitglied im The Oaks war, das mir nicht die Haare zu Berge stehen ließ.

Ducky verbeugte sich. »Ich hoffe, wir sehen uns wieder, Arlene«, sagte er. »Nun, da der Club endlich alleinstehende Frauen aufnimmt, denken Sie vielleicht daran, Mitglied zu werden. Das hätte Claire doch gewollt, glaubst du nicht, Judy?«

Ich nickte.

»Tja, und nun lasse ich euch beide in Ruhe zu Mittag essen«, sagte Ducky.

»Auf Wiedersehen«, sagte Arlene mit kokettem Unterton.

Ich beugte mich zu ihr hinüber und flüsterte ihr etwas zu. »Versteh mich nicht falsch«, sagte ich. »Aber ich glaube, du machst es ein bißchen auffällig.«

»Auffällig? Wie?« fragte sie.

»Du weißt schon. Die Kleidung. Die Haare. Das Make-up. Männer stehen nicht auf Frauen, die es darauf anlegen.«

»Wer sagt das?« entgegnete sie. »Ich hatte in den letzten zwei Wochen sechs Verabredungen, und keiner hat sich beschwert.«

Ich zuckte die Achseln und wechselte das Thema. Was verstand ich schon von Männern? Mein Mann wußte ja kaum, daß ich existierte.

Arlene und ich sprachen darüber, warum es mir nicht gelang, einen Job zu finden, warum es mir nicht gelang, ein Vorstellungsgespräch zu vereinbaren, und warum es mir nicht gelang, jemanden dazu zu bewegen, auf meine Anrufe zu reagieren. Dann sprachen wir darüber, wie hart es war, sich in den neunziger Jahren nach der Rezession seinen Lebensunterhalt zu verdienen.

»Wie ist denn eure finanzielle Lage jetzt?« fragte Arlene zwischendrin. »Ist es belastend für eine Ehe, vom Einkommen nur einer Person zu leben?«

»Alles ist belastend für eine Ehe«, sagte ich wehmütig. »Aber um deine Frage zu beantworten, Geld ist eigentlich nicht das Problem. Wir sind nach wie vor Mitglieder in diesem obszön teuren Club, wie du siehst. Und wir sind weit davon entfernt, am Hungertuch zu nagen. Im Grunde hat sich unsere finanzielle Situation überhaupt nicht verändert, seit ich entlassen worden bin, was fast das deprimierendste an meiner Entlassung ist. Ich habe immer gedacht, daß mein Beitrag zu unserem Einkommen wichtig wäre, daß Hunt und ich uns diesen aufwendigen Lebensstil sonst nicht leisten könnten. Aber nun stellt sich heraus, daß wir bestens ohne mein Geld auskommen, daß das Leben weitergeht, daß unsere Mitgliedschaft im The Oaks weitergeht, obwohl ich keinen roten Heller nach Hause bringe.«

»Seltsam, was?« sagte Arlene. »Du wirst von deinem Ehemann ausgehalten, etwas, wofür Millionen Frauen alles gäben, aber du fühlst dich völlig entbehrlich, nutzlos und entwertet... ohne jegliche Identität... wie ein jämmerliches Anhängsel... abhängig... bedürftig... unfähig, etwas...«

»Ich habe schon begriffen, Arlene«, sagte ich und war beleidigt, weil sie genau wußte, wie ich mich fühlte. »Aber genug von mir geredet. Wie ist es in deinem Job?«

»Fabelhaft«, sagte sie. »Ich bin begeistert, meine Kollegen sind phantastisch. Ich bin gerade befördert worden und habe eine Gehaltserhöhung bekommen.«

Ich murmelte »Herzlichen Glückwunsch«, stand aber nicht mit vollem Herzen dahinter. Freundschaft hat auch ihre Grenzen. Es ist schwer, sich für jemanden zu freuen, der den Erfolg hat, von dem man glaubt, ihn selbst verdient zu haben.

Eines Morgens saß ich zu Hause, blies Trübsal und versuchte, nicht über den leidenschaftlichen Sex nachzudenken, den Detective Cunningham und ich zusammen haben würden, wenn wir beide frei wären, als der Detective höchstpersönlich bei mir anrief.

»Ja, Detective. Natürlich erinnere ich mich an Sie«, sagte ich, während mein Herz kleine Pirouetten drehte und ich mir das Telefonkabel um den Finger schlang.

»Ich möchte Sie sprechen«, sagte er.

Vernahm ich da eine gewisse Dringlichkeit, eine gewisse Heiserkeit in seiner Stimme, oder war meinerseits nur der Wunsch der Vater des Gedankens?

»Wann?« fragte ich und versuchte nicht zu keuchen.

»Wie wär's in zwanzig Minuten?« sagte er.

»Okay«, sagte ich. »Die Adresse haben Sie ja.«

»Ja. Bis dann.«

Er legte auf. Ich legte auf. Dann fiel mein Blick auf mein Spiegelbild. Mann o Mann, ich hatte immer noch meinen ausgefransten Bademantel an und den Beißschutz aus Plastik im Mund, der mich davon abhalten sollte, nachts mit den Zähnen zu knirschen.

Ich ging nach oben, um mich frisch zu machen und umzuziehen und versuchte ruhig zu bleiben. Aber ich war nervös. Das letzte Mal war ich allein mit einem Mann zu Hause gewesen, als Valerio zu Besuch kam, und das zählte nicht.

Ich zuckte zusammen, als es an der Tür klingelte.

Ich bat Detective Cunningham herein und schlug vor, sich ins Wohnzimmer zu setzen. Ich bot ihm Kaffee an. Er sagte, er wolle lieber nur reden.

»Also, Ms. Mills«, fing er an. »Ich hoffe, Sie werden nicht schockiert sein über das, worum ich Sie bitten möchte.«

Jetzt war ich erst recht nervös. Ich hatte seit Tagen Phantasien über diesen Mann. Hatte er auch an mich gedacht? War das der Grund, aus dem er gekommen war? »Bitten Sie mich«, sagte ich.

Er räusperte sich. »Ich möchte Ihnen ein Angebot machen.«

Ich war baff. Er wollte mir etwas anbieten. Paß auf, was du dir wünschst, pflegte meine Mutter immer zu sagen.

Okay, er war sexy. Und natürlich hungerte ich nach ein wenig Abwechslung. Aber wie bereits erwähnt, ich bin im Grunde nicht der Typ für Ehebruch. Ich bin nicht schlau genug dafür. Ehebruch erfordert Schläue. Man muß vorausplanen. Man muß einen Ort für geheime Treffen finden. Man muß daran denken, sich die Beine zu rasieren. Ich hatte weder Zeit noch Energie dafür. Ich mußte meine Zeit und Energie dafür aufwenden, einen Job zu finden.

»Wie gesagt, Ms. Mills, wir würden Ihnen gerne einen Vorschlag machen.«

Ms. Mills? Sollte er mich unter diesen Umständen nicht Judy nennen? Und was sollte dieses Gerede von wegen »wir«? Wollte mir Detective Cunningham allen Ernstes eine Ménage à trois vorschlagen?

»Die Antwort ist nein«, sagte ich fest.

»Aber Sie haben sich doch noch nicht einmal angehört, was wir von Ihnen möchten.«

»Also gut«, sagte ich, »sagen Sie, weshalb Sie gekommen sind.« Wie schrecklich konnte es sein, dazusitzen und einem gutaussehenden Stück Mann zuhören zu müssen, wie er einem seine Leidenschaft gestand!

»Wir möchten Ihnen einen Job anbieten.«

»Einen Job?«

»Ja. Bei der Belforder Polizei.«

Ich war verwirrt. »Die Polizei möchte ein Kochbuch herausbringen?«

Ich hatte einmal ein Kochbuch herausgegeben, das von der New Yorker Feuerwehr zusammengestellt worden war. Darin gab es Rezepte wie »Spritzenhaus-Chili« und »Rauchig gegrilles Hühnchen«, und dahinter stand die Absicht, damit Geld für irgendeinen wohltätigen Zweck zu bekommen. Aber ein Kochbuch vom hiesigen Polizeirevier? Das klang mir nicht nach einem Besteller.

»Denken Sie an ein Buch, das eine Art Mischung aus Joseph Wambaugh und Julia Child ist?« fragte ich.

»Nein, nein. Sie verstehen mich nicht«, meinte er.

»Was dann? Joseph Wambaugh und Jacques Pepin?«

Er schüttelte den Kopf. »Schauen Sie, Ms. Mills.«

»Judy.«

»Judy. Wir sind gerade dabei, alle Einzelheiten dieses Falls zu untersuchen und jede Spur zu verfolgen, und wir halten es für möglich, daß ein Mitglied Ihres Country Clubs verantwortlich für den Tod von Claire Cox ist.«

»Ach?«

»Wir möchten, daß Sie uns dabei helfen, herauszufinden, ob der Mörder ein Mitglied war und wenn ja, *welches* Mitglied.« Er hielt inne. »Wir möchten, daß Sie als Informantin für uns arbeiten.«

Ich war perplex. »Sie wollen, daß *ich* Ihnen helfe, den Mord an Claire aufzuklären?«

»Genau. Ms. Cox war eine sehr prominente Frau, und die Jungs von der Bundespolizei würden uns den Fall liebend gerne abnehmen. Aber er fällt in unsere Zuständigkeit, und wir müssen ihn aufklären. Nun, eigentlich muß ich ihn aufklären. Ich und mein Partner. Und unser Boß möchte, daß wir ihn gestern schon aufgeklärt haben. Verstehen Sie?«

»Eigentlich nicht.«

»Na gut, ich versuch's noch einmal. Die Belforder Polizei ist nicht besonders groß. Wir sind eine Kleinstadtbehörde, mit der Betonung auf ›klein‹. Wir können nicht jeden einzelnen Mann auf den Fall ansetzen. Aber wir müssen Hunderte von Personen befragen und Hunderte von Spuren verfolgen – Hunderte von Spuren, die nichts mit The Oaks zu tun haben. Zugleich sind wir – oder soll ich sagen ich? – daran interessiert, Informationen über einige der Mitglieder vom The Oaks zu sammeln, um festzustellen, ob einer von ihnen ein Motiv hatte, Ms. Cox umzubringen. Aber ich will nicht in den Club gehen und alle aufstören. Sie wissen ja, wie schnell die aus dem Häuschen geraten, oder?«

»Allerdings. Ich habe gehört, daß Ihnen manche Schwierigkeiten gemacht haben, als sie aufgefordert wurden, aufs Polizeirevier zu kommen.«

Er rollte mit den Augen. »Das war noch nicht das Schlimmste. Sie hätten sehen sollen, was passiert ist, als wir um eine Liste sämtlicher Mitglieder baten.«

»Was denn? Wollte Ihnen keiner eine geben?«

»Oh, sie haben uns eine gegeben, aber erst, nachdem wir eine richterliche Strafandrohung erwirkt hatten. Und als wir anfingen, die Mitglieder auf der Liste anzurufen, stellten wir fest, daß ein Viertel von ihnen tot war. Nein, ich würde nicht sagen, daß die Leute in Ihrem Club besonders entgegenkommend waren.«

»Das erstaunt mich nicht.«

»Was wir also jetzt brauchen – und ich weiß wohl, daß das ein wenig ungewöhnlich ist –, ist jemand, der uns hilft, Informationen über die Mitglieder zu bekommen. Jemand, der dazugehört, jemand, der sich dort aufhalten kann, ohne Verdacht zu erregen. Wir glauben, daß *Sie* die ideale Informantin wären.«

»Ich? Wieso?«

»Weil Sie Mitglied im Club sind, ihn aber hassen.«

»Ich hasse ihn nicht direkt... na gut, ich verstehe, worauf Sie hinauswollen.«

»Gut.«

»Was genau erwarten Sie denn von mir?«

»Genau dasselbe, was Sie bisher auch gemacht haben. Daß Sie in den Club gehen. Golf spielen...«

»Ich spiele nicht Golf.«

»Tut mir leid. Das habe ich vergessen.« Er lächelte. Die Furche in seinem Kinn wippte. »Dann spielen Sie Tennis, schwimmen Sie, was auch immer. Das einzig Wichtige ist, daß Sie dort *sind* und Augen und Ohren offenhalten und uns erzählen, ob Sie irgend etwas Verdächtiges sehen oder hören.«

»Ich höre und sehe die ganze Zeit verdächtige Dinge im The Oaks.«

»Was zum Beispiel?«

»Die Mitglieder schummeln – bei allem. Die Golfer frisieren ihre Zählkarten, und die Tennisspieler bezeichnen jeden knappen Ball als Aus zu ihren Gunsten. Im The Oaks gibt es keine sportliche Fairneß.«

Er lachte. »Es ist nicht ihr Mangel an sportlicher Fairneß, der mir Sorgen bereitet. Es ist ihre mögliche Mitwirkung bei dem Mord an Claire Cox.«

»Sie meinen also, daß ich meine Freunde im Club bespitzeln soll?«

»Sie haben gesagt, Sie hätten keine Freunde im Club.«

»Da ist was dran.« Meine Gedanken rasten. »Aber mein Mann hat dort Freunde. Er ist Mr. Beliebtheit im The Oaks. Er würde toben, wenn er erführe, daß ich etwas tue, was seine Mitgliedschaft gefährden könnte. Er nutzt den Club, um Kontakte zu knüpfen. Er versucht, Teilhaber bei Fitzgerald & Franklin zu werden, der Investmentbank. Er ist…«

»Dann sagen Sie es ihm nicht«, meinte Detective Cunningham.

»Es ihm nicht sagen?« Was für ein Gedanke. Ich erzählte Hunt alles, jedenfalls früher. Wie konnte ich als Informantin für die Polizei tätig sein und es ihm nicht sagen?

»Schauen Sie, Ms. Mills.«

»Judy. Schon vergessen?«

»Tut mir leid, Judy. Ich heiße Tom.«

»Tom.«

»Es steht Ihnen frei, es Ihrem Mann zu erzählen oder nicht. Ich will nur wissen, ob Sie es machen.«

»Als Informantin tätig sein, meinen Sie.«

»Richtig.«

»Was müßte ich denn genau dafür tun?«

»Zuerst kommen Sie ins Polizeirevier, damit wir Ihnen die Fingerabdrücke abnehmen können und so weiter.«

»Die Fingerabdrücke abnehmen?«

»Ja, der Lieutenant ist ziemlich streng mit Fingerabdrücken. Er sagt, wenn ich schon das Risiko eingehe, Sie zu engagieren, muß ich Ihnen die Fingerabdrücke abnehmen und überprüfen, daß Sie auch die sind, die Sie zu sein behaupten. Dann würde ich Ihnen einen Piepser geben, damit wir jederzeit Verbindung zueinander aufnehmen können.«

Jederzeit Verbindung zueinander aufnehmen. Das klang hübsch.

»Ich würde also direkt mit Ihnen zusammenarbeiten?« fragte ich.

»Nur mit mir«, antwortete er. »Ist das ein Problem für Sie?«

»Nein, kein Problem«, sagte ich.

»Was das Geld angeht, so bekommen Sie etwa zweihundert Dollar die Woche, solange wir Sie brauchen.«

Geld? Das gab den Ausschlag. Geld und Tom Cunningham dazu.

Ich holte tief Luft. »Tom«, sagte ich. »Hier steht Ihre neue Informantin.«

»Sie übernehmen den Job also?«

»Ja.«

»Gut.«

»Hoffentlich.«

9. *Kapitel*

Was trägt man, wenn man aufs Polizeirevier geht, um eine Stelle als Informantin anzutreten?

Das war die Frage, über die ich grübelte, als ich an jenem Freitagmorgen meinen Kleiderschrank durchwühlte. Ich hatte keine

Ahnung, wie ich mich für diesen Anlaß kleiden sollte. Ich war eine arbeitslose Kochbuchlektorin. Was zum Teufel verstand ich davon, als Informantin tätig zu sein? Andererseits konnte ich auf langjährige Erfahrung im Verlagswesen zurückblicken, einer Branche voller Klatsch und Gerüchten und Leuten, die sich nur dann in Zeitungsartikeln zitieren ließen, wenn ihr Name nicht genannt wurde. Vielleicht wußte ich mehr darüber, sich als Informantin zu betätigen, als ich glaubte.

Ich versuchte es mit mehreren Kombinationen und entschied mich schließlich für eine, die in meinen Augen ausgesprochen Country-Club-mäßig aussah: weißer Rock, marineblau-rote »Nautik«-Bluse (sie war mit kleinen goldenen Ankern verziert), rote Sandalen und ein weißes Haarband. Sämtliche Frauen im The Oaks trugen Haarbänder, meist aus schwarzem Samt oder in irgendeinem Pastellton. Und wenn sie keine Haarbänder trugen, trugen sie Schirmkappen, die Begrüßungsküsse nahezu unmöglich machten. Oder haben Sie jemals zwei Frauen mit Schirmkappen gesehen, die versuchen, sich einen Kuß zu geben? Sie müssen auf und ab hüpfen und sich winden wie zwei Preisboxer beim Versuch, einen Schlag zu landen.

»Wohin gehst du denn?« wollte Hunt wissen, als er mir beim Anziehen zusah. Er arbeitete an diesem Vormittag zu Hause und wollte nachmittags im Club Golf spielen.

»Ich … äh … stelle mich bei jemandem wegen einer Stelle vor«, sagte ich. Keine Lüge.

»Bei wem?«

»Bei wem?«

»Wir hören uns an wie zwei Papageien.«

Ich lachte. »Tut mir leid. Ich bin heute morgen ein bißchen zerstreut.«

»Wahrscheinlich die Hitze«, sagte Hunt. »Heute sollen es zweiunddreißig Grad werden.«

Zweiunddreißig Grad. Puh. Ich hoffte, das Belforder Polizeirevier besaß eine Klimaanlage.

»Bei wem stellst du dich denn vor?« fragte Hunt noch einmal. »Du bist recht lässig angezogen für ein Vorstellungsgespräch.«

»Oh, es ist nur eine kleine Firma. Ein Familienbetrieb.«
»Wie heißt sie denn?«
»Äh... Food Data Systems.« In meinen Ohren klang das gut.
»Nie gehört.«
»Sie ist neu. Klein. Nicht an der Börse.«
»Was machen sie denn?«
»Tja, sie... äh... sammeln Rezepte aus Kochbüchern und speichern sie auf Disketten.« Ich hoffte, damit hatte die Fragerei ein Ende. Über Computer wußte ich genausoviel wie über polizeiliche Ermittlungen.
»Und was machen sie dann mit den Disketten?«
»Sie verkaufen sie... ähm... an Leute, die sich für Essen interessieren. Es ist ein Versandbetrieb.«
»Großer Absatzmarkt?«
»Ganz bestimmt. Die Leute verlegen dauernd ihre Lieblingsrezepte. Weißt du noch, als ich das Rezept für Krautwickel von meiner Mutter nicht finden konnte?«
Hunt nickte, obwohl es dieses Rezept gar nicht gab. Das einzige, was meine Mutter füllte, war ihr eigener Magen.
»Nun, dadurch, daß die Rezepte auf Disketten gespeichert sind, haben die Leute sie stets bei der Hand«, fuhr ich fort. Ich hatte keine Ahnung, wovon ich da redete, aber Hunt schien es nicht aufzufallen. Vielleicht war ich für verdeckte Ermittlungen geboren.
»Was würdest du für diese Food Data Systems tun?« fragte Hunt.
»Dabei helfen, die Rezepte aus verschiedenen Kochbüchern zusammenzusuchen, die Rechte für elektronische Medien einholen und dergleichen.«
Ich konnte es nicht fassen, daß Hunt so viele Fragen stellte. Normalerweise war er nicht so neugierig. Aber schließlich überraschen einen Ehemänner immer wieder. Wenn man möchte, daß sie einem ihre ungeteilte Aufmerksamkeit schenken, laufen sie davon und spielen Golf. Wenn man möchte, daß sie davonlaufen und Golf spielen, schenken sie einem ihre ungeteilte Aufmerksamkeit.

»Wie hast du von der Stelle erfahren?« wollte er wissen.

»Durch Arlene«, sagte ich und versuchte, meine Ungeduld zu verbergen. »Aber, Hunt, ich muß jetzt wirklich gehen. Das Vorstellungsgespräch ist um neun Uhr.«

»Jetzt ist es Viertel vor neun«, sagte Hunt nach einem Blick auf seine Armbanduhr. »Ich hoffe für dich, daß diese Firma ganz in der Nähe ist.«

»Ja, sie ist gleich bei der I-95.«

Ich drückte Hunt rasch einen Kuß auf die Wange und fuhr los.

Natürlich fühlte ich mich schuldig, weil ich meinen Mann angelogen hatte. Sehr schuldig. Ich hatte mich die vergangene Nacht unruhig im Bett hin- und hergewälzt und mich damit geplagt, ob ich Hunt von meiner Vereinbarung mit Detective Cunningham erzählen sollte. Schließlich kam ich zu dem Schluß, daß es in jeder Hinsicht besser war, wenn ich es ihm nicht sagte, und dieser Beschluß hatte mir böse Magenschmerzen verursacht. Trotzdem hatte es etwas seltsam Aufregendes, ihn zu hintergehen. Magenschmerzen hin oder her, so lebendig hatte ich mich seit Monaten nicht mehr gefühlt.

»Guten Morgen«, sagte ich zu Tom Cunningham, als ich um zehn vor neun sein Büro betrat.

Er nickte und stellte mich seinem Partner vor, Detective Jake Creamer, einem blonden, stämmigen Mann mit einem matrosenartigen Bürstenhaarschnitt und gerötetem Teint. Auch Detective Creamer nickte mir zu. Keiner der beiden Polizisten war besonders freundlich, aber es war ja auch noch nicht einmal neun Uhr. Vielleicht waren sie keine Morgenmenschen.

»Wir werden Sie nur fünf Minuten beanspruchen«, sagte Tom, der in den vierundzwanzig Stunden, seit ich ihn zuletzt gesehen hatte, nicht weniger attraktiv geworden war. Er trug Blue jeans, ein ausgebleichtes blaues Jeanshemd und ein Paar Reeboks mit hohem Schaft, und er *war* um einiges verführerischer als Mannix. »Aber zuerst müssen wir Ihnen die Fingerabdrücke abnehmen und Sie fotografieren.«

»Fotografieren?« Ich war so damit beschäftigt gewesen, aus

dem Hause zu kommen, ohne daß Hunt herausfand, wohin ich ging, daß ich nicht besonders viel Mühe auf meine Frisur und mein Make-up verwendet hatte.

»Ja, fotografieren«, sagte Tom. »Wie ein Model für Badeanzüge in *Sports Illustrated.*« Er lächelte über seinen Scherz. Wir machten Fortschritte.

Es stellte sich heraus, daß der Mann, der mich fotografierte, derselbe war, der auch die Fotos fürs Verbrecheralbum machte. Neben seinen Arbeiten sahen Paßbilder richtig spießig aus.

Auch die Abnahme der Fingerabdrücke war kein Honiglecken. Ich brach mir einen Nagel ab, vergaß, mir die Tinte vom Finger zu waschen und kleckste schwarze Flecken auf meinen weißen Rock, von meinem Gesicht ganz zu schweigen.

»Da«, lachte Tom und reichte mir ein feuchtes Papierhandtuch. »Machen Sie sich sauber.«

Ich versuchte, mir die Tinte von der Nase zu wischen, aber ohne Spiegel war das schwierig.

»Lassen Sie mich mal«, sagte Tom und nahm mir das Tuch wieder ab.

Er stand direkt vor mir, sein Körper nur Zentimeter von meinem entfernt, und tupfte mir die Nase mit der sicheren Hand eines Malers ab. Ich konnte seine Nähe spüren, seine Männlichkeit fühlen und seinen Atem riechen. Zwiebelsemmel, vermutete ich. Der Mann hatte eindeutig eine Zwiebelsemmel zum Frühstück gegessen.

Als wir in sein Büro zurückkamen, fragte ich Tom, ob er spezielle Instruktionen für mich hätte, um mich auf mein Leben als Informantin vorzubereiten.

»Gehen Sie einfach in den Club, und halten Sie Augen und Ohren offen«, sagte er. »Wir werden uns wahrscheinlich einmal pro Woche treffen, es sei denn Sie rufen schon vorher an. Ich zähle auf Sie, Judy.«

Ich schluckte. Plötzlich wurde mir klar, daß das, worauf ich mich eingelassen hatte, kein Sonntagsausflug war. Es war ernst. Belfords Freunde und Helfer zählten auf mich.

»Ich werde Sie nicht im Stich lassen«, sagte ich feierlich.

»Wenn Claires Mörder irgendwo in der Nähe von The Oaks ist, finde ich ihn.«

Tom nickte und reichte mir einen Funkrufempfänger, den er wechselweise auch als Piepser bezeichnete. Ich hatte natürlich schon Piepser gesehen. Einige Leute im The Oaks hatten welche – die machomäßigen Firmenbosse, die es liebten, auf den Tennisplätzen oder dem Golfplatz »angepiepst« zu werden, um allen vorzuführen, wie wichtig und unersetzlich sie waren. Ich hatte stets den Verdacht, daß es in Wirklichkeit ihre Frauen waren, die sie anpiepsten, um sie daran zu erinnern, daß sie einen Liter Milch mitbringen sollten.

»Ihr Piepser hat auch eine Vibratorfunktion«, sagte Tom mit ungerührter Miene.

»Eine Vibratorfunktion?« Vielleicht konnte die Zusammenarbeit mit der Polizei ja meinen Horizont in mehr als einer Richtung erweitern.

»Der Zweck der Vibratorfunktion ist die Vermeidung von Geräuschen«, erklärte Tom mit einem schiefen Lächeln. »In manchen Situationen werden Sie nicht angepiepst werden wollen. Dann stellen Sie den Schalter auf die Vibratorfunktion; anstatt angepiepst zu werden, werden Sie anvibriert.«

»Oh«, sagte ich und versuchte mir nicht vorzustellen, wie Tom Cunningham anvibriert wurde. Es war weder die Zeit noch der Ort dazu.

»Noch Fragen?« meinte er.

»Ja«, sagte ich, als ich den Piepser in meiner Tasche verstaute. »Sie haben nicht erwähnt, ob Sie im Fall Claire schon irgendwelche Verdächtigen haben. Gibt es jemand Bestimmten, den ich im Auge behalten soll?«

»Ich will ganz ehrlich zu Ihnen sein, Judy«, sagte er. »Es waren keine Fingerabdrücke auf diesem Pitching Wedge, der verbogen und fast abgebrochen ist. Wer auch immer ihn benutzt hat, um Ms. Cox umzubringen, hat wiederholt auf sie eingeschlagen, bevor er ihn beiseite warf.«

Ich erschauerte.

»Nicht genug damit, daß auf der Mordwaffe keine Fingerabdrücke waren«, fuhr er fort, »fanden sich auch am Tatort keine brauchbaren Fußspuren, weil Ihre kleine Suchmannschaft in das Sandhindernis spaziert ist und sämtliche möglicherweise vorhandenen Indizien verwischt hat. Was Verdächtige angeht, so hat keine Terroristengruppe die Verantwortung für den Mord übernommen. Wir haben kein Motiv gefunden. Wir kommen mit unseren Ermittlungen nicht weiter. Keinen Schritt. Sie würden uns einen Riesengefallen tun, wenn Sie bei einem dieser Leute in Ihrem Country Club ein Motiv dafür finden könnten. Irgend jemand hatte einen Grund, Claire Cox umzubringen oder glaubte zumindest, einen zu haben.«

Ich stieß einen tiefen Seufzer aus.

»Was ist denn los?« fragte er. »Kalte Füße?«

»Nein«, sagte ich. »Ich habe mir nur überlegt, was passiert, wenn sich herausstellt, daß mehrere Leute im Club glaubten, einen Grund dafür zu haben, Claire umzubringen?«

»Dann haben Sie alle Hände voll zu tun.«

Er lächelte und brachte mich zur Tür.

In der Woche darauf war ich die häufigste und aktivste Besucherin im The Oaks. Ich spielte Tennis. Ich schwamm im Pool. Ich aß mittags auf der Terrasse mit den Mädels und abends im Hauptspeisesaal mit meinem Mann. Ich nahm sogar – man höre und staune! – Golfstunden. Hunt war überglücklich. Er sagte, wenn ich für diesen Sport Begabung zeigte, würde er mir ein eigenes Set Schläger kaufen. Traumhaft.

Bei einem Mittagessen mit Bailey Vanderhoff und Penelope Etheridge erfuhr ich eine äußerst interessante Einzelheit. Wir, oder vielleicht sollte ich sagen sie, klatschten gerade über Larkin Vail, die aufgrund ihrer Bekanntheit als beste weibliche Tennisspielerin im Club häufig zum Opfer loser Mäuler wurde. Wenn man eine mittelmäßige Spielerin ist, läuft es in einem Club im allgemeinen so, daß einen zwar alle mögen, aber niemand mit einem spielen will. Ist man aber die beste Spielerin im Club, wollen alle mit einem spielen, aber niemand kann einen leiden. Diese Regel traf auf Larkins Fall besonders zu. Vor sechs oder sieben

Jahren war sie eine So-lala-Spielerin mit einem großen Freundeskreis gewesen. Seit sie eine Könnerin auf dem Platz war, hatte sie nur noch eine einzige Freundin: Nedra Laughton, ihre Doppelgängerin. Ich versuchte, mich hochinteressiert zu geben, als Bailey und Penelope sie in der Luft zerrissen.

»Findest du es nicht gräßlich, wie sie den Ball fünfmal aufhüpfen läßt, bevor sie aufschlägt?« sagte Bailey. »Das ist doch angeberisch, oder nicht?«

»Ich weiß nicht, ob es angeberisch ist, aber auf jeden Fall ist es boshaft«, sagte Penelope.

»Boshaft?« meinte ich. »Ist das nicht übertrieben?«

»Keineswegs«, beharrte Penelope. »Wenn sie diese Show mit dem fünfmal Aufhüpfen abzieht, will sie doch damit nur ihre Gegnerin nervös machen. Ich lasse das nicht mit mir machen.«

»Was tun Sie denn dagegen?« wollte ich wissen.

»Ich huste oder rücke meine Schirmkappe zurecht, oder ich bücke mich, um mir den Schuh zu binden«, sagte sie. »Das bringt sie aus dem Rhythmus, und dann macht sie einen Doppelfehler.«

»Mann, das ist ja genial«, sagte ich und versuchte, so auszusehen, als meinte ich es ehrlich.

»Was ich nicht begreife, ist, weshalb noch niemand versucht hat, sie aus dem Club hinauszuwerfen«, sagte Bailey.

»Weil sie den Ball fünfmal aufhüpfen läßt, bevor sie aufschlägt?« fragte ich ungläubig.

»Nein«, sagte Bailey. »Wegen ihres Benehmens außerhalb des Tennisplatzes.«

»Was stimmt denn mit ihrem Benehmen außerhalb des Tennisplatzes nicht?« fragte ich. Auf dem Platz war Larkin ein Monster, das klassische Beispiel einer schlechten Verliererin, aber außerhalb des Platzes war sie mir immer ziemlich normal vorgekommen. Im Vergleich zu allen anderen im The Oaks, meine ich.

»Haben Sie es denn nicht gehört?« fragte Penelope.

»Was gehört?« sagte ich.

»Das von dem Match gegen den Westover Country Club im letzten Jahr«, sagte sie. »Wir treten jeden Sommer zweimal gegen sie an.«

Ich nickte und dachte an Detective Cunninghams Vater. »Erzählen Sie weiter«, forderte ich Penelope auf.

»Nun, die Spitzenspielerin des A-Teams der Damen von Westover heißt June Douglas«, fuhr Penelope fort. »Larkin mußte gegen sie spielen und bekam einen Wutanfall.«

»Weshalb?«

»Aus dem Grund, aus dem Larkin immer Wutanfälle bekommt: Sie haßt es zu verlieren«, sagte Bailey.

»Es war am Tag unseres Turniers gegen Westover«, erzählte Penelope weiter. »Wir saßen alle da und tranken Gatorade und versuchten, vor den Matches mit den Spielerinnen von Westover Konversation zu machen. Und im Handumdrehen war June Douglas sturzbetrunken. Die Ärmste konnte kaum mehr gehen, geschweige denn Tennis spielen.«

»Betrunken? Von Gatorade? Wo gibt's denn so was?«

»Fragen Sie Larkin«, kicherte Bailey.

»Ich frage aber Sie«, sagte ich.

»Es war Larkin, die ins Tennishaus ging und mit Junes Gatorade wieder herauskam«, sagte Bailey. »June trank ein Glas und war betrunken. Sagt das nicht alles?«

»Wollen Sie etwa unterstellen, daß Larkin ihr etwas in die Limonade geschüttet hat?« sagte ich.

Penelope und Bailey nickten.

»Aber diese June Douglas hätte doch den Alkohol riechen müssen, bevor sie trank«, sagte ich.

»Nicht, wenn Larkin Wodka in die Gatorade gekippt hat«, entgegnete Penelope. »Er riecht nach nichts – erst recht nicht, wenn es Absolut ist, die Marke, die Perry Vail zufälligerweise bevorzugt.«

»Ich kann mir schwer vorstellen, daß Larkin so etwas tun würde, auch wenn sie noch so ehrgeizig ist.«

»Sie können sich das vielleicht schwer vorstellen, Judy, aber June Douglas ist sich sicher, daß es Sabotage war«, sagte Bailey. »Sie hat es ihrem Mann erzählt, der meinem und der mir.«

»Wie kam es dann, daß niemand sonst gemerkt hat, was sich da abspielte?« fragte ich.

»Wer weiß?« meinte Bailey. »Larkin könnte einen Flachmann mitgebracht und den Wodka in Junes Becher gekippt haben, ohne daß wir anderen es mitbekamen. Ich weiß nur, daß June nicht zum Match antrat, wodurch der Sieg automatisch an Larkin fiel.«

»Larkin ist eine phantastische Spielerin«, sagte ich. »Sie hat es doch nicht nötig, ihre Gegner unter Drogen zu setzen, um sie zu schlagen.«

»Claire Cox konnte sie vor zwei Wochen auch nicht schlagen, wißt ihr noch?« sagte Bailey.

Ja, das wußte ich noch. Und damit nicht genug, sie war ausgerastet, als sie gegen Claire verloren hatte. Dennoch – Larkin konnte doch der Sieg in einem dämlichen Tennismatch nicht soviel bedeuten, daß sie June Douglas unter Drogen setzte ... oder Claire Cox totschlug? Der Gedanke war absurd, aber im The Oaks war schließlich vieles absurd.

Ich beschloß, mit Larkin zu Mittag zu essen und mir selbst einen Eindruck von ihrem Seelenleben zu verschaffen.

»Wie geht's?« fragte ich. Sie war gebräunt und durchtrainiert und bereit, ein paar Sets Tennis zu spielen.

»Mir geht's prima«, sagte sie und nahm eine Gabelvoll von ihrem Salat aus neuen Kartoffeln. Ich hatte mir ebenfalls den Salat aus neuen Kartoffeln bestellt, nur um festzustellen, daß überhaupt nichts daran »neu« war; die Kartoffeln waren so alt, daß sie Leberflecken hatten.

Während des Essens klatschte Larkin die meiste Zeit über Bailey und Penelope und all die Leute im Club, die ihrerseits gnadenlos über sie herzogen. Im Grunde war Larkin eine Weltklasse-Klatschtante, vor allem wenn es um die Tennisverletzungen anderer ging. Wenn man auch nur den geringsten Ansatz zu einem Tennisellbogen hatte, wußte sie bis in die kleinste Einzelheit darüber Bescheid – sogar welcher Ellbogen es war. Sie aß sehr schnell, und als sie mit ihrem Mittagessen fertig war, sagte sie, daß sie aufbrechen müsse.

»Weshalb die Eile?« sagte ich.

»Ich habe um halb drei ein Spiel mit Nedra«, antwortete sie.

»Aber es ist doch erst Viertel nach eins«, wandte ich ein.

»Ich weiß, aber ich möchte um halb zwei drüben bei den Plätzen sein. Nedra und ich spielen uns vor dem Match gern noch warm.«

»Eine Stunde lang? Das ist aber eine lange Warmspielzeit.«

»Ja, aber Sie kennen doch das alte Sprichwort: ›Man kann nie zu reich, zu dünn oder zu warmgespielt sein‹.«

Nein, dieses alte Sprichwort kannte ich nicht. »Bevor Sie gehen«, sagte ich, »wie läuft's denn mit Ihrem Tennis? Sie scheinen diesen Sommer gut in Form zu sein.«

»Ziemlich gut«, meinte sie. »Ich habe leichte Probleme mit meinem Stoppball, aber sonst bin ich fit.«

In letzter Zeit irgend jemandem was in die Limo gekippt? hätte ich sie gern gefragt. »Haben Sie in letzter Zeit mal ein Match verloren?« fragte ich statt dessen.

Sie überlegte kurz. »Nein«, sagte sie schließlich.

»Was ist mit dem Match gegen Claire Cox?« fragte ich. Offensichtlich war Larkin das entfallen.

»Ach das«, sagte sie. »An dem Tag hatte ich meine Periode. Ich war nicht in Höchstform.«

»Aber Claire war eine gute Spielerin, oder?«

»Sie lieferte gute Schläge, aber sie wußte nicht, wohin sie den Ball lenken sollte.«

»Sie haben sie also nicht als Konkurrenz für das Dameneinzel beim Turnier im Spätsommer betrachtet?«

»Ich betrachte jede als Konkurrenz.«

»Schrecklich, was Claire zugestoßen ist, nicht?« sagte ich. Es war Zeit, damit aufzuhören, um den heißen Brei herumzureden.

»Entsetzlich.«

»Und dann noch der Gedanke, daß es in unserem Club passiert ist.«

»Grauenhaft.«

»Sie und Perry sind doch in der Nähe der Laughtons gesessen, nicht?«

»Ja.«

»Hat Ihnen die Party gefallen?«

»Sehr. Perry und ich fanden die Band hervorragend, vor allem, als sie ›The Achy Breaky Heart‹ gespielt haben.«

»Haben Sie im Lauf des Abends Claire gesehen oder mit ihr gesprochen?«

»Nein.«

»Tatsächlich? Aber sie war doch kaum zu übersehen. Sie war die einzige indianische Medizinfrau auf der ganzen Party.«

»Tja, ich habe sie nicht gesehen.«

»Haben Sie irgendeinen Verdacht, wer sie umgebracht haben könnte?«

»Vermutlich einer von diesen Abtreibungsgegnern.«

»Das glaube ich nicht«, sagte ich. »Ich glaube, der Mörder ist jemand, der einen persönlichen Groll gegen Claire hegte.«

»Oh, Sie meinen eine mißglückte Liebesgeschichte oder so etwas?«

»Könnte sein.«

»Aha! Dann wette ich, daß es Ducky Laughton war.«

»Ducky? Wie können Sie ihm unterstellen, daß er ein Mörder ist?«

»Weil er – laut Nedra – eine Schwäche für Claire Cox hatte.«

»Ja, aber er ist der Mann Ihrer besten Freundin. Sie vier sind doch unzertrennlich.« Kannte diese Frau denn keine Loyalität?

»Schön. Dann war es nicht Ducky. Vielleicht war es Nedra.«

»Nedra?« Ich war entsetzt darüber, daß Larkin ihrer besten Freundin so in den Rücken fallen konnte. Wenn sie Nedra in den Rücken fallen konnte, konnte sie vielleicht auch Claire Cox den Schädel einschlagen.

»Kommen Sie, Judy«, sagte sie. »Sie haben doch gesehen, wie eifersüchtig Nedra ist. Vielleicht ist es mit ihr durchgegangen, als ihr klar wurde, daß ihr Mann den Golfplatz mit einer alten Geliebten teilen würde.«

Ich starrte Larkin an. Ich wußte, ich hätte mich auf die Tatsache konzentrieren sollen, daß sie eine mögliche Verdächtige im Mordfall Claire war, aber ich war einfach fasziniert davon, was für eine Ratte sie war. »Haben Sie überhaupt keine Skrupel, so mit mir über Nedra zu sprechen?« fragte ich sie.

Sie zuckte die Achseln. »Das Leben ist ganz ähnlich wie Tennis«, sagte sie. »Man muß den Ball von dort aus spielen, wo er landet.«

Mich schauderte, als ich ihr nachsah, wie sie sich zu ihrem einstündigen Warmspieltraining vor dem Match mit ihrer Freundin Nedra aufmachte. Vielleicht war sie die Mörderin, vielleicht auch nicht. Aber eines stand fest: Wenn man Freunde wie sie hatte, brauchte man keine Feinde mehr.

Als ich aus dem Club nach Hause kam, rief ich Tom Cunningham an, aber die Sekretärin der Abteilung sagte, er sei dienstlich unterwegs. Offenbar hatte jemand den Belforder Haushaltswarenladen ausgeraubt und unter anderem einen Weber-Grill und einen großen Sack Holzkohle entwendet. Die Bullen hatten den Dieb bereits den Barbecue-Banditen getauft.

»Warum haben Sie mich nicht angepiepst?« fragte Tom, als er mich gegen sechs Uhr erreichte. »Wenn ich nicht auf dem Revier bin, sollen Sie mich doch anpiepsen.«

»Es war ja kein Notfall«, sagte ich. »Ich bin mir nicht einmal sicher, ob es den Anruf wert war.«

»Treffen wir uns doch in einer Viertelstunde, dann sehen wir weiter«, sagte er.

»Wo denn?« fragte ich. Hunt würde bald nach Hause kommen. Wir waren mit Nedra und Ducky zum Abendessen im Club verabredet.

»Auf dem Parkplatz vom Stop 'n' Shop«, sagte er.

»Und wie finde ich Sie?« fragte ich. »Der Parkplatz dort ist immer voll, und ich weiß nicht einmal, was für einen Wagen Sie fahren.«

»Kein Problem«, meinte er. »Ich finde *Sie*.«

Zwölf Minuten nach sechs fuhr Tom in seinem neutralen, weißen Chevy Caprice vor und parkte neben meinem BMW. Er bedeutete mir, in seinen Wagen umzusteigen, was ich auch tat.

»Was gibt's?« fragte er.

Er trug Blue jeans und ein T-Shirt mit einem Aufdruck der

Hartford Whalers. In seinem Gesicht machten sich bereits wieder erste Bartstoppeln bemerkbar, und die sommerliche Hitze und Feuchtigkeit hatten sein pechschwarzes Haar im Nacken gekräuselt. Er roch verschwitzt, männlich und sexy. Ich versuchte es zu ignorieren.

»In unserem ersten Gespräch haben Sie erwähnt, daß Ihr Vater im Vorstand des Westover Country Clubs sitzt«, sagte ich.

»Stimmt.«

»Dann kennt er wahrscheinlich die anderen Mitglieder von Westover ziemlich gut, oder?«

»Sicher.«

»Tja, da gibt es eine Frau namens June Douglas. Eine gute Tennisspielerin. Glauben Sie, er könnte sie kennen?«

»Vermutlich. Worauf wollen Sie hinaus?«

»Im The Oaks geht das Gerücht um, daß ein Mitglied, und zwar Larkin Vail, letzten Sommer vor einem Tennisturnier zwischen den beiden Clubs June Douglas etwas in die Limonade gekippt hat.«

»Warum hätte sie das tun sollen?«

»Um die Konkurrenz auszuschalten. Larkin Vail ist eine harte Nuß. Absolut besessen davon, jedes Tennismatch, das sie bestreitet, zu gewinnen.«

»Ja, aber würde sie tatsächlich ihre Gegnerin mit Drogen außer Gefecht setzen? Nur um ein Tennismatch zu gewinnen? Klingt in meinen Ohren ziemlich weit hergeholt.«

»Gut. Ich erzähle Ihnen ja nur, was ich gehört habe. Ich habe mir gedacht, daß Larkin Vail, wenn sie sich an June Douglas' Gatorade vergriffen hat, vielleicht auch an Claire Cox' vergriffen haben könnte. Claire hätte Larkin im Turnier um die Clubmeisterschaft dieses Jahr geschlagen – wenn sie noch am Leben wäre.«

»Sie möchten also, daß ich Larkin Vail als Verdächtige in diesem Fall betrachte?«

»Sie war auf der Party, und sie hat ein Motiv«, sagte ich. »Ein schwaches, das gebe ich zu. Aber Menschen haben schon aus geringerem Anlaß gemordet.«

Toms Miene wurde ernst. »Das brauchen Sie mir nicht zu erklären«, sagte er.

»Sie meinen, weil Sie Polizist sind?«

»Ja, und weil meine Frau grundlos ermordet wurde. Vollkommen grundlos.«

»Ermordet? Ihre Frau? Sie waren verheiratet?« Ich hatte Detective Cunningham für einen Mann gehalten, der in Singles-Bars verkehrt.

»Ja, Sarah und ich haben mit zwanzig geheiratet. Eines Abends waren wir in der Stadt. Es war unser erster Hochzeitstag, und ich hatte Theaterkarten besorgt. Wir waren gegen halb elf auf dem Rückweg zum Parkhaus, als uns ein Kerl mit vorgehaltener Pistole überfiel. Ich gab ihm kommentarlos meine Brieftasche und sagte zu Sarah, daß sie ihm ihre Handtasche geben solle. Doch sie zögerte – nur eine halbe Sekunde –, und er erschoß sie. Sie starb in meinen Armen.«

»Tom. Wie entsetzlich.« Ich war sprachlos. Ich hatte noch nie jemanden kennengelernt, der einen geliebten Menschen durch ein Gewaltverbrechen verloren hatte, und ich konnte mir nicht vorstellen, wie man einen solchen Schmerz ertrug. »Sind Sie deshalb Polizist geworden?«

»Ich schätze, das könnte man sagen«, meinte er. »Ich wollte eigentlich Jura studieren. Doch nach Sarahs Tod konnte ich mir nicht mehr vorstellen, als Jurist zu arbeiten. Ich hatte das Gefühl, die Arbeit bei der Polizei würde mir eher zu sofortiger Genugtuung verhelfen. Ich wollte dabei mitwirken, Dreckschweine wie diesen Kerl, der Sarah erschossen hat, aus dem Verkehr zu ziehen, damit andere nicht ebenso leiden müssen wie ich.«

Ich nickte.

»Das ist einer der Gründe, weshalb dieser Fall Claire Cox so frustrierend ist«, fuhr er fort. »Ich hasse Gewalt gegen Frauen. Jedesmal, wenn ich so etwas sehe, ist mir zumute, als stürbe Sarah noch einmal. Ich will den Kerl haben, der Claire Cox umgebracht hat, Judy.«

»Ich auch«, sagte ich. »Ich auch.«

Ich blickte Tom an und sah den Schmerz in seinen Augen. Er

war immer noch da, trotz des schelmischen Lächelns und der harten Sprüche. Ich empfand Mitleid mit ihm und fühlte mich zugleich zu ihm hingezogen – eine gefährliche Kombination für eine verheiratete Frau.

»Also, um auf Ms. Vail zurückzukommen«, sagte er.

»Ja, nun, ich habe mir gedacht, Sie könnten vielleicht Ihren Vater fragen, ob er irgend etwas über diesen Vorfall mit June Douglas gehört hat. Vielleicht ist diese Geschichte über sie nur Country-Club-Klatsch, weiter nichts. Wenn sie aber doch wahr ist…«

»Ihr kleiner Plan hat nur zwei Haken.«

»Welche?«

»Erstens: Selbst wenn Ihre Freundin etwas in Ms. Douglas' Getränk gekippt hat, haben wir keine Möglichkeit, es zu beweisen. Nicht ein Jahr, nachdem es passiert ist. Es gibt keine Beweise, keine Substanzen, die man analysieren könnte, rein gar nichts.«

»Und was ist der zweite Haken?«

»Ich spreche nicht mit meinem Vater.«

»Sie kommen nicht miteinander aus?«

»Nein. Nicht, seit ich Polizist geworden bin. Schon der Gedanke ist ihm zuwider.«

»Warum? Was ist er denn von Beruf?«

»Er ist in der Medienbranche. Er ist William Cunningham – Wild Bill Cunningham von Pubtel.«

»Bill Cunningham ist Ihr Vater?« Ich war schon wieder sprachlos. Pubtel war die Muttergesellschaft von Charlton House – ein Medienkonsortium, zu dem auch eine Plattenfirma, ein Zeitschriftenverlag und mehrere Kabelfernsehsender gehörten. Ich hatte Bill Cunningham nie kennengelernt, aber einmal hatte ich ihn gesehen, auf einer Buchmesse. Niemand hatte je erwähnt, daß er einen Sohn hatte, der bei der Kriminalpolizei Belford arbeitete.

»Sie scheinen überrascht zu sein«, sagte Tom.

»Überrascht? Ich bin platt«, sagte ich.

»Weshalb? Weil ich ein Bulle mit einem reichen Vater bin?«

»Offen gestanden, ja«, gab ich zu. »Und weil Ihr Vater die Firma leitet, bei der ich früher gearbeitet habe – die Firma, die mich entlassen hat.«

»Ehrlich? Die Welt ist klein«, sagte er.

»Allerdings«, stimmte ich zu. Dann realisierte ich die bittere Ironie. Endlich hatte ich mich auf nächste Nähe an den Chef von Pubtel herangekämpft, den Mann, der der Chef vom Chef vom Chef von Leeza Grummond war. Aber ich kam nicht an ihn heran, weil er und sein Sohn zerstritten waren. Wenn das kein Pech war!

»Dad wollte, daß ich Anwalt würde«, erklärte er. »Genau wie er. Doch nach Sarahs Tod hatte ich – wie gesagt – keine Lust mehr darauf. Ich wollte Polizist werden, und damit hatte sich's.«

»Und Ihr Vater hat das nicht verstanden?«

»Mein Vater versteht vieles nicht«, sagte er. »Aber er ist mein Problem, nicht Ihres.«

»Oh, er ist auch mein Problem.«

»Was meinen Sie damit?«

»Nichts.«

»Schauen Sie, Judy. Wegen dieser Westover-Geschichte. Ich werde sie überprüfen, so gut ich kann. Unterdessen schnüffeln Sie weiter im The Oaks herum.«

»Okay. Heute abend esse ich mit zwei weiteren verdächtigen Gestalten.«

»Ja?«

»Ja. Ich lasse es Sie wissen, wenn ich auf irgend etwas stoße.«

Ich spürte, daß unser Treffen vorbei war, aber keiner von uns machte Anstalten, es zu beenden.

»Judy?« sagte Tom nach ein paar Sekunden verlegenen Schweigens.

»Ja?«

»Ich wollte Ihnen nicht meine Probleme aufladen.«

»Reden Sie doch keinen Unsinn.«

»Es liegt einfach daran, daß es so einfach ist, mit Ihnen zu reden, wissen Sie.«

»Mein Mann ist da anderer Meinung.«

Tom sah mich mit hochgezogenen Augenbrauen an. »Möchten Sie mir davon erzählen? Jetzt sind Sie an der Reihe.«

Ich schüttelte den Kopf. »Trotzdem danke«, sagte ich. »Vielleicht ein andermal.«

Ein perfekter Schlußsatz. Ich öffnete die Tür und wollte aussteigen, aber Tom Cunningham legte mir eine Hand auf den Arm.

»Judy?« sagte er.

»Ja?«

»Sie sind in Ordnung.«

»Hatten Sie etwas anderes erwartet?«

»Ja.«

»Warum?«

»Weil ich gedacht habe, Sie seien eine dieser hochnäsigen Manhattan-Tussis, die nach Belford ziehen, weil es so niedlich und ulkig und Neu-England-ig ist, und dann über die Einheimischen herziehen.«

»Das ist aber kein sehr nettes Bild.«

»Das sind auch keine sehr netten Leute.«

»Sie sollten nicht verallgemeinern. Das sollten wir alle unterlassen.«

»Ja, aber als Polizist sieht man die Menschen von ihrer schlechtesten Seite, tagaus, tagein. Nach einiger Zeit fällt es einem schwer, nicht jeden abzuschreiben.«

»Tja, mich sollten Sie jedenfalls nicht abschreiben«, sagte ich. »Nicht, solange ich meinen Kopf hinhalte und im The Oaks nach *Ihrem* Mörder suche.«

»Gut, daß Sie mich daran erinnern«, sagte er. »Sie sind doch vorsichtig im Club, oder?«

»Vorsichtig? Sie meinen, ob ich nach dem Mittagessen eine halbe Stunde warte, bevor ich schwimmen gehe?«

Er lachte. »Ich meine, daß ich nicht will, daß unser Mörder herausfindet, was Sie im Schilde führen.«

»Warum sollte er denn herausfinden, was ich im Schilde führe?«

»Ich weiß nicht. Vielleicht laufen Sie herum und stellen eine

Menge Fragen und mischen sich in anderer Leute Angelegenheiten.«

Nun war es an mir zu lachen. »Sie wissen nicht, wie es in Country Clubs zugeht, Mann. Sie können gar nicht Club-Mitglied sein, ohne sich in die Angelegenheiten anderer Leute einzumischen. Das steht in den Statuten.«

10. Kapitel

Die Laughtons kamen zwanzig Minuten zu spät zum Abendessen, und als sie eintrafen, schienen sie sehr wütend aufeinander zu sein. Und lassen Sie sich eines gesagt sein: Wenn Sie quälendes Sodbrennen bekommen wollen, essen Sie mit einem Ehepaar zu Abend, das Probleme hat. Jedes Wort ist geladen; jede Geste ist mit Feindseligkeit überfrachtet. Die Spannungen sind so massiv, daß sie sich über jeden am Tisch legen wie Sugo Alfredo. Hier ist ein Beispiel:

»Habt ihr in letzter Zeit irgendeinen guten Film gesehen?« fragte ich die Laughtons.

»Ducky und einen Film ansehen?« höhnte Nedra. »Er versteht doch niemals die Dialoge. Die einzigen Filme, die er kapiert, sind ausländische. Die haben nämlich Untertitel.«

»Wenigstens rede ich nicht während eines Films«, konterte Ducky. »Nedra kann einfach ihre große Klappe nicht halten.«

»Das liegt daran, daß ich mich nach intelligenter Unterhaltung verzehre«, fauchte Nedra. »Guter Gott, zu Hause finde ich jedenfalls keine.«

»Du würdest eine intelligente Unterhaltung nicht einmal erkennen, wenn sie dir ins Gesicht spränge«, erwiderte Ducky.

»Das würdest du wohl gern, was?« sagte Nedra.

»Was würde ich gern?«

»Mir ins Gesicht springen«, sagte Nedra.

Und so ging das weiter. Sogar der Mord an Claire führte zu Reibereien zwischen ihnen.

»Du hast Claire schon vor Jahren gekannt, oder, Ducky?« fragte ich, wobei ich die Antwort bereits kannte, aber das Thema schonend anschneiden wollte.

»Ja«, antwortete er niedergeschlagen. »Aus Berkeley.« Er schien Claires Tod nur schwer zu verkraften. Vielleicht war Nedra deshalb so wütend auf ihn.

»Sie hatten eine Affäre«, fauchte Nedra. »Ducky war damals ziemlich schwanzfixiert.«

Ducky seufzte. »Was Nedra damit ausdrücken möchte, ist, daß Claire und ich im College miteinander gegangen sind.«

»War es ernst?« fragte ich. Ich brannte darauf, zu erfahren, wie Ducky seine Beziehung zu Claire beschreiben würde, da ich ja mitgehört hatte, wie er sie als seine »große Leidenschaft« bezeichnet hatte.

»Eigentlich nicht«, sagte er. »Wir waren zusammen in der Studentenbewegung. Wir waren beide entschieden gegen den Vietnamkrieg. Unsere Beziehung beruhte auf Politik, nicht auf Romantik.«

Ja, und ich bin eine Topfpflanze. Der Mann log, aber weshalb? Um zu verhindern, daß seiner eifersüchtigen Frau der Schaum vor den Mund trat? Oder gab es düsterere Hintergründe?

»Ich kann es immer noch nicht fassen, daß sie ermordet worden ist«, sagte Hunt. »Ausgerechnet im The Oaks.«

»Ich weiß«, sagte ich. »Hast du sie an dem Abend, als sie umgebracht wurde, gesehen oder gesprochen, Ducky?«

»Ja«, sagte er. »Wir haben uns in der Schlange am Buffet getroffen und in Erinnerungen an die gute alte Zeit geschwelgt.«

Noch mehr Lügen! Ihrer Freundin Sharon zufolge war Claire gar nicht dazugekommen, sich in der Schlange am Buffet anzustellen. Darüber hinaus hatte Claire nicht das leiseste Interesse daran, in Erinnerungen an die gute alte Zeit zu schwelgen, und das hatte sie Ducky auch gesagt. Sie wollte nichts mit ihm zu tun haben.

»Es muß sehr schmerzhaft für dich sein, Ducky«, sagte ich. »Aber hast du eigentlich irgendeine Vermutung, wer sie umgebracht haben könnte?«

Er dachte ein Weilchen nach. »Es fällt mir schwer, das zu sagen, aber es könnte natürlich einer der Neandertaler im The Oaks gewesen sein«, meinte er. »Sie hatten Angst vor Claire, Angst davor, daß sie die Satzung des Clubs umkrempeln könnte.«

»Ja, aber sie hatte die Satzung ja bereits umgekrempelt«, sagte ich. »Wenn jemand sie umbringen wollte, warum hat er es dann nicht getan, bevor sie Mitglied wurde?«

»Judy hat recht«, sagte Hunt. »Wenn du mich fragst, ich glaube, daß es jemand von außerhalb war. Jemand, der sich in den Club eingeschlichen und sie zu diesem Sandhindernis manövriert hat. Man kann in diesem Land nirgends mehr hingehen, ohne um sein Leben fürchten zu müssen. Nicht einmal auf einen Golfplatz.«

»Die Polizei ist anderer Meinung«, sagte ich. »Sie glaubt, daß der Mörder vermutlich Clubmitglied ist.«

»Woher willst du denn das wissen, Jude?« sagte Hunt. »In den Zeitungen steht, die Polizei hätte keine Ahnung, wer es war.«

Okay, Judy. Jetzt rette dich aus dieser Situation. »Tja ... ich äh ... habe das von der Frau gehört, die mir die Haare schneidet«, sagte ich. »Ihr Mann ist bei der Belforder Polizei.«

Gerade noch die Kurve gekriegt.

Das Gespräch drehte sich noch eine Weile um den Mord und ging dann zu Golf über. Bla bla bla. Ich langweilte mich dermaßen, daß ich mich bereit erklärte, Nedra Gesellschaft zu leisten, als sie zur Toilette ging. Während wir uns frisch machten, fragte ich sie, was zwischen Ducky und ihr im argen lag.

»Nichts, was ein guter Fick nicht heilen könnte«, antwortete sie und wechselte das Thema.

Am nächsten Tag bekam Nedra ihren heilsamen Sex – aber nicht mit Ducky.

Ich spielte gerade mit Bailey Vanderhoff ein Set auf Platz sechzehn, dem am weitesten vom Tennishaus entfernten Platz, als ich den Ball über den Zaun und in den Wald schlug. Offenbar hatten die Trainerstunden, die ich genommen hatte, meine Künste nicht nennenswert verbessert.

»Ich geh' schon«, rief ich Bailey zu. Ich war zwar nicht scharf darauf, mich in den Wald vorzupirschen, der voller Giftsumach war, aber da ich diejenige gewesen war, die den Ball dorthin geschlagen hatte, und Bailey diejenige, die die neue Büchse Wilsons mitgebracht hatte, empfand ich es als meine Pflicht, ihn wiederzubeschaffen.

Ich war bereits ein gutes Stück im Wald und stand etwa einen halben Meter neben der Stelle, an der unser Ball gelandet war, als ich ein Stöhnen hörte. Ich blieb stehen und lauschte. Das Geräusch kam aus den Büschen zu meiner Rechten.

»O Baby. O Baby. Hör nicht auf. Hör nicht auf.«

Es war eine weibliche Stimme, und sogar einer kreuzbraven Person wie mir war klar, daß sie nicht mit den Mücken sprach.

»O ja. O ja, o ja«, stöhnte sie.

Ich stand wie angewurzelt auf meinem Fleckchen Erde, völlig fasziniert. Ich tadelte mich selbst dafür, daß ich so voyeuristisch war, aber ich konnte mich nicht losreißen.

»O Gott. O Gott. O Gott.«

Diesmal war es eine männliche Stimme. Männer riefen beim Sex stets den Namen des Herrn an.

»Ahhhhhhh«, riefen sie unisono.

Mann, die beiden müssen schon einige Übung haben, dachte ich. Gemeinsam zu kommen, während man sich auf Gras, Erde und Kiefernnadeln wälzt, erforderte echte Konzentration.

Als ich hörte, daß Romeo und Julia aufstanden, packte ich den Tennisball und lief zurück.

»Was war denn los?« wollte Bailey wissen, als sie mich sah. »Sie sehen ganz erhitzt aus.«

»Nur ein bißchen außer Atem«, sagte ich. Und war enttäuscht darüber, daß ich nicht erkannt hatte, wer die beiden Turteltauben waren. Eine tolle Detektivin war ich.

Meine Enttäuschung legte sich etwa zehn Minuten später. Bailey und ich hatten unser Match beendet und waren zum Tennishaus hinübergegangen, um etwas zu trinken.

»Ach, da ist ja Nedra«, sagte Bailey. »Dort drüben beim Trinkbrunnen; sie redet gerade mit Rob.«

Ich drehte mich um, sah Nedra und Rob und winkte. Sie winkten zurück. Dann spazierten sie in entgegengesetzter Richtung davon, gingen die Treppen hinunter und auf Robs Trainingsplatz zu.

»Worin sind die denn gesessen?« fragte Bailey lachend.

Die Rückseiten von Nedras und Robs weißer Tenniskleidung waren voller Grasflecken. Übersät mit Grasflecken.

Nedra hatte also eine Affäre mit dem Hilfstrainer. Mit genau dem Hilfstrainer, den Claire hatte hinauswerfen wollen. Seit wann lief die Affäre wohl schon? fragte ich mich. War das Nedras Art, sich bei Ducky für sein Interesse an Claire zu rächen? Oder war das angeblich so heiße Sexleben von Nedra und Ducky ein ebensolcher Schwindel wie Nedras Eifersucht? Waren sie eines jener Paare, wo einer den anderen nicht ausstehen konnte, das aber dem Country Club zuliebe zusammenblieb?

Ein paar Abende später traf ich mich mit Hunt in der Stadt; wir waren mit Arlene und ihrem Verehrer zum Abendessen verabredet. Arlenes Bekannter hieß Randy und hatte Haar, das länger und blonder war als meines. Er und Arlene hatten sich auf einer Messe für Liebesromane kennengelernt. Offenbar war Randy ein Model, das für Buchumschläge von Liebesromanen posierte. Offenbar war Randy Mitte Vierzig, sah aber jünger aus. Offenbar war Randy ein ehemaliger Freiwilliger des Friedenskorps, der zu dem Schluß gekommen war, daß es befriedigender war, die große Kohle zu verdienen, als die Welt zu retten.

»Wie kamen Sie dazu, fürs Friedenskorps zu arbeiten?« fragte ich Randy.

»Ich war ein typischer Achtundsechziger«, antwortete er. »Protestmärsche, Sit-ins, Demonstrationen, Sie wissen schon. Jeder in Berkeley hat sich für den Frieden engagiert.«

»Berkeley? Kannten Sie vielleicht Claire Cox?« fragte ich, da ich annahm, daß sie und Randy etwa gleich alt waren.

»Wer kannte sie nicht?« sagte er. »Sie war ein Star auf dem Campus. Ungeheuer aktiv. Ungeheuer charismatisch. Ungeheuer schön.«

»Kannten Sie auch einen Studenten namens Ducky Laughton?« fragte ich. »Er war ungefähr zur selben Zeit in Berkeley.«

»Ja, klar«, sagte Randy. »Er und Claire Cox hatten eine Weile etwas miteinander.«

»Das habe ich auch gehört«, sagte ich. Ich wollte Randy gerade weiter ausquetschen, als er freiwillig mehr erzählte.

»Wir waren alle ganz erstaunt, als er die Uni wechselte«, sagte er. »Und dann ausgerechnet an die Uni von Virginia ging. Nicht gerade ein ideales Feld für politische Aktivitäten.«

Hunt und ich warfen uns einen Blick zu. »Ducky hat seinen Abschluß an der Universität von Virginia gemacht?« fragte Hunt. Er kannte Ducky schon länger als ich und schien überrascht von dieser Neuigkeit.

»Ja«, meinte Randy. »Er hat gegen Ende seines vorletzten Studienjahrs Schwierigkeiten bekommen. Als wir im Herbst wieder an die Uni kamen, war er schon Geschichte. Niemand wußte genau, was passiert war – irgendwie wurde alles totgeschwiegen –, aber es ging das Gerücht, daß sein Vater, der auf der Universität Virginia studiert hatte, irgendeine Vereinbarung mit dem dortigen Dekan getroffen hätte, und so wurde Ducky für sein Abschlußjahr nach Charlottesville verfrachtet.«

»Interessant«, sagte ich nachdenklich. »Das war dann wohl das Ende seiner Affäre mit Claire.«

»Ich glaube, sie hatten sich schon vorher getrennt«, meinte Randy. »Sie ging mittlerweile mit einem russischen Austauschstudenten.«

Ich nickte und versuchte, fasziniert auszusehen, als Randy, Arlene und Hunt heftig über Boris Jelzins Wirtschaftspolitik diskutierten, doch in Gedanken war ich bei Claire und Ducky und dem, was sich vor fünfunzwanzig Jahren zwischen ihnen abgespielt haben mochte. Laut Randy, der eine zuverlässige Quelle war oder auch nicht, war Claire mit Ducky gegangen, hatte ihn verlassen; dann wurde er aus Berkeley verwiesen und an die Alma Mater seines Vaters manövriert. Hatten die Schwierigkeiten, in die er geraten war, irgend etwas mit Claire zu tun? War er wütend, weil sie ihn verlassen hatte? Hatte er seine Wut über all die Jahre hinweg geschürt? Machte es ihn noch wütender, als er Claire im Club sah? War er derjenige, der sie umgebracht hatte?

»Unwahrscheinlich«, lautete Detective Cunninghams Antwort, als ich ihm von meiner Theorie berichtete.

Ich hatte ihn am Vormittag angespiepst, und wir hatten vereinbart, uns auf dem Parkplatz vom Stop 'n' Shop zu treffen. Wir saßen in seinem Wagen. Es regnete in Strömen, und die Fenster waren beschlagen. Die Luft war stickig oder schwül, je nachdem, wie man die sommerliche Feuchtigkeit empfindet.

»Warum kann es nicht Ducky gewesen sein?« sagte ich. »Er war ein zurückgewiesener Liebhaber. Ist das kein Motiv für einen Mord?«

»Nicht, wenn die Zurückweisung über zwanzig Jahre zurückliegt«, sagte er. »Nach dem zu urteilen, was Sie mir berichten, hatte Mr. Laughton in all dieser Zeit keinerlei Kontakt zu der Verstorbenen. Er hat geheiratet, in einer angesehenen Firma zu arbeiten angefangen und ist Mitglied eines renommierten Country Clubs geworden. Wenn er Claire Cox hätte umbringen wollen, warum hätte er es dann nicht damals in Berkeley tun sollen, als sie ihm das Herz brach?«

Ich zuckte die Achseln. »Vielleicht ist er ein Spätzünder«, meinte ich.

»Guter Versuch«, sagte Tom. Er lächelte und tätschelte mir die Schulter. Elektrische Ströme durchzuckten meinen Körper. Ich meine, da saßen wir, ganz allein, nur wir beide, in seinem Auto bei geschlossenen Fenstern, atmeten die Luft des anderen, blickten einander in die Augen und lauschten gegenseitig unseren Theorien über einen Mordfall. Es war Stoff für dramatische Szenen, aber das brachte mich zum Lachen, da ich nicht der Typ für dramatische Szenen bin.

»Was ist denn so lustig?« wollte Tom wissen.

»Das«, sagte ich. »Die Tatsache, daß ich das tue.«

»Was ist ›das‹? An Ermittlungen in einem Mordfall mitzuarbeiten oder hier mit mir zu sitzen?«

»Beides.«

Seine dunklen Augen durchdrangen mich. Ich spürte, wie sich auf meiner Oberlippe ein Rinnsal aus Schweiß sammelte.

»Fühlen Sie sich unwohl in meiner Gegenwart?« fragte er.

»Natürlich nicht. Ich bin es nur einfach nicht gewohnt, so eng mit einem Mann zusammenzuarbeiten, den ich kaum kenne. Die Autoren, mit denen ich zusammengearbeitet habe, haben mir immer eine detaillierte Biographie mitsamt ihren Manuskripten geschickt, bevor wir uns ernsthaft ans Werk machten.«

Er lächelte. »Ich habe keine detaillierte Biographie, aber würde es Ihnen die Arbeit erleichtern, wenn ich Ihnen mehr über mich erzählte?«

»Nein. Das war nur ein Witz. Bitte vergessen Sie, daß ich etwas gesagt habe.«

»Schauen wir mal«, sagte er und überging meinen Einwand. »Ich bin allergisch gegen Penicillin. Mein Lieblingsfilm ist *Casablanca*. Ich bin ein Fan der Boston Celtics. Und ich schwärme für Hackbraten. Was möchten Sie sonst noch wissen?«

»Wer macht den Hackbraten für Sie? Gibt es eine Frau in Ihrem Leben?«

»Im Grunde nicht. Seit Sarah tot ist, hatte ich nichts Engeres mehr. Meine Arbeit macht es mir schwer, in einer festen Bindung zu leben. Ich rette immer wieder Frauen aus Notlagen und verliebe mich ein bißchen in sie.«

Ich mußte schwer schlucken, als ich mir vorstellte, wie Tom mich rettete. Und sich ein bißchen in mich verliebte.

Schlag dir das aus dem Kopf, befahl ich mir selbst. Konzentrier dich auf deinen Job.

»Wie ich bereits sagte«, kam ich wieder auf unser eigentliches Thema zurück, »Ducky Laughton traue ich überhaupt nicht.«

»Warum nicht?«

»Das habe ich Ihnen doch gesagt. Er hat über seinen Collegeabschluß gelogen. Er hat über sein Verhältnis zu Claire gelogen. Und er hat gelogen, als er sagte, er hätte mit ihr an dem Abend, als sie umkam, beim Anstehen am Buffet gesprochen.«

»Gut, der Mann ist ein Lügner. Deshalb ist er aber noch kein Mörder.«

»Was ist mit den Schwierigkeiten, die er in Berkeley hatte? Einmal ein Unruhestifter, immer ein Unruhestifter.«

»Nee. Damals war er doch ein Jugendlicher. Jetzt ist er Vizepräsident von Fitzgerald & Franklin. Mitglied im Finanzausschuß von The Oaks. Eine echte Stütze der Gesellschaft.«

»Okay. Was ist dann damit? Im einen Moment tut seine Frau so, als hätten sie ein ungemein heißes Sexleben, und im nächsten Moment tut sie so, als hätten sie überhaupt nie Sex miteinander.«

»Erklären Sie das mal genauer.«

»Kürzlich habe ich sie gehört, wie sie es mit dem Tennistrainer aus dem Club im Gebüsch getrieben hat.«

Tom lachte. »Sie nehmen Ihre Aufgabe als Informantin ernst, was, Judy?«

»Ich habe sie zufällig gehört«, sagte ich. »Und ich war schockiert, das kann ich Ihnen sagen. Nedra schien immer so glücklich mit Ducky zu sein.«

»Sie vögelt also gern. Wer täte das nicht?«

Mcin Mann, hättc ich bcinahe gesagt.

»Klingt denn nichts von alledem verdächtig?« fragte ich und wurde langsam etwas ärgerlich darüber, daß Tom meine Theorien nicht ernst nahm.

»Schauen Sie, Judy, was Mr. Laughton angeht, so bezweifle ich, daß er Ms. Cox wegen einer zwanzig Jahre zurückliegenden, mißglückten Liebesgeschichte umgebracht hat. Der Mord an ihr war kein Verbrechen aus Leidenschaft. Er war geplant, überlegt. Unser Mörder wußte, daß Ms. Cox auf der Party sein würde und hatte sich vermutlich zu einer bestimmten Uhrzeit mit ihr auf dem Golfplatz verabredet. Ich glaube nicht, daß sie eine Person war, die ihre Tischgäste einfach sitzenläßt und ganz allein einen kleinen Spaziergang in einem Sandhindernis unternimmt.«

Ich nickte. »Dann hatte Ducky vielleicht einen anderen Grund, Claire umzubringen.«

»Entweder das, oder er ist nicht der Mörder.«

Ich seufzte. »Also fangen wir noch mal von vorn an«, sagte ich.

»He, Kopf hoch«, sagte Tom und berührte ein weiteres Mal meine Schulter. »The Oaks hat dreihundert Mitglieder. Sie haben bereits Larkin Vail und Ducky und Nedra Laughton überprüft. Damit bleiben nur noch zweihundertsiebenundneunzig.«

Etwas später in diesem Sommer kamen meine Eltern zu Besuch, damit sich mein Vater, ein Fan der Mets, ein paar Spiele im Shea-Stadion ansehen konnte. Meine Mutter hatte nicht viel für Baseball übrig, aber sehr viel für Essen, und so ging sie zu den Spielen mit, weil ihr dort die Hot Dogs so gut schmeckten; sie brachte sogar mehrere nach Hause mit und wärmte sie in meiner Mikrowelle auf. Im Gegensatz zu mir war meine Mutter keine Feinschmeckerin. Was ihre mangelnde Urteilsfähigkeit gegenüber Essen betraf, ähnelte sie eher Hunt. Je fettiger und je überladener mit Konservierungsstoffen, desto besser. Sie brachte es fertig, in China-Restaurants nach einer Extraportion Glutamat zu fragen.

Sie und ich standen eines Vormittags in der Küche und debattierten über die alte Frage, was besser schmeckt – Hellmans Mayonnaise oder Miracle Whip von Kraft –, als sie plötzlich fragte: »Also, wie heißt der Kerl?«

»Wie bitte?« sagte ich.

»Du kannst deiner Mutter nichts vormachen, Judy«, sagte sie. »Hier ist doch irgendwas faul. Versuch bloß nicht, es abzustreiten.«

Ich lachte nervös. »Ich weiß gar nicht, was du meinst«, sagte ich. »Hunt und ich sind so glücklich wie eh und je.«

»Du willst es mir nicht erzählen? Dann laß es«, meinte sie.

»Es gibt nichts zu erzählen«, sagte ich. »Ehrlich.«

»Ihr habt Probleme«, sagte sie. »Das sehe ich euch an der Nasenspitze an. Entweder hat er ein Techtelmechtel oder du.«

»Hunt? Ein Techtelmechtel? Nein, das würde ihm ja von der Zeit zum Golfspielen abgehen«, sagte ich.

»Dann bist du diejenige, die einen anderen hat.«

»Wie kommst du darauf, Mom?«

»Weil du diesen Blick hast.«

»Was für einen Blick?«

»Diesen sündig-geheimnisvollen Blick. Wenn eine Frau ein sündiges Geheimnis hat, ist es immer eines von beiden: Entweder sie hat Geld ausgegeben, das sie nicht hätte ausgeben dürfen, oder sie hat eine Affäre. Du bist arbeitslos, also wirst du kaum mit Geld um dich werfen. Das kann nur eines heißen: Du hast eine Affäre.«

»Deine Logik gefällt mir, Ma«, sagte ich. »Aber ich habe keine Affäre.« Jedenfalls noch nicht.

»Dann laß auch die Finger davon«, meinte sie. »Hunt ist ein guter Kerl. Nicht gerade ein Feuerwerk, aber ein guter Kerl. Sieht gut aus. Hat gute Manieren. Einen guten Job. Du hättest es schlimmer treffen können.«

»Ich werd's ihm ausrichten.«

»Das ist mein Ernst, Judy. Die Kirschen in Nachbars Garten sehen immer süßer aus, aber die Kirschen, die du hier hast, sind süß genug.«

Ja, süß mit ein paar sauren Stellen. Vielleicht brauchten Hunt und ich keine Sitzung beim Eheberater, sondern einen Hausbesuch vom Obstgärtner.

Die Mets verloren fünf Spiele hintereinander, und mein Vater drohte damit, zum Yankee-Fan zu werden. Er dachte, wenn er abtrünnig würde, würde das seinem Team so nahegehen, daß es wieder zur Vernunft käme und seine alte Form wiedererlangte. Doch es nützte alles nichts. Die Mets verloren weiter, und mein Vater jammerte weiter. Ich schlug vor, ihn vom Baseball abzulenken und zum Abendessen ins The Oaks zu gehen.

»Kein Parkservice?« fragte meine Mutter, als wir auf den Parkplatz einbogen.

»Nein, Lucille«, sagte Hunt. »Das wären unnötige Kosten für den Club.«

»Hunt sitzt hier im Finanzausschuß«, erklärte ich. »Er weiß, wofür jeder Penny ausgegeben wird.«

»So wie es hier aussieht, würde ich auch sagen, daß sie nur Pennys ausgeben«, sagte meine Mutter.

Wir betraten das Clubhaus, wo meine Mutter auf die knarrenden, kahlen Fußböden, die zerschlissenen Sofabezüge und die Risse im Putz an der Decke zeigte und sagte: »Wen haben die denn als Innenausstatter – jemanden von der Heilsarmee?«

»Mach mal halblang, Mom«, sagte ich. »Benimm dich.«

»The Oaks ist einer der renommiertesten Clubs in Amerika«, fügte Hunt rechtfertigend hinzu. »George Bush war früher hier Mitglied.«

»Das überrascht mich nicht«, sagte meine Mutter. »Man hat ja gesehen, was er und seine Frau mit dem Weißen Haus angestellt haben. Wo man hinsah, nur schäbiges Zeug. Gott sei Dank haben die Clintons das Haus neu eingerichtet.«

Köpfe wandten sich um, als wir den Speisesaal betraten und an unseren Tisch geführt wurden. Zuerst dachte ich, die Blicke hätten sich auf uns gerichtet, weil Hunt im Club so beliebt war. Dann wurde mir klar, daß es an der nach Clubmaßstäben grellen Aufmachung meiner Mutter lag: Goldschmuck, violettes Kleid und violettes Haar. Ja, violettes Haar. Früher war es einmal von einem sehr geschmackvollen Silberton gewesen, aber die Friseuse in Boca Raton hatte ihr zu einer Lavendelspülung geraten, etwas ganz Besonderem für Mutters Reise in den Norden. »Droben in New York lieben sie die Abwechslung«, hatte die Frau meiner Mutter versichert, wobei sie ganz vergaß, daß Connecticut von Manhattan Welten entfernt lag, wenn es um Dinge wie Abwechslung ging.

Wir bestellten gegrillten Schwertfisch für Hunt und mich, Steak Diane für meine Mutter und meinen Vater. Als das Essen kam, war niemand damit zufrieden, nicht einmal Hunt.

»Er hat zu lang gebraten«, beschwerte er sich über seinen Schwertfisch.

»Dann muß er wirklich zu lang gebraten haben«, sagte ich. »Du beschwerst dich sonst nie übers Essen.«

Ich nahm einen Bissen von meinem Fisch und jaulte auf. »Dieses Tier wurde nicht gegrillt, sondern eingeäschert.«

Dann waren meine Eltern an der Reihe.

»Wo ist denn der Rest?« fragte meine Mutter, als sie auf ihr jämmerlich kleines Stückchen Steak hinabsah und beinahe zu weinen begonnen hätte. Wie bereits erwähnt, war es Quantität, nicht Qualität, worauf es ihr in puncto Essen ankam. Solange die Portionen üppig waren, war sie glücklich.

Mein Vater, der infolge der Pechsträhne der Mets ohnehin schlechter Laune war, kaute einen Bissen von seinem Steak und spuckte ihn dann in seine Serviette.

»Dad!« rief ich, entsetzt über seine schlechten Manieren.

»Ich weiß, ich weiß«, sagte er und schüttelte den Kopf. »Aber dieses Fleisch ist nicht einmal gut genug für Hundefutter.«

Da haben wir es wieder, dachte ich und erinnerte mich an Valerios Reaktion auf das Fleisch im Club. Hunt und ich hatten seinen Ausbruch der Tatsache zugeschrieben, daß Valerio ein Star und eine Primadonna war und außerdem ein Besserwisser in Sachen Essen. Doch nun reagierte mein Vater genauso.

»Wer ist hier verantwortlich?« wollte er wissen.

»Der Küchenchef heißt Brendan Hardy«, sagte Hunt. »Er kauft natürlich auch ein.«

»Tja, jedenfalls kauft er Ausschuß«, sagte mein Vater, der Metzger.

»Was heißt Ausschuß?« fragte Hunt.

»Fleisch für Hundefutter«, sagte mein Vater. »Die mieseste Qualität, die es gibt.«

»Aber das kann nicht sein, Arthur«, sagte Hunt. »Ich sehe alle Rechnungen, und ich kann dir sagen, daß The Oaks erstklassiges Fleisch einkauft.«

»Vielleicht zahlt ihr für erstklassiges Fleisch, aber ihr bekommt es nicht«, sagte mein Vater.

»Hat uns nicht Ducky erzählt, daß Duncan Tewksbury Brendan vor ein paar Jahren in den Club geholt hat?« fragte ich Hunt.

»Doch«, sagte Hunt. »Früher war er Küchenchef im Belford Athletic Club.«

»Ihr Verlust, unser Gewinn«, sagte ich.

»Mein Steak war köstlich – soweit es vorhanden war«, meinte meine Mutter, die ihren Teller geleert hatte, während wir anderen redeten. »Ich denke, ich bestelle mir noch eines.«

Als Hunt und ich an diesem Abend im Bett lagen, fragte ich ihn, ob er je mit Brendan Hardy zusammengetroffen war.

»Ein- oder zweimal«, antwortete er. »Er seilt sich manchmal aus der Küche ab und sieht uns beim Spiel zu. Perry sagt, er sei ein recht guter Golfer.«

»Interessant. Kauft er das ganze Essen für den Club ein?«

»Sicher. Die Rechnungen gibt er Jimmy, dem Geschäftsführer, der sie absegnet und weiterleitet.«

»An wen?«

»An Evan Sutcliffe, den Schatzmeister und Vorsitzenden unseres Ausschusses. Evan unterschreibt die Schecks und bezahlt die Lieferanten. Weshalb all die Fragen, Jude?«

»Bin bloß neugierig.«

»Was The Oaks angeht? Seit wann?«

»Seit ... nun ja, seit du Mitglied im Finanzausschuß bist, Herzchen.«

Ich nannte Hunt sonst nie Herzchen, aber es schien ihm nicht aufzufallen.

»He, wenn es dich wirklich interessiert, was wir im Finanzausschuß machen, dann erkläre ich dir gern genau, wie wir das Budget überwachen und ...«

»Nein, ist schon in Ordnung«, sagte ich, eifrig bemüht etwas abzuwenden, von dem ich wußte, daß es eine hoffnungslos langweilige Erläuterung der im Club gepflegten Buchführungspraktiken werden würde. »Es muß sehr kompliziert sein.«

»Allerdings, aber wir überlassen die schwierigen Probleme einem Steuerberater. Er kommt einmal im Jahr, um alles in Ordnung zu bringen«, sagte Hunt, der seine Erklärungen mit einem lauten Gähnen unterbrach.

Ich nickte. »Um auf Brendan zurückzukommen«, sagte ich. »Macht er auf dich einen netten Eindruck? Ich meine, hat er eine freundliche Art den Mitgliedern gegenüber? Kann er Kritik vertragen? Stört es ihn, wenn man ihm Vorschläge für die Speisekarte macht? Manche Köche können furchtbar empfindlich sein, was ihre Kreationen angeht. Ich möchte einfach wissen, ob Brendan einer von denen ist, die sich jede Einmischung verbitten.«

Ich redete und redete über die Köche, die ich kennengelernt und mit denen ich zusammengearbeitet hatte und hoffte, daß Hunt mir mit einem aufschlußreichen Kommentar über den Küchenchef vom The Oaks weiterhelfen würde. Doch als ich zu ihm hinübersah, merkte ich, daß es keinen Zweck hatte, die Diskussion fortzusetzen. Diskussionen erfordern mindestens zwei Personen, und mitterweile war ich die einzige Person, die noch diskutierte. Hunt schlief tief und fest, und sein Schnarchen hätte mich ohnehin bald übertönt.

Ich rollte mich auf die Seite und dachte über Brendan Hardy nach. Hatte er davon erfahren, daß Claire sich darum bemühte, ihn durch einen anderen Küchenchef zu ersetzen? Fürchtete er, wenn er seinen Job im The Oaks verlöre, angesichts seines zweifelhaften Rufes keinen anderen mehr zu bekommen? Hatte er einen Blick auf die Liste der Reservierungen für die Wildwestparty geworfen, Claires Namen darauf entdeckt und sie auf den Golfplatz gelockt? War es möglich, daß ihr Mörder ein Angestellter vom The Oaks war und kein Mitglied? War es möglich, daß der Küchenchef eines Country Clubs eine berühmte Feministin erschlug?

Ich versuchte, genau zu überlegen, versuchte, mich in Brendans Lage hineinzuversetzen, versuchte, nachzuempfinden, wie panisch ich reagieren würde, wenn irgendein Biest es darauf anlegen würde, mich hinauszuwerfen.

Dann ging mir die Ironie des Ganzen auf. Ich *war* ja in Brendans Lage. Ich *war* von einem Biest hinausgeworfen worden. Doch so wütend ich auch auf Leeza Grummond war, ich war nicht ein einziges Mal in Versuchung gekommen, ihr mit einem Pitching Wedge eins über den Schädel zu ziehen. Nicht einmal, nachdem sie meinen Mann zu ihrem Börsenmakler erkoren hatte.

»Jude?«

Das war Hunt, aber er schlief trotzdem. Ich wußte genau, daß er schlief, weil sein Mund ganz schlaff war und seine Augäpfel nach oben gekippt waren. In den sieben Jahren unserer Ehe hatte er schon oft im Schlaf meinen Namen gerufen, und ich hatte gelernt, nicht mehr dahinter zu vermuten als das, was es wirklich war: ein Reflex. Natürlich wünschte ich, sein »Jude?« möge den Auftakt zu einer Verführung bedeuten, wäre ein Zeichen dafür, daß er sich gleich im Bett aufsetzen, mich an sich ziehen und wild und leidenschaftlich lieben würde, unermüdlich, bis die Sonne aufging. Doch ich kannte Hunts Schlafverhalten. Genau darum geht es in einer Ehe: das Schlafverhalten des Partners zu kennen. Zu wissen, daß er schnarcht. Zu wissen, daß er sabbert. Zu wissen, daß er lieber zwei Kissen hat als nur eines, eine Decke statt zwei und Bettwäsche aus Baumwolle, nicht aus Polyester. So prosaisch es auch klingt, all dieses Wissen hat etwas für sich, es hat etwas Beruhigendes, Tröstliches.

»Jude?« murmelte er wieder.

»Ja, Hunt. Ich bin da«, sagte ich, während ich beobachtete, wie sich sein Brustkorb bei jedem Atemzug hob und wieder senkte. »Ich bin ja da.«

11. Kapitel

Brendan wohnte im Club, in einem kleinen weißen Häuschen hinter der Küche. Wie mir eine Kellnerin verraten hatte, war er alleinstehend, besaß keine Haustiere und spielte an Montagen gern Golf, denn montags war es den Angestellten gestattet, die Einrichtungen zu benutzen. Als ich ihn aufspürte, saß er im Hauptspeisesaal an einem Tisch, rauchte eine Zigarette und las in *People*. Es war an einem Dienstagmorgen gegen halb elf, und ich nahm an, daß er bei seinen Vorbereitungen fürs Mittagessen gerade eine Pause einlegte.

»Entschuldigen Sie bitte«, sagte ich. »Mein Name ist Judy Mills. Ich bin die Frau von Hunt Price. Vom Finanzausschuß.«

»Sicher, sicher«, sagte Brendan zerstreut. Er war pummelig – er mochte vielleicht neunzig Kilo wiegen –, hatte struppiges, braunes Haar und einen geröteten Teint.

»Darf ich mich setzen?« fragte ich.

Die Frage schien ihn zu überraschen. Vielleicht stand in der Satzung vom The Oaks, daß Mitglieder nicht mit dem Personal fraternisieren durften. Doch er zog einen Stuhl heraus und bedeutete mir, mich neben ihn zu setzen.

Ich schätzte ihn auf ungefähr fünfzig, und er war trotz seines leicht teigigen Körpers nicht unattraktiv. Er hatte nur etwas wäßrige Augen, als hätte er die ganze Nacht Zwiebeln gehackt.

»Ich möchte mit Ihnen sprechen«, sagte ich.

»Worüber?« fragte er.

»Nun, mein Mann und ich sind begeistert vom Essen im Club«, sagte ich mit ungerührter Miene. »Ich habe sogar neulich erst zu Hunt gesagt: ›Ich muß mich mit dem Küchenchef bekannt machen und mir sein Rezept für diesen leckeren Reispudding besorgen.‹«

Brendan lachte. Ich vermutete, daß ihm noch nie jemand Komplimente für sein Essen gemacht hatte, abgesehen von Duncan Tewksbury, der wahrscheinlich ohne Geschmacksknospen zur Welt gekommen war.

»Ihnen schmeckt also dieser Reispudding, was?« Er grinste und zog dann an seiner Zigarette.

»O ja. Sehr«, log ich. Ich hatte Brendans Reispudding einmal probiert – und das hatte gereicht. Es war ein pappiger, widerlich süßer Pudding fast ohne Reis. Und der Reis, der darin enthalten war, war hart. Wenn man nicht aufpaßte, konnte man sich einen Zahn daran ausbrechen. Ich hatte Hunt gegenüber gewitzelt, daß Brendans Reispudding – ebenso wie viele andere seiner Gerichte – meiner Meinung nach einen Warnhinweis vom Gesundheitsministerium tragen müßte.

»Danke für das Kompliment«, sagte Brendan, »aber ich verrate nie Rezepte.«

»Oh, das ist aber schade«, sagte ich und versuchte, tief betrübt auszusehen. »Dann lassen Sie es mich noch einmal anders versuchen. Ich arbeite seit mehreren Jahren in der Kochbuchbranche, und mein neuestes Projekt ist ein Motto-Kochbuch.«

»Ein was?«

»Ein Motto-Kochbuch. Sie wissen schon, ein Kochbuch, in

dem beschrieben wird, wie man Partys unter einem bestimmten Motto veranstaltet. Ein romantisches Abendessen zum Valentinstag für zwei. Ein Weihnachtsbrunch für die Familie. Ein Barbecue zum High-School-Abschluß. Solche Sachen.«

Brendan nickte, sah aber maßlos gelangweilt aus. Ich konnte ihm keinen Vorwurf machen, aber auch keine Rücksicht darauf nehmen.

»Ich war so beeindruckt von dem Menü, das Sie sich für die Wildwestparty ausgedacht haben, daß ich mir überlegt habe, es in das Buch aufzunehmen.«

»Sie meinen die Planwagenkost?« fragte er.

»Genau.«

»Aber das waren doch nur Chili und Hot Dogs. Wirklich nichts Besonderes.«

»Ja, aber es war die Art, wie Sie die Party aufgezogen haben, die mühelose Darreichung der Speisen, die mich beeindruckt hat. Es ist ja schließlich kein Pappenstiel, dreihundert Personen mit Chili und Hot Dogs zu versorgen und es ganz lässig wirken zu lassen.«

»Nun ja, die ganze Geschichte bedurfte schon einiger Planung«, räumte er ein.

»Eben. Und genau darüber möchten meine Leser Bescheid wissen: Wie Sie die Party von A bis Z geplant haben. Welche Gerichte Sie im voraus zubereitet haben. Welche Gerichte erst kurz vor Beginn der Party gekocht wurden. Wie Sie Ihre Pflichten als Küchenchef damit vereinbaren konnten, das Personal zu beaufsichtigen. Wo Sie in jeder einzelnen Minute der Party waren.«

»Wo ich in jeder einzelnen Minute der Party war?«

»Ja. Martha Stewart beschreibt den Lesern in ihren Büchern immer ganz genau, welche Verrichtungen sie im Lauf einer Party ausgeführt hat. Organisation und Planung sind sehr wichtige Aspekte für einen Gastgeber, das wissen Sie ja.«

Brendan sagte nichts, schien aber über meine Fragen nachzudenken, vor allem über die Frage, wo er sich am Abend der Party jeweils aufgehalten hatte.

»Zum Beispiel«, fuhr ich fort, »könnten Sie mir doch kurz

skizzieren, was Sie getan haben, nachdem das Buffet für den ersten Ansturm hergerichtet war.«

»Was ich getan habe?« sagte er.

»Ja, was Sie getan haben«, sagte ich.

Er kratzte sich den Kopf. »Tja, ich schätze, ich bin in die Küche gegangen und habe nach dem Nachtisch gesehen.«

»Toll. Jetzt verstehen Sie, was ich meine. Und dann?«

»Ich... äh... na ja, ehrlich gesagt, ich glaube, ich habe selbst zwei Hot Dogs gegessen.«

Ich lächelte. »Sie haben sich also die Zeit genommen, Ihr Essen selbst zu probieren. Ja, genau, Martha Stewart sagt auch, daß man stets seine eigenen Kreationen probieren soll.«

Brendan nickte. Er war ein bißchen langsam, fiel mir auf. Nicht gerade einer von der schnellen Truppe.

»Und dann«, fuhr ich fort, »nachdem Sie Ihre Hot Dogs gegessen hatten, sind Sie dann wieder hinausgegangen, um das Essen zu beaufsichtigen oder sind Sie in der Küche geblieben?«

»Das weiß ich nicht mehr genau.«

»Wissen Sie noch, ob Sie in der Nähe des Buffets standen, als die Desserts serviert wurden?«

»Ja, ich war dort.«

»Die ganze Zeit?«

»Nein, nicht die ganze Zeit. Ich hatte Kopfschmerzen. Ich habe mir ein Aspirin aus meiner Hausapotheke geholt.«

Aha. Das alte Ich-hatte-Kopfschmerzen-Alibi. Ich war sicher, daß Brendan sich in Wirklichkeit deshalb von der Party entfernt hatte, um Claire zu dem Sandhindernis zu folgen und sie umzubringen.

»Sagen Sie nur nicht, Sie hatten auch Kopfschmerzen«, schwatzte ich weiter, in der Hoffnung, daß Brendan sich gleich selbst belasten würde. »Ich dachte, ich würde mich nie vom Schlagzeugsolo dieser Band erholen. Mein Kopf hat noch Tage danach gehämmert.«

»Was für ein Schlagzeugsolo? Ich habe kein Schlagzeugsolo gehört.«

»He, das ist aber komisch. Es war ohrenbetäubend.«

Interessant. Brendan hatte also das Schlagzeugsolo nicht gehört. Lag das daran, daß er unten auf dem Golfplatz war und Claire Cox zu den schlimmsten Kopfschmerzen ihres Lebens verhalf?

»Wir hatten gerade mit dem Chili und den Hot Dogs angefangen, als der Drummer von den Cowpokes ein bißchen auf Led Zeppelin machte«, sagte ich. »Es war nicht gerade eine Wohltat für meinen Kopf oder meine Verdauung.«

»Tja, also, das muß ich verpaßt haben«, sagte Brendan und begriff langsam, daß er soeben etwas zugegeben hatte, das er gar nicht hatte zugeben wollen. Auf jeden Fall stand fest, daß er das Schlagzeugsolo nur dann überhört haben konnte, wenn er sich ein gutes Stück entfernt von der Band aufhielt – wie zum Beispiel in einem Sandhindernis.

»Und was haben Sie getan, nachdem Sie sich das Aspirin geholt hatten?« fragte ich.

»Also passen Sie mal auf, Mrs. ... Wie war Ihr Name?«

»Mills. Judy Mills.«

»Ich glaube, ich will gar nicht in Ihrem Buch vorkommen.« Brendans Miene hatte sich beleidigt verzogen.

»Oh, das tut mir aber leid«, sagte ich. »Ich hatte gehofft, wir könnten den Lesern einen lebendigen Eindruck von Ihrer Wildwestparty zum vierten Juli vermitteln.«

»Nee. Ich spreche nicht gern über meine Arbeit. Ich bin Koch, keine Berühmtheit. Mein Essen schmeckt Ihnen? Ich fühle mich geschmeichelt. Aber damit hat sich's, okay?«

»Tja, ich finde, wenn Sie ...«

»Wenn Sie mich jetzt bitte entschuldigen wollen, ich muß wieder in die Küche.«

Er machte Anstalten aufzustehen.

»Brendan?«

»Ja?«

»Ich bin froh, daß ich mich mit Ihnen unterhalten habe. Sie haben mir viel mehr geholfen, als Sie sich vorstellen können.«

Er warf mir einen verwirrten Blick zu, kratzte sich erneut am Kopf und ging wieder an die Arbeit.

Nach dieser Unterhaltung überlegte ich, ob ich ans Telefon im Damenumkleideraum sausen und Tom anpiepsen sollte. Ich brannte darauf, ihm zu erzählen, daß Brendan zugegeben hatte, sich weit genug von der Party entfernt zu haben, um das ohrenbetäubende Schlagzeugsolo der Band zu überhören, aber ich war mit Nedra am Pool verabredet und wollte nicht dadurch Verdacht erregen, daß ich nicht erschien. Dummerweise war es Nedra, die nicht erschien. Ich nahm an, daß sie irgendwo mit Rob im Gebüsch lag und ihren Rhythmus trainierte.

Ich suchte mir einen Liegestuhl beim Schwimmbecken, legte Handtuch, Bademantel und Handtasche darauf ab und ging ins Wasser. Ich ging stets am seichten Ende ins Wasser, wo man sich neben all den anderen Zimperliesen auf Zehenspitzen hineintasten konnte, nach und nach, einen Zentimeter nach dem anderen. Natürlich kam ich mir wie eine Niete vor, wenn ich die wagemutigeren Charaktere dabei beobachtete, wie sie sich mit einem Salto rückwärts vom Sprungbrett stürzten. Aber wie hätte ich sonst vermeiden können, daß ich nasse Haare bekam?

Ich stand bereits zur Hälfte im Wasser, als aus einem Liegestuhl ein unglaublich schrilles, piepsendes Geräusch ertönte. Ich nahm an, daß es der Piepser von irgend jemand war oder eine dieser schwarzen Casio-Uhren mit Alarmfunktion, die ihre Besitzer ständig so programmieren, daß sie jede volle Stunde losgehen. Aber niemand lief, um das Dingo auszuschalten, und der kleine Piepser piepste weiter, bis es mir wie eine Ewigkeit erschien. Plötzlich wurde mir klar, daß das Piepsen aus *meinem* Piepser dröhnte, der in *meiner* Tasche steckte, die auf *meinem* Stuhl lag! Alle Augen hafteten auf mir, als ich eilig aus dem Becken stieg, meine Handtasche aufmachte, den Piepser abschaltete und die Nachricht von Detective Cunningham auf dem Display ablas, mit der er mich bat, ihn so schnell wie möglich anzurufen.

Ich war ja eine tolle Informantin. Jetzt würden sich alle im Club fragen, weshalb ich, eine arbeitslose Kochbuchlektorin, einen Piepser brauchte. Vielleicht waren sie sogar so neugierig, daß sie Hunt fragten, der wiederum mich fragen würde, und was sollte ich dann antworten? Wenn ich nur den Piepser auf Vibratorfunktion gestellt hätte, so wie Tom es mir geraten hatte. Dann würden mich jetzt nicht alle anstarren – wie zum Beispiel Duncan Tewksbury, der am Pool aufgetaucht war und sich in den Liegestuhl neben meinem hatte fallen lassen.

»Was war denn los?« fragte er, als hätte ich die ganze Luft verpestet.

»Muß sich wohl jemand verwählt haben«, meinte ich mit einem Achselzucken und ging rasch nach drinnen, um Tom anzurufen.

»Können wir uns nicht woanders treffen?« fragte ich Detective Cunningham. Wir saßen an unserem üblichen Ort, dem Parkplatz vom Stop 'n' Shop, in seinem Chevy Caprice.

»Mögen Sie Stop 'n' Shop nicht?« fragte er. »Wie wär's mit Waldbaum's oder vielleicht A & P?«

»Ich hatte an etwas Aufregenderes gedacht. Etwas Polizeimäßigeres.«

»Polizeimäßig?« Er lachte. »Sie sind ja lustig.«

»Vielen Dank«, sagte ich, da ich davon ausging, daß er das als Kompliment meinte. »Im Film treffen sich der Bulle und der Informant immer an geheimnisvollen, abgelegenen Orten.«

»He, wir sind hier nur in der Kleinstadt, nicht im Film«, sagte er. »Aber von mir aus. Sie hätten es gern polizeimäßig? Ich mach's auch polizeimäßig.«

Tom drehte den Zündschlüssel um und fuhr so schnell los, daß ich mir beinahe eine Bandscheibe im Nacken ausgerenkt hätte.

»Wohin fahren wir?« wollte ich wissen.

»Das werden Sie schon sehen«, sagte er.

Er raste die Route 1 in nördlicher Richtung entlang, überholte ständig, ordnete sich wieder ein, wechselte dauernd die Spur. Es überraschte mich nicht, daß er nach einigen Minuten Fahrt wegen Geschwindigkeitsübertretung gestoppt wurde.

»Wir bekommen Gesellschaft«, sagte er, als er in den Rückspiegel blickte und die Lichter eines Streifenwagens hinter uns aufblinken sah.

Er fuhr rechts ran und wartete.

Ein uniformierter Polizist kam an sein Seitenfenster und verlangte Führerschein und Zulassung. Tom zeigte dem Polizisten seine Dienstmarke.

Der Polizist warf einen kurzen Blick darauf und lächelte. »Schönen Tag noch, Detective«, sagte er zu Tom, zwinkerte mir zu und ging zu seinem Wagen zurück.

»He«, sagte ich. »Er hat Ihnen ja gar keinen Strafzettel verpaßt. Er hat Ihnen nicht einmal die Leviten gelesen.«

»Kollegenvorrecht«, sagte Tom und ließ den Wagen wieder an. »Das gehört zu den polizeimäßigen Dingen, die Sie vorhin angesprochen haben.«

»Steht Polizeiinformanten dieses Kollegenvorrecht auch zu?« fragte ich. »Ich könnte es jedenfalls gebrauchen. Vor ein paar Wochen wurde ich angehalten, weil ich auf einer Strecke, wo fünfzig Meilen erlaubt waren, nur vierzig gefahren bin. Ich konnte es nicht fassen. ›Wie können Sie mir einen Strafzettel geben, wenn ich nicht einmal soviel gefahren bin, wie erlaubt ist?‹ habe ich den Polypen gefragt. Und wissen Sie, was er gemacht hat?«

»Ja«, sagte Tom. »Er hat Ihre Beine begutachtet.«

»Woher wissen Sie das?« sagte ich erstaunt.

»Kollegenvorrecht.« Er grinste. »Polizisten kennen die Gewohnheiten ihrer Kollegen. Wenn ein Polizist Sie stoppt, weil Sie langsamer fahren als erlaubt ist, dann will er nur Ihre Beine begutachten.«

»Wie konnte er drei Autos hinter mir wissen, daß ich einen Rock anhabe?« fragte ich.

»Instinkt«, sagte Tom. »Polizisten kommen damit zur Welt.«

Tom bog von der Route 1 ab und schon nach wenigen Minuten befanden wir uns auf einer kurvenreichen Landstraße, die zu einer noch kurvenreicheren Landstraße führte. Wir fuhren einen Hügel hinauf und einen Hügel hinunter und landeten in einer schmalen Sackgasse, die am Sasquahonek endete. Der Blick war eindrucksvoll, und wenn man nicht direkt wild auf Höhen war wie ich, ein bißchen beängstigend.

»Was machen wir hier?« fragte ich, nachdem Tom den Motor abgestellt hatte.

»Sie wollten doch etwas Aufregendes und Polizeimäßiges«, antwortete er.

»Aufregend, aha. Das hier ist ein ungemein stimmungsvolles Fleckchen. Aber polizeimäßig?«

»Sie sollten es bei Nacht sehen«, sagte Tom. »Eine Riesenknutscherei. Die Polizei verjagt ständig Pärchen von hier.«

»Also wirklich«, sagte ich und versetzte Tom einen Klaps auf den Schenkel.

Toms Schenkel. Wo wir ohnehin gerade bei ungemein stimmungsvollen Fleckchen waren. Muskulös. Straff. So nah und doch so fern. Ich sah ihm ins Gesicht und spürte, daß ich rot wurde.

Das ist gefährlich, sagte ich mir. Du hast Probleme mit deinem Mann. Du fühlst dich reizlos und ungeliebt. Und nun sitzt du mit einem äußerst attraktiven, alleinstehenden Mann im Auto, der vermutlich nichts lieber täte, als die Leidenschaft, die ihn mit seiner geliebten verstorbenen Frau verband, wieder zu entfachen. Das ist eine Konstellation, die nur zu einem führen kann. Und du bist doch nicht der Typ für Ehebruch, Judy, weißt du noch?

»Also, warum haben Sie mich angepiepst?« fragte ich Tom in dem Versuch, auf eine sachliche Ebene zu gelangen.

»Ich wollte Ihre Beine begutachten«, sagte er.

Ich versetzte ihm noch einen Klaps auf den Schenkel. »Im Ernst. Weshalb wollten Sie mich sprechen?«

»Ich habe mich nach dieser Geschichte mit Westover erkundigt«, sagte er. »Nach June Douglas, der Frau, die behauptet hat, Larkin Vail hätte etwas in ihr Getränk getan.«

Ich nickte.

»Es hat sich herausgestellt, daß man Ms. Douglas nachsagt, gern zu tief ins Glas zu schauen«, sagte er. »›Eine richtige Säuferin‹, heißt es. Also hat ihr Larkin Vail vielleicht etwas in die Gatorade geschüttet, vielleicht aber auch nicht.«

»Nur um sicherzugehen, werde ich mir wohl mein Getränk

selbst besorgen, wenn ich am Freitag abend beim Tenniswettkampf gegen Larkin spiele. Vielleicht ist sie ja von Wodka auf Strychnin umgeschwenkt.«

»Tenniswettkampf?«

»Ja, das ist eine der beliebtesten Veranstaltungen im Club. Jeden Freitagabend gibt es ein Turnier im Mixed, gefolgt von Bloody Marys und Hühnchen vom Grill.«

»Ihr Country-Club-Typen wißt wirklich, wie man sich amüsiert«, sagte Tom spöttisch.

»Nicht wahr?«

»Ja, während ihr euch an den Freitagabenden auf dem Tennisplatz bekämpft, bin ich auf der Straße und bekämpfe Kriminelle.«

»Ach, Sie Ärmster. Hören Sie, so wie es aussieht, sind Sie auf den Straßen womöglich wesentlich sicherer als ich im Club. Ich glaube nach wie vor, daß Larkin unser Mörder sein könnte. Aber ich habe auch noch einen anderen Verdächtigen, über den Sie nachgrübeln könnten.«

»Ja? Wen denn?«

»Brendan Hardy. Er ist Küchenchef im The Oaks und ein wirklich miserabler Koch.«

»Wenn er so miserabel ist, warum hat er dann seinen Job noch?«

»Gute Frage. Er ist von Duncan Tewksbury, dem Großonkel von Claire und Vorstandsvorsitzenden des Clubs, eingestellt worden. Immer wenn sich jemand über das Essen beschwert, nimmt Duncan den Koch in Schutz. Es ist merkwürdig.«

»Wie kommen Sie darauf, daß Brendan Claire umgebracht haben könnte?«

»Weil Claire entschlossen war, das Essen im Club zu verbessern, das sie peinlich schlecht fand. Da stand sie und wollte all diese supererfolgreichen Frauen überreden, Mitglied im The Oaks zu werden, und dann konnte sie ihnen nicht einmal ein anständiges Essen bieten.«

»Wußte Brendan, daß sie ihn loswerden wollte?«

Ich zuckte die Achseln. »Ich vermute, daß sie ihren Großonkel darauf angesprochen hat und daß Duncan diese Information an Brendan weitergegeben haben könnte.«

»Warum sollte er das tun?«

»Weil Duncan und Brendan im Club als grausiges Gespann auftreten. Ich sehe sie ständig die Köpfe zusammenstecken, und dann sind sie vermutlich gerade dabei, neue Methoden auszuhecken, die bei den Mitgliedern Verdauungsstörungen auslösen.«

»Helfen Sie mir mal auf die Sprünge. Duncan Tewksbury ist nicht gut mit Ms. Cox ausgekommen, stimmt's?«

»Stimmt. Als Claire Clubmitglied wurde, bedeutete das das Ende von Duncans chauvinistischem Regime. Er hat gegen sie verloren, was die Frage der Zulassung von alleinstehenden Frauen anging. Er hat gegen sie verloren, was den Men's Grill anging. Er hat in praktisch jeder Angelegenheit gegen sie verloren, die ihm am Herzen lag – abgesehen von der Sache mit dem Küchenchef. Claire wollte, daß Brendan ging. Duncan wollte, daß Brendan blieb. Jetzt ist Claire tot, und Brendan steht immer noch in der Küche, wo er Gerichte produziert, die Sie nicht einmal Ihrem schlimmsten Feind vorsetzen würden. Darüber hinaus hatte ich eine kleine Unterredung mit Brendan, und es hat den Anschein, als könne er nicht nachweisen, wo er sich genau aufgehalten hat, als Claire ermordet wurde.«

»Meinem Partner hat er aber etwas anderes erzählt. Er hat gesagt, er war in der Küche und hat Abendessen für dreihundert Personen zubereitet.«

»Ja, aber dann hat er sich von der Party entfernt. Er hat mir erzählt, er hätte Kopfschmerzen gehabt und sei in sein Haus gegangen, um sich Aspirin zu holen.«

»Und?«

»Und sein Haus steht direkt hinter der Küche, die wiederum direkt neben der Stelle liegt, wo die Band gespielt hat. Brendan sagt, er hätte das Schlagzeugsolo nicht gehört. Und Sie können mir glauben, es war *unmöglich*, das Schlagzeugsolo zu überhören, außer natürlich, wenn man sich weit hinten auf dem Golfplatz aufgehalten und einer Frau mit einem Golfschläger eins über den Schädel gezogen hat.« Ich hielt inne. »Ach, und noch etwas anderes. Brendan spielt leidenschaftlich gern Golf. Und raten Sie mal, mit wessen Golfschlägern er spielt? Mit denen des Golftrainers – einschließlich des Pitching Wedges des Golftrainers.«

Tom drehte sich zu mir um und nickte anerkennend.

»Ich mache mich nicht schlecht als Informantin, was?« fragte ich und hatte das Gefühl, Detective Cunningham endlich mit meinem Spürsinn beeindruckt zu haben.

»Ganz und gar nicht schlecht«, sagte er, streckte die Hand aus und tätschelte mein Knie.

Sowie er mich berührte, schoß mein Bein nach vorn, genau wie beim Arzt, wenn er mit diesem blöden, kleinen Hämmerchen die Reflexe überprüft. Es war mir so peinlich, daß ich mich am liebsten unter dem Sitz verkrochen hätte.

»Nur die Ruhe«, sagte er. »Ich beiße nicht.«

»Tut mir leid. Es ist schon so lange her, seit mich ein Mann angefaßt hat, daß ich ganz vergessen habe, was für ein Gefühl das ist.«

Sowie ich die Worte ausgesprochen hatte, bereute ich sie. Das letzte, was ich wollte, war, jemand anders mit meinen Problemen zu behelligen, jemanden, den ich kaum kannte, jemanden, der mich engagiert hatte, damit ich eine wichtige Aufgabe übernahm. Was war ich doch unprofessionell!

Und trotzdem – als Tom mich bat, meine Bemerkung näher zu erläutern, als er sich so interessiert, so freundlich, so mitfühlend zeigte, konnte ich der Versuchung nicht widerstehen, ihm von meinem Privatleben zu erzählen. Vielleicht lag es daran, daß er seine Frau verloren hatte, daß er um Schmerz und Leid wußte und daß wir mitten in der freien Natur allein in seinem Auto saßen, was mich zwanglos sprechen ließ. Ich wußte nur, daß ich einfach redete und redete, über Hunt, unsere sieben gemeinsamen Jahre – vor allem die beiden letzten Jahre, als wir begonnen hatten, uns auseinanderzuleben, über Kimberley, Charlton House, F & F und so weiter.

»Was für eine Verschwendung«, sagte Tom, schüttelte den

Kopf und sah mich durchdringend an. »Sie sind eine phantastische Frau, Judy. Ein Mann muß ja verrückt sein, wenn er Sie vernachlässigt.«

Das Kompliment ließ mich erröten.

»Ehrlich«, fuhr er fort. »Sie sind eine ganz besondere Frau. Wissen Sie das nicht?«

Er berührte meine Hand. Schmeicheleien ließen mich regelmäßig dahinschmelzen. Genau wie die Berührung durch einen gutaussehenden Mann, mit dem ich allein im Auto saß.

Tom sah mich mit seelenvollem Blick an und schüttelte erneut den Kopf. »So eine Verschwendung«, sagte er und nahm meine Hand in seine. Ich dachte, er würde mich gleich küssen, als er mich näher an sich zog. Doch er streckte die Hand aus und strich mir eine Locke aus dem Gesicht. Diesmal zuckte ich nicht zusammen. Vielleicht freundete ich mich mit seiner Berührung und mit dem Gedanken an, daß ein Mann, der nicht mein Ehemann war, mich berührte.

O Gott, was geschah mit mir, mit meiner Ehe? Zuerst log ich Hunt an, indem ich ihm verschwieg, daß ich für die Polizei arbeitete. Dann erzählte ich einem anderen Mann von meinen Eheproblemen. Jetzt erlaubte ich diesem Mann, mich in einer Weise anzufassen, von der ich genau wußte, daß sie zu Scherereien führen würde. Ich erwog, auf der Stelle das Auto zu verlassen, aber ich hatte ja kaum eine andere Möglichkeit, wieder nach Hause zu kommen, oder? Und außerdem wollte ich eigentlich gar nicht nach Hause.

»Wissen Sie noch, wie ich Ihnen erzählt habe, daß ich eine Schwäche für Frauen in Notlagen habe?« sagte er.

»Ja.«

»Das war mein Ernst. Sie klingen, als bräuchten Sie jemanden, Judy. Sie klingen, als bräuchten Sie einen *Mann*.«

O Gott, dachte ich. Schon haben wir die Scherereien.

Tom näherte sein Gesicht dem meinen. Ich fühlte seinen Atem auf meiner Haut. Diesmal ohne Zwiebelgeruch.

Es wäre so leicht gewesen, es geschehen zu lassen, so leicht, einfach weiterzumachen und mich von ihm küssen zu lassen. Er war gutaussehend und männlich und sexy – wie aus einem von Arlenes Liebesromanen. Und ich fühlte mich sehr zu ihm hingezogen, keine Frage. Aber ich bekam meinen verschrobenen Ehemann in seinen karierten Hosen nicht aus dem Kopf. Nicht einmal eine Sekunde lang. Er hätte genausogut auf dem Rücksitz von Toms Chevy sitzen und uns beobachten können. Es war zwecklos.

»Ich glaube, wir sollten zurückfahren«, sagte ich und durchbrach den Zauber des Augenblicks. »Vermutlich ist Hunt inzwischen zu Hause.«

»Ach? So, wie Sie es geschildert haben, klang es aber nicht so, als wäre es ihm wichtig, ob Sie da sind oder nicht.«

»Vielleicht nicht, aber ich glaube trotzdem, wir sollten aufbrechen.«

Tom zuckte die Achseln, ließ den Wagen an und fuhr uns zum Stop 'n' Shop zurück.

Als wir neben meinem BMW anhielten, sagte er, er werde Brendan überprüfen lassen, um herauszufinden, ob der Küchenchef vom The Oaks jemals mit dem Gesetz in Konflikt geraten war.

»Während ich das tue, kümmern Sie sich um Duncan Tewksbury«, wies er mich an.

»Duncan? Glauben Sie wirklich, Duncan könnte die Enkelin seines Bruders umgebracht haben?« fragte ich.

»Warum nicht? Sie haben doch gesagt, daß er etwas gegen sie hatte und sie vor seinen Freunden im The Oaks bloßgestellt hat.«

»Außerdem war er auf der Party«, fügte ich hinzu, »und hatte Zugang zum Büro des Golftrainers.«

»Genau. Während ich also Brendan überprüfe, spüren Sie seinem Kumpel Duncan nach.«

Ich öffnete die Wagentür und stieg aus.

»Danke für ... fürs Zuhören«, sagte ich in das offene Fenster.

»Gern geschehen«, sagte Tom. »Passen Sie auf, ja?«

»Sie auch.«

»Und vergessen Sie nicht: Wenn Sie irgend etwas brauchen oder gern noch weiterreden möchten – ich bin nur einen Piepser weit entfernt.«

»Das vergesse ich nicht«, sagte ich und stieg in mein Auto.

12. Kapitel

»Kimberley«, sagte ich, als ich zur Tür hereinkam. »Das ist aber eine Überraschung.«

Ich versuchte, mir nicht anmerken zu lassen, wie sauer ich war, weil Hunt mir nicht gesagt hatte, daß er seine Tochter mitbringen würde, aber ich bezweifle, daß es mir gelang.

In letzter Zeit war das typisch für ihn. Früher hätte er sich mit mir abgesprochen, hätte mich gefragt, ob es mir recht wäre, wenn Kimberley ein paar Tage bei uns verbrachte. Aber schließlich bespricht Hunt kaum mehr irgend etwas mit mir, dachte ich traurig. Es war, als hätte ich nichts mehr zu sagen, keine Bedeutung und kein Gewicht mehr, seit ich keinen Job und kein Einkommen mehr hatte.

Ich schüttelte den Kopf, als ich Hunt und Kimberley auf dem Fußboden in der Bibliothek die Köpfe zusammenstecken sah. Es hatte den Anschein, als wären sie in eine aufregende Partie Monopoly vertieft. Ich konnte mich nicht erinnern, mich jemals so ausgeschlossen gefühlt zu haben, und kämpfte gegen den Drang an, Tom anzupiepsen und ihn darum zu bitten, zu kommen und mich zu retten.

»Jude«, sagte Hunt, während er die Würfel schüttelte, »wo bist du denn gewesen?«

»Stop 'n' Shop«, sagte ich.

»Stop 'n' Shop?« sagte Kimberley ohne aufzusehen. »Hast du mir Salzbrezeln gekauft? Die kleinen dünnen?«

Gib mir. Kauf mir. Tu für mich. War das das einzige, was Stiefmuttersein bedeutete? Was ist denn mit »Hallo, schön, dich zu sehen«, oder »Hättest du Lust, mit uns Monopoly zu spielen?«

»Nein, ich habe keine Salzbrezeln gekauft«, sagte ich und versuchte, meine Wut unter Kontrolle zu halten. »Ich hatte keine Ahnung, daß du hier sein würdest, wenn ich nach Hause käme.«

»Mein Fehler, Spatz«, erklärte Hunt seiner Tochter. »Ich habe vergessen, Judy zu erzählen, daß du kommst. Wir kaufen die Salzbrezeln morgen auf dem Weg zum Club.«

»Du nimmst Kimberley mit in den Club?« sagte ich zu Hunt. Wir hatten eigentlich am Wochenende ein bißchen Zeit allein miteinander verbringen wollen. Offenbar hatte er das vergessen.

»Ja«, sagte er. »Ich denke, es ist an der Zeit, daß sie lernt, wie man einen Golfschläger schwingt. Wir werden morgen in aller Herrgottsfrühe auf das Drivingrange gehen und sehen, ob sie das Zeug dazu hat.«

»Ist sie nicht ein bißchen jung für Golf?« fragte ich.

»Ich bin zehn«, sagte Kimberley. »Das heißt, daß ich ein Teenager bin.«

»Stimmt«, sagte ich. »Tja, ich möchte morgen früh auch in den Club gehen. Sollen wir nicht alle gemeinsam hinüberfahren?«

»Von mir aus gern«, meinte Hunt, während er seine Figur über das Spielbrett bewegte. Ein paar Minuten verstrichen, während er und Kimberley ihre Immobiliengeschäfte abwickelten. Wenn es nach ihnen gegangen wäre, hätte ich ebensogut ein Möbelstück sein können.

»Ruft mich, wenn ihr zum Abendessen bereit seid«, sagte ich und machte Anstalten, den Raum zu verlassen. »Dann mache ich uns etwas zurecht.«

»Nicht nötig«, sagte Hunt, warf mir einen kurzen Blick zu und sah dann wieder aufs Spielbrett.

»Kimberley und ich haben schon einen Happen in der Stadt gegessen.«

Ich starrte die beiden an, und meine Augen glühten vor Wut und Ärger. Sie waren nicht einmal auf die Idee gekommen, mich in ihre Pläne einzubeziehen.

»Stimmt was nicht?« fragte mich Hunt.

»Allerdings«, antwortete ich, »und zwar schon sehr lange.«

Als ich aus dem Zimmer stürmte, hörte ich, wie Kimberley ihren Vater anwies, direkt ins Gefängnis zu gehen, ohne über Los zu ziehen. Wenn sie nicht dagewesen wäre, hätte ich ihm gesagt, wohin er sonst noch gehen konnte.

Am nächsten Morgen klopfte Hunt an der Badezimmertür, als ich mir gerade die Zähne putzte.

»Jude? Kann ich hereinkommen?« fragte er.

»Was gibt's denn?«

Er machte die Tür auf, kam herein und flüsterte: »Kimberley ist heute mit dem linken Bein zuerst aufgestanden.«

»Woher willst du das wissen?«

»Jude, bitte. Sie ist schlecht gelaunt, weil sie ihr Make-up in der Stadt vergessen hat.«

»Ihr Make-up? Das Mädchen ist zehn Jahre alt.«

»Ich weiß, aber ihre Mutter läßt sie ab und zu Lippenstift benutzen.«

»Tja, nun, ihre Stiefmutter läßt sie nicht. Kimberley ist viel zu jung, um Lippenstift zu benutzen.«

»Ich bin ja ganz deiner Meinung, aber sie sagt, sie will sich die Lippen schminken, wenn sie in den Club geht.«

»Hunt«, sagte ich so geduldig wie möglich. »Sprich mir nach: ›Ich bin Kimberleys Vater, und ich darf nein zu ihr sagen.‹ Kannst du das?«

Er seufzte. »Du hast ja recht. Ich muß strenger mit ihr sein. Aber ich sehe sie eben nicht so oft, und ich will ihre Besuche nicht dadurch ruinieren, daß ich den Buhmann mache.«

»Wäre es dir lieber, daß ich den Buhmann mache?«

»Natürlich nicht.«

»Okay, du möchtest also lieber Kimberleys Leben ruinieren?«

»Was meinst du denn damit?«

»Ich meine, daß sie, wenn du jedesmal den Schwanz einziehst, anstatt sie zurechtzuweisen, zu einer dieser Personen werden wird, die von Hochhäusern aus auf andere Leute schießen. Und außerdem wird sie eine reichlich schlechte Meinung von Männern haben.«

»So wie du sie von mir hast?«

Ich wandte mich von ihm ab. Am liebsten hätte ich geschrien. *Ja! Genau so, wie ich sie von dir habe, weil du dich vom Mann meiner Träume in den Mann meiner Alpträume verwandelt hast!*

»Paß auf, Jude, ich will mich nicht streiten«, sagte er, streckte die Hand aus, um mich an der Schulter zu berühren, überlegte es sich dann aber wieder anders. »Wenn du Kimberley deinen Lippenstift nicht leihen willst, ist das deine Sache. Wir sehen uns unten.«

Er verließ das Badezimmer und ließ mich stehen. War ich eine böse Stiefmutter? fragte ich mein Spiegelbild. War ich eine nörgelnde, zänkische Ehefrau? War ich das Biest, als das Hunt und Kimberley mich hinstellten? Ich wußte es nicht mehr. Ich wußte es wirklich nicht mehr.

Während der Fahrt zum Club fragte Kimberley mich immer wieder, ob sie meinen Lippenstift borgen könnte, und ich sagte immer wieder nein. Sie verfügte über erstaunliche Kapazitäten, um jemandem auf die Nerven zu gehen, ungelogen.

Als wir im The Oaks ankamen, zogen Hunt und sie in Richtung Drivingrange davon, während ich direkt zum Pool ging. Wir einigten uns darauf, daß sie dorthin kommen würden, wenn sie ihre Vater-Tochter-Golfstunde hinter sich gebracht hatten.

Es gab zahlreiche freie Liegestühle um den Pool herum, und so hatte ich die Wahl – und ich wählte einen direkt neben Delia Tewksbury. Sie saß unter einem Sonnenschirm und las einen Roman von Belva Plain. Sie trug einen schwarzen, zweiteiligen Badeanzug, dessen Unterteil ein kleines Faltenröckchen zierte. Ich schätzte, daß er mindestens dreißig Jahre alt war.

»Hallo, Mrs. Tewksbury«, sagte ich. »Darf ich mich zu Ihnen setzen?«

Sie legte ihr Buch beiseite und starrte mich an, als ob sie mich noch nie gesehen hätte. So war es bei jeder Begegnung, und ich stellte mich ihr also ein weiteres Mal vor.

»Ach ja, Judith«, sagte sie. »Reizend, Sie zu sehen, meine Liebe.«

»Danke schön«, sagte ich. »Wissen Sie, Mrs. Tewksbury, ich glaube, ich bin noch gar nicht dazu gekommen, Ihnen persönlich mein Mitgefühl wegen des Verlusts Ihrer Großnichte Claire auszudrücken. Mein herzlichstes Beileid.«

»Das ist sehr aufmerksam von Ihnen«, sagte sie. »Es ist ein großes Glück für meinen Mann und mich, auf die Unterstützung der anderen Clubmitglieder bauen zu können.«

»Ja, das muß sehr tröstlich sein, zumal die Polizei offenbar nicht weiß, wer Ihren Verlust zu verantworten hat.« Ich hielt inne, da ich nicht wußte, inwieweit Delia Tewksbury über die Zusammenstöße zwischen ihrem Mann und Claire im Bilde war. Sie wirkte so weltfremd. »Hat Mr. Tewksbury irgendeinen Verdacht, wer der Mörder sein könnte?«

»Er glaubt, es war jemand von draußen.« Sie seufzte. »Ich glaube das auch. Wir haben im The Oaks nie Sicherheitsmaßnahmen ergriffen, nicht in all den Jahren, seit es den Club gibt. Aber ich nehme an, daß es nun an der Zeit ist, dem Beispiel der jüdischen Clubs zu folgen und sich zu verbarrikadieren. Manche von ihren Clubs haben sogar Wachhäuschen, die rund um die Uhr besetzt sind.« Sie seufzte wieder. »Wenn wir im The Oaks vergleichbare Sicherheitsmaßnahmen ergriffen hätten, wäre Claire vielleicht noch unter uns.« In Delias Augen stiegen Tränen auf, und sie tupfte sie mit einem spitzenbesetzten Taschentuch ab, das sie aus ihrer Handtasche zog.

»Ich wollte Sie nicht aus der Fassung bringen«, sagte ich.

»Nein, nein«, entgegnete sie. »Das ist schon in Ordnung. Es liegt nur daran, daß Claire für uns wie eine Tochter war.«

»Ehrlich? Ich dachte, sie und Ihr Mann kamen nicht so gut miteinander aus.«

»Ach, Unsinn«, wehrte sie ab. »Das waren doch nur Country-Club-Geschichten, weiter nichts. Wir haben Claire vergöttert, vor allem da wir ja selbst keine Kinder haben. Ich bin unfruchtbar, wissen Sie.«

»Nein, das wußte ich nicht.« Und außerdem wollte ich es auch gar nicht wissen. Ich war stets davon ausgegangen, daß Unfruchtbarkeit etwas war, was man für sich behielt.

»Ach ja«, sagte sie und seufzte noch einmal. »Die Trauer übermannt mich immer noch. Wenn eine Frau nicht dazu in der Lage ist, ein Kind zu gebären, stirbt sie jeden Tag ihres Lebens kleine Tode.«

»Mein Gott, das ist aber traurig.« Tja, was hätte ich sonst sagen sollen? »Wie denkt Mr. Tewksbury? Wollte er auch so gern Kinder haben wie Sie?«

Delia Tewksburys Augen umflorten sich erneut, und ihre Unterlippe zitterte. »Nein«, sagte sie fest. »Nein, das wollte er nicht.«

Sie begann geräuschvoll zu weinen – große, dicke Tränen. Sie war offenkundig am Boden zerstört. Die paar Leute um den Pool schauten zu uns herüber, um zu sehen, was los war, und los war eben, daß ich, Ms. Polizeispitzel, gerade die Gattin des Vorstandsvorsitzenden zum Weinen gebracht hatte.

»Bitte, Mrs. Tewksbury«, sagte ich und tätschelte ihr den Arm. »Ich wollte Ihnen keinen unnötigen Schmerz bereiten.« Mein Gott, die Frau war Mitte Siebzig. War es da nicht ein bißchen spät, um die eigene Unfruchtbarkeit zu beweinen?

Ich bot an, ihr ein Glas Wasser zu holen und ging in den Terassenspeisesaal, um es zu besorgen. Als ich zurückkehrte, war sie weg – und mit ihr der Belva-Plain-Roman und ihre sonstigen Utensilien.

Ich trank das Wasser selbst und nahm ein Sonnenbad, bis Hunt und Kimberley eine Stunde später auftauchten. Inzwischen wimmelte es am Pool von Menschen – und zwar derart, daß Kimberley und ich uns einen Liegestuhl teilen mußten.

»Wie war der Golfunterricht?« fragte ich.

»Kimberley läßt große Hoffnungen zu«, sagte Hunt. »Sie hat einen natürlichen Schwung.«

»Das ist ja toll«, sagte ich. »Kimberley, hat dir deine Golfstunde Spaß gemacht?«

»Mhm«, sagte sie. »Aber sie hätte mir noch viel mehr Spaß gemacht, wenn du mir deinen Lippenstift geliehen hättest.«

Ich schüttelte den Kopf. Dieses Kind gab auch nie Ruhe.

»Ich koche. Wer geht mit ins Wasser?« fragte ich.

»Ich glaube, ich warte noch ein bißchen«, sagte Hunt.

»Ich auch«, sagte Kimberley.

»Dann muß ich wohl allein gehen«, meinte ich. »Der Stuhl gehört dir, Kim.«

Ich stand auf, ging ans flache Ende des Beckens und tauchte (bis zum Hals) in das kühle, blaue Wasser. Dann legte ich ein paar Bahnen mit Hundepaddeln zurück, meinem einzigen Schwimmstil. Ich paddelte gerade auf Hunt und Kimberley zu und hoffte, einer von ihnen würde sich daran erinnern, daß ich noch lebte und mir zuwinken, als ich sah, wie Kimberley meine Tasche nahm, den Reißverschluß aufzog und hineingriff.

Diese kleine Mistbiene! Sie suchte nach meinem Lippenstift, obwohl ich ihr sechzehnmal gesagt hatte, daß ich ihn ihr nicht leihen würde! Und was tat Hunt? Er machte ein Nickerchen.

Ach, was soll's, dachte ich. Laß sie doch den verdammten Lippenstift nehmen. Warum sollte ich mir mein herrliches Badevergnügen verderben, indem ich aus dem Pool stürzte und sie herunterputzte?

Ich sah zu, wie Kimberley in meiner Tasche nach dem Schminktäschchen suchte... wie sie das schwarze Kästchen hervorzog und es untersuchte... wie sie es ans Ohr hielt und schüttelte. Schüttelte? Was in aller Welt machte sie denn da?

Ich schwamm ein bißchen näher heran. Sie hielt das schwarze Kästchen in der Hand und beäugte es, als wäre es ein...

»He!« brüllte ich, als mir dämmerte, daß sie meinen Piepser und nicht mein Schminkkästchen in ihren verschwitzten Händen hielt. »Finger weg!«

Mein Gott, wenn Hunt herausfand, daß ich für die Polizei spionierte – seinen Kumpeln in The Oaks hinterherschnüffelte – würde er so wütend werden, daß er... ich wußte nicht, was er täte.

Schnell und zornig paddelte ich an den Beckenrand, kletterte heraus und ging eilig zu meinem Liegestuhl.

»Gib mir das, Kim, ja?« sagte ich atemlos.

»Du tropfst mich ganz voll«, maulte Kimberley und preßte sich den Piepser an die Brust, als ich versuchte, ihn ihr zu entwenden.

»Gib das her«, sagte ich noch einmal. »Sofort.«

Kimberley schüttelte den Kopf. Irgendwie wußte sie, daß ich in der Falle saß. Sieben Jahre hatte sie darauf gewartet, daß ich mich vor ihr wand, und nun ging ihr Wunsch endlich in Erfüllung.

»Kimberley, ich bitte dich ganz höflich«, versuchte ich es wieder. »Bitte, gib mir den Piepser.»

Sie weigerte sich, und so versuchte ich ihn ihr aus den Händen zu reißen.

»Dad! Judy tut mir weh«, kreischte sie. Offenbar hatte ich sie bei unserem kleinen Kampf in den Arm gezwickt.

Hunt erwachte aus seinem Nickerchen und setzte sich auf. »Was ist denn hier los?« fragte er.

»Nichts«, sagte ich. »Schlaf weiter.«

»Sie will mich dieses Ding hier nicht sehen lassen«, jaulte Kimberley.

»Was für ein Ding?« wollte Hunt wissen.

»Das ist nur eine Spielerei, die mir Arlene geschenkt hat«, sagte ich und versuchte weiterhin, Kimberleys kleinen, aber sehr starken Händen den Piepser zu entwinden. »In der Verlagsbranche hat heutzutage jeder einen Piepser. Es ist der letzte Schrei.«

»Du bist aber nicht mehr in der Verlagsbranche«, mußte Hunt mich unbedingt erinnern.

»Ich weiß, aber Arlene wollte, daß ich mich nicht ausgeschlossen fühle«, sagte ich.

»Das war aber nett von ihr. Laß mich mal sehen«, sagte Hunt und schaffte es, Kimberleys Finger von dem Piepser zu lösen.

Okay, sagte ich mir und versuchte, die Ruhe zu bewahren. Wenigstens hat ihn jetzt Hunt. Es sollte kein Problem sein, ihn dazu zu bringen, ihn mir zu geben.

»Das ist aber ein kleines Ding«, sagte Hunt, als er ihn auf seine Handfläche legte. »Wirklich kompakt. Und sieh dir mal dieses Fenster an. Kommt da die Nachricht an, Jude?«

»Ja«, sagte ich. »Vielleicht sollte ich ihn jetzt wieder in meine Handtasche stecken, damit er nicht naß wird oder kaputtgeht.«

»Gute Idee«, meinte Hunt.

Er wollte mir den Piepser gerade geben. Ohne Theater. Ohne Streit. Ohne Betteln. Ohne Flehen. Aber dann, in der Millisekunde, *bevor* er ihn mir reichte, fing das Ding an zu piepsen. Nein, genauer gesagt, zu vibrieren.

»Wow, jetzt werde ich zugleich informiert und massiert«, witzelte Hunt und lachte, als der Piepser leichte Vibrationen auf seiner Handfläche ausübte.

»Perfektes Timing«, kicherte ich und bemühte mich verzweifelt, lässig und unbekümmert zu wirken. »Willst du ihn mir jetzt nicht geben, damit ich ihn einstecken kann?«

»Ach, komm schon, Jude«, sagte Hunt. »Ich möchte sehen, welche weiblichen Geheimnisse ihr über das Telefon austauscht.«

Den Rest können Sie sich vorstellen. Es war scheußlich. Erstens konnte ich Hunt nicht dazu überreden, mir den Piepser zu geben. Zweitens suchte sich Tom genau diesen Moment dafür aus, mir eine zweideutige Nachricht zu schicken. (Er bat mich, mich auf dem Rendezvousplatz am Fluß mit ihm zu treffen – auf demselben Rendezvousplatz, auf dem wir am Tag zuvor gewesen waren. Er sagte, er wolle mit mir über Brendan sprechen. Außerdem erwähnte er noch etwas in der Richtung, daß ich tolle Beine hätte.) Drittens hatte ich keine Erklärung für das Ganze – weder für den Piepser noch für die Nachricht – für gar nichts. Zumindest keine, die Hunt mir abkaufen würde. Oh, ich versuchte, mich aus der Situation herauszureden. Ich erzählte Hunt, daß Tom einer von Arlenes Verehrern sei, ein Mann, den sie über ihre Arbeit kennengelernt hätte. Ich sagte: »Ach, dieser Tom. Er ist wahrscheinlich in Arlenes Büro gesessen und hat in einem ihrer Liebesromane gelesen, als er auf die Idee kam, daß er spaßeshalber mich anpiepsen könnte.«

»Schwachsinn«, fauchte Hunt, während uns mehrere Sonnenanbeter beäugten. »Wer ist dieser Kerl wirklich?«

»Das hab' ich dir doch gesagt«, meinte ich. »Er ist Arlenes neuer Freund.«

»Und was soll dann diese Geschichte, daß er sich am Fluß mit dir treffen will, dort, wo er gestern mit dir war?« fragte Hunt wütend.

»Wer weiß?« sagte ich und zuckte die Achseln. »Wie gesagt, vermutlich hat er gerade eine Passage aus einem von Arlenes Herz-Schmerz-Büchlein gelesen.«

»Es gibt eine Möglichkeit, das herauszufinden«, sagte Hunt und erhob sich aus seinem Liegestuhl. »Ich gehe jetzt hinein und rufe die Nummer an, die Tom hinterlassen hat.«

»Warte doch! Du hast nicht das Recht dazu«, jaulte ich auf. Wir veranstalteten eine reichlich aufsehenerregende Szene am Pool.

»Und ob ich das Recht habe«, zischte Hunt. »Du bist meine Frau, und du bist gerade von einem fremden Mann angepiepst worden.«

Ich hatte Hunt nie für eifersüchtig gehalten. Natürlich hatte ich ihm auch nie Grund zur Eifersucht gegeben. Ich hatte nie vor seinen Augen mit anderen Männer geflirtet, mich verführerisch gekleidet oder meine kurvenreiche und – wie ich annehme – anziehende Figur zur Schau gestellt. Nein, ich war stets ein Sinnbild ehelicher Treue gewesen und hatte all meine Liebe nur für meinen Mann reserviert – eben jenen Mann, der plötzlich ein wesentlich regeres Interesse an mir zeigte als in den Monaten zuvor.

Er stolzierte davon und nahm sowohl seine Verdächtigungen als auch meinen Piepser mit. Ich blieb mit einer vor Neugier sprachlosen Kimberley zurück.

»Alles okay?« fragte ich sie, während ich mich in ein Handtuch hüllte und auf Hunts Liegestuhl niederließ. Mir fiel ein, daß Kimberley ihren Vater und mich nie streiten gesehen hatte.

Harte Worte fielen zwischen uns ausschließlich hinter unserer Schlafzimmertür.

Sie sah mich an. »Ihr laßt euch aber nicht scheiden, oder?« sagte sie.

»Weshalb? Wegen eines dummen kleinen Mißverständnisses?« sagte ich.

»Nein, weil es schon seit einiger Zeit seltsam ist zwischen euch.«

Kimberley hatte uns also unsere Show nicht abgekauft.

»Tut mir leid«, sagte ich. »Dein Vater und ich sind in letzter Zeit ziemlich unter Streß gestanden, nachdem ich meinen Job verloren habe und keinen anderen finde.«

Das schien Kimberley zunächst zu beruhigen. Schweigend saßen wir nebeneinander. Dann fing sie plötzlich zu weinen an.

»Was ist denn, Herzchen?« fragte ich und schob meinen Liegestuhl näher an ihren heran.

»Nichts«, sagte sie, während ihr die Tränen über die sommersprossigen Wangen liefen.

»Kim?«

»Ich will nicht darüber reden.«

»Aber du bist doch ganz aufgewühlt.«

»Ich habe doch gesagt, daß ich nicht darüber reden will, Judy. Bitte, laß mich in Ruhe.«

Ich lehnte mich im Liegestuhl zurück und wartete darauf, daß Hunt zurückkäme. Ich wußte nicht, was ich sonst hätte tun sollen. In nicht einmal einer Stunde hatte ich zwei Menschen zum Weinen gebracht – zuerst Delia und nun Kimberley. Kein gutes Zeichen.

Etwa eine Viertelstunde später kam Hunt zurück und sah nicht wesentlich froher drein als seine Tochter. Er verkündete, daß er nach Hause wolle, was mich nur wenig überraschte.

Als wir zu Hause ankamen, rief Hunt seine Eltern an und fragte, ob er Kimberley zu einem Spontanbesuch vorbeibringen dürfe. Offenbar stimmten sie zu, denn er und Kimberley waren in Windeseile verschwunden.

»Geh nirgendwohin. Ich will mit dir sprechen«, sagte er, bevor er die Tür zuknallte.

Als ich mir sicher war, daß sie weg waren, lief ich zum Telefon, um Tom anzupiepsen. Ich wollte unbedingt erfahren, was er Hunt erzählt hatte. Außerdem wollte ich unbedingt wissen, weshalb er mich im Club angepiepst und was für üble Dinge er über Brendan herausgefunden hatte. Doch als ich gerade die Nummer von Toms Piepser wählte, fiel mir ein, daß er ja vielleicht nicht sofort zurückriefe; daß er mich womöglich erst zurückriefe, wenn Hunt wieder zu Hause war. Da ich nicht alles noch schlimmer machen wollte, legte ich den Hörer wieder auf und wartete.

Nach zwanzig Minuten kehrte Hunt zurück.

»Ist mit Kimberley alles in Ordnung?« fragte ich.

»Ich will nicht über Kimberley reden«, sagte Hunt. »Ich will über dich … und Tom reden.«

»Paß mal auf, Hunt, wenn du Detective Cunnigham erreicht

hast, hat er dir wahrscheinlich erklärt, aus welchem Grund er ...«

»Er hat mir überhaupt nichts erklärt«, sagte Hunt. »Dein Liebhaber hat dein Geheimnis nicht ausgeplaudert.«

»Er ist nicht mein Liebhaber, und es gibt kein Geheimnis«, sagte ich. »Zumindest kein Geheimnis von der Art, auf die du anspielst.«

»Wirklich? Warum erzählst du mir dann nicht, was für ein Geheimnis du mit Tom teilst?« Er stand mit vor der Brust verschränkten Armen in der Küche. Seine Backenknochen traten hervor, während er mit dem Kiefer mahlte.

»Na gut«, sagte ich. »Ich erzähle dir alles.« Ich holte tief Luft. »Kurz nach Claires Tod hat mich Tom Cunnigham, ein Detective von der Belforder Polizei, gebeten, aufs Polizeirevier zu kommen und ein paar Fragen über Claire und den Abend, an dem sie ums Leben kam, zu beantworten.«

»Das weiß ich.«

»Im Laufe dieses Gespräches muß ich ihm den Eindruck vermittelt haben, nicht gerade ein Fan der Mitglieder von The Oaks zu sein.«

»Was Wunder. Du fällst schließlich bei jeder Gelegenheit über den Club her.«

»Möchtest du meine Erklärung hören oder nicht?«

»Mach weiter.«

»Zwei Wochen später rief mich Tom an und fragte, ob er vorbeikommen und mit mir sprechen könne. Ich sagte ja.«

»Er ist hierhergekommen? In unser Haus?«

»Warum denn nicht? Er ist Polizist und untersucht den Tod der Frau, mit der zusammen ich ein Kochbuch schreiben wollte.«

»Aha.«

»Er kam also her und sagte, daß er glaube, Claires Mörder sei womöglich unter den Clubmitgliedern zu suchen, er aber niemanden verhaften könne, solange er kein Motiv für den Mord hätte. Er fragte mich, ob ich daran interessiert sei, ihm zu helfen.«

»Ihm zu helfen? Wie denn?«

»Indem ich als Informantin für die Polizei arbeite.« So, jetzt war es heraus.

»Du willst mir erzählen, daß dich dieser Detective gebeten hat, für die Polizei zu arbeiten?«

»Ja. Und ich habe sein Angebot angenommen. Ich dachte, es wäre eine gute Gelegenheit, um Claires Mörder vor Gericht zu bringen, ein bißchen Geld zu verdienen und etwas zu tun, bis ich wieder einen Job als Lektorin habe.«

»Aber als Polizeiinformantin? Was wird da von dir verlangt?«

»Von mir wird verlangt, daß ich Tom – Detective Cunnigham – dabei helfe, herauszufinden, wer ein Motiv dafür hatte, Claire mit diesem Pitching Wedge den Schädel einzuschlagen.«

Hunt sah aus, als sei ihm übel.

»Damit ich das auch richtig verstehe«, sagte er mit kreidebleichem Gesicht. »Du hast im Club herumgeschnüffelt und diesen Bullen mit rufschädigenden und belastenden Informationen über Menschen versorgt, die ich als meine Freunde betrachte, Menschen, mit denen ich Golf spiele, Menschen, die ich als Kunden zu gewinnen versuche?«

Ich nickte.

»Und dann bist du losgezogen und hast dich heimlich mit diesem Kerl getroffen?«

»Die Treffen gehören zum Job«, sagte ich. »Ich kann nicht gerade im Club mit ihm Tee trinken.«

»Ich kann es nicht fassen. Ich fasse es wirklich nicht.« Er zog an seinem linken Ohrläppchen. »Wo triffst du dich mit ihm?«

»Meistens beim Stop 'n' Shop.«

»Ach ja, natürlich. Wahrscheinlich in der Abteilung für Tiefkühlkost.«

»Nein. Wir treffen uns auf dem Parkplatz.«

»Und was ist mit eurem Plätzchen am Fluß? Mit dem ›Rendezvousplatz‹, an dem du gestern mit Tom gewesen bist?«

»Das war eine Ausnahme«, sagte ich. »Tom wollte ihn mir zeigen. Also bin ich mitgekommen.«

»Ja? Was wollte er dir denn sonst noch zeigen, hm, Judy?«

»Hunt, es ist nicht so, wie du denkst. Ehrlich.«

»Was sollte dieser Witz über deine Beine?«

»Ich habe schöne Beine. Tom ist das aufgefallen, im Gegensatz zu anderen Personen, die ich kenne.«

Hunt zuckte zusammen, als hätte ich ihn geschlagen. »Streitest du ab, daß du mit diesem Kerl ins Bett gehst?«

»Ja.«

»Warum hast du mir dann nichts von deiner kleinen ›Vereinbarung‹ erzählt? Warum hast du mich angelogen, Judy?«

»Es tut mir leid«, sagte ich. »Es war falsch von mir, dir nicht zu sagen, daß ich für die Polizei arbeite. Aber ich wußte, wieviel dir deine Mitgliedschaft im The Oaks bedeutet. Wie konnte ich dir da sagen, daß ich engagiert worden bin, um Nachteiliges über die anderen Mitglieder auszugraben?«

Er schüttelte den Kopf. »Ich bin dein Ehemann. Ich kann nicht fassen, daß du hinter meinem Rücken so etwas tust. Ich kann nicht fassen, daß du sämtliche Kontakte, die ich im Club geknüpft habe, aufs Spiel setzt. Ich kann nicht fassen, daß du dein Leben aufs Spiel setzt, Herrgott noch mal!«

»Mein Leben?«

»Jawohl. Für die Polizei zu arbeiten ist gefährlich. Dir könnte etwas zustoßen.«

»Würde dir das etwas ausmachen?«

»Natürlich würde mir das etwas ausmachen.«

»Das ist das Netteste, was du seit Monaten zu mir gesagt hast.«

»Darum geht es ja gerade, Judy«, sagte Hunt und erhob die Stimme. »Du denkst, ich sei ein langweiliger Trottel, der nicht weiß, wie er seiner Frau zeigen soll, daß sie ihm etwas bedeutet. Tja, dazu kann ich dir folgendes sagen: Ich *bin* ein langweiliger Trottel. Ich bin kein tierisch aufregender, alleinstehender Bulle mit einem Job, der jede Minute Aufregung verspricht. Ich bin Börsenmakler, habe Frau und Kind und eine Hypothek abzubezahlen. Nicht besonders glamourös, das gebe ich zu, aber so ist es eben. Und außerdem schienst du dich nie daran zu stören. Ja, du schienst dich nicht einmal daran zu stören, daß ich nicht mit dir zu Rendezvousplätzen am Fluß gefahren bin. Du hast keinen Postkartenkitsch in dieser Art gebraucht, um zu wissen, daß ich dich liebe. Du hast mir früher nie mangelnde Zuneigung vorgeworfen.« Er hielt inne, um sich etwas Speichel aus dem Mundwinkel zu wischen. »Apropos mangelnde Zuneigung: Glaubst du etwa, ich kapiere deine andauernden Tiefschläge und deinen unaufhörlichen Sarkasmus nicht? Glaubst du, ich weiß nicht, wie langweilig du mich findest? Wie frustriert du von mir bist? Für was für einen unfähigen Vater du mich hältst? Glaubst du etwa, es verletzt mich nicht, wenn du jede verfluchte Kleinigkeit, die mir Spaß macht, herabwürdigst – meine Arbeit, das Golfen, meinen Club und sogar meine Tochter?«

Er setzte sich auf den Küchenstuhl und stützte den Kopf in die Hände. Ich betete, daß er nicht zu weinen anfinge. Wenn er weinte, bedeutete das, daß ich an einem Tag drei Menschen zum Weinen gebracht hatte.

»Hunt«, sagte ich, »kannst du dir vorstellen, daß ich dir deshalb nicht von meiner Arbeit bei der Polizei erzählt habe, weil wir uns auseinandergelebt haben – und zwar in gefährlichem Maße? Wir wohnen im selben Haus, aber wir sind uns fremd. Wir tauschen uns nicht aus. Wir reden nicht miteinander. Wir schlafen nicht mehr miteinander.«

»Und ich nehme an, Detective Cunnigham ist in alledem besser als ich?«

»Mein Gott! Wie kann man nur so blöd sein! Hör mir mal zu! Ich habe keine Affäre mit Tom. Ich arbeite mit dem Mann zusammen. Warum geht es nicht in deinen verdammten Schädel hinein, daß der Mann, mit dem ich mich austauschen, mit dem ich reden und mit dem ich schlafen möchte, du bist?« Um dem Ganzen Nachdruck zu verleihen, knallte ich die Hand auf die Arbeitsfläche und bereute es auf der Stelle. Nicht genug damit, daß mir die Hand weh tat, fiel auch noch der Salzstreuer herunter, und das ganze Salz verteilte sich auf dem Fußboden.

Keiner von uns machte Anstalten, es aufzuwischen. Und dann fingen wir beide gleichzeitig damit an. Wir wären beinahe zusammengestoßen. Unter anderen Umständen hätte ich gelacht.

»Laß mich«, sagte ich. »Ich habe es schließlich runtergeworfen.«

»Gut«, meinte Hunt. »Wie du willst.«

Ich wischte das Salz auf.

»Vielleicht sollten wir uns eine Zeitlang trennen«, sagte Hunt.

Ich schluckte. Natürlich hatte ich den gleichen Gedanken auch schon gehabt, aber als er es sagte, bildete sich ein dicker Kloß in meiner Kehle.

»Wenn du das willst«, sagte ich.

»Es tut mir leid, aber ich komme irgendwie nicht darüber hinweg, daß du mir nichts von deiner Vereinbarung mit der Polizei erzählt hast; daß du dich nicht deshalb im Club aufgehalten hast, um mir eine Freude zu machen, wie ich mir eingebildet hatte, sondern um belastendes Material gegen meine Freunde und Geschäftskollegen zu sammeln; und daß du dein Leben in Gefahr gebracht hast und nicht auf die Idee gekommen bist, mit mir darüber zu sprechen.«

Ich konnte nichts erwidern.

»Wie konnte es so weit kommen?« fragte er, rein rhetorisch, wie mir schien. »Wir waren so glücklich, oder nicht?«

Ich konnte noch immer nicht sprechen. Der Kloß würgte mich. Ebenso wie die Ironie, daß Hunt und ich einander in den letzten paar Minuten mehr mitgeteilt hatten als in den vergangenen Monaten; daß er, gerade indem er mich des Ehebruchs bezichtigt und unsere Probleme zugegeben hatte, endlich echte Gefühle gezeigt hatte.

»Wir sollten uns überlegen, was wir wollen«, meinte er.

»Du meinst, was wir von unserer Ehe wollen, oder was wir vom Leben wollen?« preßte ich hervor.

»Beides«, sagte er. »*Ich* muß auf jeden Fall intensiv nachdenken.«

Er wollte die Küche schon verlassen, drehte sich dann aber noch einmal um und sah mich an. »Ich glaube, ich werde oben etwas arbeiten«, sagte er und ging.

Den Rest des Tages sprachen wir nicht mehr viel. Hunt sagte, er wolle kein Abendessen, und so aß ich allein in der Küche. Gegen zehn Uhr verkündete er, daß er schlafen ginge – im Gästezimmer.

»Ich glaube, das ist am besten«, lautete seine Erklärung.

Zum ersten Mal seit Jahren allein in unserem riesigen Bett, schlief ich unruhig. Als ich am Morgen endlich aufstand, war ich so müde, daß ich mit dem Aufzug nach unten in die Küche fuhr. Hunt war schon lange weg, aber er hatte eine Nachricht hinterlassen: »Kimberley bleibt bei meinen Eltern. Bin im Büro. Komme erst spät zurück. Du brauchst nicht aufzubleiben. Hunt.« Nicht »Alles Liebe, Hunt.« Keine symbolischen Küsse oder Umarmungen. Nichts. Nicht einmal ein kleines Gesicht mit einem Lächeln.

Ich duschte, frühstückte und rief Tom an.

»Alles in Ordnung mit Ihnen?« fragte er.

»Eigentlich nicht«, antwortete ich.

»Es tut mir leid, daß ich Sie ausgerechnet in diesem Moment angepiepst habe, Judy.«

»Hören Sie, es war nicht Ihre Schuld. Es war meine. Ich hätte Hunt sagen sollen, was ich tue.«

»Können wir uns in einer Viertelstunde treffen?«

»Klar. Wo?«

»Wie immer. So wie Sie sich anhören, glaube ich nicht, daß heute der geeignete Tag für etwas allzu Wildes und Ausgefallenes ist.«

Als ich auf den Parkplatz vom Stop 'n' Shop einbog, wartete Tom bereits auf mich. Ich stellte meinen Wagen ab und stieg in seinen.

»Sie sehen müde aus«, meinte er.

»Das bin ich auch.«

»Glauben Sie, daß Sie und Ihr Mann wieder miteinander ins reine kommen?«

»Ich weiß nicht. Aber ich habe gestern etwas entdeckt.«

»Was?«

»Ich *will* mit ihm ins reine kommen. Hunt ist momentan entsetzlich wütend auf mich, weil ich ihm meine Arbeit für die Polizei verschwiegen habe, aber ich habe das Gefühl, daß ihm dieser Vorfall die Augen geöffnet hat. Vielleicht betrachtet er mich jetzt nicht mehr als selbstverständlich.«

»Er wäre ja verrückt, wenn er Sie als selbstverständlich betrachtete«, sagte Tom.

»Hören Sie, bevor ich wieder anfange, über meine Ehe zu jammern, erzählen Sie mir lieber, warum Sie mich gestern im Club angepiepst haben. In Ihrer Nachricht haben Sie irgend etwas von Brendan erwähnt.«

»Ja, ich habe Mr. Hardy überprüft, wie ich es vorhatte, und raten Sie mal, worauf ich gestoßen bin?«

»Worauf?«

»Er ist schon einige Male mit dem Gesetz in Konflikt geraten.«

»Weshalb?«

»Ein kleiner bewaffneter Raubüberfall hier, eine kleine Erpressung dort.«

»Mein Gott. Wie konnte The Oaks einen Koch mit einer derartigen Vergangenheit einstellen? Der Club ist doch sonst so wählerisch, was die Leute angeht, die er auf seinem Gelände duldet. Sie hätten sehen sollen, wie Duncan Tewksbury und seine Kumpane mich in die Zange genommen haben, als ich die Mitgliedschaft beantragt habe. Außer meiner BH-Größe wollten sie alles von mir wissen.«

»Tja, bei Brendan waren sie nicht so streng.«

»Würde mich interessieren, warum.«

»Ich kann Ihnen sagen, warum. Ich habe einen Kumpel, der an alle möglichen Unterlagen und Akten herankommt. Eine der Einzelheiten, die er zutage gefördert hat, war Brendans Geburtsurkunde.«

»Meine Güte, was kann da schon Anstößiges drin stehen? Hat Brendan sein Alter falsch angegeben oder bei seiner Augenfarbe geschwindelt oder so etwas?«

»Nein, aber die Geburtsurkunde birgt eine äußerst interessante Information über Brendans Eltern.«

»Seine Eltern? Ist Mr. Hardy senior ein berüchtigter Massenmörder?«

»Nein. Es gibt keinen Mr. Hardy senior. Der Geburtsurkunde zufolge ist Brendan Hardys Vater auch Ihnen bekannt.«

»Tatsächlich?«

»Mr. Tewksbury. Duncan Tewksbury.«

13. Kapitel

Auf dem Nachhauseweg mußte ich ständig an die kleine Bombe denken, die Tom losgelassen hatte: Duncan Tewksbury war Brendans Vater! Kein Wunder, daß er sich stets für Brendan einsetzte! Aber weshalb hielten sie ihre verwandtschaftlichen Beziehungen geheim? Und wer war Lorraine Pennock, die Frau, die auf der Geburtsurkunde als Brendans Mutter genannt war? Und wie empfand das die arme Delia Tewksbury, eine Frau, die ihre Unfruchtbarkeit dermaßen deprimierte, daß sie immer noch Tränen darüber vergoß? Wußte sie überhaupt, daß Brendan der Sohn ihres Mannes war? Und was war mit Claire? Hatte sie gewußt, daß Brendan mit ihr verwandt war, und trotzdem versucht, ihn hinauszuwerfen?

Das alles kam mir vor wie ein Stück von Tennessee Williams. Meine Mutter sagte seit jeher, daß WASPs verworrene Familiengeschichten hätten und man nie sagen konnte, wer die Schwestern und wer die Cousinen waren. In der Famililе meiner Mutter konnte man natürlich immer sagen, wer die Schwestern und wer die Cousinen waren, denn die Schwestern waren diejenigen, die nicht miteinander redeten.

Um die Mittagszeit rief Hunt an.

»Ich komme nicht zum Abendessen«, sagte er und hörte sich ausgesprochen kühl und distanziert an. »Ich gehe mit einem Kunden essen.«

»Ja, du hast ja in deiner Nachricht schon geschrieben, daß es später werden würde«, sagte ich. »Wer ist der Kunde?«

»Leeza Grummond.«

Mein Magen verkrampfte sich. So zahlte er es mir also heim.

»Richte Leeza meine übelsten Wünsche aus.«

»Sehr witzig.«

»Hunt? Wie lange soll diese eisige Stimmung anhalten? Gestern hast du dich in Arbeit vergraben. Vergangene Nacht hast du im Gästezimmer geschlafen. Du bist heute morgen gegangen, bevor ich aufgestanden war. Und heute abend bleibst du in der Stadt, um mit meiner Erzfeindin essen zu gehen. Findest du nicht, daß wir miteinander reden sollten? Versuchen, wieder ins reine zu kommen?«

»Versuchen, wieder ins reine zu kommen? Du bist doch diejenige, die gelogen hat, die mich hintergangen hat und ...«

»Hunt, es hat keinen Sinn, noch einmal davon anzufangen«, unterbrach ich ihn. »Ich habe dir bereits erklärt, warum ich dir meine Vereinbarung mit Tom verschwiegen habe. Ich wollte deine Freundschaften im Club nicht zerstören, und ich dachte, es sei dir sowieso egal, was ich mache. Du hast mich in letzter Zeit wie ein Stück Holz behandelt, und ich hatte das Gefühl, daß du ...«

»Ach, geht's jetzt wieder darum, was ich dir angetan habe?«

Nun war Hunt an der Reihe, mich zu unterbrechen. Denjenigen zu unterbrechen, mit dem man sich streitet, ist unfair, aber alle Ehepaare tun es – es sei denn, sie haben erfolgreich eines dieser Retten-Sie-Ihre-Ehe-Seminare abgeschlossen, in denen Ehemänner und Ehefrauen lernen, dazusitzen und zuzuhören, wie ihr Ehepartner gräßliche und widerliche Dinge über sie sagt, ohne ihn zu unterbrechen. Die Paare schwören auf diese Technik, kommen schmusend und kuschelnd aus den Seminaren heraus und behaupten, sie hätten den Lichtstrahl gesehen. Aber ich würde gern einige von ihnen – sagen wir fünf Jahre nach dem Seminar – aufspüren und mir ansehen, wie es ihnen geht. Ich wette, neun von zehn setzen wieder ihre alten Tricks ein, streiten und fluchen und unterbrechen den anderen, genau wie in der guten alten Zeit.

»Schau mal, Hunt. Wir müssen uns zusammensetzen und ruhig und vernünftig wie Erwachsene miteinander reden. Ich glaube eigentlich, daß der gestrige Zwischenfall mit dem Piepser am Pool vielleicht genau das war, was wir gebraucht haben, um uns aus unserem täglichen Trott zu reißen.«

»Unserem Trott? Möchtest du das so bezeichnen? Wenn eine Frau ihren Mann anlügt, nenne ich das nicht Trott, sondern Treuebruch.«

»Herrgott, Hunt, ich glaube wirklich, daß du überreagierst. Ich meine, ich habe ja schließlich kein Verbrechen begangen. Ganz im Gegenteil. Ich habe mich bereit erklärt, der Polizei dabei zu helfen, ein Verbrechen *aufzuklären*.«

»Ohne es mir zu sagen.«

Und wieder drehten wir uns im Kreis.

»Stellen wir das mal zurück, bis du nach Hause kommst«, schlug ich vor.

»Gut. Ich habe jetzt sowieso eine Besprechung.«

»Sehen wir uns dann heute abend?«

»Genau. Bye.«

»Hunt, warte – ich möchte dir sagen, daß ich dich immer noch …«

Klick. Er hatte aufgelegt, bevor ich ausgesprochen hatte.

Ich machte mir ein Sandwich und fuhr zum Club hinüber, da ich hoffte, mehr über die Beziehung zwischen Duncan und Brendan in Erfahrung bringen zu können. Wie es der Zufall wollte, lief ich im Damenumkleideraum Delia Tewksbury über den Weg.

»Hallo, Mrs. Tewksbury«, sagte ich und erntete den gewohnten verständnislosen Blick. »Ich bin Judy Mills. Die Frau von Hunt Price.«

»Ja, natürlich«, sagte sie.

»Wissen Sie, ich mußte seit unserem kleinen Schwätzchen am Pool gestern immer wieder an Sie denken.«

»Schwätzchen?«

»Ja, am Pool.« Litt Delia Tewksbury unter Alzheimer oder war sie nur vertrottelt? Oder war sie eine jener Frauen, von denen es im The Oaks einige gab, die ihre Überlegenheit dadurch demonstrierten, daß sie sich vergeßlich stellten, so als wollten sie der Welt mitteilen: »Ich bin so wichtig, daß man wirklich nicht von mir verlangen kann, mich an jemand so Unbedeutenden wie Sie zu erinnern.«

»Wir haben über Ihre Großnichte Claire gesprochen«, erinnerte ich sie, »und über Ihre mütterlichen Gefühle für sie.«

»Ach ja, jetzt fällt es mir wieder ein.«

»Und dann haben Sie mir Ihren Kummer darüber anvertraut, daß Sie kein eigenes Kind haben, während Ihr Mann Ihren Kinderwunsch nicht teilte.«

»Ja, ich erinnere mich, das alles gesagt zu haben«, sagte Delia, während sie ihr bereits makellos hochgestecktes Haar glattstrich.

»Nun, der Grund, warum ich das anspreche, ist, daß mein Mann und ich gerade mit der gleichen Belastung fertig werden müssen. Ich sehne mich nach Kindern, aber Hunt, mein Mann, nicht.«

»Ein Jammer.«

»Ja. Wissen Sie, er hat bereits ein Kind von einer anderen Frau.« Genau wie dein Mann, Delia. Jetzt wollen wir doch mal sehen, ob du die Wahrheit über Brendan weißt und ob du sie gegenüber einer Wildfremden ebenso eingestehst wie deine Unfruchtbarkeit. »Das ist keine einfache Situation«, fuhr ich fort. »Zu wissen, daß der eigene Mann ein Kind hat, das nicht von einem selbst stammt.«

»Nein, das ist es wohl nicht«, sagte Delia. »Trotzdem, ein Kind ist ein Kind. Ich wünschte so sehr, ich hätte eines. Aber wie ich Ihnen ja schon gesagt habe, ich konnte nicht empfangen, und mein Mann war gegen Adoption. Er ist der Meinung, daß man bei einer Adoption ja nie weiß, was man bekommt. Fragwürdiges Genmaterial und dergleichen.»

Aha! Delia wußte also nicht, daß Brendan der Sohn ihres Mannes war. Denn wenn sie es wüßte, hätte sie dann nicht etwas gesagt? Ich hatte ihr das ideale Stichwort gegeben. Aber war es wirklich möglich, daß sie es nicht wußte? Konnte Duncan ein solches Geheimnis über all die Jahre vor seiner Frau verborgen haben? Konnte er ihr verheimlicht haben, daß er einen Sohn gezeugt und ebendiesen Sohn in seinem Country Club eingestellt hatte? Einen Sohn mit einer zwielichtigen Vergangenheit? Oder war Delia Tewksbury gerissener, als sie wirkte? Vielleicht wußte sie alles und sagte nichts. Doch weshalb?

»Wenn Sie mich jetzt bitte entschuldigen, meine Liebe. Ich muß telefonieren«, sagte Delia. »Muß eine Bridgepartie absagen, wissen Sie.«

»Aha. Tja, war nett, Sie zu treffen«, sagte ich und überließ die alte Delia ihrem Telefonbuch.

Plötzlich bekam ich unbezwingbare Lust auf einen Eistee, und so ging ich in den Terrassenspeisesaal, wo ich Duncan Tewksbury an einem Zweiertisch sitzen sah; er wartete vermutlich auf seine Frau. Ich konnte der Versuchung nicht widerstehen, an seinem Tisch vorbeizugehen und zu testen, wie er auf Fragen über seinen Sohn reagieren würde.

»Ach, hallo, Mr. Tewksbury«, sagte ich.

»Hlloo«, nuschelte er. Er schien bereits mehrere Gin Tonic intus zu haben.

»Ich habe eine Freundin, deren Sohn daran interessiert wäre, hier in der Küche bei Brendan eine Lehre zu machen«, sagte ich, wobei ich noch nicht genau wußte, worauf ich hinauswollte. »Aber bevor er sich förmlich bewirbt, wollte ich ihm gerne etwas über Brendans Hintergrund sagen können. Sie wissen schon, wo er gelernt und wo er gearbeitet hat, bevor er nach The Oaks kam, und dergleichen.«

»Warum fragen Sie Brendan nicht selbst?« schlug Duncan vor und hickste.

»Er wirkt die ganze Zeit so beschäftigt«, sagte ich. »Es ist mir äußerst unangenehm, ihn zu belästigen.«

»Tja, also ich weiß nicht, wo zum Henker er gelernt hat«, sagte Duncan.

Kommt Ihnen Staatsgefängnis Leavenworth bekannt vor? »Aber Sie haben ihn doch hierher gebracht, oder?« fragte ich.

»Das stimmt«, sagte Duncan. »Er hat im Belford Athletic Club gearbeitet. Wir hatten eine freie Stelle, und Brendan hat hier angefangen.«

»Was ist denn aus dem Koch geworden, der vorher hier war?« fragte ich.

»Er ist tödlich verunglückt«, sagte Duncan. »Bei einem Autounfall. Schreckliche Geschichte.«

»Das kann ich mir vorstellen«, sagte ich und fragte mich, ob Brendan irgend etwas mit dem Ableben seines Vorgängers zu tun hatte und ob Claires Tod lediglich ein weiterer Fall auf der langen Liste seiner Mordopfer war.

»Oh, da kommt Mutter«, sagte Duncan und musterte seine Frau, die geschäftig auf uns zueilte.

Mutter? Schwärmen Sie nicht auch für Männer, die ihre Frauen »Mutter« nennen? Also, das ist doch abartig, oder?

»Ich muß los«, sagte ich, da ich nicht wollte, daß Delia dachte, ich würde mich schon wieder in ihr Leben einmischen. »Tschautschau.«

Ich ging zu den Tennisplätzen hinüber und trug Hunt und mich für den Tenniswettkampf am Freitagabend ein, nur für den Fall, daß wir uns bis dahin ausgesöhnt hätten und ihm nach ein bißchen freitagabendlichem Kontakteknüpfen zumute wäre. Dann beschloß ich, mich auf den Heimweg zu machen. Ich war einfach nicht in der Stimmung, weiter herumzuschnüffeln. Schnüffeln, so war mir aufgefallen, war wesentlich anspruchsvoller als Klatschen, eine Kunst, die ich mir während meiner Jahre im Verlagswesen meisterhaft angeeignet hatte. Im Gegensatz zum Klatschen, wo man lediglich Geschichten über Leute, die man kaum kannte, weitergeben mußte, mußte man beim Schnüffeln Geschichten über Leute, die man kaum kannte, aufdecken – *bevor* sie zum allgemeinen Klatsch wurden. Und dafür war ich einfach zu müde. Ich hatte in der Nacht zuvor keinen Schlaf gefunden, und meine Lider waren wie Blei. Außerdem fiel es mir schwer, mich auf den Mord an Claire zu konzentrieren, während meine Ehe in Trümmern lag.

Der Parkplatz vom The Oaks war riesig, und so war es nie ein Problem, eine Lücke zu finden. Allerdings gab es eine Handvoll Plätze, um die die Mitglieder buchstäblich kämpften: die heißbegehrten Stellplätze, die im Schatten lagen, unter einer Reihe hochragender Eichen. Ich sage deshalb »heißbegehrt«, weil es den Mitgliedern nicht in erster Linie darum ging, ihre Autos vor der Sonne zu schützen, sondern ihre Hunde. Genau, ihre Hunde. Eine Vorschrift im The Oaks besagte nämlich, daß es verboten war, Hunde in den Club mitzubringen, aber für mehrere fanatische Hundebesitzer – unter ihnen Nedra Laughton, die trotz der Tatsache, daß Ducky allergisch gegen Hunde war, einen Yorkshire-Terrier namens Bartholomew besaß – war es unvorstellbar, ihre teuren Tierchen allein zu Hause zu lassen, wenn sie auszogen, um achtzehn Löcher zu spielen. Und so erschienen sie quasi im Morgengrauen im Club, sicherten sich einen der schattigen Parkplätze und ließen den armen Fido bei offenem Fenster im Wagen sitzen – den lieben langen Tag. Es ist unmenschlich, wenn Sie mich fragen.

Als ich an diesem Donnerstagnachmittag im Juli auf dem Weg zu meinem Auto an der Reihe der Schattenparkplätze vorüberging, fiel mir auf, daß einer der Hunde unaufhörlich bellte: »Yip! Yip! Yip! Yip!« Da ich dachte, der arme Köter könne womöglich krank oder verletzt sein, näherte ich mich dem Auto, aus dem er jaulte, um nachzusehen, ob ich ihm helfen konnte. Es stellte sich heraus, daß das betreffende Auto Nedras Mercedes war.

»Hallo, Bartholomew«, sagte ich und spähte in den Wagen. Die Fenster des Mercedes waren in diesem vermaledeiten Luxuslimousinen-Dunkelgrau getönt, und so mußte ich mein Gesicht praktisch an die Scheibe kleben, um hineinsehen zu können. Dabei erkannte ich, was Bartholomew zum Bellen veranlaßte: Offenkundig praktizierte Nedra, während er auf dem Vordersitz jaulte, auf dem Rücksitz Fellatio an Rob. Ja, genau in dem Moment, als mein heißer Atem sich kreisförmig auf dem getönten Glas niederschlug, ließ Nedras heißer Atem Rob noch lauter aufjaulen als Bartholomew.

»Oh-oh, wir haben Gesellschaft«, stöhnte sie Rob zu, als sie sah, wie ich mich gegen das Fenster lehnte. Offenbar erschwerte das getönte Glas nicht den Blick hinaus, sondern nur den hinein.

Rasch löste sie sich von ihrem Liebhaber und sagte ihm, er solle seine Tennisshorts anziehen. Dann hüpfte sie aus dem Wagen. Rob blieb auf dem Rücksitz.

»Tja, wenn das nicht unsere kleine Schnüfflerin ist«, sagte Nedra, als sie mit in die Hüften gestemmten Händen dastand und mich anfunkelte. Ihr Gesicht war noch lustvoll gerötet. Sie roch nach Sex, dünstete ihn förmlich aus. Ich war voll des Neides.

»Ich habe nicht geschnüffelt«, sagte ich. »Ich habe einen Hund bellen hören und bin herübergekommen, um nachzusehen, was los ist.«

»Guter Versuch«, sagte sie. »Ich weiß genau, daß du geschnüffelt hast. Du schnüffelst schon seit Wochen im Club herum. Alle Welt spricht davon, als was für eine Wichtigtuerin sich Hunt Price' Frau entpuppt hat.«

»Alle Welt?« Ich war entsetzt. Die Leute sagten, daß ich eine Wichtigtuerin sei? Ich haßte Wichtigtuerinnen. Andererseits – sie glauben zu lassen, ich sei eine Wichtigtuerin, war besser, als wenn sie dachten, ich sei eine Polizeiinformantin, die engagiert worden ist, um herauszufinden, wer von ihnen ein kaltblütiger Mörder war.

»Ich nehme an, du brennst nur darauf, loszulaufen und allen von Rob und mir zu erzählen«, sagte Nedra. »So wie ich dich kenne, erzählst du es auch Ducky.«

»Warum drängst du *mich* in die Defensive?« fragte ich. »Ich bin schließlich nicht diejenige, die mitten auf dem Parkplatz dem Tennistrainer einen geblasen hat.«

Sie lächelte und leckte sich die Lippen. »Nein, Herzchen. Du warst es nicht. Neidisch?«

Ich verzog unwillig die Miene. Okay, Nedra hatte also keinerlei Gewissensbisse wegen ihres Tuns. Peinlich war es ihr auch nicht. War sie in Rob verliebt? War sie deshalb so gierig darauf, mit ihm zusammenzusein, daß sie nicht warten konnte, bis sie in irgendein schäbiges Motel kamen, so gierig, daß sie in den Büschen hinter den Tennisplätzen und auf dem Parkplatz des Country Clubs mit ihm vögeln mußte? Wo würden sie sich als nächstes verlustieren? fragte ich mich. Auf dem Golfplatz? Auf dem Putting Green? In einem Sandhindernis?

In einem Sandhindernis? Plötzlich durchzuckte mich ein Gedanke wie ein Stromschlag: Angenommen, Nedra und Rob waren diejenigen, die Claire mit dem Pitching Wedge eins übergezogen und sie tot in diesem Sandhindernis hatten liegen lassen?

Zuerst hatte ich Nedra auf meine Liste mit möglichen Verdächtigen gesetzt, weil ich vermutete, daß sie eifersüchtig auf Claire war und sich davon bedroht fühlte, daß Duckys alte Freundin wieder in sein Leben getreten war. Rob hatte ich zuerst auf meine Liste mit möglichen Verdächtigen gesetzt, weil ich wußte, wie wütend er darüber war, daß Claire ihn der sexuellen Belästigung bezichtigt hatte und versuchte, ihn aus seinem Job zu katapultieren. Doch die Entdeckung, daß Nedra und Rob eine Affäre hatten, ließ die Sache in einem anderen Licht erscheinen. Vielleicht hatte Rob Nedra erzählt, daß Claire ihn auf dem Kieker hatte. Vielleicht wollte Nedra ihren Gespielen im Club nicht verlieren. Vielleicht beschlossen die beiden, Claires Pläne zu vereiteln, indem sie ihr mit einem Golfschläger den Schädel zertrümmerten. Nedra hatte schließlich eine sprunghafte Art. Und was wußte ich schon über Rob? Nur, daß er ein Ehrgeizling war, der hoffte, mit seinem Job als Tennistrainer eines Tages sein eigenes Sportgeschäft aufbauen zu können – lieber früher als später. Bei der Wildwest-Party waren sie beide zugegen gewesen. Ich hatte Nedra mit Ducky und zwei anderen Paaren zusammensitzen sehen. Und ich hatte Rob auf dem Parkplatz gesehen, als wir im Club ankamen. Vielleicht hatten sie, während alle anderen ihre Cocktails tranken, Claire auf den Golfplatz gelockt. Dann, während einer von beiden mit ihr sprach, hatte ihr der andere eins übergebraten.

»Muß ich also davon ausgehen, daß du Ducky hiervon erzählen wirst, Judy?« fragte Nedra, während sich meine Gedanken überschlugen.

»Ich habe nicht die leiseste Absicht, es deinem Mann zu erzählen«, sagte ich. »Aber es gibt etwas, das *du mir* erzählen kannst.«

»Laß mich raten: Du möchtest wissen, ob Rob einen Freund hat.«

»Einen Freund?«

»Ja, für dich. Ich habe doch gesehen, wie du uns lechzend

durchs Fenster beäugt hast, Herzchen. Ich habe den Verdacht, daß Hunt in eurem Schlafzimmer auch nicht mehr gerade heiße Leidenschaft verbreitet.«

Ich spürte, wie mein Gesicht zu glühen begann. »Wie in aller Welt kommst du darauf?« fragte ich.

»Nur eine Vermutung«, sagte sie. »Wenn Hunt auch nur im geringsten Ducky ähnelt, dann glaubt er, die Teilhaberschaft bei F & F sei das Ziel aller Wünsche. Es würde mich nicht wundern, wenn Hunt, was Sex angeht, genauso desinteressiert wäre wie Ducky.«

Nun war ich wütend. Mein Sexualleben ging Nedra nichts an. »Ist dir aufgefallen, daß Duckys Desinteresse eventuell mit Claires Auftauchen im Club zusammenhängen könnte?« fragte ich. »Du bist mir schon immer eifersüchtig vorgekommen, Nedra. Vielleicht hattest du Grund zur Eifersucht, was Ducky und Claire anging.«

»Soll heißen?«

»Soll heißen, daß Ducky von Claires Tod ziemlich erschüttert zu sein schien. Vielleicht waren Rob und du ja nicht die einzigen, die Parkplatz-Sex im Club hatten. Vielleicht hatten Ducky und Claire eine Affäre miteinander, bevor sie ermordet wurde.«

»Ducky? Daß ich nicht lache«, sagte sie. »Ducky hat weder Parkplatz-Sex noch sonst eine Art von Sex. Seine Rakete ist schon seit Jahren nicht mehr abgefeuert worden.«

»Aber… das verstehe ich nicht. Es hatte stets den Anschein, als ob ihr das heißeste…«

»Sieh mal, Judy. In Wirklichkeit ist nichts so, wie es aussieht. Ducky Laughton ist kein lüsterner Sexprotz. Das ist er einfach nicht. Er amüsierte sich auf andere Weise.«

Welche andere Weise? hätte ich am liebsten gefragt, unterließ es aber, da Rob sich genau diesen Moment ausgesucht hatte, um aus Nedras Mercedes zu steigen. Er trug ein breites, schuldbewußtes Lächeln zur Schau, eines von der Sorte, die besagte: »Es ist mir ja so peinlich, daß ich dabei erwischt wurde, aber ich kann es gar nicht erwarten, es wieder zu tun.«

»Hallo, Mrs. Price«, sagte er und wirkte etwas wacklig auf den

Beinen. Ich nahm an, daß Nedra ihm alles Leben ausgesaugt hatte.

»Hallo, Rob«, sagte ich.

»Judy hat versprochen, daß sie niemandem von uns erzählen wird«, sagte Nedra zu ihm. »Stimmt's, Judy?«

»Stimmt, Nedra, wenn du mir erzählst, ob ihr bereits Anfang Juli etwas miteinander hattet.« Zum Beispiel vor dem Abend, als Claire ermordet wurde.

Sie sahen einander an.

»Warum willst du das wissen?« fragte sie.

»Bin nur neugierig. Ich habe mich eben gefragt, wie lange ihr schon zusammen seid.«

Rob legte den Arm um Nedras Schultern. »Etwa seit einem Jahr«, sagte er stolz. »Mein Job im Club macht es ziemlich leicht, sich zu treffen. Alle glauben, daß Nedra wahnsinnig gern Tennis spielt, wo sie doch einzig und allein wahnsinnig nach mir ist.« Er grinste bei dem Wort »mir«. Der Typ war offensichtlich sehr von sich und der Tatsache eingenommen, daß er eine Frau gefunden hatte, die reich, gesellschaftlich angesehen und sexuell freizügig war, ganz zu schweigen davon, daß sie respektabel Tennis spielte.

Nedra grinste Rob an. »›Wahnsinnig‹ trifft es nicht einmal ansatzweise, Baby.«

»Ich glaube, ich habe es jetzt begriffen«, sagte ich.

»Und ich habe es auch begriffen«, meinte Nedra. »Ich habe begriffen, daß die Leute hier in bezug auf dich recht haben, Judy. Du bist eine Wichtigtuerin. Du stellst eine Menge Fragen und steckst deine Nase in Dinge, die dich nichts angehen.«

Ich lächelte und sah die beiden an. »Hoffentlich steckst *du* nichts irgendwohin, das dich nichts angeht«, sagte ich.

Anstatt direkt nach Hause zu fahren, machte ich einen Umweg übers Stop 'n' Shop. Nein, nicht zu einer Verabredung mit Tom, sondern um mir etwas zum Abendessen zu besorgen, da Hunt in der Stadt blieb, um mit Leeza der Schrecklichen essen zu gehen. Ich hatte vor, Tom morgen meine gesamten Theorien über Nedra und Rob zu unterbreiten, wenn ich ausgeruhter wäre.

Der Supermarkt war überfüllt, und ich mußte so lange an der Kasse anstehen, daß es mir wie eine Ewigkeit erschien. Natürlich wurde ich dafür entschädigt: Ich schaffte es, den *National Enquirer*, den *Star* und den *Globe* durchzublättern und mehr, als ich je wissen wollte, über Burt und Loni, Oprah und Stedman und eine Hundertjährige, die einen Dinosaurier zur Welt gebracht hatte, zu erfahren.

Gegen sechs Uhr bog ich in unsere Einfahrt ein und parkte vor der großen roten Scheune, die uns als Garage diente. Ich ging zur Hintertür, die direkt in die Küche führte. Ich balancierte beide Tüten auf einem Arm und wühlte in meiner Handtasche nach dem Schlüssel, bis ich ihn fand und ins Schloß steckte.

»Das ist aber seltsam«, murmelte ich. »Die Tür ist offen.«

Hatte ich vergessen, die Tür abzuschließen, wie es mir manchmal passierte, vor allem, wenn ich in Eile war?

Leicht beklommen trat ich ein und hoffte, daß nicht eingebrochen worden war. Zum Glück schien alles in bester Ordnung zu sein, und ich kam zu dem Schluß, daß ich die Tür offengelassen hatte. Ich war wirklich erschöpft gewesen, als ich das Haus verließ, und ziemlich in Sorge um den Zustand meiner Ehe.

Ich räumte die Lebensmittel weg und drückte den Knopf für den Aufzug. Ja, ich weiß. Ich hätte die Treppe zum Schlafzimmer zu Fuß hinaufsteigen sollen. Es wäre so viel aerobisch korrekter gewesen. Aber ich war ziemlich fertig, und das einzige, woran ich denken konnte, war, mich vom Aufzug in mein Schlafzimmer hinauftragen zu lassen, damit ich vor dem Abendessen noch ein kleines Nickerchen machen konnte.

Der Aufzug kam im Erdgeschoß an, und ich stieg ein, machte das Licht an, schloß das Gitter und die Aufzugtür und drückte den Knopf für den zweiten Stock. Ich lehnte mich gegen die Wand und schloß die Augen, während ich langsam durch das Haus nach oben schwebte – und ich meine wirklich langsam. Der Frau, die den Aufzug hatte einbauen lassen, war es nicht um Geschwindigkeit gegangen; infolgedssen vermittelten einem die Fahrten zwischen den drei Etagen häufig das Gefühl, als schliche man zur Stoßzeit auf der I-95 entlang.

Da stand ich also, fuhr in meinem entsetzlich langsamen Aufzug und wäre beinahe im Stehen eingeschlafen, als ich plötzlich einen Ruck spürte! Der Aufzug war irgendwo zwischen dem ersten und zweiten Stock stehengeblieben! Zu allem Überfluß war auch noch das Deckenlicht erloschen. Ich saß im Dunkeln im Aufzug fest, ohne Licht und ohne Luft.

»Hilfe!« schrie ich. »Hilf mir doch jemand!«

Ich begann zu hyperventilieren, und mein Herz raste. Dann fiel mir das Telefon ein, das auf Hunts Drängen im Aufzug installiert worden war. »Für den Fall, daß jemand steckenbleibt«, hatte er gesagt. »Wer soll schon steckenbleiben«, hatte ich erwidert, da ich fand, daß er übervorsichtig war. »Man weiß ja nie – es könnte einen Stromausfall geben«, sagte er. »Mit einem Telefon im Aufzug kann man wenigstens Hilfe rufen.«

Sei bedankt, mein geliebter Gatte, sagte ich im stillen.

Ich wollte gerade nach dem Telefon greifen, als es klingelte! Ich war so verblüfft, daß ich einen Satz machte. Vielleicht ist es Hunt, dachte ich, und er will mir sagen, daß er doch zum Abendessen nach Hause kommt.

Eilig nahm ich den Hörer ab, dankbar für die Gelegenheit, die Person am anderen Ende – wer immer es auch war – darum zu bitten, mich zu retten.

»Hallo?« sagte ich.

»Guten Abend, Mrs. Price.«

Es war eine merkwürdige Stimme. Eine Art hoher Singsang. Eine Stimme, die sowohl einem Mann als auch einer Frau hätte gehören können.

»Ja?« sagte ich vorsichtig.

»Es ist sehr heiß und finster in diesem Aufzug, nicht wahr, Mrs. Price? Und ein bißchen klaustrophobisch, finden Sie nicht auch?«

Mich durchlief es eiskalt. Ein kalter Schrecken, wie ich ihn in meinem ganzen Leben noch nicht empfunden hatte. Die Erkenntnis, daß dieser Zwischenstop im Aufzug kein technisches Versagen oder eine Laune der Natur war; er war geplant – von der Person am Telefon. Derselben Person, die offensichtlich in mein Haus eingebrochen war, auf mich gewartet hatte und mich nun auf unserem Zweitanschluß anrief. Mein Gott, irgendwo in meinem Haus lief in diesem Moment ein Irrer frei herum!

»Wer… wer ist da?« fragte ich. Ich bekam die Worte kaum heraus. Die Angst schnürte mir die Kehle zu.

»Ein Freund«, sagte die Stimme, die ich nun als verstellt erkannte. »Jemand, der Ihnen eine kleine Mitteilung machen möchte, Mrs. Price.«

Mrs. Price. Wie bereits erwähnt, nannte mich außer Hunts Eltern, Vertretern am Telefon und Mitgliedern vom The Oaks niemand »Mrs. Price«.

Mitglieder vom The Oaks! Derjenige, der den Aufzug angehalten hatte, mußte jemand vom The Oaks sein! Aber wer? Waren Nedra und Rob nach unserer kleinen Szene auf dem Parkplatz herübergefahren? Oder war Brendan vorbeigekommen, um mich zum Schweigen zu bringen? Oder waren es die Tewksburys? Und was war mit Ducky? Oder Larkin?

»Mrs. Price? Sind Sie noch dran?« sagte die unheimliche, widerlich süße Stimme.

»Ja«, sagte ich und versuchte, mich nicht von Hysterie übermannen zu lassen. »Ja, ich bin noch dran.«

»Gut. Ich werde jetzt einfach sagen, was ich Ihnen zu sagen habe, und dann gehe ich.«

Ich wartete, während meine Angst wuchs.

»Hören Sie auf, im Club so viele Fragen zu stellen, Mrs. Price. Sonst wird es Ihnen noch leid tun.«

Herrgott. Es tat mir jetzt schon leid. Es tat mir leid, daß meine Schnüffelei Claires Mörder aufgefallen war und daß er das Bedürfnis verspürt hatte, mir einen Besuch abzustatten.

»Ich werde aufhören«, sagte ich. »Keine Fragen mehr.«

»Braves Mädchen.«

»Also, wer immer Sie sind, würden Sie mich jetzt bitte hier wieder rauslassen?« Die Wände des Aufzugs schlossen sich immer enger um mich, dabei war ich erst seit wenigen Minuten hier drin.

»Wissen Sie, Mrs. Price, eigentlich wollte ich den Strom wieder einschalten«, fuhr die schaurige Stimme fort, »aber jetzt tue ich es, glaube ich, doch nicht.«

»Warum?« jaulte ich auf. »Ich habe doch gesagt, ich höre auf, im Club herumzuschnüffeln. Sie können mich doch nicht hier drin sitzenlassen.«

»Ich fürchte, das ist genau das, was ich tun werde – nur um sicherzugehen, daß wir uns verstehen. Schönen Abend noch, Mrs. Price.«

»Nein! Gehen Sie nicht! Ich bekomme keine Luft...«

Klick. Aufgelegt.

Ich preßte ein Ohr gegen die Wand des Aufzugs und lauschte aufmerksam. Wenige Minuten später hörte ich eine Tür schlagen. Jemand hatte das Haus verlassen, und ich saß immer noch zwischen zwei Stockwerken fest!

Warte, beruhigte ich mich. Das Telefon.

Nun, da Claires Mörder gegangen war, war die Leitung frei. Ich konnte Tom anpiepsen, und er konnte mich retten. Dann würde ich ihm erzählen, was passiert war, und er würde den Betreffenden verhaften. Ende der Geschichte. Fall abgeschlossen. Und das beste daran war, daß das Ganze noch rechtzeitig erledigt sein würde, um nicht das Abendessen ausfallen lassen zu müssen, das ich mir im Stop 'n' Shop gekauft hatte.

Ich nahm den Hörer ab und wählte die Nummer von Toms Piepser. Dann hielt ich mir das Telefon ans Ohr und wartete. Nichts geschah. Kein Klingeln. Keine Bandaufzeichnung. Nichts.

Ich legte auf und nahm gleich wieder ab. Bevor ich diesmal wählte, hielt ich mir den Hörer ans Ohr. Scheiße. Es war kein Freizeichen zu hören. Die Leitung war tot! Das Kabel war durchgeschnitten worden! Jetzt gab es überhaupt keinen Weg mehr aus dem Aufzug!

In totaler Panik hämmerte ich gegen die Aufzugwände.

»Hilfe! Hilfe!« schrie ich, wobei ich genau wußte, daß mich niemand hören würde. Zweihundert Jahre alte Häuser sind wie Festungen gebaut – unseres jedenfalls. Außerdem wohnte unser nächster Nachbar vier Morgen weit entfernt.

Ich zermarterte mir das Hirn nach einem Weg aus dem Aufzug. Ich untersuchte die Decke, um zu sehen, ob es eine Falltür gab. Ich untersuchte die Holztäfelung, um zu sehen, ob es einen Notschalter gab. Ich untersuchte den Fußboden, um zu sehen, ob die Eichhörnchen ein Loch hineingefressen hatten – ein Loch, das so groß war, daß ich hindurchkriechen konnte.

Gerade als ich wieder aufstehen wollte, bekam ich einen schrecklichen Krampf im Wadenmuskel und fiel zu Boden.

»Ich bin hingefallen und kann nicht mehr aufstehen«, brüllte ich, wie die Frau in dem Werbespot für diese medizinischen Alarm-Armbänder. Wenn ich eines getragen hätte, hätte ich den Alarm auslösen können, und ein netter Sanitäter hätte mich gerettet. Das war für die Zukunft wirklich eine Überlegung wert – *falls* ich eine Zukunft hatte.

»Hilfe! Hilfe!« brüllte ich vergeblich.

Übermannt von Angst und Müdigkeit rollte ich mich auf dem Fußboden zu einem kleinen Knäuel zusammen und zog die Knie an die Brust. Ich versuchte, mich zu beruhigen, aber meine Gedanken überschlugen sich. Was, wenn Hunt beschloß, über Nacht in der Stadt zu bleiben, wie er es gelegentlich tat, wenn er länger arbeitete? Was, wenn ich es nicht schaffte, aus diesem winzigen, klaustrophobischen Aufzug herauszukommen? Was, wenn Claires Mörder zurückkam und mir mit einem Pitching Wedge eins über den Schädel zog?

Ich sah auf meine Rolex, deren Ziffernblatt im Dunkeln leuchtete. Halb sieben. Selbst wenn Hunts Abendessen mit Leeza nur bis neun dauerte, wären es noch Stunden, bis er nach Hause käme.

Ich hätte beinahe geweint, als ich meine mißliche Lage bedachte, doch dann entschied ich mich dagegen. Ich wollte meine Kraft nicht schmälern. Ich hatte einmal einen Film gesehen, in dem mehrere Bergleute aus Kentucky in einer Kohlengrube eingeschlossen waren und man ihnen riet, nicht zu weinen oder heftig zu atmen, wenn sie lebend wieder herauskommen wollten. Aber glauben Sie mir, es ist hart nicht zu weinen, wenn man feststellen muß, daß man sich, obwohl man vierzig Jahre ist und noch nie unter Inkontinenz gelitten hat, beinahe in die Hosen macht!

Konzentrier dich auf etwas Angenehmes, befahl ich mir selbst und setzte mich auf. Versuch die Hitze, die Dunkelheit und die mangelnde Belüftung zu ignorieren, vergiß die Tatsache, daß ein kaltblütiger Mörder gerade in deinem Haus war und dich bedroht hat. Denk an das Essen, das du dir kochen wirst, wenn du hier rauskommst.

Ich schloß die Augen und malte mir aus, was ich mir heute abend kochen würde: das Lendenstück, so saftig und zart und wohlschmeckend; die köstlichen Bratkartoffeln, außen ganz knusprig und innen ganz feucht; die sautierten Zucchini, die nach Olivenöl, Knoblauch und gewürfelten, vollreifen Tomaten dufteten, und den frischen, trockenen Merlot, mit dem ich all das hinunterspülen würde.

Was, wenn ich hier in diesem Aufzug sterbe und nie dazu komme, mich jemals wieder über ein solches Essen herzumachen? dachte ich mit einem Mal.

Und dann weinte ich.

14. Kapitel

Ich glitt immer wieder in eine Art Dämmer und wieder heraus, ohne zu wissen, ob ich schlief oder wachte. Allerdings spürte ich, daß mir sehr heiß war und ich mich äußerst beengt fühlte, so als stünde ein Konzertflügel auf meinem Brustkorb. Als mir klar wurde, daß mich die Phantasien über Essen lediglich deprimierten, ganz zu schweigen davon, daß ich davon Hunger bekam, begann ich mich auf Hunt zu konzentrieren – vor allem darauf, wie wir uns kennengelernt und ineinander verliebt hatten, eine Epoche, die ich immer gern »Hunt und Judy: die guten Zeiten« nenne.

Es hatte alles vor acht Jahren auf Karen Benzingers Hochzeit in der Tavern on the Green begonnen. Wir waren auf dem College ziemlich dicke Freundinnen gewesen, aber dann hatte ich eine Laufbahn im Verlagswesen eingeschlagen, während sie sich in den Kopf gesetzt hatte, einen Ehemann zu finden. Sie interessierte sich nicht mehr für meine Kochbücher als ich mich für die Schilderungen ihrer Rendezvous, und so lebten wir uns auseinander. Dann lag eines Tages eine Einladung in der Post: »Mr. und Mrs. Oscar Benzinger bitten um die Ehre Ihrer Anwesenheit bei der Eheschließung ihrer Tochter Karen Roberta mit Seth Alan Lieberman in der Tavern on the Green… bla bla bla«. Hat sie also endlich einen ergattert, dachte ich damals und versuchte, mir eine wirklich gute Ausrede einfallen zu lassen, um nicht hingehen zu müssen. Ich meine, wer will denn schon einen solchen Zirkus mitmachen, wo die Eltern jeden einladen, zu dem sie jemals »Guten Tag« gesagt haben, und Braut und Bräutigam jeden einladen, zu dem sie jemals »Guten Tag« gesagt haben, und die Gäste sich nicht die Bohne für irgend etwas interessierten außer dafür, ob die Horsd'œuvres genießbar sind? Aber als der Tag immer näher rückte, ertappte ich mich schließlich doch dabei, wie ich zu Bloomingdales hinübertrottete, in der Hochzeitsliste nachsah, was sich das junge Paar wünschte, und ihnen genau das kaufte, von dem ich hoffte, daß es mir niemand schenken würde, wenn ich heiratete. Ich frage Sie: Wozu ist – global betrachtet – eine Kristallschale schon gut, und wie viele davon kann man wirklich brauchen?

Die Hochzeit wurde an einem Samstagabend gefeiert, und da ich weder Familienmitglied war noch zu Karen und Seths verheirateten Freunden zählte, wurde ich an den Platz gesetzt, den man bei solchen Anlässen üblicherweise als den »Singletisch« bezeichnet. Und da saß ich dann, zwischen einem aalglatten Typ, der wie ein Talk-Show-Moderator wirkte und erzählte, daß er Timeshare-Anteile an einem Ferienwohnungen-Komplex in den Poconos besaß und den ganzen Abend versuchte, mir eine davon zu verkaufen, und einem dünnen, verkrampften Mann, dessen Vorstellung von einem Tischgespräch sich in Bemerkungen erschöpfte wie: »Ich glaube, das ist mein Wasserglas, aus dem Sie gerade trinken. Ihres steht rechts von Ihnen.« Und doch war der

Abend kein kompletter Reinfall, denn genau gegenüber von mir, eingeklemmt zwischen eineiigen Zwillingen namens (ohne Witz) Jan und Fran, saß Hunt, der ebenso verdrießlich und fehl am Platze wirkte wie ich. Als wir gerade bei der Suppe waren und uns bereits fünf Minuten lang die grauenhafte Version des ohnehin schon grauenhaften »Close to You« der Band angehört hatten, erhob er sich, kam zu mir herüber und forderte mich zum Tanzen auf.

Selbstverständlich hatte ich ihn beäugt und ihn innerlich beschworen, mich vor Mr. Timeshare zu retten, der mir in diesem Moment den herzförmigen Whirlpool beschrieb, der zu der Ferienwohnung gehörte.

Hunt sah richtig gut aus in seinem Smoking – sein goldenes Haar glänzte, seine blauen Augen strahlten, und seine Zähne waren weißer als weiß. Er stand da und bot mir einen Ausweg. »Tanzen?« fragte er einfach. »Gern«, antwortete ich ein wenig zu bereitwillig, glaube ich.

Wir begaben uns auf die Tanzfläche, wo wir von Männern, die nicht einmal einen simplen Foxtrott beherrschten, und Frauen, die zuviel Make-up und zuwenig Kleider trugen, beinahe zerquetscht wurden. Hunt war ein wundervoller Tänzer, stellte ich fest, als er uns durch die Menschenmenge manövrierte. Wir unterhielten uns beim Tanzen über Banalitäten wie: »Woher kennen Sie Karen und Seth?«, »Was machen Sie beruflich?«, »Was glauben Sie, wie lange es noch dauert, bis sie die Hochzeitstorte anschneiden und der Zauber hier vorbei ist?«

Ich erfuhr, daß Hunt zweimal mit Seth, der Zahnarzt war, Tennis gespielt hatte. »Zweimal? Und dann hat er Sie auf seine Hochzeit eingeladen?« sagte ich. »Ja«, antwortete er. »Und nun, da ich Sie kennengelernt habe, glaube ich, daß er mir damit einen Gefallen getan hat.«

O Mann, dachte ich. Der blonde Gott mag mich.

Wir tanzten uns durch »Feelings«, durch »You Are the Sunshine of My Life« und sogar noch durch das etwas schnellere »Mustang Sally«, das der Leadsänger in »Mustang Karen« umgetauft hatte, nachdem er erfahren hatte, daß der Bräutigam der

Braut zur Hochzeit einen Mustang geschenkt hatte. Schließlich machte die Band Pause, damit der Hauptgang serviert werden konnte. Wir gingen an unseren Tisch zurück, und Hunt fragte Mr. Timeshare, ob er mit ihm den Platz tauschen würde. Ich war hingerissen. Den Rest des Abends saßen wir nebeneinander, aßen, tanzten, erzählten von uns, sprachen über globale Probleme und darüber, wann wir wohl gehen könnten, ohne unsere Gastgeber zu kränken. Als Braut und Bräutigam endlich die Hochzeitstorte anschnitten, waren wir verliebt. Ganz im Ernst. Ja, es ging schnell, aber so war es gewesen. Ich hatte gerade mit einem aufstrebenden Filmkritiker namens Greg Schluß gemacht, der, da er keine Filmkritiken zu schreiben bekam, statt dessen mich kritisierte. Mann, mußte mein Selbstwertgefühl in dieser Beziehung Schläge einstecken! Hunt hatte sich gerade von der reizenden und begabten Bree getrennt, die drohte, ihm das Leben zur Hölle zu machen, wenn er je wieder heiratete, was er auch nicht im geringsten beabsichtigte. Doch dann lernte er mich kennen – und ich fing Karens Brautstrauß auf.

Er brachte mich an jenem Abend nach Hause und zog zwei Wochen später bei mir ein. Wir waren glücklich. Überschäumend glücklich. Wahnsinnig glücklich. Hunt war der netteste, liebste, aufmerksamste Mann, den ich je kennengelernt hatte. Ein echter Gentleman, außer im Bett, wo er Vorsicht – und Manieren – über Bord warf und mich so liebte, wie ich es mir stets in meinen Träumen ausgemalt hatte. Nein, er war nicht der personifizierte Charakterkopf, er neigte dazu, den Schwanz einzuziehen, wenn es um seine Exfrau ging, und er konnte keinen Witz erzählen, selbst wenn sein Leben davon abhing, aber er war ehrlich und treu und ganz anders als die Spinner, die mir bisher begegnet waren, und er gab mir auf eine Weise, die ich nur schwer beschreiben kann, das Gefühl, geliebt zu werden.

Wann begann es zwischen uns anders zu werden? fragte ich mich, als ich da auf dem Fußboden des Aufzugs saß und versuchte, nicht das Bewußtsein zu verlieren. Die Luft roch übel und abgestanden. Ich wußte nicht, wann ich mich je so unwohl gefühlt hatte. Wann hatte meine Ehe begonnen zu …

O Gott! Was war das?

Ich lauschte. Ich hätte schwören können, ein Geräusch gehört zu haben. Ein Auto vor dem Haus? Eine Tür, die sich öffnete? Was?

Ich sah auf die Uhr. Es war Viertel nach neun. Zu früh, als daß Hunt schon nach Hause kommen könnte.

Ich nahm all meine Kraft zusammen und stand auf. Dann preßte ich das Ohr an die Aufzugstür und lauschte.

Noch ein Geräusch. Eine Tür, die sich öffnete! Jemand war im Haus! Fragte sich nur, wer. War Claires Mörder zurückgekommen, um mich noch ein bißchen zu quälen? Sollte ich rufen? Oder mich still verhalten? Ich war wie gelähmt.

Ich ließ mich wieder auf den Fußboden sinken, voller Angst, daß der Irre vom The Oaks zurückgekommen sei, um sein Werk zu vollenden.

Bitte, lieber Gott, betete ich, während mir der Schweiß übers Gesicht rann. Bitte, laß mich gerettet werden. Ich weiß, ich war keine perfekte Ehefrau, und ich habe Kimberley gegenüber nicht genug Geduld aufgebracht, und ich habe keinen Finger gerührt, um den Hungernden in Ruanda zu helfen. Aber bitte, laß mich nicht in diesem Aufzug sterben. Bitte, hilf mir!

Schritte! Ich hörte sie. Jemand war im Erdgeschoß.

Ich begann unkontrolliert zu zittern; die Angst war so umfassend, daß ich sie nicht verjagen konnte, nicht einmal eine Sekunde lang. Bilder von einer Pistole, einem Messer, einem Pitching Wedge überfluteten mein Gehirn. Dann Blut – Unmengen von Blut. Mein Blut.

Weitere Schritte!

Ich kauerte mich in einer Ecke das Aufzugs zusammen, während mein Herz so laut schlug, daß es …

»Jude? Bist du da?«

Oh, Gott sei Dank! Es war Hunt!

»Ja! Ja! Ich bin hier!« schrie ich und hämmerte gegen die Wände. Noch nie war ich so glücklich gewesen, Hunts Stimme zu hören. Noch nie. Nicht einmal als er halb betrunken vor diesem Friedensrichter gestanden und »ja« gesagt hatte.

»Jude? Wo bist du?« rief er.

»Im Aufzug!« brüllte ich. »Ich sitze fest! Schalt den Strom ein, und hol mich hier raus!«

Ich hörte, wie Hunt in den Keller lief. Wenige Augenblicke später ging das Licht im Aufzug an, und ich spürte einen Ruck, als ich in den zweiten Stock hinauffuhr, wie es ursprünglich geplant war.

Hunt mußte die Treppen hinaufgerannt sein, weil er vor mir oben ankam. Als er die Aufzugtür öffnete und mich zusammengekrümmt auf dem Fußboden liegen sah, stockte ihm der Atem.

»Jude! Wie lang bist du denn schon hier drin?« fragte er und war schon bei mir, um mir aufzuhelfen. Ich brach in seinen Armen zusammen.

»Mein Gott«, murmelte er. »Du bist ja halb tot!«

»Vielleicht auch zwei Drittel.« Ich versuchte zu lächeln. »Es ist eine wahre Augenweide, dich zu sehen, weißt du das?«

Er hob mich hoch, trug mich hinüber zum Bett und legte mich vorsichtig hin.

»Ich hol' dir ein Glas Wasser«, sagte er und lief in die Küche hinunter. In Minutenschnelle war er mit einem großen Glas Eiswasser wieder da, das ich so schnell hinunterstürzte, daß ich rülpsen mußte.

»Entschuldigung«, sagte ich.

»Schon gut«, sagte er. »Erzähl mir einfach, was passiert ist.«

»Zuerst muß ich Detective Cunningham anrufen«, sagte ich.

»Was hat der denn damit zu tun?« wollte Hunt wissen.

»Jemand ist hier eingebrochen und war noch da, als ich heute nachmittag nach Hause kam«, sagte ich. »Derjenige hat sich versteckt, während ich in den Aufzug stieg, um nach oben zu fahren, und dann hat er – oder sie – die Stromzufuhr abgestellt. Der Aufzug blieb zwischen zwei Stockwerken mit mir stecken.«

»Herrgott, ich kann das gar nicht glauben«, sagte Hunt und zog an seinem linken Ohrläppchen.

»Es kommt noch schlimmer«, sagte ich. »Unser kleiner Übeltäter hat mich von unserem zweiten Anschluß aus im Aufzug angerufen.«

»Dich angerufen? Warum?« fragt er. »Was für ein Verrückter...«

»Einer, der im The Oaks Golf spielt«, sagte ich.

»Ach, Jude. Fang nicht damit an. Nicht in einem solchen Moment.«

»Hör mir zu, Hunt«, sagte ich. »Es war Claires Mörder, der in unser Haus eingebrochen ist und mich im Aufzug festgesetzt hat. Er hat mich angerufen und gesagt, er hätte mir eine Mitteilung zu machen.«

»Eine Mitteilung?«

»Ja. Daß es mir noch leid tun würde, wenn ich nicht aufhörte, Fragen zu stellen und im Club herumzuschnüffeln.«

Hunt fiel der Unterkiefer herunter.

»Ich rufe jetzt Tom an«, sagte ich und begann, mich vom Bett zu erheben.

»Nein«, sagte er und hielt mich zurück. »Ich rufe ihn an. Du bleibst liegen und ruhst dich aus.«

»In Ordnung, aber du wirst nach unten gehen müssen, um zu telefonieren. Der Anschluß hier oben ist gekappt worden.«

»Ach, deshalb bin ich nicht durchgekommen.«

»Du hast versucht anzurufen?«

»Ja. Mehrmals. Ich wollte dir sagen, daß ich mein Essen mit Leeza abgesagt habe. Als ich nicht durchgekommen bin, habe ich bei der Telefongesellschaft angerufen und dort erfahren, daß mit der Leitung etwas nicht stimmt. Ich dachte mir, ich sollte wohl lieber nach Hause fahren und nachsehen, was los ist. Ich wäre auch schon früher dagewesen, aber der Zug hatte in Norwalk eine Panne. Wir saßen eine Dreiviertelstunde fest.«

»Das macht nichts«, sagte ich. »Wenigstens bist du jetzt da.« Ich tätschelte seine Hand. »Warum hast du denn das Essen abgesagt?«

Hunt senkte den Kopf. »Ich war den ganzen Tag völlig durcheinander«, gab er zu. »Ich konnte mich einfach nicht konzentrieren. Ich konnte nur noch über dich und mich nachdenken und darüber, wie wir unsere Ehe kitten könnten. Ich liebe dich, Judy. Es tut mir so leid, wenn ich es nicht gezeigt habe.«

Er legte seinen Kopf auf meinen Bauch und weinte. Wir beide weinten. Nachdem wir uns monatelang aufgeführt hatten wie zwei Vollidioten, die in der Nacht aneinander vorbeigehen, hatten wir jetzt endlich wieder zueinander gefunden, endlich die Hand ausgestreckt und uns endlich wieder einander angenähert. Es war ein bewegender und aufwühlender Moment – eine Szene, die direkt aus einem aufwendigen Fernseh-Werbespot hätte stammen können, in dem sich zerstrittene Paare unter Tränen versöhnen und dann eine Reihe mit Selbsthilfe-Videos anpreisen.

»Wenn dir je etwas zustieße, würde ich sterben«, schluchzte er, während ich ihm den Hinterkopf streichelte.

»Mir stößt nichts zu«, versicherte ich ihm.

»Da hast du verdammt recht«, sagte er. »Jetzt ist Schluß mit diesem Job. Du arbeitest nicht mehr für die Polizei.«

Ich nahm die Hand von seinem Kopf. »Ich soll nicht mehr für die Polizei arbeiten? Machst du Witze? Wir stehen kurz davor, Claires Mörder dingfest zu machen. Den Kerl hat die Panik gepackt. Er kann sich jeden Tag verraten.«

»Wunderbar, aber er wird sich nicht gegenüber meiner Frau verraten. Ich liebe sie zu sehr, um mit anzusehen, wie ihr etwas angetan wird.«

»Ich liebe dich auch«, sagte ich. »Komm und leg dich einen Augenblick zu mir.«

Er legte sich neben mich aufs Bett und wir umschlangen uns. Eine Weile sprachen wir beide kein Wort. Dann durchbrach er das Schweigen.

»Es tut mir leid, daß ich dir das mit dem Club nicht geglaubt habe«, sagte er. »Offensichtlich hat jemand vom The Oaks Claire umgebracht, egal wie sehr ich mir auch gewünscht habe, das sei nicht der Fall.«

Ich nickte.

»Und noch etwas«, sagte er. »Es tut mir leid, daß ich derart verrannt war in die Idee, Teilhaber bei F & F zu werden, daß ich überhaupt nicht gesehen habe, wie schlecht es um unsere Ehe stand.«

Ich nickte erneut.

»Und dann noch eines«, sagte er. »Es tut mir leid, daß ich so passiv war, was Bree und Kimberley anging. Ich hasse mich selbst dafür, wie ich mich von den beiden habe manipulieren lassen. Aber das wird sich alles ändern. Ich verspreche es.«

Ich nickte noch einmal und sagte dann: »Darf ich fragen, was all dieses Bedauern ausgelöst hat?«

»Ja«, sagte er. »Daß ich das mit dir und Detective Cunningham herausgefunden habe. Daß du für Detective Cunningham *arbeitest*. Dadurch ist mir aufgefallen, wie weit wir uns auseinandergelebt haben. Du hättest all das nicht vor mir geheimgehalten, wenn unsere Beziehung in Ordnung gewesen wäre, so wie früher.«

»Nein, das hätte ich nicht. Ich bin froh, daß du das jetzt einsiehst.«

Er gab mir einen Kuß. »Ich sehe es ein«, meinte er. »Aber das heißt nicht, daß ich damit einverstanden bin, daß du als Informantin für die Polizei arbeitest. Ich bin mit überhaupt nichts einverstanden, was dich in Gefahr bringen könnte, Jude.«

»Ich liebe dich«, sagte ich noch einmal. »Ich habe dich schon immer geliebt. Sogar als du dich wie ein Blödmann benommen hast.« Ich gab ihm einen Kuß. »Aber die Arbeit mit Tom hat mir das Gefühl gegeben, einen kleinen Beitrag zum Wohl der Allgemeinheit zu leisten. Überleg doch mal. Überleg mal, wie *du* dich fühlen würdest, wenn du der Polizei helfen könntest, jemanden dingfest zu machen, der einen Mord begangen hat. Würdest du dir dann nicht verdienstvoll vorkommen?«

»Natürlich würde ich das. Aber ich will dich eben beschützen.«

»Oh, Hunt. Das ist wirklich lieb.«

»Genau wie ich dich vor acht Jahren beschützt habe. Vor Mr. Timeshare. Weißt du noch?«

Bei der Erinnerung an Karen Benzingers Hochzeit fingen wir an zu lachen. »Ob ich es noch weiß?« grinste ich. »Ich habe erst vor einer Stunde an Mr. Timeshare gedacht. Das hat mich über meinen Abend im Aufzug hinweggerettet.«

Wir klammerten uns aneinander und begannen uns zu küssen, zuerst zärtlich, dann leidenschaftlicher, drängender. Ich hatte ganz vergessen, wie warm und weich Hunts Lippen waren, wie saftig, wie …

»Wow, Jude«, sagte er und löste sich von mir. »Bevor wir uns völlig hinreißen lassen, sollten wir lieber deinen Freund von der Polizei anrufen. Je früher wir melden, was passiert ist, desto früher kann er den Kerl festnehmen.«

Dahin war die Leidenschaft. »Du hast recht«, sagte ich mit unverhohlener Enttäuschung.

»Aber sowie er wieder verschwunden ist«, fügte Hunt hinzu, »werde ich dich hemmungslos und leidenschaftlich lieben, Judy. Ich hoffe nur, du hast noch die Kraft dazu, nach allem, was du heute abend durchgemacht hast.«

»Oh, ich habe die Kraft dazu, keine Sorge«, sagte ich. »Du kennst doch das Sprichwort: ›Wo ein Wille ist, ist auch ein Bett.‹«

Tom kam in Windeseile herüber, nachdem ich ihm von meinem Abenteuer im Aufzug erzählt hatte. Begleitet wurde er von Detective Creamer und mehreren anderen Beamten, die das Haus nach Fingerabdrücken, Haarfasern und dergleichen mehr absuchten.

Hunt, Tom und ich saßen im Wohnzimmer, während ich den beiden eine lebhafte Schilderung meines ereignisreichen Tages gab. Dann gingen Tom und ich die Liste der Verdächtigen durch und überlegten, wer von ihnen wohl ins Haus eingebrochen sein könnte. Hunt sagte nichts, bis Ducky Laughtons Name fiel.

»Jetzt aber mal halblang«, sagte er. »Ducky ist ein Arbeitskollege von mir. Und ein Golfpartner. Er ist ein verflucht netter Kerl.«

Hunt benutzte Formulierungen wie »verflucht netter Kerl«. Aber was soll's, niemand ist ohne Fehler.

»Judy zufolge hatte Mr. Laughton ein Verhältnis mit der Verstorbenen«, erläuterte Tom.

»Das heißt nicht, daß er sie umgebracht hat, Herrgott noch mal«, fauchte Hunt.

»Beruhige dich, Liebling«, sagte ich. »Wir wissen nicht genau, was damals wirklich zwischen Ducky und Claire passiert ist. Aber es hat kein gutes Ende genommen, soviel ist sicher. Und er ist nicht in Berkeley geblieben, das wissen wir auch. Er wurde wegen irgendwelcher ›Schwierigkeiten‹ rausgeworfen und hat Claire nie wiedergesehen, bis sie sich im Club über den Weg gelaufen sind.«

»Und?« sagte Hunt.

»Und Ihre Frau sagt lediglich, daß dahinter mehr stecken könnte, als man auf den ersten Blick sieht«, meinte Tom.

»Schauen Sie, Detective«, sagte Hunt. »Ich brauche keinen Dolmetscher, um meine Frau zu verstehen. Außerdem kenne ich Ducky Laughton. Er ist Vizepräsident von Fitzgerald & Franklin. Er sitzt im Finanzausschuß des Clubs. Er ist...«

»Mr. Price«, fiel ihm Tom ins Wort. »Sie haben gesagt, Sie waren heute den ganzen Tag im Büro. War Mr. Laughton auch dort?«

Hunt dachte einen Moment lang nach. »Nein, nicht den ganzen Tag. Ich habe ihn heute morgen gesehen, gegen halb elf, aber dann hat er das Büro verlassen. Er sagte, er müsse eine Privatangelegenheit erledigen.«

Tom und ich sahen uns an.

»Was könnte privater sein, als die Frau eines Freundes in ihrem Aufzug festzusetzen?« sagte ich.

Hunt schüttelte den Kopf. »Ich weiß nicht mehr, was ich glauben soll«, sagte er.

»Also, jedenfalls sollten wir alle keine vorschnellen Schlüsse ziehen«, meinte Tom. »Es dürfte nicht weiter schwer sein herauszufinden, wo Mr. Laughton heute Nachmittag war. Das gleiche gilt für alle anderen Personen, die Sie verdächtigen, Judy.«

»Sämtliche andere Personen? Wie viele sind es denn?« wollte Hunt wissen.

»Ein halbes Dutzend«, sagte ich.

Hunt wandte sich an Tom. »Das klingt, als hätte meine Frau die Arbeit der Polizei erledigt«, sagte er. »Darf ich fragen, was Sie getan haben, um diesen Fall aufzuklären?«

»Sicher. Wir haben jeden verhört, der irgend etwas mit Claire Cox zu tun hatte«, sagte Tom. »Haben Sie eine Ahnung, mit wie vielen Menschen diese Frau in Verbindung stand? Nun, ich sag's Ihnen: mit Hunderten! Und ich sage Ihnen noch etwas: Das ist ein wichtiger Fall, und mein Chef würde ihn liebend gern aufklären – und zwar bald. Ich werde massiv unter Druck gesetzt. Aber jetzt, nach dem, was heute hier geschehen ist, glaube ich, daß wir die Liste der Verdächtigen auf die Leute in Ihrem Club begrenzen können. Jemand von dort hat Judy bedroht, jemand, der nicht wollte, daß sie in seinen Angelegenheiten herumschnüffelt.«

»Das heißt aber nicht, daß derjenige Claire Cox umgebracht hat«, sagte Hunt. »Vielleicht gibt es noch etwas anderes, von dem er nicht wollte, daß Judy es herausfindet.«

»Was denn zum Beispiel?« sagte ich. »Daß er ohne vorher zu duschen in den Pool gestiegen ist?«

Hunt zuckte die Achseln.

»Hören Sie, wir sind alle erschöpft«, sagte Tom und wandte sich an mich. »Judy, wenn Sie das nächste Mal in den Club gehen, versuchen Sie doch herauszufinden, wo ...«

»Das nächste Mal, wenn sie in den Club geht?« sagte Hunt. »Sie erwarten doch wohl nicht, daß sie mit dieser Informantengeschichte weitermacht, nach allem, was passiert ist, oder?«

»Doch«, sagte Tom, »nur ein bißchen unauffälliger. Sie ist dabei, uns bei der Aufklärung des Falls zu helfen. Sie hat dem Mörder so viel Angst eingejagt, daß er riskiert hat, gefaßt zu werden. Das nächste Mal macht er einen Fehler. Und dann schnappen wir ihn.«

»Und wenn dieser Fehler Judy das Leben kostet? Was dann?« sagte Hunt.

»Ich postiere einen Mann vor Ihrem Haus«, sagte Tom. »Zu ihrem Schutz. Niemand wird mehr hier einbrechen, glauben Sie mir. Ich will genausowenig wie Sie, daß Judy etwas zustößt, Mr. Price.«

»Das freut mich, Detective, aber was ist, wenn sie das Haus verläßt?« fragte Hunt. »Was ist, wenn sie wieder im Club herumschnüffelt? Wer beschützt sie da, hä?«

Gleichzeitig sagten Tom und ich wie aus der Pistole geschossen »Immer der, der fragt.«

Erstaunlicherweise ging Hunt darauf ein. Nein, nicht sofort, aber nach und nach gab er uns sein Einverständnis, nachdem wir ihn davon überzeugt hatten, daß es kein Verrat an seinen Freunden im The Oaks war, wenn er mich bei meinen Aufgaben als Informantin unterstützte, sondern vielmehr eine Chance für ihn, mich zu beschützen und der Polizei bei ihren Ermittlungen in einem Mordfall zu helfen. Schließlich saß er im Finanzausschuß des Clubs und verfügte über wesentlich weitreichendere Kontakte als ich. Mit seiner Hilfe könnte der Mörder viel früher vor Gericht gestellt werden, bemerkte Tom.

»Das muß man sich mal vorstellen! Wir arbeiten zusammen an der Aufklärung eines Verbrechens«, sagte ich zu Hunt, als wir eine Stunde, nachdem Tom und die anderen Polizisten gegangen waren, im Bett lagen. »Wir werden uns fühlen wie Robert Wagner und Stephanie Powers in ›Hart, aber herzlich‹.«

»Was spricht denn gegen Nick und Nora Charles?«

»Gar nichts. Wir werden uns auch wie sie fühlen.«

Ich schlang die Arme um Hunt. Er war wirklich anständig. Ich wußte, wieviel der Club ihm bedeutete und wie schwer es ihm fallen würde, eines der Mitglieder als Claires Mörder zu identifizieren.

»Boochie«, sagte ich, als ich mich unter der Decke an ihn kuschelte. »Boochie« war der Kosename, bei dem wir einander nannten, wenn wir in verliebter Stimmung waren. Manchmal kürzten wir ihn zu »Booch« ab und manchmal verlängerten wir ihn zu »Boochikins«, aber der Sinn blieb der gleiche.

»Ja, Booch?« sagte Hunt und drückte mir einen Kuß auf die Nasenspitze.

»Ich liebe dich«, sagte ich.

»Ich liebe dich auch«, sagte er.

»Ich liebe dich genausosehr wie früher«, sagte ich.

»Ich liebe dich viel mehr als früher«, sagte er.

»Ich liebe dich dermaßen, daß…«

Hunt brachte mich zum Schweigen, indem er seine Lippen auf meine preßte.

Wir liebten uns, bis es mir wie eine Ewigkeit vorkam, obwohl die ganze Geschichte vermutlich nicht länger als zwanzig Minuten dauerte.

»Das sollten wir wirklich öfter tun«, sagte Hunt, als wir uns in den Armen lagen und uns an unserer Liebe freuten.

»Wieviel öfter?« wollte ich wissen.

»Oh, ich weiß nicht. Vielleicht zwei-, drei-, viermal am Tag. So in der Richtung«, sagte Hunt.

»Wie steht's mit deiner Golferei?« fragte ich. »Wie willst du mich da unterbringen?«

Er küßte mich. Dann führte er meine Hand zu seinem Geschlecht, das sich bereits wieder in großartiger Form zurückgemeldet hatte. »Nein, Booch«, flüsterte er mir ins Ohr. »Die Frage ist, wie willst du mich unterbringen?«

»Ich weiß nicht, aber ich bin bereit, es zu versuchen«, sagte ich.

Wir beherrschten unsere alten Kunststückchen wieder, Hunt und ich, wir liebten uns, machten Witze und liebten uns dann noch einmal, genau wie früher. Als ich endlich einschlief, nach einer weiteren, ganz besonders befriedigenden Runde, waren Claire, The Oaks und meine mißglückte Fahrt im Aufzug aus meinen Gedanken entschwunden. Was meine Gedanken beherrschte, als ich ins Traumland hinüberglitt, war, daß ich meinen Mann zurückgewonnen hatte und wir gemeinsam alles klären konnten – sogar einen Mord.

15. Kapitel

Tom kam am nächsten Morgen um neun Uhr vorbei. Er wollte uns darüber informieren, daß er draußen einen Mann postiert hatte, der das Haus bewachen sollte. Außerdem wollte er uns einen Rat geben.

»Erzählen Sie niemandem etwas von dem Einbruch«, sagte er. »Vor allem niemandem vom The Oaks. Gehen Sie einfach hin, machen Sie Konversation und warten Sie ab, was passiert. Ich wette, daß derjenige, der Ihnen diese Warnung im Aufzug verpaßt hat, ausgesprochen nervös wird. Und wenn er nervös ist, macht er bald einen Fehler und verrät sich.«

»Oder sie«, fügte ich hinzu.

»Sie? Glaubst du wirklich, daß eine der Frauen aus dem Club Claire umgebracht haben könnte?« fragte Hunt.

Ich zuckte die Achseln. »Larkin ist unzurechnungsfähig, wenn es um Tennis geht. Ich würde nicht ausschließen, daß sie ihre einzige Rivalin umgebracht hat. Und Nedra darf man auch nicht außer acht lassen. Zuerst dachte ich, daß sie Claire aus dem Weg haben wollte, weil sie befürchtete, Ducky könnte wieder etwas mit ihr anfangen. Aber jetzt glaube ich, daß Nedra sich nicht die Bohne um Ducky schert. Vielleicht hatten Nedra und Rob Angst, daß Claire ihn vor die Tür setzen und ihr bequemes Techtelmechtel stören würde. Vielleicht waren sie es, die sie umgebracht haben – und in unser Haus eingebrochen sind. Wir dürfen nicht vergessen, daß es Nedra war, die über mich hergefallen ist, weil ich mich im Club so aufdringlich benommen habe.«

»Was ist mit Ducky?« sagte Hunt. »Ihr beiden habt ihn als möglichen Verdächtigen genannt, aber er kann niemanden umgebracht haben. Ich kenne ihn seit Jahren, und er ist ein feiner Kerl. Umgänglich, völlig gelassen. Er regt sich nicht einmal auf dem Golfplatz auf – und das will etwas heißen.«

»Da bin ich ganz Ihrer Meinung, Mr. Price«, sagte Tom. »Ich glaube auch nicht, daß er ein Mörder ist. Das einzige, was wir gegen ihn in der Hand haben, ist, daß er und Claire vor Jahren eine Affäre hatten und sie Schluß gemacht hat. Nichts Gravierendes. Ich bin mehr an Brendan, dem Koch, interessiert, und an der Tatsache, daß er der verheimlichte Sohn eines hohen Tiers vom The Oaks ist – eines hohen Tiers, das zufällig mit der Verstorbenen verwandt war. Da ist doch etwas faul.«

»Wir werden unser Bestes tun, um herauszufinden, was da faul ist, Detective«, sagte Hunt und demonstrierte seine neue hilfsbereite Einstellung. Es ist erstaunlich, wie sich eine Portion Sex nach einer langen Dürreperiode auf die Stimmung eines Menschen auswirken kann. Hunt war offensichtlich ganz beschwingt – für seine Verhältnisse.

»Bitte nennen Sie mich Tom, Mr. Price«, sagte Tom.

»Okay, Tom. Ich heiße Hunt«, sagte Hunt.

»Ich gehe in die Küche und mache einen Kaffee«, sagte ich und überließ die beiden ihrem Schwätzchen. Als ich zurück ins Wohnzimmer kam, grinsten sie, klopften einander auf die Schultern und taten, als wären sie alte Freunde, die sich wiedergefunden hatten.

»Er ist kein übler Typ«, sagte Hunt anerkennend, als wir wieder allein waren. »Hast du gewußt, daß er der Sohn von Bill Cunningham ist? Von Bill Cunningham, dem Boß von Pubtel?«

Ich nickte. »Ich glaube allerdings, daß sie keinen Kontakt mehr haben.«

»Kontakt hin oder her, Tom stammt aus reichem Haus. Er hat mir erzählt, daß er sich überlegt, an der Börse einzusteigen. Wir haben beschlossen, daß ich, wenn dieser Fall aufgeklärt ist, ein Konto bei F & F für ihn einrichte.«

Ich sah Hunt an und schüttelte den Kopf. Der Mann hatte einen Tunnelblick, wenn es um Menschen ging: Jeder, der atmen konnte, war ein potentieller Kunde.

»Ich glaube immer noch, daß er scharf auf dich ist, Jude«, fuhr er fort. »Das merke ich an der Art, wie er dich ansieht.«

»Red keinen Unsinn«, sagte ich. »Er ist nur einsam. Seine Frau ist ermordet worden, und ich glaube nicht, daß er seither bei irgendeiner anderen ernsthafte Absichten entwickelt hat.«

»Ermordet? Das ist ja entsetzlich«, sagte Hunt und schlang die Arme um mich. »Wenn er sie nur halb so sehr geliebt hat, wie ich dich, muß er schrecklich einsam sein. Ich wäre verloren ohne dich, Booch.«

»Keine Sorge«, sagte ich. »Ich laufe nicht davon.«

Nachdem ein Mann von Southern New England Telephone dagewesen war, um unsere gekappte Telefonleitung zu reparieren, brachte Hunt Stunden damit zu, mit seinem Büro zu telefonieren und der Person am anderen Ende ganz genaue Anweisungen in bezug auf Rinder, Mais und Sojabohnen zu geben. Ich rief auf unserem zweiten Anschluß Valerio an, den ich seit über einer Woche nicht mehr gesprochen hatte.

»Wie geht meiner scheenen Judy?« fragte er. »Iest sie bereita, siech endlich von ihrem Mann scheiden zu lassen?«

»Mir geht's gut, und dir?« sagte ich und ignorierte die Casanova-Nummer.

»Wie mir geht?« sagte er. »Im Momenta nicht so gutt.«

»Was ist los?« fragte ich.

»Ich habe meinen Geschäftsführer dabei erwischt, wie er die Hand aufgehalten hat«, antwortete er.

»Er hat Geld unterschlagen?«

»Genau. Und damit nicht genug, er hat mich auch gegenüber meinen Gästen in ein schlechtes Licht gerückt. Ich sage dir, Judy, ein Restaurant zu leiten ist kein Honigschlecken.«

»Das glaub' ich dir. Wie hast du denn herausgefunden, was er getrieben hat?«

»Ich habe seine Sauce Bolognese probiert.«

»Das verstehe ich nicht.«

»Sie wara beschießen.«

»Und?«

»Ich mache meine Sauce Bolognese mit Kalbshack. Das gibt besseren Geschmack. Aber dieser Kerl nimmt Rinderhack. Gehackte Rinderschulter, kaum zu glauben!«

»Valerio, nur weil er von deinem Rezept abgewichen ist, ist er noch kein Dieb.«

»Du verstehst mich nicht«, sagte er ungeduldig und mittlerweile akzentfrei. »Ich kaufe das beste, teuerste Fleisch vom Milchkalb, das es gibt, und dieser Kerl packt es ein, nimmt es mit nach Hause und setzt *meinen* Gästen Rinderschulter vor!«

»Das ist ja gräßlich«, sagte ich. »Ich hoffe, du hast ihn gefeuert.«

»Natürlich habe ich ihn gefeuert. Aber jetzt muß ich einen Ersatz für ihn finden.«

»Das kann doch nicht so schwer sein, oder? Ich meine, es gibt eine Menge Leute, die einen Job suchen, wo zur Zeit so viele Firmen fusionieren, verkleinern oder Personal abbauen. Ich muß es ja wissen.«

»Ja, aber es ist schwer, in der Gastronomie einen ehrlichen Menschen zu finden. Jeder lügt und betrügt und stiehlt. Andauernd wird irgendwas geschoben. Ich überlege mir, ob ich das Restaurant nicht verkaufen und meine Zeit damit verbringen soll, Kochbücher zu schreiben, an Talk-Shows teilzunehmen und mich von deinem Mann an der Warenbörse zu einem reichen Mann machen zu lassen.«

»Das Restaurant verkaufen? Aber du hast doch dein Herzblut in dieses Lokal gesteckt.«

»Ja, aber jetzt möchte ich aufhören zu bluten. Du machst dir keine Vorstellung, mit welchen Schweinereien du dich auseinandersetzen mußt, wenn du ein Restaurant besitzt. Diese Sache mit dem Geschäftsführer ist lediglich die neueste Horrorstory. Als ich letztes Jahr auf meiner Lesereise war, habe ich meinen Koch damit beauftragt, die Lebensmittel einzukaufen. Katastrophe. Totale Katastrophe.«

»Warum? Was ist passiert? Hat er nicht die beste Qualität eingekauft?«

»Nein, aber er hat es *behauptet.*«

»Das verstehe ich nicht.«

»Er hat das Geld des Restaurants – mein Geld – für erstklassiges Fleisch und freilaufende Hühner und fangfrischen Fisch ausgegeben, aber was er ins Restaurant liefern ließ, war der übliche, durchschnittliche Supermarkt-Schrott.«

»Warum hat er das getan?«

Valerio lachte. »Judy, mein Schätzchen. Ein Glück, daß du schön bist, denn du bist wirklich naiv. Der Kerl hatte mit den Jungs vom Lebensmittellieferanten ein Geschäft gemacht. Sie haben uns erstklassige Ware in Rechnung gestellt, uns Schrott geliefert und die Differenz in die eigene Tasche gesteckt – ein gewisser Prozentsatz für die Jungs und ein wesentlich größerer Prozentsatz für meinen Koch.«

»Das ist ja schrecklich. Wie hast du das herausgefunden?«

»Mein Steuerberater hat es herausgefunden. Ich habe mich zwar dauernd darüber beklagt, daß er zu teuer ist, aber er hat mir eine Menge Kummer erspart.«

»Hast du wirklich *ihn* dazu gebraucht, um dahinterzukommen, daß du übers Ohr gehauen wirst? Ich meine, hast du das Essen nicht probiert und dann gemerkt, daß die Zutaten nicht deinen Anforderungen entsprechen?«

»Wenn ich dagewesen wäre«, sagte Valerio. »Aber dank Charlton House bin ich morgens um fünf aufgestanden, um den Zuschauern von ›Good Morning, Cleveland‹ zu zeigen, wie man einen Schwertfisch mit Pistazien zubereitet.« Er hielt inne und wartete auf meine Antwort. Es kam keine, da ich in meine eigenen Gedanken versunken war, fieberhaft über die Tragweite seiner kleinen Anekdote nachdachte und mich fragte, ob Brendan Hardy womöglich im The Oaks mit dem gleichen Trick arbeitete, den Valerios Koch angewandt hatte. »Judy? Bist du noch dran?«

»Oh, entschuldige. Ja, ich bin noch dran.« Meine Gedanken überschlugen sich. Wenn Brendan den Club hinterging und Claire das herausgefunden hatte, wäre das nicht ein weiterer Grund für sie gewesen, ihn vor die Tür – und ins Gefängnis – befördern zu wollen? Und wäre das nicht für ihn ein echtes Motiv gewesen, sie umzubringen?

»Tja, genug von mir geredet«, sagte Valerio. »Sag mir doch, wie's dir geht, meine Herrlichste.«

»Valerio, hör mal«, sagte ich. »Erinnerst du dich noch an deinen letzten Besuch bei uns?«

»Natürlich erinnere ich mich noch. Du hast mich vom Bahnhof abgeholt. Du hattest einen engen, kurzen weißen Rock an.«

»Genau. Und Hunt und ich sind mit dir zum Abendessen in unseren Country Club gegangen, weißt du noch?«

»Wie könnte ich das vergessen? Der Essen wara beschießen.«

»Genau. Aber du hast nichts davon erwähnt, daß wir womöglich hintergangen würden und unser Küchenchef vielleicht das gleiche mit den Mitgliedern machte wie dein Koch mit dir.«

»Nein, warum sollte ich? Ich bin einfach davon ausgegangen, daß euer Club genauso ist wie viele WASP-Clubs: phantastischer Golfplatz, jede Menge Alkohol, miserables Essen. Ich habe mir eben gedacht, daß der Koch ein Stümper ist – weiter nichts – und daß es niemand merkt, weil es den Mitgliedern in einem solchen Club egal ist, was sie essen. Und überhaupt – wieso sollte ich einem Country Club etwas unterstellen, in dem ich nicht einmal Mitglied bin? Hunt hat gesagt, daß er dort im Finanzausschuß sitzt, stimmt's? Er wüßte doch, wenn irgend etwas nicht mit rechten Dingen zuginge. Zumindest hat er das behauptet.«

Ja, aber wüßte er es wirklich? Er war Börsenmakler und kein Buchhalter. Außerdem hatte er keine Ahnung von Gastronomie. Man konnte ihm erzählen, daß die gegrillte Flunder auf seinem Teller Thunfischfilet sei, und er würde nicht mit der Wimper zucken. Und außerdem war es nicht er, der unsere Familienfinanzen managte, sondern ich. Das letzte Mal, als er unsere Steuererklärung abgegeben hatte, wurde uns der Buchprüfer ins Haus geschickt. Er würde eine Unterschlagung in der Gastronomie nicht einmal erkennen, wenn sie ihm ins Gesicht sprang.

Und bei den restlichen Mitgliedern des Finanzausschusses sah es nicht anders aus. Evan Sutcliffe, der Ausschußvorsitzende und Schatzmeister des Clubs, handelte mit Weihnachtsbäumen, und Logan Marshall war früher Botschafter in Uruguay gewesen. Addison Bidwell rührte kaum einen Finger und verschleuderte lediglich das Familienvermögen. Und dann war da natürlich noch Ducky, der neben Hunt bei F & F arbeitete und sich mit Dingen wie Rindern, Erdgas und Rohöl auskannte. Was wußte irgendeiner von ihnen schon darüber, wie man einen Country Club und dessen drei Restaurants leitete? Nichts, rein gar nichts. Und in Wirklichkeit scherte sich auch kein Mensch darum, ob irgend jemand sich mit irgend etwas auskannte. Diese ganzen Generaldirektoren und ehemaligen Botschafter und ewigen Vernascher von Familienvermögen kamen jedes Wochenende in den Club, um Golf zu spielen, ihre Freunde zu treffen, sich mit Leuten zu unterhalten, die ihnen irgendwie nützen konnten, um sich zu entspannen, gesehen zu werden und sich die Zeit zu vertreiben. Das letzte, wonach ihnen an einem sonnigen Sonntagnachmittag der Sinn stand, war, in einem heißen, stickigen Raum zu sitzen und sich den Kopf über die Restaurantrechnungen des Clubs zu zerbrechen. Warum nicht einfach die Schecks unterschreiben, die Rechnungen bezahlen und sämtliche schwierigeren Angelegenheiten den Fachleuten überlassen, die sich einmal im Jahr über die Bücher hermachten?

Nein, es gab jede Menge Spielraum für ein Komplott im The Oaks, jede Menge Möglichkeiten, um Kopf und Kragen zu riskieren.

»Judy? Bist du noch dran?« fragte Valerio durch die Leitung, während ich ihn bereits völlig vergessen hatte. »Dein Beitrag zu unserem Gespräch läßt heute wirklich zu wünschen übrig, Schätzchen.«

»Ich weiß«, sagte ich. »Aber ich muß jetzt Schluß machen, Valerio. Bis bald, ja?«

Ich legte auf und suchte Hunt. Er telefonierte mit Kimberley.

»Ich hab' dich auch lieb, Spatz«, hörte ich ihn sagen. »Ich verstehe schon. Aber natürlich. Das klingt toll, aber ich möchte erst mit Judy darüber sprechen, bevor ich ja sage. Doch, Kim, allerdings ist es wichtig, was Judy meint. Warum? Weil sie meine Frau und deine Stiefmutter ist. Es tut mir leid, wenn du so denkst. Nein. Es ist mir egal, was deine Mutter sagt. Wenn du bei uns bist, mußt du unsere Regeln befolgen. Nein. Nein. Kim, das hatten wir alles schon. Ja, ich rede mit Judy und rufe dich zurück. Sag Grandma und Grandpa schöne Grüße. Bye, Herzchen.«

Ich ging zu ihm hinüber und schlang ihm die Arme um den Hals. »Wer auch immer sich das Sprichwort ›Was Hänschen nicht lernt, lernt Hans nimmermehr‹ ausgedacht hat, war ein Blödmann«, sagte ich.

»Ich nehme an, du meinst mich?« sagte Hunt grinsend.

»Ja«, sagte ich und zerwühlte ihm das Haar, bis es ihm in die Stirn fiel. »Es war falsch, daß ich behauptet habe, du könntest dich nicht ändern, was den Umgang mit Kimberley und ihrer Mutter angeht. Und jetzt habe ich es mit eigenen Ohren gehört. Du hast nein zu ihr gesagt – und das nicht nur einmal, sondern dreimal! In einem einzigen Gespräch! Ist dir klar, was für ein Meilenstein das ist?«

»Mhm.«

»Und darüber hinaus hast du ihr vermittelt, daß du und ich zusammenhalten. Ich bin mir sicher, daß es dir schwergefallen ist, aber du hast es geschafft, Liebling. Ich bin stolz auf dich!«

Ich gab ihm einen Kuß.

»Wozu solltest du eigentlich ja sagen?« fragte ich.

»Sie will, daß wir sie mitnehmen, wenn wir deine Eltern in Florida besuchen«, antwortete Hunt.

»Das kommt aber überraschend«, sagte ich. »Ich dachte, Kimberley haßt es, mit uns zu verreisen. Oder vielleicht hat sie es nur gehaßt, mit *mir* zu verreisen.«

»Tja, offensichtlich hat sie es sich anders überlegt. Könntest du dir vorstellen, daß wir sie mitnehmen, Jude?«

»Ganz ehrlich?«

Hunt nickte.

Ich holte tief Luft. Ich wollte Hunt nicht verstimmen, nicht, nachdem wir uns gerade erst versöhnt hatten. Auf der anderen Seite hatte ich mir unsere Reise nach Boca Raton zum fünfundsiebzigsten Geburtstag meines Vaters als eine Art zweite Flitterwochen ausgemalt, eine Abwechslung zwischen den Wochenenden im The Oaks, nicht mehr an Hunts Job denken und daran, daß ich keinen hatte, oder einfach ein Tapetenwechsel. Wenn Kimberley mitführe, würde natürlich alles anders aussehen.

»Ich weiß nicht, ob wir noch ein Ticket bekommen«, sagte ich. »Die Flüge sind am Wochenende vor Labor Day ziemlich ausgebucht, oder nicht?«

»Kann sein. Aber wenn wir doch noch ein Ticket für Kimberley ergattern könnten? Deine Eltern haben genug Platz, und ich glaube nicht, daß sie etwas gegen einen zusätzlichen Gast einzuwenden hätten. Aber wie steht's mit dir, Jude? Was hältst *du* davon, sie mitzunehmen?«

Die Stunde der Wahrheit. »Es wäre mir lieber, wenn sie nicht mitkäme, das gebe ich zu«, sagte ich. »Wenn Kimberley dabei ist, ist die Stimmung zwischen uns immer sehr angespannt.«

»Und wenn ich dafür sorgen würde, daß sie nicht angespannt ist?« sagte Hunt. »Wenn ich dir versprechen würde, daß ich nicht zulasse, daß sie uns in die Quere kommt und alles tun werde, damit es eine schöne Reise wird?«

Ich sah Hunt an und spürte, wie er mit sich rang. Natürlich wollte er gerne mit seiner Tochter zusammensein. Es wäre ja dumm von mir, wenn ich das nicht begriffe und unterstützte. Sie war sein Baby. Er himmelte sie an. Es quälte ihn, daß er sie nicht öfter sehen konnte. Wie kam ich also dazu, mich zwischen die beiden zu stellen?

»Unter diesen Voraussetzungen sage ich ja, sie kann mitkommen«, sagte ich. »Vielleicht wird diese Reise ja ein neuer Anfang für uns alle.«

»Ich liebe dich«, sagte Hunt. »Ich liebe dich wirklich.«

»Ich liebe dich auch«, sagte ich. »Nur eines noch.«

»Ich weiß. Ich rufe wegen eines zusätzlichen Tickets bei Delta an.«

»Nein, ich meine etwas anderes. Wir können nicht wegfahren, bevor Claires Mörder gefaßt ist. Ich bin jetzt eine Mitarbeiterin der Belforder Polizei, und von Urlaub hat Tom nichts gesagt.«

»Oh, Scheiße. Daran habe ich nicht gedacht.«

»Außerdem wäre mir nicht wohl dabei, zu verreisen, bevor der Fall aufgeklärt ist.«

»Dann klären wir ihn lieber schnell auf, oder?«

Ich nickte und gab Hunt einen Kuß. Ich konnte es gar nicht erwarten, nach Florida zu kommen, auch wenn es dort im August unerträglich heiß und schwül war und auch wenn Kimberley mitfuhr. Die Vorstellung, aus Belford wegzukommen, versetzte mich in Hochstimmung. Doch zuerst mußten wir herausfinden, wer Claire umgebracht hatte.

Ich erzählte Hunt von meinem Gespräch mit Valerio.

»Ich bin auf den Gedanken gekommen, daß Brendan womöglich den Club hintergeht«, sagte ich, »und daß er mit seinen Lieferanten unter einer Decke steckt. Was, wenn sie ihm minderwertige Waren verkaufen, er den Club bestiehlt und das Geld in die eigene Tasche steckt?«

»Warum sollte er das tun?«

»Weil – laut Valerio – ›alle das tun‹«, sagte ich. »Er behauptet, die gesamte Gastronomie bestünde aus nichts als Unterschlagungen, Betrügereien und schmutzigen Geschäften.«

»Okay, aber vergessen wir Duncan Tewksbury nicht. Warum sollte Brendan für seinen Vater arbeiten und ihn dann bestehlen?«

Ich überlegte kurz. »Vielleicht bestiehlt Brendan seinen Vater ja gar nicht. Vielleicht stiehlt er *für* seinen Vater. Vielleicht ist Duncan an dem Komplott beteiligt.«

»Duncan? Ein Gauner?«

»Warum nicht?«

»Weil er nicht nötig hat, den Club zu bestehlen. Er hat bereits einen Haufen Geld.«

»Ach ja? Wie verdient er eigentlich sein Geld?«

»Genauso wie die meisten älteren Mitglieder: mit gar nichts. Er ist ein Sowieso im Ruhestand.«

»Ich glaube, wir sollten herausfinden, was für ein Sowieso er war, bevor er in den Ruhestand gegangen ist«, meinte ich. »Vielleicht hat er nicht genug vorgesorgt, und jetzt benutzt er den Club, um seinen Reibach zu machen. Vielleicht hat er deshalb Brendan, den Exsträfling, eingestellt, damit sie gemeinsam ein Komplott zum Absahnen aushecken konnten.«

»Herrgott, das ist alles so verrückt. Ich bin Mitglied im The Oaks geworden, damit ich in Kontakt mit Leuten käme, die … die – mir fällt kein besseres Wort ein – ›gediegen‹ sind.«

»Hunt, jedes andere Wort als ›gediegen‹ wäre ein besseres Wort. Ich fasse es nicht, daß ich mit einem Mann verheiratet bin, der das Wort ›gediegen‹ verwendet.«

»Und ich fasse es nicht, daß ich mit einer Frau verheiratet bin, die mich in einen Mordfall verwickelt hat.«

»Ich glaube, es gefällt dir. Ich glaube, dir macht das Ganze Spaß.«

»Ich gebe es ja ungern zu, aber es stimmt, ein bißchen zumindest. Es ist ganz anders, als mit Schweinebäuchen zu handeln.«

»Ja, nun, um auf Brendan und Duncan zurückzukommen:

Versuch doch mal herauszufinden, wie Duncan sein Geld verdient hat und ob er noch Rücklagen hat.«

»In Ordnung.«

»Aber noch viel wichtiger ist, daß wir einen Blick auf die Abrechnungen werfen können.«

»Das ist kein Problem. Wir gehen einfach hin und schauen sie uns an.«

»Wunderbar! Was hältst du davon, wenn wir heute abend zu diesem Tenniswettkampf im Club gehen? Wenn wir dann in der ersten Runde ausscheiden, schleichen wir uns in die Buchhaltung.«

»Wie kommst du darauf, daß wir in der ersten Runde ausscheiden? Ich habe zwar diesen Sommer noch nicht viel Tennis gespielt, aber ich habe trotzdem eine gefährliche Topspin-Vorhand.«

»Ehrlich? Also ich habe überhaupt keine Vorhand. Außerdem bin ich dafür, daß wir in der ersten Runde mit Absicht verlieren. Dann haben wir mehr Zeit, herumzuschnüffeln, bevor sie die Bloody Marys und die Grillhühnchen servieren.«

»Warum sollen wir uns denn wegen der Bloody Marys und der Grillhühnchen beeilen? Du kannst doch Grillhühnchen nicht ausstehen.«

»Ja, aber das gehört dazu. Wir haben bereits dafür bezahlt. Du erinnerst dich doch bestimmt an das Motto meiner Mutter: ›Lieber den Magen verrenken, als dem Wirt etwas schenken.‹«

»Das ist eines der Dinge, die ich an dir liebe, Booch: Du trägst ein so schlaues Köpfchen mit dir herum.«

»Oh, Hunt, ich glaube, wir haben's bald geschafft.«

»Darauf kannst du wetten, daß wir's bald geschafft haben, vor allem nach diesem Marathon im Bett letzte Nacht.«

»Ich habe gemeint, daß wir es bald geschafft haben werden, den Fall aufzuklären. Wenn wir beweisen können, daß Brendan den Club bestohlen hat – und daß Duncan davon wußte –, haben wir unsere Mörder.«

»Was hältst du davon, wenn wir das feiern?«

»Wie denn?«

Hunt sah auf die Uhr. »Meine Telefonate mit dem Büro habe ich alle erledigt, und wir müssen erst in ein paar Stunden im Club sein. Wie wär's mit einem Schäferstündchen?«

Ein Schäferstündchen. Das Wort katapultierte mich zurück in unser erstes Ehejahr. Hunt rief mich ab und zu am hellichten Tag in der Arbeit an und bat mich, mich mit ihm in unserer Wohnung zu treffen. »Auf einen Quickie«, sagte er jedesmal. Manchmal konnte ich mich im Büro frei machen und manchmal nicht. So oder so – ich fühlte mich auf jeden Fall durch sein Interesse enorm geschmeichelt. Und dann, scheinbar von einem Tag auf den anderen, war sein Interesse verflogen. Schon bald gab es keine Anrufe mit der Bitte um ein nachmittägliches Rendezvous mehr. Ja, es gab überhaupt keine Anrufe mit vielversprechenden Einladungen mehr – nicht einmal zum Mittagessen. Er rief an, um abzusprechen, wer Kimberley von der Schule abholen sollte, ob ich den Klempner verständigt hätte und ob der Fachmann für Termitenbekämpfung diese oder nächste Woche käme. Aber kein »Hast du Lust, nach Hause zu sausen und mit mir zu schlafen?« mehr. Bis heute nicht. Und jetzt, nachdem wir sieben Jahre verheiratet waren, hatte Hunt anscheinend den Sex wiederentdeckt. Hatte die Verwicklung in einen Mordfall seine Lebensgeister geweckt? Erregte ihn die Vorstellung, für die Polizei zu arbeiten? Oder hatte unsere drohende Trennung und tränenreiche Wiederversöhnung seine Batterie aufgeladen?

Wen kümmerte schon, warum er sich zurückbesonnen hatte, dachte ich. Er hatte es getan und Schluß. Der Mann, den ich geheiratet hatte, war wieder da!

»Schäferstündchen klingt herrlich«, sagte ich. »Wo hättest du es denn gern?«

»Im Whirlpool«, sagte er.

»Ein heißes Bad? Draußen sind es zweiunddreißig Grad.«

»Ich lasse angenehm kühles Wasser einlaufen.«

»Nein, ich bin nicht in der Stimmung für den Whirlpool. Ich mag es nicht, wenn meine Haut schrumplig wird. Wie wär's mit dem Fußboden im Wohnzimmer? Auf dem Dhurrie vor dem Kamin?«

»Nein, das ist ein Wollteppich. Zu kratzig.«

»Okay. Wie steht's dann mit dem Teppich in der Bibliothek? Der ist aus Synthetik.«

»Ich glaube, ich habe keine Lust, es auf dem Fußboden zu machen. Mir tut der Rücken weh. Letztes Wochenende habe ich bei einem Drive zu weit ausgeholt, und seitdem ist irgend etwas nicht in Ordnung. Machen wir es doch auf dem Sofa in der Bibliothek.«

»Das habe ich erst frisch beziehen lassen.«

»Wie wär's mit der Rattan-Chaiselongue auf der Sonnenveranda?«

»Ideal«, sagte ich. »Der Bezugsstoff ist imprägniert.«

Und so zogen wir los, Arm in Arm, die Körper auf eine erregende halbe Stunde eingestellt und den Kopf überzeugt von dem Wissen, daß Sex – wie die Ehe – etwas Rätselhaftes und Wunderbares ist.

16. Kapitel

Hunt und ich kamen ein paar Minuten zu spät zum Tenniswettkampf. Als wir im Club eintrafen, hatte Johnny, der Cheftrainer, bereits die Rangliste aufgehängt, aus der hervorging, gegen welche Paare wir in welcher Reihenfolge spielen sollten. Die meisten Teams waren bereits auf den Plätzen und spielten sich vor dem Match warm.

»Oh, Scheiße. Schau mal«, sagte ich zu Hunt, als ich die Liste überflog. »Wir spielen in der ersten Runde gegen Susan und Conrad Dingle.«

»Was paßt dir daran nicht?« fragte Hunt. »Conrad ist ein prima Kerl, ein Orthopäde, der sich auf Sportverletzungen spezialisiert hat. Als ich ihn das letzte Mal gesehen habe, hat er gesagt, er wolle sich von mir über Warentermingeschäfte beraten lassen. Er ... «

»Hunt, würdest du bitte das Kontakteknüpfen einstellen?«

unterbrach ich ihn. Conrad Dingle war alles andere als ein »prima Kerl«, aber das war nicht der Punkt. Der Punkt war, das Tennismatch so schnell wie möglich hinter uns zu bringen, damit wir zu spionieren anfangen konnten. »Ich wollte damit sagen, daß Susan und Conrad Dingle als gemischtes Doppel ungefähr genauso hoffnungslos sind wie wir.«

»Das kränkt mich.«

»Tut mir leid, aber es ist die Wahrheit. Sie ist ein Trampel, und er ist ein Rüpel.«

»Und was davon bin ich deiner Meinung nach? Ein Trampel oder ein Rüpel?«

»Ein Rüpel natürlich. Du nimmst mir beim Doppel immer die Bälle weg. Wenn ich mit dir spiele, ist es ein Wunder, wenn ich überhaupt einmal an den Ball komme. Aber jetzt Spaß beiseite, wir kommen nie rechtzeitig vom Tennisplatz weg, da wir die gleiche Spielstärke haben wie die Dingles, es sei denn, wir verlieren das Spiel absichtlich.«

»Du willst wirklich, daß wir absichtlich verlieren?«

»Ja. Jetzt ist der falsche Moment für Macho-Allüren. Es ist höchste Zeit, den Mord an Claire zu klären, damit wir den Fall abschließen, nach Florida fahren und es uns gutgehen lassen können.«

»Mir geht's jetzt schon wunderbar«, sagte Hunt, in dessen Blick die Liebe geschrieben stand. Er erinnerte mich an einen Welpen. Ich streckte die Hand aus, um ihn zu streicheln.

»Ich liebe dich«, sagte er und sah mich schmachtend an.

Mann, war es schön, diesen Blick wiederzusehen, diesen Blick, durch den ich mich ohne jeden Zweifel geliebt fühlte.

»Ich liebe dich auch«, sagte ich sanft. »Aber wir haben etwas zu erledigen, weißt du?«

»Ich weiß, aber ich kann nichts dagegen tun, daß ich glücklich bin«, sagte er. »Glücklich, daß wir wieder da sind, wo wir angefangen haben.«

Ich nickte und schlang die Arme um ihn. Wir hielten uns einen Moment lang fest. Dann entdeckte ich auf Platz dreizehn die Dingles und schlug vor, zu ihnen hinüberzugehen.

Susan Dingle war dünn, dunkel und humorlos. Sie war so humorlos, daß sie nie »Guter Schlag« zu ihrem Gegner sagte. Nie. Nicht einmal, wenn man die schwungvollste Vorhand, die vertrackteste Rückhand oder den allerschwierigsten Aufschlag erwischte. Außerdem trug sie stets einen verhärmten, säuerlichen Gesichtsausdruck zur Schau, als verbrächte sie jede wache Minute damit, Zitronen zu lutschen. Man käme nie auf den Gedanken, daß sie einen Haufen Geld, massenweise Freunde und jeden nur erdenklichen Grund zum Glücklichsein hatte. Und was ihren Mann betraf, »Con«, wie ihn Vertraute zu nennen pflegten, er war ein unglaubliches Arschloch. Ohne jede Klasse. Zuerst einmal besaß er den Humor eines Viertkläßlers. Vollkommen unreif. Darüber hinaus war er einer dieser Tennisspieler, die nie die Klappe halten – nicht einmal, wenn ein Punkt gemacht wurde. Du konntest dir die Seele aus dem Leib spielen und erst auf diese Seite des Platzes und dann auf die andere Seite des Platzes laufen, schon fing er an zu brüllen (und ich meine wirklich brüllen): *»Mann o Mann, brennt der Planet heute runter!«* Und: *»Wow! Ich dachte, der Ball sei aus, aber jetzt ist er doch noch im Feld!«* Und: *»Nicht zu fassen, wieviel Drall dieser Stopball draufgehabt hat!«* Und all das, während man einen Punkt machte! Wenn er dabei war, war es unmöglich, sich zu konzentrieren. Aber das Schlimmste war, wie er auf den Platz spuckte. Ich schwöre bei Gott, dieser Mann brachte es tatsächlich fertig, sich zu räuspern und auszuspucken – wie diese ekelhaften Schweine, die man auf der Straße oder in der U-Bahn sehen muß –, als wäre es das Normalste auf der Welt, kleine Schleimklumpen auf die Erde zu entsenden, nur Zentimeter von den Füßen anderer entfernt. Ich sage Ihnen, es ist erstaunlich, was sich Mitglieder von Country Clubs alles gefallen lassen. Aber das ist eben der Preis dafür, daß man Mitglied eines Country Clubs ist: Man ist mit Leuten wie Susan und Conrad Dingle geschlagen.

»Ah, hallo, ihr beiden«, grölte Conrad, als Hunt und ich auf ihn und seine reizende Frau zugingen. »Susan und ich haben uns schon gefragt, ob euch der Arsch auf Grundeis gegangen ist, als ihr gesehen habt, daß *wir* eure Gegner sind!« Conrad streckte die Arme aus und wackelte mit dem Hintern. Verstehen Sie? Wegen *Arsch.* Mann, was für ein Knallkopf.

»Tut uns leid, daß wir zu spät kommen«, sagte Hunt, zog den Reißverschluß an seiner Tennistasche auf und holte seinen gigantischen Wilson Sledgehammer heraus.

»Wenn ihr fünf Minuten später aufgetaucht wärt, hätten wir das Spiel wegen Nichterscheinens des Gegners gewonnen«, sagte Susan. »Das steht in den Regeln: Wenn dein Gegner nicht auftaucht, gehört der Sieg automatisch dir.«

Ich lächelte. »Ja, nun, wir *sind* aber aufgetaucht. Jetzt sind wir da.«

»Gerade rechtzeitig, damit wir eure Ärsche über den Platz jagen können, was Susie?« Conrad stieß seine Frau mit dem Ellenbogen in die Seite, woraufhin sie zusammenzuckte und ihm einen bösen Blick zuwarf.

»Verflixt«, sagte Hunt. »Wir haben vergessen, Bälle mitzunehmen.«

»Ich habe jede Menge«, sagte Conrad und hielt eine Dose Wilsons in die Höhe. Und als hätte er etwas unglaublich Zweideutiges gesagt, fing er an zu wiehern wie ein dämlicher Teeny.

Während Conrad Dingle mit dem Schraubverschluß der Dose kämpfte, plauderten er und Hunt über den Warenterminmarkt, Zinssätze und das Für und Wider von Airbags, während ich gezwungen war, mit Susan Konversation zu machen.

»Wie geht's denn, Susan?« fragte ich die alte Miesmacherin.

»Ach, du weißt ja, wie es ist. Wir renovieren gerade unser Haus.« Sie seufzte auf diese klagende, ermattete Weise, die Leute, die ihr Haus renovieren, so an sich haben. »Das ganze Haus ist ein einziges Chaos. Absolut unbewohnbar. Vor allem die Küche.«

Bestimmt wurde von mir erwartet, daß ich jetzt auf die Knie fiel und Susans Probleme beweinte, aber ich konnte wirklich nicht allzuviel Mitgefühl aufbringen. Ich meine, was wollen denn die Leute, die ihre Häuser renovieren? Niemand hält ihnen eine Pistole an den Kopf und sagt: »Reiß die Wände ein, schleif die Böden ab und bau die Küche um, sonst puste ich dir das Hirn raus!« Und trotzdem geben sie sich so gezwungen, so gequält, so... vergewaltigt. Zeigen Sie mir eine Person, die über ihren Maurer, ihren Innenausstatter und ihren Tapezierer jammert, und ich zeige Ihnen eine wahre Nervensäge.

»Was haltet ihr davon, wenn wir anfangen?« schlug ich vor. Ich wollte das Match unbedingt hinter mich bringen.

»Kapitale Idee«, meinte Conrad und stellte seinen Schläger auf dem Kopf auf den Har-Tru-Untergrund, bevor er ihn in eine Drehbewegung versetzte, um zu entscheiden, welches Team den ersten Aufschlag hatte. »Oben oder unten?«

»Oben«, sagte ich, gerade als Hunt »unten« sagte.

Conrad lachte. »He, ihr zwei, mit so einem Teamgeist habt ihr ja null Chance, uns zu schlagen. Bäh-bäh.«

Er drehte seinen Schläger erneut. »Oben oder unten?«

»Unten«, sagte Hunt. Ich schwieg diesmal.

»Es ist unten«, sagte Conrad. »Wollt ihr aufschlagen?«

Ich sah Hunt an, der überhaupt keine Kontrolle über seinen Aufschlag hatte. Manchmal landete der Ball auf dem Platz. Manchmal segelte er über den Zaun. Manchmal donnerte er mir gegen den Hinterkopf.

»Klar, wir schlagen auf«, sagte er, nahm alle drei Bälle und steckte zwei davon in die Hosentasche.

Wir nahmen unsere Positionen auf dem Platz ein. Dann brüllte Hunt »Alles klar«, wie üblich, wenn man gleich aufschlagen und das Match beginnen will.

»Hoi«, sagte Conrad. »Wollt ihr euch nicht warmspielen? Susan und ich haben schon ein Weilchen die Bälle hin- und hergeschlagen, bevor ihr aufgetaucht seid.«

»Nein«, sagte ich, um das Ganze zu beschleunigen. »Wir haben uns zu Hause warmgespielt.« Bäh-bäh.

»Wie ihr meint«, sagte Conrad.

Hunt begann mit einem Doppelfehler, und das Match nahm seinen Lauf. Die gute Nachricht ist, daß ich miserabel spielte und Hunt auch. Die schlechte Nachricht ist, daß Susan und Conrad Dingle noch miserabler spielten. Infolgedessen zogen die

Dingles mit uns gleich, als ich schon dachte, wir würden das Match verlieren und – wie es unser Plan war – aus dem Turnier ausscheiden. Und es ging weiter und weiter. Hunt versaute eine Vorhand. Conrad versaute eine Rückhand. Ich schlug den Ball ins Netz. Susan schlug einen Ball auf den Nachbarplatz. Wir spielten allesamt gottserbärmlich, und diese gottserbärmliche Leistung brachte uns alle gegeneinander auf. Zum Beispiel, als Hunt für den Aufschlag Schwung holte und Conrad die Hand hob und brüllte: »Fußfehler!« Oder wenn Susan einen Hochball schlug, der dem Start der Space Shuttle ähnelte, und ich ihn als aus bezeichnete, als er schließlich landete.

»Bist du sicher, daß er aus war?« jaulte sie von der anderen Seite des Netzes herüber.

»Natürlich bin ich sicher«, sagte ich. Ist es nicht zum Haare raufen, wenn Leute, die man für seine Freunde (oder zumindest für wohlgesinnte Clubmitglieder) hält, die eigene Aufrichtigkeit anzweifeln? Wenn ich nicht der Meinung gewesen wäre, daß der Ball aus war, hätte ich ihn nicht als aus bezeichnet. »Möchtest du herüberkommen und den Aufprallpunkt überprüfen, Susan?«

»Ja«, sagte sie, marschierte den ganzen Weg zu dem Fleck herüber, wo ihr Ball aufgekommen war und inspizierte den Aufprallpunkt, was unser jetzt schon langes Match noch weiter in die Länge zog. »Für mich ist der Ball nicht aus«, sagte sie naserümpfend.

»Willst du meine Frau als Lügnerin bezeichnen?« sagte Hunt, während er und Conrad sich auf den neuralgischen Punkt zubewegten.

»He, he, reg dich ab«, sagte Conrad zu Hunt. »Wiederholen wir es einfach.«

Na toll, dachte ich mir. Wenn wir jeden Punkt wiederholen, stehen wir um Mitternacht noch auf dem Platz.

Schließlich und endlich schlugen uns die Dingles.

»Wow. Das war ja vielleicht ein Match«, kicherte Conrad, als wir uns am Netz alle die Hände schüttelten.

»Herzlichen Glückwunsch«, sagte ich mißgünstig zu den Dingles. »Gegen wen spielt ihr denn als nächstes?«

»Vermutlich gegen die Winstons«, sagte Susan. »Aber die schlagen wir nie. Sie sind wesentlich besser als ihr zwei.«

»Oh, vielen Dank«, sagte ich.

»Ach, du weißt schon, was ich meine«, sagte Susan. »Und überhaupt, selbst wenn wir sie schlagen, verlieren wir in der nächsten Runde gegen Larkin und Perry Vail.«

»Perry ist kein besonders guter Tennisspieler«, sagte Hunt. »Seine Stärke ist das Golfen.«

»Mag sein, aber er hat in Larkin eine phänomenale Partnerin«, meinte Susan. »Sie verliert nicht. Nie.«

Fast nie, hätte ich beinahe gesagt, unterließ es aber. Es hatte keinen Sinn, Larkins Match gegen Claire aufs Tapet zu bringen – das einzige Match, das sie diesen Sommer verloren hatte.

Hunt und ich wünschten den Dingles viel Glück gegen die Winstons, verabschiedeten uns fürs erste und liefen eilig zum Clubhaus hinüber.

»Hast du den Schlüssel dabei?« flüsterte ich Hunt zu, als wir uns auf Zehenspitzen dem Büro näherten, das von der Küche aus ein Stück den Flur entlang lag.

»Natürlich habe ich den Schlüssel dabei«, sagte er und sah mich verärgert an.

»Ich habe ja nur gefragt«, sagte ich. »Ich weiß noch, wie wir einmal den ganzen Weg zum Shea-Stadion zu einem Spiel der Mets gefahren sind und du die Eintrittskarten vergessen hattest. Oder als du zum Geldautomaten gefahren bist und gemerkt hast, daß du deine Karte in der anderen Brieftasche hattest.«

»Danke für den ergreifenden Rückblick«, sagte Hunt, als wir vor der Bürotür angekommen waren. Er griff in seine Tennistasche und holte seinen Schlüsselbund heraus, der aus massivem Silber war und einen Anhänger in Form eines Golfschlägers hatte. »Herrje«, murmelte er, als er mit dem halben Dutzend Schlüssel herumfummelte. »Das könnte ein Weilchen dauern. Ich weiß nicht mehr, welcher Schlüssel zu dieser Tür gehört.«

Ich seufzte. »Na toll. Warum stellen wir uns eigentlich nicht gleich mit kleinen Schildern hier auf, auf denen steht: ›Schaut uns an! Wir haben vor, in den Abrechnungsunterlagen des Clubs herumzuschnüffeln!‹«

Hunt ignorierte mich und steckte einen Schlüssel nach dem anderen in das Schloß. Als wir Schritte den Flur entlangkommen hörten, erstarrten wir.

»Was machen wir jetzt?« keuchte ich. »Sie haben uns erwischt.«

»Wir machen überhaupt nichts«, sagte Hunt. »Wir haben das uneingeschränkte Recht, uns hier aufzuhalten. Schließlich sitze ich im Finanzausschuß, vergiß das nicht.«

Die Schritte wurden lauter, männliche Stimmen waren zu vernehmen.

»Verhalt dich einfach ganz normal«, wies Hunt mich an. »Tu so, als hätten wir etwas im Büro vergessen und wären vorbeigekommen, um es zu holen.«

»Etwas vergessen? Was denn?« fragte ich.

Gerade als mir Hunt eine Antwort geben wollte, bogen Brendan Hardy und Duncan Tewksbury um die Ecke und sahen uns.

»Hallo«, sagte ich lächelnd und winkte ihnen zu.

Duncan wäre weitergegangen, da war ich mir sicher, aber Brendan blieb wie angewurzelt stehen und sah erst mich, dann Hunt und dann wieder mich an. Er wirkte nervös, fahrig.

»Wir kommen gerade vom Tenniswettkampf«, sagte ich, da ich es für nötig hielt, ihnen zu erklären, warum wir hier waren, obwohl es sie nichts anging und obwohl in den Statuten vom The Oaks nichts darüber stand, daß wir hier nicht rumlungern durften, fuhr ich fort, »und ich habe vorgeschlagen, vor dem Abendessen noch einen kleinen Spaziergang zu machen. Ihr Grillhähnchen ist so verführerisch, Brendan, daß ich unbedingt Platz dafür schaffen muß.«

»Freut mich, daß es Ihnen schmeckt«, erwiderte er völlig emotionslos.

»Tja, nun, wir können wirklich nicht stehenbleiben und plaudern«, gluckste Duncan, während er Brendan geradezu am Arm packte und mitzerrte. »Brendan und ich haben etwas Geschäftliches zu besprechen.«

»Bitte lassen Sie sich von uns nicht aufhalten«, sagte Hunt.

»Genau«, sagte Duncan. »Schönen Abend noch, Hunt. Ihnen auch, Mrs. Price.«

Hunt. Mrs. Price. Der Mann lebte auf dem Mars.

Als sie außer Hörweite waren, drehte ich mich zu Hunt um und flüsterte: »Was glaubst du, was die im Schilde führen? Duncan sah bestürzt aus.«

Hunt zuckte die Achseln. »Vielleicht ist eines von Brendans Soufflés zusammengefallen.«

»Putzig. Oder vielleicht weiß Duncan, daß wir ihrem kleinen Unterschlagungskomplott auf die Spur gekommen sind.«

»Glaubst du allen Ernstes, daß Duncan daran beteiligt ist? Er ist der Bruder des Clubgründers, Jude.«

»Und der Vater eines verurteilten Kriminellen. Kannst du dir die beiden nicht wunderbar dabei vorstellen, wie sie aushecken, Claire zum Schweigen zu bringen? Ich wette, Duncan hat sich den Mord ausgedacht, und Brendan hat ihr den Schädel zertrümmert. Er ist so stark, daß er sie vermutlich mit einem einzigen Schlag getötet hat.«

»Na prima. Ich habe den richtigen Schlüssel gefunden.«

»Ja, prima.« Ich rollte mit den Augen, während Hunt den Schlüssel umdrehte und die Tür öffnete. Wir waren drinnen!

»Und jetzt wollen wir mal sehen, ob wir etwas finden können, das die beiden belastet«, sagte er, schloß die Tür hinter uns und schaltete das Licht ein.

»Laß das«, flüsterte ich. »Man merkt doch, daß wir hier drin sind, wenn Licht brennt.«

»Jude, wir können die Unterlagen nicht im Dunkeln lesen.«

»Stimmt. Tut mir leid.«

»Also, ich glaube, die Rechnungen für die Lebensmittel sind hier drin.« Er zog eine Schublade auf.

»Was suchen wir denn eigentlich genau?« fragte ich und huschte zu ihm hinüber.

»Ich weiß es nicht. Irgendeine Unstimmigkeit in den Belegen, schätze ich. Irgend etwas, mit dem wir beweisen können, daß der Club für Dinge bezahlt hat, die er nicht erhalten hat.«

Er holte einen großen gelben Aktenordner hervor, auf dem RHEINHARDT'S stand.

»Was ist Rheinhardt's?« fragte ich und spähte ihm über die Schulter.

»Der Lebensmittellieferant, bei dem The Oaks einkauft. Die Firma ist auf Country Clubs spezialisiert. Sie fungiert als Mittelsmann und verkauft uns sämtliches Fleisch, Obst, Gemüse und so weiter.«

»Wenn Brendan also irgendeinen Betrug organisiert hat, muß jemand von Rheinhardt's mit ihm unter einer Decke stecken, oder?«

»Das würde ich annehmen. Offenbar lassen wir von Rheinhardt's liefern, seit Brendan vor ein paar Jahren in den Club gekommen ist. Man muß seine Phantasie nicht übermäßig strapazieren, um sich auszumalen, wie er zu einem Mitarbeiter von dort sagt: ›Berechne mir zuviel für x, y und z, dann gebe ich dir einen Anteil am Geld.‹«

»Klar, und da Duncan ihn deckt, wird er nie gefaßt«, sagte ich. »Was wir also brauchen, ist eine Rechnung neueren Datums von Rheinhardt's, auf der wir nachsehen können, was sie dem Club berechnet haben.«

Hunt blätterte die Unterlagen in dem Ordner durch und nahm eine heraus.

»Hier ist eine«, sagte er. »Datiert vom ersten Juni und mit dem Vermerk ›Bezahlt‹. Brendan hat sie unterschrieben.«

Die Rechnung listete verschiedene Lebensmittel in unterschiedlichen Mengen mit den entsprechenden Preisen auf.

»Wow! Ich hatte ja keine Ahnung, wie teuer es ist, dreihundert Clubmitglieder zu verpflegen«, sagte ich.

»Schau mal, hier ist noch eine«, sagte Hunt, nahm eine Rechnung aus dem Ordner und studierte sie.

»Macht sie einen korrekten Eindruck?« fragte ich.

»Ja, aber ich bin kein Experte für so etwas. Frag mich über die Zukunft des Viehmarktes, dann kann ich dir weiterhelfen.«

»Tja, dann werden wir ihn mitnehmen müssen.«

»Wen mitnehmen?«

»Den Rheinhardt's-Ordner.«

»Jude, wir können nicht den ganzen Ordner mitnehmen. Es fällt garantiert jemand auf, daß er fehlt.«

»Wir behalten ihn nur ein oder zwei Tage«, sagte ich. »Wenn jemand danach sucht, wird er glauben, er sei verlegt worden, weiter nichts. Das gleiche gilt für den Ordner mit dem Gesamtetat. Der steht doch hier irgendwo, oder nicht?«

»Der Ordner mit dem Gesamtetat? Ja, der müßte hier drin stehen.«

Hunt zog eine weitere Schublade auf und holte einen Ordner heraus, auf dem Stand: THE OAKS: ETAT 1995.

»Toll«, sagte ich. »Den nehmen wir auch mit.«

»Aber was fangen wir mit ihnen an?« sagte Hunt. »Ich habe dir doch schon gesagt, daß mir die Belege korrekt vorkommen.«

»Wir nehmen beide Ordner mit zu unserem Steuerberater«, sagte ich. »Als Valerio in seinem Restaurant betrogen wurde, war es sein Steuerberater, der ihn gerettet hat.«

»Wir können die Unterlagen nicht zu unserem Steuerberater bringen«, meinte Hunt.

»Warum nicht?« wollte ich wissen.

»Weil unser Steuerberater Mitglied in diesem Club ist, hast du das vergessen? Ich habe unsere Steuerangelegenheiten vor einem halben Jahr Peter Kendall übertragen, als er über mich ein Konto bei F & F eröffnet hat. Ich dachte, das wäre eine nette Gegenleistung. Weißt du?«

»Ach, Hunt«, sagte ich und seufzte. »Was soll ich nur mit dir anfangen?«

Ich dachte über unsere mißliche Lage nach. Dann hatte ich eine Idee.

»Ich kenne noch einen Steuerberater«, sagte ich und dachte an die Frau, die auf der Wildwestparty unter Claires Gästen gewesen war. »Eine Frau namens Sharon Klein.«

»Klein. Klein«, sagte Hunt und versuchte, den Namen unterzubringen. »War das nicht eine der Frauen, die die Mitgliedschaft hier beantragt haben?«

»Ja. Claire hat sich für sie eingesetzt. Ich wette, ihr liegt genausoviel wie uns daran, den Mörder ihrer Freundin vor Gericht zu bringen, und ich wette, sie würde die Unterlagen durchsehen und die Sache äußerst diskret behandeln.«

»Einen Versuch ist es wert«, sagte Hunt.

Ich nickte, zog den Reißverschluß der Tennistasche auf, nahm den Wilson Sledgehammer heraus und schob die Aktenordner hinein.

»Gott sei gedankt für überdimensionale Tennistaschen. In meine hätten diese Ordner nie hineingepaßt«, sagte ich. »Und jetzt gehen wir Grillhähnchen essen.«

Die Essen anläßlich der Tenniswettkämpfe waren zwanglose Veranstaltungen, die auf dem Vorplatz der Tennishalle stattfanden. Als wir eintrafen, deckte das Küchenpersonal gerade die Tische, da zu erwarten war, daß das Turnier, das nun mit Larkin und Perry Vail gegen Penelope und Reggie Etheridge in seiner letzten Runde stand, bald beendet sein würde. Alle schlürften an ihren Bloody Marys, beobachteten das Match und gaben ihre Kommentare dazu ab.

»Wow! Toller Schlag«, rief Bailey Vanderhoff, nachdem Larkin eine mörderische Vorhand an Penelopes ausgestrecktem Schläger vorbeigedonnert hatte. Dann, als alle Larkin applaudierten, wandte sich Bailey zu mir und flüsterte: »Dieses Luder kann wirklich auf den Ball eindreschen, das muß man ihr lassen, aber ich werde ihr nie verzeihen, wie sie Penelope vor all den Leuten hier vorführt.«

Ich lachte und wunderte mich darüber, wie falsch die Leute im Club sein konnten. Und wie ehrgeizig. Ging es nicht in ihre Köpfe hinein, daß die Tenniswettkämpfe am Freitagabend Spaß machen sollten?

»Er hat einen Fußfehler gemacht!« brüllte Conrad Dingle, als Perry bei seinem ersten Aufschlag die Linie übertreten hatte.

»Du brauchst eine Brille«, sagte ich zu Conrad. »Ganz zu schweigen von einem Maulkorb.«

»Du brauchst eine Brille«, schoß Conrad zurück.

»Ich habe schon eine«, sagte ich und griff in meine Tasche, um meine neue, goldgeränderte Ralph-Lauren-Brille herauszuholen, die mir dazu dienen sollte, die Zeitungslektüre zu erleichtern.

»Mann, das ist ja komisch«, sagte ich zu Hunt, ignorierte Conrad Dingle einstweilen und machte mich mit der Tatsache vertraut, daß mein Brillenetui nicht in meiner Tasche war. »Ich hätte schwören können, daß ich die Brille mitgenommen habe.«

»Hast du auch«, flüsterte Hunt. »Du hattest sie auf, als wir im Büro waren.«

»Stimmt, und jetzt ist sie nicht in meiner Tasche.«

Hunt wurde bleich. »Du hast sie doch nicht dort liegen lassen, Jude?«

»O nein, das darf nicht wahr sein«, stöhnte ich.

»Na toll«, murmelte er. »Dann wissen ja bald alle, daß wir die Unterlagen mitgenommen haben.«

»Kein Mensch erfährt es«, widersprach ich. »Die Brille könnte jedem vom Finanzausschuß gehören.«

»Nein, kann sie nicht«, wandte er ein. »Es ist eine Damenbrille, und wir haben keine Frauen im Ausschuß.«

»Ihr hättet welche, wenn Claire noch leben würde«, seufzte ich.

»Wir werden zurückgehen und sie holen müssen«, sagte Hunt.

Wir erhoben uns, warfen unsere leeren Plastikbecher in den Abfall und wollten gerade zum Clubhaus hinüberspazieren, als einer der Küchenjungen auf uns zugeeilt kam.

»Mrs. Price?« fragte er, ganz außer Atem und mit einem breiten irischen Akzent.

»Ja?«

»Ist das ihre?« Er reichte mir mein Brillenetui.

»Na so was, ja, das ist meine«, sagte ich. »Aber wo haben Sie sie denn gefunden?«

»Mr. Hardy hat gesagt, ich soll sie Ihnen bringen«, sagte er. »Er hat gesagt, daß Sie sie liegengelassen hätten.«

Brendan? Mir klopfte das Herz bis zum Hals. »Woher hat er denn gewußt, daß es meine ist?« fragte ich den Jungen.

Er zuckte die Achseln. »Er hat bloß gesagt, ich soll Ihnen sagen, daß Sie in Zukunft besser aufpassen sollen.«

Der Junge drehte sich um und rannte in die Küche zurück.

»Hast du das gehört?« fragte ich Hunt. Mein Mund war vor Angst ganz ausgetrocknet. »Brendan hat mich soeben ein weiteres Mal gewarnt.«

»Mein Gott. Der Kerl muß im Büro rumgeschnüffelt haben, nachdem wir weg waren«, sagte er. »Ich schätze, er wollte wissen, was wir im Schilde führten – und zwar um jeden Preis.«

»Das heißt, daß er der Mörder sein könnte, Hunt, und derjenige, der ins Haus eingebrochen ist und den Aufzug außer Betrieb gesetzt hat«, sagte ich. »Jetzt müssen wir nur noch Beweise sammeln.«

Plötzlich ertönte donnernder Applaus. Ich nahm an, daß Larkin und Perry Vail das Turnier gewonnen hatten und die Glückwünsche der anderen Teilnehmer entgegennahmen, von denen viele vor wenigen Minuten noch über sie gelästert hatten.

»Sie fangen schon an, das Essen zu servieren«, sagte Hunt. »Wir gehen am besten gleich hinüber.«

»Ausgeschlossen«, sagte ich. »Ich gehe jetzt auf schnellstem Weg zu Sharon Klein.«

»Aber wir wissen doch nicht einmal, wo sie wohnt«, sagte Hunt.

»Sie wohnt in Belford«, sagte ich. »Wir schlagen die Adresse im Telefonbuch nach.«

»Bist du dir ganz sicher, Jude?« fragte er.

»Sicher bin ich mir sicher«, sagte ich. »Sharon wird uns helfen. Ich weiß, daß sie uns hilft.«

»Nein, ich habe gemeint, ob du dir sicher bist, daß du vor dem Essen gehen willst. In all den Jahren, die ich dich kenne, hast du noch nie eine Mahlzeit ausfallen lassen.«

17. Kapitel

Eilig gingen wir zum Parkplatz und steuerten auf unser Auto zu.

Als wir näher kamen, packte mich Hunt so fest am Arm, daß er ihn mir fast gebrochen hätte.

»Was zum Teufel ist denn in dich gefahren?« fragte ich und sah ihn an.

»Das!« Er zeigte auf unseren BMW und rang nach Luft.

Alle vier Reifen waren aufgeschlitzt worden. »Wer könnte das wohl gewesen sein?«

»Was glaubst du?« murmelte Hunt.

»Brendan.« Es mußte Brendan gewesen sein. Oder vielleicht hatte er einen seiner Küchenjungen dazu angestiftet. Um uns noch eine Warnung zu verpassen. »Ach Hunt. Was machen wir denn jetzt?«

Er gab keine Antwort. Ich glaube, er rechnete aus, wieviel vier neue Michelin-Reifen kosten würden.

»Paß auf, die Sache ist etwas außer Kontrolle geraten«, sagte ich. »Jetzt brauchen wir Toms Hilfe, meinst du nicht?«

Er nickte. Sein Teint hatte eine krankhaft grüne Schattierung angenommen, so wie es stets der Fall war, wenn sein Auto, sein Haus oder seine Tochter eine große und unerwartete Geldsumme beanspruchten.

»Du paßt auf die Tennistasche und die Aktenordner auf. Ich gehe ins Clubhaus und piepse Tom an. Er ist im Handumdrehen da«, sagte ich.

»Sag ihm auf jeden Fall, daß wir einen Flachbettwagen für das Auto brauchen, nicht einen von diesen windigen Abschleppkarren«, rief er, setzte sich auf die Motorhaube des BMW und stützte den Kopf in die Hände.

Ich lief zum Münztelefon im Damenumkleideraum und piepste Tom an, der mich nach fünf Minuten zurückrief. Als ich ihm erzählte, was passiert war, sagte er, daß Hunt und ich im Auto warten sollten, er uns in zehn Minuten abholen und sofort einen Abschleppwagen – einen Flachbettwagen – losschicken würde.

»Ist mit Ihnen alles in Ordnung?« fragte er mich.

»Mir ist ein bißchen flau, aber das kommt wahrscheinlich daher, daß ich seit heute mittag nichts mehr gegessen habe«, sagte ich.

»Ich halte bei Burger King und bringe Ihnen ein paar Whopper mit«, sagte er. »Oder sind Sie eingefleischter McDonald's-Fan?«

»Ich bin eingefleischter Lutèce-Fan, aber ein paar Whopper wären nicht übel«, sagte ich.

Tom holte uns in seinem neutralen Chevy Caprice ab und brachte uns ins Polizeirevier, wo wir uns in sein Büro setzten und unsere Hamburger und Pommes frites verschlangen. Ich weiß, daß manche Menschen keinen Bissen hinunterbringen, wenn sie aufgeregt sind, aber ich war am Verhungern. Ganz die Mutter offenbar.

»Sie müssen uns helfen, Sharon Klein zu finden«, sagte ich zwischen zwei Happen zu Tom. »Ich glaube, es ist wichtig, daß sie sich diese Akten ansieht und uns sagt, ob irgend etwas an ihnen verdächtig ist. Wenn ja, können Sie Brendan verhaften.«

»Nicht so schnell«, warnte Tom.

»Kommen Sie, wir wissen doch alle, daß er ein Gauner ist«, sagte Hunt. »Warum können Sie ihn nicht einfach einsperren?«

»Eins nach dem anderen, ja?« sagte Tom. »Selbst wenn Brendan die Mitglieder von The Oaks betrügt, finde ich, daß unser nächster Schritt darin bestehen sollte, herauszufinden, wo diese Sharon Klein wohnt und ihr einen Besuch abzustatten.«

Er griff nach dem Telefonbuch und begann, Sharons Nummer zu suchen.

»Es sollte nicht besonders schwierig sein, das herauszufinden«, sagte ich. »Schließlich sind wir hier in Belford und nicht in Great Neck. So viele Kleins können nicht im Telefonbuch stehen.«

Tom ließ den Finger die Seite des Telefonbuchs hinabgleiten und hielt schließlich inne. »Da ist eine ›S. Klein‹ im Rosebud Trail.«

S. Klein entpuppte sich tatsächlich als Sharon Klein, *die* Sharon Klein, die die Mitgliedschaft im The Oaks Country Club beantragt hatte. Als Tom ihr die Situation ebenso wie deren Dringlichkeit erklärte, war sie einverstanden, gleich mit uns zu sprechen.

»Glücklicherweise ist zur Zeit nicht besonders viel los«, sagte sie, als wir bei ihr ankamen. Sie wohnte in einem bescheidenen Haus im Kolonialstil auf ein paar Morgen Grund. »Die Steuersaison beginnt erst später.«

Sharon hatte kurzes braunes, unkompliziert frisiertes Haar und eine große Hornbrille und trug einen ernsten, fast schmerzlichen Gesichtsausdruck zur Schau. Sie entsprach meinem Bild von einer Steuerberaterin in jeder Hinsicht, abgesehen davon, daß jedes ihrer Ohrläppchen an sechs Stellen gepierct war und auf ihrem T-Shirt stand: ICH FAHRE MOTORRAD. IRGENDWAS DAGEGEN?

Als wir ihr sagten, was wir von ihr wollten, bat sie um vierundzwanzig Stunden Zeit.

»Normalerweise würde ich mehrere Tage für eine solche Buchprüfung brauchen, aber ich werde alles erst einmal überfliegen und versuchen, einen Eindruck davon zu gewinnen, was da gespielt wird«, sagte sie. »Das ist das mindeste, was ich für Claire tun kann.«

Am folgenden Nachmittag, nachdem Hunt und ich mit unserem neu bereiften Vehikel von Tire World zurückgekommen waren, bekamen wir einen Anruf von Tom, in dem er uns mitteilte, daß Sharon bereits ein Problem in der Buchführung des Clubs entdeckt hatte.

»Sharon sagt, nachdem sie die Ausgaben des Clubs für Lebensmittel und alkoholische Getränke gegenüber dem Warenabsatz überprüft hat, daß es erhebliche Unstimmigkeiten gäbe. Sie hat auch etwas von ›Phantomrechnungen‹ erwähnt, also Beträge, die an den Lebensmittellieferanten bezahlt wurden, obwohl die Waren nie geliefert wurden. Sie sagt, jemand in Ihrem Club hat ganz zweifellos etwas eingefädelt – und zwar schon seit geraumer Zeit – und daß sie das gern vor Gericht bezeugen wird.«

»Toll! Und was passiert als nächstes?« fragte ich.

»Sie bringen die Akten zunächst mal wieder zurück«, sagte er.

»Zurückbringen? Aber das sind Beweisstücke«, wandte ich ein.

»Sharon hat von allem Kopien gemacht. Ich möchte, daß Sie und Hunt die Aktenordner in den Club zurückbringen und dafür sorgen, daß Brendan Sie dabei sieht.«

»Weshalb? Damit er uns noch einmal die Reifen aufschlitzen kann? Ich glaube nicht, daß ich Hunt das antun kann.«

»Nein, damit wir Brendan – und wer immer außer ihm an diesen Gaunereien beteiligt ist – dabei erwischen können, wie er versucht, seine Spuren zu beseitigen. Wir haben keine stichhaltigen Beweise gegen Mr. Hardy, Judy. Wir brauchen aber welche. Ich wette, er geht nach Ihnen in dieses Büro und stiehlt die Akten oder fälscht sie irgendwie.«

»Gut, aber woher wollen Sie wissen, daß es Brendan war, der sie gestohlen hat?«

»Wir werden es wissen, weil Sie eine Wanze dort verstecken werden.«

»Ich?«

»Ja. Wenn Sie heute wieder in das Büro gehen, bringen Sie dort ein kleines Abhörgerät an. Dann wissen wir genau, wer was tut.«

»Aber Tom, ich habe keine Ahnung von Wanzen, Abhörgeräten oder ähnlichen Dingen. Und Hunt können Sie auch vergessen. Er ist eine Katastrophe bei allem, was elektrisch ist. Einmal hat er beinahe die Küche in die Luft gesprengt, als er versucht hat, den Toaster zu reparieren und …«

»Judy, nur die Ruhe«, sagte Tom. »Das, worum ich Sie bitte, ist keine Gehirnchirurgie. Gibt es in dem Büro eine Schachtel mit Papiertaschentüchern?«

»Ich habe keine Ahnung. Weshalb?«

»Weil wir eine spezielle Abhörantenne für Tücherschachteln haben. Sie ist leicht zu verbergen und funktioniert hervorragend. Nehmen Sie auf alle Fälle eine mit, falls es dort keine gibt, ja?«

»Ist recht. Irgendeine spezielle Marke? Kleenex hat diese neue Sorte herausgebracht, bei der jedes Tuch mit Feuchtigkeitscreme getränkt ist. Die sind sanfter zur Nase.«

»Sagenhaft. Die besorge ich mir, wenn ich nächstes Mal erkältet bin. Also, ich nehme an, in diesem Büro steht ein Schreibtisch oder ein Konferenztisch, oder?«

»Ein Konferenztisch.«

»Gut. Sie bringen den Sender unter diesem Tisch an und klemmen dann die Antenne an die Tücherschachtel.«

»Aber Tom, ich bin mir nicht sicher, ob wir wissen, wie…«

»Ich komme in zwanzig Minuten vorbei und zeige Ihnen alles, was Sie wissen müssen. Paßt Ihnen das?«

»Ja. Nur eines noch.«

»Was?«

»Bekomme ich dafür eine Sondervergütung, oder gehört das Anbringen einer Wanze in einem Büro zu meiner Arbeit als Informantin?«

»Sie bekommen eine Sondervergütung. Ich kaufe Ihnen noch einen Whopper bei Burger King.«

Da es ein herrlicher Samstagmorgen im August war, wimmelte es im The Oaks von Menschen. Hunt sollte mit Ducky, Perry und Addison Bidwell Golf spielen, meldete sich aber ab, um mich auf meiner Abhörmission zu begleiten. Seit dem Zwischenfall im Aufzug wich er nicht mehr von meiner Seite. Beschützte mich. Unterstützte mich. Liebte mich. War genau der Ehemann, den ich brauchte. Meine Mutter hatte schon recht, als sie sagte: »Bleib bei ihm. Du hättest es schlechter treffen können.«

»Es ist mir ja so unangenehm, dich vom Golfen wegzulotsen«, sagte ich, als wir auf dem Weg zum Clubhaus an Dutzenden von Golfern vorbeikamen. »Du brennst doch sicher darauf zu spielen.«

»So wichtig ist mir das Golfen auch nicht«, meinte er. »Was mir wichtig ist, ist die Kameradschaft, das Menschliche. Ich mag Perry und Ducky wirklich gern. Vor allem Ducky. Er ist ein gediegener Bursche, Jude.«

»Vor allem gediegen.«

»Ach, komm schon, Booch. Ich weiß, daß du ihn einmal in Verdacht hattest, aber er ist wirklich ein sanftmütiger, zurückhaltender Mensch. Er könnte niemandem etwas zuleide tun, glaub mir. Als ich ihn heute morgen anrief, um abzusagen, weißt du, was er gerade gemacht hat?«

»Ich weiß jedenfalls, was er nicht gemacht hat: mit seiner Frau geschlafen. Nedra sagt, sie tun es nie.«

»Nedra sagt, sie tun es. Nedra sagt, sie tun es nie. Nedra sagt viel, wenn der Tag lang ist. Sie liebt es, andere zu schockieren.«

»Stimmt.«

»Als ich anrief, hat er gerade Bartholomew operiert.«

»Nedras kleinen Terrier?«

»Ja. Der alte Bart war in eine winzige Glasscherbe getreten, und Ducky hat sie rausgeholt.«

»Na, wenn das nicht reizend ist. Offen gestanden mag ich Ducky ganz gern. Von all den Komikern in diesem Club ist er vermutlich am wenigsten komisch. Nur als ich mitgehört habe, wie er Claire erzählt hat, daß er wünschte, sie wären noch zusammen und dieses ganze sentimentale Gesülze ... das hat mich ein bißchen beunruhigt.«

»Sieh mal, Claire Cox war eine äußerst attraktive, leidenschaftliche Frau. Es ist nicht schwer nachzuvollziehen, warum sie gewaltigen Eindruck auf Ducky gemacht hat, als sie auf dem College waren.«

»Da hast du wohl recht.«

Mit unserer »Ausrüstung«, bestehend aus den Akten, dem Sender, der Antenne und der Kleenex-Schachtel, was ich alles zusammen in meine Leineneinkaufstasche von Barnes & Noble gestopft und mit einem großen Handtuch abgedeckt hatte, kamen wir am Clubhaus an. Wie Tom uns angewiesen hatte, gingen wir in den Hauptspeisesaal und fragten einen der Kellner, ob Brendan in der Nähe sei.

»Er ist in der Küche«, sagte der Kellner.

»Ich weiß«, sagte ich, »aber ich würde ihn gern sprechen. Nur einen Moment.«

Der Kellner sagte, er sei gleich wieder da und verschwand in der Küche. Kurz darauf kam Brendan heraus.

»Hallo, Brendan«, sagte ich. »Ich wollte mich nur persönlich bei Ihnen bedanken, weil Sie meine Brille gefunden haben und sie mir gleich haben bringen lassen. Das war sehr aufmerksam von Ihnen.«

»Kein Problem«, sagte er.

»Ich habe sie im Büro liegen lassen, als Hunt – er sitzt ja im Finanzausschuß, wie Sie wissen – ein paar Akten gesucht hat. Jetzt bringen wir sie wieder zurück, aber diesmal lasse ich meine Brille bestimmt nicht liegen!«

Ich streckte Brendan meine Hand entgegen, aber er wollte sie nicht schütteln.

»Ich habe fettige Finger«, sagte er. »Ich habe gerade Hühnerbrüstchen gefüllt.«

»Das verstehe ich natürlich«, sagte ich. »Immer vorsichtig.«

Und damit verließen wir ihn und gingen zum Büro hinüber.

Tom hatte recht: Die Abhörapparatur aufzubauen war keine Gehirnchirurgie. Hunt und ich brachten die Akten zurück, stellten den Sender und die Antenne auf und waren in zwanzig Minuten wieder draußen.

Wir hörten erst um vier Uhr nachmittags etwas von Tom.

»Haben Sie etwas aufgeschnappt?« fragte ich.

»Ja. Ein Mann hat sich in eines Ihrer mit Feuchtigkeitscreme getränkten Tücher geschneuzt.«

»Das war alles?«

»Das war alles.«

Am nächsten Tag rief Tom an, um zu sagen, daß drei Personen im Büro gewesen waren.

»War Brendan dabei?« wollte ich wissen.

»Nein, alle drei waren Frauen. Sie sprachen über die Blumenarrangements für den Ball am Labor Day.«

»Toll. Nun ja, morgen ist Montag, und da sind die meisten

Mitglieder in der Arbeit. Wenn Brendan irgend etwas im Schilde führt, könnte morgen Tag X sein.«

Und das war er auch.

»Ich habe großartige Neuigkeiten«, sagte Tom, als er anrief. »Brendan war heute morgen im Büro, und es war noch jemand bei ihm.«

»Duncan Tewksbury?« fragte ich.

»Das konnte ich nicht feststellen. Der andere Mann hat nur ein paar Mal gegrunzt.«

»Sind Sie sicher, daß er nicht gegluckst hat? Duncan gluckst andauernd.«

»Nein, das waren keine Gluckser. Das waren Grunzer.«

»Okay, hat Brendan mit diesem Mann über die Reinhardt's-Unterlagen gesprochen?«

»Nein, die kamen gar nicht zur Sprache.«

»Worüber *hat* er denn gesprochen?«

»Über die neue Küche. Ihr Club hat vor, die Küche zu renovieren, stimmt's?«

»Ja, und zwar in der Preislage von drei Millionen Dollar. Nepp ist gar kein Ausdruck dafür. Hunt hat mir eines Abends die Architekturpläne gezeigt, und ich konnte gar nicht fassen, wie wenig wir für unser Geld bekommen. In meinem Appartement in Manhattan hatte ich eine besser ausgestattete Küche.«

»Tja, jedenfalls hat sich herausgestellt, daß Brendan und der unbekannte Zweite in seiner Begleitung mit dem Kücheneinrichter bei dieser Drei-Millionen-Dollar-Küche eine kleine Unterschlagung geplant haben. Diese Pläne, die Sie gesehen haben, sind für eine Zwei-Millionen-Dollar-Küche; Brendan und sein Komplize teilen sich die Differenz mit dem Lieferanten.«

»Mein Gott, was für Schweine. Mit diesem Lebensmittelschwindel und der Geschichte mit der Küche muß Brendan ja langsam ein kleines Vermögen anhäufen.« Ich seufzte bei dem Gedanken daran, wie korrupt die Menschen sein konnten, wie falsch. »Tja, wenigstens haben wir jetzt Beweise gegen Brendan«, sagte ich. »Wann verhaften Sie ihn, Detective?«

»Gar nicht.«

»Was soll das heißen, gar nicht?«

»Die Beweise sind vor Gericht nicht zugelassen, Judy. Der einzige Fall, in dem ich Beweismaterial verwenden kann, das mit einem Abhörgerät aufgenommen wurde, ist, wenn es unter den Begriff ›Aufzeichnung mit Einverständnis‹ fällt.«

»Sie meinen, Sie brauchen Brendans *Einverständnis,* bevor Sie aufzeichnen können, was er sagt? Was ist denn das für ein Unsinn?«

»Passen Sie auf, es läuft folgendermaßen. Wir brauchen sein Einverständnis beim Sammeln von Beweisen für kriminelle Handlungen nicht, *wenn* er das betreffende Gespräch mit einem Polizeibeamten oder jemandem führt, der als verdeckter Ermittler tätig ist. Paragraph achtzehn, Abschnitt fünfundzwanzig-elf des United States Code besagt: ›Es ist nicht ungesetzlich, wenn eine Person im Auftrag der Polizeibehörden ein fernmündlich oder direkt geführtes Gespräch abhört, wenn diese Person selbst an dem Gespräch *teilnimmt.*‹«

»Sie wollen damit also sagen, daß Brendan mit einem Polizisten über seine Missetaten sprechen muß, bevor Sie ihn verhaften können?«

»Genau. Er muß mit einem Polizisten oder mit jemandem, der für die Polizei arbeitet, darüber sprechen.«

»Das ist doch ziemlich unwahrscheinlich«, sagte ich entmutigt und reichlich frustriert. Die Maßnahmen der Polizei begannen sich genauso starr und realititätsfern anzuhören wie die Statuten vom The Oaks. »Brendan wird nie mit einem Polizisten über seine Betrügereien sprechen. Er mag ja ein miserabler Koch sein, aber er ist kein Vollidiot.«

»Nein, aber er könnte eventuell mit einem Clubmitglied sprechen, das der Polizei hilft«, sagte Tom. »Vor allem, wenn er glaubt, daß er keine Wahl hat.«

»Das verstehe ich nicht.«

»Sagen wir mal, ein Mitglied Ihres Clubs würde ein Treffen mit Brendan in dem Raum vereinbaren, in dem wir unseren Abhörapparat installiert haben. Und sagen wir, dieses Mitglied würde Brendan mit sämtlichen Unterschlagungen konfrontieren und dann etwa folgendes sagen: ›Wenn Sie mir einen Anteil geben, Brendan, gehe ich nicht zum Präsidenten des Clubs – oder zur Polizei.‹ So können wir Brendan dazu bewegen, in den Handel einzuwilligen und bekommen alles aufs Band. *Das* könnten wir dann vor Gericht als Beweismaterial verwenden.«

»Brillant, aber Sie schlagen doch wohl nicht etwa vor, daß ich das Clubmitglied sein soll, das ihn damit konfrontiert, oder? Ich weiß, ich arbeite für Sie. Aber den Kerl zur Rede stellen, der Claire ermordet hat?« Der Mann war schließlich ein Verbrecher. In der Öffentlichkeit mit ihm zu sprechen war eine Sache; ein geheimes Treffen mit ihm zu vereinbaren eine andere.

»Nein, Judy. Ich schlage nicht vor, daß Sie Brendan zur Rede stellen«, sagte Tom. »Ich schlage vor, daß Hunt es tut.«

»Hunt?«

»Hast du mich gerufen, Jude?« rief Hunt aus dem Wohnzimmer, wo er über seinen Warentabellen brütete. Er sollte eigentlich diese Woche frei haben, aber bislang hatte er jede Minute damit zugebracht, sich den Kopf über dieses Geschäft und jenes Geschäft zu zerbrechen. Hunt war im Grunde nicht die richtige Person für den Warenterminhandel, der hochriskant ist und starke Nerven erfordert. Er ging nicht gern ein Risiko ein, weiß Gott nicht, und deshalb wunderte es mich, daß Tom ihn für eine so riskante Operation in Erwägung zog.

»Sie wollen, daß Hunt Brendan zur Rede stellt?« fragte ich Tom.

»Es wäre eine Möglichkeit«, sagte er. »Brendan vermutet bereits, daß Sie beide ihn auf dem Kieker haben. Wie wäre es, wenn Hunt sich nun hinsetzte und sagte: ›Hören Sie, Mann, ich habe diese Bücher durchgesehen, und ich weiß, daß Sie Geld beiseite schaffen. Ich habe selbst im Moment massive Probleme und brauche dringend Geld. Wenn Sie mir ein Stück vom Kuchen abgeben, halte ich den Mund.‹ Es wäre möglich, daß Brendan sich in die Enge getrieben fühlt und über Hunts Angebot nachdenkt. Sowie er etwas sagt, was ihn belastet, gehen wir hinein und nehmen ihn fest.«

»Aber Tom«, sagte ich. »Bedenken Sie doch, was mit Claire passiert ist. Sie hat vermutlich herausgefunden, was Brendan trieb, ihn zur Rede gestellt und gedroht, ihn zu verpfeifen. Jetzt ist sie tot, und das wünsche ich meinem Mann weiß Gott nicht.«

»Hunt wird kein Haar gekrümmt werden«, sagte Tom. »Wir werden auf dem Parkplatz warten und jedes Wort belauschen, das sie sagen. Wenn es so klingt, als würde Brendan die Beherrschung verlieren, schreiten wir ein.«

Ich stellte mir den Ablauf vor. Im Fernsehen gingen die Pläne der Bullen andauernd schief, und die Guten behielten nicht immer die Oberhand. Doch es war Hunts Entscheidung, ob er mit Toms Plan einverstanden war, und nicht meine.

Ich legte auf und ging ins Wohnzimmer, um mit Hunt zu sprechen.

»Booch?« sagte ich und kuschelte mich auf dem Sofa an ihn. »Kann ich einen Moment mit dir reden?«

»Klar«, sagte er und legte einen Arm um mich. »War das Tom, mit dem du gerade telefoniert hast?«

»Möchte er wirklich, daß ich das mache?« fragte Hunt mit aufgerissenen Augen, nachdem ich ihn über Toms Vorstellungen unterrichtet hatte.

Ich nickte. »Aber hör mal, Hunt, du mußt es nicht tun«, sagte ich. »Tapp nicht in die Machofalle, indem du dir einbildest, du müßtest deine Männlichkeit dadurch beweisen, daß du dich selbst in Gefahr begibst. Ich liebe dich genauso wie du bist, ob du jetzt den verdeckten Ermittler mimst oder nicht. Vergiß das nicht, wenn du das Für und Wider von Toms Idee abwägst und versuchst, zu entscheiden, was du ...«

»Ich mache es«, unterbrach er mich. »Wenn das dem ganzen Spuk ein Ende setzt, mache ich es.«

»Bist du dir sicher?« sagte ich.

»Ich bin mir sicher«, sagte er. »Mir passiert nichts.«

18. Kapitel

Tom kam zu uns nach Hause und bereitete Hunt auf seine geheime Mission vor. Dann rief Hunt im Club an und fragte, ob er Brendan sprechen könne, doch er war nicht erreichbar. Hunt ließ ihm etwas ausrichten. Etwa eine Stunde später rief Brendan zurück.

»Ich möchte mit Ihnen sprechen«, sagte Hunt. »Heute abend. Im Club. Es ist in unser beider Interesse, daß wir uns möglichst bald treffen.«

»Warum? Stimmt etwas nicht?« fragte Brendan.

»Ja, und ich glaube, Sie wissen auch, was«, sagte Hunt. »Wir sehen uns dann um acht. Im Büro.«

»Ich kann nicht. Ich habe etwas anderes vor«, wandte Brendan ein.

»Sagen Sie es ab«, sagte Hunt in einem Tonfall, den ich kaum wiedererkannte. Hunt war kein herrischer Typ, keiner von der Art, die andere nonchalant herumkommandiert. Vermutlich lag es daran, daß er nicht Teilnehmer bei F & F geworden war, wo Angeberei mit Klugheit gleichgesetzt wurde. Plötzlich und in aller Deutlichkeit wurde mir klar, daß Hunt bei F & F nie aufsteigen würde. Er war nicht unangenehm genug.

Hunt fuhr in unserem BMW zum Club hinüber, während Tom und ich ihm im Caprice folgten. Wir parkten auf dem Parkplatz, wo unsere Autos die einzigen waren.

»Viel Glück, Booch«, sagte ich, als ich Hunt zum Abschied küßte. »Wir sind hier, wenn du uns brauchst, und hören jedes Wort mit.«

»Ich weiß«, sagte er. »Es geht bestimmt alles gut. Ich bringe diesen Kerl dazu, sich auf Band selbst zu belasten, und dann haben wir diese ganze Mordgeschichte hinter uns.«

Während Hunt aufs Clubhaus zuging, stellte Tom seinen Abhörempfänger auf dem Vordersitz auf. Er steuerte alles richtig aus, setzte sich einen Kopfhörer auf und reichte mir einen zweiten. Dann warteten wir. Ich machte beinahe einen Satz, als ich Hunts Stimme hörte. Mein lieber, süßer Hunt, der jetzt über die Kleenexantenne zu empfangen war. So nah und doch so fern.

»Freut mich, daß Sie doch gekommen sind«, hörte ich ihn zu Brendan sagen. »Wir müssen ein paar Dinge besprechen.«

Ich versuchte, sie mir in dem Büro vorzustellen, wie sie miteinander redeten. Wer war wo? Standen oder saßen sie? Nah beieinander oder an entgegengesetzten Seiten des Raums? Sahen sie sich lächelnd oder finster an? Das Gefühl, Hunt hören, aber nicht sehen zu können, war ausgesprochen verwirrend.

»Was soll das Ganze eigentlich, Price?« fragte Brendan.

Ich stieß Tom an. Daß Brendan das »Mr.« fallenließ, wenn er mit Hunt sprach, war kein gutes Zeichen. Aber andererseits sprachen sich Männer ja oft mit ihren Nachnamen an, erinnerte ich mich. Es war eine Machokiste. Frauen taten das nie. Frauen sagen nicht: »Ich habe gehört, daß Goldberg schwanger ist.« Oder: »Rudinsky hat sich schon zum dritten Mal liften lassen.« Vielleicht war ja Brendans »Was soll denn das alles, Price?« gar nicht feindselig, sondern nur männlich.

»Ich weiß, daß Sie hier im Club eine kleine Betrügerei organisiert haben«, fuhr Hunt fort. »Mehr als eine. Sie machen mit den Leuten von Rheinhardt's gemeinsame Sache. Und mit dem Kücheneinrichter auch.«

»Sind Sie betrunken, Price?« fragte Brendan höhnisch. »Ich kann Ihnen nicht folgen.«

»Passen Sie auf, Brendan. Es hat keinen Zweck, es zu leugnen. Ich habe Beweise. Ich habe die Zahlen von einer Steuerberaterin prüfen lassen, und ich habe einen Mann von Rheinhardt's, der zugegeben hat, daß Sie gemeinsame Sache machen.«

Die letzte Bemerkung war der reine Bluff, ein Teil von Toms Plan, Brendan in die Falle zu locken.

»Ja? Wen denn?« fragte Brendan herausfordernd.

»Joe Carabella«, sagte Hunt und nannte damit den Namen eines Angestellten von Rheinhardt's. »Er sagt, Sie hätten den Cub hintergangen, seit Sie hier arbeiten.«

Schweigen. Dann ein Niesen. Es war nicht Hunt, der nieste.

Sein Niesen würde ich überall heraushören. Außerdem nieste er kaum mehr, seit der Arzt ihm andere Medikamente gegen seine Allergie verschrieben hatte.

Nein, es war Brendan, der nieste. Einmal. Zweimal. »Verdammter Heuschnupfen«, fluchte er. »Also, was wollen Sie eigentlich, Price?« sagte er. »Wollen Sie mich rausschmeißen? Geht es darum? Wenn Sie das wollen, müssen Sie sich mit Duncan auseinandersetzen...«

»Sie meinen Ihren Vater?« sagte Hunt. »Ist Duncan auch in die kleinen Betrügereien verwickelt?«

»Sagen Sie mir einfach, was Sie wollen, ja?«

»Ich will auch ein Stück vom Kuchen«, sagte Hunt und machte auf hartgesotten, wie ein Gangster in einem Krimi. »Sie beteiligen mich, und ich halte den Mund.«

Schweigen.

»Warum sehen Sie mich so an?« fragte Hunt.

»Ich bin überrascht, weiter nichts«, sagte Brendan. »Ich habe Sie nicht für so einen Typ gehalten.«

»Für einen Typ, der den Club bestiehlt, so wie Sie?« sagte Hunt, der lediglich tat, was ihm aufgetragen worden war: Brendan zu einem Geständnis zu verleiten.

»Ich dachte immer, Sie seien päpstlicher als der Papst«, sagte Brendan. Ich konnte sein Grinsen förmlich sehen.

»Ich bin nicht päpstlicher als der Papst. Ich bin Börsenmakler, und meine Geschäfte sind in letzter Zeit nicht gut gelaufen. Ganz und gar nicht gut«, erklärte Hunt. »Offen gestanden sitze ich in der Patsche. Meine Firma will mich vor die Tür setzen. Ich bin mit meiner Hypothek im Rückstand, und meine Rechnungen hier im Club habe ich auch nicht bezahlt. Und zu allem Überfluß hat meine Frau auch noch ihren Job verloren.«

»Ihre Frau ist eine flotte Mieze, wissen Sie das, Price?« sagte Brendan.

Tom und ich sahen uns an. Dann formte er mit lautlosen Lippenbewegungen die Worte »Er hat recht« und lächelte. Ich versuchte, sein Lächeln zu erwidern, schaffte es aber nicht. Nicht bevor Brendan Hardy hinter Gittern saß.

»Hören Sie, Brendan. Ich habe Ihnen ein Angebot gemacht«, sagte Hunt, dem es erstaunlich gut gelang, gelassen zu bleiben. »Sie geben mir einen Anteil, dann erzähle ich der Polizei nicht, was hier vorgeht. Ich könnte mir vorstellen, daß die Bullen Sie bei Ihren Vorstrafen nicht gerade mit Samthandschuhen anfassen.«

»Woher wissen Sie, daß ich vorbestraft bin?« wollte Brendan wissen.

»Ihr Freund von Rheinhardt's hat es mir erzählt«, sagte Hunt. »Er hat mir eine ganze Menge erzählt.«

»Schwachsinn«, sagte Brendan. »Nie hat er das getan.«

»Okay, wenn Sie so darüber denken«, sagte Hunt, »dann werde ich wohl jedem erzählen müssen, was ich weiß, angefangen bei Evan Sutcliffe, dem Schatzmeister vom The Oaks. Ich nehme an, er wird die Lage mit Ihrem Vater besprechen, und dann gehen sie gemeinsam zur Polizei.«

»Mein Vater«, schnaubte Brendan und nieste erneut.

»Also, nehmen Sie mein Angebot jetzt an?« sagte Hunt.

Schweigen. Wir waren nahe am Ziel. Ganz nahe. Brendan würde jeden Moment – auf Band und dokumentiert – zugeben, daß er den Club bestohlen hatte. Und dann würde Tom ihn festnehmen und ihn dazu bringen, den Mord an Claire zu gestehen.

»Nun? Wie sieht's aus?« fragte Hunt.

Weiteres Schweigen. Ich rutschte unruhig auf dem Sitz herum. Das Warten war zermürbend.

»Okay. Ich beteilige Sie«, sagte Brendan.

Ich sah Tom an und hielt ihm siegesgewiß die aufgerichteten Daumen entgegen. Es war vorbei! Hunt hatte es geschafft! Wir hatten Brendan überführt! Meine Gedanken überstürzten sich, während ich mir überlegte, um wieviel besser das Essen im The Oaks sein würde, wenn wir erst einmal einen neuen Küchenchef hatten.

»Ich hatte gehofft, daß Sie es genauso sehen würden wie ich«, sagte Hunt. »Und jetzt wäre es, glaube ich, am besten, wenn Sie mir erklären würden, wie das Ganze vor sich geht. Wer daran beteiligt ist und dergleichen.«

»Das brauchen Sie nicht zu wissen«, fauchte Brendan.

»O doch. Ich will wissen, wer außer mir im Club an den Unterschlagungen beteiligt ist. Also warum erzählen Sie mir nicht einfach von sich und Duncan und all den …«

»Sie bekommen Ihr Geld. Weiter brauchen Sie nichts zu wissen«, sagte Brendan noch einmal und nieste.

Ich hörte Bewegungen und dann ein dröhnendes Geräusch.

»Scheiße«, sagte Tom, nahm die Kopfhörer ab und bedeutete mir, es ihm nachzutun. »Ich glaube, er hat sich ein Taschentuch genommen und dabei die Antenne verschoben.«

»Dann müssen wir hineingehen«, sagte ich. »Wir können Hunt nicht dort drinnen lassen, ohne das Gespräch zu verfolgen.«

»*Schhh.* Warten Sie.« Tom setzte den Kopfhörer wieder auf. »Alles in Ordnung.«

Ich setzte meinen auch wieder auf und lauschte.

»Sind Sie sicher, daß Sie mir nicht sagen wollen, wer Ihre Komplizen sind?« fragte Hunt Brendan.

»Warum so neugierig?« fragte Brendan, bevor er noch einmal nieste.

Er muß nach einem weiteren Taschentuch gegriffen und dabei das letzte erwischt haben, denn in meinem Kopfhörer ertönte plötzlich nur noch Rauschen, dann Schweigen und schließlich eine Stimme.

»He, was zum Teufel ist das?«

Es war Brendan. Hatte er die Antenne entdeckt? War unsere Tarnung aufgeflogen? War Hunt in Gefahr?

»Woher soll ich wissen, was das ist?« sagte Hunt. »Anscheinend hat uns jemand einen kleinen Streich gespielt.«

Ich packte Toms Arm.

»Gehen wir«, sagte ich. »Jetzt!«

Er nahm den Kopfhörer ab, rief über Funk einen Streifenwagen und schoß wie der Blitz aus dem Auto.

»Bleiben Sie hier«, wies er mich vorher noch an.

»O nein«, sagte ich, sprang aus dem Wagen und lief hinter ihm her – beziehungsweise versuchte es. Er war ein wesentlich schnellerer Läufer als ich und in bedeutend besserer Form. Ich schwor mir, mich in einen Aerobic-Kurs einzuschreiben, sowie dieser Zirkus vorüber war.

Ich hatte Tom aus den Augen verloren und bewegte mich keuchend, schnaubend und prustend auf das Clubhaus zu. Als ich den Schuß hörte, blieb ich wie angewurzelt stehen.

»Mein Gott! Nicht Hunt!« schrie ich und eilte weiter. Als ich am Büro ankam, hatte sich die Lage bereits weitgehend beruhigt. Hunt half Tom dabei, Brendan Handschellen anzulegen. Tom las Brendan seine Rechte vor. Und die Kugel, die aus Toms Pistole abgefeuert worden war, steckte in der Decke des Büros. Offenbar hatte Brendan zu fliehen versucht, und Tom hatte geschossen, um ihn zu warnen.

»Oh, Gott sei Dank. Du bist in Sicherheit«, weinte ich und stürzte mich in Hunts Arme.

»Natürlich bin ich in Sicherheit«, sagte Hunt, als wäre sein lebensgefährliches Abenteuer nichts als ein normaler Abend im Leben eines Börsenmaklers gewesen. »Wir sind jetzt alle in Sicherheit, nachdem dieser Abschaum aus dem Verkehr gezogen worden ist.« Er starrte Brendan wütend an, der seinerseits wütend zurückstarrte.

Dann erklangen plötzlich die Sirenen.

»Klingt, als wäre meine Verstärkung eingetroffen«, sagte Tom.

Sekunden später kamen drei uniformierte Beamte ins Büro gestürmt. Tom gab ihnen ein paar Informationen über den Fall und bat sie, Brendan abzuführen. Nachdem sie gegangen waren, wandte er sich an Hunt und mich und sagte: »Jetzt übernehme ich. Zeit für Sie, nach Hause zu gehen.«

»Mit Vergnügen«, sagte ich, von der Sorge um Hunt – und der Rennerei – ganz ermattet.

»Was geschieht jetzt weiter?« wollte Hunt wissen.

»Wir verhören Brendan – soweit sein Anwalt uns dies erlaubt«, antwortete Tom. »Ich bin sicher, sein Vater besorgt ihm so einen Superstar aus New York. Aber das ist nicht meine Aufgabe. Meine Aufgabe ist es, soviel Beweismaterial zu sammeln wie nötig und den Fall an den Staatsanwalt weiterzuleiten. Wir haben jetzt wesentlich mehr gegen Mr. Hardy in der Hand als zuvor. Wir haben ihn dazu gebracht, die Unterschlagungen im Club zuzugeben. Und wenn wir beweisen können, daß Claire Cox von den Unterschlagungen wußte, dann haben wir ein Motiv dafür, daß er sie umgebracht hat.«

»Sie meinen, wir haben immer noch nicht genügend Beweise gegen ihn?« fragte ich.

»Noch nicht«, meinte er. »Wir müssen nachweisen, daß Ms. Cox wußte, was Brendan Hardy trieb.«

»Wie denn?« sagte ich. »Die Frau ist tot.«

Tom zuckte die Achseln.

»Gehen wir nach Hause«, sagte Hunt, der müde, aber triumphierend dreinsah. Ich hatte das Gefühl, daß er eine Art Hochstimmung empfand, wie sie Menschen erleben, die eine schwierige Zerreißprobe überstanden haben. Ungefähr so, wie ich mich immer fühlte, wenn ich ein Wochenende mit Kimberley überstanden hatte.

»Ich bin sehr stolz auf dich«, sagte ich, als wir zum Parkplatz gingen. »Hast du Angst gehabt?«

Hunt schüttelte den Kopf. »Überhaupt nicht«, sagte er.

»Nicht einmal, als Brendan die Antenne fand?«

»Nicht einmal dann.«

Ich glaubte ihm natürlich nicht, aber das gehört eben zu den Dingen, die man für den Mann tut, den man liebt: Man läßt ihn glauben, daß man ihm glaubt. Man läßt ihn glauben, daß man denkt, er sei groß und stark und furchtlos und daß man ihn, wenn's hart auf hart kommt, jederzeit Arnold Schwarzenegger vorziehen würde.

Brendans Verhaftung löste Schockwellen unter den Clubmitgliedern aus, da sich sehr schnell herumsprach, wie und wann es passiert war – einschließlich der Tatsache, daß Hunt und ich im Mordfall Claire Cox mit der Polizei zusammengearbeitet hatten. Infolgedessen waren wir im Club schlagartig berühmt, aber nicht in der Form, wie Sie es sich vielleicht vorstellen. Nein, trotz der Tatsache, daß wir diejenigen gewesen waren, die ihr Leben riskiert hatten, um Brendan daran zu hindern, den Club weiterhin zu bestehlen, verweigerten uns die Mitglieder vom The Oaks nicht nur den Beifall, als wir an ihnen vorübergingen, sondern schrien auch noch buh und pfiffen. Eine dieser alten Matronen schnaubte gar verächtlich! Es war abartig. Die Leute schienen allen Ernstes wütend auf uns zu sein. Als ob wir Verräter wären. Als ob wir uns absichtlich darum bemüht hätten, den geheiligten Ruf des Clubs in den Dreck zu ziehen.

Offen gestanden störte mich diese Mißachtung nicht besonders, aber es tat mir leid für Hunt, der einige Mitglieder wirklich mochte und gern mit ihnen zusammen war. O ja, Perry und Ducky waren immer noch seine Freunde und erklärten ihm, daß sie es äußerst mutig, ja edel von ihm fanden, sich zum Wohle des Clubs in Gefahr begeben zu haben. Aber der Rest von diesen Pennern, mit denen er Golf spielte, tat so, als wäre er der Verbrecher und nicht Brendan.

»Es ist unglaublich«, sagte ich, als ich Arlene die ganze Geschichte erzählte. »Gerade als ich dachte, daß die Leute im The Oaks eigentlich nicht mehr widerwärtiger werden könnten, werden sie es.«

»Wenigstens hast du diesen Brendan hinter Gitter gebracht«, sagte sie. »*Ich* finde, du und Hunt habt einen Orden verdient.«

»Danke für die Unterstützung«, lachte ich. »Wie kann ich dir das je vergelten?«

»Ist das dein Ernst?« fragte Arlene.

»Was?«

»Daß du es mir vergelten willst?«

»Was meinst du denn damit?«

»Na ja, ich wüßte gern, ob ihr immer noch vorhabt, zum Geburtstag deines Vaters nach Florida zu fliegen.«

»Sag bloß nicht, daß du auch mitkommen willst?«

»Auch mitkommen?«

»Ja, Kimberley fliegt mit uns. Ich konnte es ihr nicht abschlagen.«

Am Morgen nach Brendans Verhaftung hatten wir ein Flugticket für Kimberley besorgt, da wir dachten, daß Tom unsere

Dienste nicht länger benötigen würde. Leider stellte sich heraus, daß Tom recht gehabt hatte: Brendans Anwalt war ein New Yorker Staranwalt namens Patrick Delaney, der unter Juristen als »Reißzahn« bekannt war, nicht weil er einen gehabt hätte, sondern weil er angeblich jeden Fall wie ein Raubtier anging. Mr. Delaney ging also zum Richter und behauptete, daß sein Klient das Opfer einer Falle der Belforder Polizei geworden sei. Der Richter weigerte sich, die Klage abzuweisen, erlaubte Brendan aber, eine Kaution zu stellen, obwohl sein Zusammenstoß mit dem Gesetz nicht der erste war. Nun lief der Kerl also wieder frei herum, während er auf seine Verhandlung wartete. Und wir fuhren nach Florida – trotz allem.

»Nein, ich wollte mich nicht nach Florida einladen«, sagte Arlene. »Da ist es mir im Sommer zu heiß. Ich hatte darauf gehofft, daß ich in eurem Haus wohnen könnte, solange ihr weg seid. Du weißt schon, als eine Art Haus-Sitter.«

»Das kannst du natürlich«, sagte ich. »Darauf hätte ich schon früher kommen können. Ein paar Tage auf dem Land sind bestimmt eine nette Abwechslung für dich. Wolltest du alleine kommen?«

»Ja, darum geht es ja gerade. Seit ich mit Randy Schluß gemacht habe, ist mir nicht mehr danach, auszugehen. Ich habe mir gedacht, daß ein Wochenende in Connecticut genau das richtige für mich wäre.«

»Auf jeden Fall. Komm einfach her, und mach es dir gemütlich.«

»Du bist eine gute Freundin, Judy«, sagte Arlene. »Ich wünschte wirklich, ich könnte dir helfen, einen Job zu finden.«

»Ich weiß«, sagte ich. »Vielleicht tut sich ja im Herbst etwas für mich auf.«

»Das hoffe ich.«

Ich beendete das Telefonat mit Arlene und rief Tom an. Ich gab ihm die Nummer meiner Eltern, für den Fall, daß während unserer Abwesenheit irgend etwas Aufregendes passierte.

»Ich wollte Sie gerade anrufen«, sagte er.

»Was gibt's?« fragte ich.

»Zweierlei. Eine gute und eine schlechte Nachricht. Welche wollen Sie zuerst hören?«

»Die schlechte. Dann habe ich noch etwas, worauf ich mich freuen kann.«

»Okay. Die schlechte Nachricht ist, daß mein Chef mich zwingt, unseren Wachposten vor Ihrem Haus abzuziehen. Er sagt, es kostet ein Vermögen, das Haus rund um die Uhr überwachen zu lassen, und daß Sie jetzt, nachdem wir den Hauptverdächtigen verhaftet haben, nicht mehr gefährdet sind. Außerdem können wir wirklich keinen einzigen Mann erübrigen. Wir haben jetzt schon zuwenig Mitarbeiter.«

»Ist schon in Ordnung«, sagte ich. »Auch wenn Brendan wieder auf freiem Fuß ist, kann ich mir nicht vorstellen, daß er so dämlich wäre, jetzt noch etwas anzuzetteln. Außerdem verreisen wir ohnehin bald. Wir fahren zum fünfundsiebzigsten Geburtstag meines Vaters für eine Woche nach Boca Raton. Ich dachte, daß Sie wohl nichts dagegen hätten, wenn ich ein paar Tage wegfahre.«

»Natürlich habe ich etwas dagegen«, sagte Tom. »Sie werden mir fehlen.«

»Danke, mir geht's genauso.« Der arme Tom, dachte ich. Er muß wirklich einsam sein, seit seine Frau tot ist. »Passen Sie auf«, sagte ich. »Wenn wir von Florida zurück sind, besuchen Sie uns. Ich koche eines meiner extravaganten Gourmet-Menüs, einverstanden?«

»Abgemacht. Mein Magen und ich können es kaum erwarten.«

»Wunderbar. Und jetzt erzählen Sie mir die gute Nachricht.«

»Genau. Raten Sie mal, mit wem ich mich heute nachmittag treffe.«

»Mit Ihrem Vater«, sagte ich. »Sie beide versöhnen sich, und dann erzählen Sie ihm, wie phantastisch ich bin und was für ein kluger Schachzug es wäre, wenn er mich wieder bei Charlton House einstellen würde.«

»Nein, es tut mir leid. Dad und ich sind immer noch verkracht.«

»Konnte ich mir ja denken. Mit wem treffen Sie sich dann heute nachmittag?«

»Mit Delia Tewksbury.«

»Das ist nicht Ihr Ernst.«

»Doch, ehrlich. Sie hat mich angerufen und gefragt, ob ich bei ihr vorbeikommen könnte.«

»Interessant, wenn man bedenkt, wie wenig kooperativ sich ihr Mann bei den Ermittlungen gezeigt hat. Es war Duncan, der diesen aalglatten Anwalt für Brendan engagiert hat, oder?«

»Delaney bestreitet es. Er sagt, Brendan habe ihn selbst engagiert.«

»Ach, und das glaubt ihm einer? Brendan verkehrt nicht gerade mit erfolgreichen Prominentenanwälten. Jemand muß Patrick Delaney in seinem Namen angerufen haben. Und ich wette, dieser Jemand war Duncan Tewksbury.«

»Ich weiß nicht«, sagte Tom. »Ich hoffe, daß Mrs. Tewksbury etwas Licht in dieses Dunkel bringen kann.«

»Rufen Sie mich nach Ihrer Verabredung mit ihr an, und erzählen Sie mir alles«, sagte ich.

»Auf jeden Fall.«

Drei Stunden später kam Tom vorbei und gab uns eine lückenlose und anschauliche Schilderung seines Treffens mit Delia Tewksbury.

»Ich kann mir immer noch nicht vorstellen, weshalb sie Sie sprechen wollte«, sagte ich, als wir zu dritt im Wohnzimmer saßen.

»Panik, das war's, weshalb sie mich sprechen wollte«, antwortete Tom. »Sie wollte mir unbedingt *ihre* Version der Vorgänge vermitteln, bevor Brendan mir seine darlegte. Sie ist eine Frau, der *sehr* viel daran liegt, die Kontrolle darüber zu behalten, was andere von ihr denken. Sie hat entsetzliche Angst davor, ihren Status in der Gesellschaft und natürlich in diesem Club zu verlieren.«

»Und was hat sie gesagt?« fragte ich und konnte meine Neugier kaum zügeln. Der Gedanke, daß Delia Tewksbury ihren gesellschaftlichen Status verlor, gefiel mir außerordentlich. »Hat sie zugegeben, daß Duncan Brendans Vater ist?«

»Ja«, sagte Tom.

»Endlich. Hat sie Ihnen auch gesagt, wer die Mutter ist?«

»Gleichfalls ja.«

»Nun spannen Sie uns nicht auf die Folter«, sagte ich. »Wer ist Lorraine Pennock? Das war doch der Name auf der Geburtsurkunde, oder?«

Tom nickte. »Pennock ist Delia Tewksburys Mädchenname«, sagte er.

»Delia? Wollen Sie damit sagen, daß *sie* Brendans Mutter ist?«

»So ist es.«

Ich riß den Mund auf. Hunt auch.

»Ihr vollständiger Name ist Delia Lorraine Pennock Tewksbury«, erläuterte Tom.

»Warten Sie mal, daß ich das auch richtig verstehe«, sagte ich. »Delia und Duncan Tewksbury sind Brendans Eltern, haben es aber niemandem gesagt?«

»Offensichtlich«, sagte Tom.

»Was sollte dann dieses Gerede, daß sie unfruchtbar sei?« fragte ich.

»Eine Tarnung, nehme ich an«, antwortete Tom. »Sie wollte nicht, daß irgend jemand erführe, daß sie und ihr Mann Brendan gleich nach der Geburt zur Adoption freigegeben haben.«

»Warum haben sie denn das getan?« wollte Hunt wissen.

»Sie waren nicht verheiratet, als Delia schwanger wurde«, sagte Tom. »Sie waren erst seit kurzem zusammen, und Duncan, der in der Armee war, mußte in den Krieg. Unterdessen wurde Delia, Tochter einer angesehenen Familie aus New England, die sich durch die unselige Schwangerschaft bloßgestellt fühlte, in eine Klinik im Mittleren Westen abgeschoben, wo sie das Baby zur Welt brachte und anschließend zur Adoption freigab. Als Duncan aus Europa zurückkam, heirateten er und Delia und erwähnten ihren Sohn nie wieder. Brendan war schlicht und einfach ihr kleiner Fehler.«

Ich schüttelte den Kopf. »Herrje, man weiß wirklich nie, was sich innerhalb von Familien abspielt«, sagte ich. »Die Tewksburys kamen mir immer so tugendhaft vor, so… so… ›päpstlicher als der Papst‹, um Brendan zu zitieren.«

»Dabei fange ich gerade erst an«, sagte Tom. »Brendan wuchs also in Ohio auf, zog von einem Ort zum andern und geriet immer wieder in Schwierigkeiten. Vor etwa zehn Jahren stand er plötzlich bei den Tewksburys vor der Tür und verkündete, daß er ihr lange verschollener Sohn sei. Es war ihnen entsetzlich unangenehm. Was, wenn all ihre snobistischen Freunde herausfanden, daß sie einen unehelichen Sohn hatten – und den Jungen zur Adoption freigegeben hatten? Sie erklärten Brendan, es sei am besten, wenn er wieder dorthin zurückginge, wo er herkam, was zu diesem Zeitpunkt das Gefängnis gewesen wäre, doch er war nicht bereit, sich schweigend zu trollen. Zuerst machte er ihnen klar, daß er Geld brauchte, und sie gaben ihm welches. Dann machte er ihnen klar, daß er einen Job brauchte, und sie halfen ihm, die Stelle im Belford Athletic Club zu bekommen. Dann machte er ihnen klar, daß er in ihrem Club arbeiten wollte, und sie besorgten ihm den Job im The Oaks. Sie erfüllten alle seine Forderungen, da er drohte, andernfalls allen zu erzählen, daß er ihr Sohn sei.«

»Kein Wunder, daß Duncan Brendan von niemandem vor die Tür setzen ließ«, sagte Hunt.

»Ich begreife immer noch nicht, warum Delia der Polizei all diese Informationen gibt, wenn sie doch so große Angst hat, daß jemand erfahren könnte, in welchem Verhältnis sie zu Brendan steht«, sagte ich. »Noch dazu jetzt, wo er verhaftet worden ist, weil er den Club bestohlen hat.«

»Weil sie noch größere Angst hat, die Mitglieder vom The Oaks könnten denken, Mr. Tewksbury sei an den Unterschlagungen beteiligt gewesen«, erklärte Tom. »So à la ›Der Apfel fällt nicht weit vom Stamm‹? Sie wollte mir sagen, daß ihr Mann unschuldig ist, daß er absolut nichts von irgendeinem Komplott gewußt hat und sie das vor Gericht bezeugen wird.«

»Glauben Sie ihr?« fragte Hunt. »Wir wissen, daß Brendan mindestens einen Komplizen im Club gehabt haben muß. Er hat seinerzeit im Büro mit jemandem über die Küchenrenovierung gesprochen.«

Tom zuckte die Achseln. »Ich weiß es nicht«, sagte er. »Und offen gestanden interessiert es mich auch nicht besonders, ob Duncan Tewksbury in die eigene Tasche gewirtschaftet hat.«

»Tom hat recht. Das tut nichts zur Sache«, sagte ich. »Wen kümmern schon ein paar dämliche Unterschlagungen, wo wir doch den Mord an Claire aufklären müssen. War das nicht der Grund, weshalb wir Brendan als Gauner festnageln wollten? Damit wir beweisen können, daß er ein Motiv dafür hatte, Claire umzubringen – immer vorausgesetzt, sie wußte von den Unterschlagungen und wollte ihn verpfeifen.«

»Ja, darauf wollte ich gerade kommen«, sagte Tom. »Mrs. Tewksbury hat heute nachmittag noch eine andere Bombe hochgehen lassen: Sie gab zu, daß sie ihre Großnichte ein paar Tage vor ihrem Tod zu Hause aufgesucht und sie wegen Brendan um Rat gefragt hat, eben weil er sie erpreßt und belästigt hat. Sie ging davon aus, daß Ms. Cox als Anwältin – und Familienmitglied – alles vertraulich behandeln und ihnen sagen würde, wie sie sich in dieser Situation verhalten sollten.«

»Und was hat Claire Delia geraten?« fragte ich.

»Sie hat Mrs. Tewksbury gesagt, daß *sie* die Sache mit Brendan klären würde, daß *sie* ihn zur Rede stellen und ihm mit juristischen Maßnahmen drohen würde, wenn er nicht aus dem Club und aus Belford verschwände.«

»Aber warum sollte sich Claire für die Tewksburys einsetzen? Sie hatte kein besonders gutes Verhältnis zu ihnen«, wandte ich ein. »Duncan wollte nicht einmal, daß sie dem Club beitrat. Warum sollte sie ihnen einen Gefallen tun?«

»Hast du nicht gesagt, Claire wollte, daß der Club Brendan entließe und einen besseren Koch einstellte?« fragte Hunt. »Sie hatte vermutlich selbst gute Gründe, ihn weit weg zu wünschen.«

»Gutes Argument«, lobte ich und wandte mich wieder an Tom. »Tja, Detective, es klingt ganz danach, als könnten Sie Ihren Fall nun abschließen. Brendan *muß* unser Mann sein. Er hatte die Gelegenheit, Claire umzubringen, da er ja an dem

Abend, als sie ermordet wurde, im The Oaks war und zugegeben hat, die Party verlassen zu haben, angeblich um in sein Häuschen zu gehen. Er hatte Zugang zur Mordwaffe, da er häufig montags Golf spielte und die Schläger des Golftrainers benutzte. Und er hatte ein Motiv dafür, Claire umzubringen, da er sie davon abhalten wollte, seinetwegen die Polizei einzuschalten.«

Tom nickte. »Wir werden sehen, was der Staatsanwalt sagt, aber ich bin mir ziemlich sicher, daß er darauf eingehen wird – vor allem, da Delia Tewksbury eingewilligt hat, gegen ihren Sohn auszusagen.«

»Sie meinen, Sie können Brendan nicht gleich wegen Mordes verhaften? Heute nachmittag?« fragte ich.

»Nein«, sagte Tom und schmunzelte angesichts meiner Naivität. »Es könnte noch ein Weilchen dauern, bis wir Mr. Hardy für immer hinter Gitter bringen. Aber den schwierigen Teil haben wir hinter uns. Wir haben genug Beweise, um Ihren Lieblingskoch vor Gericht zu stellen – dank Ihnen beiden.«

Ich stand auf und jubelte. »Ein Hoch auf uns!« rief ich und tanzte im Zimmer herum.

Tom und Hunt standen da und sahen mir beim Feiern zu. Dann lächelten sie, schüttelten einander die Hände und sprachen von Wahrheit, Gerechtigkeit und davon, ob die Situation nach einem eisgekühlten Bier verlangte oder nicht.

»Vergeßt das Bier«, sagte ich voller Begeisterung. »Köpfen wir doch den Dom Perignon. Schließlich klären wir nicht jeden Tag einen Mord.«

DRITTER TEIL

19. Kapitel

Point O' Palms, wo meine Eltern seit Mitte der achtziger Jahre leben, ist genau wie jede andere abgeschlossene »Country-Club-Wohnsiedlung« für Wohlhabende in Südflorida – nur haben sie von allem ein bißchen mehr.

Die Siedlung erstreckt sich über mehrere hundert Morgen Grund in Boca Raton, wurde von Westinghouse oder General Electric oder irgendeinem anderen amerikanischen Großkonzern erschlossen und verfügt über zwei Golfplätze, eine Tennisanlage, drei Schwimmbecken (zusätzlich zu den privaten, vor Blicken geschützten Swimmingpools, die im Garten hinter jedem Haus unbedingt dazugehören), einen Jachthafen, mehrere künstliche Seen, ein luxuriös ausgestattetes Clubhaus, Dutzende von Brunnen und einen Überfluß an tropischen Büschen und Blumen. Dazu kommen die Häuser selbst: protzige Riesenkonstruktionen, die der Makler von Point O' Palms, der meinen Eltern ihr Heim verkauft hatte, als »Produkte« bezeichnete.

»Wie könnt ihr an einem Ort wohnen, wo die Häuser ›Produkte‹ genannt werden?« hatte ich meine Eltern gefragt, als sie ihre Absicht kundgetan hatten, in Point O' Palms zu bauen.

»So reden sie eben in Florida«, hatte mein Vater erklärt. »Die Wohnviertel sind ›Parzellen‹, die Häuser sind ›Produkte‹, und die Menschen, die in ihnen wohnen, sind ›Einheiten‹.«

»Klingt entmenschlichend«, sagte ich.

»Es ist überhaupt nicht entmenschlichend«, widersprach mein Vater. »Die Bauherren denken beim Errichten der Häuser an jede Kleinigkeit, die ein Mensch womöglich brauchen könnte. Whirlpools. Bidets. Tiefkühltruhen. Garagen für drei Autos und dazu noch eine separate Garage für den Golfwagen.«

Derzeit bestand Point O' Palms aus sechs »Vierteln«; allerdings wurde gerade mit dem Bau von sechs weiteren begonnen.

Die Viertel tragen Namen wie »Crystal Isles«, »Leeward Estates« und »Mangrove Way«, und jedes Haus in jedem Viertel sieht genauso aus wie das rechts und links davon, einschließlich der Gestaltung der Grünanlagen. So liegt das Viertel »Windermere Key« beispielsweise neben dem nördlichen Golfplatz und setzt sich aus pastellfarbenen Häusern zusammen, die der Architektur der Bahamas nachempfunden sind. Das Viertel »Coral Cove«, wo meine Eltern wohnen, liegt in der Nähe des Jachthafens und zeichnet sich durch Häuser im mediterranen Stil aus, perfekt bis zu den roten Ziegeldächern.

Es war schon fast Mittag, als wir in unserem Mietwagen das Tor von Point O' Palms passierten. Unser Flugzeug war Gott sei Dank pünktlich auf dem Flughafen von Fort Lauderdale gelandet. Noch nie ein großer Fan des Fliegens (mußte man uns Passagiere unbedingt »abfertigen«?), war ich während des zweieinhalbstündigen Flugs von La Guardia aus dermaßen nervös gewesen, daß ich drei Drinks brauchte, um mich zu beruhigen. Es waren weder die gelegentlich auftretenden Turbulenzen, die mir Angst einjagten, das wußte ich, noch Kimberleys Gegenwart, noch die Tatsache, daß der Mann, der vor uns saß, darauf bestand, die Blende an seinem Fenster während des Films offen zu lassen. Nein, was meine Angst auslöste, war weitaus undurchsichtiger. Doch es war da und ließ sich nicht vertreiben – ein überdeutliches Gefühl böser Vorahnungen, das ich einfach nicht abschütteln konnte, egal wie viele Bloody Marys ich auch kippte.

»Das ist wahrscheinlich eine Folge der Wochen, in denen du darüber gegrübelt hast, wer Claire ermordet hat«, meinte Hunt, als ich ihm anvertraute, daß mich üble Gedanken quälten. »Nach dem, was dir im Aufzug passiert ist, ist es nur allzu verständlich, daß du dich angegriffen fühlst. Vielleicht hast du ja eine verzögerte Reaktion. ›Posttraumatischer Streß‹ – so nennt man das doch, oder?«

Ich nickte und versuchte mich auf Erfreulicheres zu konzentrieren: auf die Tatsache, daß ich lebend aus Belford herausgekommen war; daß ich dem Wahnsinn von The Oaks entkommen war; daß kein Mordfall mehr auf mir lastete; daß die Polizei wußte, wer Claire umgebracht hatte und ihn hinter Schloß und Riegel bringen würde; und daß ich mir keine Sorgen darüber machen mußte, daß jemand in mein Haus einbrechen könnte, zumal Arlene dort wohnte und darauf aufpaßte.

Kimberley war während des Fluges erstaunlich nett gewesen. Sie bedankte sich sogar bei mir dafür, daß sie mitkommen durfte. Sie sagte, daß sie sich freue, einbezogen anstatt ausgeschlossen zu werden. Vielleicht wurde sie ja erwachsen. Vielleicht wurden wir alle erwachsen.

»Da sind wir, Leute«, sagte ich, als Hunt in die Einfahrt bog.

Meine Eltern standen auf dem Rasen und erwarteten uns. Mein Vater winkte, während meine Mutter an ihrem Handy mit jemandem plauderte.

»Lucille, mach Schluß. Sie sind da«, sagte mein Vater und stupste sie an.

»Das sehe ich selbst, Arthur. Ich habe Augen«, erwiderte meine Mutter, beendete ihr Gespräch, legte das Handy auf die Stufen zum Haus und kam eilig zu unserem Auto herüber. Sie trug einen mauvefarbenen Jogginganzug, Reeboks und eine Baseballkappe mit dem Logo der Florida Marlins, die meinem Vater als altem Mets-Fan ein Dorn im Auge gewesen sein muß. Er trug *seine* Florida-Uniform: ein Hemd mit Madras-Karos, eine weiße Hose und weiße Schuhe.

»Hallo, hallo«, sagte meine Mutter und küßte zuerst mich, dann Hunt. »Und seht euch nur Kimberley an! So ein großes Mädchen! Und so wun-der-hübsch!«

Kimberley tat, als würde sie sich winden, als meine Mutter sie packte und ihre Wangen mit nassen, geräuschvollen Küssen bedeckte. Aber ich sah meiner Stieftochter an, daß sie sich durch die Aufmerksamkeit geschmeichelt fühlte. Soviel offene Zuwendung bekam sie von ihrer Mutter nicht – und von mir schließlich auch nicht.

Wir trugen unsere Taschen hinein, während wir über den Flug, das Essen auf dem Flug hierher, das Wetter, wie gut wir alle aussahen und dergleichen mehr redeten. Nachdem wir ausgepackt hatten, wurden wir alle zu einem üppigen Mittagessen, das meine Mutter für uns vorbereitet hatte, an den Pool beordert.

»Das war doch nicht nötig, Mom«, sagte ich, während ich die Platten musterte. Es gab Salate, Aufschnitt, Nudeln, Brote, Plätzchen und Pasteten. Was meine Mutter eben unter einem leichten Imbiß verstand.

Beim Essen fragte ich meine Eltern, was sie für die Party zum Geburtstag meines Vaters am nächsten Abend geplant hätten.

»Wir gehen zu Stefano's«, sagte mein Vater. »Ich habe für halb acht reserviert.« Stefano's, ein italienisches Lokal, war eines von drei Restaurants in Point O' Palms. Die anderen beiden waren Chinesen, die auch ins Haus lieferten.

»Ich wollte eigentlich hier eine Party für deinen Vater geben, ein paar Freunde einladen, Leute aus dem Club und alles, was dazugehört«, sagte meine Mutter. »Aber Arthur wollte nichts davon wissen. Er wollte nicht, daß ich mich überanstrenge. Er ist überzeugt davon, daß ich jeden Moment tot umfalle.«

»Tot umfallen? Was soll das heißen?« fragte ich.

»Ach, du kennst doch Arthur. Er muß sich ständig Sorgen machen.«

Ich sah meinen Vater und dann wieder sie an. »Nein, ich weiß nichts davon, daß er sich ständig Sorgen macht. Mir ist er nie besonders besorgt vorgekommen.«

»Tja, nun ist er besorgt«, sagte sie. »Seit ich diese Geschichte hatte.«

»Was für eine Geschichte, Lucille?« fragte Hunt.

»Bloß so eine Herzgeschichte«, antwortete meine Mutter.

»Was für eine Herzgeschichte?« sagte ich, legte meine Gabel ab und sah meine Mutter erwartungsvoll an. Ich war mehr als nur leicht erschrocken. Sie war immer so stark gewesen, so gesund. Und mit Sicherheit hatte sie nie ein Wort von einer »Herzgeschichte« erwähnt.

»Vor ein paar Monaten. Ich hatte Schmerzen in der Brust.« Sie zuckte die Achseln. »Keine große Sache.«

»Mom! Du hattest Schmerzen in der Brust und hast mir nichts davon erzählt?«

»Was gibt's da schon zu erzählen? Der Arzt hat mich schon bald aus der Klinik wieder nach Hause...«

»Du warst in der Klinik?«

Ich hatte mein Verhältnis zu meinen Eltern stets als eng betrachtet, wenn man berücksichtigte, daß sie in Florida wohnten und ich in Connecticut. Wir telefonierten jeden Sonntag. Wir besuchten einander mindestens einmal im Jahr. Wir hatten keine Schweigephasen. Wir traten nicht bei »Oprah« auf und bezichtigten einander gräßlicher Verbrechen. Außerdem neigte meine Mutter schon immer zum Jammern und erzählte einem mehr über ihre Leiden und Zipperlein, als man je wissen wollte. Warum hatte man mich also nicht über ihre Herzbeschwerden und ihren Krankenhausaufenthalt informiert? Warum hatten meine Eltern kein Wort über etwas verloren, das womöglich äußerst gravierend war? Statt dessen taten sie so, als wäre meine Mutter bei bester Gesundheit, als sie letzten Monat bei uns im Norden waren.

»Wir wollten dich nicht beunruhigen«, war die Erklärung meines Vaters. »Was hätte das für einen Sinn gehabt?«

»Sinn?« sagte ich mit anschwellender Stimme. »Der Sinn besteht darin, daß ich eure Tochter bin. Eure einzige Tochter. Ich erwarte, daß ihr ehrlich zu mir seid. Wenn ich euch jeden Sonntag anrufe und frage, wie es euch geht, erwarte ich, daß ihr es mir sagt. Ich erwarte, daß ihr mir sagt, was *wirklich* bei euch los ist, auch wenn es unerfreulich ist. Vor allem, wenn es unerfreulich ist.«

»Entschuldigung«, meldete sich Kimberley zu Wort, den Mund voller Eiersalat. »Aber ich bin *eure* einzige Tochter, und Daddy sagt mir auch nicht, was wirklich bei euch los ist. Ich habe immer das Gefühl, ihr sagt mir das eine, meint aber in Wirklichkeit etwas ganz anderes.«

Ich war zu verblüfft, um etwas zu sagen. Ich war gerade erst in Florida eingetroffen, um ein paar Tage Urlaub zu machen, und fand mich schon mitten in einem Psychodrama.

»Was meinst du damit, Spatz?« fragte Hunt Kimberley. »Ich habe dich noch nie so etwas sagen hören.«

»Ich habe auch noch nie Judy so etwas zu ihren Eltern sagen hören«, erwiderte sie. »Das hat mich darauf gebracht, daß ihr mich genauso behandelt wie sie sie.«

»Jetzt aber mal halblang, Kim«, sagte ich. »Laß die Kirche im Dorf. Du...«

»Ich sage dir«, fuhr sie fort, ignorierte meinen Einwurf und sprach an Hunt gerichtet weiter, »daß ihr immer, wenn es ein Problem gibt – zum Beispiel als Judy ihren Job verloren hat oder wenn ihr zwei sauer aufeinander seid – vorzutäuschen versucht, es wäre alles in Ordnung. Ihr behandelt mich, als wäre ich ein bißchen zurückgeblieben. Als wäre ich zu doof, um irgend etwas zu kapieren.«

Hunt tätschelte Kimberley das Knie und sagte: »Ich hatte keine Ahnung, daß du es so empfindest, Kim. Und Judy auch nicht, da bin ich mir sicher. Ich glaube, unsere einzige Entschuldigung ist, daß wir wissen, was du in deinem Leben alles um die Ohren hast – deine Schulaufgaben, deine Freunde, deine Mutter – und wir wollten dich nicht damit belasten, indem wir dir unsere Probleme aufluden.«

»Gut gesagt, Hunt«, stimmte ihm meine Mutter zu. »Jetzt versteht ihr auch, warum dein Vater und ich meine Herzgeschichte nicht erwähnt haben.«

»Mom, Dad, paßt mal auf. Ich finde es ja nett von euch, daß ihr mich schonen wollt«, sagte ich. »Aber bei einem ernsthaften medizinischen Problem hättet ihr mich wirklich informieren sollen.«

»In Ordnung. Wir erzählen es dir«, lenkte mein Vater ein. »Der Arzt sagt, daß deine Mutter erste Anzeichen von Arterienverkalkung aufweist. Aber du kennst ja Lucille. Sie weiß alles besser. Sie glaubt, sie kann so weitermachen, als wäre sie siebzehn.«

»Aber Arthur. Jetzt übertreib mal nicht. Ich hatte eben Herzbeschwerden«, sagte meine Mutter. »Ich soll mich in Zukunft sportlich betätigen und aufs Cholesterin aufpassen, Judy. Aber erwartet tatsächlich jemand von mir, daß ich meinen Lebensstil ändere – in meinem Alter?« Sie rollte mit den Augen und schob sich ein riesiges Stück Leber in den Mund.

Mir war ganz flau. Meine Mutter hatte Herzbeschwerden, schien sich aber nicht darum zu scheren. Hatte das meine bösen Vorahnungen ausgelöst? Hatte ich irgendwie gewußt, daß meine Mutter mir von ihren Herzproblemen erzählen würde? »Mom, dann ist es ja kein Wunder, daß Dad sich um dich sorgt«, seufzte ich. »Hast du immer noch Schmerzen?«

»Eigentlich nicht«, sagte sie. »Der Arzt hat mir Tabletten gegeben. Aber jetzt laßt uns diese Sache vergessen und über den Geburtstag deines Vaters sprechen. Ein Mann wird schließlich nicht alle Tage fünfundsiebzig.«

Meine Mutter fing an, den Satz Golfschläger zu beschreiben, den sie meinem Vater zum Geburtstag gekauft hatte, aber Kimberley fiel ihr ins Wort. Sie wollte weiter darüber reden, daß Hunt und ich sie nie wie einen richtigen Menschen behandelten.

»Nimm bloß das eine Mal, als wir im Country Club waren und ich Judys Piepser in ihrer Tasche gefunden habe«, erzählte sie meinen Eltern. »Dad war stocksauer, weil er nicht einmal gewußt hat, daß Judy überhaupt einen Piepser hat. Und als er dann die Nachricht gesehen hat, die dieser Typ ihr geschickt hat, ist er echt ausgeflippt. Er ist total eifersüchtig geworden und hat ihr vorgeworfen, sie würde mit diesem Typ schlafen. Und dann schleppt er mich zu meinen Großeltern und erzählt mir keinen Ton mehr!«

Meine Eltern musterten mich.

»Mit was für einem Typ schlafen?« fragten sie wie aus einem Mund.

Ich schüttelte den Kopf. »Es ist nicht so, wie ihr denkt«, erklärte ich ihnen.

»Judy. Nicht du. Nicht unsere Tochter«, sagte mein Vater. »Wir haben dich nicht dazu erzogen, daß du...«

»Siehst du, Arthur?« unterbrach ihn meine Mutter. »Ich wußte doch, daß etwas nicht stimmte, als wir sie im Juli besucht haben. Ich habe sie sogar gefragt. Erinnerst du dich, Judy?«

»Hunt, erzähl es ihnen«, sagte ich. »Erzähl ihnen, daß ich keinen Seitensprung gemacht habe. Erzähl ihnen, daß ich einen Job zu erledigen hatte, in Gottes Namen.«

»Ich dachte, du konntest keinen Job finden«, sagte meine Mutter. »Du hast mir erzählt, daß deine Freundin Arlene wieder einen Job gefunden hat, aber du nicht.«

»Stimmt«, sagte ich. »Aber damit habe ich gemeint, daß ich keinen Job in einem Verlag finden konnte. Der Job, den ich bekommen habe, war bei der Polizei.«

»Ein Job bei der Polizei?« sagten meine Eltern wieder wie aus einem Munde.

Ich holte tief Luft und erzählte ihnen alles über meinen Job als Informantin der Polizei.

»Du warst in diesen Mordfall Claire Cox verwickelt und hast deinen Eltern nichts davon erzählt?« sagte mein Vater.

»Oder deiner Stieftochter?« sagte Kimberley.

»Ich wollte nicht, daß ihr euch Sorgen um mich macht«, sagte ich. »Ihr hättet euch nämlich Sorgen gemacht, wenn ihr es gewußt hättet.«

»Aha! Jetzt siehst du ein, warum wir dir nichts von den Herzbeschwerden deiner Mutter erzählt haben«, sagte mein Vater. »Niemand will, daß sich jemand anders Sorgen macht.«

»Also sagt niemand die Wahrheit«, murrte Kimberley schmollend.

»Ich mach' euch einen Vorschlag. Einigen wir uns doch einfach darauf, daß wir von jetzt an aufhören, einander zu schonen und statt dessen aufrichtig zueinander sein werden«, schlug ich vor.

Hunt erhob sein Wasserglas. »Einen Trinkspruch«, sagte er. »Auf die Aufrichtigkeit.«

Wir stießen alle miteinander an und tranken.

»Wenn ich es mir recht überlege«, sagte meine Mutter und stellte ihr Glas ab, »möchte ich gern mehr über diesen Mordfall erfahren, Judy. Woher sollen wir wissen, daß du nicht in Gefahr bist?«

»Das habe ich dir doch gesagt«, erklärte ich. »Die Polizei hat den Kerl gefaßt, der Claire umgebracht hat. Es war der Koch aus dem Club.«

»Aber du hast doch gesagt, daß er nicht wegen Mordes verhaftet worden ist«, sagte mein Vater. »Lediglich wegen der Unterschlagungen. Und daß er immer noch auf Kaution frei ist.«

»Detective Cunningham hat gesagt, daß Brendan Hardy wieder im Gefängnis sitzt, bis wir aus Florida zurückkommen«, sagte ich. »Und zwar für immer.«

»Das will ich hoffen«, sagte meine Mutter.

»He, darauf müssen wir trinken«, sagte Hunt und hob erneut sein Glas. »Darauf, daß Claire Cox' Mörder hinter Gittern verschwindet – für immer.«

»Na, na«, sagte ich.

Wir stießen noch einmal an. Dann boten Hunt und mein Vater an, den Tisch abzuräumen und abzuspülen.

»Was hältst du davon, wenn wir beide schwimmen gehen?« fragte ich Kimberley und wappnete mich schon gegen ihre gewohnte Weigerung, irgend etwas mit mir zu unternehmen.

Sie dachte über die Frage nach und tat schließlich etwas wirklich Verblüffendes. Sie lächelte mich an und sagte: »Gute Idee.« Dann ging sie los, um ihren Badeanzug anzuziehen.

»Siehst du?« sagte meine Mutter, die die Szene beobachtet hatte. »Es hat nur eine Kleinigkeit zu essen gefehlt. Gib dem Mädchen etwas zu essen, und schon ist sie glücklich.«

Den Abend verbrachten wir zu fünft in entspannter Atmosphäre. Oder vielmehr, so wäre es gewesen, wenn ich mich hätte entspannen können. Aber das konnte ich nicht. Die Angst schwebte stets über mir, noch verschärft durch das Wissen um die Herzbeschwerden meiner Mutter.

Wir brieten einen Schwertfisch auf dem Grill, gingen schwimmen und sahen uns *Goodbye Columbus* an, den Lieblingsfilm meiner Eltern. Alles ist in Ordnung, sagte ich mir selbst. Völlig in Ordnung.

Der Geburtstag meines Vaters begann heiter. Hunt und ich waren gerade aufgewacht, als Kimberley gegen halb neun an unsere Tür klopfte und sagte, sie werde mit meinen Eltern, die es sich in letzter Zeit angewöhnt hatten, jeden Morgen ein oder zwei Meilen zu gehen, einen Spaziergang machen. Nachdem ich die Haustür ins Schloß hatte fallen hören, rollte ich mich zu Hunt hinüber und tippte ihm auf die Schulter.

»Booch?« sagte ich. »Jetzt sind wir ganz allein im Haus. Was hältst du davon, wenn wir unser Glück ausnutzen?«

»Davon halte ich eine ganze Menge. Komm näher.«

Und das tat ich auch.

Wir liebten uns innig und sehnsuchtsvoll im sonnigen Gästezimmer meiner Eltern, das auf den Pool hinausging. Danach hielt ich Hunt fest in den Armen und sagte: »Bin ich paranoid, oder geht auf dieser Reise bislang alles ein bißchen zu glatt – abgesehen von den Herzbeschwerden meiner Mutter, meine ich?«

»Warum sollte nicht alles glattgehen?« sagte er. »Wir sind im Urlaub. Außerdem haben sie deine Mutter nur zur Beobachtung ins Krankenhaus eingewiesen. Wenn sie ernstlich krank gewesen wäre, hätten sie ihr eine Operation am offenen Herzen oder etwas in der Richtung nahegelegt. Ihr wird nichts passieren, wenn sie auf ihre Ernährung achtet.«

»Das ist aber ein großes ›Wenn‹«, sagte ich. »Meiner Mutter ist noch nie ein Stück Käsekuchen über den Weg gelaufen, das sie nicht mochte.«

Am Samstag war es genauso heiß und schwül wie am Tag zuvor. Hunt und mein Vater wollten Golf spielen. Meine Mutter ging zum Bridge. Und Kimberley und ich beschlossen, das Einkaufszentrum unsicher zu machen.

»Ich mag Einkaufszentren«, sagte Kimberley, als wir an den Geschäften entlangbummelten. »Ich wünschte, es gäbe in New York auch welche. Wir haben überhaupt nichts Gescheites in New York. Alle rennen immer nur herum und vergessen, daß es mich gibt.«

»Vergessen, daß es dich gibt?« Das war eine seltsame Bemerkung, und ich drehte mich um und sah sie an. Sie hatte sich stets so hart, so abgebrüht und so weltgewandt zu geben versucht. Es war leicht zu vergessen, daß sie jung und verletzlich war – ein kleines Mädchen, das sehr früh von seinem Daddy verlassen worden war und vermutlich nie darüber hinwegkommen würde, egal wie oft er sie besuchte.

»Wer vergißt, daß es dich gibt, Kim?« fragte ich. »Ist zwischen deiner Mutter und dir alles in Ordnung?« Ich fragte mich, ob Bree einen Freund gefunden hatte. Oder vielleicht hatte Bree auch einen Job gefunden. Zu schön, um wahr zu sein.

»Meine Mutter ist mit ihrem Schauspielunterricht beschäftigt«, sagte sie. »Und mein Dad ist mit seiner Arbeit beschäftigt. Und *du* bist … ich weiß gar nicht, womit du beschäftigt bist, aber du hast auch nie Zeit für mich.«

Eine Welle der Zärtlichkeit – und der Verwirrung – stieg in mir auf. Kimberley hatte mir nie den Eindruck vermittelt, als ob sie auch nur fünf Minuten mit mir verbringen wollte. Ich hatte stets angenommen, sie wünschte mich auf einen anderen Planeten.

»Es tut mir leid, wenn du es so empfindest«, sagte ich. Wir standen vor einem Elektronikladen, in dem ein halbes Dutzend Ghettoblaster dröhnenden Rap spielte. »Setzen wir uns doch irgendwohin«, schlug ich vor. »Ich lade dich zu einer Limo ein, und dann können wir uns in Ruhe unterhalten, ja?«

Sie stimmte zu, und wir entdeckten eine Eisdiele auf der zweiten Ebene des Einkaufszentrums und bestellten uns zwei Cola.

Wir unterhielten uns anderthalb Stunden lang. Über die Scheidung. Über ihre Mutter und ihren Vater. Über mich. Darüber, daß ich den Eindruck machte, als hätte ich keine Zeit für sie und – schlimmer noch –, als könnte ich sie nicht leiden.

»Bist du deshalb immer so schlechter Laune, wenn du nach Belford kommst?« fragte ich, dankbar, daß Kimberley mir ihr Herz ausschüttete. Es war das erste Mal.

»Ich weiß nicht«, sagte sie. »Ich glaube schon. Ich ärgere mich eben, wenn du dich so benimmst, als wäre Daddy das einzige, was dich interessiert und du mit mir zusammensein mußt, weil er es sagt.«

Ich schüttelte den Kopf und legte meine Hand auf ihre. »Es tut mir so leid, wenn ich dir dieses Gefühl vermittelt habe«, sagte ich. »Ich werde versuchen, eine bessere Stiefmutter zu sein. Aber du mußt dir auch Mühe geben, Kim. Du mußt versuchen zu verstehen, daß wir uns alle beide anstrengen müssen, wenn unsere Beziehung funktionieren soll. Wir müssen einander mit Liebe und Achtung begegnen.«

Als das Wort »Achtung« fiel, setzte sie sich kerzengerade hin, sah mir geradeheraus in die Augen und sagte mit ihrer erwachsensten Stimme: »Kein Problem.«

Ich lächelte. »Gut. Möchtest du dich wieder ins Getümmel stürzen und hemmungslos einkaufen?«

Sie wollte, und so zogen wir los.

Kurz nach eins bogen wir in die Einfahrt meiner Eltern ein, wo wir Hunt mit besorgter Miene auf dem Rasen vor dem Haus hin- und hergehen sahen.

»Jude! Wo bist du denn gewesen?« war seine Begrüßung.

»Im Einkaufszentrum«, sagte ich. »Ich dachte, du würdest mit Dad Golf spielen.«

»Das wollte ich auch, aber es ist etwas passiert.«

Ich schlug mir die Hand vor den Mund. Meine Mutter! »Oh Gott! Wie geht es ihr?«

»Sie ist im Krankenhaus«, sagte er mit finsterer Miene.

»O nein«, sagte ich. »Ist sie ...?«

Er schüttelte den Kopf. »Aber ihr Zustand ist kritisch«, räumte er ein.

Ich schnappte nach Luft. »Wir müssen zu ihr«, stieß ich hervor. »Jetzt gleich!«

»Okay«, sagte Hunt. »Ich wußte nicht, was du wegen der Geburtstagsparty deines Vaters heute abend unternehmen wolltest, aber heute nachmittag um fünf gibt es einen Flug, und wir könnten ...«

»Einen Flug?« sagte ich. »Wovon redest du?«

»Ich weiß, daß Arthur heute Geburtstag hat«, sagte Hunt, »aber ich dachte, du wolltest vielleicht unverzüglich ins ...«

»Hunt! Wenn der Zustand meiner Mutter kritisch ist, warum in aller Welt sollte ich dann aus Boca abreisen wollen?«

»Es ist nicht deine Mutter, deren Zustand kritisch ist«, sagte er.

»Nicht meine Mutter?« Ich sah Hunt an, der offensichtlich

dermaßen durcheinander war, daß er nicht mehr klar denken konnte. »Wer denn dann?«

»Arlene«, sagte er.

Ich starrte ihn an. »Arlene Handlebaum?«

Er nickte. »Gestern abend ist jemand in unser Haus eingedrungen und hat versucht, sie umzubringen. Die Polizei hat Brendan Hardy verhaftet. Er bestreitet es natürlich, aber er bestreitet ja auch den Mord an Claire.«

Ich packte Kimberley und preßte sie an mich.

»Ich begreife es immer noch nicht«, sagte ich, während mir das Herz raste und mein Mund trocken wurde. »Warum sollte Brendan ...«

»Komm ins Haus«, sagte Hunt, »dann erzähle ich dir, was ich weiß.«

Was Hunt wußte, war das, was Tom Cunningham ihm erzählt hatte, als er bei meinen Eltern angerufen hatte, gerade als Hunt und mein Vater zum Golfplatz aufbrechen wollten. Offenbar war Tom am Freitag abend gegen zehn Uhr zum Tatort – unserem Haus – beordert worden, nachdem Arlene mit Schlägen auf den Kopf und ins Gesicht niedergeschlagen worden war und sich, als der Täter sie vermeintlich tot zurückließ, mit letzter Kraft ans Telefon schleppte und 911 wählte. Dem zufolge, was die Polizei an Informationen zusammenstückeln konnte, war Arlene anscheinend oben in unserem Gästezimmer gewesen und hatte ein Manuskript gelesen, als sie jemanden durch die Vordertür ins Haus kommen hörte. Sie muß einen Schrei ausgestoßen und denjenigen überrascht haben, der dann in Panik ausbrach und über sie herfiel. Als die Polizei sie fand, lag sie neben dem Telefon auf dem Boden, halb bewußtlos, in einem Schockzustand, den Kopf voller Quetschwunden und ihr Erinnerungsvermögen eine Mischung aus unzusammenhängenden Bildern und einem grauenerregenden Nichts. Sie wurde mit Blaulicht ins Krankenhaus gefahren, wo man ein subdurales Hämatom sowie ein Gehirnödem diagnostizierte, das in einer langwierigen, komplizierten Operation entfernt wurde. Doch anstatt sich zu erholen, war sie ins Koma gefallen, was die Ärzte als selten, aber nicht einmalig bezeichneten. Sie hofften, daß sie bald aus ihrem schlafähnlichen Zustand erwachen werde. Das hoffte auch die Polizei, die erwartete, daß sie Brendan als ihren Angreifer identifizieren würde.

»Glauben die Ärzte wirklich, daß sie aus dem Koma aufwachen und wieder gesund werden wird?« fragte ich, beinahe unfähig diese Informationen zu verarbeiten. Meine Freundin Arlene lag im Koma! Weil sie sich in *meinem* Haus aufgehalten hatte!

»Tom zufolge stehen die Chancen gut, daß sie sich wieder erholt. Mit der Zeit«, sagte Hunt. »Er hat sich in der Klinik um alles gekümmert. Ist kaum von Arlenes Seite gewichen. Und ich glaube, nicht nur deshalb, weil er darauf wartet, daß sie wieder zu Bewußtsein kommt und Brendan identifiziert. Ich glaube, es tut ihm wirklich leid, was ihr zugestoßen ist.«

»Da bin ich mir sicher«, sagte ich. »Er ist ein sehr sensibler Mann. Aber wie steht's mit Brendan? Wieso wissen sie, daß er der Täter war?« Plötzlich fiel mir meine Tortur im Aufzug wieder ein, und ich mußte daran denken, wie Brendan seine Stimme verstellt hatte, als er mich am Telefon im Aufzug angerufen und mich in diesem schaurigen Singsang bedroht hatte. »Mrs. Price«, hatte er gehöhnt, »Mrs. Price, ich habe eine kleine Mitteilung für Sie.« Ich erschauerte, trotz der Hitze Floridas.

»In der Spüle lag eine Zigarettenkippe«, sagte Hunt. »Sie war zu naß, um noch Fingerabdrücke abnehmen zu können, aber eines konnten sie feststellen: Es war Brendans Marke – Merit.«

»Aber warum?« fragte ich. »Warum sollte Brendan noch einmal in unser Haus kommen? Er war wegen der Unterschlagungen im Club auf Kaution frei. Er sollte wegen des Mordes an Claire verhaftet werden. Warum sollte er sich selbst noch mehr Schwierigkeiten bereiten?«

»Tom sagt, das hängt mit der kriminellen Mentalität zusammen«, erklärte Hunt. »Wenn Brendan wußte, daß er einmal in unser Haus einbrechen konnte, wußte er auch, daß er zweimal einbrechen konnte, wobei die Theorie besagt, daß Schwerverbrecher immer noch diesen letzten Kick, dieses letzte High brauchen, bevor sie gefaßt werden.« Hunt hielt inne, um über seine Worte nachzudenken. »Und dazu kam dann noch der praktischere Grund.«

»Als da wäre?«

»In unserem Haus befand sich etwas, das er habe wollte.«

»Was denn?«

»Beweismaterial gegen ihn. Sein Anwalt, der illustre Patrick Delaney, muß ihn darauf aufmerksam gemacht haben, daß man ihn wegen Mordes an Claire anklagen wollte. Tom glaubt, Brendan hätte irgendwie erfahren, daß wir in Florida sind, und beschlossen, ins Haus einzudringen und nach Beweisen zu suchen, da er fürchtete, wir könnten etwas haben, das ihn lebenslänglich hinter Gitter bringen könnte. Zu Arlenes Pech hatte er keine Ahnung, daß jemand da war.«

»Ich kann es nicht fassen«, sagte ich zornig. »Brendan sollte schon seit Wochen im Gefängnis sitzen. Wenn die Tewksburys doch nur zur Polizei gegangen wären, anstatt zu ihrer Großnichte. Wenn wir nur nicht so lange gebraucht hätten, bis wir dieses betrügerische Komplott aufgedeckt hatten. Wenn wir nur die einzelnen Teile schneller zusammengesetzt hätten, wäre Arlene unverletzt, und wir hätten die ganzen Scherereien längst hinter uns.«

»Heißt das, daß wir heute abend schon wieder zurückfliegen?« fragte Kimberley mit unverhohlener Enttäuschung.

»Ich weiß nicht, was ich tun soll«, sagte ich. »Eigentlich möchte ich den Geburtstag meines Vaters mit ihm zusammen feiern. Aber genießen kann ich ihn auch nicht, wenn ich weiß, daß Arlene halb tot im Krankenhaus liegt, weil sie ein gemütliches Wochenende in unserem Haus verbringen wollte.«

»Möchtest du hierbleiben, Spatz?« fragte Hunt seine Tochter. »Judys Eltern haben sicher nichts dagegen, auch wenn wir schon abgereist sind.«

Sie schüttelte den Kopf. »Ich möchte bei dir und Judy sein«, sagte sie mit fester Stimme.

Als meine Eltern zwanzig Minuten später nach Hause kamen, besprachen wir, ob ich nach Connecticut zurückfahren oder in Florida bleiben sollte.

»Heute abend kannst du ohnehin nichts mehr für deine Freundin tun«, sagte meine Mutter. »Warum bleibt ihr nicht zu Arthurs Geburtstag noch da und fliegt morgen früh zurück?«

Und so machten wir es schließlich.

Ich bemühte mich nach Kräften, den Abend zu genießen, aber die Gedanken an Arlene, Brendan und unser Schreckenshaus verfolgten mich unablässig. Der einzige Trost lag darin, daß Brendan nun endlich verhaftet und hinter Gittern war und – laut Tom – in absehbarer Zeit nicht mehr frei herumlaufen würde.

Wir reisten früh am nächsten Morgen aus Boca Raton ab und kamen um die Mittagszeit in Belford an. Ich setzte Hunt und Kimberley zu Hause ab und fuhr ins Krankenhaus hinüber, um Arlene zu besuchen.

Vor der Zimmertür war ein Polizist postiert, und ihre Eltern saßen an ihrem Bett. Ich erklärte ihnen, wie sehr ich bedauerte, was ihrer Tochter in meinem Haus zugestoßen war. Sie sagten, ich solle mir keine Vorwürfe machen und ließen mich mit Arlene allein.

Es war schwer, mit ihr im selben Raum zu sein und zu sehen, wie schlecht es ihr ging. Sie war so blaß, so zerbrechlich, wie sie da im Bett lag, die rechte Wange blau und geschwollen, ihr geschorener Kopf in Bandagen gewickelt, die von etwas namens »Neurocap« gehalten wurden, einer Art kleinem, rundem Hut, der sie in glücklicheren Zeiten zum Lachen gereizt hätte. »Wie konnte das nur passieren?« flüsterte ich, während mir die Tränen langsam über die Wangen liefen. Es schien erst Tage zurückzuliegen, daß wir zusammen in meinem Büro bei Charlton House gesessen, über Leeza die Schreckliche gelästert und uns gefragt hatten, wann sie sich endlich als die Ignorantin entblößen würde, die sie war, und kalt lächelnd vor die Tür gesetzt werden würde, so wie es uns widerfahren war. Wie waren wir in diese Situation geraten: ich eine Polizeiinformantin und sie im Koma? Und wann würde unser beider Leben endlich wieder in normalen Bahnen verlaufen?

Normal, dachte ich, während ich Arlene betrachtete. Mein Leben war seit geraumer Zeit nicht mehr normal, nicht seit Hunt diesem dämlichen Country Club beigetreten war und uns alle in Gefahr gebracht hatte.

»Judy?«

Ich sah vom Bett auf. Es war Tom. Ich erhob mich und ging auf ihn zu. Er nahm mich einen Moment lang in die Arme, tätschelte mir den Rücken und sagte, daß alles wieder gut werden würde. Dann trat er beiseite.

»Ich bin froh, daß Sie da sind«, sagte er. »Froh, daß Sie in Sicherheit sind.«

Ich nickte.

Er sah zu Arlene hinüber. »Wie geht's ihr?«

»Unverändert, nehme ich an. Ach, Tom. Sie *muß* wieder gesund werden. Sie ist ein so wundervoller Mensch. Eine so gute Freundin. Und so romantisch.«

»Erzählen Sie«, forderte er mich auf. »Ich will alles über sie wissen.«

Die Art, wie er das sagte, hatte etwas an sich, das mich stutzen ließ. Er erinnerte mich an Dana Andrews in dem Film *Laura* – der Polizist, der von einer Frau schwärmt, der er nie begegnet ist, die er jedoch hätte beschützen sollen. Aber schließlich hatte Tom mir ja selbst erzählt, daß er ein Faible für Frauen in Notlagen hatte. Und Arlene Handlebaum war eindeutig in einer Notlage.

»Also«, begann ich, »Arlene ist die beste Lektorin für Liebesromane in der ganzen Verlagswelt...« und skizzierte Detective Tom Cunningham in groben Zügen die Frau, die meine engste Freundin in der Bücherbranche gewesen war. Es schien ihn sehr zu interessieren, als ich ihm schilderte, daß Arlene trotz ihrer Begabung, ihres guten Aussehens und freundlichen Wesens nie verheiratet gewesen war oder auch nur eine dauerhafte Beziehung mit einem Mann gehabt hatte. »Sie hat sehr hohe Ansprüche, was Männer angeht«, sagte ich. »Sie sucht den Märchenprinzen und hat ihn noch nicht gefunden.«

Er lächelte. »Dann wird sie auf jeden Fall aus diesem Koma erwachen«, sagte er. »Wenn ihr Märchenprinz noch irgendwo herumläuft und auf sie wartet.«

20. Kapitel

Während Arlene im Krankenhaus mit dem Tode rang und Brendan im Gefängnis schmachtete, rüstete sich The Oaks für das Labor-Day-Wochenende, den letzten Höhepunkt der Saison. Trotz der Flut negativer Berichte über den Club in den Medien, in denen der Mord an Claire und Brendans Übeltaten mit genüßlicher Übertreibung breitgetreten wurden, machten die langjährigen Mitglieder weiter, als sei nichts Besonderes geschehen. Larkin Vail war immer noch die Favoritin für den Sieg im Damentennis, Curtis Lamb wurde von allen als der nächste Golfchampion eingestuft, und die Tewksburys, diese Halunken, waren so beliebt wie eh und je. Anstatt daß man ihnen aus dem Weg ging, weil sie ein Scheusal wie Brendan in die Welt gesetzt und es ihren Freunden verschwiegen hatten, hatte man Mitleid mit ihnen, kümmerte sich um sie und behandelte sie wie heldenhafte Opfer. Es war ekelhaft.

Da mein Job als Polizeiinformantin nun erledigt war, gab es offenkundig keinen Grund mehr für mich, jemals wieder in den Club zu gehen. Addison Bidwell, Perry Vail und die anderen Konservativen betrachteten Hunt und mich als Verräter; es gab niemanden, der mir einen Job in einem Verlag verschaffen würde; meine Tenniskünste würden nie nennenswert besser als mittelmäßig werden; und nach dem Labor-Day-Wochenende machte der Verein praktisch ohnehin dicht. Aber Hunt vermißte den Club und sehnte sich danach, mit Ducky, einem der wenigen Mitglieder, die unsere Bemühungen bei der Verbrechensbekämpfung unterstützten und dankbar dafür waren, daß wir der Polizei dabei geholfen hatten, Claires Mörder dingfest zu machen, eine Partie Golf zu spielen.

»Zum Teufel mit diesen Leuten. Warum gehst du nicht einfach hin und spielst dieses Wochenende mit Ducky Golf?« fragte ich Hunt. »Er hat dich schon mehrmals eingeladen. Und du würdest doch wirklich gerne mit ihm spielen. Mach doch nicht deswegen eine Bogen um den Club, weil diese Trottel mit ihren karierten Hosen dir die kalte Schulter zeigen.«

»Du hast recht, das Golfen fehlt mir«, sagte Hunt. »Und warum sollte es mich kümmern, was die Leute über uns reden? Wir haben das Richtige getan, indem wir mit der Polizei zusammengearbeitet haben. Ich weiß, daß es richtig war.«

»Natürlich war es das«, sagte ich. »Ruf Ducky einfach an und sag ihm, daß du dieses Wochenende mit ihm spielst.«

»Ich habe eine bessere Idee: Ich sage ihm, daß *wir* dieses Wochenende spielen.«

»Ich nicht. Golf ist dein Hobby, nicht meines.«

»Gut. Dann spiel nicht. Komm einfach so mit. Wir können uns auch zu viert treffen: du und ich und Ducky und Nedra.«

»Nedra? Ach, komm«, sagte ich. »Sie würde sich nie von den Tennisplätzen und von Rob losreißen.«

»Ich glaube, das ist vorbei«, meinte Hunt. »Ducky hat etwas in der Richtung erwähnt, daß Nedra jetzt intensiver an ihrer Ehe arbeiten will.«

»Tatsächlich?« sagte ich. »Das letzte Mal, als ich sie gesehen habe, hat sie mir den unmißverständlichen Eindruck vermittelt, daß ihre Ehe ein Scherbenhaufen sei. Sie hatte nichts als Verachtung für Ducky übrig und sagte, sie hätten schon seit Jahren nicht mehr zusammen geschlafen.«

»Ach, bei Nedra ist doch eine Schraube locker«, spöttelte Hunt. »Ducky Laughton ist ein anständiger Kerl. Viel zu gut für Nedra. Er hat es nicht verdient, daß sie ihn so demütigt, wie sie es im Club getan hat.«

»Nein, das hat er nicht«, räumte ich ein. »Obwohl es sich ganz danach anhörte, als wäre er Claire an die Wäsche gegangen, wenn sie ihn gelassen hätte. Du stellst Ducky als Heiligen hin, aber ich habe gehört, wie er Claire erzählt hat, daß sie seine große Liebe sei. Er wollte eine Affäre mit ihr anfangen, Hunt. Ganz klar.«

Er zuckte die Achseln. »Mag sein. Aber Claire ist tot, und Ducky ist immer noch der beste Freund, den ich im The Oaks habe.«

»Genau. Also spiel Golf mit ihm.«

»Nur wenn du mitkommst.«

»Nee.«

»Ach, komm schon, Jude. Du kannst im Golfwagen mitfahren, während Ducky und ich unsere achtzehn Löcher spielen.«

Ich seufzte. »Ich mache wirklich gern vieles mit dir, aber achtzehn Löcher zu spielen dauert doch Stunden. Ich könnte es nicht ertragen, so lange auf einem Golfplatz zu sein. Das wäre Folter. Tödliche Langeweile.«

»In Ordnung. Wie wär's dann mit einem Kompromiß: Komm auf neun Löcher mit. Das dauert nur halb so lang. Die Umgebung ist angenehm und die Gesellschaft um so mehr.«

Ich gab ihm einen Kuß. »In Ordnung, ich komme mit – aber nur wenn wir einen Golfwagen nehmen. Ich weiß zwar, daß es als großartiges Training gilt, den Golfplatz abzulaufen, aber du weißt ja, was ich von Training halte.«

»Ungefähr das gleiche wie von The Oaks.«

»Genau.«

»Kein Problem. Wir nehmen einen Wagen. Wahrscheinlich werden wir sogar zwei Wagen nehmen. Ducky macht es genausowenig Spaß wie dir, den Platz abzulaufen. Also fährt er mit seinem, und du kannst mit unserem fahren.«

Die Verabredung zum Golf mit Ducky war für Sonntag nachmittag um sechs angesetzt. »Es wird erst gegen halb acht oder so dunkel«, hatte Ducky zu Hunt gesagt, als sie den Termin ausmachten. »Um diese Zeit mußt du dich nicht mehr den ganzen Neandertalern stellen. Um sechs sind die schon alle in der Bar und besaufen sich. Wahrscheinlich haben wir den Golfplatz für uns allein.« Hunt und ich waren sehr dafür, den mißbilligenden Blicken der Mitglieder zu entgehen, und so stimmten wir zu.

Auf dem Weg zum Club machten wir am Krankenhaus halt, um nach Arlene zu sehen. Als wir eintrafen, waren ihre Eltern und ihre Schwester gerade zum Essen gegangen, und Tom hatte ihren Platz neben dem Bett eingenommen. Er war jedesmal da, wenn ich Arlene besuchte.

»Haben Sie ein berufliches oder ein persönliches Interesse?« hatte ich ihn ein paar Tage zuvor gefragt. Ich wußte, er wollte unbedingt, daß Arlene aus dem Koma erwachte und Brendan Hardy als ihren Angreifer identifizierte. Außerdem wußte ich, daß Tom Cunnigham ein einsamer Mann war, der eine Schwäche dafür hatte, Frauen in Bedrängnis beizustehen.

»Beides, glaube ich«, gab er zu. »Sie hat irgend etwas an sich, das mich berührt. Etwas an ihrem Gesicht. Etwas an der Art, wie sie ... ach, ich weiß nicht. Es ist ziemlich albern, aber ich habe das Gefühl, daß wir, wenn sie ... ach, vergessen Sie's.«

Er verstummte.

»Wenn sie was?« drängte ich ihn. »Aus dem Koma erwacht?«

Er nickte. »Ich habe einfach das Gefühl, daß wir uns gut verstehen würden«, sagte er schüchtern. »Dumm, was?«

»Überhaupt nicht«, sagte ich.

»Ich bin wohl einfach romantisch«, sagte er.

»Dann werden Arlene und Sie sich bestimmt gut verstehen«, sagte ich. »Da habe ich gar keine Zweifel.«

»Mal sehen«, meinte er. »Mal sehen, was passiert.«

Wäre das nicht herrlich? dachte ich insgeheim. Wäre es nicht herrlich, wenn sich Arlene erholte und in Tom verliebte? Und hatten wir nicht alle gute Neuigkeiten verdient, nach all dem, was wir durchgemacht hatten?

Als Hunt und ich nun an diesem Sonntag nachmittag Arlenes Krankenzimmer betraten, begrüßte uns Tom mit grimmiger und ermatteter Miene.

»Keine Veränderung«, teilte er uns mit. »Sie ist immer noch im Koma. Aber das muß nicht unbedingt schlecht sein«, fügte er hinzu. »Der Arzt sagt, sie könne jeden Moment aus dem Koma aufwachen und wieder gesund werden.«

»Genau darauf hoffe ich. Ganz nebenbei – wie geht's denn Ihnen?« fragte ich Tom.

»Geht so. Ich bin nur kurz vorbeigekommen, um nach Arlene

zu sehen.« Er warf ihr einen Blick zu, und in seinen Augen stand tiefes Mitgefühl.

»Sie kommen mir ganz schön fertig vor, Mann«, sagte Hunt. »Haben Polizisten denn keinen freien Tag?«

»Doch. Offen gestanden ist heute mein freier Tag.«

»Wie wär's dann, wenn Sie ein bißchen ausspannen würden?« sagte Hunt. »Judy und ich sind auf dem Weg ins The Oaks. Ich spiele Golf mit Ducky Laughton, und sie kommt mit, um mich anzufeuern – falls sie sich wach halten kann. Möchten Sie nicht auch mitkommen? Und vielleicht neun Löcher mit uns spielen?«

»Danke, beziehungsweise nein danke«, sagte Tom.

»Ach, kommen Sie«, sagte Hunt. »Sie haben Ducky bei Ihren Ermittlungen kennengelernt. Er ist ein anständiger Kerl, ehrlich. Nicht so wie der Rest der Leute dort.«

»Das glaube ich gern, aber das ist nichts für mich.«

»Tom, wir haben einen neuen Koch im Club«, lockte ich ihn. »Er hilft nur vorübergehend aus, bis sie einen richtigen Ersatz für Brendan finden, aber ich habe gehört, daß er Super-Cheeseburger macht.«

Tom schüttelte den Kopf. »Ich glaube, ich gehe nach Hause und versuche zu schlafen.«

»Okay. Wir melden uns wieder bei Ihnen. Wir bleiben so lange bei Arlene, bis ihre Familie zurückkommt.«

Tom warf Arlene einen letzten Blick zu, winkte uns zum Abschied und ging.

»Er quält sich«, sagte ich zu Hunt. »Er glaubt, er hätte Arlene beschützen können. Genauso wie er denkt, er hätte seine Frau davor beschützen können, umgebracht zu werden.«

»Armer Kerl«, sagte Hunt. »Ich wünschte, wir könnten irgend etwas tun.«

»Es gab etwas, das wir tun konnten, und das haben wir auch getan«, sagte ich. »Wir haben Brendan dazu gebracht, sich hinsichtlich des betrügerischen Komplotts im Club selbst zu belasten, und das hat der Polizei das Motiv für den Mord an Claire geliefert. Es ist nicht unsere Schuld, daß die Justiz im Schneckentempo arbeitet.«

Hunt und ich fuhren zum Club hinüber und gingen auf den Golfplatz, wo uns Ducky erwartete. In seinen leuchtendgrünen Hosen, dem hellgelben Polohemd und mit seinen von der frischen Luft ganz rosigen Pausbacken sah er flott und unternehmungslustig aus. Ich versuchte ihn mir als Student in Berkeley vorzustellen, wie er gegen den Krieg protestierte und Claire anhimmelte. Doch das einzige Bild, das mir vor Augen kam, war das, das mir Nedra eingeimpft hatte: der asexuelle Ehemann, der »sich seinen Spaß auf andere Weise holte«, was immer das hieß.

»Judy«, sagte er und gab mir einen Kuß auf die Wange. »Es ist eine Freude, dich zu sehen.«

»Danke, Ducky. Ich freue mich auch«, sagte ich und tätschelte ihm den Arm. »Es ist eine Erholung, in diesem Club jemanden zu treffen, der nicht mit Gegenständen nach uns wirft.«

»Scher dich nicht um die Neandertaler«, riet er mir. »Sie kapieren es einfach nicht.«

»Ducky hat recht«, sagte Hunt. »Die können uns gestohlen bleiben.«

Ich sah meinen Mann an und blinzelte. War das der gleiche Mann, der die letzten zwei Jahre damit zugebracht hatte, den Clubmitgliedern Honig ums Maul zu schmieren, der gleiche Mann, der geradezu um ihre Freundschaft *gebuhlt* hatte? War das der gleiche Mann, der so verzweifelt um eine Teilhaberschaft bei F & F gekämpft hatte, daß er bereit war, vor Duncan Tewksbury und Addison Bidwell zu kriechen? War das der gleiche Mann, der bereit gewesen war, sich für die Gelegenheit, deren Geld in Rohöl, Erdgas und Schweinebäuche zu investieren, komplett zum Narren zu machen? Ich blinzelte noch einmal.

»Ja, pfeif doch auf sie«, fuhr Hunt fort. »Heute ist ein schöner Abend. Der Golfplatz sieht traumhaft aus. Brendan Hardy sitzt im Gefängnis, und wir sind gesund. Also vergessen wir den ganzen Scheiß und spielen wir neun Löcher, bevor es dunkel wird.«

»So ist's recht«, sagte Ducky, klopfte Hunt auf den Rücken und zwinkerte mir zu.

Wir waren beim vierten Loch, als es passierte. Ich wußte, daß es das vierte Loch war, nicht weil ich ein Loch vom anderen hätte unterscheiden können, sondern weil Claire Cox beim vierten Loch ihren vorzeitigen Tod gefunden hatte, und so etwas vergißt man nicht.

Um mich gegen die unvermeidliche Langeweile zu wappnen, die mich jedesmal überkam, wenn ich Hunt beim Golfspielen zusehen sollte, hatte ich das Septemberheft von *Gourmet* mitgenommen, und als Hunt und Ducky sich mit Drives, Putts und Chips von Grün zu Grün vorarbeiteten, saß ich in der Spätnachmittagssonne im Golfwagen und vertiefte mich in Artikel über die Vorzüge von Hühnerbrüstchen mit Meerrettich-Lauch-Kruste, Schweine-Pfeffersteak mit Kirschsauce und Himbeer-Schokoladenkuchen mit Baiserfüllung.

Ich las gerade ein Rezept für Tortilla-Zwiebelkuchen vom Grill, als ich hörte, wie Hunt mich rief. Ich blickte auf und sah, daß er und Ducky auf dem Grün standen, während ihre Bälle nur wenige Meter vor dem Loch lagen. Die anderen Golfer waren schon lange in Richtung Bar verschwunden, und so lag der Platz verlassen da. Wir drei waren die einzigen Menschen weit und breit.

»Jude!« Hunt winkte mir aufgeregt zu. »Du mußt mir zusehen, wie ich diesen Putt versenke. Mit etwas Glück schaffe ich ein Birdie.«

Ich winkte zurück. »Natürlich schaffst du ein Birdie«, sagte ich, »aber du weißt doch, wie es mir geht, wenn ich dir beim Putten zusehe. Es ist ungefähr so aufregend, wie den Mann zu beobachten, der ins Haus kommt, um den Gaszähler abzulesen.«

Hunt tat, als schmollte er, während Ducky lachte, mir mit dem Finger drohte und mit einer hohen Fistelstimme, mit der er vermutlich eine nörgelnde Gattin nachahmen wollte, tadelte: »Mrs. Price, Sie sind damit aber keine große Stütze für Ihren Mann.«

Ducky machte Witze, genau wie ich, und so nahm ich seine Worte zunächst gar nicht wahr. Ja, ich vertiefte mich sogar wieder in meine Zeitschrift und dachte überhaupt nicht mehr an seine Bemerkung. Dann, als ich das Rezept für den Tortilla-

Zwiebelkuchen vom Grill noch einmal las und mich fragte, ob ich es ruinierte, wenn ich statt der spanischen Zwiebeln Vidalia-Zwiebeln nahm, kam mir Duckys Bemerkung wieder in den Sinn – ja, sie überfiel mich geradezu – und ich schnappte nach Luft.

»Mrs. Price, Sie sind damit aber keine große Stütze für Ihren Mann«, hatte er geschimpft.

Erst fröstelte ich, dann stieg eine schwindelerregende Welle in mir auf und schließlich eine Mixtur aus verschiedenen Empfindungen – Verwirrung, Ekel und Angst.

»Mrs. Price, Sie sind damit aber keine große Stütze für Ihren Mann.«

Die Worte hallten in meinem Kopf wider, und dabei schnürte es mir die Kehle zu.

»Mrs. Price?«... »Mrs. Price?«... »Mrs. Price?«

Es war nicht das, *was* Ducky gesagt hatte, das mich veranlaßte, die Zeitschrift auf den Boden des Golfwagens fallen zu lassen und mich kerzengerade aufzurichten, während sich mein ganzer Körper vor Schreck verkrampfte. Es war die Art, wie er meinen *Namen* ausgesprochen hatte, der Tonfall, der hohe Singsang seiner *Stimme*. Der gleichen unheimlichen, ekelhaft süßlichen Stimme, die der Person gehörte, die mich im Aufzug festgehalten und davor gewarnt hatte, weiter im Club herumzuschnüffeln.

»Jemand, der Ihnen eine kleine Mitteilung machen möchte, Mrs. Price.«

Genau das hatte die Stimme an jenem grauenvollen Nachmittag gesagt. Damals hatte ich nicht erkannt, ob die Stimme einem Mann oder einer Frau gehörte. Ich wußte lediglich, daß trotz des neckischen Klangs der Stimme beabsichtigt gewesen war, die Identität des Sprechers zu verschleiern und mich aus dem Club zu verscheuchen und davor zu warnen, noch mehr Fragen über den Mord an Claire zu stellen – sonst...

»Mrs. Price, Sie sind damit aber keine große Stütze für Ihren Mann.«

Ich schüttelte den Kopf und versuchte die Gedanken abzuschütteln, die mich zu ersticken drohten, versuchte mir einzureden, daß sie nicht stimmten, versuchte mir einzureden, daß *es* nicht stimmte. Aber ich konnte nicht.

»Mrs. Price«… »Mrs. Price.«

Ich war nicht die einzige gewesen, die Brendan beschuldigt hatte, in unser Haus eingebrochen zu sein und mich im Aufzug festgehalten zu haben. Auch die Polizei hatte ihn beschuldigt. Wir waren alle der Meinung gewesen, daß es Brendan war, der seine Stimme verstellt hatte; Brendan, der Claire umgebracht und Arlene halb totgeschlagen hatte. Er hatte einen Haufen Geld unterschlagen; es schien nur allzu logisch, daß er Claire ermordet hatte, um sie daran zu hindern, ihn der Polizei zu übergeben. Sogar seine eigenen Eltern hatten ihn des Mordes an Claire bezichtigt. Aber wir hatten uns getäuscht – wir alle. Ducky war der Schuldige. Fragte sich nur, warum. Warum sollte der ehrenwerte, sanftmütige, politisch korrekte Ducky Claire umbringen, eine Frau, die er bewunderte? Weil sie ihm den Laufpaß gegeben hatte, als sie auf dem College waren?

»Jude! Ich habe den Putt gemacht! Ich habe ein Birdie geschafft!« rief Hunt und versetzte Ducky einen Klaps auf den Po.

»Sehen Sie, Mrs. Price? Sie sind mit einem Profi verheiratet!« sagte Ducky mit der bewußten Stimme. Mit derselben Singsang-Fistelstimme.

Es war also Ducky, erkannte ich mit vernichtender Klarheit. Es war Ducky, der Claire umgebracht hatte. Ducky, der mich davor gewarnt hatte, den Fall weiterzuverfolgen. Ducky, der Arlene niedergeschlagen und ins Koma versetzt hatte. Ducky, der Hunts Freund, Kollege und Geschäftspartner war. Aber warum? War er wahnsinnig? Er mußte einfach wahnsinnig sein. Aber was für einen Grund hatte er? Weil Claire im The Oaks aufgenommen wurde? Weil sie ihre Beziehung nicht fortsetzen wollte? Nedras Affäre mit Rob, dem Tennistrainer? Welchen Grund?

Es war nicht genug Zeit, um herauszufinden, warum Ducky ein Verbrecher war. Es blieb lediglich Zeit, um sich verflucht schnell aus seiner Nähe zu entfernen.

»Hunt«, sagte ich und versuchte verzweifelt, nicht Duckys Blick aufzufangen. »Wir müssen gehen. Sofort.«

Er stieß Ducky an und lachte. »Jetzt fängt sie schon wieder an«, seufzte er. »Meine Frau, der Golffan.«

»Hunt, es ist mein Ernst«, sagte ich. »Ich fühle mich nicht wohl. Ich will hier weg.«

Er und Ducky sahen einander an und kamen dann auf mich zu.

»Glaubst du, daß du etwas Falsches gegessen hast?« fragte Ducky.

Ich versuchte, ihn nicht anzusehen, versuchte, seinem Blick auszuweichen, aber ich schaffte es nicht. Und genau in diesem Moment des Augenkontakts wußte Ducky Laughton die Wahrheit: daß er sich verraten hatte – und daß ich nur eine Fahrt mit dem Golfwagen davon entfernt war, es der Polizei mitzuteilen.

»Hunt, bitte. Bring mich nach Hause«, sagte ich.

»Aber Ducky und ich haben noch fünf Löcher zu spielen, Jude«, sagte Hunt. »Willst du nicht vielleicht im Damenumkleideraum warten? Oder etwas trinken, während wir unser Spiel ...«

»Nein!« schrie ich. Ich drehte den Zündschlüssel um und ließ den Golfwagen an. »Bitte Hunt. Steig ein.«

Hunt sah Ducky an, zuckte die Achseln und sprang neben mir in den Wagen. »Tut mir leid, mein Bester«, sagte er zu seinem Golfkameraden. »Können wir uns vertagen?«

»Klar, aber erst, wenn wir uns sicher sind, daß es Judy gutgeht«, sagte Ducky mit gespielter Besorgnis.

»Mir geht's erst gut, wenn du hinter Gittern bist«, sagte ich, da ich die Wut, die in mir aufwallte, nicht mehr unterdrücken konnte. Ducky Laughton hatte Hunt und mich als Mitglieder für den The Oaks vorgeschlagen, so getan, als wäre er unser einziger Freund im Club, wo er doch gerade derjenige war, der den Mord an Claire und Gott weiß noch alles auf dem Gewissen hatte.

»Was hast du gesagt, Judy?« fragte er.

»Du hast mich genau verstanden«, sagte ich mit zitternder

Stimme. »Ich habe gesagt, ich werde dafür sorgen, daß du lebenslänglich hinter Gitter kommst, damit du niemals mehr jemandem etwas antun kannst.«

Ducky heftete seinen Blick auf mich, während sich seine Miene verdüsterte. Er drehte sich zu Hunt um und sagte: »Es tut mir so leid, daß das passieren mußte, alter Junge. Entsetzlich leid.«

»Entsetzlich leid, daß *was* passieren mußte?« sagte Hunt, der erst Ducky, dann mich und dann wieder Ducky ansah. »Irgendwie komme ich hier nicht mehr richtig mit.«

Bevor ich antworten konnte, griff Ducky nach dem Schlüssel unseres Golfwagens und drehte ihn herum, um den Wagen abzustellen. Ich schlug seine Hand zur Seite und ließ ihn wieder an.

»He, was ist denn hier los?« fragte Hunt.

Ohne zu antworten, schaltete ich in den Vorwärtsgang, drückte den Fuß aufs Gaspedal und versuchte, uns den Weg hinabzuchauffieren, am vierten Loch vorbei, den Golfplatz entlang und zurück zum Abschlag. Das einzige, woran ich denken konnte, war, vor Ducky zu flüchten, an ein Telefon zu kommen und Tom anzurufen.

Aber Ducky hatte andere Pläne. Er sprang in seinen Wagen und verfolgte uns.

Lieber Gott, dachte ich, als wir in unserem batteriegetriebenen Wagen über den Golfplatz tuckerten. Wo in aller Welt sind denn die ganzen Leute? Wenn ich schon einmal die Aufmerksamkeit der dämlichen Clubmitglieder erregen wollte, waren sie nirgends zu sehen!

Golfwagen sind nicht gerade Maseratis, aber ich hatte es geschafft, uns einen hübschen Vorsprung zu sichern. Da wir aber zu zweit im Wagen waren, trug er eine schwerere Last und war leider langsamer als Duckys Gefährt. Damit nicht genug, war Ducky auch ein wesentlich geübterer Golfwagenfahrer als ich. Er schaffte es, den Weg im Zickzackkurs zurückzulegen und uns rasch einzuholen.

»Judy! Willst du mir vielleicht mal sagen, was zum Teufel hier los ist?« schrie Hunt, als er sich umdrehte und entdeckte, daß Ducky uns in wilder Jagd verfolgte.

»Er war es!« brüllte ich. »Er hat Claire umgebracht!«

»Bist du verrückt? Du weißt doch, daß es Brendan war. Die Polizei weiß es auch.«

»Wir haben uns getäuscht. Es war Ducky.«

Ich atmete so schwer, daß ich fürchtete, ohnmächtig zu werden, doch ich fuhr weiter und steuerte den Golfwagen die Wege, die sich über den Golfplatz schlängelten, hinauf und hinab.

»Jude, hör mir mal zu«, sagte Hunt. »Ich weiß, wie sehr es dich langweilt, mir beim Golfspielen zuzusehen, aber das ist doch lächerlich. Es gibt wirklich sanftere Methoden, um mir beizubringen, daß du genug hast.«

»Hunt«, sagte ich, »du mußt mir einfach vertrauen. Ducky Laughton ist ein kaltblütiger Mörder. Er hat Claire umgebracht, er hat versucht, Arlene umzubringen, und wenn wir nicht von diesem Golfplatz wegkommen, wird er uns auch umbringen.«

»Aber woher weißt du ...«

Bevor Hunt seine Frage ganz aussprechen konnte, spürten wir von hinten einen Ruck. Dann noch einen. Und noch einen. Ducky rammte unseren Golfwagen.

»Ducky!« schrie Hunt ihm über die Schulter zu. »Immer mit der Ruhe, ja?«

Ducky rammte unseren Wagen ein weiteres Mal, und zwar noch fester und massiver. Wir befanden uns auf einem erhöhten Weg, von dem aus man Aussicht auf das zweite Loch hatte, das Loch, das steil zu einem der beiden künstlichen Seen auf dem Gelände abfiel.

»O mein Gott!« rief ich. »Er versucht, uns umzuwerfen!«

»Aber weshalb?« sagte Hunt, der nun endlich begriffen hatte, daß es Grund zur Besorgnis gab.

»Hunt, hör mir mal zu«, sagte ich und versuchte die Ruhe zu bewahren. »Ducky hat Claire umgebracht, und er weiß, daß ich es weiß. Wir müssen einen Weg finden, um von hier wegzukommen. Wir müssen von hier verschwinden und Tom anrufen.«

Hunt schüttelte den Kopf, als könne er immer noch nicht glauben, was ich ihm da über seinen Freund und Kollegen erzählte. Dann rammte Ducky uns erneut, diesmal noch fester und mit höherer Geschwindigkeit. Unsere winzigen Rädchen begannen zu wackeln, der Wagen schlingerte vor und zurück, und ehe Hunt und ich begriffen, was los war, verlor er das Gleichgewicht.

Ich packte Hunts Hand, als der Wagen umkippte und wir auf das tiefer gelegene Grün stürzten.

Wir landeten mit einem dumpfen Schlag auf dem Boden. Der Golfwagen rollte in den See und ging unter wie ein Stein. Mehrere Sekunden verstrichen. Ich war so benommen, so schockiert von den Ereignissen, daß ich mich nicht rühren und nicht sprechen konnte. In meinem linken Arm pochte es, aber sonst war ich unverletzt. Ich hatte nur schreckliche Angst. Angst davor, was Ducky uns antun würde, nun, da wir keine Fluchtmöglichkeit mehr hatten.

»Jude, ist mit dir alles in Ordnung?« fragte Hunt, der neben mir lag, nicht weit von dem Loch, das er erst vor einer Stunde mit einem Bogey gespielt hatte.

»Ihr fehlt nichts.«

Das war Ducky, der direkt über uns stand, während wir auf dem Boden festsaßen. In seiner Rechten hielt er eine Pistole – eines dieser kompakten, überaus praktischen, silberglänzenden Modelle, die in eine Handfläche passen. Mir schnürte es beinahe die Kehle zu.

»Steht auf, alle beide«, befahl er uns.

Ich nickte und begann mich aufzurichten, während Hunt, verblüfft von den unerklärlichen Handlungen seines Freundes, auf dem Boden liegenblieb.

»Los, alter Junge«, mahnte Ducky Hunt. »Auf, auf, auf.«

Hunt erhob sich langsam und stellte sich neben mich auf das vierte Grün, auf halbem Weg zwischen dem Loch und dem See.

»Also«, sagte Ducky, »da wären wir, wir drei ganz allein.« Er seufzte und sah zum Himmel hinauf, der sich als Vorspiel zu einem spektakulären Sonnenuntergang zu röten begann. Dann wandte er seinen Blick wieder uns zu. »Ich nehme an, ihr wollt beide wissen, warum«, sagte er ganz nüchtern, als wollte er uns erklären, wie er ein Loch mit einem Neuner-Eisen anstelle eines Dreier-Eisens gespielt hatte.

»Ducky«, sagte Hunt mit vor Angst und Verwirrung aufgerissenen Augen. »Sag doch, daß das alles nur ein Scherz ist.«

Ducky lachte sein freundliches, onkelhaftes Lachen und verstärkte den Griff um die Pistole.

»Nein, das ist kein Scherz«, sagte er. »Es ist sogar eine sehr traurige Geschichte. Und da es wohl niemand von euch mit dem Gehen besonders eilig hat, erzähle ich euch am besten die ungekürzte Fassung.«

21. Kapitel

»Zuerst möchte ich mich bei dir entschuldigen, Hunt, für all die Sorgen, die ich dir bereitet habe«, begann Ducky, während er weiterhin die Pistole auf uns gerichtet hielt. »Ich möchte nicht, daß du denkst, ich wüßte unsere Freundschaft nicht zu schätzen. Es hat mir Spaß gemacht, mit dir bei F & F zusammenzuarbeiten und mit dir hier Golf zu spielen. Du hast sogar die Mitarbeit im Finanzausschuß erträglich gemacht.«

Hunt schüttelte den Kopf. »Warum dann?« fragte er betrübt. »Warum das Ganze? Warum die Pistole?«

»Die Pistole?« Er zuckte die Achseln. »Nur zum Selbstschutz. Wenn man solche Spiele spielt wie ich, braucht man meist Selbstschutz.«

»Spiele?« sagte ich angeekelt. »Nennst du es so, wenn du die Frau umbringst, die du als deine große Liebe bezeichnet hast?«

Ducky legte den Kopf schief und sah mich an. »Du hast also unsere kleine Unterhaltung mitgehört«, sagte er. »Das hatte ich schon vermutet. Nein, Claire umzubringen war kein Spiel. Alles andere als das.«

»Ich kann es nicht fasssen. Du warst es wirklich«, sagte Hunt, der endlich einsah, daß sein Freund ein Mörder war. »Damals im Juli, als Judy mir sagte, daß sie dich verdächtigt, habe ich dich allen Ernstes in Schutz genommen. Ich habe ihr und dem Detective, mit dem sie zusammengearbeitet hat, immer wieder gesagt, daß du ein aufrechter, ehrlicher Kerl bist. Und jetzt erfahre ich, daß du das nicht bist. Du bist ein elender Mörder.«

»Schuldig«, sagte Ducky und nickte.

»Du gottverdammter Dreckskerl! Mann, ich sollte …« Plötzlich schoß Hunt auf Ducky zu, als wollte er ihn in der Luft zerreißen, aber Ducky setzte ihm die Pistole auf die Brust und stieß ihn zurück.

»Wir wollen doch nicht emotional werden«, sagte Ducky und rückte den Kragen seines Polohemdes gerade. »Nicht, wenn ihr die ganze Geschichte hören wollt.«

»Hunt!« kreischte ich. »Er hätte dich erschießen können!«

Hunt faßte sich wieder und stellte sich neben mich. Wir faßten uns an den Händen und warteten darauf, daß Ducky weiterspräche.

»Also, ihr zwei. Würdet ihr vielleicht ein paar Schritte zurückgehen?« sagte er und benutzte die Pistole als Zeigestock. »So ist's recht. Näher an den See. Noch ein bißchen näher. Ja, so ist es ideal. Ich bin so gerne am Wasser. Schon immer. Und außerdem wäre es mir lieber, wenn wir außer Sichtweite blieben, für den Fall, daß an diesem milden Abend eines der anderen Clubmitglieder vorbeischlendert.«

Nun standen wir am Rand des Sees. Die Stechmücken, die in der Schwüle der Dämmerung herausgekommen waren, taten sich an meinen nackten Beinen gütlich, aber ich hatte größere Probleme. Viel größere Probleme.

»Also«, sagte Ducky, »ich würde gern damit beginnen, euch zu sagen, daß ich den heutigen Abend nicht so geplant hatte. Ich hatte wirklich vor, neun Löcher Golf zu spielen und anschließend nach Hause zu fahren. Aber dann mußte ich diese dämliche Stimme verwenden, und Judy mußte es merken. *Tant pis*, was?«

Ich preßte Hunts Hand und versuchte, mein Herz zum Schweigen zu bringen, das so laut in meiner Brust klopfte, daß ich dachte, binnen Sekunden sterben zu müssen.

»Ich habe schon immer riskant gelebt«, sagte Ducky sehnsüchtig, wie ein alter Onkel, der von seinen ruhmreichen Tagen in der High-School-Basketballmannschaft erzählen will. »Aber ich habe es im verborgenen getan. Ich *wirkte* nicht wie der Typ, der den gefährlicheren, unvorsichtigeren Weg einschlägt, aber genau das tat ich andauerend. Der liebe, sanftmütige Ducky, der Junge, der mit dem Feuer spielt.« Er lachte leise vor sich hin. Ich erschauerte. »Ja, ich war der Junge, der erst am Abend vor der Prüfung zu lernen begann und wußte, daß er womöglich durchfallen würde. Der Junge, der seinem Vater Geld stahl und wußte, daß er sechs Hiebe mit dem Gürtel bekam, wenn er erwischt würde. Der Junge, der am Abgrund entlangtänzelte – wie man so sagt –, der Katastrophe stets einen Schritt voraus. Es war ein Sport, versteht ihr? Nur ein Sport.« Er hielt inne, um mit seiner Pistole ein paar Stechmücken zu vertreiben. »Ich beschloß nach Berkeley zu gehen, nicht an die Universität von Virginia, Dads Alma Mater, nur um den alten Knaben zu ärgern. Doch kurz nachdem ich dort angekommen war, merkte ich, daß ich mich zu Tode langweilte. Die Lehrveranstaltungen interessierten mich nicht, sie waren nicht besonders aufregend. Und das gesellschaftliche Leben – tja, das war mehr als trübselig, dieses ganze Hurra-Geschrei der Studentenverbindungen. Um nicht völlig durchzudrehen, veranstaltete ich in den Wohnheimen Kartenspiele. Poker. Gin-Rommé. Wetten – beziehungsweise Glücksspiele – waren natürlich gegen die College-Statuten, aber ich mußte ja meinem Hunger nach Gefahr Nahrung geben. Die Regeln zu verletzen war meine Leidenschaft, versteht ihr?«

Hunt und ich hätten jetzt wohl nicken sollen, aber wir klammerten uns aneinander und gaben Ducky durch nichts unser Verständnis zu erkennen.

»Dann kam die Antikriegsbewegung und mit ihr die Protestmärsche und Versammlungen. Die Regeln verletzen war gar kein Ausdruck dafür! Die Bewegung war wie für mich geschaffen. Ich konnte Regeln verletzen und als selbstloser Aktivist gelten! Und dann habe ich Clissy kennengelernt. Die schöne Clissy.«

Ducky sah mit einem Mal wie ein liebeskranker Teenager aus, und schlagartig ekelte ich mich vor ihm. Wie konnte dieser Mann, der so normal, so harmlos gewirkt hatte, sich als ein solches Monstrum entpuppen? Ich hatte ihn verdächtigt, und Tom hatte es mir ausgeredet. Wenn ich nur nicht so rasch bereit gewesen wäre, meine Gefühle abzuschütteln und ihn genauer unter die Lupe genommen hätte. Claire hätte es zwar nicht gerettet, aber mit Sicherheit Arlene.

»Es war nicht schwer, sich in Claire Cox zu verlieben«, fuhr Ducky fort. »Jeder Mann mit ein bißchen Verstand verliebte sich in sie. Oder vielmehr, jeder Mann, der sich nicht von ihr bedroht fühlte. Sie war reizvoll, leidenschaftlich und lebendig. Im Gegensatz zu mir besaß sie Prinzipien, und in ihrer Gegenwart fühlte ich mich, als wäre ich der moralischste, prinzipientreueste Mensch auf der Welt. Sie war so gut, daß ich mich auch gut fühlte. Ihre Rechtschaffenheit machte mich auch rechtschaffen. Ich meldete mich freiwillig für die Ausschüsse, in denen sie saß. Ich sammelte Geld für sämtliche Ziele, die sie unterstützte. Ich sorgte mit Hilfe und Planung, harter Arbeit und ja, List, dafür, daß sie sich für mich interessierte. Es lag auf der Hand, daß ich sie nicht durch mein umwerfend gutes Aussehen für mich einnehmen würde. Ich bin ein Backenhörnchen, wie meine charmante Frau mir immer wieder zu verstehen gibt. Seht mich nur an.«

Er klopfte sich auf den Bauch und lachte.

»Aber es hat geklappt«, fuhr er fort. »Nach und nach merkte ich, wie dankbar sie für all das Geld war, das ich sammelte, wie wohl sie sich mit mir fühlte und wie viel wir gemeinsam hatten. Wir stammen beide aus alteingesessenen Familien Neu-Englands, und wir beide verärgerten unsere Familien durch unsere feindselige Haltung gegenüber dem Establishment. Wir waren Claire und Ducky gegen die Welt, und als wir schließlich eine Liebesbeziehung miteinander anfingen, hatte ich das Gefühl, etwas ganz Wichtiges geschafft zu haben. Etwas, das für immer so bleiben würde. Etwas, das über die Spielchen, Schachzüge und Intrigen hinausging, die von Kindesbeinen an meine Schwäche und mein Seelenheil waren.«

»Was ist denn zwischen euch schiefgelaufen?« fragte ich zögernd, hoffend, daß nur das Weiterreden helfen könnte.

»Oh, es gab jemand anders«, sagte Ducky lässig. »Für Claire natürlich, nicht für mich. Nie für mich.« Er schluckte schwer. »Er war ein russischer Austauschstudent, die Affäre dauerte höchstens ein paar Monate.«

»Und nachdem sie sich getrennt hatten? Konntet ihr da nicht weitermachen, wo ihr aufgehört hattet?« fragte ich.

»Leider nicht. Ich hatte Berkeley inzwischen verlassen und war auf die Alma Mater meines Vaters übergewechselt. Ich war in hohem Bogen vor die Tür gesetzt worden.«

Also hatte Arlenes Freund Randy die Geschichte korrekt weitergegeben. Ducky hatte Berkeley tatsächlich unter einem Schleier von Verdächtigungen verlassen.

»Ich war aufgeflogen«, erklärte er, und sein Blick wurde glasig und unscharf. »Zum ersten Mal in meinem Leben war ich erwischt worden.«

»Wobei erwischt worden?« fragte Hunt.

»Ich habe doch erzählt, daß ich Claire geholfen habe, Geld für ihre Ziele zu sammeln«, sagte Ducky. »Tja, was glaubt ihr wohl, woher ich das Geld hatte? Von meinem Vater, diesem fanatischen Antikommunisten? Wohl kaum.«

»Hast du es gestohlen?« wagte ich mich vor.

»O Judy. Du unterschätzt mich«, kicherte Ducky. »Ich bin nie ein Dieb gewesen. Jedenfalls kein richtiger. Ich war ein Spieler, ein Sportler.«

»Erzähl uns einfach, was du gemacht hast«, verlangte Hunt ungeduldig.

»Nur die Ruhe. Darauf komme ich gerade«, sagte Ducky. »Offen gestanden hatte ich anfangs sogar den Gedanken, meinen Vater um Geld zu bitten. Ich dachte, es würde Claire beeindrucken, wenn ich selbst Geld einbrachte, anstatt mir die Zeit zu nehmen, Kundgebungen und Vorträge und dergleichen zu organisieren. Ich war schon immer für den kürzesten Weg, wißt ihr?« Er wartete nicht auf eine Reaktion. »Aber mein alter Dad lehnte kategorisch ab. Er sagte, daß meine ›kommunistischen‹ Aktivitäten eine Schande für die Familie seien. So ist mein Dad. Konservativ bis ins Mark.« Er seufzte. »Also habe ich mir etwas anderes einfallen lassen: Ich habe Prüfungsaufgaben geklaut. Englische Literatur. Politologie. Wirtschaftswissenschaften. Alles mögliche.«

»Das begreife ich nicht«, sagte ich.

»Hast du nicht gerade gesagt, du seist kein Dieb?« meinte Hunt.

»Na, na, ihr beiden. Laßt mich fertigerzählen«, sagte Ducky. »Ich habe die Prüfungsaufgaben mitsamt den Lösungen gestohlen und an die Studenten verkauft. An viele Studenten. Studenten, die ich zuvor darauf hinwies, daß sie die Exmatrikulation riskieren, wenn sie zu irgend jemandem auch nur ein Wort verlauten ließen. Und da niemand vom College verwiesen werden wollte, war der Plan ein voller Erfolg. Ich verdiente eine Menge Geld und gab es Claire. Für ihre Antikriegskampagnen. Sie fand mich wunderbar, was ja genau der Zweck der Übung war.«

Ich schüttelte den Kopf. Der Mann war krank, und es war grauenerregend.

»Leider hat das College schließlich Ermittlungen eingeleitet«, fuhr Ducky fort. »Und die Spur führte zu mir.«

»Sie haben herausgefunden, daß du die Prüfungsaufgaben gestohlen hast?« fragte ich.

»Genau. Einer der Jungs hat es zu meiner schweren Enttäuschung ausgeplaudert. Claire hat davon erfahren und wollte nichts mehr mit mir zu tun haben. Was mich nicht überraschte. Mein Vater brachte seinen beträchtlichen Einfluß ins Spiel und überredete den Dekan der Universität von Virginia, mich in Charlottesville aufzunehmen, nachdem ich in Berkeley hinausgeworfen worden war.«

»Das erklärt, warum Claire dir aus dem Weg gegangen ist, als sie Mitglied im Club wurde«, sagte ich. »Aber es erklärt nicht, warum du sie umgebracht hast.«

»Nein, das tut es nicht«, räumte Ducky ein. »Als ich hörte, daß sie hier Clubmitglied geworden war, war ich begeistert. Ich dachte, sie hätte vielleicht vergessen, was auf dem College passiert war. Schließlich war es schon lange her. Ich wollte ihr gerne zeigen, daß ich mich geändert hatte, daß ich mir aus eigener Kraft ein Leben als achtbares und angesehenes Mitglied der Gesellschaft aufgebaut hatte, daß man mir vertrauen konnte und ich letztlich doch ihrer würdig war. Aber es war Claire, die Spielchen spielte, Claire, die versuchte, mich fertigzumachen.«

»Wovon in aller Welt redest du?« fauchte Hunt.

»Claire hat versucht, mich zu ruinieren«, sagte Ducky. »Jawohl. Die Gebieterin von Wahrheit und Gerechtigkeit hat versucht, mein Leben zu zerstören.«

»Warum hätte sie das tun sollen?« sagte ich. »Wenn du mich fragst, machte es ganz den Eindruck, als wärst du ihr scheißegal gewesen.«

»Oh, da hast du natürlich recht, Judy«, sagte Ducky. »Das war selbstverständlich der Fall, und das hat sie mir auch in aller Deutlichkeit klargemacht. Als sie nämlich herausgefunden hat, daß ich ein bißchen Geld bei den Abrechnungen im Club abgezweigt ...«

»Du!« fiel ich ihm ins Wort und zählte eins und eins zusammen. »Es war also nicht Duncan Tewksbury. *Du* warst es, der Brendan geholfen hat, den Club auszunehmen! Wir haben uns schon gedacht, daß noch ein Mitglied beteiligt gewesen sein muß, aber dich haben wir nicht verdächtigt, Ducky.«

»Seid nicht zu streng mit euch selbst. Es ist auch sonst niemand draufgekommen«, sagte er. »Und ich bin schließlich im Finanzauschuß gesessen, verdammt noch mal.«

»Wenn ich es mir genauer überlege«, fügte ich hinzu, »dann wette ich, daß du das Ganze ausgeklügelt und Brendan dazu benutzt hast, für dich die Drecksarbeit zu machen. Habe ich recht?«

»Allerdings«, sagte Ducky beinahe stolz.

»Herrgott«, sagte Hunt und zog mich an sich. »Du brauchst Hilfe, Ducky. Umfassende Hilfe.«

Ducky warf den Kopf in den Nacken und lachte laut. »Allerdings brauche ich Hilfe«, sagte er. »Ich muß diese Geschichte hier erledigen und mich aus dem Staub machen. Nedra hat die Vails und die Bidwells zum Abendessen eingeladen, und ich bin schon spät dran.«

»Herrgott«, sagte Hunt noch einmal.

»Darf ich jetzt fortfahren?« fragte Ducky. »Claire hat mich im Büro angerufen und hat gesagt, daß sie mich sprechen müsse. In meiner Naivität habe ich mir eingebildet, sie wolle unsere Affäre wieder aufleben lassen. Und so schlug ich vor, sich an einem romantischen Fleckchen zu treffen, weit weg von Nedra und all den anderen. Der Golfplatz von The Oaks erschien mir ideal – damals. Als ich am vierten Loch eintraf, wo wir uns am Abend der Party verabredet hatten, war Claire noch nicht da. Mir fiel auf, daß irgend jemand den Pitching Wedge des Golftrainers im Sandhindernis hatte liegen lassen. Während ich wartete, übte ich ein paar Schwünge. Ich war ganz aufgeregt, weil ich bald mit Claire allein sein sollte, und das Üben half mir irgendwie, Spannung abzubauen. Dann kam Claire. Sie kam auf mich zu und sah nicht glücklich aus. Ich ließ den Pitching Wedge fallen und legte den Arm um sie. Sie riß sich los. Als ich sie fragte, was sie hätte, sagte sie, sie wüßte alles über die Unterschlagungen, und drohte, mich anzuzeigen. Sie fing davon an, was in Berkeley passiert war, und sagte das gleiche, was du auch gesagt hast, Hunt: daß ich Hilfe bräuchte. Ich sagte ihr, das einzige was ich bräuchte, wäre sie. Wir gerieten in Streit. Ich erklärte ihr, daß ich sie liebte. Ich versprach ihr sogar, irgendwohin zu gehen, zu einem Psychoklempner, was auch immer. Aber sie wollte nicht nachgeben. Sie sagte, ich sei eine Gefahr für die Gesellschaft und müsse aus dem Verkehr gezogen werden. Nicht besonders fair von ihr, was?«

Ducky hielt immer noch die Pistole auf uns gerichtet und schwenkte sie beim Gestikulieren leicht. Ich preßte Hunts Hand und betete darum, daß unsere Qual bald ein Ende nähme, daß Ducky seine Geschichte beendete und uns gehen ließe. Sehr aussichtsreich!

»Sie sagte, sie hätte genug gehört und wandte sich ab, um zu gehen«, fuhr Ducky fort und wurde immer aufgeregter. »Ich konnte sie nicht gehen lassen. Ich konnte sie nicht auf diese Party zurückgehen und aller Welt erzählen lassen, was ich getan hatte. Ich mußte an meine Ehe denken. An meine Stellung bei F & F. Meine Mitgliedschaft im Club. Alles. Ich brach in Panik aus.

Mein Blick fiel auf den Golfschläger und ich packte ihn. Und im nächsten Moment habe ich Claire schon damit auf den Hinterkopf geschlagen. Immer wieder. Ihr Gesicht habe ich nicht mehr gesehen. Ich sah sie lediglich zu Boden sinken, dann habe ich ihre Leiche ein Stückchen zur Seite gezerrt und mit dem Gesicht nach unten in ein Sandhindernis gelegt. Ich habe ein paar Minuten gewartet, um mich wieder zu beruhigen und bin dann auf die Party zurückgegangen.«

Hunt und ich sagten nichts. Was konnten wir schon sagen? Oder tun? Wir standen ohne eine Möglichkeit zur Flucht vor einem Wahnsinnigen. Unser Golfwagen lag auf dem Grund des Sees. Unser Gegner hatte eine Pistole, von der er wohl ohne weiteres Gebrauch machen würde. Wir waren chancenlos, allein mit Ducky, waren ihm auf Gedeih und Verderb ausgeliefert.

»Und dann habt ihr beiden angefangen, herumzuschnüffeln«, sagte Ducky matt. »Ich habe damals im Aufzug versucht, dich einzuschüchtern, Judy. Als ihr dann immer noch nicht die Finger davon lassen wolltet und Brendan dazu gebracht habt, sich selbst zu belasten, habe ich schon vermutet, daß ich der nächste auf eurer Abschußliste sein würde. Und das konnte ich nicht zulassen. Ich mußte herausfinden, ob ihr Beweise gegen mich hattet. Ich wußte, daß ihr nach Florida gefahren wart, und so bin ich bei euch eingebrochen. Ich hatte natürlich keine Ahnung, daß ihr einen Hausgast hattet. Die arme Frau. Sehr attraktiv außerdem. Ich habe eine von Brendans Zigaretten in der Spüle liegen lassen, nur für den Fall, daß die Polizei sich fragen sollte, wer deine Freundin umgebracht hat. Ich versuche, an alles zu denken, wißt ihr?«

Ich wußte es, und mit einem Mal kamen mir die Tränen. Große, dicke Tränen liefen mir über die Wangen und tropften auf die Bluse. Ich hatte mit Schrecken den Moment kommen sehen, in dem Ducky am Ende seiner schaurigen Geschichte angelangt wäre, da das vermutlich auch mein Ende bedeutete. Und nun war es soweit.

»Ducky, hör mal«, sagte ich. »Ich kann verstehen, was du getan hast. Ehrlich. Du bist jemand, der einen gelungenen Scherz zu schätzen weiß, und du hast all diese Dinge getan – auf dem College die Prüfungsaufgaben gestohlen, dem Club zuviel für die Lebensmittel berechnet und so weiter – nur zum Spaß, genau wie du gesagt hast. Das waren Scherze, weiter nichts. Und was Claires ... Unfall angeht, also, da bin ich mir sicher, daß ein guter Anwalt ohne weiteres ...«

»Dabei muß ich es bewenden lassen«, schnitt Ducky mir nach einem Blick auf seine Armbanduhr das Wort ab. »Wie gesagt, wir haben Gäste zu einem kleinen Sonntagabendessen eingeladen. Hunt, ich möchte, daß du dich dahin stellst.« Ducky wies auf eine Stelle nahe am See. »Und Judy, du stellst dich hierher.« Er zeigte links neben sich.

Wir befolgten seine Anweisungen, da wir keine andere Wahl hatten.

»Was hast du mit uns vor?« fragte Hunt mit zusammengebissenen Zähnen.

»Ich habe vor, einen Mord mit anschließendem Selbstmord zu arrangieren«, sagte er ungerührt. »Davon liest man doch andauernd in der Zeitung. Schreckliche Sache, findest du nicht?«

Ich schnappte nach Luft. »Bitte, Ducky«, sagte ich, während meine Tränen weiter flossen. »Bitte, tu das nicht. Wenn du uns gehen läßt, werden wir ...«

»Über euch beide ist im Club soviel geredet worden«, fuhr er fort. »Man hat sich Gedanken über eure Ehe gemacht, darüber, wie die streßreiche Arbeit für die Polizei euch belastet hat, darüber, daß Judy keinen neuen Job findet und Hunt bei F & F nicht weiterkommt. Und dann ist da noch Hunts Tochter, die ständig zwischen euch steht. Ich werde einfach erklären, daß wir eigentlich heute nachmittag Golf spielen wollten, aber ihr eine Meinungsverschiedenheit hattet. Ich werde sagen, daß ich euch allein gelassen habe, damit ihr euch einigen könnt, und nach Hause gegangen bin. Ich werde sagen, wie tragisch es ist, daß Hunt sein Temperament nicht zügeln konnte, wie traurig, daß er zuerst seine Frau und dann sich selbst erschießen mußte. Traurig, traurig, traurig.«

»Du glaubst doch nicht im Ernst, daß dir das irgend jemand

abnehmen wird, Ducky?« sagte Hunt. »Die Menschen, die uns kennen, würden niemals …«

»Bitte!« fauchte Ducky. »Ich möchte, daß ihr jetzt still seid, während ich die Reihenfolge der Ereignisse erkläre. Zuerst werde ich dich erschießen, Judy. Ich bin kein schlechter Schütze, wenn man meine mangelnde Übung berücksichtigt. Hast du noch irgendwelche letzten Worte für Hunt? Einen Abschiedsgruß? Irgend etwas?«

Ich wollte gerade zu sprechen anfangen, als ich mit Entsetzen sah, wie Hunt ein zweites Mal auf Ducky losging, ihn um die Knie packte und zu Boden riß. Wunderbarerweise fiel Ducky die Pistole aus der Hand, ohne loszugehen. Ich bückte mich, hob sie auf und zielte auf Duckys Kopf.

»Okay«, sagte ich gepreßt. »Jetzt wirst du tun, was ich sage, Ducky.«

Ducky stand mit hoch erhobenen Händen auf und lachte. Lachte!

»Du wirst mich nicht erschießen, Judy«, sagte er. »Das wissen wir beide. Und jetzt gib mir die Pistole.« Er griff danach. Ich trat einen Schritt zurück, blieb stehen und versuchte, die Pistole ruhig zu halten. »Gib mir die Pistole, Judy«, wiederholte Ducky und kam auf mich zu.

Hunt ging erneut auf ihn los, diesmal mit der Faust. Er zielte weit daneben und verfehlte Duckys Kopf. Ducky schlug zurück und traf Hunt ins Auge. Sie rangen miteinander, während ich mit der Pistole in der Hand dastand und wußte, daß ich nicht die geringste Ahnung von Pistolen hatte, wußte, daß ich, wenn ich feuerte, mit großer Wahrscheinlichkeit Hunt anstelle von Ducky treffen würde oder womöglich sogar mich selbst.

Ich war wie gelähmt vor Angst, übermannt von meiner eigenen Unfähigkeit, als ich zuerst Schritte und dann Stimmen hörte.

»Judy! Hunt!«

Es klang wie Tom, dachte ich. Aber nein. Wie konnte das sein? Er war doch zu Hause und schlief. Und selbst wenn das nicht der Fall war, warum sollte er dann auf dem Golfplatz …

»Judy! Hunt! Können Sie mich hören?«

Es *war* Tom!

In der Entfernung sah ich ihn mit vier oder fünf weiteren Polizisten auf uns zurennen. Binnen Sekunden hatten sie Ducky umringt und hielten ihm ihre Pistolen an den Kopf.

»Das reicht, Mr. Laughton«, sagte Tom, als die anderen Ducky und Hunt voneinander trennten.

Ich ließ die Pistole fallen und lief auf Hunt zu, der mich in die Arme schloß. Er hatte eine blutige Lippe, und sein linkes Auge schwoll langsam an. »Ich liebe dich«, flüsterte ich und legte den Kopf an seine Brust.

Ducky stand mit den Händen über dem Kopf neben dem See. Sein Mund war wie ein O geformt, und er schien von der dramatischen Wendung der Ereignisse ehrlich verblüfft.

»Keine Bewegung, Mr. Laughton«, sagte Tom. »Wir machen das alles ganz ruhig. Ganz in Ruhe.«

Tom wollte Ducky gerade die Handschellen um die Gelenke legen, als Ducky plötzlich einen Satz machte und kopfüber in den See sprang!

Ich schrie, während die Polizisten ins Wasser feuerten und ihre Schüsse über den weiten, verlassenen Golfplatz hallten. Es war ohrenbetäubend, und ich vergrub den Kopf noch tiefer in Hunts Brust. Ich wollte nicht hinsehen, konnte es nicht ertragen.

Nachdem sie mehrere Sekunden lang geschossen hatten, gab Tom den Befehl, das Feuer einzustellen.

»Wir haben ihn«, sagte er. »Ich habe gesehen, wie ihn eine Kugel seitlich ins Gesicht getroffen hat. Ich hätte ihn lieber lebend abgeführt, aber er hat uns ja kaum eine andere Wahl gelassen. Uns blieb nur, ihn ertrinken zu lassen oder ihn zu erschießen.«

Ich hob den Kopf und sah auf den See hinaus. Es war schon fast dunkel, und über dem Wasser lag ein zarter Dunst. Es war ein friedlicher, beruhigender Anblick, der das Grauen dessen, was soeben geschehen war, Lügen strafte.

»Er ist also tot?« fragte ich.

»Sieht so aus«, sagte Hunt. »Der Alptraum ist vorüber. Endlich.«

Tom bat einen der Beamten, über Funk Polizeitaucher anzufordern. »Sag ihnen, sie sollen sich beeilen. Ich will die Leiche hier heraushaben, bevor es zu dunkel ist, um noch etwas zu erkennen.«

Dann wandte er sich Hunt und mir zu. »Ist mit Ihnen alles in Ordnung?«

»Mit mir schon, aber Hunt hat ein paar Kratzer abgekriegt«, sagte ich.

»Ach, das ist gar nichts«, sagte Hunt mit seiner machomäßigsten Stimme. Er konnte kaum noch aus seinem linken Auge schauen, aber er würde sich nicht beklagen. Zumindest nicht vor Tom und seinen Jungs.

»Gott sei Dank, daß dieses ganze Theater vorbei ist«, sagte ich. »Und ich danke Ihnen, daß Sie uns das Leben gerettet haben. Aber woher wußten Sie Bescheid? Warum sind Sie in den Club gekommen?«

Tom wischte sich die Stirn und antwortete: »Etwa eine Stunde, nachdem Sie das Krankenhaus verlassen haben, ist Arlene aus dem Koma aufgewacht.«

»Aufgewacht! Das ist ja herrlich!« sagte ich und umarmte Hunt.

»Ein Arzt hat sie untersucht und gesagt, wie froh wir alle sein könnten, daß sie nicht an ›retrograder Amnesie‹ litte, sondern lediglich noch unter einigen neurologischen Störungen«, fuhr Tom fort.

»Was für neurologische Störungen?« fragte ich.

»Jude, laß Tom doch ausreden«, mahnte Hunt. »Das wichtigste ist, daß sie aus dem Koma aufgewacht ist.« Er wandte sich an Tom. »Konnten Sie mit ihr sprechen?« fragte er.

»Ja«, antwortete Tom. »Sowie ich die Zustimmung des Arztes hatte, bin ich mit einem Foto von Brendan in die Klinik gefahren, da ich hoffte, daß Arlene ihn identifizieren würde. Als ich ankam, war sie sehr erschöpft, wollte aber unbedingt mit mir reden. Ich zeigte ihr das Foto, und sie sagte, daß Brendan Hardy mit Sicherheit nicht der Mann war, der sie niedergeschlagen hatte. Ich fragte sie, ob sie ihren Angreifer beschreiben könne, und sie sagte: ›Ich kann noch etwas viel Besseres. Ich kann Ihnen seinen Namen nennen. Er heißt Ducky Sowieso. Ich habe ihn in Judys Club kennengelernt.‹ Mir fiel ein, daß Sie gesagt hatten, Sie würden in den Club gehen und mit Mr. Laughton Golf spielen. Und da dachte ich mir, daß ich besser nachkomme – mit Verstärkung.«

»Wir sind sehr froh, daß Sie das getan haben«, sagte Hunt.

»Arlene hat sich also daran erinnert, daß sie Ducky damals im Club begegnet ist«, sagte ich. »Wir haben zu Mittag gegessen, und er ist an unseren Tisch gekommen, um uns zu begrüßen.«

»Das wußte sie auch noch – und seinen Namen«, berichtete Tom. »Ihre Freundin ist wirklich zäh. Sie hat gesagt, ich soll Ihnen ausrichten, daß sie, abgesehen von der Tatsache, daß Mr. Laughton sie umzubringen versucht hat, den Aufenthalt in Ihrem Haus genossen hat, und sie hofft, wiederkommen zu können.«

Ich lachte. »Wie hat sie denn reagiert, als sie aus dem Koma aufgewacht ist und Sie gesehen hat, Tom?« fragte ich grinsend. »Sie sind ihr Typ, wissen Sie.«

»Was ist das für ein Typ?« fragte er schüchtern und senkte den Blick.

»Dunkel. Gutaussehend. Markig. Sexy. Genau wie alle ihre Helden aus den Liebesromanen.«

Tom lächelte. »Ich freue mich einfach, daß es ihr wieder gutgeht«, sagte er. »Ich freue mich, daß es allen gutgeht.«

22. Kapitel

Es ging nicht allen gut. Nicht direkt. Arlene erwachte zwar aus dem Koma und identifizierte Ducky als ihren Angreifer, aber sie war weit davon entfernt, gesund zu sein.

Nachdem Hunt und ich gegen sieben Uhr den Club verlassen hatten – wir blieben nicht dort, um zuzusehen, wie die Polizeitaucher Duckys Leiche aus dem See fischten –, fuhren wir auf schnellstem Weg ins Krankenhaus, um mit Arlene zu sprechen.

Wir kamen dort an und erwarteten naiverweise, sie schlagartig in Bestform anzutreffen – trotz Toms Bemerkung über neurologische Probleme – und stellten fest, daß sie nicht nur mager, bleich und entsetzlich geschwächt, sondern auch auf einer Gesichtshälfte gelähmt war.

»Die Ärzte nennen es Fazialislähmung«, erklärte Arlene, als sie merkte, daß Hunt und ich so zu tun versuchten, als fiele es uns nicht auf. In Wahrheit sah sie aber äußerst merkwürdig aus, vor allem, wenn sie zu lächeln versuchte – die eine Hälfte ihres Mundes lächelte, die andere nicht –, was in Verbindung mit ihrem geschorenen Kopf reichlich makaber wirkte. »Der Arzt meint, daß sich die Lähmung mit der Zeit legen wird«, fügte sie hinzu. »Aber wißt ihr, wenn nicht, dann eben nicht. Ich lebe noch, und dafür muß ich dankbar sein.«

Ich nahm Arlenes Hand und drückte sie. Was für ein tolles Mädchen, dachte ich voller Bewunderung und Neid. Wenn meine eine Gesichtshälfte so herabhinge, würde ich wohl kaum so philosophisch damit umgehen.

»Kannst du uns je verzeihen, daß wir dich in diese üble Geschichte verwickelt haben?« fragte ich sie.

»Ich habe mich doch selbst in euer Haus eingeladen, weißt du das nicht mehr?« erinnerte sie mich.

Ich nickte und spürte, wie es mir beim Gedanken daran, was die arme Arlene durchgemacht hatte, die Kehle zuschnürte. Trotzdem – wenn sie nicht in unserem Haus übernachtet und in der Lage gewesen wäre, Ducky zu identifizieren, lägen Hunt und ich jetzt mit Schußwunden im Kopf auf dem Grund des Sees auf dem berühmten Golfplatz von The Oaks.

»Weißt du ungefähr, wie lange du noch im Krankenhaus bleiben mußt?« fragte Hunt Arlene.

Sie schüttelte den Kopf. »Sie haben mir nur gesagt, daß ich noch ein Weilchen hierbleiben müßte«, antwortete sie, »und daß ich, wenn ich entlassen werde, auch nicht gleich wieder mit der Arbeit anfangen darf, was mich echt nervt.«

Wenigstens hast du eine Arbeit, mit der du wieder anfangen kannst, dachte ich, sagte es aber nicht. Ich hatte nicht vergessen, daß ich, nachdem der Mordfall geklärt und der Sommer vorüber war, nun wirklich beginnen mußte, mir einen Job zu suchen.

»Tja, wenn du schon im Krankenhaus festsitzt, hat es doch wenigstens den Vorteil, daß du an einem Ort festsitzt, der fünf Minuten von meinem Haus entfernt liegt«, sagte ich. »Ich kann dich also oft besuchen. Und ich bin sicher, Tom Cunningham wird auch kommen.«

Arlenes Gesicht leuchtete auf, als sie Toms Namen hörte. Oder vielleicht sollte ich besser sagen, eine Hälfte davon leuchtete. »Erzähl mir von Tom«, forderte sie mich auf, während sie sich in die Kissen sinken ließ. »Er sagt, er hätte mich jeden Tag besucht, seit ich hier liege, aber daran kann ich mich natürlich nicht erinnern.«

»Oh, allerdings hat er dich besucht«, sagte Hunt mit einem Zwinkern. »Du warst sein Dornröschen, und jetzt, wo du wieder aufgewacht bist, wette ich, daß du ihn noch viel öfter sehen wirst.«

»Er ist ein phantastischer Mann, Arlene«, erklärte ich ihr. »Er ist Witwer – seine Frau wurde ein Jahr nach der Hochzeit ermordet –, und dieser Mord hat ihn dazu veranlaßt, Polizist zu werden anstatt Anwalt, sehr zum Verdruß seines Vaters.«

»Sein Vater ist William Cunningham, der Chef von Pubtel«, fügte Hunt hinzu.

»Oh?« sagte Arlene. Ihre Augen öffneten und schlossen sich, dann schlug sie sie wieder auf, und ich merkte, daß ihre Kraft langsam nachließ.

»Ja«, sagte ich. »Das stimmt.«

»Heißt das, daß Tom mit seinem Vater über dich und Charlton House sprechen kann?« fragte Arlene. »Oder dir helfen kann, einen Job bei einer der Schwesterfirmen zu bekommen?«

»Das bezweifle ich«, sagte ich. »Tom und sein Vater reden nicht miteinander. Aber das letzte, worum du dir jetzt Sorgen machen sollst, sind meine Aussichten auf einen Job. Du mußt dich darauf konzentrieren, wieder gesund zu werden. Ich sehe dir ja förmlich an, wie müde du bist. Wir gehen jetzt nach Hause und lassen dich ausruhen.«

Hunt nickte zustimmend, und wir verabschiedeten uns.

Falls ich gedacht hatte, daß unser Leben wieder in gewohnten Bahnen verlaufen würde, wenn der Mord an Claire erst einmal geklärt war, so hatte ich mich geirrt. Zuerst kam der Medienansturm, und Hunt und ich widerfuhr das zweifelhafte Glück, in den Genuß der sprichwörtlichen fünfzehn Minuten Berühmtheit zu gelangen. Nachdem wir bei der Polizei unsere Aussagen gemacht hatten, waren wir Freiwild in den Augen der Reporter und Fernsehteams, die uns nachstellten, als ob in Wahrheit wir die Verbrecher wären. Wir erklärten uns bereit, mit *Time* und *Newsweek* zu sprechen, ebenso mit den Moderatoren von *Today* und *Good Morning America*, weigerten uns aber trotz der obszön hohen Summe, die man uns, ohne mit der Wimper zu zucken, gezahlt hätte, in »A Current Affair« aufzutreten.

Als nächstes kam Brendans Verhandlung. Selbstverständlich wurde er nicht mehr des Mordes an Claire und des Überfalls auf Arlene beschuldigt, doch er hatte mehrere andere, wenn auch nicht so gewalttätige Straftaten verübt: Er hatte mit Duckys Hilfe viel Geld im Club unterschlagen, und er hatte Geld von seinen biologischen, steinreichen Eltern erpreßt. Die Verhandlung war für Mitte Oktober angesetzt, und Hunt und ich wurden gebeten, als Zeugen der Anklage auszusagen, wozu wir gerne bereit waren.

Dazu kamen die Besuche von unseren Angehörigen, von denen niemand unseren Ausflug in die Berühmtheit verpassen wollte. Meine Eltern flogen aus Florida herauf, um ein paar Tage bei uns zu verbringen. Kimberley schwänzte die erste Schulwoche und kampierte mitsamt ihrer neuen Wüstenspringmaus, die sie Madonna – Sie können sich sicher denken, nach wem – getauft hatte, bei uns. Sogar Hunts Eltern, Mr. und Mrs. Teilnahmslos, kamen mehrmals vorbei und erkundigten sich, wie es uns ginge, sagten, daß sie stolz auf uns seien, weil wir einen Mörder seiner gerechten Strafe zugeführt hatten, und wollten wissen, ob die Bosse von F & F Hunt endlich zum Teilhaber gemacht hatten, nachdem er eine solche Heldentat vollbracht hatte (sie hatten nicht).

Und als ob das alles nicht genug gewesen wäre, erfuhr ich am zehnten September eine Neuigkeit, die wirklich alles in den Schatten stellte.

Ich aß gerade ein Stück Kuchen, als das Problem sich zum ersten Mal meldete. Einen Pfundkuchen von Sara Lee, um genau zu sein.

Normalerweise bin ich ein Snob, was abgepackt im Laden gekaufte Kuchen angeht, aber meine Mutter, die ihren Cholesterinkonsum trotz ihrer Herzprobleme nicht eingeschränkt hatte, hatte sechs Pfundkuchen von Sara Lee erstanden, da sie steif und fest behauptete, daß sie sowohl die leckere Ergänzung zum Frühstück als auch einen herrlichen Nachtisch abgäben. Sie hatte einen aufgetaut und buk gerade ein Stück im Toaster auf, als ich zum Frühstück herunterkam.

»Morgen, Mom«, sagte ich und tappte zur Kaffeemaschine hinüber, die dank meiner Mutter bereits mit frisch gebrühtem, starkem Kaffee gefüllt war. Ich schenkte mir eine Tasse ein und setzte mich.

»Guten Morgen«, erwiderte sie, sah mich an, legte den Kopf erst nach rechts, dann nach links und streckte die Zunge heraus.

»Was ist denn los?« fragte ich.

»Das frage ich mich auch«, sagte sie und musterte mich immer noch. »Streck die Zunge raus.«

»Warum?«

»Hör einfach auf deine Mutter.«

Ich streckte die Zunge raus, und sie inspizierte sie. Dann zuckte sie die Achseln.

»Sieht ganz in Ordnung aus«, meinte sie. »Aber dein Teint ist schauderhaft. Grün. Wie damals, als du noch klein warst und Würmer hattest.«

Ich lachte. »Danke für die Gedächtnisauffrischung.«

»Ich meine es ernst, Judy. Fühlst du dich wohl?« fragte sie und legte mir eine Hand auf die Stirn, um zu fühlen, ob ich Fieber hatte.

»Ich bin erschöpft, aber sonst geht's mir gut«, sagte ich. »Ich hatte in letzter Zeit so viel um die Ohren, daß ich vermutlich zu wenig Schlaf bekommen habe.«

»Oder nicht genug zu essen. Iß ein Stück Pfundkuchen«, sagte sie und schnitt noch eine Scheibe von dem frisch aufgetauten Kuchen ab.

»Pfundkuchen? Morgens?« sagte ich und verzog das Gesicht.

»Probier ihn einfach«, beharrte sie, nahm ihr Stück aus dem Toaster, legte es auf einen Teller, bestrich es üppig mit Butter und schob es vor mich hin. »Nur zu. Iß mein Stück.« Sie steckte ein zweites Stück in den Toaster. »Das tut dir gut. Iß.«

Ich biß ein Stück ab und spürte, wie mich eine Welle der Übelkeit überrollte.

»Vielleicht habe ich wirklich Würmer«, sagte ich, als ich den Teller beiseite schob und mir den Magen hielt.

»Entweder das oder du bist schwanger«, sagte meine Mutter.

»Schwanger? Was hast du denn in den Kaffee getan, Mom, ein Halluzinogen? Ich bin vierzig Jahre alt und war in meinem ganzen Leben noch nicht schwanger. Da geht wohl die Phantasie mit dir durch.«

»Mag sein, aber ich habe noch nie erlebt, daß du Essen verweigert hättest.«

»Es ist vermutlich eines dieser Vierundzwanzig-Stunden-Viren«, sagte ich, bevor ich eine zweite Welle anrollen spürte, diesmal massiver als die erste. »Ich glaube, ich gehe wieder nach oben«, sagte ich zu meiner Mutter und konnte kaum sprechen, ohne zu würgen.

»Gute Idee. Und wenn du oben bist, ruf deinen Arzt an. Deinen Frauenarzt. Du glaubst vielleicht, du hast Würmer im Bauch, aber wenn du mich fragst, hast du etwas ganz anderes im Bauch. Eine Mutter weiß so etwas«, sagte Lucille Mills und verspeiste den Pfundkuchen, den ich stehengelassen hatte.

Zwischen meinen Gängen zur Toilette, von denen im Lauf der nächsten zwei Monate nur die wenigsten den gewohnten Verrichtungen dienten, versuchte ich mich an den Termin meiner letzten Periode zu erinnern. Und als ich genau darüber nachdachte, fiel mir auf, daß ich tatsächlich eine Periode übersprungen hatte, aber das hatte ich dem Streß zugeschrieben, unter dem ich gestanden hatte. Das gleiche war mir in meinem letzten Jahr auf dem College passiert, als ich wegen der Abschlußprüfungen und wegen des Jungen, der mich wegen einer flotten, kleinen Studienanfängerin sitzengelassen hatte, die er beim Anstehen in der Cafeteria kennengelernt hatte, beinahe durchgedreht wäre. Aber schwanger? Ich? Ich hatte schon mit der Vorstellung abgeschlossen, daß Hunt und ich je eigene Kinder haben würden. Zum einen war da mein Beruf als Kochbuchlektorin, und eine Schwangerschaft hätte mich daran gehindert, konzentriert zu arbeiten, da war ich mir sicher. Zum anderen hatte Hunt bereits ein Kind, und, obwohl er nie explizit gesagt hatte, daß er gegen weitere Kinder wäre, schien er doch damit zufrieden zu sein, seine väterliche Zuneigung über Kimberley auszuschütten. Und zum dritten hatte ich stets angenommen, unfruchtbar zu sein. Ich hatte schon seit Jahren keine Verhütungsmittel mehr verwendet und beschlossen, der Natur ihren Lauf zu lassen.

Hatte sie nun ihren Lauf genommen? War ich mit vierzig schwanger geworden? Möglich war es, das wußte ich. Nach unserer frustrierenden, scheinbar endlosen Durststrecke hatten Hunt und ich wieder zusammen geschlafen – sehr oft. Es war nicht völlig abwegig, zu denken, daß ich – oder *wir* – in einer dieser stürmischen, überhitzten Sommernächte ein Kind empfangen hatten.

Allein der Gedanke machte mich überglücklich und panisch zugleich.

Ich überlegte, mir einen dieser Schwangerschaftstests für zu Hause zu besorgen, aber was hätte das für einen Sinn gehabt? Ich traute den Dingern nicht, genausowenig wie ich Anrufbeantwortern traute. Immer wenn ich jemandem eine Nachricht auf dem Anrufbeantworter hinterließ, glaubte ich, daß er sie nie bekäme. Wenn ich selbst einen Schwangerschaftstest machte, wäre es genauso: Ich wäre mir nicht sicher, ob ich wirklich schwanger wäre. Aber wenn Dr. Higginbottom, der seit fünf Jahren mein Frauenarzt war, mir in die Augen blickte und sagte »Judy, meine Liebe« – er sagt zu allen seinen Patientinnen »meine Liebe«, was manche von ihnen ärgert, mich aber aufgrund der freundlichen, ganz und gar nicht herablassenden Art, in der er es sagt, in keiner Weise stört –, »Sie bekommen ein Baby«, dann würde ich ihm glauben. Ja, ich würde ihm nicht nur glauben, ich würde loslaufen und dem Kind ein Zimmer voller Mobiles kaufen.

Also ging ich zu Dr. Higginbottom, ohne irgend jemandem – außer meiner Mutter – davon zu erzählen.

»Ich werde Großmutter – endlich«, sagte sie, als ich zur Tür hinausging.

»Freu dich nicht zu früh, Ma«, rief ich. »Es könnten auch Würmer sein.«

»Nie im Leben«, brummte sie, als ich die Tür schloß.

Dr. Higginbottom war ein sehr netter Mann. Er war keiner dieser frauenfeindlichen Gynäkologen, die einem bei der Suche nach Knoten die Brüste genau eine Idee zu fest kneten oder völlig verstummen, während sie einem die Hände in intimste Körperöffnungen schieben. Nein, Dr. Higginbottom war ein liebenswerter, gesprächiger Mann, dessen einzige auffällige Marotte darin bestand, daß er ein freundlicher Landarzt aus Connecticut war, der einen massiven Groll gegen seine reicheren, protzigeren Kollegen in Manhattan hegte. So sagte er beispielsweise immer wieder Dinge wie: »Die Angeber in New York würden Ihnen wahrscheinlich Unsummen für einen Abstrich berechnen und ihn dann in ein Labor schicken, das die Ergebnisse verfälscht.« Oder: »Die Angeber in New York lassen Sie stundenlang in ihren extravaganten Wartezimmern sitzen, haben aber keinerlei Bedenken, Ihnen den Termin zu streichen, wenn Sie fünf Minuten zu spät kommen.«

»Hallo, Dr. Higginbottom«, sagte ich, als er ins Untersuchungszimmer kam, wo ich in einem dieser entsetzlich unbequemen Einweg-Kittel auf dem Tisch saß.

»Judy, meine Liebe«, sagte er lächelnd, »haben wir uns nicht erst vor ein paar Wochen gesehen?«

»Ja, aber ich mußte Sie einfach wiedersehen«, sagte ich unbewegt.

Er lachte, doch dann verzog sich seine Miene besorgt. »Haben Sie Beschwerden?«

Ich zuckte die Achseln. »Meine Mutter ist offenbar der Meinung, ich sei schwanger, können Sie sich das vorstellen? Ich. Nach all den Jahren.«

»Schwanger, aha«, sagte er nachdenklich. »Da wollen wir doch mal nachsehen.«

Dr. Higginbottom sah nach, und während er nachsah, hielt er mir einen Vortrag darüber, wie die Angeber in New York den Ärztestand lächerlich machten, indem sie im Fernsehen für ihre Dienste werben.

»Sehen Sie irgend etwas?« fragte ich, während ich voller Neugier dalag.

Er stand auf, streifte seine weißen Gummihandschuhe ab und grinste.

»Sagen Sie Ihrer Mutter, sie ist eine bessere Diagnostikerin als die meisten dieser Angeber in New York«, sagte er und kicherte vor sich hin.

Mein Herz klopfte wie mit Donnerschlägen, und mir fiel der Unterkiefer runter. »Sie meinen, es stimmt? Ich bin wirklich schwanger?«

Er nickte. »Ungefähr im zweiten Monat«, sagte er.

Ich starrte ihn unverwandt an. »Aber wie konnte das…« stammelte ich. »Wie kann ich… Wie konnte…«

»Es ist bestimmt nicht passiert, während Sie auf einer Parkbank gesessen sind, meine Liebe«, sagte er und kicherte erneut.

»Ja, das weiß ich, aber… warum jetzt? Warum zu diesem Zeitpunkt in meinem Leben? Warum sollte ich jetzt plötzlich ein Kind bekommen können, nachdem ich vorher nie eines bekommen konnte?« Mein Unterkiefer war in seine gewohnte Position zurückgekehrt, allerdings hatten sich meine Augen mit Tränen gefüllt. Tränen der Freude, des Staunens und des kompletten und vollständigen Unglaubens.

»Gottes Wege sind wunderbar, meine Liebe«, sagte Dr. Higginbottom, während er sich einen Stuhl heranzog und sich neben mich setzte. »Überlegen Sie doch mal, was Sie in letzter Zeit alles durchgemacht haben, als Ihnen Ihre Freundin Ms. Cox so unvermittelt genommen wurde.« Offenbar hatte Dr. Higginbottom ebenso wie jeder andere Bürger der Stadt den Fall aufmerksam verfolgt. »Vielleicht will unser Herr das Leben ersetzen, das verlorengegangen ist.«

Ich sah ihn an, wie er da so saß, lieb, väterlich und Mitte Sechzig, und dann lehnte ich mich an ihn und begann an seiner Schulter zu weinen. Mehrere Minuten lang weinte ich um alles – um Claire, um Arlene, um den Job, den ich verloren hatte, um die Ehe, die ich beinahe verloren hätte, und vor allem wegen des unfaßbaren Wunders, das nun in mir heranwuchs. Ich wurde übermannt von meinen Gefühlen, von der Tragweite der Situation überflutet, und staunte darüber, daß Hunt und ich, ohne es zu erwarten, ohne sich darüber Gedanken zu machen oder es auch nur herbeizusehnen, ein neues Leben geschaffen hatten. Ein Leben, das unseres auf eine Art verändern würde, die ich noch nicht einmal ahnen konnte. Allein der Gedanke, daß ich ein Kind bekommen würde, war faszinierend und beängstigend zugleich, trotz der Tatsache, daß jeden Tag unzählige Frauen ein Kind bekamen, absolut ehrfurchtgebietend.

»Na, na«, tröstete mich Dr. Higginbottom. »Sie sind doch sicher froh darüber?«

»O ja«, sagte ich. »Sehr froh und sehr erschüttert.«

Dr. Higginbottom kicherte ein weiteres Mal und begann mir einen Vortrag über Schwangerschaft zu halten – inwiefern die ersten drei Monate im Hinblick auf eine Fehlgeburt riskant waren, was ich essen sollte und was nicht und so weiter und so fort.

»Dr. Higginbottom«, sagte ich und fiel ihm ins Wort, als er gerade auf praktische Dinge wie Amniozentese zu sprechen kam, »ich bin Ihnen dankbar für die Informationen, aber ich möchte jetzt wirklich lieber nach Hause gehen und meiner Familie von dem Baby erzählen. Ich rufe Sie später an, und dann können Sie Ihren Vortrag abschließen, einverstanden?«

Er lachte. »Einverstanden«, sagte er und half mir vom Tisch. »Richten Sie Ihrem Mann meine Glückwünsche aus, ja?«

»Auf jeden Fall«, sagte ich. »Keine Sorge.«

Als ich nach Hause kam, war niemand da. Ich war gefahren wie eine Verrückte, da ich meine Aufregung kaum zügeln konnte, und hatte geprobt, wie ich es ihnen erzählen würde, hatte mir ausgemalt, was genau ich sagen würde, und jetzt waren sie alle weg!

Hunt, der mittlerweile immer mehr Arbeit von zu Hause aus erledigte, war mit Kimberley zu seinen Eltern gefahren, wie ich dem Zettel auf dem Küchentisch entnehmen konnte, und meine Eltern waren einkaufen gegangen.

Im ersten Moment ernüchtert, ging ich nach oben und versuchte mich zu beschäftigen, bis sie alle nach Hause kamen. Meine Eltern trafen als erste ein, aber da ich nicht wollte, daß sie die Neuigkeit vor Hunt erführen, stellte ich mich schlafend. Erst als ich Hunt und Kimberley das Haus betreten hörte, ging ich in die Küche hinunter.

»Ich möchte euch allen etwas mitteilen«, verkündete ich.

Nur meine Mutter zeigte eine Reaktion. Ihre Augen wurden groß, und sie wollte gerade mit etwas herausplatzen, als ich sie schweigen hieß.

»Hunt, Kimberley, Dad, ich habe gesagt, ich muß euch etwas mitteilen«, wiederholte ich in der Hoffnung, ihre Aufmerksamkeit von Kimberleys Wüstenspringmaus abzulenken, die in ihrem Käfig auf dem Küchenschrank herumraste und sich offensichtlich äußerst unterhaltsam benahm. Ihre Namensschwester wäre stolz gewesen.

Hunt drehte sich um und sah mich an. »Was ist los, Jude?« fragte er.

»Das sage ich dir, sobald mir alle zuhören«, sagte ich und musterte meinen Vater und Kimberley.

»Arthur! Kimberley! Hört Judy zu«, schimpfte meine Mutter.

Sie drehten sich um und sahen mich an.

Jetzt, dachte ich. Jetzt habe ich ihre Aufmerksamkeit. Jetzt kann ich ihnen meine wundervolle Neuigkeit mitteilen.

Ich räusperte mich und versuchte zu sprechen, aber es kam nichts heraus. Ich war stumm.

»Jude? Was ist?« fragte Hunt. »Ich dachte, du hättest Probleme mit dem Magen. Hat es jetzt auf den Hals übergegriffen?«

Meine Mutter brach in schallendes Gelächter aus, und ich hieß sie erneut schweigen.

Ich versuchte es noch einmal. »Es hat sich herausgestellt, daß ich überhaupt nicht krank bin«, sagte ich und sammelte Kräfte für den großen Clou.

»Aber diese Übelkeit«, meinte Hunt.

»Ja, also mir kommst du auf jeden Fall krank vor«, sagte Kimberley so taktvoll wie immer.

»Also«, sagte ich und zögerte die ganze Angelegenheit noch ein bißchen hinaus.

»Jetzt sag's ihnen doch endlich«, verlangte meine Mutter, die infolge der Erkenntnis, daß sie tatsächlich noch Großmutter werden würde, beinahe platzte.

»Ich sag's ja, ich sag's ja«, erwiderte ich, machte eine Kunstpause und heftete meinen Blick auf Hunt. »Es hat sich herausgestellt, daß ich nicht krank bin. Ich bin ... ich bin schwanger.«

Er sah so verwirrt aus, als hätte ich soeben Bengali gesprochen.

»Es stimmt«, sagte ich, schlang die Arme um seinen Hals und zog ihn zu mir her. »Wir bekommen ein Baby, Booch. Ist das nicht toll?«

Bevor er reagieren konnte, kam Kimberley zu uns herübergerast und legte die Arme um uns, da sie zu unserem kleinen Häufchen dazugehören und nicht ausgeschlossen sein wollte. »Ein Baby!« rief sie und hüpfte auf und ab. »Ich wollte schon immer einen kleinen Bruder oder eine kleine Schwester!«

»Oh, ich bin so glücklich«, sagte ich zu ihr und beugte mich hinab, um sie ebenfalls zu umarmen. »Du wirst eine tolle Schwester werden, Kim, das weiß ich sicher.« Ich trat einen Schritt zurück und sah Hunt an. »Und du wirst ein wunderbarer Vater werden. Bist du glücklich, Booch? Sag's mir.«

Er antwortete mit seinen Augen, in denen Tränen standen – genau wie in meinen, als ich die Neuigkeit zum ersten Mal gehört hatte.

»Ein Baby«, murmelte er, leicht benommen und nicht ganz überzeugt davon, daß er wirklich richtig gehört hatte.

»Ja, Dr. Higginbottom hat bestätigt, was meine Mutter bereits vermutet hatte«, sagte ich und zwinkerte meiner Mutter zu. »Er hat gesagt, ich soll dir seine Glückwünsche übermitteln.«

»Ein Baby«, sagte Hunt noch einmal, schüttelte den Kopf und fing an zu grinsen. »Wann?«

»Im April«, sagte ich und sah, wie sein Grinsen immer breiter wurde und sein Gesichtsausdruck von Verwirrung, Unglauben und Ungewißheit in Freude, Stolz und – was am auffälligsten war – Liebe überging. Für die Familie, die er bereits zärtlich liebte. Und für die Familie, die noch entstehen sollte.

Epilog

»Wie sehe ich aus?« fragte ich Hunt, während ich den Rock meines Kleids glattstrich, das über und über mit Spitzen besetzt überhaupt nicht mein Stil war. Mein Stil war ein bißchen klassischer, aber als Brautjungfer muß man sich an den Geschmack der Braut halten.

»Du siehst aus wie... laß mich überlegen.« Hunt musterte mich – von oben bis unten. »Du siehst aus wie eine Frau, die ich aufs Bett werfen und vernaschen möchte«, sagte er.

»Also zum Anbeißen?«

»Ja.«

»Du auch.« Hunt trug eine weiße Smokingjacke über einem blaßblau-weiß gestreiften Hemd und marineblauen Hosen. Ich ging zu ihm hinüber, strich eine wiederspenstige Locke seines Haares mit den Fingern zurück und küßte ihn auf den Mund.

Er stöhnte dankbar auf und sagte: »Meinst du, daß die Zeit reicht?« Seine Stimme war tief und rauchig.

Ich sah auf die Uhr auf dem Nachttisch und schüttelte den Kopf. »Arlene und Tom wollen uns um halb drei drüben im Club haben. Jetzt ist es halb zwei, und wir müssen uns noch um die beiden Mädchen kümmern.«

»Megan zieht die beiden an. Das klappt bestens.«

»Ja, aber es passiert schließlich nicht alle Tage, daß ein elf Jahre altes Mädchen und ihre fünf Monate alte Schwester auf einer Hochzeit Blumen streuen«, erklärte ich, während ich mir vorstellte, wie hinreißend Kimberley und Heather (so hatten wir unser Baby getauft) in ihren kleinen Rüschenkleidchen aussehen würden. Die Frage, wie das Baby heißen sollte, war in den Monaten vor der Geburt zu einem intensiv diskutierten Thema in unserem Haus geworden. Drei Generationen von Kindern in Hunts Familie waren Hunter getauft worden. Aber wie sollte ich

Hunts Tochter nennen? Huntress, Jägerin, etwa? Meine Mutter wollte, daß ich das Baby Adelaide nannte, nach ihrer verstorbenen Schwester, mit der sie die meiste Zeit ihres Lebens im Streit gelegen hatte. Und Kimberley wollte, daß wir es Madonna tauften, nach ihrer Wüstenspringmaus. Hunt und ich einigten uns schließlich auf Heather. Ihr vollständiger Name lautete Heather Mills Price. Wir hofften, daß sie damit zufrieden sein würde, wenn sie alt genug war, um sich dafür zu interessieren.

»Wir brauchen nur zehn Minuten von hier zum Club«, sagte Hunt.

»Stimmt, aber wir haben bereits unsere Festkleidung an. Wir müßten uns erst aus- und dann wieder anziehen«, wandte ich ein.

»Okay. Rechnen wir fünf Minuten zum Ausziehen und noch einmal fünf zum Wiederanziehen.«

»Das macht insgesamt zwanzig Minuten.«

»Du bist eine wahre Rechenkünstlerin.«

»Jetzt ist es halb zwei, und wenn wir zwanzig Minuten dazuzählen, wären wir bei zehn vor zwei.«

»Stimmt. Wenn wir uns einen Quickie gestatten, könnten wir es ohne weiteres bis halb drei in den Club schaffen.«

»Einen Quickie. Einen leisen Quickie.« Ich erwärmte mich langsam für die Idee, wollte aber die anderen Mitglieder unseres Haushalts nicht belästigen. »Wo sollen wir es tun?«

Hunt löste bereits seine Krawatte. »Wie wär's mit dem Bett?«

»Nein, im Bett machen wir es immer. Ich habe Lust auf etwas Abwechslung. Wie wär's mit dem Fußboden?«

»Das soll ich doch nicht, denk an meinen Rücken.«

»Ach ja.«

»Ich lasse mir etwas anderes einfallen«, meinte Hunt. Ich sah ihm an, daß er Lust hatte, sein »Schlafzimmerblick« war unübersehbar. Ich hatte auch Lust. Rasch zog ich mir das Kleid über den Kopf und die Unterwäsche aus. Dann knöpfte ich Hunts Hemd auf, während er seine Hose abstreifte.

»Wie wär's, wenn wir es im Stehen trieben?« sagte er und leistete damit seinen Beitrag zu unserem Spielchen. »Im Badezimmer? Ans Waschbecken gelehnt?«

»Neee!« Mich fröstelte. »Das Porzellan ist zu kalt. Da erfriere ich ja.«

»Komm her«, verlangte Hunt.

Als ich bei ihm war, warf er mich aufs Bett und vernaschte mich, das eine Auge auf mich und das andere auf die Uhr gerichtet.

Arlene und Tom wünschten sich eine schlichte Hochzeit an einem Samstagnachmittag Anfang September – eine kleine Gesellschaft, zu der nur nahe Verwandte und ein paar enge Freunde eingeladen waren. Hunt und ich waren die Trauzeugen, Arlenes Schwester war die Brautjungfer. Und da Arlene weder Kinder noch kleine Cousinen hatte, sollten Kimberley und Heather die Blumen streuen (Kimberley bestreute den Weg zum Altar mit Blumen, und Heather saß glucksend und gurrend in meinen Armen und zog mich an den Haaren). Toms Vater, Wild Bill Cunningham, der Chef der Pubtel, war auch anwesend, da er und sein Sohn sich im Vorjahr wieder versöhnt hatten, ein paar Wochen nachdem Tom auf dem Golfplatz Ducky gestellt und uns das Leben gerettet hatte. Offenbar war Wild Bill nicht entgangen, welch positives Medienecho sein Sohn in Verbindung mit dem Mordfall Claire Cox erhalten hatte und hatte eingesehen, daß es doch nicht so schrecklich war, einen Polizisten zum Sohn zu haben.

Tom und Arlene haben sich regelmäßig getroffen, nachdem sie aus der Klinik entlassen worden war. Er besuchte sie in der Stadt, ging mit ihr im Central Park spazieren, brachte ihr Kekse und Süßigkeiten, um sie aufzupäppeln, las ihr Passagen aus ihren Lieblingsromanen vor und ignorierte ihre Fazialislähmung, die sich schließlich legte, genau wie der Arzt es vermutet hatte. Tom war das Idealbild des romantischen Helden, und sie verliebte sich unsterblich und leidenschaftlich in ihn. Drei Monate vor der Hochzeit beschlossen sie, sich im The Oaks trauen zu lassen, wo Arlene ein neues und überaus engagiertes Mitglied war.

Sie war dem Club auf Anraten ihrer Physiotherapeutin beigetreten, die der Meinung war, daß es Arlene gut täte, wenn sie an den Wochenenden nach Connecticut führe und ein bißchen Golf oder Tennis spielte. Ich hatte die Idee nach Kräften unterstützt, da ich selbst immer mehr Zeit im Club verbrachte. Ich war zu dem Schluß gekommen, daß ich, nachdem Hunt den Golfplatz im The Oaks so abgöttisch liebte, auch lernen sollte, ihn zu lieben. Und ich konnte ihn nur lieben lernen, wenn ich mit Frauen Golf spielen konnte, die ich mochte und achtete. Und so freundete ich mich mit den Frauen an, die Claire als Mitglieder rekrutiert hatte, unter ihnen Sharon Klein, die Steuerberaterin. Und schließlich wurde Arlene Mitglied. Dann überredete ich sie, ein paar ihrer Autorinnen zum Beitritt zu bewegen. Im Handumdrehen hatte ich einen richtigen Freundeskreis im Club – *meinen* Kreis. Und da ich eine wundervolle junge Irin namens Megan angestellt hatte, die mir mit Heather half, freute ich mich tatsächlich darauf, die Wochenenden dort zu verbringen.

Was meine Wochen*tage* anging, so verbrachte ich sie zu Hause, entweder mit Heather im Kinderzimmer oder am Computer, wo ich an meinem zweiten Buch schrieb. Ja, meinem zweiten Buch. Ich hatte zwar eigentlich vorgehabt, mir einen Job in einem Verlag zu suchen, doch dann kam die Schwangerschaft und mit ihr die morgendliche Übelkeit und die Besuche bei Dr. Higginbottom, und die Zeit verging wie im Flug. *Einen* Job bekam ich allerdings angeboten, und zwar von meiner alten Firma, dem guten, alten Charlton House. Tom hatte mich seinem Vater vorgestellt, und der hatte mich zu überreden versucht, wieder für die schreckliche Leeza Grummond zu arbeiten. Während ich noch über das Angebot nachdachte, erhielt ich einen Anruf von Dorothy Ohlmeyer, Claires Agentin, die mich zum Mittagessen einlud. Offenbar hatte Dorothy eine Art kulinarisches Tagebuch gefunden, das Claire geführt hatte – ein Heft, in dem sie die Menüs ihrer berühmten Einladungen mit den vollständigen Rezpeten notiert hatte. Dorothy hatte die Idee, daß ich anhand dieser Aufzeichnungen das Kochbuch schreiben sollte, das Claire und ich gemeinsam geplant hatten. Ich stimmte auf der Stelle zu, wir verkauften das Projekt an einen Verlag, und ich sagte Wild Bill, daß Charlton House leider ohne mich würde auskommen müssen und er sich, wenn er schlau wäre, Leeza die Schreckliche vom Hals schaffte. Den Rest des Jahres verbrachte ich damit, das Buch zu schreiben, das im Jahr darauf erscheinen sollte. In der Zwischenzeit hatte Dorothy mir einen Vertrag für ein zweites Kochbuch besorgt. Es trug den Titel *Country Club Cuisine*, und mein Co-Autor war Armand Rossier, der neue Küchenchef von The Oaks. Armand, ein gebürtiger Pariser und ehemaliger Geschäftsführer im La Bouche, wurde in den Club geholt, nachdem ich Vorsitzende des Bewirtungsausschusses geworden war. Ja, im The Oaks hatte sich im vergangenen Jahr einiges verändert. Larkin Vail war nach wie vor Meisterin im Dameneinzel beim Tennis, Duncan und Delia Tewksbury benahmen sich immer noch, als stammten sie aus einem früheren Jahrhundert, und es gab immer noch keinen Parkservice. Doch Duckys Tod – und die Erkenntnis, daß ein Mann, dem alle vertraut und den alle geachtet hatten, ein Mörder war – wirkte ernüchternd auf die Clubmitglieder. Einige von der alten Garde kündigten sogar ihre Mitgliedschaft, um sich von den schmutzigen Vorgängen um Claires Tod zu distanzieren. Andere kamen einfach zu dem Schluß, daß sich die Zeiten änderten und The Oaks sich auch ändern müßte. Infolgedessen gelang es denjenigen unter uns, die der Meinung waren, daß der Club modernisiert und renoviert werden mußte, die anderen Mitglieder davon zu überzeugen, daß Geld für einen Spitzenkoch, ein neu eingerichtetes Clubhaus, verbesserte Umkleideräume und Tennistrainer, die tatsächlich Tennis lehrten, auszugeben, durchaus sinnvoll wäre.

Was Hunt anging, so kam er zu dem Schluß, daß er lange genug auf das Partnerschaftsangebot bei F & F gewartet hatte; er kündigte. Außerdem kam er zu dem Schluß, daß er nicht die Nerven für den Warenterminmarkt hatte, und sattelte auf Investmentfonds um. Er richtete bei uns zu Hause ein Büro für Vermögensberatung ein und vertrat weiterhin viele seiner alten Kunden. Er empfand die Selbständigkeit als sehr befriedigend, und außerdem konnte er dadurch mehr Zeit mit Kimberley, die mir immer noch manchmal Kummer machte und mit Heather verbringen, die mir keinerlei Kummer machte – noch nicht.

Der Tag der Hochzeit war herrlich – frisch, klar und duftend. Die Zeremonie fand im Salon des Clubhauses statt und der Cocktailempfang draußen auf der Terasse. Arlene, deren Haar auf Kinnlänge nachgewachsen war, war eine strahlend schöne Braut; ihr Brautkleid im Stil des neunzehnten Jahrhunderts war eine genaue Nachbildung des Brautkleides der Heldin aus einem von Kathleen Woodiwiss' Romanen. Tom trug einen dunklen Anzug und sah aus wie der glücklichste Mann auf dem ganzen Planeten. Er strahlte, umarmte Leute und sagte kitschige Sachen wie: »Zwick mich. Ich glaube, ich träume.«

Apropos kitschig: Ich weinte mir die Augen aus, als der Pfarrer Tom und Arlene fragte, ob sie versprachen, einander zu lieben, bis daß der Tod sie schied. Ich war so gerührt von der Tatsache, daß sie sich gefunden und es geschafft hatten, Unglück in Glück zu verwandeln. Bei dem Wort »Tod« mußte ich an die schrecklichen Qualen denken, die Arlene durchlitten hatte, die schrecklichen Qualen, die wir alle durchlitten hatten, an Claire und Brendan und Ducky und an den Sommer, den wir immer noch zu vergessen suchten.

Offensichtlich war der letzte Sommer aber nicht nur katastrophal gewesen. Ich hatte Tom kennengelernt, Tom hatte Arlene kennengelernt, und Hunt und ich hatten unsere Liebe zueinander wieder neu entfacht und Heather gezeugt. Ja, es gab auch Erfreuliches im letzten Sommer, dachte ich, während ich Hunt beobachtete, der sein Champagnerglas hob und einen Toast auf Braut und Bräutigam ausbrachte.

Die Party war seit etwa einer Stunde in vollem Gange, ich stand neben Hunt, schlürfte Champagner, knabberte an einem von Armands absolut göttlichen Horsd'œuvres und behielt Kimberley im Auge, die Heather im Arm hatte und versuchte, sie nicht fallen zu lassen, als Arlene herübergeeilt kam.

»In der ganzen Aufregung habe ich völlig vergessen, es dir zu sagen«, sagte sie außer Atem.

»Mir was zu sagen?« fragte ich.

»Das mit Leeza«, sagte sie.

»Was ist mit Leeza?« fragte Hunt, der nicht mehr Leeza

Grummonds Vermögensberater war. Vor einigen Monaten hatte sie ihn unvermittelt vor die Tür gesetzt, genau wie mich.

»Sie hört bei Charlton House auf«, sagte Arlene.

»Tja, was du nicht sagst«, sagte ich mit einem selbstzufriedenen Grinsen. »Haben die Genies dort endlich mitgekriegt, was für eine Niete sie ist.«

»Falsch«, widersprach Arlene. »Sie ist nicht rausgeworfen worden. Sie hat selbst gekündigt. Um bei Remington House anzufangen. Als Verlagsleiterin!«

Mir blieb der Mund offenstehen. Leeza Grummond war ein weiteres Mal aufgestiegen. Sie wurde allen Ernstes auch noch für ihre Unfähigkeit belohnt. Anstatt vor die Tür gesetzt zu werden, bekam sie grünes Licht, um eine der renommiertesten Firmen in der Verlagsbranche zu leiten! Ich war perplex, von mißgünstig ganz zu schweigen.

»Die Frau ist komplett bescheuert«, sagte ich freundlich. »Und von Büchern hat sie keine Ahnung. Irgend jemandem hat sie einmal erzählt, daß der einzige Roman, den sie gelesen hat, *Der weiße Hai* war.«

»Vermutlich macht es ihr Spaß, etwas über ihre Vorfahren zu lesen«, meinte Hunt spöttisch.

»Genau«, sagte ich. »Aber Arlene, bist du wirklich sicher, daß Leeza Verlagsleiterin bei Remington House wird? Ich meine, die Gerüchteküche ist ja nicht immer hundertprozentig verläßlich.«

»O ja, ich bin mir sicher«, sagte Arlene. »Ich habe es direkt aus dem Haifischmaul.«

»Von Leeza selbst? Sie hat es dir erzählt?« sagte ich.

»Mhm. Sie hat mich vor ein paar Tagen im Büro angerufen«, sagte Arlene.

»Aber warum?« wollte ich wissen. »Ihr seid ja nicht direkt Busenfreundinnen. Sie hat dich bei Charlton House vor die Tür gesetzt, das sollten wir nicht vergessen.«

»Oh, das habe ich nicht vergessen«, lachte Arlene.

»Warum hat sie dich dann angerufen? Erzähl mir bloß nicht, sie will dich wieder einstellen – damit du bei Remington House für sie arbeitest?« sagte ich.

Arlene schüttelte den Kopf. »Leezas Anruf war nur indirekt geschäftlich. Sie hat ihren Wechsel zu Remington House nur nebenbei erwähnt. Nein, sie hat angerufen, weil sie erfahren hat, daß ich Mitglied im The Oaks bin. Sie hat gesagt, sie hätte gehört, The Oaks sei momentan der Country Club mit dem besten Essen und dem anspruchsvollsten Golfplatz und daß sie mit dem Golfen angefangen hätte, um mit den männlichen Führungskräften im Verlagswesen ›gleichzuziehen‹. Sie wollte auf der Stelle Mitglied werden und fragte, ob ich für sie bürgen würde, wenn sie sich um die Mitgliedschaft bewarb und ob ich dich dazu überreden könne, als ihre Zweitbürgin aufzutreten.«

Ich prustete vor Lachen laut los, ich mußte so heftig lachen, daß sich die anderen Gäste nach mir umdrehten.

»Die hat vielleicht Nerven, was?« meinte Hunt.

»Allerdings«, sagte Arlene.

»Was hast du zu ihr gesagt?« fragte ich, als ich wieder Luft bekam.

»Ich habe gesagt, sie hätte vollkommen recht damit, daß sie, um Mitglied im The Oaks zu werden, einen Bürgen und einen Zweitbürgen braucht«, sagte Arlene.

»Einen Bürgen, Herrgott noch mal«, sagte ich. »Du hättest ihr sagen sollen, daß wir sie, falls sie jemals versuchen sollte, Mitglied in diesem Club zu werden, so schnell kaltstellen würden, daß ihr schwindlig würde.«

»Genau das waren meine Worte«, sagte Arlene.

»Bravo!« jubelte ich, hob mein Glas und trank noch einen Schluck Champagner. »Und jetzt, da wir mit Leeza der Schrecklichen fertig sind, wenden wir uns wieder erfreulicheren Themen zu. Wo ist denn der Bräutigam?«

»Da drüben«, sagte Arlene und blickte liebevoll über die Terrasse zu ihrem frisch angetrauten Ehemann hinüber, der mit ihren Eltern und ihrer Schwester plauderte. »Es ist alles so wundervoll, findest du nicht?« fragte sie, und ihre Augen strahlten genauso, wie es sich für eine Braut gehört.

Ich blickte zu meinen Kindern hinüber, die für den Moment zufrieden waren. Dann sah ich Hunt an, betrachtete den Mann, dessen Schwächen ich inzwischen zu akzeptieren und dessen Liebe ich zu schätzen gelernt hatte. In diesem Moment wußte ich, welches Glück ich hatte. Welches Glück wir alle hatten. Man kann nie sagen, was später kommen wird, welche Niederlagen, Tragödien oder Verluste wir erleiden werden. Aber in diesem Moment, in diesem Moment, als Arlene mir die Frage stellte, wußte ich mit unerschütterlicher Gewißheit, wie meine Antwort lauten würde.

»Ja, es ist wundervoll«, stimmte ich ihr zu. »Es ist wirklich wundervoll.«

Danksagung

Ein herzliches Dankeschön an alle, deren Rat und Sachkenntnis sich als ungemein wertvoll erwiesen, als ich dieses Buch schrieb: Michael Barrett, Jane Dystel, David Goldener, Ruth Harris, Ann LaFarge, Bob Patent und Edwin Shmerler.

Ganz besonders möchte ich mich bei meinem Mann Godie, meiner Familie und meinen Freunden bedanken, die mich anspornten und mir das Gefühl gaben, mich nicht übernommen zu haben.

JUNGE AUTORINNEN BEI GOLDMANN

Freche, turbulente und umwerfend komische Einblicke in die Macken der Männer und die Tricks der Frauen.

43569

42964

43763

43899

GOLDMANN

SCHMÖKERSTUNDEN BEI GOLDMANN

9286

43772

43414

43137

GOLDMANN

JANET EVANOVICH

Stephanie Plum ist jung, nicht auf den Mund gefallen, und sie hat einen ungewöhnlichen Job: sie jagt entflohenen Ganoven nach...

»Witzig, abgebrüht und politisch völlig unkorrekt – Stephanie Plum ist die beste amerikanische Serienheldin.«

Booklist

42878

GOLDMANN